πικρό γάλα

ΤΙΤΛΟΣ ΒΙΒΛΙΟΥ: **Πικρό γάλα**
ΣΥΓΓΡΑΦΕΑΣ: Μένιος Σακελλαρόπουλος
ΕΠΙΜΕΛΕΙΑ – ΔΙΟΡΘΩΣΗ ΚΕΙΜΕΝΟΥ: Χρυσούλα Τσιρούκη
ΣΥΝΘΕΣΗ ΕΞΩΦΥΛΛΟΥ: Δημήτρης Χαροκόπος
ΗΛΕΚΤΡΟΝΙΚΗ ΣΕΛΙΔΟΠΟΙΗΣΗ: Μερσίνα Λαδοπούλου

Πρώτη έκδοση: Οκτώβριος 2019, 6.000 αντίτυπα
Τέταρτη ανατύπωση: Ιανουάριος 2020, 12η χιλιάδα

Έντυπη έκδοση ISBN 978-618-01-3198-7
Ηλεκτρονική έκδοση ISBN 978-618-01-3199-4

Τυπώθηκε στην Ευρωπαϊκή Ένωση, σε χαρτί ελεύθερο χημικών ουσιών, προερχόμενο αποκλειστικά και μόνο από δάση που καλλιεργούνται για την παραγωγή χαρτιού.

ΕΚΔΟΣΕΙΣ ΨΥΧΟΓΙΟΣ Α.Ε.	PSICHOGIOS PUBLICATIONS S.A.
Από το 1979	*Publishers since 1979*
Έδρα:	Head Office:
Τατοΐου 121, 144 52 Μεταμόρφωση	121, Tatoiou Str., 144 52 Metamorfossi, Greece
Βιβλιοπωλείο:	Bookstore:
Εμμ. Μπενάκη 13-15, 106 78 Αθήνα	13-15, Emm. Benaki Str., 106 78 Athens, Greece
Τηλ.: 2102804800 • fax: 2102819550	Tel.: 2102804800 • fax: 2102819550

e-mail: info@psichogios.gr
www.psichogios.gr • http://blog.psichogios.gr

ΜΕΝΙΟΣ
ΣΑΚΕΛΛΑΡΟΠΟΥΛΟΣ

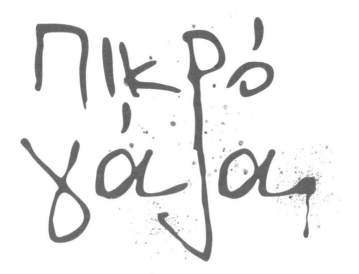

Πικρό γάλα

ΤΕΤΑΡΤΗ ΑΝΑΤΥΠΩΣΗ

ΨΥΧΟΓΙΟΣ

ΑΛΛΑ ΕΡΓΑ ΤΟΥ ΣΥΓΓΡΑΦΕΑ

20 χρόνια ταξίδια με τον Παναθηναϊκό, Λιβάνης, 2003
Ολυμπιάδα, Ιστορία και θρύλοι, Λιβάνης, 2004
The game boy – Το μοιραίο 10, Λιβάνης, 2006
Θα πεθάνεις, ρε, Λιβάνης, 2007
Η νύχτα της Λώρας, Λιβάνης, 2008
Μαύρο φιλί, Λιβάνης, 2009
Φεγγάρι από πέτρα, Λιβάνης, 2010
Δύο μαύρα πουκάμισα, Λιβάνης, 2011
Πορφυρός κώδικας, Λιβάνης, 2012
Ένοχες ζωές, Λιβάνης, 2013
Η παγίδα των χρωμάτων, Λιβάνης, 2014

Από τις Εκδόσεις ΨΥΧΟΓΙΟΣ κυκλοφορούν:

Το σημάδι, 2015
Δεκατρία κεριά στο σκοτάδι, 2016
Ο χορός των συμβόλων, 2017
Η πυραμίδα της οργής, 2018

Στη μνήμη της Σόφης, της κόρης του Φώτη και της Ντίνας, που αποφάσισε στα είκοσι τέσσερα χρόνια της να πετάξει στον ουρανό και να γίνει άγγελος, για να μη βλέπει τις ασχήμιες του κόσμου που την πλήγωναν.

Στον Φώτη, που νίκησε την κατάμαυρη μοίρα του κι έκανε φως το σκοτάδι του, αφήνοντας μοναδική κληρονομιά στην πατρίδα.

Στα παιδιά των ορφανοτροφείων, που ένιωσαν τον πόνο βαθιά στην ψυχή τους και στάθηκαν όρθια.

1

ΕΤΡΕΜΕ ΤΟ ΧΕΡΙ του σαν τη φωτιά στο αντάμωμα του αέρα κι ένιωθε ότι έπρεπε να κάνει προσπάθεια για να το κρατήσει λίγο σταθερό και να μην πετάξει κάτω το τηλέφωνο και το κάνει χίλια κομμάτια μαζί με την επίσης τρεμάμενη καρδιά του.

Αλλά ήταν μόνος, ολομόναχος, αυτός και τα χτυποκάρδια του. Με μια δικαιολογία είχε στείλει τη γυναίκα του στη θεια του, για να του φέρει τάχατες εκείνο το χαμόμηλο που φτιάχνει το στομάχι και να κάνει και παρέα στη γριά γυναίκα, που είχε απομείνει έρημη εκεί στην άκρη του χωριού. Ήθελε να μην υπάρχει ούτε σκιά δίπλα του σ' αυτό το τηλεφώνημα που θα έκανε, αλλά η αναστάτωση που είχε του έκοβε την ανάσα, νιώθοντας να κυλά ιδρώτας στη ραχοκοκαλιά του και να ανακατεύονται όλα μέσα του.

Είχε κάνει χιλιάδες τηλεφωνήματα στη ζωή του, αλλά αυτή τη φορά ένιωθε ότι αδυνατούσε να πατήσει έστω κι ένα κουμπί. Πώς θα έφτανε τα δέκα;

Σφύριζε έξω ο επαναστάτης αέρας εκεί στο Αηδονοχώρι, την παλιά Οστανίτσα, κι ήταν σαν να έβριζε όσα παραθύρια είχαν μείνει ανοιχτά, προσβλητικά απέναντι στην ισχύ και στο διάβα του.

Σηκώθηκε από τον καναπέ και πήγε ως το παράθυρο με ένα παράξενο συναίσθημα, θαρρείς και κάποιος θα μπορούσε να τον παρακολουθεί. Ούτε εκείνος ο ατίθασος γάτος που τριγυρνούσε στο σπίτι δε θα έμπαινε στον κόπο, ακόμα κι αν έβλεπε ένα πιάτο γεμάτο ψαροκόκαλα. Προτιμούσε να λουφάξει παρά να τον τσακίσει ο αέρας κι η δυνατή βροχή που ξεκίνησε, κι έτσι είχε βρει καταφύγιο κάτω από το πλαϊνό υπόστεγο δίπλα στα στοιβαγμένα παλιά όπλα του ιδιοκτήτη.

Ο άντρας άνοιξε την κουρτίνα για να ρίξει μια ματιά έξω. Όχι ότι θα έβλεπε κάτι. Το έκανε για να καταλαγιάσει κάπως η νευρικότητά του, για να λυθεί ή έστω να χαλαρώσει εκείνος ο σφιχτός κόμπος στο στομάχι. Έξω έτρεχαν σαν ατέλειωτα δάκρυα τα τρία ποτάμια, ο Αώος, ο Βοϊδομάτης κι ο Σαραντάπορος, πότε χώρια και πότε όλα μαζί, μέχρι να ενωθούν και να γίνουν Βιόσα, συνεχίζοντας την αέναη πορεία τους εκεί δίπλα, στην Αλβανία.

Έστρεψε το βλέμμα του από τα ποτάμια στα κοντινά χωριά, το Λεσκοβίκι, απέναντι από το σπίτι του, τη Βλαχοψηλοτέρα, τη Βαλοβίστα, ενώ στο βάθος η Πρεμετή, τυλιγμένη στο μαύρο πέπλο της, ησύχαζε κι αυτή. Τα είχε περπατήσει όλα με τα πόδια, όταν, αγρίμι της Ηπείρου πάντα, έψαχνε αυτό που του έδινε ζωή και του έκλεινε πληγές... Κοιμόταν κι η Μολυβδοσκέπαστη Παναγιά εκεί πιο κάτω, στη μονή της, που έστεκε δεκατρείς αιώνες στη δύσκολη μεθόριο. Εκείνος όμως Της είχε παράπονα. Είχε πονέσει τόσο πολύ, κι έτσι δεν Την επικαλέστηκε τώρα, σαν να του βάραινε την ψυχή ένα μολυβένιο πάπλωμα.

Παρότι εκεί στο τζάμι ένιωθε αμέσως το ξεροβόρι, ένας κρύος ιδρώτας έτρεχε στις ρυτίδες του μετώπου του, ποτάμι κι αυτός. Τον σφούγγισε με το μανίκι του χοντρού πουκαμίσου με τις μαυροκόκκινες ρίγες και ξεκούμπωσε δυο κουμπιά, αφού ένιωσε να βαριανασαίνει.

«Ε, διάολε, πας με τα καλά σου; Σαν γυναικούλα μπροστά σε σκυλί που γαβγίζει κάνεις. Έχεις φάει τις καταιγίδες με το κουτάλι και τώρα δειλιάζεις;» είπε στον εαυτό του, αλλά αμέσως προχώρησε σε ξένη βοήθεια. Κατέβασε ένα ποτηράκι τσίπουρο για να τον παρακινήσει το κάψιμο στα σωθικά, κι όταν ένιωσε καλύτερα, ήπιε κι ένα δεύτερο. Κοίταξε την παλιά φωτογραφία του πατέρα του, που τον χαιρέτησε πάνω από το τζάκι, με τη στολή του φαντάρου. «Αχ...» αναστέναξε, κι ύστερα είδε και τη μάνα του κι αναστέναξε διπλά. Περίμενε να του δώσει μια σταθερότητα στα τρεμάμενα δάχτυλα, να τον παροτρύνει με το ήρεμο βλέμμα της, αλλά δεν τα κατάφερε. Μήτε της είπε μήτε της έδειξε την ταραχή του, για μια ιστορία στην οποία εκείνη είχε βασικό ρόλο. Αλλά δεν ήταν η ώρα να τα θυμάται, κακό του έκανε, τον θόλωνε.

Μια αστραπή που έσκισε στα δύο τον βαρυφορτωμένο ουρανό, σπρώχνοντάς τον να αφήσει τα βάρη του, διέκοψε τις σκέψεις του. «Τι θες, δηλαδή; Να το αφήσεις; Όλη σου τη ζωή περίμενες αυτή τη στιγμή και τώρα κάθεσαι και τα ψειρίζεις; Άιντε, Φώτη, άιντε...» είπε μέσα του.

Κάθισε στο τραπέζι της κουζίνας και πήρε το άσπρο χαρτί στα χέρια του, διαβάζοντας τους πέντε διαφορετικούς αριθμούς τηλεφώνων που είχε μπροστά του. Αποφάσισε να ξεκινήσει από τον τελευταίο. Πάντα πήγαινε κόντρα στη σειρά. Πήρε μια βαθιά ανάσα –κι είχε καιρό να πάρει τόσο βαθιά–, σχημάτισε τον αριθμό, κι όταν άκουσε ένα κοφτό «εμπρός, λέγετε;», προσπάθησε να κρατήσει σταθερή τη φωνή του.

«Συγγνώμη για την ενόχληση, ο κύριος Διονύσης Αναστόπουλος;»

«Μάλιστα, ποιος είναι;»

«Μήπως είστε εξήντα δύο χρόνων; Και μήπως...»

Μια άγρια φωνή έπεσε σαν κεραυνός στ' αυτί του: «Άσε μας, άνθρωπέ μου, μην ξαναπάρεις. Ή μάλλον πάρε σε τριάντα χρόνια που θα είμαι εξήντα δύο!».

Πήγε να ξαναγεμίσει το ποτήρι με τσίπουρο, αλλά το μετάνιωσε στη στιγμή. Έπρεπε να μείνει ψύχραιμος και νηφάλιος κι έπρεπε να προχωρήσει παρακάτω. Διάλεξε πια τον τρίτο αριθμό. Ο δεύτερος συνομιλητής ήταν ήπιος, αλλά του έλειπαν δέκα χρόνια για να φτάσει στα εξήντα δύο, κι έτσι το τρέμουλό του επανήλθε. Ο αριθμός ένα, όμως, τον έκανε να λάμψει σαν τις αστραπές στον ουρανό.

«Εξήντα είμαι, αλλά περί τίνος πρόκειται;»

«Εξήντα... Μήπως μεγαλώσατε σε ορφανοτροφείο;»

«Όχι, όχι, κύριέ μου, στην Τρίπολη μεγάλωσα κι εδώ μένω ακόμα, εδώ με έχετε καλέσει...»

Ζήτησε συγγνώμη κι έκλεισε το τηλέφωνο απογοητευμένος. Τζίφος ξανά. Ένιωσε να τον πλακώνει ένα βουνό απογοήτευσης, όπως αυτό που έστεκε απέναντί του, η Νεμέρτσικα, σαν να κάθισε ολόκληρο πάνω στο στήθος του.

Μια από τα ίδια... πρόλαβε να σκεφτεί, όταν μια αστραπή βύθισε το χωριό στο σκοτάδι, με τα σκυλιά να αλυχτούν από δω κι από κει και να χαλάνε τον κόσμο. Το μαύρο σεντόνι που κάλυπτε πια τα πάντα έφτανε ως τα τοιχώματα της ψυχής του.

Πήρε μια λάμπα από το ντουλάπι κάτω από τον νεροχύτη και την έβαλε δίπλα του, στο τραπέζι, ξαναπαίρνοντας το χαρτί στα χέρια του. Πριν καθίσει, πήρε το κινητό του –ευτυχώς το είχε φορτίσει– κι αποφάσισε να συνεχίσει τις προσπάθειές του, επιλέγοντας τον δεύτερο αριθμό. Εκεί που ήταν έτοιμος να πατήσει τα κουμπιά στο καινούργιο μαύρο τηλέφωνο, ένιωσε μια έντονη ανάγκη που τον τραβούσε από το μουσκεμένο μανίκι του. Ήθελε να καπνίσει! Δεν το είχε κάνει ποτέ στη ζωή του κι ένιωθε τυχερός που δε συνδέθηκε μ' αυτόν τον διάολο, το τσιγάρο. Αλλά τούτη τη στιγμή ήθελε σαν τρελός να το βάλει στο στόμα του, να νιώσει να τον τυλίγει η θολούρα του. Χωρίς δεύτερη σκέψη πήγε στο δωμάτιο του γιου του, που κάπνιζε αραιά και πού και άφηνε ένα πακέτο στο συρτάρι του. Δε γελάστηκε. Ένα κόκκινο πακέτο τον περίμενε στο πρώτο συρτάρι.

Πήρε ένα τσιγάρο και πήγε στο τζάκι. Στο πλαϊνό περβάζι είχε τα σπίρτα. Άναψε ετούτο το διαόλι και του 'ρθε βήχας αλλά και μια ζάλη που τύλιξε το κεφάλι του. Αυτόματα αναδύθηκε στο μυαλό του μια δυσάρεστη εικόνα. Τότε που ήταν μικρός, στο σπίτι της γιαγιάς, κι όπως κρύωνε πολύ, πλησίασε τη φουφού, σήκωσε με ένα πανί το καπάκι και τον τύλιξε ο καπνός, τον οποίο ρούφηξε χωρίς να το καταλάβει. Είχε κοκκινίσει τόσο πολύ από τον βήχα, που η γιαγιά νόμισε ότι θα τον χάσει.

Κούνησε το κεφάλι του με απέχθεια, πέταξε το τσιγάρο και ξαναπήρε στα χέρια του το τηλέφωνο. Η φωνή από την άλλη άκρη της γραμμής, κάθε φράση της δηλαδή, του έφερε μεγάλη ταραχή, σαν να είχε πιει είκοσι τσιγάρα. Με κάθε λέξη που άκουγε πια από τον συνομιλητή του, χτυπούσαν τα μηλίγγια του.

«Ναι... Ναι... Στο ορφανοτροφείο του Βόλου...»

Η θολούρα έγινε πιο έντονη.

«Στο ορφανοτροφείο του Βόλου, είπατε; Και πριν απ' αυτό; Μήπως κάπου αλλού;»

«Α, ναι. Στο...»

Ένιωσε να λυγίζει και να κυριεύεται από μια έντονη σκοτοδίνη, και πριν προλάβει να κρατηθεί, σωριάστηκε κάτω, μαζί με την καρέκλα...

2

ΣΦΟΥΓΓΙΖΕ ΤΑ ΜΑΤΙΑ του από τα δάκρυα και κοίταζε την πληγή στο μεγάλο δάχτυλο του ξυπόλυτου ποδιού του, εκεί όπου είχε καρφωθεί ένα χοντρό αγκάθι, ίσως και κομμάτι ξύλου, αυτό που προκάλεσε αιμορραγία. Αλλά δεν έκλαιγε ούτε για το δάχτυλο ούτε για το σκισμένο παντελονάκι του, αυτό που έτσι κι αλλιώς ήταν κατατρυπημένο και πια είχε συνηθίσει να το φοράει. Δεν είχε κι άλλο. Έκλαιγε πρώτα από ντροπή και μετά από θυμό, οργή για ό,τι είχε ματώσει τα μέσα του κι είχε κουρελιάσει την ψυχή του.

Εκεί, στην πέτρινη βρύση όπου έπαιζε με τα υπόλοιπα παιδιά του χωριού, άκουσε τον πιο ψηλό απ' αυτούς, τον Τάσο, να τον ξεφτιλίζει μπροστά σε όλους τους υπόλοιπους: «Φτου σου, ρε κουρεμένο γίδι, γλόμπε! Είναι κεφάλι, ρε, αυτό που έχεις; Ου, ρε μοσχαροκεφαλή! Σήκω και φύγε, ρε, αφού άχρηστος είσαι!».

Κι όλα αυτά επειδή είχε τολμήσει να πει ότι έγινε ζαβολιά στο παιχνίδι τους, κι εκείνος δεν ήθελε ούτε να χάνει κι ούτε να κερδίζει με ζαβολιές.

Αλλά ο Τάσος, σκληρός όσο οι πέτρες γύρω του, δεν έμεινε μόνο σ' αυτές τις κουβέντες. Ήθελε να τον κομματιάσει, να τον διαλύσει. «Πήγαινε, ρε, να κάνεις παράπονα στη μάνα σου, κοριτσάκι! Πατέρα δεν έχεις, ρε, δεν έχεις, δεν έχεις! Τον διέλυσε η νάρκη! Καλά να πάθεις!»

Πώς να βγάλει τον θυμό του όμως σε έναν μεγαλύτερο και πολύ πιο ψηλό απ' αυτόν; Κλότσησε το χώμα από τα νεύρα του, κι έτσι ξυπόλυτος που ήταν, μπήκε το ξύλο στο δάχτυλο. Αν ζούσε ο πατέρας του, θα έβαζε στη θέση τους όλους αυτούς που τον κορόιδευαν και φώναζαν ρυθμικά: «Δεν έχεις πατέρα, δεν έχεις πατέρα!».

Πόσο πόνεσε η ψυχή του εκείνη τη στιγμή. Πιο πολύ και από το να του άνοιγαν το κεφάλι με πέτρα. Προσπαθούσε κάθε μέρα να το αφήσει πίσω του αλλά πάντα, συνήθως όταν βράδιαζε, ρωτούσε τη μάνα του: «Πες μου για τον πατέρα, πες μου κάτι!». Εκείνη όμως δεν του απαντούσε ποτέ, και κάθε φορά που τη ρωτούσε, άρχιζε μια δουλειά.

Την ήξερε όμως την ιστορία, του στοίχειωνε τα όνειρα, τον έκανε να νιώθει φτερό στον άνεμο, που ανά πάσα στιγμή μπορούσε να τον αρπάξει και να τον εξαφανίσει στο δάσος. Την άκουσε για πρώτη φορά από τον αδελφό του τον Σπύρο, δυο χρόνια μεγαλύτερο, όταν τον είχε ρωτήσει πού ήταν ο μπαμπάς τους.

«Δε θα ξαναγυρίσει, είναι στον ουρανό. Είχε πάει στο βουνό με τα πρόβατα και του έφυγε όλο το αίμα. Άσ' το, μην το σκέφτεσαι. Μόνο να προσέχεις πού πατάς, μου το είχε πει η γιαγιά Φωτεινή».

Αλλά ήθελε να μάθει τι συνέβη από τη μάνα του, τη Σοφία, που όμως δεν της άρεσε καθόλου να αναμοχλεύει αυτό το θέμα, της έφερνε πόνο στο στήθος και το στομάχι. Ο Φώτης δε μετάνιωσε που της τράβηξε την ποδιά την τελευταία φορά που τη ρώτησε κι εκείνη πάλι δεν του απάντησε. Τότε πήγε στη γιαγιά του με κλάματα αλλά και μια επιμονή που τη λύγισε. «Δεν ξέρω τίποτα για τον μπαμπά μου. Μόνο ότι του έφυγε το αίμα. Πώς φεύγει το αίμα; Γιαγιά, θέλω να μου πεις εσύ, όχι οι ξένοι. Γιατί άκουσα κάποιους στο καφενείο να λένε ότι έκανε κάτι κακό. Είχα κακό μπαμπά;»

Πλάνταξε η ψυχή της Φωτεινής μπροστά στον πόνο του μικρού εγγονού της, ρίγησε βλέποντας το παράπονο στα μικρά διαπεραστικά μάτια του κι ακούγοντας τον λυγμό στη φωνούλα του που τον έκανε να μπερδεύει τα λόγια του.

Κι όταν ξεκίνησε να του μιλάει, εκείνος σιώπησε όπως οι πιστοί όταν ακούνε το Ευαγγέλιο.

«Ήταν καλός άνθρωπος ο μπαμπάς σου ο Φώτης, Φώτη μου, τον αγαπούσαν όλοι, σε όλα τα χωριά...»

«Φώτη; Φώτη τον έλεγαν κι αυτόν;»

Μάζεψε τη μαντίλα στο κεφάλι της και του χάιδεψε τα μαλλιά. «Φώτη τον έλεγαν... Κι επειδή ήταν καλός άνθρωπος, σου δώσαμε το όνομά του. Ήσουν τότε δέκα μηνών μωράκι. Κι είπαμε να...»

Τη διέκοψε χωρίς δισταγμό. «Πες μου τι έγινε στο βουνό, πώς του έφυγε το αίμα;»

Η γιαγιά πήρε βαθιά ανάσα, που έκανε όλες τις ρυτίδες της να κινηθούν. Αυτή τη φορά δε θα έκανε πίσω, θα μιλούσε. «Είχε ανέβει με τα πρόβατα στη Στράτσιανη, στο βουνό. Ήταν καλοκαίρι, Αύγουστος, ανήμερα του Σωτήρος. Κι όπως προχωρούσε, πάτησε μια νάρκη και σκοτώθηκε...»

«Τι είναι νάρκη;»

«Είναι... πώς να σ' το εξηγήσω... Την είχαν στον πόλεμο. Ένα σαν σίδερο που μέσα είχε κάτι κακό. Μπαρούτι. Κι αν την πατούσες, σε σκότωνε...»

«Ήταν πόλεμος;»

«Όχι... Αλλά είχαν μείνει στα βουνά πολλές νάρκες από τον πόλεμο, για να σκοτώνουν τους κακούς...»

«Με μπέρδεψες, γιαγιά! Ο πατέρας μου τελικά ήταν καλός ή κακός;»

«Αφού σου είπα, καλός, όλοι τον αγαπούσαν».

«Τότε γιατί πάτησε αυτό που σκότωνε τους κακούς;»

«Δεν το ήξερε, αγόρι μου, δεν το είδε. Στον πόλεμο σκοτώνει ο ένας τον άλλο. Από τότε είχε μείνει αυτή η νάρκη. Από παλιά...»

«Και πώς του έφυγε το αίμα;»

«Όταν σκοτώνεσαι, παιδί μου, δεν υπάρχει τίποτα...»

Όταν είχε μάθει την ιστορία, περπατούσε για κάμποσο καιρό στις μύτες των ποδιών, κι ας πονούσαν τα δάχτυλά του, όπως ήταν και ξυπόλυτος. Γνώρισε τον πατέρα του μόνο από φωτογραφία, την οποία η μάνα του είχε βάλει στην κάμαρή της. Και μια μέρα τρύπωσε κρυφά, όταν την είδε να βγαίνει για να κόψει ξύλα, τον κοίταξε ψηλά στον τοίχο και του είπε γεμάτος παράπονο: «Γιατί δεν πρόσεχες όταν περπατούσες; Γιατί; Τώρα δε θα μας είχες αφήσει μονάχους. Εδώ στο χωριό μόνο εγώ δεν έχω πατέρα. Βλέπω τα άλλα παιδιά να τα μαζεύουν οι δικοί τους πατεράδες, να τα πηγαίνουν καμιά φορά βόλτα με τα άλογα, να τα κατεβάζουν στα ποτάμια και κλαίω. Εμένα δε με παίρνει κανένας. Τώρα να προσέχεις εκεί που είσαι, να προσέχεις πού πατάς...».

Η φωνή του Τάσου και των υπολοίπων τρυπούσε τα αυτιά του. «Δεν έχεις πατέρα, δεν έχεις πατέρα!»

Η λύπη έγινε θυμός· για τον πατέρα του που δεν έβλεπε πού πάτησε, για τη μάνα του που είχε κλειστεί στον εαυτό της και δεν της έπαιρνε λέξη, για τον αδελφό του που δεν ήταν μαζί του εκείνη τη μέρα, κι αν ήταν, θα μπορούσε να μαλώσει με τον Τάσο. Ένας θυμός ήταν όλο του το είναι.

Ανέβηκε σ' ένα ταρατσάκι μπας και ξεθυμάνει, κι αντί να

καταλαγιάζει ο θυμός φούντωνε, κι έτσι άρχισε να χοροπηδάει στον τσίγκο, κάνοντας τρομακτικό θόρυβο, που έφτανε ως τα βουνά και τρύπωνε στα ποτάμια. Δεν τον ένοιαζε κι αν ερχόταν καταπάνω του ένα κοπάδι από αγριοπούλια. Όπως όμως χοροπηδούσε μέσα σε έναν δαιμονισμένο θόρυβο, ένιωσε τον τσίγκο να υποχωρεί και βρέθηκε στο κενό. Άνοιξε τα χέρια του μήπως καταφέρει και πετάξει, σαν τα πουλιά, αλλά τίποτα. Με μια κραυγή κι έναν τρομερό γδούπο προσγειώθηκε ανώμαλα στο έδαφος, χτυπημένο πουλί.

Έπιασε ενστικτωδώς το κεφάλι του κι είχε λίγα αίματα, αλλά ήταν από τα κλαριά στα οποία έπεσε. Μια τρομερή κραυγή που έδιωξε ό,τι πετούμενο υπήρχε κοντά αντήχησε στα βουνά: «Το πόδι μου, το πόδι μου!». Δεν μπορούσε ούτε να το τρίψει ούτε να το λυγίσει, ούτε καν να το κουνήσει, όπως διαπίστωσε γρήγορα, κι έτσι η κραυγή έγινε ακόμα πιο δυνατή: «Το πόδι μου!».

Η γιαγιά Φωτεινή, που τον έψαχνε κάμποση ώρα, τον βρήκε λιπόθυμο, με το κεφάλι ακουμπισμένο σε κάτι σκίνα και ξεροθύμαρα, που του είχαν γδάρει το προσωπάκι. Έφτυσε το μαντίλι της και τον καθάρισε, με τον μικρό να συνέρχεται και να βγάζει την ίδια αγωνιώδη κραυγή: «Το πόδι μου, γιαγιούλα μου, το πόδι μου!».

Τον έσφιξε στην αγκαλιά της και του είπε να ηρεμήσει. «Τώρα είμαι εγώ εδώ, όλα θα πάνε καλά...»

Είδε ότι ο μικρός δεν μπορούσε καν να κουνηθεί. Ήθελε οπωσδήποτε γιατρό, πώς να τον πάει έτσι στο σπίτι; Κοίταξε τον ουρανό για να καταλάβει περίπου τι ώρα ήταν. «Πρέπει όπου να 'ναι να περνάει το λεωφορείο για την Κόνιτσα», μονολόγησε. Τον φόρτωσε στους ώμους της, έσφιξε τα δόντια για να ξεχάσει τους δικούς της πόνους και κίνησε προς τη δημοσιά. Βούλιαζαν τα πόδια της στο χώμα αλλά έκανε κουράγιο και ζητούσε από τη δική της Παναγιά να της δώσει δύναμη να αντέξει.

Ο Φώτης δεν έβγαζε κιχ πάνω στην πλάτη της και κρατούσε την ανάσα του για να μην τη βαρύνει κι άλλο, ψάχνοντας με τα μάτια του να δει το λεωφορείο, αυτό για το οποίο του μίλησε η γιαγιά. Δεν είχε μπει ποτέ στη ζωή του, αλλά έτρεχε γύρω του σαν παλαβός όταν το έβλεπε κι ονειρευόταν κάποτε στη ζωή του να καταφέρει να τρυπώσει μέσα. Τον μάγευε αυτό το σκούρο μπλε... σπίτι που περπατάει με ρόδες, και πιο παλιά είχε κάνει και μια σκέψη: ήθελε να ανεβεί στη σκεπή του λεωφορείου, εκεί όπου έβαζαν βαλίτσες και δεμένα κουτιά πάνω σε μια σχάρα. Και να που είχε έρθει η ώρα να μπει και να καθίσει κανονικά στο κάθισμα, κι αν ήταν τυχερός, να είναι και δίπλα στο παράθυρο για να βλέπει τον δρόμο.

Αυτό τον έκανε να ξεχνάει τον πόνο του και τις βελόνες που ένιωθε να τρυπάνε το πόδι του. Φτάνει που θα έμπαινε στο λεωφορείο. Κι αυτό οφειλόταν στον Τάσο, που τον έκανε να ανεβεί σ' εκείνο το ταρατσάκι με τον τσίγκο και να πέσει.

Άμα γυρίσω από το ταξίδι με το μεγάλο αμάξι, θα του πω ότι δεν πειράζει που με κορόιδευε. Και θα του πω ότι δε φταίω εγώ που δεν έχω μπαμπά. Θα του πω να προσέχει τον δικό του, να τον αγκαλιάζει και να μην τον στενοχωρεί, σκέφτηκε κι ένα χαμόγελο σχηματίστηκε στο πρόσωπό του.

Οι σκέψεις του χάθηκαν απότομα γιατί ένιωσε να τον γδέρνουν κλαδιά στα γυμνά του πόδια. Η γιαγιά του μπήκε σε ένα μονοπάτι για να κόψει δρόμο και να προλάβει το λεωφορείο, λέγοντας στον μικρό εγγονό της: «Βαστήξου γερά από την πλάτη μου, πρέπει να πάω πιο γρήγορα...». Μια κουβέντα ήταν. Αγκομαχούσε σε κάθε της βήμα, έτσι ζαλωμένη που ήταν, κι ένιωθε ότι θα της κοπούν οι φλέβες στον λαιμό και στα πόδια.

Είχε περάσει κάμποση ώρα από τότε που ξεκίνησαν αυτόν τον γολγοθά, κάνοντας μόνο μία στάση λίγων δευτερολέπτων για να πάρει μια ανάσα.

Ξαφνικά σταμάτησε, ακούμπησε λίγο άτσαλα τον Φώτη στο χώμα κι άρχισε να τρέχει φωνάζοντας: «Εεεεεεεεε, εεεεεεεε, σταμάτα, εεεεεεεεεε!».

Της βγήκε ο λαιμός από τη φωνή κι άδειασαν τα ταλαιπωρημένα πνευμόνια της, αλλά υπήρχε κάτι χειρότερο απ' αυτά. Άνοιξαν κι οι βρύσες των δακρύων της, φουσκωμένα ποτάμια έφτιαξαν. Το λεωφορείο ήταν στα εκατό μέτρα κι έφυγε δίχως να τους δει, κι αυτό ήταν μαχαιριά στην καρδιά της.

Έμπηξε τα κλάματα κι ο Φώτης, όχι γιατί έβλεπε για πρώτη φορά τη γιαγιά του να κλαίει ούτε γιατί πονούσε το πόδι του, αλλά επειδή έχασε το ταξίδι με το λεωφορείο και ποιος ξέρει πότε θα είχε ξανά την ευκαιρία. Κι έκλαιγε γοερά, μέχρι που η γιαγιά Φωτεινή βρήκε τρόπο να καταλαγιάσει τον πόνο του.

«Μη σκας, θα πάμε το πρωί. Και θα είναι πιο ωραία, τώρα δε θα έβλεπες τίποτα, έπεσε σκοτάδι...»

Μέσα της όμως σπάραζε γιατί ήξερε ότι ήταν αδύνατο να γυρίσουν σπίτι. Είχαν ξεμακρύνει αρκετά, και η ίδια πίστευε ότι, αν έκανε μερικά βήματα ακόμα με το παιδί στην πλάτη, θα έμενε στον τόπο. Να τον άφηνε μόνο και να πήγαινε να βρει βοήθεια; Το θεώρησε επικίνδυνο.

Από το μυαλό της πέρασε γρήγορα μια σκέψη. Λίγο πιο κάτω, στη διασταύρωση, ήταν το καλύβι του Ανέστη, ο Θεός να το κάνει καλύβι. Μια τρύπα ήταν, φτιαγμένη από πλίνθους, και ήξερε ότι είχε μέσα σκοινιά και κουδούνια για τα πρόβατα και τσίγκινες ποτίστρες και πράγματα για το κοπάδι και διάφορα εργαλεία. Παλιά τον είχε βοηθήσει σε κάτι δουλειές και γι' αυτό τα ήξερε.

«Άκου, Φώτη. Θα σου κάνω ένα δώρο απόψε, επειδή είσαι πολύ καλό παιδί...»

«Δώρο;»

«Ναι, μεγάλο! Θα περάσουμε μαζί το βράδυ στην καλύβα του Ανέστη. Μόνο οι δυο μας, αγκαλιά! Θα βάλουμε και τα κουδούνια στη σειρά, σε ένα μεγάλο σχοινί, έχει πολλά. Θα παίξουμε ωραία, θα σου αρέσει! Και το πρωί θα ξυπνήσουμε για να μπούμε στο λεωφορείο που θα περάσει...»

«Ναι! Ζήτω!» φώναξε ο μικρός ενθουσιασμένος μπροστά στην περιπέτεια αυτή.

Αλλά μια κουβέντα ήταν το «ζήτω». Γιατί λίγη ώρα μετά –κι αφού η γιαγιά είχε σπάσει τη μικρή κλειδαριά και κατάφεραν να μπουν στο καλύβι, ζητώντας νοερά συγγνώμη από τον Ανέστη, που ήξερε ότι θα την καταλάβαινε– άρχισαν να γίνονται έντονοι οι πόνοι του Φώτη. Το πόδι μελάνιασε και πρήστηκε κι αυτό τον έκανε να σπαράζει, δίχως να τον συγκινούν καθόλου τα κουδούνια του Ανέστη. Τρόμαζε και με τους κεραυνούς ο μικρός, με τις σκιές που έμπαιναν από το μικρό παράθυρο, το ανακάτεμα των δέντρων, τα ουρλιαχτά των σκύλων, το σκηνικό της μαυρίλας.

Η Φωτεινή έκοψε στη μέση ένα δεμάτι με σανό, το άπλωσε καλά, έστρωσε πάνω κι ένα χοντρό πανί που είχε εκεί ο ιδιοκτήτης, κάθισε και πήρε αγκαλιά τον Φώτη, που της ζητούσε επίμονα να φύγουν.

Η ηλικιωμένη γυναίκα βρήκε έναν τρόπο να του απασχολήσει το μυαλό και να απομακρύνει τον πόνο του. Δεν ήξερε εκείνη την ώρα αν έκανε καλά, αλλά ήταν το μόνο γιατρικό που είχε στα χέρια της.

«Ο μπαμπάς σου, που λες, ήταν πολύ δυνατός άντρας. Τόσο δυνατός και έξυπνος που τον φώναζαν όλοι να ανέβει στα κεραμίδια τους και να ξεχιονίσει τους χειμώνες όλα τα σπίτια του χωριού! Τον φώναζαν για να ξεγεννήσει τα ζωντανά, απ' όλα ήξερε! Τον φώναζαν να φέρει το νερό όταν κοβόταν. Ήξερε να χτίζει και μάντρες, να σπάει πέτρες, να βάζει τα σύρματα στα κοτέτσια. Κι εσύ θα γίνεις ψηλός σαν κι αυτόν, θα πιάνεις την πέτρα και θα τη στύβεις!»

«Και θα κοιτάω πού πατάω, γιαγιά...»

«Κι ήταν, που λες, γλυκομίλητος, δεν είχε κακιά κουβέντα για κανέναν. Σε όλους με τον καλό λόγο, ακόμα και σ' αυτούς που τον είχαν πειράξει. Έτσι τους κέρδιζε όλους, με το μυαλό και την καρδιά...»

«Εμένα με αγαπούσε, γιαγιά;»

«Ουουουου! Σε λάτρευε! Σου έλεγε τραγούδια, σε φώναζε λουλούδι του βουνού. Σε ανέβαζε ψηλά, κοιτούσε τη μάνα σου κι έλεγε συνέχεια ένα τραγούδι:

Άσπρο τριαντάφυλλο κρατώ,
μωρ' Γιαννιωτοπούλα μου,
ωρέ, μου λένε να το βάψω,
λουλουδάκι μου γαλάζιο,
λουλουδάκι μου γαλάζιο,
σε φιλώ κι αναστενάζω.

»Κι ύστερα σε ξάπλωνε στο κρεβάτι και σου έδινε το δάχτυλό του να το δαγκώσεις. Κι εσύ γέλαγες, γέλαγες πολύ, κι έβγαζες μια φωνούλα που μας έκανε να γελάμε κι εμείς».

«Άλλα τραγούδια έλεγε, γιαγιά;»

«Πολλά! Αλλά το αγαπημένο του ήταν ένα και το έλεγε σε

κάθε πανηγύρι. Τον είχαν μάθει πια κι άρχιζαν τα όργανα και τον καλούσαν να το πει. Και τι ωραία που το έλεγε, χάζευε ο κόσμος...»

«Ποιο ήταν, γιαγιά; Να μου το τραγουδήσεις εσύ!»

Δάκρυα κύλησαν στα κουρασμένα μάτια της Φωτεινής, όπως ξεκίνησε να λέει αργά το τραγούδι.

Καίγομαι και σιγολιώνω
και για σένα μαραζώνω
αχ, τι καημός.
Μίλησέ μου, μίλησέ μου
δυο λογάκια χάρισέ μου
αχ, ο φτωχός.
Σ' αγαπώ, σ' αγαπώ
ως κανένας άλλος
στην καρδιά μου ρίζωσε
έρωτας μεγάλος.
Τι να κάνω, τι να κάνω
αχ, ο μαύρος θα πεθάνω
αχ, τι καημός.
Μίλησέ μου, μίλησέ μου
δε σε φίλησα ποτέ μου
αχ, ο φτωχός.
Σ' αγαπώ, σ' αγαπώ
ως κανένας άλλος
στην καρδιά μου ρίζωσε
έρωτας μεγάλος.
Μίλησέ μου, μίλησέ μου
δε σε φίλησα ποτέ μου
αχ, τι καημός.

Έμπηξε τα κλάματα η Φωτεινή, είχε αβάσταχτο βάρος μέσα της, πονούσε η ψυχή της. Ήξερε καλά ότι αυτό το χτυπημένο σπουργίτι που είχε στην αγκάλη της θα περνούσε δύσκολη, πολύ δύσκολη ζωή, ζωσμένη από σκληρά αγκάθια.

«Γιαγιά, γιατί κλαις;»

«Από χαρά, αγόρι μου, από χαρά! Μ' αρέσει κι εμένα πολύ αυτό το τραγούδι...»

«Κι εμένα, γιαγιά, κι εμένα! Έχεις ωραία φωνή! Θα μου πεις κι άλλο ένα; Μόνο ένα...»

Πάνω στο μισό μοιρολόι, και παρά τον πυρετό που έκαιγε πια το μέτωπό του, ο Φώτης αποκοιμήθηκε εκεί στην αγκαλιά της και δεν την ξανακούρασε.

Τον σκέπασε με τη μαύρη της ζακέτα με τις χοντρές πλεξούδες και του χάιδευε το καυτό μέτωπο, θαρρείς κι έτσι θα του έπαιρνε τον πυρετό. Λύγισε κι εκείνη με τις σκέψεις που την έπνιγαν στο σκοτεινό καλύβι, που έφεγγε μόνο από τις αστραπές. Η βροχή χτυπούσε με μανία τον τσίγκο, προκαλώντας έναν σαματά που τρόμαζε. Σε μια γωνιά άρχισε να σταλάζει. Άφησε προσεκτικά τον μικρό, που είχε κοιμηθεί για τα καλά, κι έβαλε έναν κουβά για να μαζεύει το νερό. Κι ήταν τόσο πολύ, ώστε κάθε λίγο και λιγάκι σηκωνόταν για να τον αδειάζει κάτω από την πόρτα. Δεν τολμούσε να την ανοίξει, θα έμπαινε μέσα βροχή κι αέρας και τα πράγματα θα ήταν πολύ χειρότερα.

Μαύρη μοίρα... Πρώτα ο πόλεμος, μετά ο Εμφύλιος, μετά οι κακουχίες κι η πείνα, ο θάνατος του μακαρίτη, δυο ορφανά που δεν έχουν στον ήλιο μοίρα. Τι θα απογίνουν; σκεφτόταν η δόλια, που δεν τολμούσε να γείρει ούτε λεπτό μη και συμβεί κανένα κακό.

Αξημέρωτα βγήκε από το καλύβι, τυλίγοντας το κεφάλι της

με έναν μουσαμά που μύριζε τυρί, αλλά ήταν το τελευταίο πράγμα που την ένοιαζε. Είχε την αγωνία του λεωφορείου. Το παιδί έπρεπε να το δει γιατρός. Δυσκολευόταν να καταλάβει τι ώρα ήταν, αφού η βροχή δεν την άφηνε να δει καλά πώς προχωρούσε η μέρα.

Έμπαινε κι έβγαινε από το καλύβι και κατέβαινε στη στάση του λεωφορείου, να βρει κάποιον και να του πει να τη βοηθήσει να μεταφέρουν τον μικρό. Πρέπει να έκανε τη διαδρομή πέντε ή έξι φορές. Την τελευταία πάντως είδε την κυρα-Βασιλική με τον άντρα της τον Ιορδάνη, που ήταν μουσκεμένος και φουρκισμένος.

«Γύρνα πίσω, κυρα-Φωτεινή. Αυτός ο διάολος το λεωφορείο δε θα έρθει. Μου το είπε ο καφετζής, που του το είπε ο αγροφύλακας. Χάλασε, λέει, το λεωφορείο, κόλλησε στη λάσπη, δε θα έρθει. Να τους επάρει όλους ο διάολος! Έπρεπε να πάω στην Κόνιτσα, να δει γιατρός τη φιλενάδα σου, της ανέβηκε πάλι η πίεση. Θα μας επάρει κι εμάς ο διάολος!»

Κόντεψε να γονατίσει στα λασπόνερα η Φωτεινή, που κατάλαβε ότι είχε μεγάλο πρόβλημα πια από το κακό μαντάτο που της είπαν. Εξήγησε στη Βασιλική και στον Ιορδάνη το θέμα της, και άκουσε τον βουρλισμένο άντρα να της προτείνει μια λύση.

«Να πας στην κυρα-Καλλιόπη, ξέρει από σπασμένα ποδάρια. Φτιάχνει όλα τα κατσίκια! Ω ρε το δύστυχο το μικρό, κακορίζικος. Αν θες, θα πάω να της το πω εγώ, και θα τη φέρω και με το μουλάρι. Μ' αυτό μετά θα πάρω τον Φωτάκο να τονε πάω σπίτι...»

Το χαλασμένο λεωφορείο μπορούσε να περιμένει, όχι όμως το χαλασμένο πόδι. Η Καλλιόπη έφτασε γρήγορα με τα σύνεργά της, την ώρα που ο Φώτης γκρίνιαζε πολύ στη γιαγιά του.

«Με κορόιδεψες κι εσύ!» φώναξε το αγόρι, που είχε στραβοξυπνήσει.

Ένα ποτήρι γάλα μ' ένα παξιμάδι –της είχε μείνει της Καλλιόπης από την κηδεία του παλιού δασκάλου, του Κωνσταντή, και το πήρε μαζί της για το παιδί– και μια κουβέντα έκαναν τον Φώτη να σωπάσει.

«Αν δεν κάτσεις καλά, δε θα μπορείς να τρέξεις, βρε! Θα μένεις τελευταίος! Εγώ θα σε γιάνω και μετά, όταν γίνεις καλά, θα σε πάμε βόλτα με το λεωφορείο! Αλλά αν δεν κάτσεις καλά, θα τα χάσεις όλα...»

Τρόμαξε ο Φώτης και δεν έβγαλε λέξη όσο η μαυροντυμένη γυναίκα ασκούσε την... επιστήμη της.

Έβαλε το χτυπημένο πόδι ανάμεσα σε δυο ίσια σανίδια που τα έδεσε καλά και μέσα στα σανίδια έβαλε μαλλί προβάτων. Η μέθοδός της ήταν αλάνθαστη.

Μια καραμελίτσα ούζου που του έδωσε ο κύριος Ιορδάνης κι η καβάλα στο μουλάρι, τον Ψαρή, έκαναν τον Φώτη να ξεχάσει την ταλαιπωρία αλλά και τη βόλτα με το λεωφορείο. Κράτησε τα λόγια της «γιατρίνας», πως, όταν γιάνει, θα τον πάνε κάπου με το λεωφορείο.

Όταν πια γύρισαν σπίτι, η μάνα του, η Σοφία, έμπηξε τα κλάματα μόλις τον είδε. Κι όσο ο Ιορδάνης τής εξηγούσε τα καθέκαστα, τον είχε αγκαλιά τον μικρό γιο της και φιλούσε συνέχεια το προσωπάκι του.

«Θα περάσει, Παναγιά μου! Είχα φοβηθεί τόσο πολύ! Δεν ήξερα τι έγινε και ρώτησα τόσους. Κανένας δεν ήξερε. Πίστευα ότι με τη βροχή μείνατε σε κάποιο άλλο σπίτι μέχρι να ξημερώσει. Παναγιά μου!»

Τον έβαλε στο κρεβάτι για να κοιμηθεί. Ήταν εξαντλημένος και φοβισμένος, μπορούσε να τον καταλάβει, κι ας μην της έλεγε τίποτα. Κι όταν ο μικρός σχεδόν αστραπιαία κοιμήθηκε, την έπιασε το παράπονο: «Είναι ζωηρό παιδί, τι θα τονε κάνω;». Άλλο όμως ήταν το μεγαλύτερο παράπονο, και το είπε στα πουλιά που άρχισαν να ξαναπετάνε μόλις σταμάτησε η βροχή: «Μας άφησε μόνους ο μακαρίτης, έμειναν πίσω και τα χρέη του. Τι θα απογίνουμε; Πώς θα τα αναθρέψω;». Άρχισαν να τρέχουν δάκρυα στα μάτια της, ποτάμια απελπισίας, αγωνίας, φόβου και ανημποριάς, κι έτσι τη βρήκε η γριά Φωτεινή, που μπήκε μέσα ασθμαίνοντας.

«Κοιμήθηκε το πουλί μου; Πέρασε πολλά, αλλά να 'ναι καλά η Καλλιόπη, τον έσιαξε. Σε λίγο καιρό θα τρέχει σαν τα πουλάρια».

«Ουφ, κατατρόμαξα να ξέρεις. Μάνα, το παιδί κοιμήθηκε, αλλά εσύ είσαι σε κακά χάλια. Άμε να ξαπλώσεις λίγο, δεν είναι για παλικαριές η ηλικία σου...»

Η γριά, όμως, ήταν γερό κόκαλο και δεν κούνησε ρούπι από την κουζίνα, που ήταν μαζί και καθιστικό και υπνοδωμάτιο και χώρος εργασίας, όλα εκεί γίνονταν. Και δεν μπορούσε να γίνει κι αλλιώς, γιατί από τότε που μετακόμισε εκεί η Σοφία με τα δύο ορφανά, ο χώρος δεν περίσσευε. Στη μια κάμαρη κοιμόταν η Φωτεινή, στην άλλη τα δυο αγόρια, κι έτσι, αφού δεν υπήρχε κάτι άλλο, η Σοφία ξάπλωνε στο μικρό ντιβανάκι στην κουζίνα. Το προτιμούσε αυτό, παρά να μένει στο δικό της σπίτι. Δεν άντεχε τη σκιά του θανάτου, αυτήν έβλεπε από τότε που κομματιάστηκε ο άντρας της.

Κι ήταν κι η μεγάλη ανημποριά που την έκανε να ζητήσει καταφύγιο στη μάνα της. Η ίδια δεν είχε πια πόρους, δεν είχε τίποτα για την ακρίβεια. Ο μακαρίτης είχε αφήσει χρέη, κι έτσι πήραν και το κοπάδι και τα εργαλεία του κι ό,τι μπορούσε να πιάσει τόπο. Μάλιστα εκείνη αναγκάστηκε να δώσει τη βέρα και τον χρυσό της σταυρό για να καλύψει κάποια από τα χρέη, ενώ πούλησε για λίγες δεκάρες το νυφικό, το καλό της φόρεμα και τα καλά της παπούτσια. Δε γινόταν αλλιώς.

Τα παιδιά ψευτότρωγαν, αφού ούτε οι παππούδες μπορούσαν να γεμίσουν τόσα στόματα. Η ξυπολυσιά τους ήταν το λιγότερο. Αλλά όταν η κοιλιά είναι άδεια, αυτό δεν αντέχεται.

«Μάνα, να σου βάλω λίγο τυρί να φας; Έχεις χάσει το χρώμα σου...»

«Τυρί; Θες και τα λες; Θα χαλάσουμε το τυρί για να φάω εγώ; Και μετά τι θα γίνει; Τα παιδιά δε θα έχουν τίποτα; Έχουν αδυνατίσει πολύ κι ο Σπυράκος κι ο Φωτάκος. Καλύτερα να πεινάω εγώ... Με ένα φασκόμηλο θα είμαι εντάξει. Έχω φυλάξει και κάτι παξιμάδια, θα κάνουν δουλειά...»

Φυσούσε και ξεφυσούσε η Σοφία και δεν άντεχε την ανελέητη πείνα των παιδιών της, που σχεδόν δεν ήξεραν τι θα πει κρέας. Το φαγητό τους ήταν τις περισσότερες φορές ένας χυλός, λίγο ψωμί με λάδι κι από πάνω ρίγανη, καμιά φορά και λίγο τυρί με ντομάτα και μερικές ελιές, σπάνια έπεφτε στα χέρια τους και κανένα αυγό, που έπρεπε να κοπεί στη μέση για να φάνε και τα δύο παιδιά, που είχαν βαρεθεί το χαρούπι σε διάφορες μορφές. Όταν υπήρχε και ζάχαρη στο σπίτι, τους την έβαζαν πάνω στο βρεγμένο ψωμί για να γλυκαθούν λίγο.

Η Σοφία δεν άντεχε και το μαράζωμα της μάνας της, που υπέφερε κι εκείνη. Είχε κρεμάσει το δέρμα της από τις στερήσεις και τις κακουχίες, είχαν μαζέψει τα μάγουλά της, τα πόδια της ήταν σαν καλαμάκια, στα χέρια είχαν αρχίσει να φαίνονται οι φλέβες.

Η χήρα έψαχνε λύσεις στο μυαλό της, σκέφτηκε να πουλήσει και το σπίτι, αλλά δεν το έπαιρνε κανένας. Ποιος να το πάρει; Όλοι υπέφεραν και στο δικό της χωριό και στα διπλανά, σε μια πατρίδα που είχε γονατίσει από τα δεινά. Μάλιστα στα δικά της μέρη όλα ήταν έντονα. Τα βουνά ήταν γεμάτα από νάρκες, οβίδες, ακόμα και οστά, ο Γράμμος και το Βίτσι αναστέναζαν ακόμα, όλα ήταν μαύρα, όσο και το εσωτερικό του τζακιού. Όλα τα υπόλοιπα, πέρα από το φαγητό, ήταν περιττή πολυτέλεια.

Αυτό το ήξερε καλά η γιαγιά, που ανησυχούσε για το μέλλον των παιδιών. Κι έτσι όπως σκέπαζε τα πόδια της στο ντιβανάκι, ρώτησε τη Σοφία: «Ξέρω ότι έχεις πολλά στο μυαλό σου, ότι σε πνίγουν οι σκέψεις, αλλά ήθελα να σου πω κάτι. Τα παιδιά μεγαλώνουν, μήπως πρέπει να σκεφτούμε το σχολείο; Να μη γίνουν ξύλα απελέκητα όπως εμείς. Να πάνε λίγο παραπέρα, να μάθουν δυο γράμματα. Οι εποχές αλλάζουν, δεν μπορεί να είναι σαν εμάς. Μου το είπε κι ο Νικολής, ο δάσκαλος. Να του τα στείλουμε λέει, τα είδε, είναι έξυπνα. Ο Σπύρος έπρεπε ήδη να είχε πάει».

Η Σοφία καθάριζε κάτι χόρτα για το μεσημέρι, κι ακούγοντας τη Φωτεινή τής έπεσε το μαχαίρι. «Γράμματα; Είσαι με τα καλά σου; Να τα κάνουν τι; Θα τους βοηθήσουν να καθαρίζουν καλύτερα τα ζώα; Ή θα μαζεύουν πιο καλά τις ελιές; Έλα στα συγκαλά σου! Η προκοπή δε θέλει γράμματα, σηκωμένα μανίκια θέλει! Καλά το είπες, μεγαλώνουν, να μπουν μια ώρα αρχύτερα στις δουλειές! Και πες του κυρ δάσκαλου να μη φουσκώνει τα μυαλά των παιδιών! Δε χρειάζονται οι φανφάρες στη ζωή! Εκείνος είναι καλοταϊσμένος, ρωτάει τους άλλους;» Έτρεχαν δάκρυα στα μάτια της από την ένταση και τον θυμό και δεν κράτησε το στόμα της κλειστό. «Εδώ δεν έχουμε καλά καλά να φάμε κι εσύ μου τσαμπουνάς για γράμματα; Μας έφαγε η πείνα και η ξυπολυσιά, άλλα θα σκεφτούμε; Πού ξέφυγε το μυαλό σου;» Πέταξε την ποδιά φουρκισμένη και πήγε στο κατώι, μπας και βρει λίγο λάδι. Από τη σύγχυση δε θυμόταν αν είχε φυλάξει, όπως έκανε για τις δύσκολες ώρες.

Η Φωτεινή κούνησε το κεφάλι της από απελπισία. Αν και πονούσαν τα πόδια της, αφού την είχε ρημάξει εκείνος ο φλεβίτης, σηκώθηκε αργά αργά για να ρίξει μια ματιά στον Φωτάκο, που κοιμόταν μόνος του. Ο Σπύρος είχε πάει σε μια θεια στην Κόνιτσα, που τον πήρε κοντά της λίγες μέρες για να τον ταΐσει. Εκείνη είχε κότες, θα λάδωνε το άντερο του παιδιού που ήταν σε ηλικία ανάπτυξης.

Αναστέναζε ο Φώτης στον ύπνο του, σαν να ανέβαινε τον ανήφορο για το μοναστήρι της Παναγιάς, εκεί όπου κάποτε είχε χορτάσει λουκούμια και κρύο νερό από την πηγή. Και θα έτρωγε κι άλλα, όταν όμως ο καλόγερος τον χάιδεψε στο κεφάλι, έφυγε τρέχοντας, κι ας θυσίαζε τα λουκούμια. Δεν του άρεσε να τον ακουμπάνε στο κεφάλι.

Η Φωτεινή έμεινε να τον χαζεύει και να σκέφτεται το μέλλον του, καταλαβαίνοντας ότι δεν είχε και τόσο άδικο η μάνα του με όσα της είπε πριν. Ήταν σκληρά λόγια, αλλά η αλήθεια είναι σκληρή, σαν την πέτρα. Η επιβίωση ξεπερνούσε όλα τα υπόλοιπα. Όπως κίνησε προς την κουζίνα, είδε ένα δάκρυ στο πρόσωπο του Φωτάκου της. Και δεν ήξερε αν ήταν από το λαβωμένο πόδι, αιχμάλωτο μέσα στα σανίδια, αν ήταν από την πείνα ή την ταλαιπωρία, αν ήταν από τη νοσταλγία για τον πατέρα του, αφού εκείνη του αναζωπύρωσε τον καημό...

3

ΜΟΣΧΟΒΟΛΟΥΣΕ ΤΟ ΧΩΡΙΟ από βουνίσιες ευωδιές κι έλαμπαν οι κάτοικοι ξεχνώντας για λίγο τα προβλήματά τους με τη γιορτή της Παναγιάς, που έφερε πολλούς συγγενείς στους δικούς τους για λίγες μέρες και γαλήνεψε τις ψυχές τους.

Είχαν πλυθεί τα σπίτια και τα λιακωτά, τα φώτιζε ο ήλιος, τα έλουζε όμορφα το αυγουστιάτικο φεγγάρι και τα έκανε να μοιάζουν με στολίδια του βουνού. Κι είχαν καιρό να ακουστούν γέλια, τα έφερε κι αυτά η Παναγιά με τη γιορτή Της. Έβγαλε τον κόσμο στις ρούγες, στα διπλανά σπίτια, ακόμα και στα ποτάμια όπου βούτηξαν οι πιο θαρραλέοι, κι ας τους έλεγαν οι άλλοι παλαβούς.

Ο Παναγής, ο πολυπράγμονας έμπορος του χωριού που είχε δουλέψει στην Αμερική μετά τον πόλεμο και γύρισε με δολάρια, σχέδια και όνειρα, σταυροκοπιόταν όλες τις τελευταίες μέρες. Για την Παναγιά, για το όνομά του, για την υγεία της φαμίλιας του αλλά και για τα μεροκάματα που ήρθαν.

Το μαγαζί κινήθηκε καλά έπειτα από καιρό, αφού ντόπιοι και περαστικοί έπαιρναν το κατιτίς τους όλες τις τελευταίες μέρες. Το μαγαζί... Δεν ήταν ένα τυπικό καφενείο για γλυκύβραστους, κονιάκ και κολτσίνα, για υποβρύχιο σε κρύο νερό, για ούζο με μεζέ για τους πιο μερακλήδες, αυτούς που διαμαρτύρονταν ότι τους ξεπετάει ο Παναγής με μια ελιά και μισή ντομάτα, σπάνια και με καμιά σαρδέλα από κονσέρβα. Ήταν η χαρά των ματιών, μια αληθινή όαση στην έρημο.

Εκτός από τα πράγματα του καφενείου, είχε σε τσουβάλια –στοιβαγμένα μέσα και έξω από το μαγαζί– φακές, φασόλια και ρύζι, ντοματοπελτέ, ζάχαρη, αλεύρι, κονσέρβες διάφορων ειδών, αλάτι χοντρό, σαπούνια, κρασί σε βαρέλι, ακόμα και οινόπνευμα αλλά και πετρέλαιο. Κι είχε και καραμέλες σε βάζα, σκληρές και μαλακές, λουκούμια, τζιγκολάτες, τζάγια, κομφέτα, ενώ κατά καιρούς έκανε και υπερβάσεις. Έφερνε, ανάλογα με την εποχή και τις γιορτές, μπακαλιάρο παστό, ταραμά, σαρδέλες παστές, ρέγγες, ενώ, πιο σπάνια, έδινε και κρέας αγριογούρουνου όταν έπεφτε στα χέρια του, ή το μαγείρευε και το πουλούσε για μεζέ.

Όταν είδε ότι ο κόσμος δεν ανταποκρινόταν, αφού είχε προβλήματα, καθιέρωσε το μπακαλοτέφτερο για να μπορεί να κινείται το μαγαζί και να μην του μένουν τα πράγματα. Κι επειδή διέθετε τα πάντα, ακόμα και είδη ραπτικής αλλά και φυσίγγια για κυνηγούς, τον είχαν μάθει και κάμποσα χωριά γύρω και πήγαιναν για τα απαραίτητα, ακόμα και από την Κόνιτσα, που δεν είχε παρόμοιο μαγαζί, αυτό που έφτιαξαν τα δολάρια που έφερε από την Αμερική.

Χτυπούσε το κεφάλι του που δεν έμεινε κι άλλο να αβγατίσει τα δολάρια, αλλά ένα σοβαρό άσθμα τον έστειλε πίσω στο χωριό, που ήταν το καλύτερο φάρμακο. Αλλά και να μην το χρειαζόταν τόσο, κατά βάθος δεν την άντεχε την Αμερική, τον πλάκωνε όλο αυτό το χάος, η πανσπερμία, η βουή, το απρόσωπο. Τουλάχιστον, όπως έλεγε, του άνοιξε το μυαλό και τα μάτια και τον έκανε να βλέπει αλλιώς τα πράγματα.

«Με έχετε συγκινήσει τόσο πολύ, τρέμω!» μου είπε ο ιδιοκτήτης του μουσείου, ο Φώτης Ραπακούσης, ένας άνθρωπος που μιλούσε με την ψυχή του, όπως ακριβώς και το μουσείο.

Ξεκίνησε να μου στέλνει στο facebook διάφορα νέα αποκτήματα του μουσείου του, μέχρι που ένα μεσημέρι έστειλε ένα κείμενο που με συγκλόνισε και με έκανε να παρατήσω τη δουλειά μου στη μέση.

Διατηρώ αυτούσιο το κείμενο του Φώτη, με την ορθογραφία, τη στίξη και το συντακτικό του γράφοντος:

«Θα σας εξομολογηθώ κάτι σήμερα, που το είχα για 50 ολόκληρα χρόνια κρυμμένο βαθιά στην ψυχή μου. Στην περιπέτεια της ζωής μου από τα 6 μου χρόνια στα ιδρύματα (4 ορφανοτροφεία) Το πρώτο που με πήγαν ήταν το ορφανοτροφείο Ζηρού Φιλιππιάδος από 6 μου χρόνια μέχρι τα 12. Είναι εκείνα τα χρόνια που στην παιδική ηλικία, πολλά γεγονότα σημαδεύουν ανεξίτηλα την ψυχή και το μυαλό ενός παιδιού, και το ακολουθούν για πάντα σε όλοι του τη ζωή. Είναι αλήθεια ότι πολλές φορές δεν ήθελα να θυμάμαι τίποτα, και προσπαθούσα να κλείσω της πληγές της ψυχής μου από την πολύ πικρή και τραυματική αυτή εμπειρία, έδιωχνα κάθε σκέψη που ερχόταν στο μυαλό μου, δεν ήθελα να θυμάμαι... μάλιστα κάθε φορά που μετά από χρόνια περνούσα με την οικογένεια μου από τον δρόμο πηγαίνοντας για την Πρέβεζα, γύριζα το βλέμμα μου αλλού, γιατί δεν ήθελα να βλέπω ούτε την πύλη που οδηγούσε προς τα εκεί, είναι εκείνο το σφίξιμο στο στομάχι.... Η σύζυγος μου αργότερα ,πάντοτε μου έλεγε, και με πίεζε να πάμε, να της δείξω το μέρος που μεγάλωσα, είχε ακούσει ότι ήταν όμορφο μέρος, και είχε και λίμνη, (μια ομορφιά που εγώ δεν ήθελα να θυμάμαι) εγώ όμως δεν ήθελα. Εγώ το μόνο που ΗΘΕΛΑ ΝΑ ΘΥΜΑΜΑΙ ΗΤΑΝ ΤΟΝ ΝΙΟΝΙΟ τον παιδικό μου

φίλο, που μοιραζόμασταν τα πάντα όλα αυτά τα χρόνια, της αγωνίες μας αν έρθει κάποιος για να μας επισκεφτεί, αν λάβουμε κανένα γραμμα, και ίσως και κάποιο μικρό δέμα με λίγες καραμέλες σε σπάνιες περιπτώσεις, αν θα μας πιάσουν να κάνουμε αταξίες! και πόσο ξύλο!! θα φάμε, (ήταν το μοναδικό μέσο σωφρονισμού) ποιες θα είναι συνέπειες αν θα την κοπανίσουμε για την ελευθερία!! (αλήθεια και που να πηγαίναμε;) κ.τ.λ. Τελικά μετά από πολλά χρόνια δέχτηκα και πήγα στο Ζηρό να δείξω στην οικογένειά μου..... Σήμερα θα σας πω μια ιστορία από καρδιάς, που δεν έχει να κάνει με το πως βίωσα εγώ όλο αυτό, αλά έχει να κάνει με την αναζήτηση όλα αυτά τα χρόνια του φίλου μου του ΔΙΟΝΥΣΗ (Νιόνιου) ΑΝΑΣΤΑΣΟΠΟΥΛΟΥ, θυμηθείτε το επώνυμο.... Δεν τον ξέχασα ΠΟΤΕ! και πάντοτε αναρωτιόμουν που να βρίσκετε; πολλές φορές όλα αυτά τα χρόνια που περάσαν τον αναζητούσα, ζητώντας από τον Ο.Τ.Ε. κάποιο τηλ, μάταια όμως, έβρισκα άλλους με αυτό το όνομα που δεν είχαν σχέση με ιδρύματα. Αργότερα ρωτώντας άλλους που πέρασαν και αυτοί από το ορφανοτροφείο, τίποτε! Αργότερα έψαξα στο ιντερνέτ και στο φβ. ΤΙΠΟΤΕ! Σκοτάδι, το ήθελα πολύ, ήθελα να τον βρω, ήταν το ΜΟΝΟ! που ήθελα να θυμάμαι από τα παιδικά μου χρόνια. Δεν ήξερα πολλά, μόνο το όνομα, και το επώνυμο!! (αναστασόπουλος) και ότι ήταν κάπου από τον Πύργο Ηλείας, (θυμαμε τον παπου του που του έφερε ένα καλαθάκι με σταφύλια που τα μοιραστήκαμε) και το ότι μετά από το δημοτικό, η δρόμοι μας χώρισαν, αυτός για το ορφανοτροφείο του βόλου για γυμνάσιο, (τα έπαιρνε τα γράμματα) και εγώ για το Ληξούρι Κεφαλλονιάς για να μάθω κάποια τέχνη. Από τότε περάσαν 50 χρόνια.. είχα απογοητευτεί... μέχρι που πριν από μερικές μέρες μου λέει στο τηλ, ο αδελφός μου Σπύρος, 'Φώτη ψάχνοντας κά-

τι παλιά κιβώτια βρήκα κάτι οικογενειακά πράγματα του πάτερα μας από το χωριό, και μια ΦΩΤΟΓΡΑΦΙΑ ΣΟΥ ΜΕ ΕΝΑ ΠΑΙΔΙ! Μου τα έστειλε, τα μάτια μου έκπληκτα καρφώθηκαν στο παιδί που ήταν μαζί μου στην φωτογραφία ΗΤΑΝ Ο ΝΙΟΝΙΟΣ Ο ΦΙΛΟΣ ΜΟΥ! Το ενδιαφέρων μου αναζωπυρώθηκε, άρχισα πάλη με μανία να ψάχνω, αυτή την φορά επιστράτευσα και τον γιο μου για να με βοηθήσει να βρω τον Αναστασόπουλο!! ΤΙΠΟΤΕ.... ΣΚΟΤΑΔΙ.. δεν υπάρχει κάποιος με αυτό το όνομα ΑΝΑΣΤΑΣΟΠΟΥΛΟΣ που να μεγάλωσε στο ορφανοτροφείο του Ζηρού. Περάσαν μερικές μέρες και απογοητευμένος πια κοιτώντας την φωτογραφία.. μου ΠΕΦΤΕΙ ΑΠΟ ΤΟ ΧΕΡΙ ΣΤΟ ΠΑΤΩΜΑ ΑΝΑΠΟΔΑ!! σκύβω να την πάρω και τη βλέπω???? ΕΙΧΕ ΓΡΑΜΜΕΝΟ ΤΑ ΟΝΟΜΑΤΑ ΜΑΣ!!! Φώτιος Ραπακούσης και Διονύσης ΑΝΑΣΤΟΠΟΥΛΟΣ!!!!!!!!! ΚΑΙ ΟΧΙ Αναστασόπουλος που έψαχνα εγώ για 40 ολόκληρα χρόνια !!! Ξανά από την αρχή. Ψάξιμο με το σωστό όνομα αυτή την φορά...»

Είχα μείνει άναυδος και διάβαζα κλαίγοντας τη συνέχεια, εκεί στο σημείο της αποκάλυψης.

«Παρακαλώ... μου λέει μια ευγενική φωνή, συγνώμη λέω... ψάχνω κάτι και θα ήθελα να σας ρωτήσω αν είστε περίπου 62 χρόνων; ΝΑΙ μου λέει, η καρδιά μου πάει να σπάσει... τώρα η κρίσιμη ερώτηση, έχετε μεγαλώσει σε ορφανοτροφεία; ΝΑΙ μου λέει, σε ποιο των ρωτάω; γεμάτος αγωνία νιώθοντας ότι είμαι κοντά.. στο Βόλο μου λέει, και πιο πριν; τον ρωτάω τρέμοντας. ΣΤΟ ΖΗΡΟ ΜΟΥ ΛΕΕΙ!!!! ΑΥΤΟ ΗΤΑΝ. ΤΟΝ ΒΡΗΚΑ. Με λόγια γεμάτα συγκίνησης του λέω.. σε βρήκα φίλε, άσε με λίγο να συνέλθω, και θα σε πάρω σε λίγο. Ήθελα να πιω λίγο νερό να συνέλθω. Μετά από 5 λεπτά τον ξανά κάλεσα, του λέω πόσα χρονια τον ψάχνω, είμαι πολύ συγκινημένος, αυτός να με ρωτάει για το επίθετο μου, και εγώ να μη του λέω! ήθελα να ξέρω, αν

αυτός θα με θυμάται.. Πες μου αν θυμάσαι κάποιον από τότε του λέω. Δεν θέλω να θυμάμαι ΤΙΠΟΤΕ μου λέει, πέρασα πολύ άσχημα και θέλω να ξεχάσω! Εγώ επιμένω, δεν θυμάσαι κανέναν που να ήσασταν αχώριστοι; κάποιον που παίζατε μαζί μπάλα και να περνάγατε μαζί πολλές ώρες κάθε μέρα, κάποιον που να μοιραζόσασταν τα πάντα; Μόνο έναν θυμάμαι μου απαντά, αλά δυσκολεύουμαι να στο πω, γιατί αν δεν είσαι εσύ, και σου πω ένα άλλο όνομα, τότε θα στεναχωρηθείς! πες μου του λέω, θα το αντέξω! έχω περάσει πολλά στη ζωή μου. ΕΝΑΝ ΡΑΠΑΚΟΥΣΗ θέλω μόνο να θυμάμαι, που ήταν και αδελφός μου! (μου θύμισε ότι είχαμε κάνη την τελετή! και γίναμε αδέλφια) πες μου με ρωτάει με αγωνία, εσύ είσαι; ΝΑΙ του λέω εγώ είμαι. Τα έχει χάση, γεμάτος συγκίνηση, δυσκολεύετε να μιλήσει, πρέπει να βρεθούμε. Τον ρωτάω που ζει, στην Αθήνα μου λέει με τρεμάμενη φωνή και αυτός. Η ΣΥΝΑΝΤΗΣΗ ΕΓΙΝΕ ΠΡΙΝ ΑΠΟ 3 ΜΕΡΕΣ. Στο ξενοδοχείο όπου μέναμε. Η Σύζυγος μου χαρούμενη και αυτή, με την φωτογραφική μηχανή στο χέρι έτοιμη, να αποθανατίσει την μεγάλη στιγμή. Του έδειξα την φωτογραφία... έχει χάση τα λόγια του, θέλει να πει πολλά, θα έχουμε τον χρόνο. Η επιθυμία μου τόσον χρόνον εκπληρώθηκε!!!»

Με διαπέρασε ηλεκτρικό ρεύμα. Ήπια ένα ποτήρι παγωμένο νερό και τον κάλεσα στο τηλέφωνο. Θυμάμαι σαν τώρα την πρώτη μου κουβέντα: «Ρε φίλε, εσύ είσαι βιβλίο, και μάλιστα πολυσέλιδο!».

Ε, αυτό το βιβλίο κρατάτε στα χέρια σας!

Έφυγα ξανά για τα Γιάννενα για να τον συναντήσω από κοντά. Κι έβαλα τα γέλια όταν μου είπε ότι απορούσε με το ενδιαφέρον που βρήκα για τη ζωή του.

Μιλούσαμε κάπου οκτώ ώρες (!) στη λίμνη, αυτή που σημάδεψε τη ζωή του. Εκεί είχε κερδίσει το πρώτο του δίφραγκο. Κι αργά το βράδυ, κοφτός, δίχως να σηκώνει αντίρρηση, μου ανακοίνωσε: «Κοιμήσου καλά κι αύριο πρωί πρωί φεύγουμε για το Αηδονοχώρι. Εκεί θα μάθεις τα υπόλοιπα...».

Ο νέος μαραθώνιος κράτησε... τρεις μέρες. Τόσες χρειάστηκαν για να φτάσω στα τρίσβαθα της πονεμένης ψυχής του. Μιλούσε και σκούπιζε τα δάκρυά του, θύμωνε, οργιζόταν, έπιανε από νευρικότητα το κεφάλι του. Κι όταν «μπούκωνε», κατέβαζε ένα τσιπουράκι για να ξεφρακάρει το στόμα, να γλιστρήσουν οι λέξεις.

Μιλούσαμε καθιστοί, όρθιοι, περπατώντας, μέσα και έξω από τη Μονή της Μολυβδοσκέπαστης, σπαρταρούσε η ψυχή. Μου είπε αδιανόητα πράγματα, ανατριχιαστικά. Το πιο σοκαριστικό ήταν η αυτοκτονία της κόρης του Σόφης, ενός αγγέλου που επέλεξε να φύγει στα είκοσι τέσσερα χρόνια της, αφήνοντας μόνιμο σπαραγμό στους δικούς της. Δεν άντεξα να αγγίξω μυθιστορηματικά έναν τέτοιο άγγελο. Άκουγα, έβλεπα, έκλαιγα. Μαζί σπαράζαμε. Κι όταν σιωπούσε, τότε που οι λέξεις αδυνατούσαν πια να κυλήσουν, αναρωτιόμουν πόσο πόνο μπορεί να αντέξει ένας γονιός.

΄Ενα δεύτερο σημείο που με προβλημάτισε πολύ ήταν η τρομερή απέχθεια του Φώτη για τον Ζηρό. ΄Εψαξα και βρήκα ανθρώπους που είχαν μια διαφορετική οπτική. Θεωρούσαν ότι εκεί στις παιδουπόλεις σώθηκε η ζωή τους σε συνθήκες τραγικές για τη χώρα, με τα συνεπακόλουθα του Εμφυλίου να την κρατούν διαλυμένη. Ο καθένας έχει την άποψή του. Στη συγκεκριμένη περίπτωση, όφειλα να καταγράψω την οπτική γωνία του Φώτη. Αυτός ήπιε σταγόνα σταγόνα το πικρό γάλα, έγινε αγρίμι της Ηπείρου, υπέφερε, αντέδρασε έντονα.

Είναι η πολύπαθη ζωή ενός παιδιού που ανδρώθηκε παράλληλα με την ενηλικίωση της βασανισμένης Ελλάδας. Κι αυτό το πέρασμα –βασιλεία, ταραχές, δικτατορία, Μεταπολίτευση– είχε τεράστιο ενδιαφέρον. Μια άλλη εποχή, η τρομερή δύναμη του παρελθόντος. Σάμπως δεν είχε η κατάληξη; Ένας ταλαιπωρημένος φτωχοδιάβολος νίκησε τη μοίρα του κι είδε Προέδρους Δημοκρατίας να στέκονται προσοχή μπροστά του.

Οφείλω να το πω: δε μου έθεσε κανέναν όρο, ούτε καν για το μεγάλο δράμα της ζωής του, τον χαμό της κόρης του. Μου ζήτησε όμως να ρίξω το βάρος στο πρώτο κομμάτι της ζωής του, εκεί στα ιδρύματα. «Για τα μετά, δεν υπάρχει λόγος», είπε γελώντας, αφού πρώτα σκούπισε τα δάκρυά του. Το τήρησα. Δε θα μπορούσα να κάνω αλλιώς σε έναν «οσιομάρτυρα» της ζωής.

Ανταμώσαμε ξανά και ξανά, στα Γιάννενα και στην Αθήνα, και πάντα με ρωτούσε το ίδιο: «Τι ενδιαφέρον μπορεί να έχει η δική μου ζωή; Εγώ... βιβλίο;» Ναι, εσύ! Γιατί αυτές οι ιστορίες έχουν μοναδική αξία και διδάσκουν τόσο πολλά. Όταν σκουπίζουμε τα δάκρυά μας, έτσι;

Ένα μεγάλο ευχαριστώ στον Φώτη, έναν σύγχρονο... Ιντιάνα Τζόουνς, όπως τον φωνάζουν αρκετοί. Η εξομολόγησή του ακόμα με συγκλονίζει, όπως και τα γεγονότα, σαν ταινία του Παντελή Βούλγαρη.

«Θέλω να το πω χωρίς να με ρωτήσεις», είπε αρχικά, σαν άλλος... Άκης Πάνου. Και τα είπε.

Ευχαριστώ τη γυναίκα του Ντίνα, που ανέχεται την τρέλα του και τον στηρίζει. Οι πίτες που μας μαγείρεψε, αμβροσία! Όπως το αγριογούρουνο που φάγαμε στο καφενείο στο μαρτυρικό Αηδονοχώρι. Αντάμωσα και με τον Νιόνιο, τον Διονύση Αναστόπουλο, που άφησε την ευγένεια, την ηρεμία και τη γαλήνη του να με τυλίξουν τη στιγμή που μου έλεγε παλιές ιστορίες με τον Φώτη. Είναι κι εκείνος όρθιος και δυνατός, ζυμωμένος στα σκληρά καζάνια της ζωής.

Όσο ήμουν αφοσιωμένος στη συγγραφή, άκουγα ηπειρώτικα τραγούδια, λυγμούς και μοιρολόγια, που μ' έσπρωχναν κι άλλο στην ιστορία. Κι ανάμεσα στους πολλούς ιερουργούς της ηπειρώτικης τέχνης, έμεινα άναυδος ακούγοντας έναν σπάνιο μύστη-ιερέα της παράδοσης, τον Δημήτρη Υφαντή.

Τον συνάντησα πολλές φορές και μαζί με τον ήρωα του βιβλίου, τον Φώτη Ραπακούση, φτάσαμε στον «ιερό» ναό του, τη Βροντισμένη Πωγωνίου. Η ψυχή μας είναι ακόμη εκεί. Κι από τότε... *καίγομαι και σιγολιώνω, τι καημός*.

Ξεχωριστά ευχαριστώ σε έναν καταπληκτικό άνθρωπο, καθηγητή ερευνητή, συγγραφέα και πρώην βουλευτή με τρομερή εκτίμηση από όλους τους χώρους, τον Μιχάλη Παντούλα, που μου πρόσφερε απλόχερα τη βοήθειά του σε ό,τι ζήτησα.

Είμαι ευτυχής που έφτασα σ' αυτό το βιβλίο, δέκατο έκτο στη σειρά, διαφορετικό όμως από κάθε προηγούμενο.

Τελικά έχει δίκιο το τραγούδι. Η ιστορία με βρήκε, δεν τη βρήκα!

Στο πεπρωμένο σου να δίνεις σημασία
και να προσέχεις πώς βαδίζεις στη ζωή
όταν κοιμάσαι άλλος γράφει ιστορία
και κάποιος παίζει τη δική σου την ψυχή...

Ο Φώτης θα έλεγε ότι... «από παιδί στον ύπνο μου έβλεπα φωτιές», κι ύστερα θα τραγουδούσε: *Καίγομαι και σιγολιώνω...*

Έχει πλέον εγγόνι –από τον Δημήτρη του– για να το κάνει...

Διαβάστε επίσης...

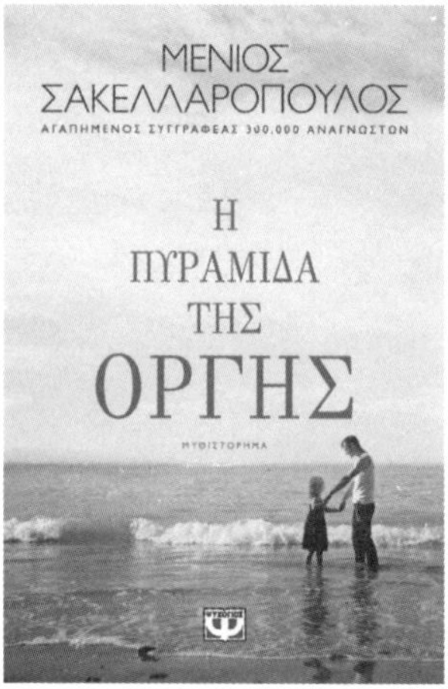

ΜΕΝΙΟΣ ΣΑΚΕΛΛΑΡΟΠΟΥΛΟΣ
Η ΠΥΡΑΜΙΔΑ ΤΗΣ ΟΡΓΗΣ

Ένα περίστροφο που μυρίζει οργή. Δυο υπουργοί που δωροδοκούνται. Μια εταιρεία που ψυχορραγεί. Ένας αδίστακτος εργοδότης. Τετρακόσιες οικογένειες έρμαια του φόβου και της αγωνίας για το σήμερα και το αύριο. Στημένα παιχνίδια. Ένα κοριτσάκι στη μέση του κυκεώνα. Ο πυροβολισμός που αλλάζει τα πάντα. Και η Νέμεση που έρχεται για να ξεμπερδέψει το θλιβερό κουβάρι, με τις εξελίξεις να είναι καταιγιστικές, μπλεγμένες με έρωτες και προδοσίες.

Μια συνταρακτική, καθηλωτική, ανθρώπινη ιστορία που κόβει την ανάσα και αγγίζει τις ψυχές. Μια ιστορία που θα μπορούσε να είναι αληθινή...

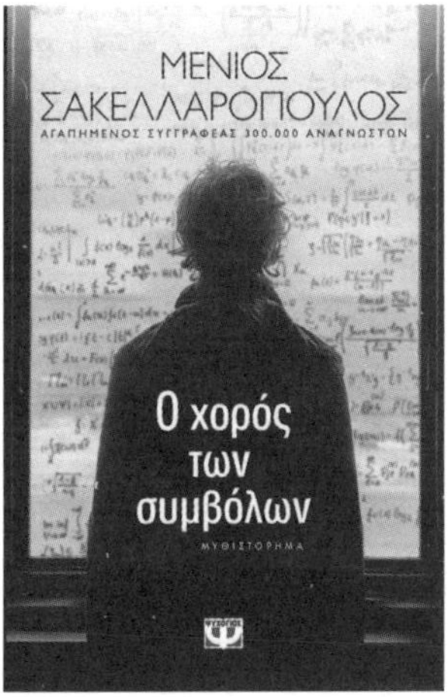

ΜΕΝΙΟΣ ΣΑΚΕΛΛΑΡΟΠΟΥΛΟΣ

Ο ΧΟΡΟΣ ΤΩΝ ΣΥΜΒΟΛΩΝ

Το χάρισμα του Νικήτα Σαββάκη στα μαθηματικά προοιωνίζεται ένα λαμπρό μέλλον. Ωστόσο η μοίρα διαλύει την ανεμελιά και τον φέρνει αντιμέτωπο με μια σκληρή πραγματικότητα. Οι γονείς του μένουν άνεργοι κι αμέσως μετά έχουν ένα σοβαρό ατύχημα. Έτσι αναγκάζεται να διακόψει τις σπουδές του και να εγκαταλείψει τα όνειρά του. Συντετριμμένος ψυχολογικά, ξεκινάει να δουλεύει ως σερβιτόρος και, στη συνέχεια, ως μεταφορέας. Σκέφτεται πληγωμένος τα λόγια και τα χρόνια τα χαμένα. Παρ' όλα αυτά, η λατρεία του για την επιστήμη του θα τον ωθήσει να αποδεχτεί μια μεγάλη πρόκληση, που ξεπερνάει ακόμα και τα πιο τρελά όνειρα. Περνώντας από συμπληγάδες κι έχοντας τη βοήθεια της αγαπημένης του Έλενας, θα ακολουθήσει μια πορεία που θα τον οδηγήσει ψηλά.

Ένα μαγικό ταξίδι ψυχής από τον Ψηλορείτη και τα Χανιά ως το Κέιμπριτζ και το Όσλο, ένας χορός των δυσνόητων αριθμών, μια ωδή στη δύναμη και τη θέληση, κόντρα στη μοίρα και στους καιρούς.

ΜΕΝΙΟΣ ΣΑΚΕΛΛΑΡΟΠΟΥΛΟΣ

ΔΕΚΑΤΡΙΑ ΚΕΡΙΑ ΣΤΟ ΣΚΟΤΑΔΙ

Στα σαράντα δύο του χρόνια ο Αλέξανδρος Παυλής, πολιτικός μηχανικός, βρίσκεται βυθισμένος στην απελπισία της αναδουλειάς και της ανασφάλειας. Αλλά τα μεγάλα του προβλήματα και η σοβαρή κρίση στη μακρόχρονη σχέση του με την Άννα είναι ένα τίποτα μπροστά στο παιχνίδι της μοίρας, αφού από ένα σφοδρό αυτοκινητικό ατύχημα χάνει το φως του. Το σοκ είναι τεράστιο και το σκοτάδι του τον τραβάει στην αυτοκαταστροφή. Κι εκεί που πιστεύει ότι όλα έχουν τελειώσει γι' αυτόν, ανακαλύπτει έναν καινούργιο κόσμο, άγνωστο, δύσκολο αλλά και μαγικό. Η δασκάλα του στη γραφή Μπράιγ, η Μαργαρίτα, τυφλή εκ γενετής, τον βοηθάει να σταθεί στα πόδια του. Νιώθει να ξαναγεννιέται. Αλλά και στη νέα του ζωή τα εμπόδια είναι τεράστια. Πάλι η μοίρα σκηνοθετεί κάτι αδιανόητο. Κι εκεί πια θα μιλήσει η δύναμη της ψυχής.

Ένα συγκλονιστικό ταξίδι στον κόσμο του σκοταδιού, εκεί όπου το φως παίρνει μια νέα διάσταση. Μια ιστορία για τον θρίαμβο της ανθρώπινης θέλησης.

ΜΕΝΙΟΣ ΣΑΚΕΛΛΑΡΟΠΟΥΛΟΣ
ΤΟ ΣΗΜΑΔΙ

Βουτηγμένος στο δηλητήριο του μυαλού του, ο Στέφανος Δημητρίου, φοιτητής Ιατρικής με λαμπρές προοπτικές, χρειάστηκε μόνο ένα λεπτό για να καταστρέψει ολάκερη τη ζωή του. Το πάθος του για την αγαπημένη του Ελβίρα, μια ψευδαίσθηση που τον τύλιξε ασφυκτικά, τον οδήγησε σε μια αποτρόπαιη πράξη που θα πλήρωνε ακριβά.

Ένοχος για έναν φόνο και μια απόπειρα στην πιο τρυφερή ηλικία του, άρχισε να περιδιαβαίνει τις φυλακές της χώρας. Αυλώνας, Διαβατά, Κασσαβέτεια έγιναν το σπίτι του, μια κόλαση που διέλυσε τον ίδιο, την οικογένειά του κι όσους βρέθηκαν δίπλα του.

Πάλεψε με τις ερινύες του για να μείνει όρθιος, τιμωρώντας κι ο ίδιος τον εαυτό του. Ωστόσο, τα συρματοπλέγματα δεν κατάφεραν να αγγίξουν την ψυχή του, που αναγάλλιασε όταν η μοίρα αποφάσισε να σκηνοθετήσει ένα νέο έργο στη ζωή του. Και οι εξελίξεις; Ένας χείμαρρος ορμητικός!

Μια σπαρακτική ανθρώπινη ιστορία με συγκλονιστική εξέλιξη που καθηλώνει και συγκινεί.

ΝΙΚΟΛ-ΑΝΝΑ ΜΑΝΙΑΤΗ
ΕΞΗΝΤΑ ΒΗΜΑΤΑ

Ελεύθερος! Ύστερα από τρία χρόνια εγκλεισμού σε ψυχιατρείο. Η τιμωρία της γυναίκας του για την υπεξαίρεση της περιουσίας της, την προδοσία του.

Με την καρδιά γεμάτη μίσος, απογυμνωμένος από καθετί που είχε με αγώνες κερδίσει –καριέρα, υπόληψη, όνομα–, σκοπός του πια είναι να την πληγώσει και μαζί όσους τη βοήθησαν να τον εξευτελίσει. Απομονωμένος στο πατρικό του στο χωριό, ζει με αυτόν τον στόχο στην ψυχή. Αθώοι άνθρωποι, φίλοι της Μαριλένας Νέβα, πληρώνουν ακριβά την εμμονή του, μέχρι να φτάσει η ώρα για τη δική της σκληρή τιμωρία.

Και ξαφνικά, στην ερημιά της ζωής του Αντώνη Γαβριελάτου εισβάλλει δυναμικά και επιβάλλει την παρουσία της μια γυναίκα· η δική της ιστορία θα του δείξει τις πληγές της εξαπάτησης από την πλευρά του θύματος. Τις πληγές που ο ίδιος προκάλεσε στη Μαριλένα.

Όμως αυτός έχει ήδη ετοιμάσει την τιμωρία της!

Εξήντα βήματα τον χωρίζουν από την εκδίκησή του. Τρία χρόνια εξευτελισμού και ταπείνωσης, μίσος που σιγότρωγε την ψυχή του, θα βρει ρωγμή να τα διαπεράσει η αληθινή αγάπη, που χωρίς να το καταλάβει τρύπωσε στην καρδιά του;

Ή θα καλύψει αυτά τα εξήντα βήματα; Και με ποιο κόστος;

Τον έκανε επίσης να θέλει να μαθαίνει τα γεγονότα, κι ήταν από τους ελάχιστους σε όλη την περιοχή που φρόντιζε να βρίσκει εφημερίδα για να ενημερώνεται.

Αυτό το πρωί, τρεις μέρες μετά τη γιορτή της Παναγιάς, το μαγαζί ήταν γεμάτο από όλους τους σοβαρούς άντρες του χωριού, ακόμα κι από κάποια διπλανά, που πήγαν για τον καφέ τους. Ήταν η μικρή Βουλή τους.

Ο δάσκαλος, ο Νικολής, παρότι είχε κι άλλους στο τραπέζι του, ήταν συνοφρυωμένος. Είχε πέσει στη μελέτη των εφημερίδων, και δεν έμεινε στην καινούργια, τη φρέσκια, αλλά πήγε και σε προηγούμενες που βρήκε αφημένες εκεί από τον Παναγή. Κουνούσε το κεφάλι του με απελπισία, μέχρι που ο παπα-Μανόλης τον ρώτησε γιατί ήταν έτσι.

«Τι να λέμε τώρα, παπά μου. Αλλάζει ο κόσμος κι έρχονται κι άλλα δεινά! Μας περιμένουν μαρτυρικά χρόνια...»

Ο ιερέας τον κοίταξε στα μάτια, χάιδεψε τα γένια του και τον αποπήρε με τον τρόπο του: «Βρε Νικολή, όλα μαύρα τα βλέπεις! Μας έλεγες πριν από καιρό ότι δε θα υπάρχει σε λίγα χρόνια το χωριό μας, αλλά είμαστε εδώ, όρθιοι, εμείς και τα σπίτια μας. Πίστευε λίγο στον Κύριο, όλα θα τα δεις αλλιώς...».

Θύμωσε ο δάσκαλος κι άρπαξε την εφημερίδα, αρχίζοντας να τη διαβάζει μεγαλοφώνως: *«ΕΚΛΕΙΣΘΗΣΑΝ ΤΑ ΣΥΝΟΡΑ ΤΩΝ ΔΥΟ ΓΕΡΜΑΝΙΩΝ. Η Μόσχα προασπίζει την Ανατολικήν Γερμανίαν και προσπαθεί να διασπάσει την Δυτικήν Συμμαχίαν. Η Αμερική προχωρεί εις αύξησιν των δυνάμεων. Ηπλώθησαν συρματοπλέγματα διά να αναχαιτίσουν το πλήθος των προσφύγων εκ του Ανατολικού Βερολίνου, τα οποία φρουρούν ένοπλοι της κομμουνιστικής Λαϊκής Αστυνομίας. Ρωσικά τανκς Τ-34 επηνδρωμένα υπό ανατολικών παρατεταγμένα εν επιφυλακή εις την Φρήντριχστράσε, όπου χωρίζονται τα δύο Βερολίνα. Ο κ. Χρουστσώφ απειλεί ότι...»* Σταμάτησε να διαβάζει κι έδειξε στον παπα-Μανόλη τις φωτογραφίες με τα συρματοπλέγματα, τα τανκς και τα προτεταμένα όπλα. «Μη μου λες εμένα, παπά, ότι τα βλέπω όλα μαύρα! Μαύρος είναι ο κόσμος και θα τον αιματοκυλήσουν πάλι. Και ξέρεις κάτι, παπά; Γι' αυτό πρέπει να βγάλουμε την ΕΡΕ να μας κυβερνήσει, για να έχουμε το κεφάλι μας ήσυχο...»

«Όχι και την ΕΡΕ, δάσκαλε, όχι και την ΕΡΕ! Τους ξέρουμε καλά αυτούς. Η Ένωσις Κέντρου είναι το μέλλον του τόπου, αλλιώς πήγαμε χαμένοι...»

«Χαμένοι θα πάμε άμα πάρουν την κυβέρνηση αυτοί που λες! Τώρα που βγήκε ο Τζον Κένεντι, θα στηρίξει την Ελλάδα. Αλλά ο Κένεντι θέλει τον Καραμανλή, τόσο δύσκολο είναι να το καταλάβεις; Οι άλλοι, οι δικοί σου, δεν είναι άνθρωποι της εκκλησίας στην πραγματικότητα, πώς διάολο δεν το βλέπεις;»

«Όχι διαόλους εδώ, Νικολή, όχι διαόλους, για το Θεό...»

«Ο Θεός θα μας κάψει μ' αυτά που λες!»

Στην κουβέντα με θεούς και διαβόλους μπήκαν ο Γιάννης ο χωροφύλακας, που συνέπλευσε με τον Νικολή τον δάσκαλο, ο Μηνάς ο κτηνοτρόφος, που συμφωνούσε με τον παπα-Μανόλη, ο Κώστας ο γιατρός, που είχε γυρίσει από την Αθήνα, αφού πήρε σύνταξη, και που κι αυτός ήταν με τον δάσκαλο, όπως κι ο Ανάργυρος ο αγροφύλακας. Όλο το μαγαζί μπλέχτηκε στην κουβέντα, λόξιγκα θα είχαν ο Κωνσταντίνος Καραμανλής και ο Γεώργιος Παπανδρέου!

Τότε ήταν που μπήκε στη μέση ο Παναγής κι έβαλε τις φωνές: «Πάτε καλά, ρε σεις; Τρώγεστε σαν τα σκυλιά για ποιο πράγμα ακριβώς; Μπας και θα σας πάρουν συνεταίρους και θα κυβερνήσετε μαζί; Όλοι σάς θέλουν μέχρι να τους ψηφίσετε και μετά χάνονται. Κοιτάξτε τα σπίτια σας πρώτα κι αφήστε την πολιτική, που μου γίνατε και ειδικοί!»

Εκεί που είχε ανάψει η κουβέντα με έντονες πια αντιπαραθέσεις, διαξιφισμούς, φωνές και εντάσεις, ξαφνικά όλοι σταμάτησαν να μιλάνε. Ο μικρός Φώτης, το ορφανό της Σοφίας, μπήκε ξυπόλυτος στο μαγαζί, φορώντας ένα κατατρυπημένο φανελάκι κι ένα διαλυμένο σορτσάκι, και πήγε προς τον πάγκο όπου είχε ο Παναγής δυο βάζα με καραμέλες. Μέσα σε δευτερόλεπτα έχωσε μέσα το χέρι του, άρπαξε όσες μπορούσε και εξαφανίστηκε σαν να είχε φτερά και να πέταξε.

Όλοι κοκάλωσαν μπροστά σ' αυτό που είδαν και που δεν είχαν ξαναδεί ποτέ στο χωριό τους.

«Μη νοιάζεσαι και θα σ' τον φέρω εγώ από το αυτί», έσπασε τη σιωπή ο χωροφύλακας, που ένιωσε προσβεβλημένος επειδή «αυτή η αλητεία έγινε μπροστά μου».

«Όταν δεν υπάρχει στο σπίτι πατέρας...» ξεκίνησε να λέει ο δάσκαλος, αλλά τον διέκοψε ο παπα-Μανόλης.

«Μπορεί να είναι κι έτσι, Νικολή. Ναι, ο πατέρας είναι η κολόνα. Αλλά το χωριό τι έκανε γι' αυτά τα δόλια τα ορφανά; Τα βοήθησε πουθενά, με κάποιο τρόπο; Ή τα άφησε στη μαύρη μοίρα τους;»

Έσπευσε να απαντήσει ο χωροφύλακας: «Η εκκλησία να βοηθήσει, έχει τρόπους. Οι χωριανοί τι να βοηθήσουν και πώς; Φτωχοί άνθρωποι είναι όλοι, καλά καλά δεν μπορούν να τα βγάλουν πέρα με τα σπιτικά τους...».

«Και δηλαδή τι; Να τους αφήσουμε να πεθάνουν τους ανήμπορους; Ή να τους πετάξουμε στον γκρεμό να ησυχάσουμε όλοι;» είπε ο Ιορδάνης, ενοχλημένος από την τοποθέτηση του χωροφύλακα, που δεν πτοήθηκε καθόλου.

«Αυτά τα κομμουνιστικά δεν τα καταλαβαίνω και μου γυρίζουν τα άντερα! Αν δεν μπει μια τάξη, θα γίνεται συνέχεια πλιάτσικο. Κι όχι από ένα παιδί αλλά και από μεγάλους, δικούς μας και παραδιπλανούς...»

Κάτι πήγε να απαντήσει ο Ιορδάνης, αλλά μια επιβλητική φωνή ενός αγριεμένου ανθρώπου που κουνούσε έντονα τα χέρια του τους διέκοψε όλους. Ήταν ο Παναγής.

«Όπα, ρε σερίφη, όπα! Δε γίναμε και... Σικάγο! Ούτε θα γίνουμε...»

«Καλά», είπε το όργανο της τάξης, που είχε και αντίλογο: «Εγώ πάντως προειδοποίησα... Κι αν σου σπάσουν το μαγαζί... Γιατί μόνο εσύ έχεις τόσα πράγματα και θα είσαι στόχος...».

«Ηρεμήστε, χριστιανοί, μην τσακωνόμαστε πάλι. Ήταν μια κακιά στιγμή. Θα αναλάβω εγώ να μάθω, αφήστε το πάνω μου. Α, και θα σου πληρώσω εγώ τις καραμέλες, Παναγή. Πόσες μπορεί να πήρε ένα παιδικό χεράκι;»

«Παπά μου, δε θέλω τίποτα. Πες πώς δεν έγινε. Αλλά ναι, μάθε γιατί έγινε, είναι σοβαρό. Πιάσε τη μάνα, πρέπει να ξέρει», αντιγύρισε ο Παναγής.

Ο Γιάννης ο χωροφύλακας πήρε εκνευρισμένος το καπέλο του και είπε φεύγοντας: «Όπου δεν πίπτει λόγος... Γιατί με τα πολλά λόγια χάλασε η κοινωνία...».

Κάτω από μια μουριά, καθισμένοι σε φύλλα που είχαν απλώσει στο χώμα, ο Σπύρος κι ο Φώτης είχαν τσακίσει τις καραμέλες που είχε φέρει ο μικρός και τα μούτρα τους είχαν γεμίσει από ζάχαρη. Ήταν εκείνες οι χοντρές καραμέλες λουκουμιού, που τους φαίνονταν σαν κρέας, κι ακόμα καλύτερα.

Κι αφού τις έφαγαν, έγλειφαν τα χαρτάκια μέσα στα οποία

ήταν τυλιγμένες, να μην πάει χαμένη η ζάχαρη. Κι ύστερα, τα άφηναν παραδίπλα μήπως πάνε χρυσόμυγες και τις πιάσουν.

«Τέλειες ήταν, Φώτη! Εγώ δεν είχα ξαναφάει τέτοιες. Μια φορά η γιαγιά μού είχε δώσει από κείνες τις σκληρές και δε μου άρεσαν τόσο. Αυτές εδώ ήταν τέλειες!»

«Ήταν! Γι' αυτό και πήρα αυτές. Είχα φάει μια άλλη φορά κι ήθελα να ξαναδοκιμάσω. Κι αν είναι να φάω και ξύλο που τις πήρα, δεν πειράζει! Θα το φάω ευχαριστημένος!» είπε γελώντας. Αλλά το γέλιο τού κόπηκε απότομα όταν στο βάθος του μονοπατιού είδε τον παπα-Μανόλη που προχωρούσε με ένα ραβδί στο χέρι. «Πάμε να φύγουμε, θα μας πλακώσει!» είπε στον Σπύρο. Κι ήξερε πού θα πήγαιναν να κρυφτούν. Στα παλιά φυλάκια του στρατού, κάτω στο ποτάμι, που είχαν πια ερημώσει κι είχαν γίνει καταφύγιο ζώων. Αλλά δεν τα φοβόταν τα ζώα, τους ανθρώπους φοβόταν. Αυτοί τον κυνηγούσαν και τον φοβέριζαν, αυτοί τον πλήγωναν με πράξεις και λόγια.

«Όχι, ρε Φώτη, είναι καλός, δε θα μας πλακώσει. Μας έχει φέρει και φαΐ στο σπίτι, κόκορα, και μια άλλη φορά κρέας, και μια άλλη φορά κάτι ρούχα. Και μπορεί να μην ψάχνει εμάς...»

Οι αμφιβολίες διαλύθηκαν αμέσως, όταν τα ονόματά τους αντήχησαν στο βουνό.

«Σπύρο, Φώτη!» ακούστηκε η βαθιά φωνή του ιερέα, που μπορούσε να δει μακριά, σαν τον αετό, αλλά αδυνατούσε να διακρίνει καθετί κοντινό, ακόμα και το Ευαγγέλιο κάτω από τα μάτια του.

«Τι κάνουμε τώρα;» ρώτησε με αγωνία ο Φώτης τον αδελφό του, ψάχνοντας ένα στήριγμα εκείνη τη στιγμή. Ένιωσε να κοκκινίζει, να καίει ολόκληρος, ακόμα και να τρέμει.

«Καλύτερα να σταθούμε για να δούμε τι θέλει. Παπάς είναι, δε θα μας βάλει φυλακή. Αλλιώς θα ερχόταν ο χωροφύλακας. Μη φοβάσαι, Φωτάκο...»

Η καρδιά του χτυπούσε σαν ταμπούρλο όσο πλησίαζε ο παπα-Μανόλης, που από το αγκομαχητό του δεν μπορούσε να ανασάνει όταν έφτασε κοντά τους.

Ήταν και τα δύο αμίλητα και διστακτικά, ίσως και αμήχανα, και το διέκρινε αμέσως ο παπάς. Τους χάιδεψε τα ιδρωμένα κεφάλια και τους χαμογέλασε. Ύστερα έβαλε τα χέρια στις φαρδιές τσέπες του ράσου, έβγαλε από δύο καραμέλες και τους τις έδωσε.

Τα μάτια του Φώτη γούρλωσαν κι αναρωτήθηκε αν έβλεπε καλά. Χάδι, καραμέλα, χαμόγελο!

«Κι όταν θέλετε καραμέλες ή κάτι άλλο, θα το λέτε σ' εμένα. Μόνο σ' εμένα. Κι εγώ έχω τον τρόπο μου», τους είπε, κοιτώντας τον Φώτη στα μάτια.

Το πρόσωπο του μικρού έγινε κατακόκκινο, φλογισμένο, όπως τα βράδια που καθόταν δίπλα στο τζάκι τον χειμώνα, τρέμοντας από το κρύο.

«Ελάτε να καθίσουμε, θέλω να σας πω κάτι», είπε ο παπάς, προσπαθώντας να βολευτεί σε μια πλατιά πέτρα, τη λιγότερο κοφτερή από τις άλλες.

Ο Φώτης ασυναίσθητα έπιασε το χέρι του Σπύρου.

«Ακούστε, παιδιά μου...» είπε μειλίχια ο ιερέας. «Είναι μεγάλη αμαρτία να παίρνουμε πράγματα που δεν είναι δικά μας. Είναι κακό πράγμα και δεν το θέλει κανείς, ούτε ο Θεός ούτε οι άνθρωποι. Αν θέλουμε κάτι, το ζητάμε. Κι αν μπορεί ο άλλος κι άμα γίνεται, μας το δίνει. Ποτέ δεν το αρπάζουμε...»

Ο Σπύρος χαμήλωσε το κεφάλι και περίμενε τη συνέχεια, αλλά το μυαλό του Φώτη κάλπαζε.

«Μήπως ο μπαμπάς μου είχε αρπάξει κάτι και τον τιμώρησε ο Θεός; Γι' αυτό έγινε κομμάτια;» Ήθελε να βάλει τα κλάματα, ακόμα και να πέσει στο ποτάμι για να σβήσει τη φωτιά μέσα του.

«Ήταν λάθος αυτό που έκανες, Φωτάκο. Και θέλω κάποια στιγμή να πας στο μαγαζί του Παναγή, να σταθείς σαν άντρας μπροστά του και να του ζητήσεις συγγνώμη. Θα καταλάβει. Είναι το πιο σωστό πράγμα που μπορούμε να κάνουμε έπειτα από ένα λάθος...»

Ο Φώτης, κάνοντας εικόνα στο μυαλό του την ανατίναξη του πατέρα του, ένιωσε έκρηξη μέσα του. «Τι να ζητάμε, κύριε πάτερ; Φαΐ που δεν έχουμε; Σκουτιά για να μην κρυώνουμε; Μπας και θα μας δώσει κανείς τίποτα; Και, για να ξέρετε, κύριε πάτερ, δεν πήρα τις καραμέλες για πλάκα. Πεινούσα πολύ, αλλά δεν ήθελα πάλι χυλό, όλο αυτό μας δίνει η μαμά μας. Σκέφτηκα τις καραμέλες, αυτές ήταν στο μυαλό μου. Έκανε «γρου γρου» η κοιλιά μου κι έτσι αποφάσισα να το κάνω. Και δεν τις έφαγα όλες, έδωσα και στον αδελφό μου, ρωτήστε τον. Και, να ξέρετε, κύριε πάτερ, μια μέρα είχα ζητήσει καραμέλα από τον κύριο Παναγή, με έδιωξε και μου είπε να μην ξαναπεράσω ούτε έξω από το μαγαζί!»

Στέγνωσαν το στόμα και η ψυχή του παπα-Μανόλη, σπάραξαν τα μέσα του ακούγοντας τα πικρά λόγια του Φώτη, που πια είχε βουρκώσει και σφιγγόταν για να μην κλάψει. Γιατί ήξερε καλά ο ιερωμένος –κι ένιωθε τύψεις– ότι δε στεκόταν μπροστά του ένας κλέφτης αλλά ένα δυστυχισμένο πλάσμα, ένα παιδί που δεν είχε στον ήλιο μοίρα, όπως και ο αδελφός του.

Έβαλε τα δυνατά του να σηκωθεί, κι όταν τα κατάφερε με κόπο, πήρε στην αγκαλιά του τα δύο δύστυχα παιδιά. «Να ξέρετε ότι θα είμαι δίπλα σας, κοντά σας. Για ό,τι θελήσετε...» τα διαβεβαίωσε.

Ο Φώτης πήρε μια βαθιά ανάσα και κοίταξε τον παπα-Μανόλη στα μάτια. Κοντοστάθηκε λίγο και έκανε την ερώτηση που τον βασάνιζε: «Κύριε πάτερ, ο μπαμπάς μου είχε κάνει καμιά αμαρτία και σκοτώθηκε; Είχε πάρει κανένα πράγμα άλλου; Ήταν κακός άνθρωπος;» Εκείνη τη στιγμή σκέφτηκε ότι μπορεί να σκοτωνόταν κι ο ίδιος επειδή είχε αρπάξει τις καραμέλες πριν.

Ο παπα-Μανόλης έπνιξε τον αναστεναγμό του κι έφερε τα χέρια στο πρόσωπο για να κρύψει την ταραχή του και να σφουγγίσει τα πρώτα δάκρυα. Καθάρισε τη φωνή του και έπιασε τον Φώτη από τους ώμους. «Άκου, μικρέ, ο πατέρας σου ήταν πολύ καλός άνθρωπος και βοηθούσε όλο τον κόσμο σε όσα μπορούσε. Μην έχεις στο μυαλό σου την αμαρτία. Ήταν ένα δυστύχημα. Ίσως ο Θεός τον ήθελε κοντά του επειδή ήταν καλός και ήθελε να τον κάνει άγγελο για να σας βλέπει από ψηλά...»

«Δεν είναι καλός αυτός ο Θεός που παίρνει τους μπαμπάδες! Και δε μας βλέπει, είναι πολύ μακριά!» είπε θυμωμένα, έβαλε τα κλάματα κι άρχισε να τρέχει στο χωράφι, ματώνοντας τα πόδια του από μια μεγάλη κουτρουβάλα. Η ψυχή του ήταν ήδη ματωμένη...

Φυσούσε και ξεφυσούσε δυνατά ο Σταυρίτης ο Σεπτέμβρης στο Αηδονοχώρι κι άρπαζε τα απλωμένα ρούχα, αδιαφορώντας για τον κόπο των κυράδων που είχαν τσακίσει τα χέρια τους στις σκάφες. Κι ο αέρας του, σαν να διαμαρτυρόταν για κάτι, χτυπούσε παραθύρια κι εσοχές και τρύπωνε στην καμπάνα της εκκλησιάς των Αγίων Αποστόλων, λες κι έτσι θα καλούσε περισσότερους χριστιανούς ανήμερα του Σταυρού να προσκυνήσουν και να προσευχηθούν.

Η Σοφία, σπρωγμένη από μια έντονη εσωτερική παρόρμηση, θέλησε να πάει στην εκκλησιά, έχοντας μέσα της ένα μεγάλο βάρος. Κι ήθελε να το ακουμπήσει στην Παναγιά και στους Αποστόλους, να τους πει ότι δεν άντεχε να το σηκώνει μόνη της. Δεν ήξερε αν εκείνοι, οι Απόστολοι του χωριού της, είχαν παιδιά. Αλλά όπως σκεφτόταν, αν είχαν, θα την καταλάβαιναν.

Ντρεπόταν που δεν είχε καλά σκουτιά να φορέσει, αλλά ήταν σίγουρη πως η Παναγιά δε θα την παρεξηγούσε για αυτό. Ούτε ο παπα-Μανόλης, που ήταν άγιος άνθρωπος και δεν άφηνε να φωλιάσει στην ψυχή του μήτε το κακό μήτε τ' άδικο. Δεν είχε ούτε δεκαρούλα για να ανάψει ένα κερί, αλλά έβαλε με τον νου της ότι αυτό δεν είναι αμαρτία ούτε ξεγέλασμα των αγίων.

Μπορεί να μην καταλάβαινε τίποτα, αλλά γονάτισε όταν άκουσε τον παπά να ψάλει:

Τοῦ Σταυροῦ σου τὸ ξύλον προσκυνοῦμεν Φιλάνθρωπε...

Σύ μου σκέπη κραταιὰ ὑπάρχεις, ὁ τριμερὴς Σταυρὸς τοῦ Χριστοῦ, ἁγίασόν με τῇ δυνάμει σου, ἵνα πίστει καὶ πόθῳ, προσκυνῶ καὶ δοξάζω σε.

Την πήραν τα κλάματα κι έκλαιγε για τον δικό της σταυρό στην ψυχή, αυτόν που τη γονάτιζε καθημερινά και διέλυε τα μέσα της. Δεν είχε να ταΐσει όπως έπρεπε τα παιδιά της, δεν είχε να τα ντύσει όπως έπρεπε τώρα που ερχόταν βαρύς και φουριόζος ο χειμώνας. Και μαζί με την ψυχή της και το στομάχι της, που έμενε άδειο κι όλο διαμαρτυρόταν.

Αντικρίζοντας το τέμπλο και τα ξύλινα κιονόκρανα ένιωσε την καρδιά της να σφίγγεται. Δυο μέρες πριν, ίσως και τρεις –μύλος είχε γίνει το μυαλό της–, την είχε προσβάλει ο Παναγής, που τη συνάντησε κοντά στον νερόμυλο.

«Καλά, δεν ντρέπεσαι καθόλου; Αμολάς τα παιδιά σου κι αρπάζουν ό,τι βρουν μπροστά τους; Έτσι τα μεγαλώνεις; Ασύδοτα; Κλέφτες θα τα δώσεις στην κοινωνία; Για μάζεψε λίγο το μυαλό σου και κάνε το πρέπον, γιατί αλλιώς δε θα σε ξεπλένουν ούτε τρία ποτάμια!»

Κατάπιε τη γλώσσα της κι έφυγε σαν κυνηγημένη, νιώθοντας να καίει ολόκληρη. Δεν είχε άντρα να τον βάλει στη θέση του τον ξιπασμένο Αμερικάνο με τις μεγάλες τσέπες και το μεγάλο στόμα, δεν είχε στήριγμα, δεν είχε ανάσα. Και δεν είπε το παραμικρό ούτε στη μάνα της, τη Φωτεινή, γιατί θα την έπιανε η καρδιά της είτε κάνοντας φασαρία είτε πνίγοντάς το μέσα της.

Το είπε όμως στη γειτόνισσα, τη Βασιλική, που, απ' ό,τι κατάλαβε, δεν έδωσε τόσο άδικο στον Παναγή.

«Σε καταλαβαίνω κι εσένα, βρε Σοφία, έχεις τα δίκια σου. Όμως να... Φαίνεται ότι δεν μπορείς να τα βγάλεις πέρα... Αλλά φαίνεται ότι ούτε τον χωροφύλακα μπορείς να κάνεις... Ε, είναι σκληρά τα αγόρια, πώς να τα μαζέψεις. Κι όσο μεγαλώνουν, θα γίνουν ακόμα πιο σκληρά. Κι αυτό θα είναι πρόβλημα...»

«Παιδιά είναι, Βασιλική, παιδιά! Δεν έκαναν και κανένα έγκλημα...»

«Ναι, δε λέω... Αλλά η πείνα είναι κακός σύμβουλος, δεν ξέρεις ποτέ πού σε πάει... Δες τι μπορείς να κάνεις. Έχω ακούσει για την Πρόνοια της βασίλισσας, της Φρειδερίκης. Σώζει ζωές η Μητέρα. Μπορεί να σώσει και τα παιδιά σου. Εδώ, μαζί σου, θα υποφέρουν, Σοφία, αμαρτία είναι τα κακόμοιρα...»

Το ίδιο της είπε και μια άλλη γειτόνισσα, η Ελένη, που ήξερε και λεπτομέρειες.

«Δεν είναι όπως πριν, που έπαιρναν τα παιδιά για να τα σώσουν από το παιδομάζωμα των συμμοριτών, οι οποίοι τα έστελναν στις Λαϊκές Δημοκρατίες και δεν έβλεπαν ξανά πατρίδα. Τώρα είναι αλλιώς, μαζεύουν και τα στερημένα παιδιά, τα πολύ φτωχά, αυτά, τα άπορα. Τα κάνουν σωστούς ανθρώπους και, πάνω απ' όλα, δεν πεινάνε, δε δυστυχούν, μαθαίνουν και μια τέχνη για να έχουν να πορεύονται στη ζωή τους και βγαίνουν πειθαρχημένα. Εσύ πώς θα τα μεγαλώσεις; Τι θα τους δώσεις; Τι θα τους μάθεις; Πώς θα τα στηρίξεις; Τίποτα δεν έχεις. Αυτή είναι η λύση. Να πάνε εκεί. Και, να ξέρεις, έχουμε τέτοια παιδούπολη –έτσι τη λένε– κι εδώ κοντά. Εκεί θα πάρουν ανάσα, θα ζήσουν, θα σωθούν...»

Είχαν πάρει φωτιά το μυαλό και η καρδιά της, σπάραζε μέσα της η Σοφία, ειδικά όταν η Μαρία, η αδελφή του δασκάλου, δασκάλα κι η ίδια και σεβάσμιο πρόσωπο στο χωριό, την αποπήρε.

«Τι; Να δώσεις τα παιδιά σου; Να τα στείλεις σε ίδρυμα; Καλά, πέτρα έχεις μέσα σου; Πώς θα το αντέξεις; Το αντέχει η καρδιά σου; Τόσα παιδιά μεγάλωσαν στη φτώχεια, δεν έπαθαν και τίποτα. Αν τα στείλεις εκεί, θα χάσουν κάθε συναίσθημα, θα δυστυχήσουν, κι ας έχουν να φάνε ένα πιάτο φαΐ. Ούτε να το σκέφτεσαι!» Χαμήλωσε τη φωνή της η Μαρία, κοίταξε τριγύρω και είπε ψιθυριστά στη Σοφία: «Μην ακούς και μην παρασύρεσαι. Η Φρειδερίκη έχει άλλα πράγματα στον νου της. Έφτιαξε κολαστήρια –γιατί τέτοια είναι– για να ελέγχει τα παιδιά, να κάνει ιδεολογικό στρατό για το δικό της συμφέρον. Δεν είναι από καλοσύνη. Αυτή ήταν σε ναζιστική οργάνωση μικρή. Έτσι μεγάλωσε. Ξεχνάς τι έκαναν οι βρομογερμανοί στο χωριό μας; Το έκαψαν ολόκληρο το '43, είκοσι δύο ανθρώπους σκότωσαν, πήραν όλα τα ζωντανά κι έφυγαν. Πέτρα για πέτρα δεν άφησαν όρθια. Μη μου λες λοιπόν τέτοια, κλαίει η ψυχή μου...».

Όλα ήταν μπερδεμένα στο μυαλό της, στις πιο ταραγμένες μέρες της ζωής της, όπως σκέφτηκε, το ίδιο ταραγμένες όπως τότε που έχασε τον άντρα της κι άλλαξαν τα πάντα, όταν χάθηκε ο ήλιος από μέσα της κι ήρθε το μόνιμο σκοτάδι.

Έτσι κλαμένη την είχε βρει η μάνα της, η Φωτεινή, και τότε της τα είπε όλα χαρτί και καλαμάρι. Μιλούσε κι έκλαιγε και σπάραζε, και τραβούσε τα μαλλιά της, και νόμιζε ότι θα έβγαινε η καρδιά της από τα στήθη της και θα έπεφτε στο πάτωμα και θα έμενε ξέπνοη. Ήθελε, εκλιπαρούσε μέσα της, να ακούσει κάτι διαφορετικό από τη μάνα της, να βρει λόγους για να δώσει άδικο στη Βασιλική και την Ελένη, που της έδειχναν ξεκάθαρα τον δρόμο. Κι ήξερε ότι η Φωτεινή δε θα της κρυβόταν, θα της έλεγε τα πράγματα όπως τα ένιωθε, δίχως να τους βάλει φτιασίδια. Κρεμόταν από το στόμα της και τέντωνε τ' αυτιά της για να μην της ξεφύγει ούτε λέξη. Κι άκουσε έναν σπαραγμό που την έκανε χίλια κομμάτια.

«Δεν ξέρω αν τα λέει καλά η κυρα-δασκάλα κι ούτε με νοιάζει. Εγώ ξέρω ότι τα πιάτα είναι μονίμως άδεια, ότι τα παιδιά είναι αδύνατα σαν κλαράκια που θα σπάσουν στον πρώτο αέρα. Από λόγια χορτάσαμε, από φαΐ πεινάσαμε. Δεν ήθελα να σε στενοχωρήσω, ξέρω τι τραβάς. Πίστευα ότι θα βρεθεί μια λύση, ότι κάτι θα γίνει. Ότι θα έρθουν συσσίτια, κάτι τέλος πάντων. Αλλά κάθε μέρα που περνάει είναι και χειρότερα. Από τότε που έγινε εκείνη η ιστορία με τον Φώτη, ταράχτηκα πολύ, έχασα τον ύπνο μου. Κι όχι γιατί με πρόσβαλε ο Παναγής, αλλά...»

«Σε πρόσβαλε κι εσένα ο Παναγής;»

«Μόνο με πρόσβαλε; Με ξεφτίλισε! Με έκανε ένα με τη γη! Να έβλεπες την κακία στο βλέμμα του... Με απείλησε κιόλας. Ότι έχει κάτι χαρτιά με παλιά χρέη του μακαρίτη κι ότι θα πάρει το σπίτι! Τέλος πάντων, τον έβαλα στη θέση του όπως ξέρω εγώ. Γιατί έχω ράμματα για τη γούνα του, κι αν χρειαστεί... Αλλά δεν είναι ο Παναγής το θέμα μας, που είναι και αυτό. Κάποιοι του φούσκωσαν τα μυαλά και βγάζει μίσος. Ίσως αυτό το κάθαρμα ο χωροφύλακας, που δε χρωστάει καλό για άνθρωπο. Αλλά αν πλησιάσει ποτέ τα παιδιά ή πει κουβέντα σ' εσένα, θα τον πνίξω με τα ίδια μου τα χέρια στο ποτάμι, κι ας έρθουν να με βάλουν μέσα...»

Έτρεμε η Σοφία και μεγάλωσε το τρέμουλο όταν η μάνα της συνέχισε.

«Το θέμα λοιπόν δεν είναι ο Παναγής κι ο κάθε Παναγής. Είναι τα παιδιά και μόνο αυτά. Σοφία, δεν είναι μόνο πεινασμένα αλλά και δυστυχισμένα. Η ψυχή τους είναι μαύρη, γεμάτη πληγές. Και, να το ξέρεις, δεν μπορεί κανένας να τις κλείσει, ούτε εσύ ούτε εγώ. Ο Φωτάκος μού κάνει παράπονα και για τα άλλα παιδιά, που πια τον ενοχλούν πολύ και τον κοροϊδεύουν. Λες και είναι αμαρτία να είσαι ορφανός! Κι έτσι χτύπησε το ποδάρι του, από τον πόνο μέσα του, το έμαθα εγώ. Αλλά, για να μην ξεφύγω απ' αυτά που λέω, μεγαλύτερη αμαρτία είναι να μεγαλώνουν με τόσες στερήσεις. Και δεν ξέρω πού μπορεί να φτάσουν...»

Η Σοφία σφούγγισε με το μανίκι τα δάκρυά της και, ρουφώντας τη μύτη της που έσταζε όσο και τα μάτια της, είπε με λεπτομέρειες στη μάνα της όσα της είχε αναφέρει η Μαρία.

«Άκου, Σοφία, καλά είναι τα λόγια –σ' το ξαναλέω–, οι πράξεις είναι οι δύσκολες. Είδες καμιά Μαρία, με τόση περιουσία και τόσα ζωντανά, να βοηθάει καθόλου; Ούτε ένα μπουκάλι γάλα δεν έφερε ποτέ, ούτε λίγο τυρί, λίγο κρέας. Είδες κανέναν άλλο; Όλοι κλείνονται σπίτια τους και κοιτάνε τα δικά τους. Μόνο ο παπάς προσπάθησε να βοηθήσει, αλλά δε γίνεται να αναθρέψει δυο παιδιά. Τι να λέμε λοιπόν, λόγια;»

Ξανάτρεχαν τα μάτια της Σοφίας, είχαν γίνει δυο κόκκινες πληγές. «Πες το καθαρά, μάνα. Τι εννοείς;»

«Τι να εννοώ; Ότι έχουν δίκιο η Βασιλική και η Ελένη. Ξέρω, καταλαβαίνω, είναι πολύ δύσκολο και γι' αυτό το άφησα στην άκρη, ενώ το είχα σκεφτεί κι εγώ. Και ξέρεις πώς; Τον θυμάσαι τον Αντώνη της Διαμάντως από την Κόνιτσα;»

«Αυτόν που παντρεύτηκε τη Σταυριανή της κυρα-Βούλας;»

«Αυτόν! Ε, λοιπόν, μια χαρά παιδί είναι, με το τσαγκάρικό του και τα όλα του. Σε... πώς το λένε... Σε παιδούπολη ήταν, στον Βόλο. Με τη Διαμάντω και τη φτώχεια της δεν ξέρω τι θα είχε απογίνει. Από πατέρα αντάρτη, έτσι; Δεν του έκαναν κάτι! Αλλά εμάς δε μας νοιάζουν τα πολιτικά, δε μας ένοιαζαν ποτέ. Ούτε εμάς ούτε τον μακαρίτη. Αν δεν έσπαγε τα χέρια του κάθε μέρα σε τόσες δουλειές, φαΐ δεν έφερνε. Γι' αυτό τον αγαπούσα, έστυβε την πέτρα για τη φαμίλια του. Από την πρώτη μέρα ως την τελευταία...»

Τινάχτηκε η καρδιά της μέσα της, σκίστηκαν τα εσώψυχά της στη θύμησή του. Την πήρε κορίτσι και την έκανε γυναίκα, δίνοντας όλη την ψυχή του και προσφέροντάς της ό,τι πολυτιμότερο είχε· την καρδιά του. Κι όταν έφυγε τόσο άδικα, εκείνη νέκρωσε μέσα της. Για πάντα.

Είχε σκεφτεί να πάει να γκρεμιστεί μετά το κακό του άντρα της, κι αυτό στριφογύριζε συνέχεια στο μυαλό της. Και θα το έκανε αν δεν είχε τα παιδιά, που έπρεπε να στηρίξει με όλες της τις δυνάμεις. Και τώρα έπρεπε να τα απαρνηθεί για να τα σώσει, με την ίδια τη ζωή να στραγγαλίζει και εκείνη και τα παιδιά. Έτσι αισθανόταν. Και δεν έκλεισε μάτι όλη τη νύχτα, πηγαίνοντας συνεχώς να τα χαϊδεύει και να τους ψιθυρίζει, σαν να μην επρόκειτο να τα δει ποτέ ξανά.

Τα μάτια της έκλειναν εκεί στη Λειτουργία, κι άυπνη όπως ήταν, ένιωθε να τη ζαλίζει το λιβάνι από το θυμιατό. Η φωνή του παπα-Μανόλη ακουγόταν σαν νανούρισμα.

Σῶσον, Κύριε, τὸν λαόν σου καὶ εὐλόγησον τὴν κληρονομίαν σου, νίκας τοῖς βασιλεῦσι κατὰ βαρβάρων δωρούμενος καὶ τὸ σὸν φυλάττων διὰ τοῦ Σταυροῦ σου πολίτευμα.

Έβλεπε τις εικόνες, τον Εσταυρωμένο, την Παναγιά, τον Άγιο Γιώργη, την Αγία Αικατερίνη που βασανίστηκε για την πίστη της, και μέσα τους χόρευαν τα κεφαλάκια των παιδιών της, αγέλαστα και θλιμμένα, αδύναμα σαν τον Ιωάννη τον Πρόδρομο που την κοιτούσε στα μάτια εκείνη την ώρα.

Γύριζαν ένα σωρό σκέψεις στο θολωμένο μυαλό της κι ένιωσε ανακούφιση όταν άκουσε το «δι' ευχών» από τον παπα-Μανόλη. Είχε πάει για να του μιλήσει, να του ανοίξει την καρδιά της, να τον συμβουλευτεί.

Πέρασαν λίγα λεπτά μέχρι εκείνος να μοιράσει τα αντίδωρα. Κι όταν έφτασε στην τελευταία, τη γιαγιά Θεώνη, την είδε να στέκεται πιο πέρα και της έκανε νεύμα να πλησιάσει.

«Σοφία, την ευλογία του Κυρίου. Έλα να πάρεις αντίδωρο...»

Εκείνη, αφήνοντας στην άκρη τις ντροπές της, το κατάπιε δίχως καν να το μασήσει. Δεν είχε βάλει τίποτα στο στόμα της από το προηγούμενο μεσημέρι κι αυτό το μικρό κομματάκι τής φαινόταν βάλσαμο. Τρόμαξε ο παπα-Μανόλης με την εικόνα που είδε, αν και μπορούσε να φανταστεί τι τραβούσε η ταλαίπωρη γυναίκα, που έμενε νηστική για να φάνε τα παιδιά της. Της έδωσε ακόμα ένα αντίδωρο αλλά και ένα ολόκληρο πρόσφορο που είχε μείνει, αφού ο δυνατός αέρας κράτησε πολλούς πιστούς στο σπίτι τους.

«Να το πας στα παιδιά, είναι διαβασμένο, ευλογημένο. Δε σε βλέπω συχνά τελευταία. Πώς είσαι; Αν κρίνω από τα κόκκινα μάτια σου, όχι πολύ καλά. Τι έχεις; Είσαι άρρωστη;»

Χαμήλωσε το βλέμμα της, αφού όλες οι ντροπές, μαζεμένες, γύρισαν και την άρπαξαν από τον λαιμό.

«Δεν ξέρω πώς να ξεκινήσω, πάτερ...»

«Έλα, έλα να καθίσουμε στα στασίδια, κόρη μου. Είμαι εδώ για να σε ακούσω και να βοηθήσω όσο μπορώ. Είναι για σένα ή για τα παιδιά;»

Το βλέμμα της έμεινε στο καντήλι που τρεμόπαιζε, όπως ακριβώς και η καρδιά της. Έσιαξε λίγο το μαντίλι στο κεφάλι και βρήκε το κουράγιο να τον κοιτάξει στα μάτια. «Πάτερ, έχω κάτι στο μυαλό μου που με βασανίζει και δεν ξέρω αν είναι μεγάλη αμαρτία, αλλά το σκέφτομαι συνέχεια... Να, τα ζόρια μας πια είναι μεγάλα. Δεν τα βγάζουμε πέρα και υποφέρω –κι η μάνα μου δηλαδή– που δεν μπορούμε να κάνουμε όσα πρέπει για τα παιδιά. Έχουν γίνει δυο σκελετοί τα κακόμοιρα από την αφαγία κι αυτό είναι θηλιά στον λαιμό μου. Κάνω υπομονή εδώ και καιρό αλλά δεν αλλάζει κάτι, χειρότερα γίνονται τα πράγματα».

«Ο Θεός είναι μεγάλος, παιδί μου...»

Δεν τη μαλάκωσε η κουβέντα του, ίσως και να την πίκρανε κι άλλο.

«Μπορεί και να μη μας βλέπει εκεί ψηλά που είναι κι εδώ χαμηλά που βρίσκεται το σπίτι μας. Συχώρα με, πάτερ μου, αλλά τα παιδιά θέλουν φαγητό, όχι παρηγοριά, συχώρα με. Κι εγώ δεν...»

«Σε καταλαβαίνω, κόρη μου...»

«Κανένας δε με καταλαβαίνει, πάτερ. Όταν ψάχνω για να τα ταΐσω και έχω ελάχιστα πράγματα να τους δώσω, μπορεί και τίποτα, δε με καταλαβαίνει κανείς, συχώρα με... Κι έχω κάτι στο μυαλό για να σωθούν τα παιδιά. Κι αυτό θέλω να μου πεις αν είναι αμαρτία...»

«Ποιο;»

«Να... Μου είπαν για κάποιο ίδρυμα... Ότι μπορώ να τα πάω εκεί και να σωθούν... Να φύγουν από τη μαυρίλα εδώ, γιατί μόνο μαυρίλα μπορούν να έχουν. Πονάω με τη σκέψη, πονάω ακόμα πιο πολύ τώρα που σ' το λέω και ντρέπομαι γι' αυτό, αλλά δεν έχω κάτι άλλο στο μυαλό μου».

Το ξεφύσημα του παπα-Μανόλη ταρακούνησε τη φλογίτσα στο καντήλι, κόντεψε να τη σβήσει. Της έπιασε με τα ροζιασμένα χέρια του τα κρύα χέρια της. Και δεν του ήταν εύκολο, είχε χάσει τα λόγια του. Όλοι οι άγιοι τους κοιτούσαν έτσι αμίλητους, βουρκωμένους, σχεδόν άπνοους. Κιχ δεν ακουγόταν στον ναό, και μπορούσε κανείς να αφουγκραστεί το τσιρτσίρισμα του καντηλιού. Ξεφύσησε ξανά, ίσως για να πάρει φόρα.

«Άκου με, κόρη μου. Ο Θεός δεν τιμωρεί, ο άνθρωπος το κάνει, και μάλιστα με κακό τρόπο. Η ζωή τα έφερε έτσι ώστε να υποφέρετε εσύ και τα παιδιά σου. Δεν είσαι η μόνη. Το να σκέφτεσαι να τα δώσεις για να τα σώσεις δεν είναι αμαρτία, είναι πράξη σύνεσης και δείχνει το μεγαλείο της ψυχής σου! Γιατί αυτό που θες να κάνεις πονάει πολύ. Αν εσύ είσαι έτοιμη να το κάνεις, τότε προχώρα και μην ακούς τους γύρω. Κανένας δεν μπορεί να μπει στη θέση σου και να σηκώσει τον σταυρό σου. Αν ήσουν μια κακή μάνα, θα αδιαφορούσες και θα τα άφηνες όλα στην τύχη. Όμως εσύ ψάχνεις λύσεις, και δε σου κρύβω ότι αυτό που σκέφτεσαι δεν είναι μόνο λύση, αλλά στην πραγματικότητα σωτηρία για τον Σπύρο και τον Φωτάκο σου. Όμως, σ' το ξαναλέω, πρέπει να είσαι έτοιμη για να το αποφασίσεις, να κάνεις πέτρα την καρδιά για να το αντέξεις. Δεν είναι καθόλου εύκολο. Εκείνα θα συνηθίσουν όπου πάνε, εσύ θα είσαι μονίμως διαλυμένη...»

Τον άκουγε αμίλητη, με τα δάκρυά της να αυλακώνουν το ταλαιπωρημένο πρόσωπό της και την ψυχή της να σκίζεται από το τρομερό δίλημμα με το οποίο ερχόταν αντιμέτωπη. Του έσφιξε τα χέρια. «Τα παιδιά μου, πάτερ, τα παιδιά μου, τα σπλάχνα μου...»

Καμώθηκε ότι της θυμώνει. «Τα παιδιά σου! Προτιμάς να τα έχεις δίπλα σου σκελετωμένα ή μακριά σου αλλά υγιή, ταϊσμένα, καθαρά, τακτοποιημένα; Γιατί αυτό μόνο είναι το θέμα, τίποτε άλλο. Κι εγώ, ένας ταπεινός παπάς, σ' το λέω καθαρά, κι ας με συγχωρέσει κι εμένα ο Θεός. Δεν είναι αμαρτία, μεγαλοψυχία είναι. Και, να το ξέρεις, μια μέρα, όταν θα μπορούν να καταλάβουν, τα παιδιά σου θα σε ευγνωμονούν γι' αυτό που έκανες. Έχει γίνει σκληρός ο κόσμος, Σοφία μου, και τα παιδιά θέλουν στήριγμα και φροντίδα μέχρι να σταθούν στα πόδια τους. Εσύ μόνο θα το ζυγίσεις μέσα σου, κανένας άλλος. Και το λέω με πίκρα, αλλά δεν μπορώ να μην πω την αλήθεια. Κανένας δε θα σου χτυπήσει την πόρτα για να σε βοηθήσει...»

Πλάκωσε η σιωπή και τύλιξε τα πάντα με τη δύναμή της, την οποία επέβαλε με ευκολία. Γιατί τόσο ο παπα-Μανόλης όσο και η Σοφία έμειναν άλαλοι, με τις λέξεις τους φυλακισμένες κι ανήμπορες να βρουν διέξοδο. Αλλά εκτός από τη σιωπή, μια σκοτοδίνη τύλιξε τη Σοφία, που σωριάστηκε στο πάτωμα, χάνοντας τις αισθήσεις της. Τρόμαξε πολύ ο παπα-Μανόλης, που δεν ήξερε αν αυτό οφειλόταν στην έντονη πίεση που ένιωθε η άμοιρη γυναίκα ή σε κάτι άλλο. Μάζεψε το μπαλωμένο ράσο του κι έτρεξε στο Ιερό. Πήρε ένα πανί που το είχε για να τυλίγει τα πρόσφορα, πήρε και το μπουκάλι με το κρασί που το είχε για να φτιάχνει τη Θεία Κοινωνία και με τρεις δρασκελιές βρέθηκε ξανά δίπλα στην πεσμένη γυναίκα. Σήκωσε προσεκτικά το κεφάλι της, κάθισε κι εκείνος στο πάτωμα και το ακούμπησε πάνω του. Έβαλε λίγο κρασί στο πανί κι άρχισε να της τρίβει ελαφρά το μέτωπο, τα χέρια, τα δάχτυλα. Ακούμπησε και στη μύτη της το βρεγμένο πανί και τότε εκείνη άνοιξε τα μάτια της.

Δόξα τω Θεώ! είπε μέσα του και της ζήτησε να χαλαρώσει. «Α, μην κουνιέσαι, μείνε όπως είσαι για να μη ζαλιστείς πάλι», της ζήτησε με ήρεμη φωνή, αλλά η Σοφία τρόμαξε όταν συνειδητοποίησε ότι ήταν ακουμπισμένη πάνω στον παπά.

Πετάχτηκε με μια απότομη κίνηση και του είπε: «Φεύγω, φεύγω, πάω σπίτι».

Έτσι αλαφιασμένη την είδε κι η παπαδιά, η Δωροθέα, που μπήκε εκείνη τη στιγμή στην εκκλησιά.

«Λιποθύμησε και τώρα θέλει να φύγει. Πρέπει να ηρεμήσει πρώτα», εξήγησε ο παπάς, με την παπαδιά να συμφωνεί απολύτως.

«Κάτσε, βρε γυναίκα του Θεού, να πάρεις μια ανάσα», της είπε.

Η Σοφία ένιωθε πολύ αδύναμη και καταλάβαινε ότι, αν έφευγε, θα σωριαζόταν ξανά. Δεν ήταν σε θέση να κάνει ούτε δυο βήματα, αφού έτρεμαν τα πόδια της κι αισθανόταν ότι δε χτυπούσε η καρδιά της.

Η επιμονή της Δωροθέας την έπεισε να μείνει λίγη ώρα στο σπίτι τους, μέχρι να νιώσει λίγο καλύτερα και να φύγει. Την ξάπλωσαν σε ένα ντιβανάκι δίπλα στο τζάκι, κι όταν η παπαδιά επιχείρησε να της βγάλει τα παπούτσια, η Σοφία πετάχτηκε και της έπιασε τα χέρια. Ντράπηκε τόσο πολύ! Οι κάλτσες που φορούσε ήταν κουρελιασμένες, αφού από κάτω είχε τρύπια παπούτσια.

«Όχι, καλύτερα να φύγω, είμαι καλά και...»

Πριν αποσώσει τη φράση της, λιποθύμησε ξανά, με τον παπα-Μανόλη να γουρλώνει τα μάτια του από τρόμο.

«Πρέπει να βρούμε γιατρό! Άμε μέχρι τον Λάμπρο να πάει να τον φέρει με το μουλάρι».

«Μη σκιάζεσαι, παπά μου, και το ξέρω το φάρμακο για να συνέλθει. Μόνο κάνε μου χώρο, μετακίνησε το τραπεζάκι κοντά της κι άσε τα άλλα σ' εμένα...»

Αφού έβαλε στη μύτη της ένα λεμόνι που την έκανε να πεταχτεί, απαίτησε –και κατάφερε– να την ταΐσει. Ήταν μια φρέσκια κοτόσουπα που είχε φτιάξει πριν από λίγο για εκείνη και τον παπά, μέρα που ήταν. Η Σοφία δεν μπόρεσε να αντισταθεί και έφαγε ένα γεμάτο πιάτο, ξέχειλο δηλαδή, ρουφώντας ως και τα κουκούτσια του λεμονιού.

«Ξανάρθε το χρώμα σου!» της είπε η παπαδιά, που ήξερε καλά ότι αυτό ήταν το φάρμακο. «Γιατί, βρε κορίτσι μου; Γιατί;» της ξέφυγε της παπαδιάς, με τη Σοφία να νιώθει πολύ άσχημα και να την παίρνει το παράπονο.

«Δεν... δεν έπρεπε να...»

«Έπρεπε και παραέπρεπε! Δεν το καταλαβαίνεις ότι έπεσες κάτω από την πείνα; Είναι πράγματα αυτά;»

«Θα ήταν καλύτερα να...» ξεκίνησε να λέει η Σοφία, αλλά σταμάτησε απότομα και δαγκώθηκε.

Η Δωροθέα δεν της έδωσε σημασία. Έβαλε την κατσαρόλα με την κοτόσουπα σε ένα μεγάλο ταγάρι, έβαλε μέσα και ένα πρόσφορο και τα ακούμπησε στο τραπεζάκι.

«Πήγαινε τώρα να ταΐσεις τον Σπυράκο και τον Φώτη. Και μετά ετοιμάσου για φασαρίες! Αυτή η σούπα θα τους δώσει πολλή ενέργεια!»

«Όχι, όχι, δεν...»

«Αυτό που σου λέω! Κάνε αλλού τον αντάρτη, όχι στην παπαδιά! Δε χρειάζεται να λέμε πολλά, εμείς οι δυο καταλαβαινόμαστε...»

Φίλησε με ευγνωμοσύνη το χέρι της παπαδιάς –και τα άκουσε άσχημα γι' αυτό– και κίνησε για το σπίτι με μια ανείπωτη χαρά.

Κι όταν ζήτησε από τα δυο παιδιά να νίψουν χέρια και πρόσωπο για να φάνε το φαγητό που τους έφερε, ξεκίνησε γλέντι.

«Φα-ΐ, -φα-ΐ!» άρχισαν να φωνάζουν ρυθμικά και να αγκαλιάζονται, σαν να ήταν Πάσχα.

Κι όταν κάθισαν στο μικρό τραπέζι, δεν έφαγαν, κατάπιαν τη ζεστή σούπα κι εξαφάνισαν το πρόσφορο, δίχως να πουν ούτε λέξη για να μη χάσουν μπουκιά.

Η Σοφία τα χάζευε, αμίλητη κι αυτή, κι εκείνη ακριβώς τη στιγμή, σκουπίζοντας λίγα δάκρυα, ήξερε τι έπρεπε να κάνει. Εκείνα δεν ήξεραν. Και μόλις τελείωσαν το φαγητό μέσα σε ελάχιστο χρόνο, την πήραν αγκαλιά κι άρχισαν να τη φιλάνε και να πειράζουν το μαντίλι της.

4

ΣΦΥΡΙΖΕ ΑΚΑΤΑΛΑΒΙΣΤΙΚΟΥΣ σκοπούς ο αέρας, ανένδοτος, ανυπότακτος, επιθετικός, απόλυτος κυρίαρχος, πετώντας κάτω οτιδήποτε του αντιστεκόταν. Κι είχε τέτοια δύναμη, ώστε έσπρωχνε τα σύννεφα και κινούσε κοτζάμ θάλασσα, που άφριζε από την ανημποριά της να μείνει ασάλευτη.

Μόνο τον Φώτη δεν ενοχλούσε όλο αυτό το κακό, με το λυσσάρικο αγέρι να έχει σηκώσει από το πρωί τον τσίγκο του σπιτιού μαζί με τα κεραμίδια που είχαν βάλει για να τον κρατάει, και τα είχε φτάσει ως το ποτάμι. Όμως γι' αυτόν ήταν μέρα εκδρομής και δε θα την έχανε ακόμα κι αν έριχνε πέτρες ο ουρανός ή βούλιαζε η γη.

Του την είχε τάξει η γιαγιά του, η Φωτεινή, που του μιλούσε μέρες γι' αυτή την εκδρομή και του είχε πάρει το μυαλό.

Του είχε πει ότι θα πήγαιναν οι δυο τους σε μια πανέμορφη λίμνη με πολλά δέντρα τριγύρω, ότι θα έπαιζαν εκεί κυνηγητό και κρυφτό, ότι εκεί στη μαγική λίμνη θα έβρισκε κι άλλα παιδάκια κι ότι θα έμενε μαζί τους για να τα γνωρίσει και να γίνουν φίλοι, κι ότι το βράδυ θα κοιμόνταν όλα μαζί.

Είχε πολλές απορίες για όλη αυτή την ιστορία, αλλά προτίμησε να μην τις πει σε κανέναν μήπως τελικά χαλάσει αυτή η εκδρομή. Τις σκεφτόταν όμως συνέχεια. Γιατί δε θα πήγαινε μαζί τους η μάνα του, και γιατί ο αδελφός του ο Σπύρος θα πήγαινε άλλη εκδρομή, σε άλλο μέρος, με τον θείο Μήτσο; Και γιατί να μην πήγαιναν όλοι μαζί; Όλα αυτά τα κράτησε για τον εαυτό του, κι ίσως να μάθαινε κάποια στιγμή το γιατί, ίσως και να πήγαιναν όλοι μαζί τελικά.

Είχε και μια άλλη αγωνία που τον έτρωγε από τη στιγμή που η γιαγιά του είπε για την εκδρομή. Αν όντως θα γινόταν αυτή τη φορά, αφού και την προηγούμενη του είχε πει για το λεωφορείο και τη βόλτα στην Κόνιτσα αλλά δεν μπήκαν ποτέ.

Αλλά αυτό το πρωινό με τον λυσσασμένο αέρα βεβαιώθηκε ότι η γιαγιά έλεγε αλήθεια. Τον σήκωσε πρωί πρωί για να τον πλύνει και δεν τόλμησε να διαμαρτυρηθεί ούτε στιγμή για το παγωμένο νερό που τον ανατρίχιαζε και τον έκανε να τρέμει σύγκορμος. Μπορούσε να τα ανεχτεί και να τα αντέξει όλα εκείνη τη στιγμή, ακόμα και να φάει εκείνο τον χυλό που τον είχε σιχαθεί.

Τον παραξένεψε που τον έβαλε να φιλήσει τον αδελφό του τον Σπύρο, αυτό δεν του είχε ξανασυμβεί. Κι όταν του ξέφυγε ένα «γιατί;» η γιαγιά ήταν ξεκάθαρη: «Έτσι κάνουν όταν πάνε ταξίδι. Αγκαλιάζουν και φιλάνε τους δικούς τους. Έτσι να κάνεις πάντα».

Ο Σπύρος ήταν κι αυτός πολύ χαρούμενος. Αγκάλιασε τον αδελφό του και του είπε γεμάτος ενθουσιασμό: «Πάω εκδρομή σε ένα μέρος που το λένε Φιλιάτες! Ο θείος μού είπε ότι είναι μαγικά! Εσύ, Φώτη, πού θα πας;».

Κατσούφιασε λίγο αλλά δεν άφησε τη διάθεσή του να χαλάσει. «Δεν ξέρω, δε μου είπε η γιαγιά. Ξέρω όμως ότι εκεί όπου θα πάμε έχει μια τρομερή λίμνη!» Κοίταξε γύρω του να δει αν τους ακούνε και είπε ψιθυριστά στον Σπύρο: «Μακάρι να πηγαίναμε μαζί. Θα ήταν πιο ωραία».

«Ο θείος μού είπε ότι μπορεί να πάει μόνο ένα παιδί από κάθε οικογένεια. Γι' αυτό! Αλλά κάποια φορά θα πάμε μαζί».

Τους έκανε εντύπωση που έλειπε η μάνα τους από το σπίτι, αλλά όπως τους εξήγησε η γιαγιά, «είναι στον γιατρό γιατί κάτι έφαγε και την πείραξε».

«Τρώει αυτές τις βλακείες που δίνει και σ' εμάς!» πετάχτηκε ο Φώτης, αλλά το μετάνιωσε αμέσως και ταυτόχρονα φοβήθηκε μη χάσει την εκδρομή. Η γιαγιά τον αγριοκοίταξε, αλλά δεν του είπε κάτι κι αυτό τον ανακούφισε.

Επειδή θα έφευγαν πρώτοι, έπεσε ξανά στην αγκαλιά του Σπύρου και τον ξαναφίλησε, αλλά τον παραξένεψε που είδε τη γιαγιά του δακρυσμένη. Προτίμησε να αφήσει την εικόνα να φύγει.

Όταν έφτασαν με τα πόδια εκεί στη στάση του λεωφορείου κι όταν είδε μπροστά του το σπίτι με τις μεγάλες ρόδες, κόντεψε να λιποθυμήσει από τη χαρά του! Πριν μπει στο λεωφορείο, είδε μπροστά του τον Τάσο, αυτόν που τον κορόιδευε συχνά και του δημιουργούσε πολλά προβλήματα, αυτόν που τον είχε εξοργίσει τόσο ώστε να ανεβεί στον τσίγκο και να τραυματιστεί στο πόδι. Πάγωσε μπροστά σ' αυτή την εικόνα, αλλά βρήκε γρήγορα την ψυχραιμία του με μια απλοϊκή σκέψη: *Εγώ θα πάω εκδρομή, ο Τάσος όχι...*

Αλλά ο σκληρός Τάσος τον αιφνιδίασε για ακόμα μία φορά. «Καλό ταξίδι, Φώτη, καλό ταξίδι...»

Ο Τάσος ήξερε, ο Φώτης όχι...

Ο Φώτης επίσης δεν ήξερε γιατί γελούσε τόσο παράξενα αυτός που άναβε τα καντήλια στην εκκλησία...

Μια ολόκληρη πληγή ήταν η Σοφία, παραμορφωμένη στο πρόσωπο από το αδιάκοπο κλάμα ωρών, κάτι που της προκάλεσε τη ρήξη μερικών αγγείων στα μάτια. Μόλις έβαλε τα παιδιά για ύπνο, κάθισε δίπλα τους τυλιγμένη με μια παλιοκουβέρτα και δεν πήρε το βλέμμα της από πάνω τους επί ώρες. Τους χάιδευε τα μαλλιά, έτριβε απαλά τα ποδαράκια τους, έλεγε από μέσα της όσες ευχές ήξερε από τη δική της γιαγιά και τη μάνα της, τα ευλογούσε.

Μέσα στην άγρια νύχτα, που γινόταν πιο άγρια από τη συναυλία των αέρηδων, σκέφτηκε πολλές φορές να τινάξει στον αέρα το σχέδιό της. Να μην τα ξυπνήσει ποτέ και να μην τα στείλει στα ιδρύματα, να τα κρατήσει δίπλα της και να συνεχίσουν να ζουν μαζί, κι ας είχαν όλες τις δυσκολίες του κόσμου.

«Πώς θα τα αφήσω μόνα τους; Πώς θα αντέξουν; Πώς θα αντέξω;» αναρωτιόταν συνέχεια, αλλά τα αδύναμα προσωπάκια τους, κομμένα από την πείνα, την έκαναν να μετανιώνει. «Δεν έχω το δικαίωμα να τους στερήσω μια καλύτερη ζωή για να τα έχω δίπλα μου», έλεγε στον εαυτό της, και ξεκινούσε πάλι τον θρήνο μέσα της.

Έσφιγγε τα χέρια της και τα δάχτυλά της, τα μάτωσε κόβοντας τις μικρές πέτσες που προεξείχαν. Κι όταν κατάλαβε ότι τελείωνε ο χρόνος που θα τα είχε δίπλα της, βγήκε από το σπίτι, τυλιγμένη με εκείνη την παλιοκουβέρτα, και ξέσπασε σε ένα γοερό κλάμα που θα λύγιζε και τα βουνά γύρω της.

Μόνο η μάνα της, που λαγοκοιμόταν, την άκουσε και βγήκε ταραγμένη να δει τι συμβαίνει, αν και ήξερε τους λόγους.

«Είσαι με τα καλά σου; Θες να σε καταλάβουν και να μην ξεκολλάνε; Θες να τους χαλάσεις τη ζωή; Τι θες δηλαδή; Το σκέφτηκες, το αποφάσισες, τα είπαμε, τα συμφωνήσαμε! Δεν πάνε στην Ουγγαρία και την Ανατολική Γερμανία, εδώ κοντά θα είναι. Κι είναι μόνο για το καλό τους», τη μάλωσε, κι ύστερα, όταν κατάλαβε πώς ένιωθε, την πήρε αγκαλιά και την έσφιξε πάνω της.

«Μάνα, δε θα το αντέξω...» ψέλλισε η Σοφία κι έμπηξε πάλι τα κλάματα, αδυνατώντας να ελέγξει τον εαυτό της.

«Άμε μέσα, θα πουντιάσεις», τη συμβούλεψε η Φωτεινή, που σκέφτηκε κάτι εκείνη την ώρα για να μαζέψει την κατάσταση. Έριξε πάνω της ένα χοντρό σκουτί, έβαλε στο κεφάλι της κι ένα χοντρό μαντίλι και κίνησε αξημέρωτα για το σπίτι του παπά. «Μισή ντροπή δική μου και μισή δική του», είπε μέσα της, αποφασισμένη να κάνει αυτό που σκέφτηκε.

Ήξερε ότι ο παπα-Μανόλης σηκωνόταν πολύ πρωί, χάραμα, για να γεμίσει το θυμιατό και να λιβανίσει. Χρόνια το έκανε αυτό και δεν το σταματούσε ούτε όταν ήταν πολύ άρρωστος. Την πήραν από πίσω κάτι πεινασμένα σκυλιά, αλλά ήταν ατρόμητη και τα έδιωξε με ένα ξύλο που κρατούσε. Και χαμογέλασε όταν είδε φως στην κάμαρη του παπά, που είχε ανάψει τη λάμπα πετρελαίου και ποιος ξέρει τι απολυτίκια μουρμούριζε.

Ήξεραν κι ο παπάς κι η παπαδιά τι επρόκειτο να συμβεί, κι έτσι δε γούρλωσαν τα μάτια όταν είδαν μπροστά τους τη Φωτεινή.

«Μόνο εσείς μπορείτε να την κουμαντάρετε...» τους είπε, εξηγώντας τους με κάθε λεπτομέρεια αυτό που γινόταν στο σπίτι της.

Χωρίς πολλά λόγια παπάς και παπαδιά φόρεσαν τα πανωφόρια τους και ακολούθησαν τη γυναίκα, που κι εκείνη σπάραζε μέσα της, αλλά δεν έδειξε το παραμικρό. Κι όταν έφτασαν, βρήκαν τη Σοφία να κλαίει δίπλα στα παιδιά, έχοντας ποτίσει με τα καυτά της δάκρυα την κουβέρτα.

Σάστισε όταν τους είδε και δεν κατάλαβε πώς και γιατί εμφανίστηκαν εκεί ο παπάς με την παπαδιά.

Ο παπα-Μανόλης τής έπιασε το χέρι. «Ήρθα να τα ευλογήσω και να τους δώσω την ευχή του Χριστού. Να είναι αγιασμένο το διάβα τους...»

Τον έβλεπε να ψιθυρίζει κάτι λόγια που δεν καταλάβαινε κι έτρεμαν τα μέσα της, σπαρταρούσε η ψυχή της, κόβονταν τα πόδια της.

Κι όταν ο παπάς τελείωσε τις ευχές, τα έρανε με αγιασμό, με εκείνα, ήσυχα σαν σπουργίτια, να είναι παραδομένα στον γλυκό ύπνο τους. «Φίλησέ τα αλλά μην τα ξυπνήσεις...» της είπε εκείνος, με την παπαδιά να την κρατάει αγκαλιά φοβούμενη μην καταρρεύσει.

«Τι... Δηλαδή... Να...» είπε τρέμοντας η Σοφία, με τις λέξεις να μην έχουν τη δύναμη να βγουν.

«Αποχαιρέτησέ τα τώρα... Καλύτερα να μη σε δουν το πρωί που θα φύγουν, θα είναι πολύ δύσκολα γι' αυτά», της είπε ο παπάς, μ' εκείνη να δαγκώνει –και να ματώνει– τα χείλη της.

Την άφησαν να πλαντάξει, ενώ αρνούνταν να φύγει.

«Μα τους είπαμε ότι πάνε εκδρομή, τι πειράζει να είμαι εδώ όταν...» ξεκίνησε να λέει και την ξαναπήραν τα κλάματα.

Ο παπάς επέμεινε: «Παιδί μου, δε θα μπορείς να είσαι ψύχραιμη και είναι λογικό. Θα τα ταράξεις που θα σε δουν στα χάλια σου. Θα είναι χειρότερα. Γιατί να κλαίει η μάνα τους; Επειδή πάνε... εκδρομή;»

Κούνησε συγκαταβατικά το κεφάλι και τους παρακάλεσε να την αφήσουν μόνη με τα παιδιά.

«Σε παρακαλώ, Σοφία, μην τα ξυπνήσεις, δεν πρέπει...» της είπε η Δωροθέα και βγήκε από την κάμαρη με τον παπά και τη Φωτεινή.

Η πονεμένη μάνα γονάτισε ξανά δίπλα στα παιδιά της, μένοντας αμίλητη. Σήκωσε το βλέμμα στον ουρανό και με δάκρυα στα μάτια ψέλλισε: «Υπάρχεις; Γιατί με τιμωρείς;».

Όταν έσκυψε να φιλήσει τον Σπύρο, εκείνος δυσανασχέτησε και γύρισε πλευρό, ενώ το φιλί στο μάγουλο του Φωτάκου τον έκανε να χαμογελάσει, να πάρει αγκαλιά τον αδελφό του και να συνεχίσει τον ύπνο του.

Η Σοφία σηκώθηκε με πολύ αργές κινήσεις, σαν να ήθελε να παγώσει τον χρόνο, και χωρίς να πάρει τα μάτια της από τα παιδιά της, πήγε προς την πόρτα. Ήθελε να ουρλιάξει, να την ακούσουν τα βουνά, τα λαγκάδια, τα ποτάμια, όλα τα πουλιά της γης. Ήθελε να φωνάξει εκείνη την ώρα «σας αγαπώ, σας λατρεύω, είστε η ζωή μου και δεν τη θέλω άλλο χωρίς εσάς», αλλά τα έπνιξε όλα μέσα της.

Έκανε ακόμα ένα βήμα προς την πόρτα, αλλά ξαφνικά σταμάτησε και γύρισε στα παιδιά. Τα ακούμπησε απαλά με το δεξί της χέρι και ψιθύρισε: «Να έχετε την ευχή της μάνας... Σε όλη σας τη ζωή...». Έπνιξε με το χέρι το νέο ορμητικό κύμα από τα κλάματα και βγήκε γρήγορα με τον φόβο μήπως τα ξυπνήσει.

Αν υπήρχε παράδεισος, όπως του έλεγε συχνά η γιαγιά του για όσους κάνουν καλές πράξεις στη ζωή τους, ήταν αυτός ακριβώς μπροστά του. Καθόταν δίπλα στο παράθυρο και έβλεπε με κομμένη την ανάσα έξω στον δρόμο, κι όλο αυτό, πρωτόγνωρο για τον ίδιο, του φαινόταν μαγικό. Στην αρχή παραξενεύτηκε λίγο και είπε με ένα βλέμμα γεμάτο απορία: «Γιαγιά, γιαγιά, κουνιούνται τα δέντρα! Πώς γίνεται αυτό;».

Εκείνη βρήκε το κουράγιο να χαμογελάσει και του είπε:

«Φώτη μου, δεν κουνιούνται τα δέντρα! Το λεωφορείο προχωράει και τα περνάει!».

«Γιαγιά, γιαγιά, κοίτα, και τα σύννεφα προχωράνε, και τα σύρματα, και η βρύση!»

Ήταν εκστασιασμένος από όλα αυτά που έβλεπε, μπαίνοντας για πρώτη φορά στη ζωή του σε αυτοκίνητο. Το κεφάλι του γύριζε από δω κι από κει για να μη χάσει τίποτε από τη διαδρομή του παραδείσου, που τον έκανε να νιώθει βασιλιάς. Κάνα δυο φορές, μάλιστα, μέχρι να συνηθίσει, τράβηξε απότομα το κεφάλι του και το έπιασε να δει αν είχε αίμα, όταν κάποιο κλαρί χτυπούσε στο τζάμι του. Αλλά μόλις κατάλαβε ότι δεν κινδυνεύει, κόλλησε τη μύτη στο παράθυρο για να βλέπει ακόμα πιο καλά.

Η Φωτεινή ήταν πλημμυρισμένη από ένα γλυκόπικρο συναίσθημα. Από τη μια χαιρόταν με τον απύθμενο ενθουσιασμό του Φώτη –τον οποίο δεν είχε ξαναδεί ποτέ τόσο χαρούμενο– αλλά από την άλλη ήξερε μέσα της ότι αυτό το ταξίδι θα ήταν καθοριστικό για τη ζωή του. Προτίμησε να μη σκέφτεται και απλώς να τον παρατηρεί και να του λύνει τις δεκάδες απορίες σχετικά με τη διαδρομή.

Τρεις τέσσερις στάσεις μετά, όταν πια το λεωφορείο είχε γεμίσει, παρατήρησε ότι το χρώμα του παιδιού δεν ήταν καλό. «Πονάς κάπου, Φωτάκο;» τον ρώτησε ήρεμα.

Η απάντηση ήταν ένας σφοδρός εμετός που την έκανε χάλια. Την ίδια αλλά και την μπροστινή της. Είχε ζαλιστεί από τις στροφές, ανακατεύτηκε πολύ, έτσι άμαθος που ήταν, κι έβγαλε αυτό το γάλα που του φαινόταν πικρό.

Η Φωτεινή, αφού ζήτησε χίλια συγγνώμη από την κυρία που είχε λερώσει άθελά του ο Φώτης, τον σκούπισε και τον καθάρισε με ένα πανί που είχε στην τσάντα της.

«Ορίστε, να, δώστε του να μυρίσει λίγο λεμόνι, θα του κάνει καλό», της είπε η κυρία ενώ καθαριζόταν, που ευτυχώς δε δυσανασχέτησε καθόλου και προσφέρθηκε μάλιστα να βοηθήσει. Επιπλέον, επειδή είδε τον μικρό σε κακή κατάσταση, ζήτησε από τον οδηγό να σταματήσει για λίγο ώστε να πάρει το παιδί μια ανάσα.

Κατέβηκαν κι ανέβηκαν γρήγορα, με τον Φώτη να λέει ότι ζαλίζεται λίγο αλλά κρυώνει πολύ. Προσπαθούσε να κατεβάσει λίγο το κοντό παντελονάκι για να σκεπάσει κάπως τα ακάλυπτα ποδαράκια του, αλλά γρήγορα κατάλαβε ότι ήταν μάταιος κόπος. Αν μπορούσε, ευχαρίστως θα χτυπούσε αυτόν που ανακάλυψε τα κοντά παντελόνια, το μαρτύριο όλων των παιδιών τον χειμώνα.

Ανέβηκε μισοζαλισμένος, σχεδόν τρεκλίζοντας, και η Φωτεινή κατάλαβε ότι δεν ένιωθε καλά, αφού της ζήτησε να μην καθίσει πια στο παράθυρο.

«Όλα κουνιούνται εδώ!» είπε άψυχα.

Τον έβαλε στο διπλανό κάθισμα και τον σκέπασε με το παλτό της, που μπορεί να ήταν πολύ παλιό και φθαρμένο, αλλά θα τον ζέσταινε αμέσως μέσα στο λεωφορείο.

«Έχετε μακρύ ταξίδι; Πού πηγαίνετε;» τη ρώτησε η κυρία την οποία λίγο πριν είχε λερώσει ο Φώτης.

Η Φωτεινή είχε προλάβει να την ψυχολογήσει όταν κατέβηκαν από το λεωφορείο μέχρι να πάρει λίγες ανάσες ο μικρός. Της φάνηκε πονεμένη γυναίκα, με τις ρυτίδες της να φανερώνουν τις μεγάλες ταλαιπωρίες στη ζωή της. Σκέφτηκε ότι θα μπορούσε να την εμπιστευτεί.

«Στον Ζηρό πάμε».

«Στον Ζηρό; Κι εγώ!»

Μεμιάς η άγνωστη γυναίκα σηκώθηκε από τη θέση της,

την κοίταξε στα μάτια και της είπε: «Εννοείς τη Ζηρόπολη».

Η Φωτεινή ένιωσε ένα μούδιασμα, ένιωσε να καίγεται το κεφάλι της, όλα τα μέσα της, ολόκληρο το είναι της. Χωρίς να απαντήσει, σηκώθηκε κι εκείνη, έβαλε τον Φώτη πάλι στο παράθυρο –ήξερε ότι, άπαξ και κοιμόταν, δεν ξυπνούσε– έκανε κάποιες γρήγορες συνεννοήσεις και κατάφερε να φέρει την άγνωστη γυναίκα στο κάθισμα, δίπλα στον διάδρομο, ώστε να μπορούν να έχουν οπτική επαφή και να μιλάνε.

Κι όταν τακτοποιήθηκαν, δεν έχασε χρόνο.

«Τι ξέρεις για τη Ζηρόπολη; Τι σχέση έχεις; Α, είμαι η Φωτεινή».

«Κι εγώ η Φιλίτσα, χαίρω πολύ. Έχω εκεί το παιδί μου, τον Ηλία».

Η Φωτεινή ένιωσε να φλέγεται ο εγκέφαλός της. «Το παιδί σου;»

«Ναι, εδώ και δύο χρόνια. Ο άντρας μου ήταν στον ΕΛΑΣ, καπετάνιος. Τον σκότωσαν, διαλυθήκαμε. Εγώ έφυγα εκείνο το βράδυ να κρυφτώ, άφησα το παιδί σε μια γειτόνισσα, πού να το έπαιρνα στο βουνό; Κι όταν γύρισα, το είχαν πάρει και το έστειλαν στον Άγιο Αλέξανδρο».

«Άγιο Αλέξανδρο;» απόρησε η Φωτεινή.

«Ναι, έτσι λένε το ίδρυμα στον Ζηρό. Έκανα καιρό να τον δω, δεν ξέρω, δε με άφηναν στην αρχή, για να μη χάσει, λέει, το παιδί την ισορροπία που είχε βρει εκεί. Ήταν και το παρελθόν του αντρός μου, ήταν δύσκολα. Ευτυχώς είχαμε έναν καλό παπά στο χωριό, έκανε ενέργειες, κατάφερα να πάω και να τον δω. Κάποια στιγμή προσπάθησα να τον πάρω, δε με άφησαν, δεν άφησαν οι επίτροποι. Μου είπαν κάποια άλλη στιγμή, στο μέλλον...»

Η Φωτεινή πάγωσε και κοίταξε με ένα πονεμένο βλέμμα

τον εγγονό της, με διάφορες σκέψεις να βομβαρδίζουν το μυαλό της.

Η Φιλίτσα δεν ήθελε πολύ για να καταλάβει. Έσπευσε λοιπόν να εξηγήσει στη Φωτεινή πώς είχε η κατάσταση, η οποία ούτε που φανταζόταν ποτέ αυτά που θα άκουγε.

«Μην το κάνεις! Γύρνα πίσω! Θα χαθεί το παιδί! Είναι ολόκληρο σχέδιο της βασίλισσας για να μας αποκόψει από τα παιδιά μας! Το ξεκίνησε από το 1947 για να χτυπήσει έτσι τον Δημοκρατικό Στρατό και να τιμωρήσει τις οικογένειες. Έλεγε για παιδομάζωμα των συμμοριτών κι εκείνη παρουσίασε τις ενέργειές της ως παιδοφύλαγμα! Όλα για την προπαγάνδα της! Μην ακούς που λένε ότι τα έσωσε από τον υποσιτισμό. Έκανε πενήντα δύο με πενήντα τρία ιδρύματα σε όλη την Ελλάδα για να ελέγχει η ίδια την κατάσταση. Το είδα με τα μάτια μου στο ίδιο μου το παιδί, είναι αγνώριστο!» είπε η Φιλίτσα.

«Από τι;»

«Από την παραπληροφόρηση και την προπαγάνδα. Μέχρι που τον άκουσα να μου λέει μια μέρα ότι ο πατέρας του ο συμμορίτης ήταν κακός! Άσε που φοβάμαι και κάτι άλλο. Έμαθα ότι αρκετά παιδιά από ένα τέτοιο ίδρυμα στη Θεσσαλονίκη τα έδωσαν για υιοθεσία σε Αμερικάνους!»

Η Φωτεινή, που έπιασε ασυναίσθητα το χέρι του Φώτη, θέλησε να αντιδράσει. «Μπορεί να είναι και έτσι, αλλά δεν είναι μόνο έτσι... Ξέρω ότι εκεί έχουν σωθεί παιδιά, και το ξέρω από έναν κοντοχωριανό που έζησε σε ίδρυμα και έμαθε τέχνη και βγήκε και παντρεύτηκε και είναι μια χαρά. Ναι, ίσως υπάρχει υπερβολική πειθαρχία, αλλά μην ξεχνάς ότι η Ελλάδα είναι διαλυμένη κι εκεί μέσα τα παιδιά είναι προστατευμένα...»

Δεν της άρεσαν της Φιλίτσας όσα άκουγε.

Η Φωτεινή είδε τις γκριμάτσες δυσαρέσκειας και γι' αυτό ένιωσε την ανάγκη να συμπληρώσει: «Κοίτα, σέβομαι τις απόψεις σου και σου είπα ότι μπορεί να είναι και έτσι... Αλλά όταν δεν έχεις ούτε ένα πιάτο φαΐ, όταν βλέπεις τα παιδιά να υποφέρουν, κοιτάς να τα σώσεις. Όποιος κι αν είναι ο σωτήρας. Εγώ δεν τα πάω καλά με τα πολιτικά, ούτε ξέρω απ' αυτά κι ούτε θέλω να μάθω. Και να σου πω και το άλλο; Και συμπάθα με, ε; Όλες οι μανάδες πονάνε. Και του από δω στρατού και του από κει. Κι οι δυο χάνουν παιδιά και δεν τους νοιάζει ποιος νικάει...»

Η Φιλίτσα δε θέλησε να δώσει συνέχεια, βλέποντας απέναντί της μια πικραμένη γυναίκα γεμάτη αγωνίες. Κι αυτές οι αγωνίες ήταν κοινές, έστω κι αν πίστευαν σε άλλο θεό.

«Ό,τι χρειαστείς είμαι εδώ για σένα», είπε μαλακά στη Φωτεινή, κι έγειρε στο πλάι το κεφάλι της. Είχαν δρόμο ακόμα κι έπρεπε να αλλάξουν και λεωφορείο.

Ο Φώτης, από κει που ήταν σαν ζαλισμένο κοτόπουλο στο λεωφορείο, μετατράπηκε ξαφνικά σε ένα ανήσυχο αγρίμι που ήθελε να χαθεί τρέχοντας μέσα στο δάσος μόλις έφτασαν στον προορισμό τους. Στο τσακ τον πρόλαβε η γιαγιά του, που του ζήτησε να είναι δίπλα της γιατί θα τους μαλώσουν αυτοί που οργάνωσαν την εκδρομή.

«Και ποιοι είναι αυτοί; Πού τους ξέρεις εσύ; Μόνο με μια γυναίκα μιλούσες όλη την ώρα, να, αυτή! Αυτή λοιπόν τα κανόνισε;» είπε με περίσσιο θράσος, τινάζοντας το χέρι της Φωτεινής για να ελευθερωθεί. «Και γιατί μείναμε τόσο λίγοι; Πού πήγαν οι άλλοι; Σε άλλη εκδρομή;» επέμεινε.

Η Φιλίτσα, που άκουσε τη συζήτηση, αποδείχτηκε πολύτιμη βοήθεια για τη γιαγιά.

«Μπορείτε να πάτε μια μικρή βόλτα για να δείτε τη λίμνη, μικρή όμως, και θα σας περιμένω σ' αυτή την πινακίδα για να μπούμε μαζί. Μην αργήσετε, θα μας περιμένουν, και δεν τους αρέσει να περιμένουν πολύ», είπε δυνατά, για να τα ακούσει ο Φώτης.

Ούτε που τον ένοιαζαν τα λόγια της άγνωστης γι' αυτόν γυναίκας. Τράβηξε απότομα τη γιαγιά του και χάθηκαν μέσα στα πελώρια δέντρα, με τη λίμνη να είναι ήδη στο οπτικό τους πεδίο.

«Σιγά, βρε τύραννε, πονάνε τα ποδάρια μου κι έχει και λάσπες. Δεν το ξέρουμε το μέρος».

«Θα το μάθουμε!» της είπε γεμάτος ενθουσιασμό. Είχε ξεχάσει και τη ζαλάδα, και τον εμετό, και το κρύο, και το χωριό του, και τα πάντα. Τον ένοιαζε να φτάσουν γρήγορα στο νερό. Ποτάμι είχε δει, λίμνη ή θάλασσα ποτέ στη ζωή του.

Κι όταν έφτασαν στις όχθες, έβγαλε μια δυνατή κραυγή ενθουσιασμού, κάνοντας τη Φωτεινή να μπήξει τα γέλια.

Τότε τη βρήκε χαλαρή και της ξέφυγε, κι εκείνη άρχισε να ουρλιάζει από πανικό: «Έλα δω! Θα πνιγείς! Αν δεν έρθεις, θα φύγω και μείνε μόνος σου!».

Καρφί δεν του κάηκε, αφού εκείνη τη στιγμή τού τράβηξε την προσοχή ένας βάτραχος που έκανε άλματα. Επιχείρησε να τον πιάσει και τότε το παπούτσι του χώθηκε στο νερό, και άρχισε να κουνάει τα χέρια του πέρα δώθε για να βρει την ισορροπία του και να μην πέσει στη λίμνη. Η αλήθεια είναι ότι κατατρόμαξε, αλλά δεν το έδειξε, ακούγοντας τη γιαγιά του να ουρλιάζει.

«Θα σου ξεκολλήσω τα αυτιά!» του φώναξε όπως τον γράπωσε, κι εκείνος έραψε το στόμα του για να μη φάει καμιά ανάστροφη. Τον τράβηξε προς τα πάνω, με το ένα παπούτσι του Φώτη, το δεξί, να παφλάζει όπως περπατούσε. Πιο πολύ τον πείραζε που δεν πρόλαβε τον βάτραχο κι όχι που πάτησε στο νερό κι έγινε χάλια.

Πρέπει να μάθω κολύμπι για να μη φοβάμαι, σκέφτηκε, και χωρίς αντίρρηση πια ακολούθησε τη γιαγιά του.

Έφτασαν λαχανιασμένοι στο σημείο όπου τους περίμενε η Φιλίτσα, που μόλις είδε από μακριά τη γιαγιά να ψέλνει τον εγγονό, έβαλε τα γέλια, ωστόσο σοβάρεψε αμέσως και είπε: «Εδώ μέσα που έρχονται θα κοπεί το γέλιο μαχαίρι...».

Η Φωτεινή χάρηκε που είδε ξανά τη γυναίκα αλλά παράλληλα στενοχωρήθηκε που δεν ήξερε γράμματα για να διαβάσει εκείνη την ταμπέλα που κάτι έλεγε. Κανένας στο χωριό, ούτε στο δικό της ούτε στα διπλανά, δε μάθαινε γράμματα εκείνα τα χρόνια. Κι όχι ότι είχαν αλλάξει πολύ τα πράγματα, και γι' αυτό είχε υποσχεθεί στον εαυτό της ότι θα έκανε τα πάντα για να μάθουν τα εγγόνια της.

«Το αδύναμο φυλλαράκι το πάει ο αέρας όπου θέλει. Το δυνατό, δύσκολα το κουνάει», έλεγε στην κόρη της, που ήταν αντίθετη στην ιδέα να πάνε τα παιδιά σχολείο επειδή «δε θα τους χρειαστούν στις δουλειές του χωριού. Τη γη πρέπει να ξέρουν, όχι την αλφαβήτα. Η γη θα τους θρέψει».

Κοιτούσε τη μεγάλη ταμπέλα και την πλημμύρισε θλίψη. Αν υπήρχε κάποιος να τη σπρώξει εκείνα τα παλιά χρόνια στα γράμματα...

«Λοιπόν, πάμε;» είπε η Φιλίτσα, που είχε υπολογίσει ότι το επισκεπτήριο θα ήταν σε μισή ώρα. Τόσο περίπου περίμενε κάθε φορά από τη στιγμή που έφτανε το λεωφορείο.

Η Φωτεινή έπιασε από το μπράτσο τη γυναίκα, καταπίνοντας την ντροπή της. «Θα μου πεις, σε παρακαλώ, τι λέει η ταμπέλα;»

Η Φιλίτσα δεν ένιωσε καμία έκπληξη. Μόνο περηφάνια, αφού σε δύσκολους καιρούς είχε καταφέρει να μάθει πέντε γράμματα που την έκαναν να ξεχωρίζει από πολλούς άλλους. Μάλιστα, όταν είχε βρεθεί στο βουνό με τον άντρα της, έγραφε εκείνη τα γράμματα των στρατιωτών προς τους δικούς τους, με τον Πότη, τον σύζυγό της, να καμαρώνει και να την επαινεί δημόσια.

ΠΑΙΔΟΠΟΛΙΣ
ΑΓΙΟΣ ΑΛΕΞΑΝΔΡΟΣ ΖΗΡΟΥ ΦΙΛΙΠΠΙΑΔΟΣ
ΠΡΟΝΟΙΑ ΒΟΡΕΙΩΝ ΕΠΑΡΧΙΩΝ
ΥΠΟ ΤΗΝ ΥΨΗΛΗΝ ΠΡΟΣΤΑΣΙΑΝ
ΤΗΣ Α.Μ. ΤΗΣ ΒΑΣΙΛΙΣΣΗΣ

«Αυτό γράφει, Φωτεινή. Καλή δύναμη εύχομαι, και τύχη...»

Η ηλικιωμένη γυναίκα φαινόταν σαν χαμένη, θαρρείς και βρισκόταν σε μια άγνωστη χώρα στην οποία δεν καταλάβαινε τίποτα.

«Τώρα τι πρέπει να κάνουμε;» ρώτησε τη Φιλίτσα, που ήταν απολύτως εξοικειωμένη με το περιβάλλον και την ατμόσφαιρα.

«Ποιος σας δήλωσε, Φωτεινή;»

«Μας δήλωσε;»

«Ναι, ποιος σας έστειλε εδώ, ποιος έκανε την αίτηση;»

Η Φωτεινή έσμιξε τα φρύδια της. Για καλό τη ρωτούσε ή για κακό; Σκέφτηκε όμως ότι έπρεπε να συνεργαστεί, δεν μπορούσε να κάνει κι αλλιώς. Κοίταξε διακριτικά τον Φώτη, που έψαχνε με το βλέμμα του τον χώρο, και της είπε χαμηλόφωνα: «Ο παπάς του χωριού μας, αυτός το ανέλαβε. Δεν παίρνω όρκο, αλλά νομίζω ότι βοήθησε κι ο χωροφύλακας...».

«Σου είπε κάποιον αριθμό;»

«Αριθμό; Όχι. Έπρεπε;»

«Καλά, καλά, δεν πειράζει. Τώρα που θα μπούμε, έχει εκεί στα δεξιά –πάντα δεξιά βαδίζουμε εκεί μέσα– ένα ξύλινο γραφείο. Γράφει απ' έξω Γραφείο Υποδοχής. Μην ανησυχείς, θα σ' το δείξω. Αχ, τι λέω; Κι εγώ εκεί θα πάω για να ζητήσω να δω τον Ηλία μου».

Προχώρησαν στο εσωτερικό περνώντας τη σιδερένια καγκελόπορτα, και η Φωτεινή ένιωθε να καρδιοχτυπά έντονα. «Πότε να του πω του μικρού ότι θα μείνει εδώ κι εγώ θα φύγω; Τώρα ή καλύτερα μετά;» της ψιθύρισε.

Η Φιλίτσα σήκωσε τα φρύδια της. «Δεν το ξέρει; Δεν τον έχετε προετοιμάσει;»

«Όχι... Δεν ξέραμε πώς θα αντιδράσει... Του είπαμε μόνο ότι πάμε μια εκδρομή...»

Έπιασε από το χέρι την ηλικιωμένη γυναίκα και τη συγκράτησε. «Γονείς έχει;»

«Μόνο μάνα. Ο πατέρας έχει σκοτωθεί. Α, έχει και έναν αδελφό που τον έστειλαν αλλού, στους Φιλιάτες».

«Ποιος έκανε αυτό το έγκλημα, Φωτεινή; Να χωρίσουν δύο αδέλφια; Έγκλημα είναι...»

Η γιαγιά ένιωσε την καρδιά της έτοιμη να σπάσει. «Δεν ξέρω, αλήθεια δεν ξέρω», είπε βουρκωμένη. «Μας είπαν ότι θα σμίξουν στην πορεία. Δεν είχαμε άλλη επιλογή αυτή τη στιγμή», συμπλήρωσε ντροπαλά.

Σφίχτηκε κι η καρδιά της Φιλίτσας, που δεν ήξερε τι να την ορμηνέψει. «Δεν ξέρω, δεν... Ίσως μετά να του το πεις, φεύγοντας... Γιατί αν είσαι τυχερή, μπορεί να του αρέσει το μέρος, οπότε να μην το πάρει στραβά...»

Προχώρησαν με αργά βήματα μια απόσταση εκατό μέτρων, με τον Φώτη να ρωτάει αδιάκοπα: «Πότε θα παίξουμε; Έτσι είναι οι εκδρομές; Και πού είναι τα άλλα παιδιά που μου είπες;».

Τα πρώτα ξύλινα σπιτάκια εμφανίστηκαν στο οπτικό τους πεδίο, με τσίγκους από πάνω και στενές πόρτες. Υπήρχαν και κάποια τσιμεντένια, με κεραμίδια, κάποια άλλα μεγαλύτερα κτίρια, παραλληλόγραμμα. Μια μικρή πολιτεία εμφανιζόταν στα μάτια του Φώτη και της Φωτεινής, στην οποία έκανε πολύ μεγάλη εντύπωση η καθαριότητα. Δεν υπήρχε κάτω ούτε ένα μικρό χαρτάκι! Ακόμα και τα δέντρα ήταν περιποιημένα, ομοιόμορφα, καθαρά.

Επικρατούσε απόλυτη ησυχία, μέχρι που εμφανίστηκε μπροστά τους ένα τσούρμο παιδιών που βάδιζαν σιωπηλά. Τα μεγαλύτερα κρατούσαν δύο μεγάλες πινακίδες. Η Φιλίτσα έσπευσε να τις διαβάσει στη Φωτεινή:

Χριστέ μου, Σε Παρακαλούμε να μας προστατεύσης, να μας κάμης καλούς Χριστιανούς, να δώσεις Ειρήνη στο Έθνος μας και να μας Αξιώσεις να γυρίσουμε και πάλιν στους Αγαπητούς μας γονείς.

«Το άλλο τι γράφει, Φιλίτσα;»

«Ακριβώς το ίδιο. Είναι και τα δύο ίδια. Αυτή η ομάδα που βλέπεις κάτι έχει κάνει και είναι τιμωρία. Θα περπατήσουν μέχρι να κουραστούν και θα φωνάζουν όλα μαζί τα παιδιά αυτό που γράφει η πινακίδα».

Η Φωτεινή δεν είπε λέξη. Έπειτα από μια μικρή παύση

άλλαξε θέμα και σχολίασε: «Δεν είναι άσχημος ο χώρος. Το αντίθετο».

«Ναι, πράγματι. Τον έφτιαξε ο ελβετικός Ερυθρός Σταυρός και μετά έγιναν και προσθήκες, γιατί έφεραν κι άλλα παιδιά από το ορφανοτροφείο Πωγωνίου. Δεν είπε κανείς ότι φταίνε τα κτίρια, Φωτεινή, εκείνα δεν αποφασίζουν... Οι άνθρωποι τα κάνουν όλα...»

Ο Φώτης κοιτούσε την άτυπη παρέλαση με γουρλωμένα μάτια. «Γιατί δε μιλάει κανείς; Απαγορεύεται;» ρώτησε.

Κι αφού δεν πήρε απάντηση, άρχισε να φωνάζει στα παιδιά που μόλις είχαν περάσει από μπροστά του: «Ε! Τι κάνετε εκεί; Γιατί δε μιλάτε;».

Πάλι δεν πήρε απάντηση και κούνησε το κεφάλι του με απογοήτευση. Πριν προλάβει να επεξεργαστεί όσα έβλεπε, άκουσε από κάποια αίθουσα παιδικές φωνές να τραγουδάνε: «*Αγαπάμε τη γλυκιά μητέρα όλων, τη βασίλισσά μας, τη βασίλισσά μας!*». «Τι είναι βασίλισσα;» ρώτησε, αλλά οι δυο γυναίκες δεν του απάντησαν για ακόμα μια φορά. «Δε μου αρέσει εδώ! Δεν παίζει ούτε ένας! Πάμε να φύγουμε!» είπε απότομα, ενώ την ίδια στιγμή εμφανίστηκαν δύο κύριοι που ζήτησαν να τους ακολουθήσουν στο γραφείο.

Ο Φώτης δεν καταλάβαινε τι ρωτούσαν τη γιαγιά του και την άλλη κυρία, και, αδιαφορώντας για τον χώρο, τσίριξε: «Πάμε να φύγουμε από δω, σου λέω!».

Ο πιο ψηλός από τους δύο κυρίους, ένας με ένα λεπτό μουστάκι, στράφηκε προς το μέρος του και του είπε: «Εδώ θα κάνεις ησυχία! Κατάλαβες;».

Ο μικρός έσκυψε το κεφάλι αλλά πολύ θα ήθελε να του δώσει μια κλοτσιά στο καλάμι για να μάθει να τον αγριοκοιτάζει.

Ο δεύτερος, ο πιο κοντός, χάιδεψε στο κεφάλι τον Φώτη για να τον ηρεμήσει, αλλά αυτό τον τρέλανε περισσότερο.

«Μην ακουμπάς το κεφάλι μου, τ' ακούς;»

Πάγωσαν όλοι και περισσότερο η γιαγιά Φωτεινή, που μόλις κατάλαβε ότι τα πράγματα θα ήταν δύσκολα.

«Ποια συνοδεύει τον μικρό;» ρώτησε ο ψηλός, αυτός που ο Φώτης θεωρούσε άγριο. Κι όταν ένευσε η Φωτεινή, της ζήτησε να μείνει στο γραφείο και να βγουν λίγο έξω η δεύτερη γυναίκα και το παιδί.

Πρώτη φορά ο Φώτης απευθύνθηκε στην άγνωστη γυναίκα και η φωνή του, σπασμένη, πρόδιδε φόβο. «Σε παρακαλώ, πες στη γιαγιά μου να φύγουμε. Δε μου αρέσει η εκδρομή, θέλω να γυρίσω στο χωριό μου και τους φίλους μου».

Δε θα άλλαζε γνώμη, ακόμα κι αν εκείνη τη στιγμή τού έδιναν ένα βάζο γεμάτο με καραμέλες, από εκείνες του λουκουμιού που του άρεσαν.

Σε λίγα λεπτά βγήκε η Φωτεινή, που ήταν συνοφρυωμένη και άσπρη στο πρόσωπο. «Μου είπε να τον αφήσω τώρα. Να τον χαιρετήσω και να φύγω», ψιθύρισε στη Φιλίτσα, που κούνησε το κεφάλι της με νόημα.

«Κάτσε τουλάχιστον μέχρι να γνωρίσει τον γιο μου, τον Ηλία. Να έχει κάποιον να τον προσέχει και να τον συμβουλεύει μέχρι να συνηθίσει».

Βάλσαμο στην καρδιά της γιαγιάς ήταν τα λόγια της Φιλίτσας, που μπήκε στο γραφείο για να ζητήσει να δει το παιδί της.

Κι όταν πια ήταν μέσα, ο Φώτης είπε χαμηλόφωνα στη Φωτεινή: «Γιαγιούλα μου, σε παρακαλώ. Πάμε σπίτι μας τώρα! Ωραία ήταν η εκδρομή, αλλά δε θέλω άλλο!».

Η ηλικιωμένη γυναίκα, με σφιγμένη καρδιά, τον πήρε αγκαλιά και του είπε γλυκά: «Άκουσέ με, Φωτάκο μου. Σήμερα θα μείνεις εδώ κι εγώ θα πάω σπίτι να φέρω τον Σπύρο για να είστε μαζί».

«Τι;»

«Έτσι πρέπει. Με τον Σπύρο θα γνωρίσετε πολλά παιδάκια εδώ και θα παίζετε όλοι μαζί. Και θα φέρω και τη μάνα σου όταν γίνει καλά. Άκου με, Φώτη μου. Εσύ είσαι δυνατός και θα τα καταφέρεις. Ψηλά το κεφάλι και μη διακονέψεις ποτέ...»

«Όχι!» ούρλιαξε ο Φώτης, και με ένα ξαφνικό τίναγμα ξέφυγε και κλαίγοντας άρχισε να τρέχει προς την έξοδο. Κι έτρεχε σαν τον άνεμο, και μέχρι να καταλάβουν τι και πώς, είχε φτάσει στην καγκελόπορτα. Πάνω στον πανικό του να εξαφανιστεί –δίχως να ξέρει πού πηγαίνει, αρκεί να έφευγε από κει– γλίστρησε κι έπεσε, γδέρνοντας το πόδι αλλά και το χέρι που ακούμπησε στο έδαφος. «Μανούλα μου!» ούρλιαξε, έσφιξε τα δόντια, σηκώθηκε και συνέχισε να τρέχει στον ίδιο γρήγορο ρυθμό. Αυτό έκανε και στο χωριό του όταν ένιωθε απειλή από τον Τάσο και τους άλλους που τον ενοχλούσαν. Κι είχε εξασκηθεί αρκετά ώστε να είναι καλός στο τρέξιμο, «αγρίμι», όπως τον φώναζαν οι φίλοι του.

Ένα παλιό μηχανάκι με δύο άντρες πάνω και άλλοι τρεις με τα πόδια τον πήραν στο κατόπι, φανερά εκνευρισμένοι από ένα νιάνιαρο που τους χάλασε την ηρεμία και την απόλυτη τάξη.

Η γιαγιά Φωτεινή έτρεμε σύγκορμη και είπε στον πιο κοντό κύριο, που της φάνηκε περισσότερο συμπαθητικός από τον άλλο: «Σας παρακαλώ, μην τον αγριέψετε. Είναι τρομαγμένος...».

Η απάντησή του, παρότι ήταν σε ήπιο τόνο, δεν της άρεσε καθόλου: «Την ξέρουμε τη δουλειά μας, κυρία μου, αλίμονο!».

Πάνω στη μεγάλη αγωνία της, είδε τη Φιλίτσα να αγκαλιάζει ένα ψιλόλιγνο αγόρι, κοντοκουρεμένο, με καλή υγεία, όπως φαινόταν.

«Γεια σας, μητέρα, χαίρομαι που σας βλέπω. Εύχομαι να είστε καλά...»

Πάγωσε η Φωτεινή, έβλεπε με γουρλωμένα μάτια την επίσης παγωμένη γυναίκα. Αδυνατούσε να πιστέψει πώς ένα νεαρό αγόρι μπορούσε να μιλάει τόσο τυπικά, με λέξεις που δεν έβγαζαν κανένα συναίσθημα, δίχως αυθορμητισμό και παιδικότητα.

Η Φιλίτσα έσφιξε στην αγκαλιά της τον γιο της και προχώρησαν προς τα πάνω. Είχε να τον δει καιρό και της φάνηκε ότι μεγάλωσε πολύ.

Ο Φώτης νόμιζε ότι θα σπάσει η καρδιά του από την αγωνία και το λαχάνιασμα. Κι έτρεχε χωρίς σταματημό, κοιτάζοντας πίσω κάθε λίγο και λιγάκι. Δεν έβλεπε κανέναν αλλά άκουγε φωνές, καταλαβαίνοντας ότι κάποιοι τον ακολουθούν. Σκέφτηκε να ανεβεί σε κάποιο δέντρο και να μείνει εκεί, αλλά γρήγορα συνειδητοποίησε ότι δε θα τα κατάφερνε. Ήταν όλα πολύ ψηλά και, μέχρι να ανεβεί, θα τον είχαν φτάσει. Έτρεξε λοιπόν κατευθείαν προς τη λίμνη. Στη βόλτα νωρίτερα, εκεί όπου κυνηγούσε τον βάτραχο, είχε δει μια βάρκα. Τις ήξερε τις βάρκες. Είχαν κάποιοι και στο χωριό του και έμπαιναν στο ποτάμι για να ψαρέψουν. Όταν έφτασε, γονάτισε λίγο για να πάρει ανάσα και να σκεφτεί αν εκεί όπου πήγε ήταν καλά. Κοίταξε γρήγορα μέσα και είδε ότι υπήρχαν κάτι σανίδες.

«Εδώ θα μείνω», αποφάσισε, χώθηκε μέσα κι έβαλε πάνω του μερικά από τα σανίδια. «Δε θα με βρει κανείς», είπε στον εαυτό του για να πάρει κουράγιο. «Γιατί όμως με κυνηγάνε;

Επειδή δε μ' αρέσει η εκδρομή; Και πού το ξέρουν; Μόνο στη γιαγιά μου το είπα... Οχ, το είπα και σ' εκείνη την κυρία. Αυτή θα με μαρτύρησε. Καλά μου έλεγε η μάνα μου να μη μιλάω σε ξένους. Αλλά τι τους νοιάζει αυτούς αν δε μου αρέσει;» Κι ήθελε να μη σκέφτεται τίποτα εκείνη τη στιγμή.

Η καρδιά του εξακολουθούσε να χτυπάει δυνατά, όμοια μ' εκείνη τη φορά που του είχε επιτεθεί ο Τάσος και τον κορόιδευε που δεν είχε πατέρα. Προσπάθησε να πείσει τον εαυτό του ότι όλα θα πάνε καλά και δε θα τον βρουν. «Και μόλις φύγουν, θα παραφυλάξω να δω πού πήγαν και θα ψάξω τη γιαγιά μου. Εκτός αν με κυνηγάει κι αυτή. Λες να ήταν καλύτερη η εκδρομή του Σπύρου;» Αλλά όσο τον βασάνιζαν οι σκέψεις, τόσο πλησίαζαν οι φωνές που άκουγε. Και τις άκουγε πια καθαρά.

«Δεν μπορεί να πήγε μακριά...»

Κι ύστερα απ' αυτή τη φωνή, άκουσε και μια πιο χοντρή.

«Ευθεία κάτω! Να τα σημάδια από τα παπούτσια του».

Ήθελε να βάλει τα κλάματα, αλλά έσφιξε τη γροθιά του να μην το κάνει, ενώ έπεισε τον εαυτό του να μη σηκώσει καθόλου το κεφάλι του, να μην κουνηθεί από τη θέση του.

Η ίδια χοντρή φωνή ακούστηκε πάλι.

«Ρε τον μπαγάσα! Στη βάρκα!»

Πολύ γρήγορα, αμέσως δηλαδή, πέντε άντρες στέκονταν από πάνω του. Αναγνώρισε αμέσως τον έναν, εκείνον τον ψηλό που του είχε πει ότι εδώ κάνουν ησυχία. Εκείνος δεν του μίλησε καν. Τον τράβηξε από το αυτί και τον έβγαλε έξω, ενώ έτρεμε σαν ψάρι.

«Δε μας αρέσουν τα αλητάκια!» είπε ο ψηλός.

Ο Φώτης σκέφτηκε ότι κάποτε έτσι τον είχε αγριέψει κι ο Παναγής με το μπακάλικο και τότε είχε αγριέψει κι αυτός.

«Είσαι μπαγάσας!» είπε αναψοκοκκινισμένος ο μικρός στον ψηλό άντρα, με τους υπόλοιπους που ήταν μπροστά του να ξεσπάνε σε γέλια. *Άρα καλά του είπα*, σκέφτηκε, δίχως καν να ξέρει τι σημαίνει αυτή η λέξη.

Ο ψηλός τού τράβηξε και το άλλο αυτί κι οι λέξεις του Φώτη χάθηκαν. Όχι όμως κι η σκέψη του: *Δε θα κλάψω, δε θα κλάψω, δε θα κλάψω!*

Σιγουρεύτηκε ότι δεν ήταν κάπου εκεί κοντά η γιαγιά του, άρα εκείνη μπορούσε να τον σώσει. «Γιαγιά!» φώναξε με όλη του τη δύναμη, με δυο πουλιά να φεύγουν τρομαγμένα από το δέντρο όπου κάθονταν.

«Εδώ θα μάθεις ότι ο καθένας δεν κάνει ό,τι θέλει», του είπε ένας άλλος άντρας, ένας από τους δύο που τον κρατούσαν από το χέρι.

«Θέλω τη γιαγιά μου!» είπε με τρεμάμενη φωνή, καταλαβαίνοντας εκείνη τη στιγμή ότι δεν ήταν τόσο δυνατός όσο νόμιζε.

Σε λίγα λεπτά έφτασαν πίσω στο γραφείο, εκεί απ' όπου είχε φύγει νωρίτερα. Κι ήταν μεγάλη η ανακούφισή του μόλις είδε τη γιαγιά του έξω από εκείνο το κτίριο. *Εκείνη δεν την έχουν πιάσει και θα τους κάνει με τα κρεμμυδάκια!* σκέφτηκε.

Η Φωτεινή τον πήρε στην αγκαλιά της. «Γιατί, βρε Φωτάκο μου; Γιατί έφυγες;»

Είπε αμέσως αυτό που του ήρθε στο μυαλό: «Γιατί σου είπα να φύγουμε επειδή δε μ' αρέσει αυτή η εκδρομή κι εσύ δεν έκανες τίποτα!».

Αυτός που είχε μείνει πίσω στο γραφείο, εκείνος ο πιο κοντός, έκανε ένα νεύμα στη Φωτεινή, που πήρε τον Φώτη από το χέρι και προχώρησαν λίγο πιο πέρα.

«Θα φύγουμε τώρα, γιαγιά;»

Εκείνη, προσπαθώντας να κρατήσει τη φωνή της σταθερή, έπιασε με τα δυο της χέρια το πρόσωπο του Φώτη. «Θα πάω να βρω το λεωφορείο και να το φέρω να μας πάρει. Αλλά αυτή τη φορά δε θα φύγεις, θα με περιμένεις να γυρίσω, έτσι;»

Ο μικρός ξέσπασε σε ένα γοερό κλάμα. «Όχι, μη μ' αφήσεις μ' αυτούς! Πάρε με μαζί σου να βρούμε το λεωφορείο!» Ένιωθε να περπατάνε μυρμήγκια σε όλο του το σώμα και να έχει καρφίτσες στα πέλματά του.

«Δεν μπορώ να σε πάρω μαζί, γιατί έχει παντού άγρια σκυλιά, απ' αυτά που φοβάσαι. Θα γυρίσω γρήγορα...»

«Δε φοβάμαι τα σκυλιά», απάντησε κλαίγοντας, τη στιγμή που είδε να πλησιάζουν προς το μέρος τους εκείνη η κυρία του λεωφορείου κι ένα παιδί.

«Φώτη, από δω ο Ηλίας», του είπε.

Μπα; Τώρα ξέρει και το όνομά μου; Αυτή θα μαρτύρησε ότι δε μου αρέσει η εκδρομή, σκέφτηκε, αλλά δεν είπε τίποτα αυτή τη φορά.

Το παιδί που τον έλεγαν Ηλία –και του Φώτη του φάνηκε πολύ δυνατός– γύρισε και του είπε: «Σου υπόσχομαι ότι θα περάσουμε καλά μέχρι να γυρίσει η γιαγιά σου. Θα παίξουμε όσα παιχνίδια σού αρέσουν, θα φάμε καλό φαγητό και θα δούμε και Καραγκιόζη!».

«Τι είναι ο Καραγκιόζης;» ρώτησε θαρραλέα ο Φώτης.

«Ένας κύριος που λέει πολλά αστεία και κάνει πλάκες», απάντησε ήρεμα ο Ηλίας, και ο Φώτης προσπαθούσε να καταλάβει τι ήταν όλα αυτά που του έλεγε.

«Και στο χωριό μου παίζω ωραία παιχνίδια και ξέρω και πολλά παιδιά που λένε αστεία. Δε χρειάζομαι αυτόν τον... πώς τον είπες... τον Καρούζη!»

Ο Ηλίας τον πήρε αγκαλιά. «Θα δεις όμως παιχνίδια που

δεν έχεις ξαναδεί, αλήθεια. Κάνουμε ποδήλατο, πάμε βόλτα με βάρκες, παίζουμε με σχοινιά για να βγει η πιο δυνατή ομάδα, ζωγραφίζουμε, τραγουδάμε όλοι μαζί, θα είναι τέλεια...»

«Η γλυκιά μητέρα είναι η δικιά μου, όχι αυτή η βασίλισσα», είπε, αφού θυμήθηκε αμέσως εκείνο το τραγούδι που είχε ακούσει νωρίτερα, πριν φύγει και τον φέρουν πίσω με το ζόρι.

Κοίταξε παρακλητικά τη γιαγιά του, που, αντί να πάρει το μέρος του και να του πει ότι φεύγουν αμέσως, τον άφησε έτσι.

«Έχει δίκιο ο Ηλίας, εδώ έχει παιχνίδια που δεν έχεις ξαναδεί...»

Μέσα της βέβαια ήταν κομμάτια, αλλά δεν είχε άλλη επιλογή. Εκείνος ο άντρας στο Γραφείο Υποδοχής τής ξεκαθάρισε νωρίτερα ότι ή τον αφήνει εκεί και αναλαμβάνουν εκείνοι την προσαρμογή του και τη διαβίωσή του ή τον παίρνει και φεύγουν δίχως άλλη συζήτηση.

Όσο και να ζύγιζε ξανά τα πράγματα μέσα της, ήταν ξεκάθαρο ότι δε γινόταν να τον πάρει μαζί και να επιστρέψουν στο χωριό. Το μαρτύριο της πείνας και της ανέχειας θα ξανάρχιζε από κει όπου σταμάτησε κι ίσως γινόταν ακόμα χειρότερο, βάζοντας σε κίνδυνο μέχρι και την υγεία του. Κι από την άλλη, έπρεπε να προλάβει και το λεωφορείο, που θα ερχόταν πια από στιγμή σε στιγμή.

«Δε θέλω παιχνίδια, τη μάνα μου και τον αδελφό μου θέλω!» είπε ο Φώτης κλαίγοντας. Το μετάνιωσε αμέσως που έκλαψε μπροστά σε αγνώστους –ποτέ δεν του άρεσε– αλλά καταλάβαινε ότι δεν μπορούσε να το ελέγξει, όπως δεν έλεγχε ποτέ αυτό που του ερχόταν στο μυαλό και πάντα το έλεγε.

«Πάω να φέρω το λεωφορείο», του είπε η Φωτεινή και τον ξαναπήρε αγκαλιά, νιώθοντας διαλυμένη μέσα της. Σπάραζε η καρδιά της, αλλά η απόφασή της ήταν μονόδρομος και δε γινόταν να αλλάξει.

Το κλάμα του Φώτη έγινε θυμός κι αυτό τον έκανε να σπρώξει τη γιαγιά του, όπως θα έκανε κι αν είχε μπροστά του εκείνη τη στιγμή κάποιον από τους άντρες που τον βρήκαν στη βάρκα.

«Να ξέρεις ότι σ' αγαπάω, Φώτη μου, όλοι σε αγαπάμε», είπε η πικραμένη γυναίκα, βάζοντάς του στο χέρι μερικές καραμέλες που είχε πάρει μαζί της γι' αυτή ακριβώς τη στιγμή.

«Κανένας δε μ' αγαπάει!» της αντιγύρισε απότομα, και προς μεγάλη έκπληξη της ίδιας –γιατί ήξερε καλά πόσο αγαπούσε τις καραμέλες λουκουμιού– εκείνος τις πέταξε στο χώμα.

«Πάμε να σου δείξω το μέρος όπου τρώμε. Είναι μια μεγάλη αίθουσα, πολύ μεγάλη, δεν έχεις ξαναδεί τόσο μεγάλη!» του είπε ο Ηλίας, που τον πήρε από το χέρι και ανέβηκαν προς τα πάνω.

Ο Φώτης δε γύρισε καν το κεφάλι του να δει τη γιαγιά του που έφευγε με τη μάνα του αγοριού κι άρχισε να κλοτσάει το χώμα.

Η Φωτεινή, βουρκωμένη και τρεμάμενη, τον έβλεπε να προχωράει και σπάραζε μέσα της, ξέροντας ότι ήταν η αρχή ενός μεγάλου γολγοθά για όλους. Κι ήταν τόσο έντονη η πίεσή της, ώστε πίστευε ότι θα την πρόδιδε η καρδιά της, και γι' αυτό έπιασε αγκαζέ τη Φιλίτσα, θεωρώντας ότι ήταν πολύ τυχερή που την είχε μαζί εκείνη τη στιγμή, αληθινό μαρτύριο για την ίδια. *Ελπίζω μόνο να μην ξεριζωθούμε...* σκέφτηκε πικρά, αλλά κράτησε αυτή τη σκέψη για τον εαυτό της.

Η Φιλίτσα μπορούσε να καταλάβει πολύ καλά τα συναισθήματά της. Παρόλο που η καθεμιά τους ήταν φτιαγμένη από άλλο υλικό, έβραζαν στο ίδιο καζάνι, εκεί όπου πραγματικά οι ιδεολογίες εξαϋλώνονται και μένει η βαριά γεύση του πόνου...

5

Ο ΗΧΟΣ ΤΟΥ ΠΟΤΑΜΟΥ ήταν ένα παραπονεμένο τραγούδι, μια κελαηδιστή πικρή βοή που έφτανε ως την κορυφογραμμή, ειδοποιώντας όλα τα ζωντανά πλάσματα. Χωνόταν στα δέντρα, στις φυλλωσιές, τρύπωνε στις σχισμάδες που έφτιαχναν του πάνω κόσμου τα πουλιά όταν τρόμαζαν. Κι αν αυτός ο ήχος γαλήνευε όλες τις ψυχές, ακόμα και τις πονεμένες, αφού τους έπαιρνε μεγάλο μέρος από το βάρος που έγδερνε τα σωθικά, στη Σοφία έφτανε σαν ρόγχος.

Καθόταν μπροστά στο ποτάμι με την γκρεμισμένη γέφυρα κι ένιωθε να συμβαίνει μέσα της αυτό ακριβώς που έβλεπε. Ήταν μια γυναίκα με διαλυμένες πια όλες τις γέφυρες στη ζωή της, έτοιμη να βουλιάξει και να χαθεί, να παρασυρθεί σαν τα φυλλαράκια, και χτυπώντας από δω κι από κει να γίνει σκόνη. «Ένα φάντασμα είμαι...» μονολόγησε κι άπλωσε το χέρι στο νερό για να βρέξει λίγο το πίσω μέρος του κεφαλιού. Ένιωθε να φλογίζεται, έτοιμη να πάρει φωτιά, αυτή ακριβώς που ανέβαινε από τα σπλάχνα της και απειλούσε να την τυλίξει ολόκληρη.

Μόλις γύρισε σπίτι και δεν ήταν πια κανένας, αισθάνθηκε σαν να της είχε μπήξει κάποιος το μαχαίρι και να το στριφογύριζε μέσα της με μανία. Άδεια, έρημη φωλιά, μόνο τ' αποκαΐδια έλειπαν για να κραυγάσει η εικόνα της καταστροφής. Δεν άφησε την παπαδιά να έρθει μαζί της, λέγοντάς της πως δεν ένιωθε καλά και ήθελε να ξαπλώσει για να κοιμηθεί, αφού δεν είχε κλείσει μάτι όλη την προηγούμενη νύχτα. Στην πραγματικότητα, όμως, ήθελε να σπαράξει μόνη της, να μην τη βλέπει ούτε θεός ούτε άνθρωπος, να γίνει ένα με τα σανίδια και ένα με τη σκόνη, να τρυπώσει ανάμεσα στις παλιές πέτρες του σπιτιού, να μεταμορφωθεί σε πέτρα και να μείνει έτσι στον χρόνο.

Πέταξε το μαντίλι και κάθισε στο κρεβάτι των παιδιών, εκεί όπου θρηνούσε μέσα της όλο το βράδυ. Χάιδεψε την κουβέρτα και τα μαξιλάρια, τα μύρισε, μύρισε τα παιδιά της, τα πήρε αγκαλιά και τα ακούμπησε στο πρόσωπό της, τα φίλησε, εκεί απίθωσε τα δάκρυά της, όσα είχαν απομείνει. Γιατί όλη τη νύχτα κι όλο το πρωινό άδειασαν οι δεξαμενές και απέμεινε μόνο το τσιμέντο.

Δεν είχαν μείνει πράγματά τους στο σπίτι, αφού τα λιγοστά που υπήρχαν τα πήραν μαζί τους. Ευτυχώς είχε προλάβει να ξαναμπαλώσει τα ρούχα για να μη χάσκουν οι τρύπες και χώνεται μέσα τους η ανέχεια.

Έμεινε εκεί αρκετά, με το μαξιλάρι αγκαλιά, κι είδε πάνω του όλο το άνθισμα των παιδιών, από τη μικρή χρησιμοποιημένη σαρμανίτσα* τους ως τώρα, που τα άφησε να φύγουν μικρά αντράκια.

Τα άφησε να φύγουν... Της τρέλανε το μυαλό η σκέψη αυτή, της τρυπούσε το κεφάλι, νόμιζε ότι το χάνει, ότι χάνεται. *Πώς τα άφησα να φύγουν, δεν ήμουν καν εδώ...* Της ήρθε σκοτοδίνη, πήγε γρήγορα στην τσίγκινη τουαλέτα και άφησε τη

* Κούνια.

χολή της, μαζί και τις κρύες ανάσες της. *Τρελαίνομαι...* σκέφτηκε, βούτηξε το μαντίλι κι ένα παλιόρουχο, μαντάλωσε και κατέβηκε ξανά στο ποτάμι, με τον αέρα να τη χαστουκίζει και να μην καταλαβαίνει τίποτα.

Η βοή του της έγδερνε τα αυτιά και το κύλισμά του έκανε τις σκέψεις της να κατρακυλούν, κι αυτές ήταν που τη φούντωναν, φλόγιζαν τα σωθικά της, ωθώντας τη να αναζητήσει την ανακουφιστική δράση του νερού στο κεφάλι της.

Γκρεμίστηκαν τα πάντα μέσα της και την καταπλάκωσαν δίχως έλεος. *Έχασα τον άντρα μου, το στήριγμα και την ανάσα μου. Έμεινα να παλεύω με θύελλες και καταιγίδες... Και τώρα έχασα και τα παιδιά μου... Είμαι καταραμένη, είμαι ένα τίποτα, δεν ξέρω καν γιατί ζω...* Ο αέρας θα έπαιρνε την κραυγή της και θα τη μετέφερε σε όλα τα χωριά, κι έτσι ούρλιαξε μέσα της, ν' ακούσει κάθε σπιθαμή της: *Μήπως είμαι σκύλα; Πώς το έκανα η άκαρδη; Πώς μπόρεσα;*

Οι σκέψεις της έκαναν διαρκώς κύκλους στο μυαλό της, σαν τραγωδία που παίζεται ξανά, ένας δαιμονικός χορός τύψεων που τυλιγόταν στον λαιμό της. Έκανε δυο βήματα, έσκυψε, μάζεψε μερικές πέτρες κι άρχισε να τις πετάει με λύσσα στο ποτάμι, σαν να το μαστιγώνει και να το τραυματίζει. Ο γδούπος από τις πέτρες την αφύπνισε, θυμίζοντάς της, μέσα σε αυτή την παραζάλη, ότι ήταν εξαντλημένη. Αν έμενε εκεί λίγο ακόμα, μπορεί και να έπεφτε στο ποτάμι, έρμαιο της δύναμής του και της ανεξέλεγκτης ροής του.

Ανηφόρισε προς το σπίτι με το κεφάλι κατεβασμένο και την καρδιά της ματωμένη. Πήγε από το μονοπάτι για να μη συναντήσει άνθρωπο στο διάβα της, πιστεύοντας ότι όλοι θα την έφτυναν κατάμουτρα γι' αυτό που έκανε. Έτσι φανταζόταν δηλαδή, ότι όλοι στο χωριό ήξεραν. Κι αυτή ήταν η αλήθεια. Μπορεί ο παπα-Μανόλης να κράτησε το στόμα του κλειστό, μιλώντας μόνο με τον Θεό και την παπαδιά, αλλά ο χωροφύλακας, ο Γιάννης, τα πρόλαβε σε όλους τα μαντάτα. Ότι η Σοφία δεν μπορούσε να τα κρατήσει άλλο τα παιδιά και τα έδωσε στο ίδρυμα, στον Ζηρό.

«Κι αν δεν ήμουν εγώ να καθαρίσω, ακόμα θα γυρνοβολούσαν εδώ πεινασμένα, βρόμικα, άντυτα, έτοιμα να κλέψουν ό,τι βρουν», όπως είπε στον Παναγή και σε όποιον άλλο μιλούσε ελληνικά και φορούσε παπούτσια.

Πριν καν φύγουν τα παιδιά, είχε γίνει σούσουρο στο χωριό. Κι ήταν πικρές οι κουβέντες από αρκετούς. Σε μια διχασμένη σε όλα πατρίδα, καθώς οι διχασμοί μάς χαρακτήριζαν ανέκαθεν ιστορικά, σαν μια προαιώνια στάμπα, μια μαύρη κηλίδα, οι μισοί μιλούσαν για μια ανίκανη μάνα που δεν μπορεί να κάνει τίποτα και διώχνει τα παιδιά της, οι άλλοι υποστήριζαν ότι το έκανε για να τα σώσει και να δώσει μια προοπτική στη ζωή τους, επικροτώντας την πράξη της, «που ναι, ήθελε μεγάλη γενναιότητα», όπως είπε η κυρα-Βασιλική στη γειτόνισσα, την Ευτέρπη.

Φτάνοντας στο σπίτι, η Σοφία ένιωσε έντονη ξανά αυτή τη φλόγα στο πρόσωπό της, που λίγο νωρίτερα στο ποτάμι την είχε αναγκάσει να ρίξει κρύο νερό. Κι είχε και έντονη φαγούρα πια, αυτή που την έστειλε στο μπάνιο για να νιφτεί ξανά και να τριφτεί με μια πετσέτα. Εκεί, στον μικρό καθρέφτη που είχε φέρει παλιά ο άντρας της για να ξυρίζεται τις Κυριακές και τις γιορτές, είδε το πρησμένο της πρόσωπο να έχει γεμίσει από σπυριά, θαρρείς κι είχαν ακουμπήσει πάνω της τσουκνίδες. *Δεν είμαι μόνο καταραμένη αλλά και χολεριασμένη, κατά πώς φαίνεται...* συλλογίστηκε κοιτάζοντας το πρόσωπό της, που της έφερνε σιχαμάρα και αηδία.

Άρπαξε ένα σκουτί που χρησιμοποιούσε για πετσέτα κι άρχισε να τρίβεται με μανία, λες και θα μπορούσε να σβήσει τα σπυριά, να τα εξαφανίσει. Όχι ότι την ένοιαζαν, αδιαφορούσε πλήρως για την εικόνα της. Η φαγούρα την πείραζε. Κι ύστερα, δίχως καν να βγάλει τα ρούχα, νοτισμένα όπως ήταν από το ποτάμι, ξάπλωσε για να κλείσει τα μάτια της και να πάει να βρει τα παιδιά της στον ύπνο της.

Δεν ήξερε τι ήταν πιο μαύρο, η καρδιά της, βουτηγμένη ώρες στην απελπισία, ή το σκοτάδι που την είχε τυλίξει και την τρόμαζε για πρώτη φορά έπειτα από πολλά χρόνια; Η Φωτεινή, παρά τα τρυπήματα που ένιωθε στο πόδι και παρά τη μεγάλη ταλαιπωρία όλης της μέρας, περπατούσε αρκετά γρήγορα για το σπίτι, το μόνο μέρος όπου θα μπορούσε να καταλαγιάσει κάπως τον πόνο της. Ήταν το καταφύγιό της, η φωλιά της, το μόνο σημείο στο οποίο μπορούσε να αφήσει γυμνά τα συναισθήματά της.

Δεν ήθελε τίποτε άλλο. Να φάει ένα παξιμάδι για να μαζέψει τα υγρά του ταραγμένου στομαχιού της και μετά να ξαπλώσει και να σφαλίσει τα μάτια της, δίχως να την παιδέψει περισσότερο ο νους της. Ήδη την είχαν διαλύσει οι σκέψεις στο ταξίδι του γυρισμού, αφού, ακόμα κι όταν επιχειρούσε να κοιμηθεί λίγο στο κάθισμα, έρχονταν στ' αυτιά της τα γοερά κλάματα του Φώτη, που την εκλιπαρούσε να τον πάρει μαζί της και να μην τον αφήσει σε ένα μέρος που από την αρχή τον βάραινε πάρα πολύ.

Ήθελε να κάνει εκατό ερωτήσεις στη Φιλίτσα, να την ξεψαχνίσει, να ακούσει από το στόμα της πώς της φάνηκε ο γιος της ύστερα από τόσο καιρό, κι αν τον είδε καλύτερα από την προηγούμενη φορά, αλλά φοβήθηκε γι' αυτό που μπορούσε να ακούσει κι έτσι φρέναρε την περιέργειά της. Άλλωστε και η Φιλίτσα ήταν αρκετά απρόθυμη για κουβέντα, επιλέγοντας να γαληνέψει με έναν μικρό ύπνο χωρίς ταραχή στο μυαλό.

Το αλύχτισμα των σκύλων προκαλούσε έντονη αναστάτωση στη Φωτεινή, που επιστράτευσε όλες της τις δυνάμεις για να φτάσει στο σπίτι. Κι ήταν όλα θεοσκότεινα, κι αυτό τάραξε κι άλλο τη συνήθως ατάραχη γυναίκα, που άθελά της έκανε ένα ταξίδι πίσω στον χρόνο, φέρνοντας στη μνήμη της κάτι που την έκανε να πετάγεται στον ύπνο της για καιρό. Μερικά χρόνια πίσω λοιπόν, μια ίδια σκοτεινή νύχτα, πετάχτηκε από το κρεβάτι της από άγριες φωνές κοντά στο σπίτι της. Μαινόταν ο Εμφύλιος σε όλα τα χωριά. Ο τόπος της, τα βουνά και τα λαγκάδια του, είχαν γεμίσει από νάρκες και πτώματα. Δεν τόλμησε να ξεμυτίσει, μόνο άκουγε. Άκουγε στριγκλιές και βλαστήμιες από στρατιώτες, οι οποίοι είχαν εντοπίσει δύο αντιπάλους και τους καλούσαν να μείνουν ακίνητοι, όπως έμαθε την επόμενη μέρα.

Μπερδεύτηκαν οι φωνές, που όλο και πλησίαζαν προς το σπίτι της, έμπαιναν με ευκολία στο κουζινάκι και την κάμαρη. Κι ύστερα, τρύπησαν τα αυτιά της πυροβολισμοί, αρκετοί πυροβολισμοί, που έκαναν την καρδιά της να χτυπάει άρρυθμα και την ανάσα της να κόβεται. Έσβησε γρήγορα το μικρό καντήλι και τρύπωσε στο κρεβάτι, κάνοντας μέσα της μια προσευχή.

Οι φωνές ακούγονταν για αρκετά λεπτά ακόμα, μέχρι που απομακρύνθηκαν και χάθηκαν. Ανθρώπων και σκύλων. Κι αφού κύλησε κι άλλος βουβός χρόνος, αποφάσισε να δει τι συμβαίνει, έστω κι αν η καρδιά της εξακολουθούσε να χτυπάει έντονα κι ο φόβος να την έχει αρπάξει από τον λαιμό.

Κόπηκε το αίμα της έπειτα από έξι βήματα. Δυο παλικάρια κείτονταν ασάλευτα, με το αίμα να τρέχει ζεστό δίπλα τους, με τον τρόμο ζωγραφισμένο στα ανοιχτά μάτια τους. Δεν ήταν πάνω από είκοσι, είκοσι δύο χρόνων, και πλήρωσαν με τη ζωή τους αποφάσεις άλλων. Δεν ήξερε πού ανήκαν, ποιο θεό πίστευαν, για ποιον πολεμούσαν, δεν ήξερε τίποτα και δεν ήθελε να ξέρει, δεν είχε καμιά σημασία άλλωστε. Το μόνο που καταλάβαινε εκείνη τη στιγμή είναι ότι τους σκότωσαν αδέλφια τους, αδέλφια-εχθροί, θύτες και θύματα όλοι, με μανάδες να κλαίνε τα ξεριζωμένα λουλούδια, μανάδες και των από δω και των από κει. Σήμερα έκλαιγαν οι από δω, αύριο οι από κει...

Την έπιασε πανικός κι έτρεμε σύγκορμη, αφού δεν είχε αντικρίσει ποτέ ξανά στη ζωή της τέτοιο φρικτό θέαμα. Με την άκρη του ρούχου της τους έκλεισε τα μάτια και αποτράβηξε αμέσως το βλέμμα της, αφού δεν άντεχε να τους βλέπει άλλο. Έπνιξε το κλάμα της και προσπάθησε να σκεφτεί τι έπρεπε να κάνει. Να ζούσε ο άντρας της... Στην αρχή σκέφτηκε να πάει στην εκκλησία και να χτυπήσει την καμπάνα, αλλά φοβήθηκε να φτάσει ως εκεί, σε μια νύχτα που ήταν πραγματικός εφιάλτης. Κι έπειτα, ακόμα κι αν το έκανε, κανένας δε θα καταλάβαινε μέσα στο σκοτάδι τι έχει συμβεί και πού ακριβώς μέσα στο μαύρο πέπλο του χωριού.

Έτσι, αποφάσισε να πάει παραδίπλα, στον Ιορδάνη και στη Βασιλική, που τους αισθανόταν δικούς της ανθρώπους. Εκείνοι ήταν δύο, κάτι θα μπορούσαν να σκεφτούν όλοι μαζί, ειδικά ο Ιορδάνης, που ήταν πολύ συνετός άνθρωπος, χωρίς παρωπίδες. Τελικά εκείνος ανέλαβε το θέμα μαζί με τον κοινοτάρχη, τον Γρηγόρη, που ήξερε τι έπρεπε να κάνει. Η Φωτεινή έμαθε την επόμενη μέρα –αφού όλη νύχτα δεν έκλεισε μάτι– ότι τους δύο νέους τους σκότωσε μια ομάδα ανταρτών, επειδή κι εκείνοι είχαν σκοτώσει λίγες μέρες πριν κάποιους δικούς τους.

Αυτά σκεφτόταν όπως περπατούσε και την έπιασε σύγκρυο και μόνο στη σκέψη ότι το χώμα αυτό ήταν ποτισμένο από αίμα. Κι ήταν τεράστια η ανακούφισή της όταν αντίκρισε πια το σπίτι της, το δικό της ασφαλές καταφύγιο.

Όταν επιχείρησε να μπει, ήταν όλα μανταλωμένα. *Ποιος ξέρει τι έπαθε...* σκέφτηκε για τη Σοφία, που ποτέ άλλοτε δεν κλείδωνε παρά μόνο με τους μεγάλους αέρηδες, γιατί η πόρτα ήταν πολύ παλιά και δεν άντεχε πολλά πολλά.

Χτυπούσε και ξαναχτυπούσε η Φωτεινή, καμιά απόκριση. Χτύπησε και πιο δυνατά, κλότσησε, έβαλε και μια πνιχτή φωνή. Με τα πολλά, φάνηκε η Σοφία αναμαλλιασμένη, έχοντας πεταχτεί έντρομη από το κρεβάτι, δίχως να ξέρει τι μέρα ήταν, τι ώρα, πώς βρέθηκε να κοιμάται και τι είχε γίνει πριν.

«Δόξα τω Θεώ, είσαι καλά...» αρκέστηκε να πει στην κόρη της, που την κοιτούσε σαν να μην καταλάβαινε τίποτα. «Κόρη μου, τι έχεις; Τι συμβαίνει;»

Εκείνη δε μίλησε. Μόνο την έπιασε από το χέρι και την έμπασε στη μικρή αυλή. Παρότι κρύωνε, έτρεμε δηλαδή, έβαλε το χέρι της στην τσίγκινη βρυσούλα και ήπιε λίγο νερό κι άλλο λίγο ακούμπησε στο μέτωπό της. Κι όταν λειτούργησε ο εγκέφαλός της, όταν όλα μπήκαν στη θέση τους, δεν περίμενε λεπτό. «Πες μου τι έγινε, μάνα...»

«Κάτσε, βρε κόρη μου, να μπω, να πάρω μια ανάσα, τσακισμένη είμαι...»

«Γιατί;» ρώτησε η Σοφία γεμάτη αγωνία.

«Ρωτάς γιατί; Από το χάραμα είμαι στους δρόμους, τόσο ταξίδι έκανα πηγαινέλα...»

Η απάντησή της έδιωξε κάπως την αρχική ταραχή αλλά δεν πτοήθηκε. «Με το παιδί τι έγινε;»

Βγάζοντας το πανωφόρι της, η Φωτεινή χαμογέλασε πλατιά. «Όλα πήγαν πολύ καλά!» της είπε με προσποιητή καλή διάθεση. «Το μέρος είναι φανταστικό, ολόκληρη πολιτεία! Πολύ ωραία σπιτάκια, τάξη, καθαριότητα, όλα στην εντέλεια. Κι όλα τα παιδιά καθαρά, χαρούμενα, ήρεμα, με τραγούδια και παιχνίδια! Ούτε που το περίμενα!»

Τα μάτια της Σοφίας άνοιξαν διάπλατα. «Κι ο Φώτης;»

«Μέσα στη χαρά από την πρώτη στιγμή! Πήγαμε βόλτα στη λίμνη που είναι εκεί μπροστά, φώναζε από τη χαρά του το πουλάκι μου! Βρήκε και βατράχια, καταλαβαίνεις! Μετά τον πήγαν στον θάλαμό του –κάθε σπίτι τον δικό του–, γνώρισε παιδιά, τον έχασα αμέσως, γιατί άρχισαν το κυνηγητό και το κρυφτό!»

Η Σοφία κρεμόταν από τα χείλη της.

«Σημασία δε μου έδωσε, μπήκε αμέσως στο παιχνίδι. Με το ζόρι ήρθε να με χαιρετήσει για να μη χάσει τους νέους του φίλους. Μου είπε να σου πω ότι χαίρεται πολύ που πήγε εκεί κι ότι αυτή είναι η καλύτερη μέρα της ζωής του!»

Έκλαψε από χαρά η Σοφία, αγαλλίασαν τα μέσα της, ζεστάθηκε η ψυχή της απ' αυτά που άκουγε, ένα βάλσαμο στη μαυρισμένη καρδιά της.

«Για να δω... Τι έχεις εσύ στο πρόσωπο; Καλέ, εσύ γέμισες σπυριά!»

«Κάτι θα έπιασα, μάνα, δεν είναι τίποτα. Θα περάσει. Για πες μου, χαιρόταν πολύ;»

«Αφού σου είπα, βρε κόρη μου, φώναζε από τη χαρά του! Ξέρεις πώς κάνει όταν του αρέσει κάτι!»

«Τα άλλα παιδάκια πώς ήταν;»

«Πολύ πολύ καλά! Τα έχουν σαν οικογένεια. Πού να ακούσεις χορωδία! Θα τρελαθείς. Ήταν η πιο σωστή επιλογή. Το παιδί θα πάρει τη σειρά του, τον δρόμο του, εδώ θα μαράζωνε...»

Η Φωτεινή μάζεψε μέσα της το μαράζι της, δεν ήθελε να μεταφέρει το βάρος της στην κόρη της. Αγωνιούσε πια να ξημερώσει η μέρα και να γυρίσει κι ο Μήτσος από τους Φιλιάτες για να μάθει και για τον Σπύρο. Δεν είχε τόσο πολύ άγχος για τον μεγάλο, ήταν άλλος χαρακτήρας και προσαρμοζόταν πιο εύκολα σε σχέση με τον μικρό, που ήταν διαφορετικός και πιο δύσκολος.

Η απελπισία του Φώτη έμοιαζε με βουνό όταν έφυγε η γιαγιά του, παρατώντας τον μόνο του σε ένα άγνωστο μέρος που δεν του άρεσε καθόλου. Τη σιχαινόταν αυτή την εκδρομή και είπε στον εαυτό του ότι όποιος και να του πρότεινε ξανά κάτι τέτοιο δε θα πήγαινε ποτέ.

Ήταν πολύ ταραγμένος και δεν ήξερε αν ένιωθε μίσος ή φόβο. Μάλλον και τα δύο, σίγουρα και τα δύο, αφού μέσα του έλεγε βρισιές, αυτές που είχε ακούσει από τα μεγάλα παιδιά στο χωριό, αλλά και προσευχές. Κυρίως έβριζε όποιον έβλεπε μπροστά του, όλοι τού φαίνονταν εχθροί. Έβριζε και τη γιαγιά του, που τον παράτησε, τη μάνα του που εξαφανίστηκε την κρίσιμη ώρα, τον θείο του τον Μήτσο και τον αδελφό του, που δεν τον πήραν στην άλλη εκδρομή, η οποία σίγουρα θα ήταν καλύτερη, εκείνον εκεί που άναβε τα καντήλια στην εκκλησία και τον χαιρέτησε όταν έφευγαν με ένα πονηρό χαμόγελο – γιατί άραγε; Όλους τούς έβριζε. *Είναι όλοι... είναι... μπαγάσας!* σκέφτηκε με θυμό και ξανακλότσησε το χώμα.

Πριν καταλαγιάσει όλος του ο θυμός και εξατμιστεί η τελευταία του προσευχή –«Παναγίτσα μου, φοβάμαι εδώ»–, συνέβη κάτι που τον τσάκισε. Όπως περπατούσε αμίλητος δίπλα στον Ηλία, πετάχτηκε από ένα κτίριο ένας γεροδεμένος κύριος που απευθύνθηκε στον καινούργιο του φίλο και του είπε: «Πήγαινε γρήγορα στο ξυλουργείο και πες στον Σταμάτη να φέρει τις βίδες και τις πρόκες, ξέρει αυτός».

Ο Ηλίας αιφνιδιάστηκε αλλά δεν μπορούσε να κάνει αλλιώς. «Φώτη, μείνε εδώ, σ' αυτό το δέντρο, και θα έρθω γρήγορα να σε πάρω...»

Δεν είπε τίποτα, ούτε λέξη. Αλλά μέσα του πλημμύρισε με οργή. *Έτσι μου είπε κι η γιαγιά και έφυγε. Θα φύγει κι αυτός τώρα και να δεις που δε θα ξανάρθει...*

Κι όταν τον είδε να τρέχει προς τα πάνω, σ' αυτό το μέρος που δε θυμόταν πώς το έλεγαν –«κάτι με ξύλο»–, άρχισε εκείνος να τρέχει προς τα κάτω, αντίθετα, δίχως να ξέρει το γιατί. Κρατούσε την αναπνοή του όσο έτρεχε, και πλησιάζοντας στην καγκελόπορτα, ένιωσε να καίγεται το κεφάλι του. Γιατί στην άκρη του δρόμου έξω, είδε το λεωφορείο να στρίβει, κουνώντας με την τεράστια μούρη του κάτι κλαριά. «Ψεύτρα! Μου είπε ότι πάει να το φέρει κι αυτό ήταν εδώ και την πήρε και φύγανε! Δε θέλω να την ξαναδώ μπροστά μου, είναι... μπαγάσας, μπαγάσας!» είπε μέσα του, με τα δάκρυα να τρέχουν ζεστά στο προσωπάκι του.

Το μυαλό του ταξίδεψε στο χωριό, τότε που σε ένα παιχνίδι με τους φίλους του πίσω από την εκκλησία είχε νιώσει το ίδιο. Όταν οι δυο αρχηγοί έβαζαν πόδια για να διαλέξουν συμπαίκτες, ο Μιχάλης, τον οποίο θεωρούσε πολύ φίλο του και τον αγαπούσε, δεν πήρε εκείνον αλλά τον Τάσο.

«Σε πρόδωσε!» του είπε τότε ένας άλλος, πιο μεγάλος, ο

Βαγγέλης, που βλέποντας τον Φώτη να δακρύζει, του είπε να μην έχει ξανά φίλο τον Μιχάλη γιατί είναι προδότης.

Αυτό είναι η γιαγιά μου, προδότης! Σαν τον Μιχάλη! σκέφτηκε στη στιγμή, αδυνατώντας να ελέγξει τα δάκρυά του. Εξουθενωμένος από την ίδια του τη σκέψη, διαλυμένος δηλαδή, άρχισε να περπατάει προς τα πάνω σέρνοντας τα πόδια του σαν να είχε κάνει χιλιόμετρα. Αποφάσισε να πάει σ' εκείνο το δέντρο που του είχε πει ο Ηλίας να τον περιμένει, αν και μέσα του πίστευε ότι δε θα ερχόταν, όπως δεν ήρθε κι η γιαγιά του. Όμως δεν ήξερε κανέναν άλλο εκεί κι έτσι θα έπρεπε να το κάνει, δεν είχε καμία άλλη επιλογή.

Όταν έφτασε στο σημείο, δύο αγόρια, μεγαλύτερα απ' αυτόν, τον είδαν να κλαίει.

«Μόνο τα κορίτσια κλαίνε! Τι είσαι; Κορίτσι;» του είπε ο ένας.

«Και δε ρουφάνε τη μύτη τους, γύφτο!» του είπε ο άλλος.

Ο Φώτης, κουβαλώντας τον θυμό από την προδοσία της γιαγιάς, όπως το είχε στο μυαλό του, αποφάσισε να μη σιωπήσει. «Ό,τι θέλω θα κάνω, ρε, δε θα σας ρωτήσω!» είπε απότομα, κι ας του έριχναν οι άλλοι δυο κεφάλια.

«Ου, ρε μυξιάρικο!» είπε για... κακή του τύχη ο ένας, αυτός που τον είχε ρωτήσει αν είναι κορίτσι.

Ο θυμός του Φώτη ξεχείλισε. Δίχως να σκεφτεί τίποτα –και δεν τον ένοιαζε κιόλας να σκεφτεί–, του έδωσε μια δυνατή κλοτσιά στο καλάμι και τον ξέρανε.

Τώρα εκείνος έκλαιγε σαν κοριτσάκι και ταυτόχρονα φώναζε.

«Τώρα ποιος είναι κοριτσάκι, ρε μύξα;» είπε τρίβοντας τα χέρια του.

Αλλά πριν προλάβει να τα βάλει και με το άλλο αγόρι, νιώθοντας πολύ δυνατός εκείνη τη στιγμή, ξεπρόβαλε εκείνος με το μουστάκι που του είχε τραβήξει το αυτί στη βάρκα. Ένα χαστούκι προσγειώθηκε στο πρόσωπο του Φώτη και έπιασε μύτη, μάγουλο και χείλη, με τα δάχτυλα του «μπαγάσα» να κάνουν ένα τέλειο αποτύπωμα στον μικρό.

«Εδώ δε θα κάνεις ό,τι θέλεις! Και να ξέρεις ότι τα αγρίμια τα δένουμε!» του είπε, αφού τον είχε κάνει να δει τον ουρανό σφοντύλι. «Έλα δω, ρε αγρίμι, μπρος!» έκραξε σαν κοράκι και τον έσυρε προς μια άγνωστη κατεύθυνση.

Έφτασαν σε έναν μεγάλο θάλαμο, τεράστιο δηλαδή, αφού ο Φώτης έπρεπε να ξελαιμιαστεί για να δει το ταβάνι, κι εκεί τον παρέδωσε σε έναν άλλο που φορούσε αρβύλες και ένα παντελόνι που έμοιαζε με δέντρο κι είχε μεγάλες τσέπες παντού.

«Πρόσεχέ τον, είναι λύκος! Κι αν χρειαστεί, βγάλ' του τα δόντια», είπε σ' αυτόν με το παντελόνι-δέντρο, με τον Φώτη να κοιτάει έκπληκτος, σαν να είχε φάει κι άλλο χαστούκι.

Θα μου βγάλουν τα δόντια; σκέφτηκε, αλλά αποφάσισε στο λεπτό να μη ρωτήσει. Πάντως ήταν ανακουφισμένος που έφυγε ο «Μουστάκιας-Μπαγάσας», αφού δεν μπορεί να ήταν χειρότερος ο άλλος.

«Πώς σε λένε, μικρέ;»

Το πρώτο σοκ είχε περάσει, άρα δεν είχε να φοβηθεί περισσότερο.

«Όπως θέλω με λένε!» είπε απότομα και γύρισε την πλάτη του.

Ο άνθρωπος με το παντελόνι-δέντρο τον πλησίασε κι ο Φώτης έσφιξε τα δόντια για το νέο χαστούκι που θα ερχόταν. Αλλά αντί για χαστούκι, είδε αυτόν τον κύριο να γονατίζει μπροστά του.

«Είμαι ο Νικήτας, ο ομαδάρχης σου. Και θέλω να γίνουμε

φίλοι και να τα πηγαίνουμε καλά. Και θα κάνω ό,τι μπορώ για να νιώσεις καλά εδώ, αλήθεια...»

Μια θυμωμένη απάντηση βγήκε από το στόμα του Φώτη: «Δε θα μείνω εδώ! Θα φύγω! Θα έρθει η γιαγιά μου να με πάρει...».

Ο Νικήτας τον έπιασε μαλακά από τον ώμο. «Το ξέρω... Αλλά λέω μέχρι να γυρίσει...»

Τον παραξένεψε η ηρεμία του κι αυτή η μαλακή φωνή, το χαμογελαστό πρόσωπο, καμιά σχέση με όλους τους άλλους που είχε δει ως τότε. Αυτό τον μαλάκωσε.

«Φώτη με λένε...»

«Μπράβο, Φώτη, πολύ ωραίο όνομα, ξεχωριστό. Φώτης, φως!»

Δεν το είχε σκεφτεί ποτέ ξανά κι ούτε του το είχε πει άλλος.

«Από πού είσαι, Φώτη;»

«Από το Αηδονοχώρι! Το ξέρεις; Είναι το πιο όμορφο χωριό του κόσμου!»

«Ναι, ναι, το έχω ακούσει».

«Έχεις πάει;»

«Όχι, αλλά θέλω να πάω. Μόλις βρω ευκαιρία...»

«Όταν έρθει το λεωφορείο να με πάρει, έλα μαζί μου!»

Ο Νικήτας κατάλαβε αμέσως από την αλλαγή στάσης του μικρού ότι τον είχε κερδίσει. «Έλα να σου δείξω τον θάλαμο, θάλαμο το λένε. Εδώ, όπως βλέπεις, είναι τα κρεβάτια και...»

Του έκανε μεγάλη εντύπωση αυτό που έβλεπε. «Γιατί είναι πάνω και κάτω κρεβάτια;» απόρησε. «Δεν έχω ξαναδεί ποτέ τέτοια κρεβάτια».

«Είναι για να χωράνε πιο πολλοί. Αλλά είναι ωραία, βλέπεις; Σαράντα παιδιά κοιμούνται εδώ».

«Ναι, αλλά ο από πάνω δεν κουνιέται;»

«Όχι! Είναι γερά κρεβάτια, Φώτη μου».

«Δε μου αρέσει πάνω, φοβάμαι μην πέσω στον ύπνο μου».

«Εντάξει, θα σε βάλω σε ένα κάτω. Για να δω... Α, ελεύθερα είναι αυτό, αυτό και το άλλο εκεί απέναντι. Α, κι εκείνο εκεί. Θες να διαλέξεις;»

«Ναι! Το εκείνο εκεί! Είναι γωνία και μου αρέσει».

«Εντάξει, Φώτη, ό,τι θες. Έλα να σου δείξω τώρα πώς στρώνουμε το κρεβάτι».

«Το στρώνουμε; Σπίτι μας τραβάμε μόνο την κουβέρτα».

«Ε, εδώ το στρώνουμε. Είναι πιο ωραία έτσι, δηλαδή πολύ ωραία! Όταν μάθεις –κι είναι εύκολο–, θα σου αρέσει πολύ. Κι όποιος το στρώνει πιο καλά κερδίζει ένα γλυκό!»

«Ω! Θέλω να το κερδίζω εγώ!»

«Ωραία, έλα να σου δείξω».

Καλό ήταν το γλυκό, αλλά δεν του άρεσε καθόλου η διαδικασία, τον κούραζε μόνο που έβλεπε.

Το βλέμμα του έπεσε σε κάτι κορνίζες. Είχε δει και στο σπίτι του κάτι παρόμοιες, αλλά δεν ήξερε ποιοι ήταν αυτοί. Δεν έμοιαζαν ούτε στον παππού του ούτε στον πατέρα του.

«Ποιοι είναι αυτοί;»

«Λοιπόν... Ο ένας είναι ο βασιλιάς Παύλος. Η άλλη είναι η βασίλισσα Φρειδερίκη, η βασίλισσά μας, που φροντίζει όλους εμάς, τα κτίρια, το φαγητό, τα πάντα. Τον άλλο θα τον ξέρεις βέβαια. Είναι ο Ιησούς Σωτήρας...»

«Καλά... Πρέπει να τους ξέρω;»

«Ε, σ' τους έδειξα για να γνωρίζεις ποιοι είναι. Καλό είναι να ξέρουμε...»

«Δε μου λες, γιατί είμαι μόνος μου εδώ; Οι άλλοι που κοιμούνται σε αυτά τα πολλά κρεβάτια πού είναι;»

«Είναι στο σχολείο».

«Πάνε και σχολείο εδώ;» είπε έκπληκτος ο Φώτης.

«Ναι, βέβαια! Όλα τα παιδιά πρέπει να μαθαίνουν γράμματα. Γίνονται καλύτεροι άνθρωποι!»

Δεν του άρεσε καθόλου η απάντηση του Νικήτα. «Δηλαδή, η μαμά μου που δεν πήγε σχολείο δεν είναι καλός άνθρωπος;»

Ο Νικήτας χαμογέλασε αμήχανα. «Είναι, Φώτη μου, είναι! Αλλά όσο πιο πολλά μαθαίνουμε τόσο το καλύτερο! Όταν μάθεις να διαβάζεις και να γράφεις, θα το καταλάβεις. Και θα θες να μάθεις πιο πολλά...»

Όση ώρα μιλούσαν, ο Νικήτας είχε παρατηρήσει τα πολύ φθαρμένα ρούχα του Φώτη κι ήταν σίγουρος ότι δε θα άντεχαν για πολύ. Είδε επίσης τα παπούτσια του, που ήταν σε άθλια κατάσταση, με το ένα μάλιστα, το δεξί, έτοιμο να διαλυθεί. Το μεγάλο δάχτυλο του μικρού έβγαινε έξω και πολύ σύντομα θα έβγαινε όλο το πόδι. Αποφάσισε επιτόπου να πάρει την πρωτοβουλία.

«Λοιπόν, λέω να πάμε σε έναν άλλο θάλαμο που δεν έχει κρεβάτια αλλά φυλάνε πράγματα εκεί για να διαλέξεις ρούχα».

«Έχω ρούχα!» αντέδρασε ο Φώτης.

«Να έχεις κι άλλα! Και να φοράς όποιο σου αρέσει. Και παπούτσια».

«Τι να τα κάνω; Στο χωριό μου πολλές φορές δε φορούσα καθόλου».

Παρότι είχε ζήσει πολλές καταστάσεις, ο Νικήτας αιφνιδιάστηκε. «Ε, εδώ έχει πολλά αγκάθια, πέτρες, καλύτερα είναι με παπούτσια. Και τρέχεις και πιο γρήγορα, παίζεις και καλύτερα, θα δεις...»

Ο Φώτης το καλοσκέφτηκε κι αποφάσισε ότι είχε δίκιο αυτός ο άνθρωπος με το παντελόνι-δέντρο.

Πήγαν λοιπόν σ' εκείνο τον θάλαμο χωρίς κρεβάτια –που κι εκεί ήταν ο βασιλιάς, η βασίλισσα και ο Σωτήρας– κι ο Φώτης έμεινε με το στόμα ανοιχτό. Υπήρχαν πάρα πολλές κούτες, μα πάρα πολλές, και μέσα είχαν όλα τα ρούχα του κόσμου. Παντελόνια κοντά και μακριά, μπλούζες χοντρές και πιο λεπτές, κοριτσίστικα ρούχα, κι ήταν όλα τα χρώματα που ήξερε κι ακόμα πιο πολλά.

«Ω!» είπε με τα μάτια να γυαλίζουν και με ένα πλατύ χαμόγελο να σχηματίζεται στο πρόσωπό του. «Δε με νοιάζει τι θα μου δώσεις, αλλά θέλω να σου πω κάτι. Να, κρυώνουν λίγο τα πόδια μου, και το βράδυ κρυώνουν πιο πολύ. Να μου έδινες ένα μακρύ...»

Γέλασε ο Νικήτας μ' αυτόν τον μικρό που βιαζόταν να μεγαλώσει. «Βρε, μακριά παντελόνια φοράνε οι μεγάλοι. Οι μικροί φοράνε κοντά».

«Και τι πειράζει; Οι μικροί δεν κρυώνουν;»

Έμπηξε τα γέλια ο Νικήτας. «Καλά, θα δούμε αν έχει στο νούμερό σου, που δε νομίζω, για να σου πω την αλήθεια...»

«Δηλαδή, δε λες την αλήθεια;»

«Τη λέω, βρε Φώτη, τη λέω! Γι' αυτό σου είπα ότι δε νομίζω ότι θα βρούμε...»

Κι έψαξε αρκετά, αλλά πού να βρεθεί μακρύ παντελόνι για ένα σπουργιτάκι; Χωρούσε ολόκληρος μέσα, αφού τα μακριά παντελόνια έφταναν και κάλυπταν και το κεφάλι του.

Βλέποντας ένα που έμοιαζε με το παντελόνι-δέντρο αυτού του καλού ανθρώπου, έβγαλε μια κραυγή ενθουσιασμού: «Αυτό, αυτό, μπορείς να μου δώσεις αυτό;».

Ο Νικήτας, όπως το είδε με το μάτι, ήξερε ότι αυτό έκανε σε δυο Φώτηδες μαζί, αλλά δεν ήθελε να τον δυσαρεστήσει. «Έλα να το δοκιμάσεις».

Χάρηκε τόσο, που για πρώτη φορά τον ακούμπησε στον ώμο. Αλλά όταν το φόρεσε –και μπήκε ολόκληρος μέσα– κόντεψε να σκάσει. Και από τη στενοχώρια και από έλλειψη αέρα. Κατσούφιασε πολύ, χειρότερα κι από τότε που έχανε στο παιχνίδι. «Δηλαδή, δε γίνεται, ε;» είπε με πίκρα.

Προσπάθησε να κάνει ένα βήμα και σωριάστηκε στο έδαφος. Και παλεύοντας να ξεμπλεχτεί, θύμωσε. «Αυτός που έφτιαξε τα κοντά παντελόνια είναι μπαγάσας!»

Δέχτηκε απρόθυμα να δοκιμάσει μερικά ρούχα –του έδωσε δυο αλλαξιές–, άρα το μαρτύριο του κοντού παντελονιού θα συνεχιζόταν.

Πρόβλημα υπήρχε και με τα παπούτσια, αφού δεν ήταν εύκολο να βρεθεί τόσο μικρό νούμερο, αλλά εκεί το μαρτύριο ήταν μικρότερο.

Ο Νικήτας βρήκε ένα μεγαλύτερο ζευγάρι αλλά με κορδόνια για να σφίγγουν, κι έκανε μια πατέντα της στιγμής. Έκοψε σελίδες μιας εφημερίδας, τις δίπλωσε και τις έβαλε στο παπούτσι. «Για περπάτα λίγο να σε δω», είπε γελαστός στον Φώτη.

Εκείνος δυσφόρησε λίγο αλλά το έκανε. Ο Νικήτας πρόσθεσε λίγο χαρτί ακόμα κι όλα τακτοποιήθηκαν.

Βλέποντας το χαμογελαστό πρόσωπο του ανθρώπου με το παντελόνι-δέντρο, ο Φώτης ένιωσε την καρδούλα του να αγαλλιάζει. Κι ήταν μια ζεστασιά που τον τύλιξε ολόκληρο. «Είσαι καλός», του είπε και έπεσε στην αγκαλιά του.

«Κι εσύ! Από σήμερα εμείς οι δυο θα είμαστε φίλοι! Εντάξει;»

«Εντάξει! Φίλε!»

Γύρισαν στον θάλαμο, που θα ήταν πλέον το σπίτι του Φώτη, και του ζήτησε να βάλει την τσαντούλα του κάτω από το κρεβάτι.

«Εδώ θα είναι τα πράγματά σου και θα τα προσέχεις. Δε θα τα πετάς μέσα, θα τα διπλώνεις πρώτα, εύκολο είναι, θες να σου δείξω;»

Δεν είχε διάθεση για άλλη επίδειξη αλλά για φαγητό. Το στομάχι του διαμαρτυρόταν από ώρα.

«Πεινάω», είπε στον Νικήτα, που τον κοίταξε και χαμογέλασε.

Κοίταξε στον τοίχο, εκεί όπου υπήρχε ένα ρολόι με στέμμα.

«Σε πέντε λεπτά σχολάνε τα παιδιά από το σχολείο και θα πάνε για φαγητό, οπότε θα φάτε όλοι μαζί. Θες να τους γνωρίσεις;»

«Όχι! Θέλω να πάω στο χωριό μου», είπε με παράπονο, ενώ τραβούσε προς τα πάνω το καινούργιο του παντελόνι.

«Θα πας... Αλλά δε θα μείνεις νηστικός... Να πας χορτάτος...»

«Καλά...»

Όταν πήγαν σ' εκείνη τη μεγάλη αίθουσα, την τεράστια δηλαδή, ο Φώτης τα 'χασε. Ποτέ δεν είχε ξαναδεί τόσο μεγάλο χώρο γεμάτο τραπέζια και καρέκλες, γιγάντια καζάνια, ανθρώπους με άσπρες ποδιές να κρατάνε κάτι τεράστια πιρούνια. Όλα ήταν πρωτόγνωρα γι' αυτόν.

«Σήμερα θα φας πρώτος, αλλά από αύριο θα είσαι στη σειρά με τα άλλα παιδιά, εντάξει;» του είπε μαλακά ο Νικήτας.

Ο Φώτης κούνησε αδιάφορα τους ώμους του, αλλά πολύ γρήγορα κατάλαβε ότι κάποια μέρα θα έμενε νηστικός και δε θα προλάβαινε το φαγητό. Γιατί μέσα σε λίγα λεπτά σχηματίστηκαν τεράστιες ουρές, πραγματικά ατελείωτες.

«Θα προλάβουν όλοι να φάνε;» ρώτησε τον Νικήτα, που έσπευσε να τον καθησυχάσει.

«Μην ανησυχείς, έχει φαγητό για όλους. Και για τον τελευταίο! Αλλά εσύ δε θα χαζολογάς κι ούτε θα πιάνεις την κουβέντα για να τρως γρήγορα...»

Του έδωσε έναν δίσκο που είχε ένα τσίγκινο πιάτο με ένα πιρούνι κι ένα κουτάλι, και επίσης ένα τσίγκινο ποτήρι, και τον πήγε μπροστά μπροστά για να σερβιριστεί.

«Ο Φώτης είναι ο καινούργιος μας φίλος και να του βάλεις την καλύτερη μερίδα!» είπε στην κυρία Ελένη που έβαζε το φαγητό στα πιάτα, ενώ πίσω είχαν ήδη φτάσει τα άλλα παιδιά.

«Σήμερα έχει φακές με ξίδι», είπε η κυρία Ελένη, με τους περισσότερους από πίσω να δυσανασχετούν.

Ο Φώτης δεν καταλάβαινε από τέτοια εκείνη τη στιγμή. Γιατί μόλις κάθισε στο τραπέζι, το περιεχόμενο του πιάτου εξαφανίστηκε εν ριπή οφθαλμού. Κι ήταν τέτοια η πείνα του, που στο τέλος σήκωσε το πιάτο για να πιει το ζουμί που είχε απομείνει. Κι έφαγε κι όλο το ψωμί του τραπεζιού, τη σαλάτα χωρίς καν να χρησιμοποιήσει το πιρούνι του – γυάλιζε το μάτι του!

Ο διπλανός του, με τον οποίο είχαν περίπου το ίδιο μπόι, τον κοίταξε έκπληκτος. «Φάε και το δικό μου φαΐ, δεν το θέλω...» του είπε.

Ήταν η σειρά του Φώτη να τον κοιτάξει έκπληκτος. Δεν μπορούσε να χωρέσει στο μυαλό του ότι ένα παιδί δε θέλει το φαγητό του. Ούτε που μπορούσε να θυμηθεί πόσες φορές στο χωριό του έπεσε για ύπνο χωρίς να έχει κάτι να φάει, με την κοιλιά του να γουργουρίζει ως το πρωί.

«Δεν το θέλεις; Γιατί;»

«Δε μου αρέσουν οι φακές. Θα φάω ψωμί και ντομάτα».

«Δηλαδή, να το φάω εγώ;»

«Ναι, όλο δικό σου».

«Ω! Θα το φάω! Πώς σε λένε;»

«Διονύση. Εσένα;»

«Εμένα Φώτη. Από το φως!»

«Είσαι καινούργιος, ε;»

«Δεν ξέρω...»

«Τι δεν ξέρεις;»

«Δεν ξέρω τι είναι καινούργιος! Αλλά θέλω να φάω!»

Κατάπιε και το δεύτερο πιάτο με τρομερή όρεξη και μόνο τότε στράφηκε ξανά στο παιδί που του έδωσε το φαγητό του.

«Έχασες που δεν έφαγες. Πολύ ωραίο φαΐ! Πότε θα φάμε πάλι; Αύριο;»

«Όχι, Φώτη, δεν...»

«Δε θα φάμε αύριο;» είπε έκπληκτος.

«Πήγα να σου πω ότι θα φάμε και το βράδυ».

Χάρηκε τόσο πολύ με την απάντηση, ώστε του χαμογέλασε με όλη του την ψυχή, απλώνοντας το χέρι του.

«Είμαστε φίλοι;» ρώτησε ο Φώτης.

«Φίλοι», απάντησε ο Διονύσης, κι έδωσε κι εκείνος το χέρι.

Τότε ο Φώτης έκανε κάτι που συγκίνησε πολύ τον νέο του φίλο. Έβγαλε από το παντελονάκι του δύο καραμέλες λουκουμιού, αυτές που είχε πετάξει όταν του της έδωσε η γιαγιά του αλλά μετά τις ξαναμάζεψε, και τις έδωσε στον Διονύση.

«Αυτές είναι για σένα! Επειδή είσαι φίλος και μου έδωσες το φαγητό σου...»

Εκείνος γούρλωσε τα μάτια. «Πού τις βρήκες; Έχεις κι άλλες;»

«Όχι, μόνο δύο. Αλλά σ' τις χαρίζω».

Το αγόρι τού έδωσε πίσω τη μία. «Να φάμε κι οι δυο από μία», του είπε και τον αγκάλιασε.

Ο Φώτης παρατήρησε ότι τα άλλα παιδιά δεν του μιλούσαν.

«Με λένε Φώτη!» είπε σε κάμποσους, αλλά απάντηση δεν πήρε. Στενοχωρήθηκε αρκετά αλλά δεν είπε τίποτα. Δεν ήθελε να τον δει στενοχωρημένο ο Διονύσης, τον οποίο είχε συμπαθήσει πολύ. Κι όχι επειδή του έδωσε το φαγητό του, αλλά επειδή ήταν ένα ήσυχο παιδί που του θύμιζε τον φίλο του τον Κώστα από το Αηδονοχώρι.

«Από ποιο χωριό είσαι, Διονύση; Εγώ από το Αηδονοχώρι!»

«Εγώ είμαι από τον Πύργο Ηλείας!»

«Πού είναι αυτό; Δεν το ξέρω».

«Μακριά, στην Πελοπόννησο».

«Ούτε αυτή την ξέρω».

Η κουβέντα τους διακόπηκε από μια φωνή που του φάνηκε αυστηρή.

«Σε τρία λεπτά όλοι στο προαύλιο για προσευχή».

Ο Φώτης δεν ήξερε τι ήταν αυτό.

«Μαζευόμαστε όλοι για ομαδική προσευχή. Είναι πολλές φορές κάθε μέρα».

«Και τι λέτε;»

«Το “Πιστεύω”».

«Τι πιστεύεις, Διονύση;»

«Το “Πιστεύω εις έναν Θεό Πατέρα Παντοκράτορα, ποιητή ουρανού και γης...”»

«Εγώ δεν ξέρω ούτε ποιητές ούτε ποιήματα».

Ο Διονύσης χαμογέλασε. «Θα το μάθεις... Θες δε θες...»

Στο προαύλιο άκουγε όλους τους άλλους να λένε το «Πιστεύω» κι εκείνος κοιτούσε τα παπούτσια του. Κι όταν τελείωσε αυτή η προσευχή, μια κυρία τον πλησίασε και του είπε αυστηρά: «Να τη μάθεις γρήγορα, κατάλαβες; Εδώ είμαστε όλοι καλοί χριστιανοί...».

Τον τρόμαξε το ύφος της και ο τόνος της φωνής της, και μόλις έφυγε, έσφιξε το χέρι του Διονύση. «Τη φοβάμαι αυτή...»

«Και καλά κάνεις... Είναι η Προκοπία, έχει δείρει τα περισσότερα παιδιά εδώ. Όταν τη βλέπεις, να φεύγεις μακριά. Αυτό κάνω κι εγώ. Θα σου δείξω και τους άλλους που πρέπει να φεύγεις μακριά».

Ο Φώτης τον κοίταξε στα μάτια. «Είσαι φίλος! Για πάντα...»

Εκείνο το πρώτο βράδυ δεν έκλεισε μάτι από την υπερένταση, τις σκέψεις που τον βομβάρδιζαν, το άγνωστο περιβάλλον, την αγωνία αν την επόμενη μέρα θα γυρνούσε η γιαγιά του να τον πάρει. Κι είχε κι αγωνία για τον Διονύση, που μέσα στη νύχτα έγινε φόβος.

Όταν επέστρεψαν στον θάλαμο για τον βραδινό ύπνο, είδε ότι ο μοναδικός του φίλος ήταν καμιά δεκαριά κρεβάτια μακριά. Στενοχωρήθηκε πολύ και κατάλαβε ότι δεν μπορούσε να κάνει κάτι μόνος του. Τότε, χωρίς να ντραπεί, πήγε στον Νικήτα, που ήταν εκεί για τη βραδινή προσευχή των παιδιών του θαλάμου και μετά το σιωπητήριο. Τον πλησίασε με διστακτικά βηματάκια και ένα αχνό χαμόγελο. «Σε παρακαλώ, μπορώ να πάω κοντά στον Διονύση ή να έρθει αυτός κοντά μου; Σε παρακαλώ! Θέλω να είμαστε μαζί, είμαστε φίλοι!»

Ο άνθρωπος με το παντελόνι-δέντρο κατάλαβε αμέσως την ανάγκη του και δεν του χάλασε το χατίρι. Πήγε τον Διονύση στην ίδια κουκέτα με τον Φώτη, αλλάζοντας τον Κωστάκη, κι αυτό έκανε ευτυχισμένους και τους δυο.

Ο Φώτης άκουγε τα παιδιά να λένε τη βραδινή προσευχή και τρομοκρατήθηκε στη σκέψη της Προκοπίας. Έπρεπε να τη μάθει κι αυτός. Του φάνηκε πολύ δύσκολο.

Πριν πέσω να πλαγιάσω
Θε μου, σε παρακαλώ,
να δώσεις να περάσω

τη νύχτα με καλό.
Τον άγγελό σου πάλι
στείλε από ψηλά
να 'ρθει στο προσκεφάλι
πιστά να με φυλά.

Είδε ότι όλα τα παιδάκια ξάπλωσαν και κοιμήθηκαν αμέσως, αλλά αυτό ήταν αδύνατο για τον ίδιο, αν και έσφιγγε τα μάτια με δύναμη για να τα καταφέρει. Σκεφτόταν τη μάνα του και τον αδελφό του, τους φίλους του στο χωριό, σκέφτηκε ακόμα και τον παπα-Μανόλη, που του έδινε καραμέλες. Είχε θυμώσει στη γιαγιά του που τον άφησε εκεί, μόνο, σε ένα μέρος που τον φόβιζε και του πλάκωνε την ψυχή. Ας πήγαινε τουλάχιστον να τον πάρει και θα τη συγχωρούσε.

«Αφού κλείνω τα μάτια, πώς έρχονται αυτοί όλοι στο μυαλό μου; Και δεν είναι όνειρο, ξύπνιος είμαι», έλεγε στον εαυτό του, στριφογυρίζοντας στο κρεβάτι. Αλλά αυτό το στριφογύρισμα του έφερε άγχος και αγωνία. «Κι αν, όπως κουνιέμαι, πέσει κάτω ο Διονύσης; Είναι ψηλά, κι αν πέσει από κει, μπορεί να σκοτωθεί».

Σηκώθηκε με ήρεμες κινήσεις από το κρεβάτι, έκανε ένα δυο βήματα πιο πίσω και προσπάθησε να δει τον φίλο του. Ήταν απολύτως αδύνατο. Υπήρχε πια βαθύ σκοτάδι στον θάλαμο και δεν μπορούσε να διακρίνει τίποτα. Αλλά φοβόταν και να ξαναπέσει στο κρεβάτι του μήπως γκρεμίσει τον Διονύση. Αυτό του προκαλούσε τρόμο. Έπιασε το σίδερο που ένωνε τα δύο κρεβάτια και έμεινε εκεί κάμποσο.

Κάποια στιγμή, η έντονη κούραση άρχισε να τον λυγίζει. Και χωρίς να αφήσει το σίδερο, κάθισε στο κρεβάτι και συνέχισε να το κρατάει. Πιέστηκε πολύ για να κρατήσει τα μάτια του ανοιχτά ώστε να μη σκοτωθεί ο Διονύσης, αλλά αυτά δεν τον υπάκουαν και τρεμόπαιζαν. Βυθίστηκε, χωρίς να το καταλάβει, σε ένα λευκό σύννεφο, κι όταν άνοιξε τα μάτια του –ακούγοντας φασαρία–, είδε τον φίλο του μπροστά του να του χαμογελάει.

«Εσύ! Πώς...»

Δεν τον ένοιαζε που έχανε τα λόγια του, αλλά μόνο το γεγονός ότι ο Διονύσης ήταν ζωντανός, όρθιος και μάλιστα χαμογελαστός!

«Πρέπει να σηκωθείς! Θα πάμε να πλυθούμε, θα στρώσουμε το κρεβάτι και θα πούμε την προσευχή. Μόνο αν είναι άρρωστος κανείς μένει στο κρεβάτι. Οι άλλοι... απαγορεύεται!»

Απογοητεύτηκε. ΄Ενιωθε να νυστάζει πολύ και βαριόταν όλα αυτά που του έλεγε ο Διονύσης. Του φαίνονταν βουνό και επιπλέον μια άχρηστη διαδικασία.

«Και πρέπει να κάνουμε γρήγορα. ΄Ερχεται η Προκοπία και βλέπει τα κρεβάτια!» επέμεινε ο Διονύσης.

Ο Φώτης τινάχτηκε σαν ελατήριο στο άκουσμα του ονόματος και κυριεύτηκε από φόβο. «Δεν ξέρω να στρώνω το κρεβάτι. Τι θα κάνω;» είπε γεμάτος απελπισία.

Ο Διονύσης τού χαμογέλασε. «Θα σε βοηθήσω εγώ, μη φοβάσαι!»

΄Ολα τα παιδιά πηγαινοέρχονταν με μεγάλη ταχύτητα κι αυτό τον ζάλισε λίγο, αφού εκείνος στο σπίτι σηκωνόταν με την ησυχία του και δε χρειαζόταν να κάνει τίποτα. Ακολουθούσε όμως χωρίς αντιρρήσεις τις κινήσεις του Διονύση, που μετά το πλύσιμο έστρωσε σβέλτα και τα δύο κρεβάτια, το δικό του και του Φώτη. Τον κοίταζε με δέος και μεγάλο θαυμασμό. Του φαινόταν πολύ σπουδαίο αυτό που είδε αλλά κι αυτό που άκουσε.

«Το μεσημέρι θα σου δείξω πώς γίνεται με το στρώσιμο του κρεβατιού, υπάρχει κόλπο. Αυτό πρέπει να το μάθεις», του είπε, και παρότι δεν του άρεσε καθόλου αυτό που άκουσε, κούνησε το κεφάλι.

Και το κράτησε σκυμμένο όταν άκουσε την προσευχή, το «Πιστεύω». *Αυτό αποκλείεται να το μάθω ποτέ!* σκέφτηκε, μπήγοντας τα νύχια του μέσα στην παλάμη του. Ακολούθησε και μια δεύτερη προσευχή, κάτι που τον έκανε να θυμώσει κι άλλο.

Με τη γλυκιά αυγούλα
χαρούμενα ξυπνώ
και στέλνω προσευχούλα
θερμή στον ουρανό...

«Δε θέλω άλλες προσευχές!» είπε μέσα του –αν και αυτή του φάνηκε εύκολη–, όμως μια άλλη σκέψη τον έκανε να σκοτεινιάσει. *Στον ουρανό είναι ο μπαμπάς μου, του έφυγε το αίμα. Κι εγώ είμαι μόνος μου εδώ. Δε μου αρέσει αυτό...*

Ένιωσε ένα δάκρυ στο πρόσωπό του, αλλά δεν ήταν ώρα για άλλες σκέψεις. Στον θάλαμο μπήκε η Προκοπία κι ο Φώτης είδε ότι όλα τα παιδιά πάγωσαν μόλις την αντίκρισαν. Χωρίς να πει λέξη, η γυναίκα άρχισε να επιθεωρεί τα κρεβάτια, ξεκινώντας από την άλλη πλευρά του θαλάμου.

Με γουρλωμένα μάτια και νιώθοντας τα πόδια του να τρέμουν, ο Φώτης την είδε να τραβάει το αυτί ενός παιδιού κι ύστερα να ουρλιάζει μπροστά στο πρόσωπό του.

«Βασιλειάδης, τιμωρία! Τι σου έχω πει για το κρεβάτι; Πόσες φορές σ' το έχω πει; Με κοροϊδεύεις; Άνοιξε το χέρι σου!»

Με ένα λεπτό ξύλο –ο Φώτης δεν ήξερε πώς το έλεγαν– η

Προκοπία άρχισε να τον χτυπάει στο χέρι, κι όταν τελείωσε, μ' εκείνο το παιδί να κλαίει, του τράβηξε ξανά το αυτί και την άκουσε να του λέει, ενώ τα σάλια της πιτσιλούσαν το πρόσωπό του: «Δεν έχει πρωινό σήμερα, για να μάθεις και να γίνεις άνθρωπος!».

Ο Φώτης ασυναίσθητα έσφιξε το χέρι του Διονύση που ήταν δίπλα του. «Αυτή δε θέλει μία αλλά δύο κλοτσιές στο καλάμι!» είπε μέσα του και ξανάμπηξε τα νύχια του στο χέρι του. Δεν είχε ξαναδεί ποτέ του τόσο τρομακτική γυναίκα. Και την παρατηρούσε πίσω από το σίδερο ενός κρεβατιού για να μην τον δει, κάτι που φοβόταν πολύ. Είχε ένα μεγάλο κεφάλι, τεράστιο δηλαδή, σαν καζάνι, με μάγουλα πρησμένα, που έδειχναν κι αυτά τρομακτικά. Έπιασε ασυναίσθητα τα δικά του, καμία σχέση. Τα μάτια της ήταν μικρά, όπως των ασβών που είχε δει στο χωριό του πολλές φορές, αλλά τα αυτιά της ήταν πολύ μεγάλα, ενώ τα μαλλιά της έμοιαζαν με καμένα κάρβουνα, αλλού μαύρα κι αλλού σταχτογκρίζα.

Επίσης είχε χείλη πολύ μικρά –και πολύ κοφτερά δόντια σαν της νυφίτσας– αλλά κι ένα μουστάκι, παρόμοιο με αυτό της παπαδιάς στο χωριό του. *Αλλά εκείνη είναι καλός άνθρωπος, δεν πειράζει ποτέ κανέναν*, αναλογίστηκε.

Φορούσε πάνω της ένα μαύρο πράγμα που ανέμιζε σαν το ράσο του παπα-Μανόλη, ενώ τα πόδια της ήταν χοντρά, σαν κορμοί δέντρων. *Δεν μπορώ να την κλοτσήσω, θα σπάσω το πόδι μου!* σκέφτηκε και τον έπιασε σύγκρυο. Κι έγινε ακόμα μεγαλύτερη η ανατριχίλα όταν παρατήρησε τα χέρια της. Έμοιαζαν με εκείνο το μεγάλο ξύλο που είχε η γιαγιά του στον ξυλόφουρνο για να βάζει και να βγάζει ταψιά, που, αν σε έβρισκε, σου άνοιγε το κεφάλι στα τέσσερα.

Πω! Αυτός ο Βασιλειάδης δεν πρέπει να έχει αυτί τώρα. Θα

του το έβγαλε σίγουρα! συλλογίστηκε και πήρε απότομα το βλέμμα του από πάνω της. «Διονύση, τι θα του κάνει αυτουνού του παιδιού; Θα τον δείρει πολύ;» ρώτησε ψιθυριστά στον φίλο του.

«Σσσσσς, θα μας ακούσει!» απάντησε ψιθυρίζοντας κι εκείνος.

Η άγρια φωνή της Προκοπίας *–μοιάζει με του Γιάννη του χωροφύλακα*, σκέφτηκε– έκανε πάλι τα μάτια του να γουρλώσουν.

«Έξω όλοι για προσευχή τώρα!»

Από το μυαλό του πέρασε η σκέψη ότι μπορεί και να... τρελάθηκε.

«Πάλι προσευχή; Τώρα δεν κάνατε δύο;» ρώτησε σιγανά τον Διονύση.

«Σσσσς! Αν θες να ξέρεις, κάνουμε εννέα κάθε μέρα!»

Δεν ξαναμίλησε μέχρι να βγουν από τον θάλαμο.

Κι εκεί τον περίμενε ένα πραγματικό σοκ, που τον έκανε ξανά να νιώθει πυρωμένο το κεφάλι του. Μια άλλη μαυροντυμένη γυναίκα, σαν την Προκοπία, χτυπούσε με ένα ξύλο –έμαθε ότι το έλεγαν χάρακα– ένα άλλο παιδί, που κι αυτό είχε πνιγεί στο κλάμα. Ήταν η ώρα που έβγαιναν όλα τα παιδιά από τους θαλάμους κι έτσι άρχισε να φωνάζει για να μάθουν όλοι τι έκανε.

«Ο Αποστολίδης κατουρήθηκε ξανά πάνω του και λέρωσε πάλι τις κουβέρτες, τα σεντόνια και το στρώμα! Για να μάθει να μην το ξανακάνει, σήμερα θα κουβαλήσει ξύλα με το καροτσάκι και θα τα βάλει σε ντάνες στο υπόστεγο. Δείτε όλοι τον κατουρημένο! Για δύο μέρες δε θα του μιλήσει κανείς! Κι όποιος το κάνει θα τιμωρηθεί!»

Ο Φώτης είχε παγώσει και δεν έφταιγε το κοντό παντελονάκι. Στο πρωινό λοιπόν βρήκε την ευκαιρία να μιλήσει στον Διονύση, που του έλεγε όλο «σουτ» και «σουτ» μέσα στον θάλαμο. Θα φοβόταν κι αυτός την Προκοπία, κι έτσι ο Φώτης δεν του μούτρωσε.

«Διονύση, πρέπει να φύγουμε από δω, είναι κακοί άνθρωποι, εμένα δε μ' αρέσει αυτό, εσένα;»

«Έχει και καλούς! Ο Νικήτας είναι καλός, η κυρία Ελένη είναι καλή, ο κύριος Παναγιώτης ο επιστάτης έχει, έχει...»

«Κι αυτή η Προκοπία κι αυτή εδώ η...»

«Η Αυγουστία! Κι απ' αυτή μακριά!»

«Διονύση!»

«Τι;»

«Σου είπα ότι πρέπει να φύγουμε από δω και δεν απάντησες!»

Είδε τον φίλο του να σκοτεινιάζει.

«Το έχω σκεφτεί κι εγώ αλλά δε γίνεται... Και πού να πάμε; Είμαστε μικροί! Δε γίνεται, σου λέω, άσ' το καλύτερα, θα έχουμε μπελάδες...»

Ο Φώτης ήθελε να του πει εκείνη τη στιγμή ότι είναι φοβητσιάρης, αλλά σκέφτηκε γρήγορα ότι δεν έπρεπε να το κάνει, γιατί δεν ήθελε να τον στενοχωρήσει.

Βγήκαν αμίλητοι από την αίθουσα –και δεν του άρεσε καθόλου εκείνο το γάλα με την πέτσα– όταν είδε μπροστά του εκείνο το παιδί που είχε κατουρηθεί και το είχε τιμωρήσει η δεύτερη μαυροντυμένη νυφίτσα, η Αυγουστία. Περπατούσε με σκυφτό το κεφάλι και τα χέρια στις τσέπες, και, όπως διαπίστωσε, δεν του μιλούσε κανείς. Όλοι περνούσαν βιαστικά από δίπλα του, και μερικοί που ήθελαν να τον κοροϊδέψουν, κρατούσαν τη μύτη τους για να του δείξουν ότι βρομούσε.

Ο Φώτης αμφιταλαντεύτηκε λίγο, και πριν τον χάσει μέσα

στους υπόλοιπους, άνοιξε το βήμα του για να τον φτάσει. Κι όταν έφτασε δίπλα του, τον χτύπησε στην πλάτη και του είπε αποφασιστικά: «Μη φοβάσαι τίποτα, εγώ θα σου μιλάω! Ό,τι και να μου κάνουν θα σου μιλάω! Κι όταν μεγαλώσω λίγο, αυτή που σε χτύπησε θα τη χτυπήσω!».

Ο Αποστολίδης, που ήταν πιο μεγάλος από τον Φώτη, τα έχασε. Ούτε που φανταζόταν ότι ένα πιτσιρίκι τόσο δα θα είχε τόσο θάρρος.

«Φύγε μη σε δει η Αυγουστία!»

«Δε με νοιάζει... Να δω τα χέρια σου;»

Ο δαρμένος άνοιξε με δυσκολία τις χούφτες του. Ήταν κατακόκκινες και φουσκωμένες, ενώ στη μία οι χαρακιές ήταν πιο πολλές απ' ό,τι στην άλλη.

«Είναι μπαγάσας αυτή!» του είπε θυμωμένος και συνέχισε να περπατάει δίπλα του.

«Σε παρακαλώ, φύγε. Θα φας κι εσύ ξύλο από την Αυγουστία και θα φάω κι εγώ κι άλλο... Με λένε Γεράσιμο, κάπου θα βρεθούμε εδώ μέσα...»

«Με λένε Φώτη!» είπε καμαρωτός κι έκανε μεταβολή.

Γυρίζοντας, είδε να τον κοιτάει ο Νικήτας και στο μυαλό του ήρθε αμέσως η Προκοπία.

Ο άνθρωπος με το παντελόνι-δέντρο τού έκλεισε το μάτι. «Να προσέχεις...» του είπε ήρεμα. «Έλα να σου πω τώρα τι θα κάνεις από δω και πέρα, αφού τα άλλα παιδιά θα πάνε σχολείο...»

6

ΜΙΑ ΠΛΗΓΗ ΕΙΧΕ ΓΙΝΕΙ το πρόσωπο της Σοφίας, αφού, σαν να απεχθανόταν τον εαυτό της, πίεζε τα σπυριά και έπαθε μόλυνση που δεν έλεγε να περάσει. Της έλειπαν πολύ τα παιδιά της, τα σκεφτόταν μέρα και νύχτα, φοβόταν ότι θα ξεχνούσε το πρόσωπό τους. Κι όσες φορές κι αν παρακαλούσε τη μάνα της, τη Φωτεινή, να πάνε να τα δουν, έπαιρνε την ίδια απάντηση: «Δεν είναι ώρα ακόμα, άφησέ τα να συνηθίσουν, κακό θα τους κάνουμε άμα μας δουν. Τώρα θα έχουν βρει τη βολή τους, δεν είναι να τα ξεσηκώνουμε. Θα 'ρθει ο καιρός που θα πάμε. Μια χαρά είναι αυτά εκεί, άκου με που σου λέω...».

Μάνα και κόρη είχαν πια αρχίσει να καβγαδίζουν συχνά και δεν έφταιγε μόνο η απουσία των παιδιών. Οι πόροι τους ήταν ελάχιστοι, όπως πια και το φαγητό τους, κι αν δεν ήταν η παπαδιά και η κυρα-Βασιλική να τους πηγαίνουν ένα πιάτο φαΐ για να στυλωθούν, θα είχαν καταρρεύσει.

Η Φωτεινή θεωρούσε ότι η Σοφία έπρεπε να κουνήσει τα χέρια της και να μην κάθεται να μυξοκλαίει όλη μέρα, να κοιμάται με τις κότες και να ξυπνάει με τα κοκόρια, κάνοντας τις ίδιες και τις ίδιες δουλειές, που δε χρειάζονταν κιόλας σε ένα άδειο σπίτι.

Μάλιστα η μάνα έγινε και επιθετική, κάτι που καταρράκωσε ακόμα περισσότερο την κόρη, η οποία έλιωνε αργά με το δράμα της και τα κρατούσε όλα μέσα της.

«Τι κάθεσαι με τα χέρια σταυρωμένα κι όλο κλαις; Που έχουμε γίνει διακονιάρισσες; Που μας κοιτάνε όλοι και ποιος ξέρει τι λένε; Να πας στην Κόνιτσα και να ψάξεις να κάνεις κάτι. Έχει μπακάλικο, έχει στάνη, έχει τυροκομείο, κάτι μπορεί να θέλουν. Αν δεν ψάξεις, αν δε ρωτήσεις, δε μαθαίνεις...»

Μέσα στις καθημερινές προστριβές για ψύλλου πήδημα, εμφανίστηκε ένα αχνό φως από το πουθενά, «γιατί μας λυπήθηκε ο Θεός τις καταραμένες», όπως είπε η Φωτεινή στη Δωροθέα, την παπαδιά. Μια μέρα λοιπόν, ένας γιατρός από τα Γιάννενα, ο Θεοδόσης Λάμπος με τ' όνομα, εμφανίστηκε στο χωριό για να αγοράσει ένα καλό οικόπεδο στο ύψωμα, που ανήκε στον εξάδελφο του παπα-Μανόλη, τον Αυγουστή. Είχε τρομερή θέα στα ποτάμια, αληθινό παρατηρητήριο όλου του τόπου, μπαλκόνι τ' ουρανού.

Τα είπανε, τα συμφωνήσανε, αλλά ο γιατρός ζήτησε να του καθαρίσουν το οικόπεδο για να το πάρει τεφαρίκι κι όχι πνιγμένο στα σκίνα και τα αγριόχορτα και τις ακαθαρσίες, αφού εκεί έβοσκαν κοπάδια.

Ο Αυγουστής είχε χαλασμένο το χέρι από τον πόλεμο του '40 –κι ακόμα τον βασάνιζε εκείνη η σφαίρα που 'χε φάει στο Καλπάκι– και δεν ήταν σε θέση να κάνει αυτή τη δουλειά. Κι όταν το είπε στον παπά, εκείνος σκέφτηκε αμέσως τη Σοφία, αφού, όπως ανέφερε στον εξάδελφό του, «βασανισμένη γυναίκα είναι, έχει μεγάλη ανάγκη ένα κομμάτι ψωμί. Κάνε το καλό, Αυγουστή μου, και θα σ' το γυρίσει ο Θεός πίσω...».

Τρία πρωινά και τρία απογεύματα της πήρε η δουλειά, και την έκανε τόσο παστρικά που ούτε άντρας δε θα τα κατάφερνε έτσι. Ακόμα και με τα χέρια ξερίζωνε τις αγριάδες η Σοφία, κι όταν μάζευε στοίβες, τις έκαιγε με προσοχή και συνέχιζε παραπέρα, με τα δυο στρέμματα να της φαίνονται ατέλειωτα. Έτσι όμως γλίτωνε τη μουρμούρα της μάνας της, ενώ με τα χρήματα που θα έπαιρνε μπορούσε να αγοράσει σιτάρι, αλεύρι και λίγο λάδι και να πορευτεί για το επόμενο διάστημα, μέχρι να δει τι θα κάνει.

Κι εκεί, στο σκάψιμο, της ήρθε και μια ιδέα που έκανε την ψυχή της να πεταρίσει από χαρά. *Θα πάρω μόνη μου το λεωφορείο και θα πάω στον Ζηρό, κι ας λέει ό,τι θέλει η μάνα μου. Θα πάω και στους Φιλιάτες. Θα δω τα παιδιά μου, θα τους πάω λίγα πράγματα, θα τα γεμίσω χαμόγελα. Ποτέ δεν μπόρεσα να κάνω κάτι γι' αυτά...* Φωτιά πήραν το μυαλό και τα χέρια της, ένιωσε ξανά ζωντανή, είχε να ελπίζει σε κάτι, κάτι να περιμένει, και μ' αυτό ζούσε και ανέπνεε.

Από την πρώτη κιόλας μέρα τα χέρια της γέμισαν ρόζους από την τσάπα, που ήταν βαριά γι' αυτήν. Μπορεί να ήταν σκληραγωγημένη από τις συνθήκες της ζωής της, αλλά άμαθη στο σκάψιμο. Κι αυτούς τους ρόζους τούς θεωρούσε παράσημα, και κάθε βράδυ τούς έβαζε λάδι με ένα πανί για να μαλακώσουν και να μπορέσει να συνεχίσει την επόμενη μέρα. Αλλά ένιωθε πάλι ενεργή και μπορούσε να ονειρεύεται, να νιώθει αλλιώς μέσα της, με έναν διαφορετικό αέρα.

Ήταν και η ίδια ευχαριστημένη με αυτό που έκανε, καθαρίζοντας ως και τα δέντρα που υπήρχαν στο χωράφι, καθώς ήταν πολλούς μήνες παρατημένα. Κι όταν τελείωσε τη δουλειά, ειδοποίησε τον Αυγουστή, που πήγε μόνος του το μεσημέρι με το μουλάρι του για να ελέγξει.

Φωτίστηκε το πρόσωπό του μ' αυτό που είδε. Ούτε τρακτέρ –σαν ένα που είχε δει στο Μπουραζάνι τις προάλλες– δε θα έκανε τέτοια καθαρή δουλειά με τόσο θεαματικό αποτέλεσμα. Κι έτσι ήθελε να γίνει, αφού ο γιατρός στον οποίο πούλησε το οικόπεδο του φαινόταν παράξενος, γκρινιάρης και ψείρας και δεν του άρεσαν οι πολλές κουβέντες.

Είχε ήδη πάρει μια προκαταβολή με τη συμφωνία τους κι έτσι, ευχαριστημένος από τη δουλειά της Σοφίας, πήγε σπίτι της να την πληρώσει. Κι όταν της έδωσε έναν λευκό φάκελο με τα χρήματα, εκείνη έσκυψε και του φίλησε το χέρι.

«Είσαι με τα καλά σου, ρε παιδάκι μου; Με μπέρδεψες με τον παπά; Δεν έχω καμιά σχέση, εγώ είμαι αμαρτωλός!» είπε τάχα μου με αυστηρό ύφος, κι ύστερα χαμογέλασε καλοκάγαθα.

Έτρεμε το χέρι της Σοφίας με τον φάκελο στο χέρι, θαρρείς και κρατούσε μια πορσελάνη και σκιαζόταν μην της πέσει.

«Εσείς αμαρτωλός; Είστε χρυσός άνθρωπος! Χώμα να πιάνετε και χρυσάφι να γίνεται! Και να ξέρετε ότι σήμερα κάνατε ένα μεγάλο καλό. Να σας έχει ο Θεός καλά και να σας δίνει πίσω ό,τι καλό κάνετε...»

Το πρόσωπό του μαλάκωσε. Ήξερε από τον ξάδελφό του το δράμα της Σοφίας κι αντιλαμβανόταν εκείνη τη στιγμή που στεκόταν μπροστά του ότι όλο αυτό που ζούσε αυτή η γυναίκα ήταν απάνθρωπο.

Εκείνη ποτέ δεν είχε θάρρος μέσα της και πάντα, από μικρή, φοβόταν να ανοιχτεί και επέλεγε να μένει στη γωνία. Έτσι ήταν πλασμένη και δεν μπορούσε να το αλλάξει. Ακόμα και με τον άντρα της το ίδιο συμπεριφερόταν, με εκείνον να της λέει συχνά ότι έχει πιει το αμίλητο νερό και να την πειράζει. Αλλά αυτή τη φορά, ίσως και από τις προσβολές της μάνας της –έτσι πήρε τα λόγια της–, έγινε πιο τολμηρή.

«Αν σας τύχει κάτι... Για δουλειά μιλάω... Μπορώ να κάνω οτιδήποτε, αλήθεια...»

«Το διαπίστωσα, Σοφία. Με το χωράφι. Είσαι προκομμένη και άξια. Αν πέσει κάτι στην αντίληψή μου, να είσαι σίγουρη ότι θα σ' το πω...»

«Αχ, μακάρι...»

Όταν έφυγε ο Αυγουστής, άνοιξε με λαχτάρα τον λευκό φάκελο και γούρλωσε τα μάτια της. Ποτέ δεν είχε δικά της λεφτά κι εκείνη τη στιγμή ένιωθε να πλημμυρίζει από χαρά. Τόσο μεγάλη, ώστε φίλησε τα χαρτονομίσματα, που ήταν περισσότερα απ' όσα νόμιζε στην αρχή. Όταν ο παπα-Μανόλης και μετά ο Αυγουστής τής είπαν για τη δουλειά, δεν είχε μιλήσει για συγκεκριμένο ποσόν. Ούτε που θα τολμούσε! Κι όσο κι αν το σκεφτόταν τις επόμενες μέρες, δεν μπορούσε να υπολογίσει πόσα θα μπορούσε να πάρει. Αλλά τούτα τα λεφτά, αληθινά λεφτά, ήταν πολύ πάνω από τις προσδοκίες της.

Η μάνα της είχε πεταχτεί στη Βασιλική για να τη βοηθήσει να φτιάξουν μια χορτόπιτα και να ψήσουν ψωμί, κι έτσι η Σοφία, με τα λεφτά στο χέρι πια, έκανε μια σκέψη που παραξένεψε ακόμα και την ίδια. Όμως μπροστά στο όνειρό της δεν έκανε πίσω. Τα μισά από τα λεφτά που πήρε τα άφησε στον φάκελο και τα έκρυψε μέσα στα σκουτιά της και τα υπόλοιπα τα ακούμπησε πάνω στο τραπέζι. Με τα κρυμμένα θα μπορούσε να πάει να δει τα παιδιά της και να τους πάρει μερικά πραγματάκια για να μην πάει με άδεια χέρια.

Κι οδηγήθηκε σ' αυτή τη σκέψη επειδή φοβήθηκε ότι η μάνα της θα της ζητούσε να πληρώσουν τίποτα χρέη με τούτα τα λεφτά. Κι έτρεχαν ακόμα χρέη από παλιά, με τον Παναγή ειδικά να ειρωνεύεται και τις δυο κάθε λίγο και λιγάκι. Ήξερε ότι δεν υπήρχε τίποτα για να του δώσουν κι έτσι πετούσε κακίες.

Αλλά γυρίζοντας η Φωτεινή, ούτε που ακούμπησε τα λεφτά. «Να μια καλή ανάσα...» αρκέστηκε να πει στην κόρη της και της έδειξε το πιάτο με τη χορτόπιτα και το μαντίλι με το τυλιγμένο ψωμί. «Έλα να φας. Έχεις γίνει σαν τον Όσιο Ονούφριο...»

Οι δυο επόμενες μέρες κύλησαν ήρεμα, κι όχι μόνο δεν υπήρχαν αντιδικίες και γκρίνιες, αλλά επανήλθαν και τα χαμόγελα, αυτά που είχαν εξαφανιστεί και από τις δύο, καθώς το σπίτι είχε μεταβληθεί σε νεκροταφείο.

Η Φωτεινή ζήτησε εμπιστευτικά από τη Βασιλική να της αγοράσει στάρι, αλεύρι, καλαμπόκι, ρύζι και φακές και μ' αυτά θα έκανε τα κουμάντα της. Δυο στόματα ήταν, θα τα μοίραζε σωστά κι έτσι θα κρατούσαν καιρό οι προμήθειες. Ούτε που διανοήθηκε να πάει η ίδια στον Παναγή, γιατί θα χρειαζόταν επέμβαση της χωροφυλακής.

Αλλά μια μέρα μετά ήρθε επέμβαση εξ ουρανού, όπως είπε η Βασιλική στη Φωτεινή, όταν της μετέφερε το μαντάτο. Κι ήταν ένα νέο απ' αυτά που αναστάτωσαν πολύ μάνα και κόρη. Κατεβαίνοντας στη Μεσογέφυρα για να πλύνει κάτι φλοκάτες στο ποτάμι, η Φωτεινή αντάμωσε με τον Αυγουστή, που άνοιξε τα χέρια μόλις την αντίκρισε.

«Σήμερα είναι η τυχερή μου μέρα. Αλλά και η δική σας!» της είπε με ένα θριαμβευτικό χαμόγελο.

«Μίλα καθαρά, άνθρωπέ μου, κι άσε τους γρίφους. Πάντως για μας, τυχερή μέρα λίγο δύσκολο...»

«Άκου με, Φωτεινή, κι άσε τα συμπεράσματα, από μικρή το 'χεις αυτό. Τυχερή για μένα είναι γιατί ήθελα να σας πω κάτι και πολύ σκεφτόμουν τον ανήφορο για να έρθω σπίτι. Δε με κρατάνε πια τα πόδια μου. Και τυχερή για εσάς είναι γιατί έχω ένα καταπληκτικό νέο. Αυτός ο γιατρός που του πούλησα το χωράφι, ο κύριος Λάμπος, είδε πώς το καθάρισε η κόρη σου κι έμεινε ενθουσιασμένος!»

«Και τι καλό νέο είναι αυτό;»

«Κάτσε, ντε! Μου είπε λοιπόν ότι θέλει μια γυναίκα για το σπίτι του στα Γιάννενα, γιατί η σύζυγός του, η κυρία Όλγα, δεν αντέχει πια τις δουλειές. Με ρώτησε λοιπόν για τη Σοφία και κατά πόσο θα...»

Άστραψε το μάτι της Φωτεινής κι έλαμψε το πρόσωπό της. «Μπορεί!» έσπευσε να απαντήσει διακόπτοντάς τον. «Και μπορεί και πρέπει! Σπουδαίο νέο μού είπες, Αυγουστή! Αλλά Γιάννενα είπες; Μα πώς...»

«Άσε με να σου εξηγήσω. Έχουν μεγάλο σπίτι, κι ο γιατρός μού είπε ότι η κόρη σου θα μένει μέσα. Ύπνο, φαγητό και μισθό! Πώς σου φαίνεται;»

Άφησε κάτω τη φλοκάτη που κρατούσε κι άρχισε να κουνιέται ολόκληρη από τον ενθουσιασμό. «Πώς να μου φαίνεται; Θαύμα, θαύμα! Έπιασαν οι προσευχές και η ευλογία του ξαδέλφου σου! Ο ουρανός μάς το 'στειλε αυτό το νέο! Σου είπε πότε;»

«Βρε, κάτσε να το πούμε στη Σοφία, μπορεί να...»

«Θες και τα λες; Τι μπορεί να; Και σήμερα πάει, αν είναι!»

«Είσαι σίγουρη; Θα αφήσει το σπίτι και το χωριό;»

«Γιατί, θα της λείψουν; Ξέρεις κανέναν που να μη θέλει σπίτι, φαΐ και μισθό; Όλοι τρέχοντας θα πήγαιναν, ακόμα κι αυτός ο αχαΐρευτος ο χωροφύλακας, ο Γιάννης, που δε βγάζει τη στολή ούτε στον ύπνο του!»

«Φωτεινή, εγώ είπα να...»

Ούτε που τον άφησε να συνεχίσει. «Εσύ είπες, εγώ θα κάνω! Αυτή η δουλειά δεν πρέπει να χαθεί με τίποτα! Μακάρι να μπορούσα εγώ! Μη σε νοιάζει, όλα θα γίνουν. Εσύ μάθε πότε πρέπει να πάει κι αυτό είναι όλο!»

«Άμεσα μου είπε! Αλλά πρέπει να σου πω και το άλλο. Είναι παράξενος, μεταξύ μας αυτό...»

«Το φαΐ κι η επιβίωση αντέχουν τα πάντα, Αυγουστή! Αλλιώς, ας πάμε να κλειστούμε όλοι σε μοναστήρι, τόσα έχουμε στον τόπο μας...»

Ούτε που σκέφτηκε να πλύνει τα ρούχα η Φωτεινή, ώστε να γυρίσει γρήγορα πίσω και να πει τα σπουδαία νέα στην κόρη της.

Αλλά η Σοφία δε χάρηκε καθόλου με όσα άκουσε και σφίχτηκε πολύ μέσα της. «Να αφήσω το σπίτι μου και να πάω σε άλλο; Γιατί;» ήταν η πρώτη της αντίδραση, με τη μάνα της να την κατακεραυνώνει.

«Για να έχεις να φας! Γιατί δε γίνεται να κάθεσαι και να περιμένεις βοήθεια! Γι' αυτό!»

Δεν την τρόμαζε η δουλειά τη Σοφία ούτε η προοπτική των Ιωαννίνων. Χωρίς τα παιδιά της δεν ένιωθε πια καλά στο χωριό και ήξερε, το είχε σκεφτεί, ότι δεν την κρατούσε τίποτα πια εκεί. Αλλά ήθελε πρώτα να τα δει, κι αυτό το ξαφνικό τώρα της ανέτρεπε εντελώς τα σχέδια.

«Μήπως να το δούμε, μάνα, για πιο μετά;» προσπάθησε να κερδίσει λίγο χρόνο.

«Σοβαρολογείς; Πιο μετά πέταξε το πουλάκι! Τώρα θέλουν, τώρα πρέπει να πας! Πιο μετά μπορεί να κλαίμε με μαύρο δάκρυ! Και ξέρεις κάτι; Θα μπορείς να κάνεις ένα καλό κομπόδεμα και να βοηθήσεις τα παιδιά! Εκεί δε θα χαλάς τίποτα. Όλα θα τα έχεις, φαΐ και ύπνο! Ξέρεις τι βοήθημα θα είναι αυτό; Από τον ουρανό μάς ήρθε! Ο κόσμος δεν έχει να φάει, υποφέρει πολύ, ψάχνει από δω κι από κει, κι εμείς το ψειρίζουμε; Θα μας τιμωρήσει ο Θεός! Είναι η μεγάλη σου ευκαιρία και ίδια μπορεί να μην ξαναβρείς ποτέ στη ζωή σου!

Ποτέ! Σύνελθε, βρε κόρη μου! Μακάρι να μπορούσα να πάω εγώ για σένα. Αλλά δεν μπορώ, έχω σακατευτεί...»

Φυσούσε και ξεφυσούσε η Σοφία, ένιωθε ότι την πυροβολούσε από παντού η μάνα της, γυάλιζε το μάτι της.

«Κι εσύ τι θα κάνεις μόνη σου;» ρώτησε, μπας και την κλόνιζε κάπως.

«Θα βάλω ράσο και θα γίνω καλόγρια! Έλα στα συγκαλά σου! Τι θα κάνω; Ό,τι κάνω και τώρα. Και θα είναι και καλύτερα με ένα στόμα μόνο, ντρέπομαι πια τη Βασιλική να μας ταΐζει. Θα έρχομαι κι εγώ καμιά βόλτα στην πόλη, θα έρχεσαι κι εσύ, μια χαρά θα είναι. Δεν πας και στην Αμερική! Λοιπόν, ειδοποιώ τον Αυγουστή...»

«Έλεγα...»

«Τι έλεγες πάλι;»

«Να... Τα παιδιά...»

«Τα παιδιά θα είναι εκεί που είναι είτε εσύ είσαι εδώ είτε αλλού...»

Ο μαζεμένος θυμός της Σοφίας ξεχείλισε σαν φουσκωμένο ποτάμι. «Θέλω να δω τα παιδιά μου! Θέλω να τα δω και μετά ας γίνω κομμάτια!»

Ο φράχτης της Φωτεινής όμως ήταν από παχύ τσιμέντο. «Άσ' τα εκεί όπου κάθονται! Αυτά μια χαρά είναι, μην τα ξεσηκώνεις!»

Πέταξε κάτω την ποδιά της και κλείστηκε στο μέρος, με ένα βουβό κλάμα να ποτίζει το ταλαιπωρημένο της πρόσωπο.

Τρεις φορές σταμάτησε το αυτοκίνητο του γιατρού Θεοδόση Λάμπου κατά τη διαδρομή προς τα Γιάννενα, αφού η Σοφία ανακατευόταν, της ερχόταν εμετός και δυσκολευόταν να ανασάνει. Δεν είχε ξαναμπεί ποτέ στη ζωή της σε αυτοκίνητο κι έτσι το αίσθημα της ναυτίας ήταν πολύ έντονο. Ο γιατρός δεν είχε σκεφτεί να πάρει μαζί του δραμαμίνες κι έτσι αναγκαζόταν να κάνει μικρές στάσεις για να συνέρχεται κάπως η γυναίκα.

Η Σοφία δυσφορούσε πολύ στη διαδρομή, αλλά το ίδιο συνέβαινε και με τη σύζυγο του γιατρού, την Όλγα, που είχε ξεχάσει κάπου μακριά τη διακριτικότητά της.

«Θα φτάσουμε, χριστιανέ μου, καμιά φορά; Τι ήθελα και ήρθα μαζί σου; Και τι επέμενες; Δεν μπορούσες μόνος σου;» είπε στον άντρα της, που της έκανε νεύμα να σωπάσει.

Εκείνη δεν πτοήθηκε καθόλου. «Ξεχνάς ότι απόψε είναι η έκθεση με τις παλιές ενδυμασίες στου Ασλάν Πασά; Πότε θα ετοιμαστώ; Δε μου αρέσει να πηγαίνω τελευταία στιγμή, το ξέρεις...»

Η Σοφία ένιωσε πολύ άσχημα κι άρχισε να παίρνει μικρές ανάσες για να ξεπεράσει τη ζαλάδα της, και ο γιατρός, βλέποντάς την, άνοιξε το παράθυρό του για να τη διευκολύνει.

«Τι με βρήκε σήμερα! Δε μου έφταναν όλα τα άλλα, θα πουντιάσω κι από πάνω», είπε η Όλγα, που δε θέλησε καθόλου να κρύψει την ξινίλα της. Δεν το έκανε ποτέ. Σ' αυτό ήταν πολύ συνεπής.

Δεν είχε καταφέρει να αποκτήσει παιδιά κι αυτό την επηρέασε πολύ στη ζωή της. Πολύ συχνά γινόταν επιθετική με τους ανθρώπους, και πάντα εκτόξευε κάποιο πικρόχολο σχόλιο, πολλές φορές χωρίς λόγο. Κι αυτή η συνήθειά της έκανε όλους τους ως τότε φίλους τους να απομακρυνθούν, αφού η συμπεριφορά της ήταν ανυπόφορη.

Ο γιατρός προσπαθούσε να της σταθεί με κάθε τρόπο, ειδικά από τότε που έχασε τα δίδυμα κατά την κύηση. Αλλά έπειτα από πολλά χρόνια μάταιων προσπαθειών να την ηρεμήσει κλείστηκε στον εαυτό του, βρίσκοντας παρηγοριά στα βιβλία του και στην επιστήμη του. Εκείνη δεν κατάφερε να μαλακώσει ούτε με το πέρασμα των χρόνων, κι αντί να ηρεμήσει, γινόταν ολοένα και πιο κακότροπη, κάνοντας τον Θεοδόση να χάσει και τα τελευταία ίχνη της υπομονής του.

Κι όταν άρχισαν και τα προβλήματα με την υγεία της, υποφέροντας πια από αρθριτικά, εκείνος της πρότεινε να πάρουν μια γυναίκα να τη βοηθάει και να της κάνει παρέα. Έτσι θα είχε και την ησυχία του και θα γλίτωνε από την γκρίνια της. Δε φανταζόταν όμως ότι από την αρχή κιόλας θα έπεφτε σε άλλη γκρίνια. Γιατί μόλις έφτασαν στο σπίτι, η Όλγα, που είχε συναινέσει στο να πάρουν υπηρέτρια, επιτέθηκε ξανά στον Θεοδόση.

«Καλά, έψαξες πολύ για να τη βρεις; Αυτή είναι αγγούρι! Ούτε να μιλήσει δεν ξέρει καλά καλά. Άσε που μοιάζει με ζητιάνα μ' αυτά που φοράει, μη σου πω ότι βρομάει κιόλας!»

«Πιο σιγά Όλγα, ντροπή! Είναι λόγια αυτά που λες; Σε πειράζει τώρα που είναι μια φτωχή γυναίκα; Τι θες να σου έφερνα; Κάποια από το παλάτι; Σε παρακαλώ! Η γυναίκα είναι αξιοπρεπέστατη. Και στο κάτω κάτω, για υπηρέτρια τη θέλουμε, όχι για να συγγενέψουμε!» απάντησε ενοχλημένος ο γιατρός, που ήξερε βέβαια ότι δεν την έπιανε πουθενά.

«Καλά, καλά! Αλλά αν δεν κάνει, να γυρίσει στο χωριό της και να βρεις άλλη!» ανταπάντησε η Όλγα μέσα στα νεύρα, κι έφυγε για να πάει να βρει τη Σοφία στο νέο της δωμάτιο.

Όταν έφτασαν στην πόλη κι έχοντας κάπως συνέλθει από τη ναυτία, η Σοφία μαγεύτηκε με όσα έβλεπε. Μαγαζιά, σπίτια, χρώματα, τελάληδες να διαφημίζουν την πραμάτεια τους, δρόμοι, κόσμος να πηγαίνει και να έρχεται, μεγάλες εκκλησιές, μιναρέδες, και κυρίως μια μεγάλη λίμνη που την έκανε να κοιτάζει και να μη χορταίνει. Αλλά όταν η κυρία τής έδειξε το δωμάτιό της, κάτι την πλάκωσε στο στήθος. Ήταν μια τρύπα, και μάλιστα χωρίς παράθυρο, που είχε ένα στενό ντιβάνι όλο κι όλο και δίπλα ένα πολύ μικρό κομοδίνο που με το ζόρι χωρούσε μια κανάτα με νερό κι ένα ποτήρι. «Ακόμα και τα κοτέτσια στο χωριό καλύτερα είναι», είπε μέσα της, κουνώντας με απελπισία το κεφάλι της. Αυτός ήταν ο παράδεισος που της έλεγε η μάνα της; Αυτή ήταν η νέα ζωή;

Είχε καθίσει στην άκρη του ντιβανιού κοιτάζοντας το ταβάνι κι ούτε η ίδια ήξερε τι να περιμένει, με την ψυχή της να έχει γεμίσει απελπισία. Κι όταν άκουσε βήματα απ' έξω, τινάχτηκε σαν ελατήριο. Ήταν η κυρά της, που είχε το ίδιο βλοσυρό ύφος με τον χωροφύλακα, τον Γιάννη.

«Σοφία είπαμε;»

«Μάλιστα...»

«Λοιπόν, θέλω να σου πω πρώτα μερικά πράγματα για να ξέρεις και για να τα πάμε καλά. Αυτό είναι το δωμάτιό σου, όπως είδες, και θα σου δείξω και το μπάνιο σου, εκεί, κάτω από τα σκαλιά. Δε θέλω να χρησιμοποιείς το μεγάλο μπάνιο που θα δεις, μόνο να το καθαρίζεις. Ούτε στους άλλους χώρους θα περιφέρεσαι παρά μόνο αν έχεις να κάνεις δουλειά. Α, και θα κάνεις τις δουλειές που σου λέω εγώ, όχι του κεφαλιού σου πράγματα. Θα σου δώσω κάποια ρούχα να φοράς και θα τα φυλάς κάτω από το ντιβάνι. Για δες, ανοίγει. Θα σκεφτώ σύντομα κι έναν χώρο για να κάθεσαι να τρως. Εντάξει;»

Η Σοφία την κοιτούσε άναυδη.

«Μαγειρεύεις;»

«Ναι, βέβαια, κυρία Όλγα!»

«Σκέτο κυρία, σε παρακαλώ, δε χρειάζονται ονόματα. Θα δω πώς μαγειρεύεις και θα αποφασίσω αν σε χρειάζομαι. Α, θα πρέπει να σου μάθω πού είναι το παντοπωλείο, το γαλατάδικο, ο μανάβης, πράγματα που θα χρειαστούν. Κι όταν πηγαίνεις, δε θα χαζεύεις, θα γυρίζεις αμέσως. Και δε θα απαντάς σε κανέναν. Κι αν επιμένουν, θα λες "δεν ξέρω". Καφέ ξέρεις να φτιάχνεις;»

«Κάτι λίγο...»

Η Όλγα εκνευρίστηκε πολύ.

«Ή ξέρεις ή δεν ξέρεις! Δεν υπάρχει λίγο! Όταν σε ρωτάω κάτι, θα απαντάς με ακρίβεια. Με εκνευρίζουν οι αοριστίες. Α, θα το ξεχνούσα. Απαγορεύεται να φέρνεις κόσμο σπίτι, ούτε τη μάνα σου, εντάξει; Αν έρχεται κάποιος να σε δει, θα μπορείς να βγαίνεις έξω, αφού πρώτα συνεννοηθούμε...»

Η κυρία της την κοιτούσε με σιχασιά –αυτό αντιλήφθηκε αμέσως η Σοφία– σαν να ήταν ένα σκουλήκι που σερνόταν στη γη και του άξιζε μόνο περιφρόνηση. *Και τότε γιατί με πήρε;* απόρησε, αλλά δεν είπε κουβέντα.

Η Όλγα βγήκε από το δωμάτιο και γύρισε αμέσως, κρατώντας μια σακούλα, την οποία πέταξε στα πόδια της Σοφίας. «Πάρε αυτά τα ρούχα να φοράς. Πρώτα θα κατεβείς στο μικρό μπάνιο, αυτό κάτω από τη σκάλα, να πλυθείς. Και θα πλένεσαι συχνά. Να μη βρομίσουμε εδώ μέσα!»

Η Σοφία ένιωσε απελπισία, μέχρι που κατάλαβε ότι το θέμα δεν ήταν προσωπικό. Γιατί λίγα δευτερόλεπτα αφότου της πέταξε τη σακούλα με τα ρούχα, η κυρία της βγήκε μπαρουτιασμένη από το δωμάτιο και έβαλε τις φωνές στον άντρα της.

«Έτσι μου 'ρχεται να πετάξω όλα τα ασημικά! Εκατό φορές σού είπα να τα πας σ' εκείνον τον φίλο σου να τα σενιάρει κι εσύ στον κόσμο σου! Βαρέθηκα πια!»

Ο Θεοδόσης παρέμεινε στον κόσμο του κι ούτε που απάντησε, με την Όλγα να βγάζει καπνούς.

«Έλα μαζί μου!» είπε απότομα στη Σοφία, και την οδήγησε στο σαλόνι, στον επάνω όροφο. «Περίμενε εδώ. Έρχομαι να σου πω τι θα κάνεις».

Μόλις έφυγε η κυρά της, η Σοφία έπιασε το στόμα της από την έκπληξη. Πρώτη φορά έβλεπε τέτοιο πλούτο, και ούτε που φανταζόταν ότι μπορεί να υπήρχε μέσα σε ένα σπίτι. Καναπέδες βελούδινοι με κρόσσια και χοντρά μαξιλάρια, πολυέλαιοι και κηροπήγια ασημένια, σκαλιστό τραπέζι με δερμάτινες καρέκλες γύρω γύρω, πίνακες σε όλους τους τοίχους, μια βιτρίνα γεμάτη παλιά ηπειρώτικα ασημικά, παλιές πόρπες, χαρχάλια* και κεμέρια** μαζί με ένα κιουστέκι*** ρολογιού, μια άλλη βιτρίνα με πορσελάνες, και γύρω λαμπατέρ, πορτατίφ, υπέροχα μπρούντζινα αντικείμενα, ασημένια τάσια με σαββατιανή διακόσμηση****, ένα σωρό ακριβά πράγματα, ασημένια, χρυσά, ούτε ήξερε τι ήταν όλα αυτά, και κάτω αραχνοΰφαντα χαλιά που σε έκαναν να ντρέπεσαι που τα πατάς.

Πριν προλάβει να τα δει όλα, η Όλγα επέστρεψε με μια κούτα στα χέρια αλλά και πρόσωπο πιο σκληρό από ατσάλι.

«Ό,τι σου δίνω θα το τυλίγεις με εφημερίδα και θα το βάζεις στην κούτα. Κι ύστερα θα σου πω πού θα την πας, αν και κανονικά στα σκουπίδια έπρεπε να τα πετάξω, για να ησυχάσω μια και καλή...»

Πάνω στον αυθορμητισμό της αλλά και στην έκπληξή της που άκουσε ότι αυτά ήταν για τα σκουπίδια, η Σοφία άνοιξε

---

* Επίχρυσα περιδέραια με μπαρόκ διακοσμητικά στοιχεία.

** Δερμάτινες ζώνες με θήκες για φύλαξη χρημάτων.

*** Από την τουρκική λέξη köstek, που σημαίνει αλυσίδα.

**** Είδος ηπειρώτικης διακόσμησης.

το στόμα της, κάτι που δεν περίμενε ούτε η ίδια. «Μα γιατί; Είναι τόσο όμορφα...»

«Ομορφιά λες εσύ αυτή την κιτρινίλα; Γεμίσαμε βρομιά, κιτρινίλα και μαυρίλα... Κάνε αυτό που σου λέω!»

«Μα... καθαρίζουν. Θέλω να πω...»

«Πού ξέρεις εσύ απ' αυτά;»

Θυμήθηκε ότι στο χωριό της παλιά, η κυρα-Βασίλαινα, η γυναίκα του προέδρου, είχε μια αλάνθαστη συνταγή και καθάριζε όλα τα ασημικά, τότε που ακόμα υπήρχαν στα σπίτια πριν τα πουλήσουν για δυο δεκάρες για να εξασφαλίσουν λίγο φαγητό.

«Ξέρω, ξέρω, κυρία, έχω κάνει κιόλας...»

Η Όλγα ήταν έτοιμη να πετάξει δηλητήριο, αλλά η περιέργειά της γι' αυτό που άκουσε την έκανε να συγκρατηθεί. «Δηλαδή;»

«Θέλετε να σας δείξω;»

Πήγαν μαζί στην κουζίνα, με την Όλγα να ακουμπάει στον πέτρινο νεροχύτη με τις ψηφίδες δυο ασημένια κηροπήγια.

«Τι χρειάζεσαι;» είπε απότομα.

«Θέλω ξίδι κι αυτό... πώς το λένε... σόδα για το μαγείρεμα...»

«Μαγειρική σόδα το λένε!» απάντησε, φτύνοντας μέσα της μια βρισιά.

«Ναι, μαγειρική σόδα!»

«Αν τα χαλάσεις, κακός μπελάς θα σε βρει!» την απείλησε και έφυγε από την κουζίνα.

Η Σοφία μετάνιωσε αμέσως που μίλησε. Τι ήθελε να μπλέξει; Κι αν δεν τα κατάφερνε; Θα έβρισκε τον μπελά της ακόμα δεν πήγε; Όμως ξεπέρασε γρήγορα τη φοβία της. *Το πολύ πολύ να γυρίσω πίσω στο χωριό*, σκέφτηκε.

Χωρίς να χαζέψει –γιατί και η κουζίνα ήταν ένας υπέροχος χώρος, με τοίχους στολισμένους με παλιά ηπειρώτικα πιάτα και πιατέλες– ξεκίνησε να τρίβει τα κηροπήγια, όπως ακριβώς της είχε δείξει παλιά η Βασίλαινα. Άστραψε το ασήμι στα χέρια της, ξεθάμπωσε κι έλαμψε, καινούργια έγιναν τα δυο κηροπήγια, κι ας έτσουζαν τα νύχια της από το ξίδι. Τα κοίταξε με μια λάμψη στα μάτια, ο ενθουσιασμός της ξεχείλισε. «Κυρία, κυρία!» φώναξε με όλη της τη δύναμη.

Η Όλγα έφτασε γρήγορα στην κουζίνα. «Μην ξαναφωνάξεις έτσι! Εδώ δεν είναι χωράφι, κατάλαβες;» της αντιγύρισε, και η Σοφία κοκάλωσε.

«Δε φώναξα, σας φώναξα», ψέλλισε με ένα τρέμουλο, κρατώντας στα χέρια τα δυο κηροπήγια.

Η Όλγα είδε αμέσως τη διαφορά, η μέρα με τη νύχτα για την ακρίβεια. Δεν είπε κουβέντα για το αποτέλεσμα, παρότι σκέφτηκε ότι το πριν και το μετά τα χώριζε χάος, παρά μόνο: «Κάτσε να σου φέρω κι άλλα».

Τρεις ώρες έτριβε η Σοφία με πονεμένα χέρια, δίχως να σταματήσει ούτε λεπτό. Ήθελε να δείξει ότι μπορούσε να τα καταφέρει κι ότι άξιζε μια καλύτερη συμπεριφορά, αν και μπορούσε να καταλάβει ότι εκεί όπου πήγε ήταν ένας άλλος κόσμος που δεν είχε καμία σχέση με αυτόν που ήξερε. Η Όλγα μπαινόβγαινε τάχα μου για να πάρει κάποια πράγματα, θέλοντας να τσεκάρει «τι κάνει αυτή η χωριάτα που μου κουβάλησε ο άντρας μου».

Αλλά το αποτέλεσμα έκανε τη Σοφία να γεμίσει από ικανοποίηση και, επιτέλους, πίστη στον εαυτό της, αυτή που πάντα τσαλάκωναν οι συνθήκες αλλά και οι γύρω της. Αυτή τη φορά δεν έκανε το λάθος να φωνάξει την κυρά της. Την είχε πάρει για τα καλά την κρυάδα.

Όταν ακούμπησε και το τελευταίο σκεύος, πήγε αθόρυβα

στο δωμάτιό της, εκείνη την τρύπα που την ψυχοπλάκωνε αλλά που της εξασφάλιζε τουλάχιστον ηρεμία. Εκεί θα μπορούσε να σκεφτεί ήσυχα τι θα ήθελε να κάνει, αφού ήδη ήταν απογοητευμένη και δεν ήξερε πώς θα άντεχε.

Δεν είχε καλά καλά ακουμπήσει στο ντιβάνι, θέλοντας να δει τα ρούχα που της είχε δώσει η κυρά της, όταν την άκουσε να ουρλιάζει σαν να είχε συμβεί κάποιο μεγάλο κακό.

«Τι έχεις κάνει εδώ;»

Πετάχτηκε έντρομη και πήγε στην κουζίνα, όπου βρισκόταν η Όλγα ντυμένη και στολισμένη, έτοιμη για την έξοδό της, και έβγαζε πάλι καπνούς.

«Ποιος σου είπε να τα ακουμπήσεις στην πετσέτα; Είσαι με τα καλά σου; Στη μεταξωτή πετσέτα;»

Η Σοφία τα έχασε. «Μα... Την είχατε ακουμπήσει δίπλα στον νεροχύτη και κατάλαβα ότι...» προσπάθησε να της εξηγήσει.

«Να μην καταλαβαίνεις τίποτα, να ρωτάς! Σ' το είπα από την αρχή!»

Δεν κατάφερε να συγκρατήσει μερικά δάκρυα.

«Να μην ξαναγίνει! Λοιπόν, εγώ φεύγω τώρα. Εσύ μπορείς να κοιμηθείς. Και στις έξι το πρωί να είσαι εδώ. Θέλω να καθαρίσεις τις κατσαρόλες που είναι στο κάτω ντουλάπι, να, εδώ. Να τις τρίψεις καλά, χωρίς φασαρία. Μετά θα πλύνεις φλοκάτες και μικρά χαλιά...»

Της γύρισε την πλάτη και αποχώρησε, αλλά επέστρεψε αμέσως. Έβγαλε από το μοσκέτο* ένα σκεύος με μακαρόνια και το έδωσε στη Σοφία. «Μπορείς να τα φας. Όσα θες δηλαδή, δεν τα χρειάζομαι, θα τα πετούσα. Πάρε ένα πιρούνι

---

* Χώρος φύλαξης τροφίμων.

και πήγαινε στο δωμάτιό σου. Αύριο θα βρούμε έναν χώρο για να τρως εκεί πιο άνετα».

Ένιωσε σαν σκυλί που το κλοτσάνε. Ακόμα και στο χωριό της, καλύτερα τον τάιζε τον Αζόρ. Όταν μπήκε στο δωμάτιο πια την πήραν τα κλάματα. Ήταν πολύ πεινασμένη κι έφαγε βιαστικά με τα χέρια –μακαρόνια σκέτα ήταν– και πήγε στην κουζίνα να πλύνει το σκεύος. Την απελπισία της φρέναρε η τελευταία κουβέντα της μάνας της, της Φωτεινής, όταν την αποχαιρέτησε: «Και πρόσεξε καλά μη σε πουν ακαμάτρα και ανεπρόκοπη. Αυτή θα είναι η καταστροφή σου. Κοίτα μη δεν τα καταφέρεις, κακομοίρα μου, θα είναι ντροπή για όλους και θα το έχεις μεγάλο βάρος...».

Σκέφτηκε προς στιγμήν μήπως τελικά την είχε διώξει με τον τρόπο της η ίδια της η μάνα, αλλά δε θα άντεχε να περιμένει πάλι ένα πιάτο φαγητό από τη γειτόνισσα. «Πρέπει να σφίξω τα δόντια και να αντέξω, έχω αντέξει και χειρότερα», μονολόγησε.

Ένιωθε τη νύστα να της βαραίνει τα βλέφαρα, αλλά η προηγούμενη προσβολή της Όλγας, που της είπε να πλένεται συχνά για να μη βρομίσουν εκεί μέσα, την έστειλε στο μπάνιο. Μπάνιο δηλαδή το είχε βαφτίσει η κυρά της, γιατί στην πραγματικότητα ήταν μια γούρνα με βρύση. Αλλά δεν είχε κι άλλη επιλογή.

Κρύωνε πολύ εκεί μέσα, σαν ψυγείο ήταν. Έβγαλε τα ρούχα της βιαστικά, για να τελειώνει γρήγορα, και πήρε από το πάτωμα ένα πράσινο σαπούνι. Κι όταν άρχισε να ρίχνει νερό πάνω της, σκέφτηκε ότι τα ποτάμια στο χωριό της ήταν πιο ζεστά. Πλύθηκε και ξεπλύθηκε πολύ γρήγορα και τότε σκέφτηκε ότι δεν είχε πετσέτα. Της ήρθε να βάλει πάλι τα κλάματα. Μην μπορώντας να κάνει κάτι άλλο, άρχισε να σκουπίζεται με τα ρούχα της. Είχαν ακόμη τη μυρωδιά του χωριού, το μόνο που την έκανε να χαρεί μια στάλα, να σπάσει λίγο τη μαυρίλα. Πήγε γρήγορα στο δωμάτιο και ντύθηκε βιαστικά. Μια χαρά τής έκαναν τα ρούχα που της έδωσε η κυρά της, και, όπως σκέφτηκε, μάλλον ήταν κάποιας άλλης κι όχι δικά της. Αλλά έτσι κι αλλιώς πάντα είχε ρούχα από δεύτερο και τρίτο χέρι, δε θα την πείραζε λοιπόν ό,τι κι αν ήταν.

Δεν υπήρχε περίπτωση –κι αυτό το είχε αποφασίσει– να χαλάσει ούτε δεκάρα από τα λεφτά που είχε φυλάξει από τον ξάδελφο του παπά με τη δουλειά στο χωράφι, ούτε απ' αυτά που θα έπαιρνε από την κυρά της. «Είναι μόνο για τα παιδιά μου, κι ας μην έχω να φάω», επανέλαβε μέσα της.

Φόρεσε εκείνη την παλιά μάλλινη νυχτικιά που την προστάτευε από τα κρύα του χωριού και ξάπλωσε. Δεν ανησυχούσε καθόλου για το ξύπνημα. Πάντα αξημέρωτα σηκωνόταν, μαζί με τα κοκόρια. Όμως, ακόμα και σκεπασμένη, ήταν αδύνατο να κοιμηθεί, αφού τουρτούριζε. Κι είχαν μπλαβίσει τα χέρια, τα πόδια και τα χείλη της, ένιωθε να περπατάνε χιλιάδες μυρμήγκια στο σώμα της και καρφίτσες να τρυπάνε το κεφάλι της. Εκείνη η κουβερτούλα με την οποία είχε σκεπαστεί δε θα τη ζέσταινε ούτε βράδια καλοκαιριού στο χωριό της. Αλλά είχε πια πειστεί ότι από την κυρά της δεν μπορούσε να περιμένει τίποτα. Μια δούλα ήθελε, όχι μια γυναίκα που να της κάνει με αξιοπρέπεια τις δουλειές της.

Κουλουριάστηκε σαν τα σκυλιά που κρυώνουν, έτριψε χέρια και πόδια, αλλά μάταια. Την πάγωνε και η ίδια της η ανάσα! Κι όταν συνειδητοποίησε ότι μένοντας έτσι είτε θα κρύωνε πολύ είτε δε θα έκλεινε μάτι –ή και τα δύο– σηκώθηκε για να βρει μια λύση. Κι έπρεπε να βιαστεί, αφού δεν ήξερε πότε θα γυρνούσε η κυρά της και δεν ήθελε με κανένα τρόπο να τη βρει να τριγυρίζει στο σπίτι. Ποιος ξέρει τι μπορεί να έβαζε με τον νου της.

Όταν έτριβε τα ασημικά στην κουζίνα, είχε δει δίπλα από τον μικρό καναπέ μια γκρίζα φλοκάτη στο πάτωμα. Ήταν μικρή αλλά θα μπορούσε να τη ζεστάνει, να διώξει την αδιανόητη παγωνιά που την παρέλυε. Δύσκολα θα το ανακάλυπτε η κυρά της, που δεν ήταν πολύ της κουζίνας, και πρωί πρωί θα την έβαζε πίσω στη θέση της, χωρίς να καταλάβει κανείς τίποτα.

Δεν ντράπηκε καθόλου που σκεπάστηκε με ένα σκουτί του πατώματος, γιατί αυτό της έφερε πίσω το αίμα. Μύριζε βέβαια –πρέπει να είχε πέσει και κρασί πάνω– αλλά την ανακούφισε τόσο πολύ, ώστε σκούπισε τα δάκρυά της και κατάφερε να κοιμηθεί χωρίς όνειρα έπειτα από μια τόσο δύσκολη μέρα, γεμάτη πίκρες και άσχημες σκέψεις. Πριν ταξιδέψει στο σκοτάδι, αποθήκευσε στο μυαλό της ακόμα μια πικρή σκέψη: *Αν αυτός είναι ο πολιτισμός και η αρχοντιά που μου έλεγε η μάνα μου, καλύτερα παρακατιανή στο χωριό...* Αναρωτήθηκε ξανά αν η μάνα της την τιμωρούσε για κάτι, αλλά δεν είχε κουράγιο να το δουλέψει στο μυαλό της. Τα βαριά της τσίνορα κατάφεραν να κρατήσουν έξω τις σκέψεις.

7

ΕΝΑΝ ΧΡΟΝΟ ΜΕΤΑ...

Ο ΦΩΤΗΣ ΕΤΡΙΒΕ με μανία το κουρεμένο γουλί κεφάλι του και δεν ήταν σίγουρος αν είχε ακόμα ψείρες. Είχε κολλήσει όλος ο θάλαμος, μάλλον από εκείνον τον λέλεκα τον Νεκτάριο, αλλά και φάρμακο τους έβαλαν και τους κούρεψαν όλους με την ψιλή, ώστε να εξαφανιστούν επιτέλους αυτά τα άχρηστα και ανθεκτικά ζωύφια που τους τρέλαιναν στη φαγούρα.

«Ρε, μήπως έχουν μπει οι ψείρες μέσα στο κεφάλι μου και γι' αυτό με τρώει;» είπε τρελαμένος στον Διονύση καθώς ανηφόριζαν για το μαγειρείο, όπου έπρεπε να τρίψουν τις μεγάλες κατσαρόλες.

Εκείνος έβαλε τα γέλια και τον έσπρωξε ελαφρά. «Ρε, αν είχαν μπει μέσα στο κεφάλι σου, θα σ' το είχαν φάει και θα είχες πεθάνει! Δεν μπορούν να το τρυπήσουν! Μόνο εκείνο το σίδερο στο μηχανουργείο σε τρύπησε και...» Ο Διονύσης έκανε μια μικρή παύση κι ύστερα είπε με θριαμβευτικό τόνο στη φωνή του: «Αυτό είναι! Σε φαγουρίζει η πληγή! Μάλλον τα ράμματα που σου έβαλαν δεν ήταν καλά!».

«Και μπορεί να πεθάνω;» ρώτησε ανήσυχος ο Φώτης κι

έπιασε μηχανικά την παλιά πληγή στο πίσω μέρος του κεφαλιού του.

Μόνο που θυμήθηκε πάλι εκείνη την άτυχη στιγμή, ξαναπόνεσε. Κρατούσε με το δεξί χέρι μια σιδερένια βέργα για να μπορέσει ο μάστορας να ανοίξει τρύπες, αλλά όπως ένιωσε πίεση από εκείνο το εργαλείο, έχασε την ισορροπία του, έπεσε άτσαλα και χτύπησε με δύναμη στις άλλες βέργες που ήταν στο πάτωμα. Από την πτώση και το χτύπημα που προκάλεσε αιμορραγία ζαλίστηκε αρκετά κι έχασε τις αισθήσεις του, με την πληγή να είναι αρκετά βαθιά. Ο γιατρός είπε ότι δεν ήταν κάτι σοβαρό, κι έτσι ο Φώτης με έξι ράμματα ολοκλήρωσε το πέρασμά του από το μηχανουργείο, το οποίο από την αρχή δεν πήρε με καλό μάτι και δεν το ήθελε.

«Θα ζήσεις γιατί είσαι πολύ δυνατός και σκληρός!» απάντησε ο Διονύσης, ο ένας και μοναδικός φίλος του Φώτη. Και η αλήθεια είναι πως δεν ήθελε κανέναν άλλον, νιώθοντας όλους τους υπόλοιπους προδότες.

Ο Ηλίας, το πρώτο παιδί που είχε γνωρίσει στον Ζηρό, του φαινόταν πια πολύ κακός, αφού έδινε εντολές σε πολλούς και ήταν απότομος και τις περισσότερες φορές αγέλαστος. Μπορεί κάποιοι να ξεγελιόνταν από την ευγένειά του, αλλά –όπως το σκεφτόταν ο Φώτης– αυτή ήταν ψεύτικη, όπως και το χαμόγελό του. Μια φορά μάλιστα, στις αρχές, είχε κάνει το λάθος να του πει ότι η Αυγουστία είναι τρελή και κακιά νυφίτσα, κι ο Ηλίας τού έβαλε τις φωνές και τον έσπρωξε, λέγοντάς του ότι είναι η καλύτερη εκεί μέσα και να μην την ξαναπιάσει στο στόμα του, γιατί θα είχε άσχημα ξεμπερδέματα. Την ίδια στιγμή τον ξέγραψε και δεν τον ξαναπλησίασε.

Την ίδια απογοήτευση κι ακόμα χειρότερη πήρε από τον Γεράσιμο, τον κατουρημένο! Ενώ ήταν ο μόνος που του είχε μιλήσει όταν η νυφίτσα τον γελοιοποίησε μπροστά σε όλους και τον έβαλε τιμωρία επειδή είχε κατουρήσει στο κρεβάτι του, εκείνος τα ξέχασε όλα στην πρώτη δύσκολη στιγμή και αντέδρασε με τον χειρότερο τρόπο.

Μια φορά λοιπόν, στο εστιατόριο, ο Φώτης έσπασε κατά λάθος μια κανάτα με νερό κι αυτό θύμωσε πολύ την Προκοπία, η οποία άρχισε με φωνές και απειλές να ρωτάει ποιος το έκανε. Κι ενώ δε μίλησε κανένας, ο κατουρημένος έδειξε τον Φώτη, που έφαγε και ξύλο και τιμωρία.

Κι όταν ο Διονύσης ρώτησε τον Γεράσιμο γιατί το έκανε, εκείνος, με το πιο απλό ύφος του κόσμου, του είπε: «Και γιατί να φάω εγώ ξύλο για άλλον; Ας το φάει αυτός που έφταιγε». Ο Φώτης δεν ήθελε πια ούτε να τον κλοτσήσει. Του έφτανε να του γυρίζει την πλάτη και να τον περιφρονεί.

Όχι ότι δε μιλούσε με άλλα παιδιά, αλλά μόνο για τον Διονύση ένιωθε πραγματική αγάπη και νοιαζόταν για τα πάντα του, λύπες και χαρές. Μοιράζονταν τις σκέψεις τους, έκαναν αστεία χωρίς να παρεξηγούνται, περνούσαν μαζί τις μπόρες εκεί μέσα, αισθάνονταν κι οι δύο ότι μεγαλώνουν μαζί και μαζί μαθαίνουν τη ζωή. Μπορούσε ο ένας να υποχωρεί στις επιθυμίες του άλλου και πάντα να βρίσκουν έναν κοινό δρόμο που θα ικανοποιούσε και τους δύο.

Τους ένωσε ακόμα περισσότερο μια απώλεια που και για τους δύο ήταν πολύ έντονη και σοβαρή και τους στοίχισε τρομερά. Η Προκοπία θεώρησε ότι ο Νικήτας δεν ήταν όσο αυστηρός έπρεπε στην ομάδα του, και βλέποντας ότι τα περισσότερα παιδιά ήταν ζωηρά και άτακτα, δίχως να τα μαζεύει, του άλλαξε πόστο και τον έστειλε στην κουζίνα, υπεύθυνο μόνο για τον καθαρισμό. Έτσι τον απέκοψε από όλα τα παιδιά, που τον έβλεπαν πλέον από μακριά, χωμένο σε κάτι τεράστια καζάνια, να βασανίζεται και να έχει χάσει το χαμόγελό του. Έπειτα από λίγο καιρό δεν τον είδαν ποτέ ξανά, λες και τον είχε καταπιεί η γη.

Οι μικρότεροι σε ηλικία έλεγαν απίθανα πράγματα και μάλιστα με σιγουριά. Άλλος ότι τον σκότωσαν η Προκοπία και η Αυγουστία με βραστό νερό μέσα σε ένα μεγάλο καζάνι, άλλος ότι τον έδεσαν τη νύχτα στο δάσος, τον πασάλειψαν με μέλι και τον έφαγαν τα όρνια, άλλος πάλι ότι τον πήγαν αυτές οι δυο και τον έπνιξαν στη λίμνη, αφού του έδεσαν πέτρες στα πόδια για να πάει στον πάτο!

Οι ψίθυροι έφτασαν στ' αυτιά των δύο γυναικών, που τους εκμεταλλεύτηκαν με τον καλύτερο τρόπο, λέγοντας γενικά κι αόριστα ότι ο Νικήτας πλήρωσε τα λάθη του... Αλλά αυτό ήταν αρκετό για να τρομοκρατηθούν όλοι, κι έτσι για μήνες ολόκληρους δεν ακουγόταν ούτε ψίθυρος. Αρκετοί έριχναν κλεφτές ματιές στα καζάνια μπας και ανακαλύψουν κάποιο ίχνος, άλλοι, όταν τους πήγαιναν βόλτα στη λίμνη, προσπαθούσαν να δουν κάτι στο νερό, εκείνος με τις ψείρες ορκιζόταν ότι σε έναν κορμό δέντρου είδε ένα ματωμένο σχοινί και κάτω πούπουλα πουλιών.

Όμως η εξαφάνισή του ήταν μεγάλο πλήγμα για τα περισσότερα παιδιά, και κυρίως για τον Φώτη, που είχε δεθεί πολύ μαζί του. Δεν του είχε δώσει μόνο ρούχα και παπούτσια, αλλά του έδειξε τρόπους να στρώνει τέλεια το κρεβάτι, του έμαθε τις προσευχές, του απομάκρυνε τους φόβους, άκουγε ευλαβικά τις ανησυχίες του, τον συμβούλευε, του έλυνε προβλήματα, στεκόταν πάντα δίπλα του. Ένα μόνο δεν κατάφερε· να τον πείσει ότι το σχολείο είναι πολύ χρήσιμο και τα γράμματα τιμόνι για τη ζωή.

«Δεν τα μπορώ και δεν τα θέλω! Κι αυτός ο δάσκαλος με

αγριεύει! Δεν μπορώ τόσα "ι" και "ο", μπαστουνάκι, κουλουράκι και βλακείες, και δεν μπορώ και να κάθομαι ακίνητος σε μια καρέκλα. Εγώ θέλω να μάθω άλλα πράγματα, αυτά δε μου λένε τίποτα. Ούτε αυτά ούτε η Λο και λα ίσον Λόλα! Είναι χαζά!»

Ο δάσκαλος, ο Γιακουμής, τον έβαζε συνέχεια τιμωρίες, κι υπήρχαν φορές που περνούσε τη μισή μέρα του μαθήματος τιμωρημένος, με το ένα πόδι σηκωμένο και τα χέρια στον τοίχο. Και παρότι είχε βαρεθεί να βλέπει αυτόν τον θαλασσή τοίχο, δεν έκανε πίσω, αρνούμενος να αλλάξει απόψεις. Κι επειδή τα επεισόδια ήταν καθημερινά και έντονα, όπως και τα χαστούκια, γιατί «επιτέλους το κε γράφεται και», ο Φώτης έφτασε στα άκρα.

Ένα πρωί, πριν από το μάθημα, πασάλειψε τα χέρια του με ρετσίνι από τα πεύκα και τα σκούπισε στην καρέκλα του Γιακουμή, που, όταν... ξεκόλλησε, δεν έψαξε καν ποιος το έκανε. Βούτηξε τον Φώτη και του έκανε το πρόσωπο πρώτα κόκκινο και μετά μπλε. Και δε μετάνιωσαν ούτε ο ένας ούτε ο άλλος για τις πράξεις τους, αρνούμενοι να μετακινηθούν ούτε πόντο.

Οι συμμαθητές του –και πιο πολύ ο Διονύσης– του έλεγαν να λέει «ναι» σε όσα του ζητούσε ο δάσκαλος, αλλά η απάντησή του ήταν μία και μοναδική: «Καλύτερα να με σφάξει σαν κατσίκι παρά να του πω ναι. Αυτός δεν είναι δάσκαλος αλλά χωροφύλακας!».

Τους άρεσε αυτό το «χωροφύλακας», κι έτσι άρχισαν να τον λένε όλοι, εννοείται ψιθυριστά, για να μη γίνουν κόκκινοι και μπλε!

Τότε ήταν που ο Φώτης ανακάλυψε ότι έχει ταλέντο στο να βγάζει παρατσούκλια κι έτσι γέμισε τον κόσμο. Ο Λέλεκας, ο Αυτάκιας, ο Ιούδας –για τον κατουρημένο–, το Πουλί, ο Καλαμένιος, ο Σκούρος, η Ζαχαρένια, η Καρακάξα, η Κουκουβάγια, η Πεταλούδα, η Σαύρα, ο Ποντικός, η Νυφίτσα, ο Σιδερένιος, ο Ψείρας, ο Σωλήνας, ήταν όλα δικά του. Αλλά η επιτυχία του ήταν ότι όλα αυτά υιοθετήθηκαν απ' όλους, που έλεγαν πια τα παρατσούκλια κι όχι τα ονόματα. Μόνο στον Διονύση δεν έβγαλε παρατσούκλι. Γι' αυτόν ήταν σκέτο Διονύσης και τίποτε άλλο. Κι όταν κάποτε τον πίεσαν να βγάλει ένα όνομα και σ' αυτόν, είχε έτοιμη λύση: «Νιόνιος».

Ο μόνος που είχε ενοχληθεί απ' αυτή την ιστορία ήταν ο Ποντικός, που μια μέρα, για να εκδικηθεί τον Φώτη, του ξέστρωσε το κρεβάτι πριν από την επιθεώρηση για να φάει τιμωρία από την Προκοπία. Ο Φώτης δεν είπε λέξη και τη δέχτηκε αδιαμαρτύρητα, παρότι είχε δει από το βάθος του θαλάμου όπου βρισκόταν εκείνη τη στιγμή ότι το έκανε ο Ποντικός. Έσφιξε τα δόντια και το μάγουλο και δε μαρτύρησε.

Ο Λάμπρος, ο Ποντικός, επιχείρησε επίσης να τον βαφτίσει Ψύλλο, επειδή ήταν πολύ αδύνατος κι όλο πεταγόταν από δω κι από κει, αλλά το παρατσούκλι δεν πέρασε. Ήταν για όλους ο Φώτακας!

Η επόμενη μεγάλη απώλεια για τον Φώτη, μετά τον Νικήτα, ήταν η φυγή της Ζαχαρένιας. Την έλεγαν Κατερίνα, αλλά γι' αυτόν ήταν σκέτη ζάχαρη, Ζαχαρένια! Είχε πάντα ένα χαμόγελο, αυτό που φώτιζε ακόμα περισσότερο τα μεγάλα εκφραστικά μάτια της που έμοιαζαν με μέλι, κι ένα πρόσωπο γλυκό, γεμάτο καλοσύνη, που τραβούσε όλα τα βλέμματα. Κάθε, μα κάθε φορά που την έβλεπε, ένιωθε την καρδιά του να φτερουγίζει και τα χέρια του να ιδρώνουν, αλλά στην ίδια δεν είπε ποτέ τίποτα. Μόνο όταν την έβλεπε να κάνει δουλειές έτρεχε να τις αναλάβει αυτός, με την ίδια να του χαμογελάει και να τον κάνει τον πιο ευτυχισμένο άνθρωπο του κόσμου!

Μόνο στον Διονύση είχε μιλήσει, εκείνη τη φορά που τους έστειλαν να καθαρίσουν τις μαραμένες βελόνες από τα πεύκα. «Θέλω να τη βλέπω συνέχεια, να της κάνω εγώ τις δουλειές, να μου χαμογελάει, κι όταν παίζουμε κρυφτό, να τα φυλάω εγώ για κείνη. Κι αν τα φυλάξει άλλος, να βρω την καλύτερη κρυψώνα και να κρυφτούμε μαζί...»

Αυτό το χτυποκάρδι του έγινε εντονότερο όταν μια μέρα πήγε η γιαγιά της Ζαχαρένιας και την πήρε για πάντα από τον Ζηρό. Πρόλαβε να τη δει όταν έφτιαχνε τα πράγματά της στον θάλαμο. Του είπε ότι φεύγουν για την Κρήτη, σε κάτι συγγενείς του πατέρα της που είχε πεθάνει και που δέχτηκαν να τις φιλοξενήσουν. Είχε σφίξει τις γροθιές του για να μην κλάψει μπροστά της και χρειάστηκε να πάρει βαθιές ανάσες για να της πει: «Θα σε θυμάμαι όπου κι αν πας, όσο μακριά κι αν είναι... Κι αν μπορέσω κάποτε, θα έρθω εκεί στην Κρήτη για να σε βρω... Κι αν έχεις μεγαλώσει, θα σε γνωρίσω από την ελιά που έχεις στο μάγουλο. Καμία άλλη δεν την έχει!». Έτρεμε όπως της τα έλεγε, μέχρι που κατάφερε να της πιάσει το χέρι. «Κι εσύ να με θυμάσαι... Εγώ σε έβγαλα Ζαχαρένια κι είναι η αλήθεια...»

Εξαφανίστηκε τρέχοντας και δεν πήγε στο φαγητό. Χώθηκε στις σκιές των δέντρων, πίσω από την κουζίνα, κι άφησε τον εαυτό του να κλάψει, με το ένα χέρι του χωμένο στο χώμα. Δεν έβγαλε ούτε ένα δάκρυ όταν τον έβαλαν τιμωρία, μόλις ανακάλυψαν ότι δεν πήγε στο φαγητό. Κι αν γινόταν, πάλι θα το ξανάκανε για τη Ζαχαρένια, που δεν έφευγε στιγμή απ' το μυαλό του. Του τη θύμιζαν τα σκιρτήματά του στον ύπνο αλλά και τον ξύπνο του.

Τον τύλιξε μια μεγάλη θλίψη, σαν το σεντόνι του ουρανού, κι αυτή η αλλαγή του ήταν εμφανής όλες τις επόμενες μέρες μετά τη φυγή της Ζαχαρένιας. Καθόταν αμίλητος στην τάξη, κάνοντας τον Γιακουμή να τρίβει τα μάτια του με τη μετάλλαξη του αγριμιού, που δεν τον ενόχλησε ούτε μία φορά. Κι αυτό δεν είχε ξαναγίνει ποτέ. Δεν μπορούσε να ξεχωρίσει στο μυαλό του τι τον πείραζε περισσότερο, η αναχώρηση της Κατερίνας ή η εξαφάνιση της μάνας και της γιαγιάς του; Γιατί από τότε που πήγε εκεί –και δεν ήξερε πόσος καιρός ήταν, αλλά σίγουρα ήταν πολύς– δεν είχε κανένα νέο τους. Είχαν περάσει ο χειμώνας και η άνοιξη και το καλοκαίρι και το φθινόπωρο, κι ήρθε κι άλλος χειμώνας, πρασίνισαν και κιτρίνισαν τα φύλλα των δέντρων, κόσμος πήγαινε κι ερχόταν, πουλιά ταξίδευαν, αλλά οι δικοί του ήταν άφαντοι.

Η στενοχώρια γινόταν λύπη κι η λύπη θυμός, ο θυμός απελπισία και τα δάκρυα σχημάτιζαν πέτρες στην ψυχή του. Δεν ήξερε επίσης για ποια από τις δύο είχε πιο μεγάλο θυμό, για τη γιαγιά του τη Φωτεινή, που του είπε ψέματα ότι πάει να φέρει το λεωφορείο για να φύγουν αλλά δε γύρισε ποτέ, ή για τη μάνα του, που έλειπε ακόμα κι όταν εκείνος έφυγε από το χωριό;

Μια τα έβαζε με τη γιαγιά και μια με τη μάνα του, «που έπρεπε να πάρει τα πόδια της και να έρθει να με βρει. Στο χωριό ήταν όλο πάνω κάτω, ως τα ποτάμια. Εδώ δεν μπορούσε να έρθει;». Κι όσο θύμωνε, τόσο θυμόταν κι άλλα πράγματα. *Ποτέ δεν έχει παίξει μαζί μου. Όλο δουλειές έκανε κι όλο κουρασμένη ήταν...* Δεν ήξερε επίσης αν είχε γυρίσει από τη δική του εκδρομή ο αδελφός του ο Σπύρος, *κι αν έμεινε εκεί στην εκδρομή, μακάρι να είναι πιο τυχερός από μένα...* Το είχε ξεκαθαρίσει μέσα του. *Τύχη, ναι... Αυτοί που βρίσκουν τις μπίλιες πριν από μένα δεν είναι καλύτεροι, πιο τυχεροί είναι. Αυτό είναι τύχη... Το είπε κι ο κύριος Περικλής, ο επιστάτης. Ότι ο καθένας έχει μια τύχη. Εγώ όλο τη χάνω...*

Με το πέρασμα του καιρού κι ενώ αυτές οι σκέψεις έρχονταν συχνά στο μυαλό του, μαζί με ατέλειωτα «γιατί», υπήρχε κάτι που τον βασάνιζε όλο και πιο έντονα. Ξεθώριαζε στο μυαλό του το πρόσωπο της μάνας του, θάμπωνε η εικόνα της, κι αυτό τον τρόμαξε πολύ. Κι όταν μια μέρα αυτή η σκέψη τον έπνιξε, άνοιξε την κουβέντα στον Διονύση.

«Εσύ τη θυμάσαι πάντα τη μάνα σου; Γιατί εγώ καμιά φορά μπερδεύω το πρόσωπό της».

Ούτε κι εκείνος την είχε δει, κι έτσι ο Φώτης δεν ήξερε αν έπρεπε να χαρεί ή να λυπηθεί γι' αυτό.

«Πώς! Τη θυμάμαι! Ε, καμιά φορά την μπερδεύω με την αδελφή της, είναι σχεδόν ίδιες...»

«Κι εγώ τη θυμάμαι, αλλά όχι πάντα! Να, τη θυμάμαι όλο με το μαντίλι της στο κεφάλι, να κουβαλάει ξύλα. Τη θυμάμαι που μας έλεγε να προσέχουμε τον Αζόρ. Τη θυμάμαι και μέσα στο σπίτι, και στο κατώι. Αλλά καμιά φορά... Δε θέλω να την ξεχάσω, Διονύση, δε θέλω να ξεχάσω το πρόσωπό της...»

«Ούτε κι εγώ! Αλλά μη φοβάσαι, μια μέρα θα πάμε να τις δούμε, ακόμα είμαστε μικροί. Κι εμένα, αν δε με βλέπεις, θα με ξεχάσεις...»

Ο Φώτης θύμωσε πολύ. «Όχι, δε θα σε ξεχάσω ποτέ! Ποτέ! Να το ξέρεις! Και μην το ξαναπείς αυτό!»

Έφυγε θυμωμένος και λυπημένος μαζί και χάθηκε στις σκιές των δέντρων, όπως τότε με τη Ζαχαρένια, κι άρχισε να πετάει πέτρες και να σημαδεύει τους κορμούς. Κι όταν κουράστηκε, κάθισε σε μια μεγάλη πέτρα κι αγνάντευε τα χιονισμένα βουνά, με τη σκέψη ότι ήταν πελώρια και δυνατά, κι όσα χρόνια κι αν περνούσαν, θα στέκονταν εκεί, ασάλευτα, δίχως να μπορεί να τα κουνήσει κάποιος. Ζήλευε το ύψος τους, τον αέρα που τα τύλιγε, όλη αυτή την ελευθερία που τον μάγευε. «Μια μέρα, όταν μεγαλώσω, θέλω να περπατήσω σε όσο περισσότερα βουνά μπορώ», υποσχέθηκε στον εαυτό του.

Σ' εκείνη την πέτρα ήρθε ξανά στον νου του η ιδέα του θανάτου, που την ήξερε μόνο από τον πατέρα του. Θυμήθηκε ότι πριν από λίγες μέρες είχε πεθάνει ο κύριος Θανάσης, ο άνθρωπος που ήταν στην πύλη. Κι όσο τον θυμόταν, δεν είχε πειράξει ποτέ κανέναν, ούτε άνθρωπο ούτε ζώο. Όχι σαν τον άλλο, που γάβγιζε σαν κακός σκύλος σε όποιον πλησίαζε. Έκανε άλματα ο νους του και δεν μπορούσε να τα χωρέσει όλα, ούτε να τα χωνέψει. *Τα βουνά μένουν για πάντα, όχι οι άνθρωποι...* Δάκρυσε που τα σκέφτηκε αυτά, σφίχτηκε η ψυχή του δηλαδή, και πήρε τον δρόμο του γυρισμού.

Ήξερε, το είχε μάθει πια, ότι ήταν μέρα επισκεπτηρίου. Κι ήξερε επίσης ότι εκείνος δεν είχε να περιμένει κανέναν και γι' αυτό οι συγκεκριμένες μέρες ήταν πολύ πικρές. Δεν μπορούσαν να τον γλυκάνουν ούτε τα καλούδια που του έδιναν μετά μερικοί φίλοι του απ' αυτά που τους έφερναν οι δικοί τους. Ήθελε κάποιος να τον περιμένει, κι ας μην του έφερνε τίποτα, ούτε μία καραμέλα. Στην πλειονότητά τους οι επισκέπτες ήταν παππούδες, γιαγιάδες και θείοι, όχι γονείς. Ούτε αυτό το χωρούσε ο νους του. Γιατί όχι γονείς; Τι συνέβαινε; Είχαν κάνει κάτι κακό;

Πέρασε λίγος καιρός ακόμα, κάμποσος δηλαδή, για να ακούσει κάτι τρομερό που του διέλυσε την ψυχή. Και το άκουσε από το στόμα του Ηλία, που πια είχε γίνει βοηθός ομαδάρχη, αφού μπορούσε να επιβάλλεται στους υπόλοιπους και ήταν πάντα βλοσυρός. Είχε μαζέψει λοιπόν στο προαύλιο ένα τσούρμο παιδιά –κι ήταν από τα πιο άτακτα, τα ήξερε όλα ο Φώτης, είχε παίξει μαζί τους– και τους έβγαζε λόγο. Κάθισε να κρυφακούσει πίσω από ένα δέντρο και πήρε μεγάλη ταραχή.

«Να ξέρετε ότι είμαστε σε ένα μέρος που μας δίνει την ευκαιρία να ζήσουμε και να προχωρήσουμε μπροστά. Αλλιώς, πολλοί από εμάς θα είχαν χαθεί. Γιατί πολλά είναι παιδιά ανταρτών, με γονείς προδότες, συμμορίτες, εγκληματίες! Να ευγνωμονούμε λοιπόν τους ανθρώπους εδώ κι όχι να τους κάνουμε δύσκολη τη ζωή...»

Ο Φώτης δεν ήξερε πολλά απ' αυτά που άκουσε. Ήξερε όμως τι πάει να πει προδότης και εγκληματίας –αυτό το είχε μάθει από τον Νικήτα–, κι ήταν και τα δύο πολύ κακά. Τον κύκλωσε ο θυμός, βγήκε από την κρυψώνα του και κάθισε μπροστά στον Ηλία με τα χέρια στη μέση. «Ο δικός μου ο πατέρας δεν είναι ούτε προδότης ούτε εγκληματίας! Κι ούτε των παιδιών είναι!» είπε και εξαφανίστηκε.

Ο Ηλίας έμεινε άφωνος στην αρχή. Ανέκτησε όμως γρήγορα την αυτοκυριαρχία του, κι αφού έδειξε τον Φώτη με το δάχτυλο, είπε: «Κανένας δε θέλει ένα αγρίμι. Όλοι αυτοί θα χαθούν...».

Ο Γιακουμής είχε βγάλει αγρίμι τον Φώτη, ο οποίος πάντως θεωρούσε ότι τα αγρίμια είναι δυνατά και ελεύθερα και δεν τρομάζουν ποτέ. Κι εκείνος είχε αρχίσει να μην τρομάζει και να γίνεται δυνατός μέσα του, εκτός από κάποιες στιγμές που τον έπιανε το παράπονο. Προσπαθούσε να βγάλει καλό ακόμα και μέσα από το κακό, κι αυτός ήταν ένας τρόπος να μένει όρθιος και να μη λυγίζει.

Παρότι λοιπόν είχε πάντα μεγάλη στενοχώρια τις ημέρες των επισκεπτηρίων αλλά και της αλληλογραφίας, βρήκε τρόπο να γιατρεύει τις πληγές του. Τις μέρες που τα παιδιά περίμεναν τους δικούς τους και είχαν αγωνία, ο Φώτης αναλάμβανε να στρώνει τα κρεβάτια τους, και η αμοιβή του ήταν ένα γλυκάκι, λίγη σοκολάτα, μερικά μπισκότα, ό,τι είχε ο καθένας.

Το είχε κάνει επιστήμη και ήταν ευχαριστημένος που τα κατάφερνε, αφού με τον τρόπο αυτό γλύκαινε και τον Διονύση.

Τις μέρες της αλληλογραφίας, κατάφερε να πείσει τα παιδιά που έπαιρναν γράμματα να του δίνουν τους φακέλους. Έπαιρνε τα γραμματόσημα που τον μάγευαν και ήταν σαν να ταξίδευε ο ίδιος. Κι ένιωθε τόσο ενθουσιασμένος μ' αυτό. Τα ταξινομούσε κατά μέγεθος και χρώμα, έβαζε μαζί τα τοπία και μαζί τα πρόσωπα, κι ορκίστηκε ότι μια μέρα θα αποκτούσε χιλιάδες από αυτά. Περνούσε ώρες ολόκληρες με τα γραμματόσημά του, τα άγγιζε με τα δάχτυλά του, τους μιλούσε! Καμιά φορά σκεφτόταν ότι, αν τα έχανε, θα έπεφτε να σκοτωθεί! Κι όταν του ερχόταν αυτή η σκέψη, έπαιρνε αγκαλιά το κουτάκι όπου τα φυλούσε και το έσφιγγε με όλη του τη δύναμη. Κάθε φορά που γύριζε από το σχολείο ή από τη δουλειά που του είχαν αναθέσει, έτρεχε πρώτα στα γραμματόσημά του και μετά έκανε όλα τα υπόλοιπα. Αυτά τα τοσοδούλια τού έδιναν τόσο μεγάλη χαρά! Ευτυχία! Κι είχαν υπάρξει φορές που έδινε και το φαγητό του για να εξασφαλίσει κάποια μαγικά χαρτάκια, όπως τα έλεγε, έχοντας πια μάθει εκεί μέσα ότι στη ζωή δίνεις και παίρνεις, με κάποιες λίγες εξαιρέσεις.

Της πήρε μήνες για να συνηθίσει τη νέα της ζωή στην πόλη, εκεί όπου όλα όχι μόνο ήταν διαφορετικά αλλά και πρωτόγνωρα γι' αυτήν. Στο χωριό ξυπνούσε με το κελάηδισμα των πουλιών και τις καλημέρες του κόκορα, με το θρόισμα των φύλλων και το κελάρυσμα των ποταμών, με το αχνό χάδι του ήλιου ή τα αγγίγματα της βροχής στο τζάμι. Εδώ, άνοιγε τα μάτια κι έβλεπε το απειλητικό ντουβάρι και το παγωμένο του κάλεσμα, ακούγοντας απ' έξω κουρασμένες φωνές τελάληδων που διαφήμιζαν την πραμάτεια τους με την αγωνία μήπως τους ξεμείνει.

Στην αρχή η Σοφία υπέφερε πολύ μέσα της με τη νέα κατάσταση, αλλά κατάφερε να βάλει μια σειρά και να κυλάει η μέρα της χωρίς να βαρυγκομάει τόσο πολύ, όπως τον πρώτο καιρό. Ξυπνούσε αξημέρωτα κι αυτό της έδινε μεγάλο πλεονέκτημα στο σπίτι, αφού ο γιατρός και η γυναίκα του σηκώνονταν τουλάχιστον δύο ώρες αργότερα και δεν ήθελαν πολλά πολλά το πρωί. Στο διάστημα αυτό έφτιαχνε τον καφέ της και ανέβαινε στο δώμα, αυτό που αποδείχτηκε θησαυρός για την ίδια. Παλιά ήταν σοφίτα την οποία ο γιατρός χρησιμοποιούσε για γραφείο, αλλά έμενε με τις ώρες εκεί κι αυτό προκάλεσε την έντονη αντίδραση της Όλγας, που τον κατηγορούσε ότι κλεινόταν εκεί για να μην τη βλέπει. Είδε κι απόειδε ο Θεοδόσης και, μην αντέχοντας την γκρίνια της και τα συνεχή παράπονα, το κατάργησε και καθόταν σε ένα μικρό γραφείο στο σαλόνι. Έτσι η σοφίτα έγινε με τον καιρό αποθήκη, εκεί όπου η Όλγα έβαζε τα χαλιά το καλοκαίρι και άλλα αντικείμενα που δεν ήταν σε πρώτη ζήτηση.

Αυτόν τον χώρο τής πρότεινε η κυρά της για να πηγαίνει να τρώει, αφού συνδεόταν με το υπόλοιπο σπίτι με μια μικρή ξύλινη εσωτερική σκάλα.

Αυτό ήταν δώρο για τη Σοφία! Τακτοποίησε την παλιά σοφίτα, συμμάζεψε όλα τα πράγματα, καθάρισε κάθε σπιθαμή και την έκανε να λάμψει, μετέτρεψε το παλιό γραφείο που είχε πια σκεβρώσει σε πρώτης τάξεως τραπέζι και πήρε την άδεια να τρώει εκεί. Αυτός ο χώρος έγινε η ελευθερία της. Πήγαινε το πρωί για τον καφέ της χωρίς να την ενοχλεί κανείς, αργά το μεσημέρι για φαγητό, και το βράδυ για να αγναντέψει λίγο πριν πέσει για ύπνο. Και τι αγνάντι! Μπροστά της απλωνόταν επιβλητική η λίμνη Παμβώτιδα, το στολίδι της Ηπείρου, που έκρυβε στα σπλάχνα της χιλιάδες μυστικά, πόνους και καημούς, θρύλους και παραδόσεις, ένα υδάτινο χαλί που χάιδευε τις ψυχές, μιλούσε ολόκληρη.

Τη χάζευε όσο μπορούσε, της έδιναν δύναμη τα νερά της. Έβλεπε τους μιναρέδες, το Νησάκι, κι από πάνω το Μιτσικέλι, άγρυπνος φρουρός που γερνούσε μαζί με τη λίμνη. Ανυπομονούσε να σηκωθεί το πρωί για να αντικρίσει τη λίμνη, δεν κοιμόταν ποτέ το βράδυ χωρίς να την αγναντέψει. Κι απορούσε πώς άφησαν η κυρά κι ο κύρης έναν τέτοιο χώρο που θα μάγευε και τον πιο ασυγκίνητο άνθρωπο. Το έμαθε αργότερα από τον Ζώη, τον μπακάλη, που ήταν και ληξίαρχος και ιστορικός και ποιητής και χρονογράφος, μα πάνω απ' όλα γνώστης κάθε ιστορίας της πόλης, γνωστής και άγνωστης.

Η Σοφία πήγαινε μέρα παρά μέρα για να ψωνίσει στην κυρά της κι ο Ζώης, που είχε μια ξεχωριστή ικανότητα να αποσπά μυστικά, έμαθε ποια είναι και πού δουλεύει και τη συμπάθησε πολύ. Της έκανε τα γλυκά μάτια, αφού ήταν γεροντοπαλίκαρο, και προσπαθούσε να τη φέρει στα νερά του, είτε δίνοντας μικρά δώρα, γιαννιώτικα μπακλαβαδάκια, λουκούμια, γιαούρτια, πίτες, είτε λέγοντάς της ιστορίες. Έτσι, άθελά της –γιατί δεν του έδινε κανένα δικαίωμα και πάντα κοιτούσε χαμηλά–, έμαθε και την ιστορία της σοφίτας.

«Ο γιατρός, που λες, ήταν ωραίος άνθρωπος, μπερμπάντης, μερακλής. Αλλά αυτή, που ήταν από πολύ πλούσιο σπίτι, εμπόρων, τον αγόρασε με τα λεφτά της! Όλοι δα το ξέρουν αυτό. Όταν ο Θεοδόσης τελείωσε την Ιατρική Σχολή, πλήρωσε εκείνη για να τον στείλει στην Ιταλία και να πάρει κι άλλο χαρτί, κάπως το λένε, τέλος πάντων. Πήγε μαζί του φυσικά, όχι θα τον άφηνε! Γύρισε ο σπουδαγμένος κι εκείνη του άνοιξε μαγαζί, γιατρείο. Κόσμος ερχόταν από παντού για να τον δει, είχε πολλά γαλόνια σαν γιατρός. Έτσι έκανε μεγάλο όνομα ο Λάμπος κι όλη η κοινωνία τον εκτιμούσε και μιλούσε γι' αυτόν. Αυτό την κολάκευε πολύ την κυρα-Όλγα, αφού, λόγω του γιατρού, όλη η καλή κοινωνία ήταν στα πόδια τους. Παντρεύτηκαν γρήγορα και τον έκανε σώγαμπρο. Δικό της είναι το σπίτι. Κι αυτό και άλλα, και εδώ στην πόλη και αλλού. Κι εγώ δεν ξέρω αν ξέρει πόσα έχει! Στην αρχή ήταν όλα καλά, αλλά με τον καιρό, κι επειδή αυτή ήταν κακότροπη, ο γιατρός δεν την άντεχε. Ποιος την αντέχει δηλαδή! Δεν έφυγε όμως γιατί ήταν πολλά τα πλούτη. Πολλά λέμε, όσα δε φαντάζεσαι!»

Χάζευε η Σοφία, γιατί πρώτη φορά μάθαινε πληροφορίες για τα αφεντικά της, διαφορετικές από όσα ήξερε. Και τις έλεγε τόσο ωραία ο μπακάλης, που ήταν πολύ παραστατικός. Όταν ήθελε να πει κάποιο κουτσομπολιό, κοιτούσε πρώτα έξω από την πόρτα και χαμήλωνε τη φωνή του.

«Που λες, μια φορά –μου το είπε με σιγουριά η Μαρία, η γυναίκα του νεκροθάφτη που τα ξέρει όλα– ο γιατρός τα έμπλεξε με την καινούργια δασκάλα, την Πηνελόπη με το όνομα, από τη Θεσσαλονίκη. Είχε νοικιάσει ένα σπίτι αντίκρυ τους. Νοστιμούλα και γλυκιά, πρόσχαρος άνθρωπος, χαμογελαστός. Και τον καταλαβαίνω, που λες, τον γιατρό, είδε το φως του! Η Όλγα δεν είχε καταλάβει τίποτα. Μια φορά είχε πάει στην Πρέβεζα, στην αδελφή της, αλλά μάλλον γύρισε νωρίτερα από ό,τι είχε πει και τους τσάκωσε στη σοφίτα! Έγινε, λέει, μεγάλη φασαρία, ανέβηκε ο νεκροθάφτης πάνω για να μη γίνει κανένα κακό. Η δασκάλα μετά εξαφανίστηκε, ούτε έμαθε κανείς τι απέγινε. Ο γιατρός έμεινε μαραμένος –από τότε είναι μαραμένος– και δεν ξέρω γιατί τον κράτησε. Για να μην της βγει το όνομα της χωρισμένης; Θα ήταν βαρύ! Αλλά ποιος τα ξέρει αυτά! Πάντως έμειναν μαζί κι ευτυχώς δεν έκαναν παιδιά. Θα μαρτυρούσαν απ' αυτή την ξινή και θα ήταν δυστυχισμένα. Λένε –εγώ δεν το ξέρω αυτό– ότι μπορεί και να τον δέρνει. Εγώ δεν το αποκλείω. Όλοι ξέρουν ότι ο γιατρός είναι παραδόπιστος και θα ανεχόταν τα πάντα για το χρήμα. Μεταξύ μας, ε;»

Μέσα της η Σοφία ευγνωμονούσε εκείνη τη δασκαλίτσα, την Πηνελόπη, αφού χάρη σ' αυτήν έφτασε στη σοφίτα, βρίσκοντας εκεί στιγμές απόλαυσης. Και μαζί μ' αυτές, βρήκε και το κουμπί της Όλγας, ώστε να μην την πρήζει και να είναι λιγότερο επιθετική. Η αδυναμία της κυράς της λοιπόν –και το ανακάλυψε πολύ γρήγορα– ήταν το φαγητό. Κι ήταν το μόνο που μπορούσε να την κάνει πραγματικά χαρούμενη, και γι' αυτό να αφήσει τα πάντα στην άκρη, ακόμα και τις φαρμακερές της ατάκες.

Όταν η Σοφία πέρασε το τεστ μαγειρικής με ένα απλό φαγητό, την ηπειρώτικη μπατσαριά, η Όλγα, που έγλειφε τα δάχτυλά της μ' αυτή τη χορτόπιτα δίχως φύλλο, την εμπιστεύτηκε με κλειστά μάτια και δεν το μετάνιωσε ποτέ. Η Σοφία μεγαλούργησε φτιάχνοντας απίθανα πράγματα, από πίτες όλων των ειδών, σούπες, μέχρι αρνί στη γάστρα, και κρασάτο κότσι, και χυλοπίτες με τυριά και φρυγαδέλια, κι ό,τι άλλο επιθυμούσε η κυρά της. Ο κύρης της τσιμπολογούσε σαν πουλάκι, αλλά η κυρά της έτρωγε όλο το ταψί και θα μπορούσε να φάει κι άλλο.

Χάρη στη μαγειρική, που είχε μάθει από τη δική της γιαγιά, η Σοφία μπορούσε να βγαίνει πιο συχνά έξω για να ψωνίζει τα υλικά κι αυτό ήταν βαθιά ανάσα. Και έτσι παστρικιά όπως ήταν, γλείφοντας όλο το σπίτι και πλένοντας τα πάντα, εξασφάλιζε και ηρεμία, με την Όλγα να την έχει πια απόλυτη ανάγκη –με τις δουλειές και, κυρίως, τα μαγειρέματα– και να κρέμεται απ' αυτήν.

Με την προκοπή της έκανε την κυρά της να της δώσει μια καλή κουβέρτα, παπούτσια που δεν ήθελε πια, ακόμα και ρούχα της, μια δυο τσάντες, μέχρι κι ένα μαύρο παλτό. Αρκεί να μη σταματούσε να μαγειρεύει. Επίσης, φυλούσε τα λεφτά της σε ένα σιδερένιο κουτί του καφέ, και χαιρόταν τόσο πολύ να τα βλέπει να αβγατίζουν, μέχρι που της έγινε έμμονη ιδέα! Ποτέ δεν είχε χρήματα στη ζωή της, και τώρα, με όσα είχε μαζέψει, μπορεί και να ήταν πλούσια στο χωριό της. Και έτσι όπως περνούσε ο καιρός, το σκεφτόταν πια όλο και λιγότερο το χωριό, αφού της καλάρεσε η ιδέα της εξοικονόμησης χρημάτων στην πόλη.

Όπως της άρεσαν κι αυτές οι μικρές πρωινές βόλτες για να ψωνίσει στην κυρά της, καθώς έσπαγε η μονοτονία της, αυτή που την πλάκωνε στο χωριό. Ο μπακάλης, που τα ήξερε όλα, έκοψε τα πολλά πολλά, αφού δεν έβλεπε την παραμικρή ανταπόκριση, έκοψε και τα λουκούμια και τα γιαούρτια και τα γιαννιώτικα, ακόμα και τις ιστορίες. Αλλά δεν την ένοιαζε καθόλου. Της μιλούσαν όλοι οι άλλοι στα μαγαζιά και δεν ήταν πια η «ξένη».

Ούτε με τον κύρη της είχε πολλά πολλά, αφού, έχοντας μάθει εκείνη την παλιά ιστορία της σοφίτας –που της την είχε αφηγηθεί αλλιώς η Όλγα–, σκέφτηκε ότι, ακόμα κι αν ήταν ευγενική μαζί του, η κυρά της θα του έψηνε το ψάρι στα χείλη. Έτσι έμενε μόνο στα απολύτως απαραίτητα, δίχως ποτέ να του απευθύνει τον λόγο. Τον λυπόταν όμως, γιατί, παρά το κύρος του, στεκόταν σούζα μπροστά στη γυναίκα του.

Από το απόγευμα κιόλας ένιωθε πολύ κουρασμένη με τόσες δουλειές και μαγειρέματα και πλυσίματα, κι έτσι της αρκούσε ένα αγνάντι στη λίμνη, για να πέσει ήρεμη να κοιμηθεί νωρίς, ώστε να αντέξει την επόμενη μέρα. Και η καλύτερη μέρα ήταν η Κυριακή, αφού, μετά τις δουλειές, είχε ελεύθερο πρωινό. Η κυρά της μετά του κυρίου πήγαιναν στην εκκλησία, τον Ιερό Ναό Κοιμήσεως της Θεοτόκου, μετά στο ζαχαροπλαστείο *Ελλάς* για καφέ και πάστα σεράνο κι ύστερα για φαγητό στην οικογενειακή ταβέρνα *Το ωραίο Μέτσοβο*, επιστρέφοντας στο σπίτι αργά το μεσημέρι. Το πρόγραμμα δεν άλλαζε ποτέ, κι έτσι η ίδια μπορούσε να περπατήσει στις όχθες της λίμνης για να πάρει λίγο αέρα και να ξεσκάσει μέχρι να γυρίσει το ζεύγος.

Με την κυρά της ποτέ δε συζητούσαν κάτι πέρα από δουλειές και φαγητό, ποτέ δεν τη ρώτησε οτιδήποτε, ποτέ δεν ενδιαφέρθηκε αν είναι μόνη στον κόσμο. Μάλιστα η Όλγα έπεσε απ' τα σύννεφα όταν έμαθε ότι η Σοφία έχει δύο παιδιά, κάτι που έγινε εντελώς τυχαία. Την είδε μια μέρα να κοιτάζει δυο μικρές φωτογραφίες στην κουζίνα και τότε πληροφορήθηκε ότι έχει δυο γιους, τον Σπύρο και τον Φώτη. Τη ζήλεψε πάρα πολύ που είχε αξιωθεί να κάνει παιδιά, ενώ εκείνη έμεινε άκληρη, και χάρηκε που είχε στείλει τους δυο γιους της στα ιδρύματα της Φρειδερίκης.

Από τη μία αγαπούσε τη βασίλισσα και θεωρούσε ότι πρόσφερε σημαντικό έργο στη χώρα, και μάλιστα κόντρα σ' αυτούς που την επιβουλεύονταν και την κακολογούσαν, κι από την άλλη τη βόλευε που η Σοφία τα είχε μακριά. Μάλιστα την ενθάρρυνε να τα αφήσει εκεί, σκεπτόμενη φυσικά υστερόβουλα, για να μην κινδυνέψει να τη χάσει. Τώρα που είχε συνηθίσει, πού θα έβρισκε καθαρίστρια και μαγείρισσα μαζί;

«Ήταν η καλύτερη επιλογή! Εκεί θα μεγαλώσουν σωστά τα παιδιά σου, με αρχές, με κανόνες, δε θα είναι ανεξέλεγκτα, θα μάθουν πράγματα. Εσύ θα δυσκολευόσουν πολύ...» της είπε η κυρά της. Αλλά όταν η Όλγα επεξεργάστηκε την πληροφορία αυτή στη μυαλό της, δε δίστασε να ρωτήσει ευθέως: «Ελπίζω να μην ήταν αντάρτης ο άντρας σου, κανένας κομμουνιστής απ' αυτούς που μας έφεραν τόσα δεινά! Εμείς δε θέλουμε μπλεξίματα, είμαστε νομοταγείς!».

Η Σοφία το αρνήθηκε αμέσως, λέγοντας στην κυρά της εκείνη τη θλιβερή ιστορία με τη νάρκη και τον χαμό του άντρα της.

Η φαρμακερή της ατάκα την έκανε να ανατριχιάσει και να μαζευτεί: «Ε, όλοι κάποιες αμαρτίες πληρώνουν! Έτσι είναι η ζωή...».

Της ήρθε να της πει για τη δασκάλα και τη σοφίτα πάνω στην οργή της, αλλά κατάφερε να την καταπιεί. Μπορούσε να καταλάβει, ύστερα από τόσο καιρό, ότι κι αυτή στην πραγματικότητα ήταν μια δυστυχισμένη γυναίκα που απλώς είχε πολλά λεφτά. Όλα τα αγοράζουν τα χρήματα εκτός από χαρά και αγαλλίαση, ενώ τα όνειρα και την ελπίδα τα έχει κανείς και δωρεάν.

Και για να βρει λίγη χαρά η Όλγα, ψευδαίσθηση δηλαδή, είχε μπει στην επιτροπή αναστήλωσης και καθαρισμού των μονών στο Νησάκι, επτά τον αριθμό, όλες με βυζαντινό χρώμα. Έχοντας ισχυρές γνωριμίες στην Αρχαιολογική Υπηρεσία αλλά και στη Μητρόπολη, κατάφερε να έχει λόγο, κι έτσι κανένας δεν αντιδρούσε στις παραξενιές και τις υστερίες της. Είχε φτάσει στο σημείο να ισχυρίζεται ότι η σκούφια της κρατούσε από το Βυζάντιο κι ότι οι πρόγονοί της, μαζί με τους Φιλανθρωπηνούς, τους Βατάτζηδες, τους Βρανάδες και τους Στρατηγόπουλους, οικοδόμησαν τα μοναστήρια στο νησί στα τέλη του δέκατου τρίτου αιώνα. Μέσα της πίστευε ότι μπορεί να αναβιώσει η ίδια το Δεσποτάτο της Ηπείρου!

Χάρη στην Όλγα, η Σοφία κατάφερε να γνωρίσει το Νησάκι, κι αυτές ήταν από τις καλύτερες μέρες της ζωής της, σίγουρα οι πιο όμορφες από τότε που ξεκίνησε να είναι στη δούλεψή της.

Επρόκειτο λοιπόν να επισκεφτεί τις μονές ο νέος Μητροπολίτης Ιωαννίνων, ο Σεραφείμ, κατά κόσμον Βησσαρίων Τίκας, προερχόμενος από τη Μητρόπολη Άρτας. Η Όλγα ήταν ανάμεσα σ' αυτούς που θα τον ξεναγούσαν και ήθελε να είναι όλα στην εντέλεια. Κι επειδή, πάντα συγκεντρωτική, δεν άφηνε τίποτα στην τύχη, επέβαλε μέρες πριν τον καθαρισμό των μονών, ελπίζοντας να κερδίσει την εύνοια του Σεραφείμ. Δεν είχε εμπιστοσύνη στους άλλους κι έτσι πήγαινε η ίδια καθημερινά για να επιβλέπει, έχοντας βάλει τη Σοφία στην ομάδα εργασίας και καθαρισμών.

Μετά την εκπαίδευσή της σε μια τόσο απαιτητική και παράξενη γυναίκα, που διαφωνούσε με τα πάντα θέλοντας να επιβάλλει την άποψή της και μόνο –και είχε άποψη ακόμα και στον τρόπο ξεσκονίσματος–, αυτό της φαινόταν παιχνιδάκι. Είχε αναλάβει να τρίψει και να γυαλίσει τα καντήλια και να περάσει τις εικόνες με ένα ειδικό πανί, μετά να καθαρίσει τα στασίδια και τα αναλόγια και στο τέλος να σκουπίσει και να σφουγγαρίσει. Αλλά η «αποζημίωσή» της για τις υπηρεσίες της ήταν τεράστια.

Πρώτη φορά μπήκε σε καραβάκι, αυτό που τη μετέφερε στο Νησάκι, και της φάνηκε σαν να βρισκόταν στην Αμερική, που στο μυαλό της ήταν κάτι εξωπραγματικό, εξωγήινο! Χάζευε δεξιά κι αριστερά το μεγαλόπρεπο τοπίο με την πανδαισία χρωμάτων, ρουφούσε κάθε εικόνα, άνοιγε όσο μπορούσε τα μάτια της για να μη χάσει τίποτα. Αλλά άνοιξε και τα αυτιά της, όταν ακριβώς πίσω της ένας ηλικιωμένος κύριος με ωραίο παχύ μουστάκι έλεγε σε μια μεγάλη παρέα με καλοντυμένους κυρίους και κυρίες –υπέθεσε ότι θα ήταν πρωτευουσιάνοι– μια ιστορία για τη λίμνη. Έκανε μικρά βήματα προς τα πίσω για να μη χάσει λέξη. Ευτυχώς η κυρά της μιλούσε με μια κυρία της επιτροπής κι έτσι είχε τον χρόνο δικό της.

«Εδώ, που λέτε, έπνιξε ο Αλή Πασάς την κυρα-Φροσύνη στις 11 Ιανουαρίου 1801 μαζί με άλλες δεκαεπτά γυναίκες από τα Ιωάννινα. Πολλοί έχουν μπερδέψει την ιστορία και νομίζουν ότι ήταν σύζυγος ή ερωμένη του Αλή, αλλά δεν είναι αλήθεια. Ο Πασάς ήταν παντρεμένος με τη Βασιλική και η Φροσύνη ήταν σύζυγος ενός πλούσιου εμπόρου, του Δημήτρη Βασιλείου, με τον οποίο είχε δύο παιδιά. Σε ένα ταξίδι του άντρα της στη Βενετία, εκείνη συνήψε ερωτική σχέση με τον πρωτότοκο γιο του Αλή Πασά, τον Μουχτάρ. Η γυναίκα του Μουχτάρ λοιπόν, ταπεινωμένη και ντροπιασμένη, ζήτησε από τον πεθερό της την παραδειγματική τιμωρία αυτής της ξελογιάστρας Ελληνίδας. Τον απείλησε ότι, αν δεν τη σκοτώσει, θα γυρίσει πίσω στον πατέρα της, τον Πασά του Βερατίου Ιμπραήμ, που ήταν πανίσχυρος. Ο Αλή φοβήθηκε μη χάσει την επιρροή που είχε κι έτσι αποφάσισε να σκοτώσει τη Φροσύνη. Ο θρύλος λέει ότι ο Αλή ζήτησε έναν κατάλογο με τις γυναίκες ελευθερίων ηθών των Ιωαννίνων για να δείξει ότι θέλει να πατάξει τη διαφθορά και τη μοιχεία στην πόλη, κι έτσι τις έπνιξαν όλες μαζί εδώ. Τις έφεραν με μεγάλες βάρκες, και, καταλαβαίνετε, Ιανουάριος μήνας, πόσο παγωμένα ήταν τα νερά. Οι δήμιοι τις έριξαν από τις βάρκες, άλλες δεμένες κι άλλες σε σακιά, και λένε ότι η Φροσύνη και η υπηρέτριά της πρόλαβαν να πηδήξουν πριν τις βάλουν στα σακιά...»

Η Σοφία είχε μείνει άναυδη και μια κοιτούσε τον κύριο που έλεγε την ιστορία και μια τη λίμνη. Ένιωσε ανατριχίλα και το μυαλό της πήγε στη δασκάλα με την οποία είχε σχέσεις ο κύρης της, ο Θεοδόσης Λάμπος. Σκέφτηκε πόσο τυχερή ήταν που δεν την έπνιξε η Όλγα. Στα χρόνια εκείνα θα το έκανε σίγουρα!

Ο κύριος άνοιξε ένα βιβλίο και διάβασε ένα ποίημα, και η Σοφία άνοιξε κι άλλο τα ήδη γουρλωμένα μάτια της.

Τραβάει αγέρας και βοριάς που κυματάει η λίμνη
να βγάλει τες αρχόντισσες και την κυρα-Φροσύνη.
Φροσύν', σε κλαίει το σπίτι σου, σε κλαίνε τα παιδιά σου,
σε κλαίν' όλα τα Γιάννινα διά την ομορφιά σου.
Φροσύν', σε κλαίει η άνοιξη, σε κλαίει το καλοκαίρι,
σε κλαίει κι ο Μουχτάρ Πασάς με τον τσεβρέ στο χέρι!

Στο μυαλό της ήρθαν αμέσως τα παιδιά της, ο Σπύρος και ο Φώτης, κι ήθελε τόσο πολύ να τα έχει στην αγκαλιά της. Δεν πρόλαβε να σκεφτεί περισσότερα. Με ένα νεύμα της, η κυρά της την κάλεσε κοντά της, καθώς είχαν φτάσει στο Νησάκι.

Τρεις συνεχόμενες μέρες, μέχρι να τελειώσουν όλες οι δουλειές στις μονές, έκανε αυτή την αξέχαστη διαδρομή, απολαμβάνοντας το συγκλονιστικό τοπίο αλλά και τη δουλειά στα μοναστήρια. Άδειαζε το κεφάλι της εκεί, αλάφραινε η ψυχή της, ηρεμούσαν τα μέσα της. Κι ήταν και κάτι ακόμα. Νωρίς το απόγευμα, πριν επιστρέψουν, η Όλγα και δύο ακόμα κυρίες πήγαιναν τους καθαριστές σε μια ταβέρνα εκεί στο Νησάκι. Δεν είχε ξαναφάει ποτέ θαλασσινά και της φαινόταν ότι δεν ήξερε τίποτε από τη ζωή. Παρά τα κακά και τα στραβά της, μακάριζε μέσα της την Όλγα που της πρόσφερε τέτοια απίθανα γεύματα. Μέχρι που έμαθε από μια κοπέλα ότι όλα τα πληρώνει η Μητρόπολη Ιωαννίνων, με την κυρά της όμως να καμαρώνει ότι τάχα μου εκείνη κανόνιζε τα πάντα.

Επέστρεψε στη ρουτίνα της και τις καθαριότητές της, στο καμαράκι και το δώμα της, στις διαταγές της κυράς της αλλά και στο αγνάντεμα της λίμνης που την έκανε να χάνεται. «Εκεί όπου χάθηκε η κυρα-Φροσύνη...» όπως έλεγε στον εαυτό της, έχοντας βγάλει το δικό της πόρισμα: «Ε, δεν ήταν και αγία... Γυρεύοντας πήγαινε, κι ας έφυγε με άγριο τρόπο...». Κάθε φορά πλέον έψαχνε με το βλέμμα της και το Νησάκι, εκεί όπου είχε αφήσει ένα κομμάτι από την καρδιά της.

Ο καιρός κυλούσε πότε βαρύς και πότε κουρασμένος, ποτέ ανάλαφρος και χαμογελαστός. Μια κλεψύδρα που άδειαζε ήταν, με τη Σοφία να βυθίζεται στα αχνά όνειρά της για να τον γεμίζει κάπως ανάλαφρα. Αλλά εκείνο το πρωί της Τετάρτης, η μουντή μέρα τής έφερε μια αναστάτωση, μια ταραχή, όμοια με τα νερά της λίμνης. Ήταν κοντά στον μόλο για να πάει στο ψαράδικο του Ανδρέα –η κυρά της είχε παραγγείλει ροφό για ψαρόσουπα–, όταν είδε απέναντί της δυο γνωστές φιγούρες που έκαναν τα μάτια της να ανοιγοκλείσουν. Δεν μπορεί να τους μπέρδευε, δε γίνεται, ακόμα κι αν είχε παραισθήσεις. Μέσα στο ράσο που ανέμιζε είδε τον παπα-Μανόλη μ' εκείνο το ήρεμο βλέμμα, και πιασμένη στο μπράτσο του την παπαδιά, τη Δωροθέα, να κοιτάζει τη λίμνη, τους ανθρώπους, τα κάρα, τις πραμάτειες, το τζαμί, τις εκκλησιές, το κάστρο, τα γλαροπούλια, θαρρείς και δεν τα είχε αντικρίσει ποτέ ξανά.

Η Σοφία άφησε τον ροφό να περιμένει κι έτρεξε προς το μέρος τους με λαχτάρα. Τους αγαπούσε πολύ και τους δύο, της είχαν σταθεί σε κάθε της δυσκολία, σε όλες τις ανηφόρες της ζωής της, είχαν σηκώσει μαζί της τον σταυρό της κι είχαν αγγίξει τις πληγές της.

Κι όταν έφτασε σιμά τους, ο παπάς σήκωσε τα χέρια ψηλά, όπως έκανε στην εκκλησιά μετά το «Κύριε ελέησον».

«Ο Θεός είναι μεγάλος!» της είπε, και την πήρε στην αγκαλιά του, μ' εκείνη να του φιλάει το χέρι κι ύστερα να φιλάει τη Δωροθέα σαν να την αντάμωνε μετά τον πόλεμο.

«Εσένα γυρεύαμε, παιδί μου, και σε βρήκαμε μπροστά μας!»

Τα 'χασε η Σοφία και είπε με τρεμάμενη φωνή: «Εμένα γυρεύατε, παπά μου;».

«Ναι... Ήρθαμε εδώ για ένα μνημόσυνο, στον Άγιο Νικόλαο Αγοράς. Μας είπαν ότι είναι στην οδό Χατζηκώνστα ή κάπως έτσι. Ήρθαμε λοιπόν και μας είπε η μητέρα σου να σε βρούμε, αλλά δεν ήξερε τη διεύθυνση. Κι είχα αγωνία αν θα βρω το σπίτι του γιατρού Λάμπου. Ο Θεός σε φανέρωσε μπροστά μας!»

Η ταραχή της μεγάλωσε. «Έγινε κάτι με τη μάνα μου; Με κάποιον άλλο;»

Πετάχτηκε η παπαδιά για να την καθησυχάσει. «Όχι, όχι, προς Θεού! Είναι όλοι καλά. Μάθαμε ότι και τα παιδιά είναι καλά, πολύ καλά! Για τον Φωτάκο μάς είπε ο Γιάννης ο χωροφύλακας, που του το είπε ο δάσκαλος ο Νικολής, που έχει έναν γνωστό στον Ζηρό. Για τον Σπύρο έμαθε ο Μήτσος, ο αδελφός σου, κάπου το έμαθε κι αυτός».

Πετάρισε η καρδιά της Σοφίας.

«Η μητέρα σου θα έρθει να σε δει την Κυριακή. Θέλει, λέει, πολύ. Θα μας ειπείς τη διεύθυνση;» είπε ο παπα-Μανόλης.

«Είμαστε στου Μπαϊράμ Πασιά, κοντά στο Κριθαροπάζαρο. Από κάτω έχει κάτι γανωματήδες και δυο σκαλιστάδες.

Εκεί θα την περιμένω. Πείτε της να έρθει πρωί που θα είμαι ελεύθερη».

«Ελεύθερη;» ρώτησε απορημένη Δωροθέα.

«Ναι, ελεύθερη. Τα αφεντικά μου λείπουν τα πρωινά της Κυριακής κι έτσι έχω χρόνο. Όχι πάρα πολύ, όμως, ως το μεσημέρι...»

«Έσιαξε πολύ το χρώμα σου και γέμισαν τα μάγουλά σου!» είπε γελώντας η παπαδιά. «Μπράβο στην αρχόντισσά σου!» συμπλήρωσε.

«Εμείς να πηγαίνουμε για να μην αργήσουμε. Την ευλογία μου, παιδί μου. Μπαϊράμ Πασιά είπες, ε;»

«Ναι, πάτερ, στο εννιά...»

Γύρισε σπίτι με χτυποκάρδι. Ήθελε κι εκείνη να δει τη μάνα της, ούτε και θυμόταν πόσο καιρό είχαν να ανταμώσουν. Τη σκέφτηκε στο λεωφορείο να ζαλίζεται και να μυρίζει το λεμόνι της για να συνέλθει κι έμπηξε τα γέλια όπως ανακάτευε τη σούπα.

Δεν της κάκιωσε που δεν είχε έρθει νωρίτερα. Δεν ήταν εύκολο πράμα να φύγει από το Αηδονοχώρι και να ταξιδέψει ως εκεί.

Αμέσως έκανε όνειρα. Θα έβαζε τα καλά της, ένα γκρίζο φόρεμα με λευκά γιακαδάκια που της είχε δώσει η Όλγα και τα άσπρα της παπούτσια, επίσης της κυράς της, το μαύρο της παλτό κι εκείνη την τσάντα που την κρεμούσες στον ώμο. Δεν τα είχε βάλει ποτέ. Θα την πήγαινε σε ένα ζαχαροπλαστείο να φάνε πάστα και να πιουν βυσσινάδα, κι αν δεν έβρεχε, θα περπατούσαν λίγο μπροστά στη λίμνη και θα κάθονταν στα παγκάκια να αγναντέψουν. Πόση χαρά θα έπαιρνε κι εκείνη! Και διπλή χαρά μάλιστα. Δεν είχε πάει ποτέ στα Γιάννενα, θα της άρεσαν πολύ.

Πρώτη φορά μετρούσε τις μέρες μία μία, και η κυρά της την έπιανε να είναι αφηρημένη και τις έβαζε τις φωνές.

«Πού έχεις το μυαλό σου; Έβαλες ζάχαρη στον καφέ, ενώ ξέρεις ότι τον πίνω σκέτο, κι έκανες λύσσα το φαγητό. Θες να με... σκοτώσεις; Για σύνελθε! Λεφτά παίρνεις εδώ, δεν κάνεις ψυχικό!»

Ό,τι είχε κερδίσει τόσο καιρό με τη σκληρή δουλειά της, το έχασε μέσα σε ένα πρωινό, αφού δεν μπορούσε να μαζέψει τη σκέψη της που έτρεχε σε διάφορα. Γιατί η αλήθεια είναι ότι σκέφτηκε πολλά που βασάνιζαν το μυαλό της. *Πώς και με θυμήθηκε τώρα και όχι νωρίτερα; Την έπιασε νοσταλγία ή θέλει κάτι να μου πει; Μήπως έχει συμβεί κάτι με τα παιδιά και δε μου το είπε ο παπάς; Μπας και χρειάζεται χρήματα, τώρα που ξέρει ότι έχω; Μήπως βρήκε αγοραστή για εκείνο το χωράφι που λέγαμε;*

Προσπάθησε να μαζέψει το μυαλό της μετά τα λάθη με τον καφέ και το φαγητό και υπήρχε ένας και μοναδικός τρόπος, δοκιμασμένος και αλάνθαστος, αυτός που θα έβαζε πάλι τα πράγματα στη σωστή σειρά. Έφτιαξε ένα αρνάκι στη γάστρα, γεμάτο με μυρωδικά και λίγο τυρί, μια ζυμαρόπιτα με φέτα και αυγά, η παλιά συνταγή της γιαγιάς της, κι έβαλε μήλα στον φούρνο με καρύδια και κανέλα. Μύρισε το σπίτι κι η γειτονιά ολόκληρη και παραφρόνησε η Όλγα, που ξέχασε τα πάντα. Και τη ζάχαρη και το αλάτι, και τα ασκούπιστα ποτήρια μετά το πλύσιμο, γιατί και γι' αυτό της είχε φωνάξει.

Έτσι οι μέρες ως την Κυριακή κύλησαν πολύ ήρεμα, με την κυρά της να μην έχει να της προσάψει το παραμικρό, καθώς μάλιστα την είδε να έχει πλύνει και όλα τα μικρά χαλάκια του σπιτιού και να έχει σφουγγαρίσει παντού, ακόμα και στο πεζοδρόμιο, στην είσοδο. Λαμπίκο τα έκανε όλα.

Σηκώθηκε και πάλι αξημέρωτα το πρωί της Κυριακής και είχε μεγάλη αγωνία, αφού είχε ξεκινήσει βροχή και φοβήθηκε μήπως αλλάξει το πρόγραμμα των αφεντικών της, με τον κύριο Θεοδόση να βήχει έντονα τις προηγούμενες μέρες. Αν έμεναν στο σπίτι, θα ήταν αδύνατο να ξεμυτίσει.

Αλλά η κυρά της δε θα έχανε για τίποτα ούτε τη σεράνο ούτε το μεσημεριανό φαγητό στο *Ωραίο Μέτσοβο*. Έτσι έβαλε τον άντρα της να κουκουλωθεί με κάτι κασκόλ και σκουφιά και τον τραβολόγησε μαζί της. Όταν έφυγαν από το σπίτι, η Σοφία παραλίγο να βάλει τις φωνές από τη χαρά της. Όλα πήγαιναν ρολόι. Κοίταξε μήπως είχε αφήσει κάτι ασυγύριστο, ντύθηκε και κατέβηκε κάτω να περιμένει τη μάνα της, με την ανυπομονησία και τη λαχτάρα να της δυσκολεύουν την ανάσα. Κι αυτή έγινε ακόμα πιο ακανόνιστη, αφού οι ώρες κυλούσαν και η μάνα της δεν έλεγε να φανεί.

Είχαν περάσει από κει τα μισά Γιάννενα και μαζί κι η Άρτα, είχε χαιρετήσει και ξαναχαιρετήσει τους μισούς μαγαζάτορες της πόλης, αλλά η Φωτεινή πουθενά. Το μουσκεμένο παλτό της την έκανε να σκεφτεί μήπως θα έπρεπε να φύγει, αφού είχε αρχίσει να παγώνει, αλλά έδωσε στον εαυτό της ακόμα λίγο χρόνο. Κι όταν η υπομονή και οι αντοχές της είχαν πια εξαντληθεί και την είχε κυριεύσει η απογοήτευση, είδε στη γωνία τη γνώριμη φιγούρα της μάνας της που προχωρούσε ασθμαίνοντας.

«Στην άκρη του κόσμου ήρθα!» είπε η Φωτεινή, μουσκεμένη κι αυτή ως το κόκαλο.

Της Σοφίας τής φάνηκε σαν ξένη, κι ήταν το μόνο που δεν περίμενε να νιώσει. Σαν να εξατμίστηκαν η ανυπομονησία κι η προσμονή της, σαν να έσβησε ξαφνικά η λάμπα που αναβόσβηνε μέσα της. Είχε όμως χρόνο να σκεφτεί το γιατί. Την πήρε αγκαλιά και τη ρώτησε αν είναι καλά.

«Ε, τι καλά έπειτα από τόσο ταξίδι; Στροφές να ιδούν τα μάτια σου! Και κόσμος να μπαίνει και να βγαίνει! Μακριά, βρε παιδί μου, πολύ μακριά. Πού να έρχεται κανείς τόσο δρόμο! Το σκεφτόμουν από πριν και δεν είχα άδικο...»

Δεν απάντησε η Σοφία, που της κακοφάνηκε όμως το γεγονός ότι η μάνα της αντιδρούσε σαν να της έκανε χάρη που πήγε να τη δει.

Ήρθε για να μου τα ψάλει; σκέφτηκε.

Πιάστηκαν αγκαζέ, με την αμηχανία να είναι ολοφάνερη στη στάση και των δύο γυναικών.

«Πάμε από δω, μάνα, ευθεία...»

«Από κει είναι το σπίτι; Όχι εδώ που ήρθα; Εδώ με έστειλε ο παπα-Μανόλης...»

«Πάμε κάτω, στη λίμνη».

Η Φωτεινή δυσφόρησε και δεν το έκρυψε. «Ποια λίμνη, βρε κόρη μου; Για λίμνες είμαι; Πάμε να καθίσουμε λίγο σπίτι, να πάρω μια ανάσα, να στεγνώσω, να βγάλω τα παπούτσια μου, μούσκεμα έχουν γίνει...»

Το περίμενε αυτό η Σοφία και ήταν προετοιμασμένη. «Μάνα, δε γίνεται σπίτι, είναι τα αφεντικά μου κι έχουν και κόσμο πάνω. Πάμε κάπου να καθίσουμε, να φας κι ένα γλυκό, να πιεις και ό,τι θες».

«Κι επειδή είναι τα αφεντικά; Εγώ θα τους ενοχλήσω; Δε με νοιάζει, καθόμαστε και στο δωμάτιό σου για να μη βλέπουν μια παρακατιανή...»

«Μάνα, αλήθεια δε γίνεται, έχουν τραπέζι και δεν...»

«Αν ντρέπεσαι για τη μάνα σου, να μου το πεις! Πάντως εγώ δεν ντρέπομαι που είμαι από χωριό! Αυτοί να ντραπούν που κάνουν τους πρωτευουσιάνους! Αυτά μας μάραναν!»

Η Σοφία δεν απάντησε κι ούτε η Φωτεινή ξαναμίλησε.

Περπατούσαν βουβές, θαρρείς και πενθούσαν τον μακαρίτη. Πρώτη έσπασε τη σιωπή η Φωτεινή, κι όχι για καλό. Τουλάχιστον έτσι φάνηκε της Σοφίας.

«Δεν είμαι για πολύ περπάτημα. Πάμε να πιω μια λεμονάδα και να φύγω».

«Μα τώρα ήρθες, και θα φύγεις;»

«Ε... Νόμιζα ότι θα κάτσω σπίτι, αλλά αφού δε γίνεται... Καλύτερα να γυρίσω, μη με πάρει κι η νύχτα. Είναι ολόκληρο ταξίδι...»

Η ατμόσφαιρα είχε ήδη βαρύνει πριν καθίσουν στο ζαχαροπλαστείο *Παμβώτις*, αφού καμιά δεν ήθελε να καταλάβει την άλλη, και η καθεμιά θεωρούσε ότι όλο το δίκιο είναι με το μέρος της. Η Φωτεινή κοιτούσε τη λεμονάδα της, η Σοφία την πορτοκαλάδα της και κατόπιν η μία τα παπούτσια της άλλης. Μέχρι που η Φωτεινή θύμωσε και δεν κρατήθηκε.

«Σε άλλαξε πολύ η πόλη! Είσαι άλλος άνθρωπος! Ξέχασες από πού ήρθες! Και τώρα, με καινούργια φορέματα, παπούτσια κι ένα σωρό πράγματα, δε μας δίνεις σημασία!»

Η Σοφία ξέσπασε. «Είσαι με τα καλά σου; Τι είναι αυτά που λες; Ήρθες να μου κάνεις παρατήρηση; Δεν είμαι κανένα παιδάκι! Δουλεύω σαν το σκυλί μέρα νύχτα, τους ξεβρομίζω, τους πλένω, τους μαγειρεύω, κάνω ό,τι δουλειά φανταστείς εκεί μέσα, κοιμάμαι σε μια τρύπα σαν το παλιό μας κοτέτσι κι ήρθες εσύ να με προσβάλεις; Νομίζεις ότι δεν ήθελα να πάμε σπίτι; Μακάρι να γινόταν, αλλά σου εξήγησα. Και μουτρώνεις γι' αυτό; Μπας και είναι δικό μου το σπίτι; Α, κι αν θες να ξέρεις, αυτά τα ρούχα μού τα έδωσε η κυρά μου. Σταμάτα λοιπόν να βγάζεις ιστορίες από το μυαλό σου...»

Φαρμακώθηκε η Φωτεινή, προτίμησε όμως να μην αντιδράσει άλλο, θεωρώντας ότι δεν είχε νόημα. Είχε την απαίτηση να την πάει η κόρη της στο σπίτι όπου δούλευε και έμενε, έστω για λίγο. Δε θα το μαγάριζε!

Μάνα της είμαι, όχι ζητιάνα! σκέφτηκε.

Την έτρωγε τη Σοφία να ρωτήσει τι νέα υπήρχαν, αλλά καρφωμένη στον εγωισμό της δεν είπε λέξη, όπως δεν είπε κι η μάνα. Κι αφού ήπιαν το αναψυκτικό πάλι αμίλητες, η κόρη έκανε νόημα στο γκαρσόνι για να πληρώσει. Είχε πάρει μαζί της χρήματα, γιατί πίστευε ότι θα πήγαιναν κάπου να φάνε, έτσι το λογάριαζε, και, όπως κυλούσαν τα πράγματα, χαιρόταν που δεν έγινε. *Έχει δίκιο, άλλαξα... Δεν τις μπορώ πια αυτές τις αντιδράσεις του χωριού, όλοι τους αγύριστα κεφάλια...* είπε μέσα της όπως πλήρωνε τον λογαριασμό.

Περπάτησαν χωρίς να κρατάει πια η μία την άλλη, πραγματικά σαν ξένες.

«Να σε πάω στα λεωφορεία και...»

«Όχι, φύγε εσύ, πήγαινε στο τραπέζι... Ξέρω πού είναι τα λεωφορεία, να, εδώ δεξιά από τον φούρνο, το θυμάμαι...»

«Καλό δρόμο, μάνα... Α, πες μου, θες λεφτά;»

Η Φωτεινή την κοίταξε με ένα φονικό βλέμμα, σαν να είχε πετάξει κάτω το καζάνι με το φαγητό. «Για να σε δω ήρθα, όχι για τα λεφτά σου! Και για να σου πω ότι τα παιδιά είναι καλά και περνάνε μια χαρά!»

Η Σοφία κοκάλωσε. «Πες μου, πες μου, σε παρακαλώ!»

«Μόλις σου είπα. Ότι είναι καλά και περνάνε μια χαρά. Εσύ να κοιτάξεις το στόμα σου και τη συμπεριφορά σου...»

«Μάνα! Πες μου τι έμαθες για...»

«Γεια σου!» είπε ξερά η Φωτεινή και χάθηκε στο πέτρινο καλντερίμι, δίχως να ρίξει ούτε μια ματιά πίσω της.

Το πρόσωπο της Σοφίας έγινε σαν την πέτρα των σπιτιών και τα πόδια της βαριά σαν μολύβι. Τα έσυρε ως το σπίτι κι ήταν ανακούφιση γι' αυτή που δεν είχαν επιστρέψει ακόμα τα αφεντικά της. Τουρτούριζε, έτρεμε ολόκληρη μέσα κι έξω. Έβγαλε βιαστικά τα ρούχα της, φόρεσε εκείνη τη ζεστή νυχτικιά και χώθηκε κάτω από την κουβέρτα, σκουπίζοντας το υγρό της πρόσωπο. Ήταν βροχή και δάκρυα μαζί, ήταν η εκκίνηση ενός εσωτερικού σπαραγμού κι η αρχή ενός μεγάλου πυρετού.

8

ΔΥΝΑΜΩΝΕ ΤΟ ΦΩΣ της η μέρα κι αρνιόταν να πάει τόσο νωρίς για ύπνο όπως όλο τον χειμώνα, δυνάμωνε κι η βλάστηση, τα κλαδιά, τα φύλλα, ξυπνούσε η φύση και χαριεντιζόταν με τον ήλιο, που δεν έβγαινε πια δειλά αλλά όλο και τέντωνε θαρραλέα τις αχτίδες του. Κι αυτό ήταν ένα πανηγύρι για τον Φώτη, που είχε βγάλει όλο τον χειμώνα τρίβοντας τα πόδια του που κρύωναν. Δεν του άρεσαν τα κρύα, κι ας ήταν βουνίσιος, μαθημένος στα υψόμετρα και στους βοριάδες. Είχε κι αυτός δυναμώσει, όπως το φως, και γινόταν σκληρός, έχοντας ως παράδειγμα προς αποφυγή εκείνον τον κατουρημένο τον Γεράσιμο, τον Ιούδα.

Ο Γεράσιμος έβαζε τα κλάματα με το παραμικρό, αλλά με την πρώτη ευκαιρία κάρφωνε τους υπόλοιπους μπας και τον λυπηθούν οι ομαδάρχες κι οι επιτηρητές και γλιτώσει τις τιμωρίες και τις δουλειές. Το σιχαινόταν αυτό ο Φώτης, όσο και την Προκοπία με την Αυγουστία, κι είχε ορκιστεί στον εαυτό του ότι δε θα έκλαιγε ποτέ, τουλάχιστον μπροστά στους άλλους, κι ούτε θα μαρτυρούσε ποτέ. Δεχόταν αγόγγυστα τις τιμωρίες και δεν τον τρόμαζε πια τίποτα. Ούτε τα καζάνια στα μαγειρεία ούτε το ζύμωμα στην κουζίνα, ούτε καν το σιδηρουργείο, εκεί όπου είχε ανοίξει το κεφάλι του. Κι είχε μάθει να κόβει και ξύλα, αυτό που απεχθάνονταν πολλά από τα εκατοντάδες παιδιά στον Ζηρό, γιατί ήθελε πολύ κόπο.

Πολλές φορές ο Φώτης απορούσε πώς γινόταν να είναι κάποιοι ευχαριστημένοι εκεί μέσα, όπως ο Ηλίας και κάμποσοι άλλοι. Ο Διονύσης, που παρέμενε ένα πολύ ήρεμο παιδί, σε αντίθεση με τον Φώτη, προσπαθούσε να του το εξηγήσει.

«Μπορεί και να λένε ψέματα από τον φόβο τους. Αλλά μπορεί και να είναι αλήθεια! Δεν αρέσουν σε όλους τα ίδια. Εσύ τρως τις φακές, εγώ δε θέλω ούτε να τις βλέπω. Σε κάποιους αρέσει η θάλασσα, σε άλλους όχι. Άλλος ο Σωλήνας, άλλος ο Ψείρας, άλλος ο Ποντικός...»

Ούτε αυτό το δεχόταν. «Εμένα ό,τι δε μ' αρέσει το λέω! Πάντα θα το λέω! Πώς λένε λοιπόν ότι τους αρέσει, αν δεν τους αρέσει; Κατάλαβες;»

Ήξερε καλά τι τον πείραζε, και γι' αυτό σταμάτησε να φέρνει συχνά στον νου του τη μάνα και τη γιαγιά του, γιατί είχε παρατηρήσει ότι, κάθε φορά που συνέβαινε αυτό, γινόταν χάλια. Κι απορούσε με τον Διονύση που δε γινόταν χάλια και προσπαθούσε να καταλάβει πώς το κατάφερνε. Η εξήγηση όμως του μοναδικού φίλου του άνοιξε έναν δρόμο στο μυαλό του.

«Εδώ δεν είμαστε; Εδώ δε μένουμε; Για πόσο, δεν ξέρω, και κανένας δεν μπορεί να μας πει. Είδες ο Καλαμένιος; Ήρθαν και τον πήραν, όπως τη Ζαχαρένια. Αφού είμαστε εδώ, πρέπει να κοιτάξουμε τι θα κάνουμε. Οι άλλοι είναι έξω κι εμείς εδώ...»

Έβαζε συχνά στον νου του αυτό που πραγματικά ήθελε· να φύγει από κει μέσα. Κι αν δεν έρχονταν να τον πάρουν, θα έφευγε μόνος του, κι ήταν κάτι που έλεγε και ξανάλεγε στον Διονύση. Δε φοβόταν πια το σκοτάδι, ούτε το κρεβάτι ψηλά, ούτε τον τρομακτικό θόρυβο που έκανε ο αέρας τη νύχτα, αλλά ούτε και την Αυγουστία με την Προκοπία.

Αλλά η μέρα που πραγματικά αγρίεψε και κατάλαβε κι ο ίδιος ότι ήταν διαφορετικός από τους άλλους, ήταν αυτή που σημάδεψε τον χαρακτήρα του. Τότε και στα κατοπινά χρόνια. Εκείνο το πρωί, τα παιδιά δυο θαλάμων πήγαν όλα μαζί στο δάσος για να μαζέψουν ξερά κλαδιά, πευκοβελόνες, σκουπίδια κι οτιδήποτε άλλο μπορούσε να προκαλέσει κίνδυνο, όπως τους είπε η Αυγουστία, που ήταν η υπεύθυνη αυτής της δραστηριότητας.

Ο Ψείρας έμενε συνέχεια πίσω, γιατί είχε το μυαλό του στο να μαζέψει πράσινα σκαθάρια που στο χωριό του τα έλεγαν χρυσόμυγες. Είχε και παλιότερα. Τις έβαζε σε ένα βαζάκι μαζί με λίγη ζάχαρη και τρελαινόταν να τις βλέπει.

Η Αυγουστία τού έκανε δύο φορές παρατήρηση κι εκείνος έλεγε ότι πονάει το πόδι του γιατί κάτι έχει πατήσει. Όμως μερικά λεπτά αργότερα, τον είδε να τρέχει με όλη του τη δύναμη κυνηγώντας κάτι. Άρχισε να του φωνάζει από μακριά και τότε εκείνος έκανε πάλι ότι κουτσαίνει. Τρελάθηκε η Νυφίτσα, κι όταν τον φώναξε κοντά της, εκείνος αρνήθηκε να πάει. Όμως κατάλαβε γρήγορα το λάθος του, πήγε κοντά της και είπε χαμηλόφωνα: «Συγγνώμη, κυρία...».

Ένα δυνατό χαστούκι προσγειώθηκε στο πρόσωπό του και τον έκανε να γυρίσει γύρω από τον εαυτό του. Έτσι ζαλισμένος όπως ήταν, η Αυγουστία τον άρπαξε από το αυτί με τόση δύναμη, ώστε τον σήκωσε από το έδαφος! Ταυτόχρονα ζήτησε από όλους να κάνουν ησυχία.

«Αυτός εδώ που βλέπετε είναι ένας επικίνδυνος ψεύτης! Είναι από τα χειρότερα παιδιά του ιδρύματος και πρέπει να πάρει ένα γερό μάθημα! Είναι σαν το χαλασμένο μήλο. Αν το αφήσεις, θα χαλάσουν και τα υπόλοιπα».

Κι ήταν τόσο τσιριχτή η φωνή της, ώστε ο Φώτης παρατήρησε ότι έδιωχνε ακόμα και τα πουλιά από τα δέντρα.

Έτρεμε ο Ψείρας, με το μάγουλο και το αυτί του να είναι κατακόκκινα. Κανένα παιδί δεν τολμούσε να βγάλει ούτε ψίθυρο! Και φοβήθηκαν ακόμα περισσότερο, όταν άκουσαν την Αυγουστία να τους λέει: «Όποιος δεν κάνει ό,τι του πω θα τιμωρηθεί όπως αυτό το παλιόπαιδο».

Με κομμένη την ανάσα, την παρακολουθούσαν να δένει τον Ψείρα στον κορμό μιας μικρής λεμονιάς με ένα λεπτό σχοινί που είχε για να ασφαλίσουν τις σακούλες με τα απορρίμματα που θα μάζευαν.

«Θα κάνετε ό,τι κάνω! Και ουαί κι αλίμονό σας!»

Στοίχισε τα παιδιά σε δυο σειρές, πλησίασε πρώτη τον σαστισμένο Ψείρα και τον έφτυσε στο πρόσωπο! Ο Φώτης τρελάθηκε μόλις το είδε και σκέφτηκε να ορμήσει πάνω της, αλλά κάτι τον συγκράτησε. Κατάλαβε ότι έτσι δε θα κέρδιζε τίποτα κι ούτε θα γλίτωνε τον Ψείρα.

«Πρέπει να...» ξεκίνησε να λέει στον Διονύση που στεκόταν μπροστά του, κι εκείνος του πάτησε το παπούτσι για να σταματήσει.

«Μετά!» του είπε πνιχτά.

«Ξεκινάμε! Ένας από τη μία σειρά κι ένας από την άλλη», διέταξε η Αυγουστία, με τα παιδιά να είναι σοκαρισμένα από την εικόνα που αντίκριζαν.

Παρ' όλα αυτά, ξεκίνησαν, γεμίζοντας φτυσιές τον Ψείρα. Κάποιοι του ζητούσαν συγγνώμη, ενώ εκείνος έκλαιγε γοερά.

«Θέλω να τη σκοτώσω!» ψιθύρισε ξανά ο Φώτης, που, αν και παιδί ακόμα, γέμισε μίσος. Κι ήταν η πρώτη φορά που ένιωσε μίσος μέσα του και, εξαιτίας της Αυγουστίας, όχι η τελευταία...

«Αυτό του άξιζε! Το φτύσιμο είναι περιφρόνηση. Και, για να δούμε, θα ξαναπεί ψέματα;» έκραξε η Αυγουστία όταν ολοκληρώθηκε η τελετή της ντροπής.

Ο Φώτης ένιωθε να βράζει μέσα του. Είχε αποφύγει να φτύσει τον Ψείρα –το έκανε με τέτοιο τρόπο ώστε η φτυσιά να πάει στην μπλούζα του– αλλά θεωρούσε ότι αυτή η απαίσια πράξη δεν έπρεπε να περάσει έτσι. Και το μεσημέρι, μετά το φαγητό και την προσευχή, έπιασε τον Διονύση, που για πρώτη φορά τον είδε τόσο σοβαρό, όπως τα πρόσωπα των μεγάλων.

«Είσαι φίλος μου; Θέλω να ξέρω!»

«Μα τι σ' έπιασε, ρε Φώτη; Βέβαια είμαι. Γιατί ρωτάς ξαφνικά;»

«Γιατί πρέπει να τιμωρήσουμε την Αυγουστία με κάποιο τρόπο και θέλω να είσαι μαζί μου. Αν πάλι δε θέλεις γιατί φοβάσαι, εντάξει, το καταλαβαίνω...»

Το πρόσωπό του ήταν σκληρό, αγριωπό, κι ο Διονύσης κατάλαβε πως εννοούσε όσα έλεγε.

«Τι σκέφτεσαι, Φώτη;»

«Άσε τι σκέφτομαι και πες αν θα έρθεις!»

Δε χρειάστηκε να σκεφτεί.

«Θα έρθω! Δε θα σε άφηνα μόνο σου».

Του εξήγησε το σχέδιο και τον άφησε με γουρλωμένα μάτια.

«Γίνεται αυτό;»

«Γίνεται! Το έχω σκεφτεί καλά».

Ήξερε ότι το επόμενο πρωί η Αυγουστία θα πήγαινε με δυο άλλους θαλάμους στη λίμνη για να καθαρίσουν την ακτή. Κρύφτηκε λοιπόν με τον Διονύση στην τουαλέτα, μήπως κατά λάθος τους δουν και τους στείλουν σε καμιά αγγαρεία, αφού έτσι κι αλλιώς έπρεπε να ετοιμάσουν πιο μετά την τραπεζαρία και δε χρειαζόταν να κάνουν και κάτι ακόμα. Όλο αυτόν έστελναν σε δουλειές, διπλές και τριπλές μέσα στην ίδια μέρα. Κι όταν οι υπόλοιποι έφυγαν μαζί με την Αυγουστία, ο Φώτης είπε στον φίλο του να τον ακολουθήσει.

Πήγαν στο κτίριο των επιτηρητών, εντελώς άδειο εκείνη την ώρα, αφού όλοι είχαν από μια δραστηριότητα, κι έδειξε στον Διονύση το πρώτο δωμάτιο με τη σκούρα πράσινη πόρτα.

«Αυτό είναι το δικό της! Την έχω δει πολλές φορές να μπαίνει, είμαι σίγουρος!»

«Και;»

«Θα το γεμίσουμε με πέτρες και χώμα, όσο μπορούμε δηλαδή. Αυτή θα είναι η τιμωρία της και θα τρελαθεί!»

Ο Διονύσης τον κοίταζε και δε μιλούσε και ο Φώτης τού είπε ξανά: «Αν φοβάσαι, θα το κάνω μόνος μου...»

«Δε φοβάμαι. Αλλά...»

«Δεν έχει αλλά! Αν δε φοβάσαι, πάμε».

«Να μη σιγουρευτούμε ότι είναι αυτό το δωμάτιό της;»

Με διακριτικές κινήσεις, αλαφροπατώντας και κοιτάζοντας γύρω γύρω, πήγαν προς την πόρτα. Ο Φώτης ήξερε ότι ήταν ξεκλείδωτη, γιατί μια φορά, μετά την πρωινή προσευχή, η Προκοπία είχε πει σε όλα τα παιδιά που ήταν μαζεμένα στο προαύλιο: «Εδώ δεν υπάρχει φόβος για τίποτα και για κανέναν. Υπάρχει τάξη και ασφάλεια. Οπότε, κανένας δε θα κλειδώνει καμία πόρτα, όποια κι αν είναι αυτή».

Με μια απαλή κίνηση ο Φώτης άνοιξε την πόρτα κι ένα χαμόγελο φώτισε το πρόσωπό του.

«Είδες που σ' το είπα; Να το καπέλο της! Και το παλτό της! Να και οι αρβύλες της!»

Χωρίς να χάσει χρόνο, άρχισε να φτύνει το καπέλο και το παλτό, και το κρεβάτι και το μαξιλάρι, και το έκανε κάμποσες φορές, όσο είχε σάλιο, μέχρι που στέγνωσε.

«Πάμε τώρα», είπε στον Διονύση.

Μέσα από το παντελονάκι του έβγαλε δυο πάνινες τσάντες. Τις είχε πάρει από το ξυλουργείο –εκεί μάζευαν τα ροκανίδια και τα πετούσαν σε ένα κομμένο βαρέλι– και θα τις επέστρεφε μετά. Το πρώτο που έκανε ήταν να βάλει στη μία τσάντα όσο χώμα μπορούσε. Ευτυχώς ήταν μαλακό, γιατί πάντα κάποιος πότιζε το δασάκι των επιτηρητών ώστε να μεγαλώσουν τα δεντράκια που είχαν φυτέψει.

«Εσύ, Διονύση, μάζευε τις πέτρες γύρω γύρω, κοίτα, έχει πολλές! Πάω το χώμα κι έρχομαι αμέσως!»

Με μια αδιανόητη χαρά το άπλωσε στο κρεβάτι της, δημιουργώντας μια χωμάτινη κουβέρτα, κι ύστερα σκούπισε τα λερωμένα χέρια του στο παλτό της Αυγουστίας. Μέχρι να τελειώσει φάνηκε κι ο Διονύσης, που αγκομαχούσε από το βάρος. Άπλωσαν τις πέτρες στο πάτωμα, κάποιες και πάνω στο κρεβάτι, έβαλαν και δύο μέσα στις αρβύλες της Αυγουστίας.

Ο Διονύσης έσκυψε και έπιασε τα πόδια του.

«Κουράστηκες;»

«Λίγο...»

«Εντάξει, δε χρειάζεται να φέρουμε άλλες πέτρες. Θα φέρω άλλη μια τσάντα με χώμα και φύγαμε». Κι όταν άδειασε και τη δεύτερη τσάντα, σκουπίζοντας ξανά τα χέρια του στο παλτό της Αυγουστίας, κόλλησε το κεφάλι του στο κεφάλι του Διονύση και είπε: «Για τον Ψείρα και για όλα τα παιδιά!».

Είχε συντελεστεί μια επανάσταση μέσα του, προέβη σε μια πράξη που τον έκανε να νιώσει πιο μεγάλος και δυνατός, σαν να πέρασαν μαζεμένα μπόλικα χρόνια από πάνω του.

Γύρισαν πίσω σαν να μη συνέβαινε τίποτα και πήγαν στο εστιατόριο για να φτιάξουν τα τραπέζια. Τους πήρε κάμποση ώρα μέχρι να τακτοποιήσουν ολόκληρη την αίθουσα, όταν ξαφνικά ένιωσαν το αίμα τους να παγώνει. Η πλαϊνή πόρτα άνοιξε και ξεπρόβαλε το μεγάλο κεφάλι της Αυγουστίας. Τα πρόσωπα και των δύο έγιναν πιο κόκκινα από την παπαρούνα κι ένιωσαν τα πόδια τους να τρέμουν.

Αυτό ήταν... Τώρα θα μας διαλύσει... είπε μέσα του ο Φώτης, που σκέφτηκε να φύγει από την μπροστινή πόρτα, να τρέξει και να χαθεί στο δάσος. Αυτή τη φορά ήξερε πού να κρυφτεί. Όχι όπως στην αρχή που κρύφτηκε στη βάρκα και τον βρήκε ο Μουστάκιας-Μπαγάσας. Του Διονύση τού κόπηκε η λαλιά κι ένιωσε ότι του έφυγαν μερικά τσίσα. Το σχέδιο του Φώτη για απόδραση έσβησε αμέσως. Πρώτον, γιατί σκέφτηκε ότι ο Διονύσης δε θα μπορούσε να τρέξει τόσο γρήγορα και δεύτερον, γιατί στην μπροστινή πόρτα στεκόταν πια ο Μουστάκιας-Μπαγάσας, ακόμα πιο άγριος από την Αυγουστία.

Η Νυφίτσα τέντωσε το δάχτυλο και έδειξε τον Φώτη. «Εσύ! Έλα γρήγορα εδώ», είπε με την τσιριχτή της φωνή και άφησε την πόρτα να κλείσει.

Ο Φώτης έμπηξε τα νύχια του μέσα στην παλάμη του –πάντα το έκανε όταν ένιωθε άσχημα–, πλησίασε τον Διονύση και του είπε στο αυτί: «Μη φοβάσαι! Και να με κρεμάσει, δεν πρόκειται να σε μαρτυρήσω! Σ' τ' ορκίζομαι!».

Ο Διονύσης είχε ακόμα χαμένη τη λαλιά του.

Βγήκε από την πόρτα σφίγγοντας τα δόντια του με μια σκέψη που του προκάλεσε ανατριχίλα: *Αν τον Ψείρα τον έδεσε για να τον φτύσουν όλοι επειδή έκανε στα ψέματα ότι κουτσαίνει, εμένα πραγματικά θα με κρεμάσει...* Κρατούσε ακόμα τα δόντια του σφιγμένα για το πρώτο χαστούκι, όταν είδε την Αυγουστία να μιλάει πολύ ήρεμα με την κυρία Ελένη, γεγονός που του προκάλεσε τεράστια απορία. *Δε θα ήταν τόσο ήρεμη αν ήξερε...* Μέχρι να φτάσει κοντά τους, κρατούσε την ανάσα του. Κι όταν την άκουσε να του λέει ότι «πρέπει να πας αμέσως αυτά τα τραπεζομάντιλα στα πλυντήρια», ξεφύσησε με μια τεράστια ανακούφιση, από τις μεγαλύτερες στη ζωή του.

Σαν πουλί πέταξε ως τον χώρο των πλυντηρίων, κι αυτή τη φορά ο Διονύσης ήταν αυτός που δεν ανάσαινε, αφού δεν ήξερε τι είχε απογίνει ο φίλος του. Βλέποντάς τον να μπαίνει γελαστός στο εστιατόριο, γονάτισε στο πάτωμα. Ο Φώτης έτρεξε και τον πήρε αγκαλιά.

«Δεν ξέρει τίποτα! Αλλά θα σ' το ξαναπώ. Ακόμα και να με κρεμούσε, δε θα σε μαρτυρούσα!»

«Σε πιστεύω! Είμαστε αδέλφια!»

Άφησαν τις αγκαλιές και ανακουφισμένοι συνέχισαν τη δουλειά τους, και, σαν να είχαν φτερά στα χέρια και τα πόδια, τελείωσαν πολύ νωρίτερα από το κανονικό. Για να τους ανταμείψει, η κυρία Ελένη τούς έδωσε από μια φέτα ψωμί και ένα κομμάτι τυρί, που από την όρεξη και τη βουλιμία τα κατάπιαν με δυο μπουκιές, σχεδόν αμάσητα! Πάλι καλά που πρόλαβαν να βάλουν κάτι στο στόμα τους, γιατί μετά έμειναν νηστικοί, όπως φυσικά και οι υπόλοιποι.

Μόλις ξεκίνησε το σερβίρισμα, η Αυγουστία ξεπρόβαλε στο εστιατόριο βγάζοντας καπνούς! Το ίδιο καπνισμένος ήταν και ο Μουστάκιας-Μπαγάσας.

«Αν σε δέκα λεπτά δε μου πει κάποιος ποιος ήταν αυτός που πήγε στο δωμάτιό μου και το γέμισε με χώματα και πέτρες, να ξέρετε ότι θα περάσετε πολύ άσχημα! Και να ξέρετε επίσης ότι θα τον βρω αυτόν που το έκανε. Εδώ δεν περνάει η αναρχία!»

Ο Φώτης έσκυψε προσεκτικά στο αυτί του Διονύση και ρώτησε: «Ξέρεις τι είναι αναρχία;».

«Όχι! Θα ρωτήσουμε μετά τον Λέλεκα. Είναι πιο μεγάλος, μπορεί να ξέρει».

Το βλέμμα του Φώτη έπεσε στον Ιούδα, που κοιτούσε έντρομος την Αυγουστία. Ήταν όμως ανήμπορος να συνδράμει στις έρευνες, κι αυτό τον λύπησε πολύ. Εκείνη τη στιγμή, μετά το πρώτο παραλήρημα της Αυγουστίας που έμπλεξε συμμορίτες, κλέφτες και εχθρούς του έθνους, πήρε τον λόγο ο Μουστάκιας-Μπαγάσας, που συναγωνίστηκε σε τσιρίδα τη γυναίκα με το διαλυμένο δωμάτιο.

«Να ξέρετε όλοι ότι θα την τσακίσουμε την αλητεία! Δε θα αφήσουμε κανέναν να χαλάσει το ίδρυμα. Κι από δω και πέρα θα σφίξουν κι άλλο τα λουριά. Γιατί αυτός που έκανε αυτή τη βαρβαρότητα είναι επικίνδυνος και για όλους τους υπόλοιπους. Σίγουρα είναι από μια σάπια οικογένεια, απ' αυτές που διαλύουν την πατρίδα».

Μιλούσαν ακατάπαυστα πότε ο ένας και πότε η άλλη, απαγορεύοντας στα παιδιά να τρώνε όσο εκείνοι αγόρευαν. Κι όταν τελείωσαν, το φαγητό είχε πια παγώσει και οι περισσότεροι δεν το ακούμπησαν. Ποιος τρώει παγωμένες φακές με ξίδι; Τουλάχιστον έφυγαν από την αίθουσα τα ξινισμένα μούτρα, η Νυφίτσα κι ο Μουστάκιας, που θεωρούσαν εξωφρενικό αυτό που έγινε και δεν μπορούσαν να ησυχάσουν. Στη συνέχεια πήραν τη λίστα με τα παιδιά και επί τρεις μέρες έψαχναν πιθανούς ενόχους, φώναξαν κάμποσους για να μάθουν αν είχαν ακούσει κάτι, όλα όμως έμειναν στο σκοτάδι.

Ο Φώτης ένιωσε μεγάλος νικητής, αφού ήταν η πρώτη φορά που έβλεπε την Αυγουστία να βγάζει αφρούς και να μην μπορεί να κάνει τίποτα. Από τότε βέβαια οι επιτηρητές και οι ομαδάρχες άρχισαν να κλειδώνουν τις πόρτες στα δωμάτιά τους αλλά και στην κουζίνα και στους άλλους χώρους εργασίας.

Είχαν καταλήξει στο συμπέρασμα ότι υπήρχε κάποιος δολιοφθορέας που ήθελε να τους εκδικηθεί για πολιτικούς λόγους.

Οι υποψίες έπεσαν σε έναν κηπουρό, με τον οποίο είχε συγκρουστεί πρόσφατα η Αυγουστία επειδή του έκανε παρατήρηση ότι άφηνε τα δέντρα απεριποίητα, ότι δεν πότιζε σωστά κι ότι όλα τα έκανε πρόχειρα. Ποτέ δε βρέθηκαν στοιχεία για την εμπλοκή του στην ιστορία. Καταγόταν όμως από μια περιοχή με πολλούς «αντιφρονούντες», την Καρδίτσα, κι αυτό ήταν αρκετό για να φύγει με συνοπτικές διαδικασίες, καθώς κρίθηκε ανεπαρκής στη δουλειά του αλλά και έξω από το πνεύμα του ιδρύματος. Κι αυτό ήταν δουλειά της Αυγουστίας.

Ο ίδιος, που έφευγε ανακουφισμένος, γιατί ένιωθε να υποφέρει με όσα έβλεπε, πρόλαβε να κάνει μια τελευταία πράξη· να κατεβάσει από το εστιατόριο τη φωτογραφία της Φρειδερίκης, την οποία θεωρούσε «γερμανικό μίασμα με φασιστική αντίληψη». Για κακή του τύχη όμως τον είδε η Προκοπία από ένα παράθυρο, και χωρίς να του επιτρέψουν την έξοδο, κάλεσαν την αστυνομία.

Κανένας δεν έμαθε τι απέγινε αυτός ο άνθρωπος, ένας απ' αυτούς που αγαπούσαν τα παιδιά κι έλεγαν σε διάφορους επιτηρητές και ομαδάρχες ότι πρέπει να τους φέρονται καλύτερα. Κι αυτή ήταν μια άλλη «κόλα» στην οποία τον τύλιξαν. Και γι' αυτόν –τον Αρσένη– ο Φώτης ένιωσε μεγάλη στενοχώρια, αφού, μετά τον Νικήτα, έχανε ακόμα έναν καλό άνθρωπο που του φερόταν εξαιρετικά, τον αγαπούσε και τον συμβούλευε όπως ο παλιός ομαδάρχης του.

Χωρίς να το συνειδητοποιήσει, ο θυμός ρίζωνε μέσα του κι ο αρνητισμός του για τα πάντα εκεί μέσα γιγαντωνόταν. Γι' αυτό και σκεφτόταν κάθε μέρα με τρομερή χαρά αυτό που είχε κάνει στο δωμάτιο της Αυγουστίας, κάτι που μέσα του απέκτησε μια τρομερή διάσταση. Κι επειδή ανάμεσα στους εχθρούς του –τέτοια σημασία είχαν αποκτήσει στα μάτια του– ήταν και ο δάσκαλος, ο Γιακουμής, είτε πήγαινε είτε δεν πήγαινε σχολείο, ήταν το ίδιο και το αυτό. Δεν ασχολούνταν ποτέ με τα μαθήματα και τις εργασίες. Αρνιόταν να προσαρμοστεί, και οι προτροπές του Διονύση, που του άρεσαν τα γράμματα, έπεφταν στο κενό.

Όπως έπεσαν και στις επόμενες τάξεις, αφού ήταν με διαφορά ο χειρότερος μαθητής του σχολείου. Όμως είχε πείσει τον εαυτό του ότι είχε λόγο και αιτία. Άλλα παιδιά προσπαθούσαν από φόβο, εκείνος όμως αρνιόταν με κάθε κόστος. Τον είχαν ταράξει στις τιμωρίες, και τις προτιμούσε χίλιες φορές από το να συμβιβαστεί μ' αυτά που του ζητούσαν.

Ήταν πια ένα από τα βασικά θέματα συζήτησης του συμβουλίου, με την Προκοπία μάλιστα να επιμένει ότι θα έπρεπε να τον δει ψυχίατρος. «Για την ηλικία του κάνει παλαβά πράγματα και όλο αυτό δεν είναι φυσιολογικό! Είναι πια ένα αγρίμι και θα πρέπει να τον προσέξουμε πολύ. Άλλοι λυγίζουν με την πρώτη τιμωρία, αλλά αυτός δεν κάνει βήμα πίσω! Δεν το έχω ξαναδεί αυτό! Κάτι πρέπει να γίνει, και μάλιστα σύντομα, γιατί η κατάσταση θα ξεφύγει», είπε και ζήτησε να ελεγχθούν τα στοιχεία της οικογένειάς του. Και δεν ήταν απλώς ένας υπαινιγμός αλλά μια ξεκάθαρη μομφή. «Μάθετε πού πολέμησε ο πατέρας του, με ποιους ήταν, τι έκανε, και πού βρίσκεται τώρα η μάνα του...»

Η Σοφία είχε τα δικά της ζόρια, αφού το κρυολόγημα που άρπαξε εκείνη τη μέρα με τη βροχή, όταν περίμενε στον δρόμο τη μάνα της, της άφησε μεγάλο πρόβλημα, την τσάκισε. Ο πυρετός ήταν αδύνατο να πέσει, αφού, ενώ χρειαζόταν ξεκούραση, δεν έμεινε ούτε μία μέρα στο κρεβάτι για να συνέλθει κάπως και να δυναμώσει ο οργανισμός της.

Η Όλγα είχε τη φαεινή ιδέα να ξεσκονιστούν όλα τα –δεκάδες– αντικείμενα στις δύο βιτρίνες των σαλονιών, κι έτσι δεν την άφησε σε χλωρό κλαρί, παρότι έβλεπε ότι ήταν χάλια και με το ζόρι κρατιόταν στα πόδια της.

Τη βασάνιζε και ένας επίμονος βήχας, κι αυτός ήταν η αφορμή για μια σφοδρή σύγκρουση των αφεντικών της που την τάραξε πολύ. Ο Θεοδόσης, βλέποντας τη χλωμάδα της Σοφίας κι ακούγοντας τον ξηρό βήχα της, τόλμησε να πει στην Όλγα ότι θα έπρεπε να την αφήσει να ξαπλώσει, γιατί ήταν σε άσχημη κατάσταση, που θα επιδεινωνόταν κι άλλο με τις δουλειές, και μάλιστα με ανοιχτά τα παράθυρα για να τινάζει κάθε λίγο και λιγάκι τα ξεσκονόπανα. Τι ήταν να μιλήσει. Λες και την αποκάλεσε... καμπούρα!

«Εσύ να κοιτάς τη δουλειά σου και να μην ανακατεύεσαι! Δε σε βάλαμε δερβέναγα εδώ μέσα! Άντε, γιατί σου τα έχω μαζεμένα!» τσίριξε.

Ήταν μια από τις λίγες φορές που αντέδρασε ο Θεοδόσης, και μάλιστα μπροστά σε ξένο, αφού η Σοφία ήταν εκεί σε όλη τη διάρκεια της συζήτησής τους.

«Μα είναι απάνθρωπο αυτό, δε βλέπεις ότι είναι κατακόκκινη από τον πυρετό; Κάθε τρεις και λίγο πνίγεται από τον βήχα, θα το γυρίσει σε καμιά πνευμονία και θα τρέχουμε...»

«Βρε, πήγαινε μέσα, που θα βγάλεις και γλώσσα! Και μη μου λες εμένα ότι θα τρέχουμε! Όλο εγώ έτρεχα μια ζωή για σένα! Από μικρή! Εσύ τα έβρισκες όλα έτοιμα, βολεμένος ήσουν, πασάς! Κι αν δεν ήμουν εγώ, ούτε ξέρω πού θα ήσουν και τι θα έκανες!»

Η Σοφία είχε κατεβάσει το κεφάλι και ήταν σαν να την είχε χτυπήσει κεραυνός. Φοβήθηκε μάλιστα μήπως αυτός ο καβγάς εξαιτίας της γίνει η αφορμή να τη διώξει η Όλγα από το σπίτι κι έτσι να αναγκαστεί να γυρίσει στο χωριό, που δεν το ήθελε πια καθόλου. Αλλά κι ο Θεοδόσης κατέβασε το κεφάλι. Κατάπιε τις προσβολές της γυναίκας του και είπε μόνο μια κουβέντα, αρκετή όμως να τον ρίξει στα μάτια της Σοφίας, που πίστευε ότι ένας μορφωμένος άνθρωπος δεν μπορεί να μην αντιδρά καθόλου και να δέχεται τα πάντα.

«Αν νομίζεις ότι δεν έκανα τίποτα γι' αυτό το σπίτι τόσα χρόνια, πραγματικά λυπάμαι...» είπε θλιμμένος ο γιατρός, που δεν άντεχε καθόλου τις φωνές, τις εντάσεις, τις φασαρίες. Κι αυτό το ήξερε καλά η γυναίκα του και το εκμεταλλευόταν.

«Λυπήσου όσο θες κι άσε με στην ησυχία μου! Άντε, για να μη θυμηθώ τίποτα παλιά και δε σε ξεπλένει ούτε ολόκληρη η λίμνη!»

Φουρκισμένη όπως ήταν, η Όλγα αποφάσισε να γίνει εκείνη γιατρός. Έδωσε στη Σοφία ένα Αλγκόν, το καινούργιο χάπι που μόλις είχε βγει στο εμπόριο και έκανε θραύση. «Πιες αυτό και θα σου περάσουν όλα! Και μην τον ακούς, ό,τι λέει αυτός είναι μόνο για να μου πάει κόντρα», είπε στην άρρωστη γυναίκα, που έσφιξε τα δόντια και συνέχισε τις δουλειές με έντονα ρίγη.

Κι έτσι, με τον πυρετό να ανεβοκατεβαίνει, συνέχισε να δουλεύει επί μέρες, νιώθοντας να λιώνει. Αλλά ακόμα χειρότερη κι από τον πυρετό ήταν η απαίτηση της κυράς της να πάει στο μπακάλικο του Ζώη για να της φέρει προμήθειες.

«Εγώ θα πεταχτώ μέχρι την εκκλησία που έχουμε μια συνάντηση για τα μοναστήρια κι εσύ, μέχρι να γυρίσω, θα έχεις τελειώσει και μπορείς να ξαπλώσεις», της είπε η Όλγα.

Ήταν το χειρότερό της. Τον αντιπαθούσε πια τον μπακάλη, της φαινόταν πονηρός και γλοιώδης και δεν της άρεσε ο τρόπος του και η συμπεριφορά του, αλλά δεν μπορούσε να κάνει κι αλλιώς. Η κυρά της ήθελε να ψωνίζει μόνο απ' αυτόν, θεωρώντας ότι φέρνει τα καλύτερα πράγματα στην πόλη. Εκείνος της το ανταπέδιδε με τεμενάδες και σάλια, και με τη δουλοπρέπειά του την είχε κατακτήσει.

Όταν ο Ζώης είδε τη Σοφία στο μπακάλικο –κι είχε μέρες να τη δει–, την υποδέχτηκε με ένα τεράστιο χαμόγελο. Κι έγινε κι αυτός... γιατρός κι έβγαλε αμέσως τη διάγνωση.

«Εσύ δεν είσαι καλά! Σαν παπαρούνα είναι το πρόσωπό σου και τα μάτια σου σαν λεμόνια! Έχεις κόψει! Πρέπει να μείνεις στο κρεβάτι...»

«Ένα κρύωμα είναι, βρε Ζώη, θα περάσει...»

Πώς του άρεσε αυτό το «βρε Ζώη». Έλιωσε που τ' άκουσε. «Έλα, κάτσε στην καρέκλα να μην κουράζεσαι και δώσε μου το χαρτάκι της κυράς σου να ετοιμάσω τα πράγματα».

Κι είχαν μαζευτεί μπόλικα, αφού η Όλγα είχε σημειώσει πολλά. Από τρόφιμα μέχρι σκόνη για πλυσίματα, κονσέρβες με γάλα, πανιά, αλεύρι για γλυκά και τηγανίσματα.

Της ήρθε αποπληξία όπως είδε τις σακούλες, θα τσακιζόταν μέχρι να πάει σπίτι και δεν είχε καθόλου δυνάμεις. Ήταν έτοιμη να βάλει τα κλάματα με την ανημποριά της.

Ο Ζώης διάβασε καλά το πρόσωπό της. «Μη σκας, θα τα φέρω εγώ στο σπίτι».

«Δε γίνεται, πρέπει τώρα να τα πάω».

«Μα για τώρα λέω! Μία την έχουμε την κυρα-Όλγα, κι εσένα βέβαια...»

«Μα πώς...»

«Δεν έχει πώς! Κλείνω το μαγαζί και πάμε, τσακ μπαμ θα κάνω!»

Υπό άλλες συνθήκες η Σοφία θα αρνιόταν, αλλά τώρα ένιωθε πολύ αδύναμη και θα της ερχόταν λιγοθυμιά, το αισθανόταν.

«Καλά. Αλλά μην πεις στην κυρά μου ότι τα κουβάλησες».

«Μα δε θα με δει;»

«Όχι, είναι στην εκκλησία».

«Εγώ δε λέω τίποτα, είμαι τάφος και κρατάω μυστικά...»

Έφτασαν σπίτι κι η Σοφία ήταν ανακουφισμένη που γλίτωσε τη μεγάλη ταλαιπωρία, αφού ο Ζώης κουβάλησε τα πράγματα μέχρι πάνω, γεμάτος χαρά.

«Ακούμπησέ τα κάτω, εδωνά, και θα τα φτιάξω εγώ. Και σ' ευχαριστώ, ε; Σου χρωστάω χάρη...»

Τα μάτια του έλαμψαν μεμιάς. «Χάρη, ε;»

«Ε... Ναι...»

«Να σ' τηνε πω τη χάρη; Ένα φιλάκι θέλω...» της είπε, και πλησίασε πολύ κοντά, σε απόσταση αναπνοής.

Η Σοφία τον έσπρωξε με δύναμη και με τα νύχια βγαλμένα, σαν γάτα που ετοιμάζεται για επίθεση.

«Μόνο ένα φιλάκι», είπε εκείνος απτόητος και χίμηξε πάνω της σαν τρελός, απόλυτα ανεξέλεγκτος, αποφασισμένος να κάνει αυτό που είχε σκεφτεί. Κόλλησε σαν τσούχτρα στο σώμα της, με τα μάτια του να γυαλίζουν από τον πόθο.

Κι έγινε ακόμα πιο τρελός όταν η Σοφία, που του φώναζε «μην τολμήσεις!», τον δάγκωσε στο χέρι όπως το άπλωνε πάνω της. Δεν έβγαλε κιχ, παρά τον δυνατό πόνο, κουλουριάστηκε πάνω της και προσπάθησε να τη φιλήσει, καθώς εκείνη ήθελε να λιποθυμήσει από την ντροπή και την αδυναμία, ωστόσο κουνούσε χέρια και πόδια όσο άντεχε.

Μια δυνατή φωνή τη γλίτωσε από τις ορέξεις του Ζώη και τους έκανε να μαρμαρώσουν. «Ντροπή σας, ξεδιάντροποι, ντροπή σας μέσα στο σπίτι μου!» τσίριξε η Όλγα, με το αίμα να της ανεβαίνει στο κεφάλι.

Η αντίδρασή της πάγωσε τη Σοφία, αφού η κυρά της, χωρίς να σκεφτεί τίποτα, της έδωσε ένα ξεγυρισμένο χαστούκι.

«Σε μάζεψα εδώ, μωρή άπλυτη, για να βγάζεις τα μάτια σου μέσα στο σπίτι μου; Κι εσύ, ρε κολασμένε, εδώ μέσα ήρθες να βγάλεις τ' απωθημένα και τις ορμές σου; Σήκω και φύγε, ρε παλιάνθρωπε! Κι εσύ. Μάζεψε τώρα τα πράγματά σου! Τώρα!»

Χωρίς καν να ανοίξει το στόμα του, δίχως καν να κοιτάξει, ο Ζώης βγήκε με ένα σάλτο από την κουζίνα και χάθηκε στη σκάλα, την οποία κατέβηκε κουτρουβαλώντας.

Η Σοφία είχε μείνει σαν μαρμαρωμένη, κι η Όλγα τη στόλιζε κανονικά, αφού ήταν σε κατάσταση τρέλας.

«Παλιοθήλυκο, που σε μάζεψα μέσα στο σπίτι μου! Εσείς χαλάτε την κοινωνία και μετά κάνετε τις μωρές παρθένες! Τι με κοιτάς; Σου είπα, μάζεψε τα πράγματά σου. Τσακίσου από δω και τράβα αλλού να βγάλεις τα μάτια σου!»

Οι φωνές της κυράς της τη συνέφεραν από το δυνατό σοκ, μια μαχαιριά στην καρδιά της. Έτρεμε, ψεύδιζε, έχανε τα λόγια της, ένιωθε το κεφάλι της να γυρίζει, έτοιμο να ξεκολλήσει από τη θέση του. Προσπάθησε να βρει τη δύναμη να αρθρώσει μερικές λέξεις, να τις βάλει στη σειρά. «Θέλω να σας πω ότι...»

«Τι να μου πεις, βρε βρομοθήλυκο; Να μου πεις για τις πομπές σου; Αλλά εδώ δεν ντράπηκες τα παιδιά σου, εμένα περίμενα να ντραπείς;»

Αυτή η φράση έδιωξε τον βράχο που έκλεινε το στόμα της. «Σας ορκίζομαι στην Παναγιά και στον Χριστό! Δεν έκανα τίποτα, αυτός μου επιτέθηκε, και μόλις τον έσπρωξα με όση δύναμη είχα, μπήκατε εσείς».

«Βρε, δεν αφήνεις τα παραμύθια;»

«Σας ορκίζομαι, έτσι έγινε!»

«Και πώς βρέθηκε εδώ μέσα, μου λες; Εσύ τον έμπασες, αυτός δεν πάει σε σπίτια. Τα ήθελες και τον έμπασες μέσα».

«Όχι, όχι! Μου ήρθε λιποθυμιά από τον πυρετό και την εξάντληση εκεί στο μαγαζί κι εκείνος προσφέρθηκε να φέρει τα πράγματα στο σπίτι. Κι όταν ανεβήκαμε, έγινε αυτό που έγινε, σας ορκίζομαι».

Η Όλγα ούτε που άκουγε πάνω στην υστερία της, μέχρι που η Σοφία είπε τη μαγική πρόταση που της απέσπασε προς στιγμήν την προσοχή.

«Αν τα ήθελα, θα τον δάγκωνα; Θα τον δάγκωνα;»

Δυο φορές το είπε, το είπε και τρίτη, αλλά η κυρά της παρίστανε την απτόητη.

«Έτσι λέτε όλες όταν σας πιάνουν στα πράσα!»

«Σας ορκίζομαι, κυρία, τον δάγκωσα με όλη μου τη δύναμη στο χέρι!»

Η Όλγα ήταν πάντα άπιστος Θωμάς. Αλλά αυτή τη φορά –επειδή το θέμα ήταν πολύ σοβαρό και της έφερε ξανά στη μνήμη όλη εκείνη την παλιά ιστορία του άντρα της με τη δασκάλα, αφού τους είχε βρει περίπου στην ίδια στάση–, αποφάσισε να το λύσει επιτόπου. Έκανε μεταβολή, αφήνοντας σύξυλη τη Σοφία, κι έφυγε για το μπακάλικο του Ζώη. Από την οργή της διένυσε την απόσταση σε χρόνο ρεκόρ και μόνο καπνούς που δεν έβγαζε από το κεφάλι της, το οποίο έτσι κι αλλιώς καιγόταν. Κι όταν μπήκε στο μαγαζί, τον είδε στα πλαϊνά της εισόδου να τακτοποιεί ένα τσουβάλι με φασόλια.

Εκείνος ταράχτηκε πολύ στη θέα της, του 'φυγε το τσουβάλι από τα χέρια και χύθηκε στο πάτωμα καμιά οκά φασόλια και προσπάθησε να κερδίσει χρόνο. Φοβόταν ότι θα είχε άσχημα ξεμπερδέματα.

«Δε χρειαζόταν να έρθεις, κυρα-Όλγα, με πληρώνεις άλλη φορά. Μεταξύ μας τώρα;» είπε τάχα μου χαρούμενος.

Εκείνη δεν είπε λέξη, ψάχνοντας με το βλέμμα της τα χέρια του, με τον Ζώη να τα χώνει στις τσέπες του φαρδιού παντελονιού του. Κατόπιν επιστράτευσε όλη τη ραδιουργία της. «Δε μ' αρέσει να αφήνω βερεσέδια και γι' αυτό ήρθα», είπε ψύχραιμα, και συμπλήρωσε: «Α, πιάσε μου κι αυτό το βαζάκι με τις ελιές».

Ο Ζώης έπεσε στην παγίδα. Γιατί απλώνοντας το δεξί χέρι για να πιάσει το βαζάκι, η Όλγα είδε ότι ήταν δεμένο πρόχειρα με ένα άσπρο πανί.

«Τι έπαθες στο χέρι;» ρώτησε δήθεν αθώα.

«Το έγδαρα όπως έκοβα σύρμα σε μια πελάτισσα. Δεν είναι τίποτα...»

Τότε εκείνη, με μια απότομη κίνηση, παραμέρισε το πανί που είχε χαλαρώσει. Δυο σημάδια από δόντια, καθαρά, ολοκάθαρα, στόλιζαν το πάνω μέρος του χεριού του, ένα αποτύπωμα που μιλούσε. Είχε δίκιο λοιπόν η Σοφία.

«Ντροπή σου, παλιάνθρωπε, και σε είχα για κύριο! Δε θα με ξαναδείς ποτέ εδώ μέσα! Και θα το πω και σε όσο περισσότερες μπορώ, να το μάθουν όλοι», ξέσπασε η Όλγα.

Ο Ζώης άλλαξε τριάντα χρώματα, μέχρι που έμεινε το πιο δυνατό, το κόκκινο, που απλώθηκε στο πρόσωπό του σαν να ήταν έγκαυμα.

«Νόμιζα ότι ήθελε να... Σε παρακαλώ, κυρα-Όλγα, μην παραλογίζεσαι, δεν έγινε κάτι, τίποτα δεν έγινε, μα την Παναγιά!»

Τον κοίταξε με ένα βλέμμα αηδίας και έφυγε. Κι ήταν μεγάλη η χαρά της που η Σοφία δεν της είχε πει ψέματα. Δεν ήθελε να τη χάσει, της έκανε τα πάντα μέσα στο σπίτι και ήξερε ότι δύσκολα θα έβρισκε τέτοια νοικοκυρά να δουλεύει αγόγγυστα νυχθημερόν.

Γυρίζοντας, τη βρήκε να κλαίει, να πλαντάζει δηλαδή, με το πρόσωπο κατακόκκινο, σαν του Ζώη. Είχε πειστεί ότι θα την έδιωχνε η κυρά της κι αναγκαστικά έπρεπε να γυρίσει στο χωριό, σε μια μάνα που φαινόταν επιθετική, εχθρική, λες και της έφταιγε για όλα τα κακά που έγιναν.

Η Όλγα τη ρώτησε με σταθερή φωνή: «Τα μάζεψες τα πράγματά σου;».

«Όχι ακόμα», είπε μόλις έπνιξε ένα αναφιλητό.

«Μην τα μαζέψεις. Θα σου δώσω ακόμα μία ευκαιρία. Αλλά μία και τελειώσαμε αν...»

Η Σοφία έσκυψε και της φίλησε το χέρι, το οποίο η Όλγα σκούπισε στο πανωφόρι της.

«Άσε τα χειροφιλήματα και τις βλακείες και πήγαινε να ξαπλώσεις. Α, και σ' αυτόν τον πίθηκο στο μπακάλικο δε θα ξαναπάς. Θα πηγαίνεις στον κυρ Αλέκο, απ' αυτόν δεν κινδυνεύεις...»

«Δηλαδή θα μ...»

«Εντάξει, τα είπαμε. Δε φταις. Αλλά δε θέλω πολλά πολλά με κανέναν. Είδες ότι και την ουρά σου να μην κουνήσεις, πάλι κάποιοι ανώμαλοι θα βρεθούν...»

Ανασαίνοντας με ανακούφιση, ακουγόταν σαν χαλασμένη εξάτμιση. Αλλά με όλα όσα είχαν μεσολαβήσει αυτή την καταραμένη μέρα, ήταν το λιγότερο που την απασχολούσε. Το βράδυ θα έβραζε τσάι του βουνού και θα εισέπνεε τον ατμό, κι ύστερα, ξαπλώνοντας, θα ζεμάτιζε ένα πανί στο ίδιο νερό και θα το έβαζε στο στήθος της.

Ζουζούνιζε σαν τις χρυσόμυγες του Ψείρα ο Φώτης, όπως τους κατέβαζαν με τα πόδια στη λίμνη του Ζηρού, κι αυτή η εκδρομή τού άρεσε πολύ ώστε έδειχνε τη χαρά του κάνοντας θόρυβο. Κι ήταν διπλή η χαρά, αφού δε βρίσκονταν μαζί τους οι δυο νυφίτσες, η Προκοπία και η Αυγουστία, που πάντα μοίραζαν χαστούκια κι απειλές και τους χαλούσαν τη διάθεση.

Εκείνες έμειναν πίσω, γιατί έπρεπε να συντάξουν τη μηνιαία αναφορά προς τη βασίλισσα, κι αυτό πάντα τις γέμιζε με άγχος. Είχαν δώσει όμως σαφείς εντολές. Κανένα παιδί δεν επιτρεπόταν να βάλει το πόδι του στη λίμνη, κανένας δε θα έμπαινε στη βάρκα, κανένας δε θα πετούσε πέτρες, κανένας δε θα έπαιζε κυνηγητό πέρα από τα σημεία που θα όριζαν οι δάσκαλοι. Το κρυφτό είχε ήδη απαγορευτεί απ' τις προηγούμενες μέρες, επειδή κάποιοι αργούσαν να εμφανιστούν και οι επιτηρητές σήκωναν τον τόπο μέχρι να τους βρουν.

Η υπεύθυνη της βόλτας, η κυρία Ξανθίππη, ήταν αγαπητή στα παιδιά και καθόλου αυστηρή μαζί τους, η μέρα με τη νύχτα δηλαδή σε σχέση με την Προκοπία και την Αυγουστία. Δεν μπορούσαν όμως να την πιέσουν –όπως έκαναν με άλλους ομαδάρχες και επιτηρητές–, αφού ο αδελφός του πατέρα της ήταν ένας από τους γραμματείς του βασιλιά στο παλάτι, κι έτσι αντιλαμβάνονταν ότι ήταν αδύνατο να την αγγίξουν με οποιονδήποτε τρόπο. Είχαν μάλιστα την υποψία ότι η Ξανθίππη επικοινωνούσε με την ίδια τη βασίλισσα, οπότε της φέρονταν με το γάντι για να έχουν την ησυχία τους.

Όμως για τα παιδιά ήταν ο αδύναμος κρίκος, αφού είχαν δει ότι αυτή η ευγενική κυρία δε μοίραζε τιμωρίες και χαστούκια, μόνο συμβουλές έδινε. Έτσι, φτάνοντας στη λίμνη, έκαναν όλα τα απαγορευμένα, θεωρώντας ότι τέτοια ευκαιρία μπορεί να μην τους ξαναπαρουσιαζόταν ποτέ.

Ο Φώτης τρελάθηκε να πετάει πέτρες ψηλά στα δέντρα, αφού, όπως έλεγε στους άλλους, μπορούσε να πετύχει πουλί. Σταμάτησε μόνο όταν μια πέτρα κατέβηκε οριζόντια και παραλίγο να χτυπήσει τον Διονύση στο κεφάλι. Στη συνέχεια μάζεψε κάμποσα παιδιά κοντά του και με περίσσια αυτοπεποίθηση κόμπασε μπροστά τους: «Κανένας δεν μπορεί να μου παραβγεί στο τρέξιμο! Είμαι ο καλύτερος! Κι όποιος τολμάει ας έρθει να παραβγούμε!».

«Και τι θα γίνει άμα χάσεις; Δέχεσαι να σε πούμε γυναικούλα;» αυθαδίασε ο Σωλήνας, αμφισβητώντας τον ευθέως μπροστά σε όλους, αγόρια και κορίτσια.

Ο Φώτης θύμωσε πολύ. «Και γυναικούλα και κοριτσάκι και μαμά και μαϊμού! Ό,τι θέλετε να πείτε! Αλλά, αν νικήσω, θα με λέτε βασιλιά!»

Ο Σωλήνας, παμπόνηρος Αρτινός, σκέφτηκε έναν τρόπο για να κουράσει τον Φώτη ώστε να μπορέσει να τον νικήσει. Μάζεψε σε μια σειρά έξι παιδιά που δέχτηκαν να τρέξουν και ο ίδιος έμεινε τελευταίος, έβδομος, ελπίζοντας ότι, μέχρι να έρθει η ώρα να τρέξει με τον Φώτη, εκείνος θα έχει διαλυθεί κι έτσι θα έχανε εύκολα.

Ο Διονύσης κατάλαβε αμέσως το κόλπο του Σωλήνα και μπήκε στη μέση. «Είναι άδικο αυτό! Δηλαδή ο Φώτης θα τρέξει με όλους αυτούς για να βγει νικητής; Και πόσους πρέπει να νικήσει για να είναι ο καλύτερος;»

«Όλους! Δε μας είπε ότι θέλει να είναι ο βασιλιάς; Ο βασιλιάς τούς κερδίζει όλους!» πετάχτηκε ο Σωλήνας.

«Όλους!» είπε πεισμωμένος ο Φώτης και σήκωσε το σορτσάκι του.

Ο Σωλήνας άρχισε να δαγκώνεται όταν τον είδε να κερδίζει τον ένα μετά τον άλλο, αφήνοντάς τους πίσω τη μισή απόσταση.

Όλους τούς είχε ξεπαστρέψει, με τα κορίτσια να ζητωκραυγάζουν και να τον κάνουν να θέλει να είναι ακόμα πιο γρήγορος.

Ο Σωλήνας πια ήταν σίγουρος ότι κανένας δεν μπορούσε να σταματήσει τον Φώτη, έλπιζε ωστόσο ότι θα το έκανε ο ίδιος. Τελευταίος και φαρμακερός, για να του πάρει όλη τη δόξα.

Οι ανάσες του Φώτη λιγόστεψαν μετά την έκτη του νίκη και ζήτησε λίγο νερό, αλλά κανένας δεν είχε να του δώσει. Είδε τη βρυσούλα που ήταν παραδίπλα στο τελευταίο παγκάκι και κινήθηκε προς τα κει.

«Αν δεν έρθεις σε ένα λεπτό, έχασες!» του είπε ο Σωλήνας, με τον Διονύση να του επιτίθεται ακαριαία.

«Φοβάσαι, ε; Τον φοβάσαι και ψάχνεις να κάνεις κόλπα! Αλλά είναι ο καλύτερος και το έδειξε. Κι εσένα θα νικήσει και μετά δε θα μπορείς να πεις τίποτα! Όλο κόλπα είσαι, και όχι μόνο εδώ! Σε έχω δει και στο εστιατόριο πώς παίρνεις κι άλλο ψωμί και μετά ξαναπάς! Είσαι ζαβολιάρης παντού!»

Η εξυπνάδα του λειτούργησε πάλι. Ήθελε να δώσει την ευκαιρία στον Φώτη να προλάβει να πιει νερό και τα κατάφερε μια χαρά, αφού ο Σωλήνας μπήκε στον διάλογο και εκνευρισμένος άρχισε να σπρώχνει τον Διονύση. Άρχισαν να αλληλοσπρώχνονται, ανταλλάσσοντας κατηγορίες, μπήκαν κι άλλοι στη μέση, ήρθε κι ένας επιτηρητής να επιβάλει την τάξη, έτσι ο Φώτης ξαναβρήκε τις ανάσες του. Κι όχι μόνο αυτό. Πείσμωσε πολύ με τον Σωλήνα κι ορκίστηκε να βάλει τα δυνατά του και να τρέξει με όλες του τις δυνάμεις.

«Δείξε ποιος είσαι! Κι είσαι ο καλύτερος! Την πλάτη σου θα δει και θα φάει χώμα!» του είπε ο Διονύσης και τον πήρε αγκαλιά.

Κι όταν ξεκίνησε ο τελευταίος αγώνας παρουσία του επιτηρητή, του Βάιου, ο Φώτης έφυγε σαν άνεμος.

Ο Σωλήνας είχε λιγότερο καλή εκκίνηση, αλλά, κι αυτός πολύ γρήγορος, ήταν πολύ κοντά, δίπλα, με τη σκέψη ότι δεν πρέπει να του ξεφύγει, όπως είχε γίνει με τους προηγούμενους, οι οποίοι απογοητεύονταν και δεν μπορούσαν να τον φτάσουν. Κατάφερε μάλιστα, σφίγγοντας τα δόντια, να περάσει κι ένα σώμα μπροστά, αφού ο Φώτης φαινόταν κουρασμένος. Αλλά όταν είδε να τον ξεπερνάει ο Σωλήνας και να κινδυνεύει να χάσει, αφού κόντευαν προς το τέλος της διαδρομής, στο χοντρό πεύκο, τέντωσε τον λαιμό του, έβαλε τις τελευταίες του δυνάμεις, τον προσπέρασε, άνοιξε κι άλλο ταχύτητα και τερμάτισε πρώτος, με τον αντίπαλό του τουλάχιστον τρία μέτρα πίσω.

Έπεσε στο χώμα χωρίς ανάσα, χωρίς κουράγια, κουρασμένος, θολός, με πόνους στο στήθος και στα πόδια, με ξερό στόμα, αλλά ευτυχισμένος, πολύ ευτυχισμένος Δεν μπορούσε να βρει άλλη λέξη γι' αυτό που αισθανόταν, αφού ναι, ήταν η υπέρτατη ευτυχία.

Ο Σωλήνας έπιανε τα πόδια του και ξεφυσούσε. Και βλέποντας τον πεσμένο Φώτη, πλησίασε κοντά του.

«Έκλεψες, ρε, έκλεψες! Με έβαλες να τρέξω απ' έξω που είχε πέτρες! Δεν αξίζεις, ρε! Έκλεψες για να νικήσεις!»

Γύρισε το μάτι του Φώτη, αλλά δεν πρόλαβε να σηκωθεί να του επιτεθεί, όπως σκέφτηκε αυθόρμητα να κάνει. Είχαν φτάσει τα υπόλοιπα παιδιά ζητωκραυγάζοντας για τη νίκη του, αλλά κι ο Βάιος, που του έδωσε συγχαρητήρια και του είπε ότι είναι πολύ δυνατός.

Ο Διονύσης παρότρυνε τους υπόλοιπους να τον σηκώσουν στα χέρια, με τον κατάκοπο Φώτη να το απολαμβάνει και να νιώθει αυτό ακριβώς που έλεγε πριν: βασιλιάς!

Μερικά κορίτσια το φώναξαν κιόλας: «Βα-σι-λιάς, βα-σιλιάς!».

«Κορίτσια, στο παιχνίδι σας τώρα», είπε ο Βάιος, διαλύοντας τη... βασιλική συγκέντρωση, με τον Φώτη να σφίγγει τις γροθιές του και τον Σωλήνα να φεύγει προς τα πεύκα με σκυμμένο το κεφάλι, ταπεινωμένος από την ήττα αλλά και τις εκδηλώσεις θριάμβου για τον αντίπαλό του.

Όπως τα αγόρια προχωρούσαν προς τα κάτω, ένα παιδί από τα καινούργια, ο Βαρνάς, γύρισε προς την ομάδα και είπε: «Εγώ είμαι ο βασιλιάς και σας κερδίζω όλους! Γιατί μόνο εγώ μπορώ να πέσω στη λίμνη, κανένας άλλος!».

Τον κοίταξαν και έβαλαν τα γέλια, εκτός από τον Φώτη και τον Διονύση, που είχαν μείνει πίσω και περπατούσαν αργά και γελούσαν πιασμένοι από τους ώμους και κλοτσούσαν όποια πέτρα έβρισκαν μπροστά τους.

«Δεν μπορείς!» είπε ο Σκούρος, «δεν μπορείς», είπαν κι άλλοι, «άσε, ρε, ψεματένιε», του φώναξε ο Αυτάκιας.

Ο Βαρνάς, τον οποίο ακόμα δεν ήξεραν καλά, στραβομουτσούνιασε, ειδικά όταν η Καρακάξα γύρισε και του είπε: «Μην κάνεις τον έξυπνο!».

Πριν καλά καλά το καταλάβουν, ο Βαρνάς έκανε ένα σάλτο μπροστά τους κι άρχισε να τρέχει προς τη λίμνη, με ρούχα και παπούτσια. Τίναξε τα πόδια και μπήκε στο νερό, αφήνοντας τους υπόλοιπους άλαλους και κάνοντας τους επιτηρητές, που εκείνη τη στιγμή δεν ήταν τόσο κοντά στο νερό, να βάλουν τις φωνές.

Το παιδί κουνούσε όσο μπορούσε να χέρια του, που τα ένιωθε αδύναμα στο βαρύ νερό της λίμνης, κι έτσι σε ελάχιστα δευτερόλεπτα άρχισε να βουλιάζει, ενώ τα ουρλιαχτά των περισσοτέρων δημιουργούσαν μια ατμόσφαιρα τρόμου.

Ο Βάιος άρχισε να τρέχει αλαφιασμένος προς το νερό, φωνάζοντας το όνομα του παιδιού και ζητώντας του να κουνάει χέρια και πόδια. Από πίσω έτρεξε κι ο Φώτης, που ήθελε να βοηθήσει κι εκείνος, κι ας μην ήξερε τι έπρεπε να κάνει, αφού δεν είχε ιδέα.

Ο επιτηρητής, με φωνές και κλάματα, δεν μπορούσε να εντοπίσει τον Βαρνά στο θολό υδάτινο πέπλο και γύριζε σαν σβούρα μήπως δει κάτι, κι όσο δεν έβλεπε, τόσο έβγαζε σπαρακτικές κραυγές. Κι εκεί, στη μεγάλη του αγωνία, άκουσε άλλες κραυγές απ' έξω, οπότε ενστικτωδώς γύρισε το κεφάλι και τον έπιασε πανικός.

Ο Φώτης, που στο μεταξύ είχε μπει στο νερό, άρχισε κι αυτός να βουλιάζει όταν έπαψε να πατώνει. Δεν ήξερε μπάνιο και, παρασυρμένος από όσα διαδραματίζονταν μπροστά του, προχωρούσε ασυναίσθητα. «Βοήθ...» πήγε να φωνάξει, αλλά το κεφάλι του μπήκε κάτω από το νερό, παρότι κουνούσε με μανία χέρια και πόδια.

Ο Βάιος, που δεν ήξερε τι να πρωτοκάνει, τινάχτηκε προς το μέρος του Φώτη, που τον έβλεπε μπροστά του. Τον άρπαξε από τα μαλλιά και τον έβγαλε στην επιφάνεια, τη στιγμή που ακόμα ένας επιτηρητής, ο Απόστολος, είχε φτάσει αρκετά κοντά τους.

Όταν ο Βάιος σιγουρεύτηκε ότι ο Απόστολος κρατούσε τον Φώτη, που έβηχε πολύ και έκλαιγε, συνέχισε να ψάχνει τον Βαρνά. Βούτηξε ξανά στο νερό, αλλά ήταν τόσο θολό, που δεν έβλεπε ούτε το χέρι του καλά καλά, και βγήκε για να πάρει μια ανάσα.

Ξαφνικά το νερό γέμισε αίματα, με τους δυο επιτηρητές να ταράζονται πολύ και να μην καταλαβαίνουν τι έχει συμβεί. Τότε ο Απόστολος, σηκώνοντας στα χέρια του τον σοκαρισμένο Φώτη, είδε ότι η πατούσα του αιμορραγούσε, έχοντας ένα μεγάλο κόψιμο στα πλάγια. Σίγουρα κάτι είχε πατήσει. Τον έβγαλε γρήγορα έξω και, ξεχνώντας για λίγο το σκίσιμο στο πόδι, τον γύρισε μπρούμυτα και τον τίναξε. Ο λυτρωτικός εμετός ήταν το σημάδι ότι όλα πήγαν καλά.

«Ένα πανί, ένα πανί!» φώναξε στην Ξανθίππη, που σταμάτησε να ουρλιάζει κι έβγαλε από την τσάντα της μια ζακέτα που είχε μαζί της. Ο Απόστολος την έσκισε και τύλιξε το πόδι του Φώτη, που έτρεμε ολόκληρος από την ταραχή και τον φόβο.

Τα περισσότερα παιδιά έκλαιγαν με αναφιλητά, κι ο Διονύσης αναγκάστηκε να σπρώξει κάποιους για να βρεθεί δίπλα στον φίλο του.

«Μη φοβάσαι, είσαι καλά, πέρασε!» προσπάθησε να τον καθησυχάσει.

Τα πανικόβλητα παιδιά έπιαναν το πρόσωπό τους, άλλα έκλειναν τα μάτια με τις παλάμες για να μη βλέπουν τα αίματα, κάποια αγκαλιάστηκαν μεταξύ τους για να αντιμετωπίσουν το κακό που είχε συμβεί μπροστά τους.

«Ξανθίππη, πάρε τα παιδιά και γυρίστε πίσω, και ειδοποιήστε αμέσως την αστυνομία», είπε ο Απόστολος, που έτρεξε ξανά κοντά στον Βάιο, ο οποίος εξακολουθούσε να ψάχνει στη λίμνη ασθμαίνοντας από την ταραχή. Κι άρχισε να ανταριάζει κι ο καιρός, σαν να έβγαζε κι εκείνος θλίψη και πόνο.

Στη μικρή κοινωνία του Ζηρού η αναστάτωση ήταν τεράστια, όπως και η αγωνία, αφού κανένας δεν ήξερε τι ακριβώς είχε συμβεί με τον Βαρνά και πώς εξελίσσονταν οι έρευνες των δύο επιτηρητών.

Η Προκοπία και η Αυγουστία, που δεν είπαν λέξη στην Ξανθίππη –αν ήταν άλλος στη θέση της, θα τον είχαν διασύρει δημόσια και θα τον είχαν σύρει δεμένο στις πλησιέστερες

Αρχές–, είδαν από μακριά, όπως πλησίαζαν στη λίμνη, δύο περιπολικά και πολλούς άντρες μαζεμένους μπροστά από το ένα αυτοκίνητο. Προσπαθούσαν να ανοίξουν το βήμα τους αλλά δεν ήταν εύκολο, αφού βαριανάσαιναν και αγκομαχούσαν, κι είχαν μια διαφορετική αγωνία από τους υπόλοιπους, βάζοντας άκομψα διαφορετικές προτεραιότητες χωρίς να ντρέπονται καθόλου.

«Λες να βρούμε κανέναν μπελά; Γιατί εμείς δεν είμαστε υπεύθυνες του ιδρύματος; Θα ρωτήσουν τι μέτρα πήραμε», είπε ανήσυχη η Προκοπία, που ήδη ετοίμαζε στο μυαλό της το σενάριο.

Αλλά η απάντηση της Αυγουστίας την έκανε να χαμογελάσει.

«Αν σκοτωθεί ένας στρατιώτης με οποιονδήποτε τρόπο, φταίει ο υπουργός Εθνικής Αμύνης; Υπάρχουν άλλοι υπεύθυνοι, αν υπάρχουν, αν αποδειχτεί ότι υπάρχουν...»

Ο κυνισμός τους ήταν αυτός που τις είχε φέρει τόσο κοντά, αδελφές ψυχές.

«Έχεις δίκιο! Κι έπειτα, υπάρχει και κάτι άλλο, Αυγουστία μου, και το ξέρουν όλοι. Υπεύθυνη του περιπάτου ήταν η κυρία Ξανθίππη, εμείς είμεθα απασχολημένες εντός του ιδρύματος, και σ' εκείνη είχαμε αναθέσει τη φροντίδα των παιδιών, δεν υπάρχει λόγος λοιπόν να ανησυχούμε...»

Η φλυαρία τους κράτησε λίγα λεπτά ακόμα, βασισμένη σε ελεεινά επιχειρήματα. Γιατί, πλησιάζοντας πια κοντά, είδαν καθαρά τη σκηνή που τους έκοψε κάθε χαμόγελο. Κι ήταν μια εικόνα που έκανε και τις δύο να χλωμιάσουν.

Ένας αστυνομικός, που είχε βγάλει το καπέλο και το σακάκι κι είχε σηκώσει τα μανίκια από το μουσκεμένο πουκάμισό του, σκέπαζε με ένα σεντόνι κάποιον που βρισκόταν ακίνητος στο έδαφος. Ήταν ο δύστυχος Βαρνάς, που είχε βρεθεί άψυχος, πνιγμένος, δυστυχισμένος από την αρχή ως το τέλος της σύντομης ζωής του.

Ο Βάιος και ο Απόστολος έκλαιγαν από πάνω του, κι όλοι οι αστυνομικοί, με ραγισμένη καρδιά για την απώλεια μιας αθώας ψυχής, προσπαθούσαν να ολοκληρώσουν τη θλιβερή διαδικασία.

Η Αυγουστία δεν άντεξε να αντικρίσει το πτώμα, ήταν πάνω από τις δυνάμεις της, όση σκληράδα κι αν είχε μέσα της. Η Προκοπία είδε το μπλάβο χρώμα στο πρόσωπο του παιδιού κι απευθύνθηκε στον Βάιο: «Έχουμε πολλή δουλειά να κάνουμε, ας μην το καθυστερούμε άλλο».

9

Η ΤΑΛΑΙΠΩΡΗΜΕΝΗ ΑΠΟ τη βραδινή εφημερία νοσοκόμα έβριζε μέσα της θεούς και δαίμονες που αναγκαζόταν να αναβάλει, άγνωστο για πόσο, το σχόλασμά της, το οποίο περίμενε πώς και πώς, αφού είχε περάσει μια δύσκολη νύχτα με πολλά περιστατικά. Αλλά ο διευθυντής του νοσοκομείου, στον οποίο είχε τηλεφωνήσει ο ίδιος ο Μητροπολίτης, έδωσε εντολή να μη φύγει κανείς μέχρι να αντιμετωπιστεί το έκτακτο περιστατικό. Κι ήταν όλοι επί ποδός για την «αξιοσέβαστη, ευλαβή και ευπροσήγορη κυρία Όλγα Πηνιώτη», όπως την αποκάλεσε με το πατρικό της ο Μητροπολίτης, ο οποίος κινητοποίησε τους πάντες όταν πληροφορήθηκε το περιστατικό.

Η Όλγα είχε τη φαεινή ιδέα να βρει ένα παλιό μαντίλι, το οποίο είχε φυλαγμένο στο πάνω μέρος της ντουλάπας της, επειδή ταίριαζε με ένα καινούργιο φόρεμα που έραψε, για να φορέσει στην εκδήλωση του φιλόπτωχου ταμείου. Βιαζόταν πολύ και δεν ήθελε να περιμένει τη Σοφία, την οποία είχε στείλει στη ράφτρα της για να της φέρει το φόρεμα μετά την τελευταία πρόβα. Ανέβηκε λοιπόν σε μια ξύλινη σκάλα για να κατεβάσει το μαντίλι, κι όπως τέντωσε το χέρι της για να το πιάσει στο βάθος, έχασε την ισορροπία της κι έπεσε.

Με την πτώση της χτύπησε πρώτα στο κρεβάτι και μετά στο πάτωμα, κάτι που την έκανε να ουρλιάζει από τους πόνους. Έτσι πεσμένη, να ξεστομίζει κατάρες μέσα στα κλάματά της, τη βρήκε ο Θεοδόσης, που τα έχασε προς στιγμήν, περισσότερο από τις φωνές της, αλλά κινήθηκε πολύ γρήγορα. Φώναξε την Τασία τη γειτόνισσα, που ήταν χειροδύναμη, και την κατέβασαν μαζί ως το αυτοκίνητο, ενώ εκείνη τον έψελνε σε όλη διαδρομή γιατί έπεφτε συνέχεια σε λακκούβες. Μέχρι να φτάσουν, όλη η πόλη είχε πληροφορηθεί το συμβάν, συμπεριλαμβανομένου του Μητροπολίτη. Η Τασία είχε φροντίσει για αυτό.

Η διάγνωση μετά τις ακτινογραφίες ήταν πολύ επώδυνη για την Όλγα. Κάταγμα λεκάνης, δηλαδή καθήλωση για πολύ καιρό στο κρεβάτι για μια γυναίκα που δεν μπορούσε να καθίσει περισσότερο από πέντε λεπτά σε ένα σημείο. Ο Θεοδόσης έκλεισε τα μάτια από την ταραχή του. Έβλεπε –ξύπνιος– τους εφιάλτες που θα ακολουθούσαν για τον ίδιο, αφού αντιλαμβανόταν ότι όλο το βάρος θα έπεφτε πάνω του. Και η αλήθεια είναι ότι ανακουφίστηκε αρκετά όταν άκουσε τον συνάδελφό του ορθοπεδικό να λέει ότι έπρεπε οπωσδήποτε να μείνει στο νοσοκομείο μέχρι νεωτέρας. Η Όλγα δεν αντέδρασε, αφού πονούσε φρικτά, και επειδή γνώριζε ότι μόνο στο νοσοκομείο θα μπορούσαν να αντιμετωπίσουν τους πόνους.

Η Σοφία έφτασε αναμαλλιασμένη στο νοσοκομείο, με την Τασία να της έχει πει χαρτί και καλαμάρι τα καθέκαστα και να εισπράττει την πρώτη κρυάδα από τη γειτόνισσα: «Μα κι εσύ τώρα βρήκες να λείπεις, βρε παιδί μου;». Την είχε πιάσει σύγκρυο, γιατί θεώρησε ότι αυτό θα ήταν μια απολύτως λογική σκέψη για την Όλγα.

Όταν η Σοφία στάθηκε δίπλα της, η Όλγα δεν είπε λέξη

στην υπηρέτριά της εξαιτίας των δυνατών πόνων της, εισπράττοντας το στοργικό χάδι της και ακούγοντάς τη να την προτρέπει να κάνει υπομονή και κουράγιο.

Είχε φτάσει δύο τα ξημερώματα πια όταν οι ενέσεις είχαν αρχίσει να δρουν και να περιορίζουν τους πόνους, με τον Θεοδόση και τη Σοφία να στέκονται στωικά κοντά της. Τότε το μυαλό της πήρε περίεργες στροφές, κάτι που βέβαια είχαν συνηθίσει οι πάντες. Κι έτσι, όταν η Σοφία τής είπε ότι θα καθόταν δίπλα της ως το πρωί, εκείνη σχεδόν την αγριοκοίταξε: «Όχι! Σήμερα θα μείνει ο άντρας μου, εσύ πήγαινε σπίτι. Κι αφού θα μείνω μέρες, θα βρούμε μια νοσοκόμα να κάθεται μαζί μου τα βράδια. Εσύ να πας λίγες μέρες στο χωριό σου, ευκαιρία είναι, και γυρίζεις μετά». Κι ήξερε καλά για ποιο λόγο τής ζητούσε κάτι τέτοιο· από φόβο. Μ' εκείνη απούσα από το σπίτι, καθηλωμένη στο νοσοκομείο, σκέφτηκε ότι πολλά θα μπορούσαν να συμβούν και ήθελε να αποτρέψει κάθε ενδεχόμενο. Άλλωστε οι διεστραμμένες σκέψεις της δεν ξάφνιαζαν κανέναν πια.

Η Σοφία αιφνιδιάστηκε αλλά υπάκουσε τυφλά. Ούτε που διανοήθηκε να αρνηθεί, να πει κάτι διαφορετικό, να επιμείνει. Επιστρέφοντας στο σπίτι, δεν έκλεισε μάτι από τις σκέψεις, ειδικά από την τελευταία που ήρθε στο μυαλό της...

Το χάπι που της έδωσε ο γιατρός ήταν θαυματουργό και δε ζαλίστηκε ούτε λεπτό στο λεωφορείο, τη στιγμή μάλιστα που πολλοί επιβάτες δίπλα της έκαναν εμετό. Είχε ξαναζαλιστεί στο καραβάκι που την πήγαινε στο Νησάκι, αλλά τουλάχιστον ήταν έξω και έπαιρνε καθαρό αέρα. Την είχε μαγέψει και η διαδρομή, κι έτσι το ξεπέρασε. Αλλά αυτή η διαδρομή δεν την ένοιαζε καθόλου, σκεφτόταν μονάχα την άφιξή της εκεί και τις σκηνές που θα ακολουθούσαν. Ήθελε να προετοιμάσει τον εαυτό της για κάθε πιθανή ή απίθανη ερώτηση και δυσκολευόταν αρκετά να βρει απαντήσεις σε όλες. Αλλά θα το πάλευε και έλπιζε να μην έρθει σε πολύ δυσάρεστη θέση.

Όταν το λεωφορείο σταμάτησε στον Ζηρό, η Σοφία ένιωθε ένα τρέμουλο και προσπάθησε να το ελέγξει. Έσφιξε στο χέρι της το μικρό καλάθι για να σταματήσει αυτό το τρέμουλο, έσφιξε και το μαντίλι στο κεφάλι της κι ακολούθησε κάποιους που προχωρούσαν μπροστά της, προς την κεντρική πύλη. Δεν ήξερε τι αντιδράσεις θα συναντούσε, αλλά οι σοκολάτες, τα μπισκότα, οι καραμέλες λουκουμιού, η πορτοκαλάδα και δυο ξύλινες φιγούρες του Καραγκιόζη και του Χατζηαβάτη που βρήκε σε ένα μαγαζί στα Γιάννενα θα ήταν ένας καλός λόγος για να χαμογελάσει ο Φώτης.

Τα μάτια της εξερευνούσαν το περιβάλλον, κι όταν πέρασε την πύλη, σκέφτηκε ότι είχε δίκιο η μάνα της. Εκεί το παιδί θα μεγάλωνε ιδανικά, δίχως στερήσεις, δίχως πείνα, μακριά από κινδύνους. Είχε σκεφτεί κι άλλες φορές ότι, όπως έχασε τον άντρα της, θα μπορούσε να χάσει και τα παιδιά της. Ο τόπος ήταν γεμάτος από νάρκες, χειροβομβίδες, βόμβες, όλα ήταν διάσπαρτα. Υπήρχαν μέρες που ακούγονταν εκρήξεις, όταν κάποιο ζώο πατούσε κάτι στο βουνό.

Ενημέρωσε ποια ήταν, και αφού την αγριοκοίταξε η Προκοπία, της είπε να περιμένει σε ένα υπόστεγο που είχε δύο παγκάκια, εκεί όπου έστειλαν και τους υπόλοιπους. Η καρδιά της χτυπούσε δυνατά κι έσφιξε με το χέρι της το παγκάκι. Πέρασαν κάμποσα λεπτά, μ' εκείνη να χαζεύει τα κτίρια και να θαυμάζει τις εγκαταστάσεις, όταν από το βάθος αχνοφάνηκε μια γνώριμη φιγούρα. «Ο Φώτης μου, ο Φωτάκος μου!» είπε φωναχτά, λες και ήταν μόνη της ή απευθυνόταν σε κάποιον.

Ενώ άλλα παιδιά κατέβαιναν τρέχοντας προς τα παγκάκια, εκείνος προχωρούσε αργά κι αυτό της έκανε κατάπληξη. Ήταν πάντα σαν κουρδισμένος και ποτέ νωχελικός, ακόμα κι όταν είχε πυρετό. Πετάχτηκε από τη θέση της –τα άλλα παιδιά είχαν ήδη φτάσει στους δικούς τους– με μια λαχτάρα που την έκανε να κουνάει ρυθμικά τα πόδια της.

Και πριν εκείνος φτάσει κοντά της, στα δύο μέτρα, η Σοφία έτρεξε και τον πήρε στην αγκαλιά της, με τα δάκρυά της να σχηματίζουν ρυάκια. «Φωτάκο μου, αγόρι μου, αγάπη μου!» φώναξε και τον φίλησε στο κεφάλι.

«Ναι, καλά!» είπε εκείνος με ένα κατσουφιασμένο πρόσωπο, κοιτάζοντας πότε το χώμα και πότε το κτίριο της γραμματείας, απέναντι.

Ήταν μια μεγάλη ψυχρολουσία για τη Σοφία, που προσπάθησε να αλλάξει κουβέντα. «Πώς μεγάλωσες! Και ψήλωσες, και δυνάμωσες, κι έχεις ωραία μαλλιά και ωραία ρούχα, παλικαράκι έγινες! Δε θα πάρεις αγκαλιά τη μανούλα;»

Ο Φώτης, με δυο μάτια κάρβουνα, την κοίταξε κατάματα και την έκαψε. «Τώρα με θυμήθηκες; Πού ήσουν τόσο καιρό; Όλα τα παιδιά είχαν επισκέψεις από τους δικούς τους και σ' εμένα δεν ερχόταν κανένας! Έτσι μ' αγαπάς εσύ;»

Εκείνη δαγκώθηκε. Αν ήταν μόνη της, θα έβαζε τα κλάματα. Αλλά την είχε σκεφτεί στο λεωφορείο την αντίδραση του γιου της και είχε σχεδιάσει μερικά πράγματα στο μυαλό της. «Πάντα σε αγαπούσα, πάντα σε αγαπάω πιο πολύ κι από τα μάτια μου. Και ποτέ δε σε ξέχασα, Φώτη μου. Ούτε μία μέρα. Ούτε μισή! Δεν ήταν εύκολο να έρθω. Έπιασα δουλειά σε ένα σπίτι στα Γιάννενα και μένω εκεί, δεν είναι εύκολο να φύγω. Μόλις μπόρεσα, ήρθα και...»

Τον έπιασε υστερία κι άρχισε να χτυπάει κάτω το πόδι του, να κλοτσάει το χώμα, να κουνάει το σώμα του ακανόνιστα. «Μη μου λες ψέματα όπως η γιαγιά! Δεν ήθελες να με δεις! Γιατί αν ήθελες, θα ερχόσουν όπως οι άλλες μανάδες και οι άλλες γιαγιάδες. Σταμάτα! Σταμάτα!» φώναξε κι έβαλε τα κλάματα.

Μάλιστα είχε πάει με το ζόρι να τη δει όταν τον ειδοποίησαν ότι τον περίμενε η μητέρα του. Κι αντί να χαρεί, έδειξε να θυμώνει εκεί όπου τον βρήκαν, στο εστιατόριο όπου έφτιαχνε τα τραπέζια.

«Δε θέλω να πάω, καλά είμαι εδώ!» είπε σε έναν ομαδάρχη, τον Φίλιππο, που έμεινε άναυδος από την αντίδραση του μικρού. Δεν είχε ξαναδεί περιστατικό παιδιού να μη θέλει να δει τη μάνα του.

Χρειάστηκε να τον πάρει αγκαλιά η κυρία Ελένη, που τους σέρβιρε το φαγητό, κι ο Φώτης τη συμπαθούσε ιδιαίτερα.

«Ό,τι κι αν έχει γίνει, ό,τι κι αν γίνει, είναι η μαμά σου, αυτή σε γέννησε και σ' αγαπάει. Μπορεί και να θυμώνεις άδικα...»

«Δε μ' αγαπάει!»

«Αν δε σ' αγαπούσε, δε θα ερχόταν ποτέ... Για να έρθει να σε δει, πάει να πει ότι σ' αγαπάει. Έλα, σκέψου το αυτό...»

«Ποτέ δεν ερχόταν...»

«Ήρθε όμως... Μπορεί να της είχε συμβεί κάτι. Πήγαινε να τη δεις, εσύ είσαι καλό παιδί και έξυπνο...»

Έτσι πείστηκε να τη συναντήσει, αλλά το ξέσπασμά του ήταν πολύ έντονο.

Μπροστά στα κλάματα του παιδιού της, η Σοφία γονάτισε και τον πήρε ξανά αγκαλιά. «Σε σκεφτόμουν μέρα και νύχτα. Περίμενα πώς και πώς τη στιγμή που θα ερχόμουν εδώ. Είσαι πάντα το γκαργκανούλι* μου, το μαξούμι** μου, το κ'ταβ' μου!»

Έτσι τον φώναζε στο χωριό, μικρό μαυράκι και κουτάβι. Κι όταν τα ξανάκουσε, μαλάκωσε.

«Λες αλήθεια;»

«Αλήθεια λέω, κ'ταβ'! Έλα, κοίτα τι σου έφερα! Για σένα!»

Έβγαλε τα πράγματα από το καλάθι και τα μάτια του Φώτη γούρλωσαν. «Όλα για μένα;»

«Όλα! Και θα σου ξαναφέρω!»

Εκεί το μυαλό του στράβωσε πολύ. Ο ήλιος έγινε αμέσως βαριά συννεφιά. «Τι πάει να πει θα μου ξαναφέρεις; Δε θα με πάρεις μαζί σου; Δεν ήρθες για να με πάρεις;»

Πλάνταξε μέσα της η Σοφία και δεν ήθελε να ακούσει ποτέ κάτι τέτοιο. Πίστευε ότι περνούσε καλά εκεί, έτσι της είχε πει η μάνα της. «Είναι καλά εδώ, Φώτη μου...»

Οι στριγκλιές του πρέπει να έφτασαν ως τον βυθό της λίμνης. «Δε με νοιάζει, θέλω να φύγω! Δε μ' αρέσει! Τίποτα δε μ' αρέσει!»

Πήγε να τον πάρει αγκαλιά μα εκείνος έκανε ένα βήμα πίσω.

«Εδώ είναι καλά, πολύ καλά... Εμείς στο χωριό δεν έχουμε ούτε φαγητό και...»

«Σταμάτα! Δε με νοιάζει ούτε το φαΐ ούτε τα ρούχα ούτε τίποτα! Θέλω να γυρίσω σπίτι...»

«Εδώ είσαι χαρούμενος και μεγαλώνεις σωστά. Πρέπει να μείνεις...»

«Δεν πρέπει!» φώναξε και πέταξε κάτω τα πράγματα που του είχε δώσει η μάνα του.

---

* Μαύρο δέρμα.

** Μικρό παιδί.

Η Αυγουστία, που ξεπροβόδιζε μια γιαγιά, είδε όλη τη σκηνή και πήγε κοντά. «Ζήτα συγγνώμη από τη μάνα σου. Τώρα!» τον πρόσταξε.

Ο Φώτης την κοίταξε άφοβα στα μάτια. «Δε ζητάω, δε ζητάω, δε ζητάω!» κι άρχισε να τρέχει προς τα πάνω.

Τσακισμένη η Σοφία κατευθύνθηκε προς την έξοδο, με τα μέσα της διαλυμένα και τα μάτια της υγρά, κόκκινα, δυο ματωμένες πληγές έτοιμες ν' ανοίξουν κι άλλο. Ήξερε καλά ότι δεν μπορούσε να τον πάρει πίσω, ότι ήταν αδύνατο να ανατραπεί η κατάσταση, κι ας είχε πιάσει δουλειά. Έπαιρνε τελικά λίγα χρήματα, ενώ στην πραγματικότητα δεν ήθελε να αλλάξει την κατάσταση με την παρουσία της στα Γιάννενα. Αυτό βέβαια το είχε πει μόνο στον εαυτό της.

Κι ενώ προχωρούσε προς τη στάση του λεωφορείου, άκουσε τις φωνές του Φώτη, γύρισε ταραγμένη και τον είδε στα κάγκελα. Είχε επιστρέψει για να ξαναδεί τη μάνα του, κάνοντας μια τελευταία προσπάθεια.

«Μάνα, πάρε με μαζί σου! Δεν μπορώ εδώ μέσα, μη μ' αφήνεις εδώ!» ούρλιαζε και χτυπιόταν.

Η σπαρακτική του κραυγή τής έσκισε τα σωθικά, την έκανε να λαχταρίσει. Έκλαιγε, φώναζε, σπάραζε και χτυπούσε με το χέρι το κούτελό του, την εκλιπαρούσε να μην τον παρατήσει. Εκείνη κοντοστάθηκε λίγο, σαν να καρφώθηκε στιγμιαία στο έδαφος, δάγκωσε δυνατά το χείλος της και τελικά προχώρησε χωρίς να κοιτάξει πίσω.

Η φυγή της ήταν για τον Φώτη δέκα χαστούκια της Προκοπίας κι άλλα δέκα της Αυγουστίας. Ρούφηξε τη μύτη του, σκούπισε τα δάκρυα με το μανίκι του και δε γύρισε ποτέ στο εστιατόριο, όπου είχε αφήσει στη μέση τη δουλειά. Του ήταν τελείως αδιάφορο που κάποιοι –κι ανάμεσά τους ο Σιδερένιος και το Πουλί– έτρωγαν τις σοκολάτες και τα μπισκότα του, αυτά που είχε πετάξει όταν του είπε η μάνα του ότι δε θα τον πάρει μαζί της. Δεν ήθελε ούτε να τα ακουμπήσει.

Πήγε στο ξυλουργείο να βρει τον Διονύση, με στεγνό το στόμα και την ψυχή, άδειος μέσα του. Και τα έβαλε με τον εαυτό του που νωρίτερα έκλαψε, αφού είχε υποσχεθεί ότι δε θα το ξανακάνει.

Ο Διονύσης τον είδε από το παράθυρο και κατάλαβε ότι ήταν πολύ αναστατωμένος. Τον ήξερε καλά, μπορούσε να διαβάσει το πρόσωπό του, τις γκριμάτσες του, τα μάτια, τις εκφράσεις.

Ζήτησε από τον μάστορά του να βγει για λίγο. Κι όταν είδε τον φίλο του, του είπε: «Εσένα έχω μόνο... Είσαι ο αδελφός μου... Ούτε μάνα έχω ούτε τίποτα! Να το ξέρεις».

Δεν ήξερε τι να πει ο Διονύσης γι' αυτό το ξαφνικό ξέσπασμα, τα είχε χάσει. «Έχεις μάνα... Ήρθε να σε δει, έπρεπε να είσαι χαρούμενος...»

«Δεν έχω κι ούτε είμαι! Άσε με κι εσύ!» είπε θυμωμένος κι άρχισε να τρέχει προς τα κάτω. Αν γινόταν, θα πηδούσε την καγκελόπορτα και θα συνέχιζε να τρέχει, μέχρι να πέσει κάτω ξερός.

Όσο κυλούσε ο καιρός τόσο σκλήραινε μέσα του ο Φώτης, που μετά την επίσκεψη και τη φυγή της μάνας του είχε πια αντιληφθεί ότι ήταν μόνος του στον κόσμο, κι αυτό ήταν πολύ πικρό και το ένιωθε συχνά. «Είμαι ένα παρατημένο κουτάβι», έλεγε συχνά στον εαυτό του, ειδικά από την ημέρα που του συνέβη κάτι και τον άλλαξε πολύ.

Πίσω από την κουζίνα είδε μια μικρή σκυλίτσα, με κανελιές και καφέ βούλες στη μουσουδίτσα της, που τριγύριζε απελπισμένη να βρει τροφή, ψάχνοντας από δω κι από κει και πηγαίνοντας ακόμα και στα σκουπίδια. Του φάνηκε πολύ λυπημένη, αφού δεν είχε και τόση διάθεση να παίξει, σπάνιο για μικρό σκυλάκι. Την παρακολούθησε και σιγουρεύτηκε ότι όντως ήταν μόνη της, παρατημένη, όπως σκέφτηκε. Τα βράδια χωνόταν ανάμεσα στα τελάρα που υπήρχαν έξω από την κουζίνα, και την είχε δει κουλουριασμένη να τρέμει από το κρύο. Είδε επίσης ότι όσοι δούλευαν εκεί την έδιωχναν, ενώ δεν πείραζε ποτέ κανέναν. Ένας μάλιστα της πέταξε μια πέτρα, που ευτυχώς δεν την πέτυχε, αλλά την τρόμαξε πολύ κι έφυγε με την ουρά κάτω από τα σκέλια.

Από τότε έβαζε στην τσέπη του μια φέτα ψωμί κι ό,τι άλλο μπορούσε να πάρει, καμιά φορά και κόκαλα, για να την ταΐζει. Τη βάφτισε Κανέλα, της πήγαινε κάθε μέρα τροφή, και μερικά βράδια ρίσκαρε και έφευγε από τον θάλαμο για να τη βρει και να τη χαϊδέψει, με εκείνη να καταλαβαίνει τον προστάτη της και να του γλείφει το χέρι από ευγνωμοσύνη. Αυτό του έκανε τεράστια εντύπωση.

Εξαιτίας της Κανέλας –γιατί ένα βράδυ τον έπιασαν έξω από τον θάλαμο– έφαγε ξύλο και τιμωρία, αλλά δε μαρτύρησε πού πήγαινε κι ούτε σταμάτησε ποτέ να την περιποιείται, και εκείνη τον περίμενε πάντα στο ίδιο σημείο κουνώντας την ουρά της.

Με την καθημερινή επαφή τους έλεγε ότι «είμαι κι εγώ ένα παρατημένο σκυλί που δεν το θέλει κανείς...» κι αυτό τον βάραινε μέσα του. Με τέτοια διάθεση ξύπνησε εκείνη την Παρασκευή, που θα τους πήγαιναν εκδρομή σε κάτι κατασκηνώσεις στην Πρέβεζα. Καθόλου δεν το ήθελε, αλλά δεν μπορούσε να κάνει κι αλλιώς, με τον Διονύση πάντως να τον παρακινεί και να του λέει ότι θα ξανάκαναν αγώνες και θα τους κέρδιζε πάλι όλους. Αυτό ήταν ένα ισχυρό κίνητρο.

Έστρωσε γρήγορα το κρεβάτι του, πιο γρήγορα από κάθε άλλη φορά, γιατί είχε να κάνει δύο πράγματα. Πρώτον, να πάει φαγητό στην Κανέλα –είχε φυλάξει από το βράδυ, πήρε και ψωμί από το πρωινό, μαζί κι ένα αυγό, αφού η σκυλίτσα άλεθε τα πάντα– και δεύτερον, να μετρήσει τα γραμματόσημά του που τα είχε αφήσει τις τελευταίες μέρες. Ήταν ό,τι αγαπούσε περισσότερο, η ανάσα και η πνοή του, αυτό που του έδινε χαρά. Μάλιστα είχε κάνει σημαντικές προόδους, αφού τα χώρισε σε κατηγορίες· τετράγωνα, παραλληλόγραμμα, πρόσωπα, ήρωες, ευεργέτες, τοπία, ζώα, φυτά.

Η τακτοποίηση των προσώπων, κυρίως των εθνικών ηρώων, με τη βοήθεια ενός μεγαλύτερου παιδιού, του Πασχάλη, του καλύτερου μαθητή του σχολείου που του μάθαινε πράγματα, τον οδήγησε σε μια απρόσμενη ανακάλυψη, του έδωσε ώθηση στο μυαλό και τον έκανε να λατρέψει ένα συγκεκριμένο κομμάτι της Ιστορίας. Του έδειξε λοιπόν και του έμαθε τους ήρωες του 1821, λέγοντάς του καθημερινά ιστορίες, κι όλοι αυτοί απέκτησαν μυθική διάσταση στο μυαλό του. Έβαλε μάλιστα τον Διονύση, που δούλευε συχνά στον μαραγκό, να του φτιάξει ένα ξύλινο σπαθί με το οποίο παρίστανε τον λατρεμένο του, τον Θεόδωρο Κολοκοτρώνη. Το σπαθί ήταν το ιερό μυστικό τους, αφού, αν τους τσάκωναν, θα τους διέλυαν. Έπαιζε λοιπόν μόνος στο δασάκι πίσω από την κουζίνα κι εκεί το έκρυβε μετά, στην κουφάλα μιας ελιάς.

«Έλα, Φώτη, φεύγουμε! Η Προκοπία άρχισε να μετράει τα παιδιά που μπαίνουν στο λεωφορείο!» του φώναξε ο Διονύσης.

Έβαλε γρήγορα τα γραμματόσημα στο κουτί, χαιρέτησε τον Κολοκοτρώνη και βγήκε γρήγορα από τον θάλαμο. Στη διαδρομή δεν είπε ούτε ένα τραγούδι με τους υπόλοιπους, τα απεχθανόταν, ειδικά όσο έβλεπε τον Ηλία να ουρλιάζει με τη γαϊδουροφωνάρα του:

Την ελληνική σημαία, μάνα μου, την αγαπώ,
στον εχθρό δεν την αφήνω, προτιμώ να σκοτωθώ.
Έχε γεια, γλυκιά μου μάνα, έχει γεια, γλυκιά ζωή,
εγώ πάω να πολεμήσω για μια Ελλάδα πιο τρανή...

Είχε κανονιστεί ώστε η δική του ομάδα, το Βίτσι, να αντιμετωπίσει σε αθλοπαιδιές τη Δωδώνη, το Σούλι, την Κρυσταλλίδα και ο Ιερός Λόχος να ανταγωνιστεί με τη Νικόπολη. Όλοι από την ομάδα του πόνταραν σ' αυτόν, γνωρίζοντας ότι είναι ο πιο γρήγορος, ο πιο αποτελεσματικός, αυτός που θα μπορούσε να τους χαρίσει τη νίκη. Είχαν ακούσει ότι το έπαθλο θα ήταν από ένα παγωτό στον καθένα, και παρόλο που κανένας δεν τους επιβεβαίωσε, όλοι είχαν την προσδοκία.

«Δεν έχω όρεξη!» είπε κοφτά ο Φώτης, κάνοντας τον Σιδερένιο να απορήσει, αφού σε κάθε παιχνίδι εκείνος έτρεχε πρώτος κι ύστερα όλοι οι άλλοι.

«Δε θέλεις παγωτό;» του είπε για να τον ιντριγκάρει.

«Δε θέλω να πειράζεις το σκυλί, και σε έχω δει που το κάνεις», απάντησε απότομα ο Φώτης, κι έχωσε το κεφάλι του στα πόδια που είχε ανεβάσει στο κάθισμα.

Έτσι άκεφος και ψιλοζαλισμένος έφτασε ως το τέλος της διαδρομής, δίχως να μιλάει ούτε στον Διονύση που καθόταν δίπλα του. Έκανε ζέστη και στο λεωφορείο, αλλά όταν κατέβηκαν, τους χτύπησε στο πρόσωπο ένας καυτός αέρας, καίγοντας τα ρουθούνια τους και προκαλώντας τους μεγάλη δυσφορία. Επιπλέον, τους καλωσόρισαν μύγες, κουνούπια και διάφορα πετούμενα, κι αυτό δεν άρεσε καθόλου στον Φώτη, που από τις προηγούμενες μέρες είχε γδάρει από το ξύσιμο χέρια και πόδια προκαλώντας πληγές.

Τους χώρισαν σε ομάδες για να τους μετρήσουν ξανά, και τότε έγινε κάτι αναπάντεχο, που σημάδεψε όχι μόνο τη συγκεκριμένη μέρα αλλά και πολλές από τις υπόλοιπες. Έτσι ζαβλακωμένος όπως ήταν ο Διονύσης, μπήκε σε λάθος σειρά, με αποτέλεσμα πολλά παιδιά να ξεκινήσουν τις φωνές και τα πειράγματα. Η Προκοπία θεώρησε ότι το έκανε επίτηδες, κι ένα δυνατό χαστούκι προσγειώθηκε στο πρόσωπό του, κάνοντάς τον να δει τον ουρανό σφοντύλι και να μετρήσει αστέρια. Με κόκκινο πρόσωπο, αμίλητος και στενοχωρημένος, επέστρεψε στη σειρά του. Αλλά κόκκινο από θυμό ήταν και το πρόσωπο του Φώτη, που είχε γνωρίσει από πρώτο χέρι το... χέρι της Προκοπίας, τον θυμό, την ανεξέλεγκτη οργή της, αυτό που εκείνος αποκαλούσε μίσος. Γιατί πάντα πίστευε ότι η συγκεκριμένη μισούσε τα παιδιά.

Ήταν η σταγόνα που ξεχείλισε το ποτήρι και που τον οδήγησε στην απόφαση να μην ακολουθήσει κανένα παιχνίδι των υπολοίπων, παρότι οι δικοί του τον παρακαλούσαν να τους βοηθήσει για να κερδίσουν το παγωτό.

Όταν οι ομάδες διασκορπίστηκαν, κάθισαν οι δυο τους κάπου απόμερα χαζεύοντας το τίποτα. Κι όταν βαρέθηκαν, έστησαν απέναντι μια μεγάλη πέτρα και τη σημάδευαν με μικρότερες.

Έπειτα από κάμποσα χτυπήματα κι ενώ ως τότε παρέμεναν αμίλητοι, ο Φώτης στράφηκε στον Διονύση: «Έχω ένα σχέδιο! Να φύγουμε από δω και να πάμε να περιπλανηθούμε!».

«Τι να κάνουμε;»

«Να περιπλανηθούμε, να τριγυρίσουμε, να ανακαλύψουμε πράγματα. Βαρέθηκα να καθόμαστε εδώ και να τρώμε ξύλο από την Προκοπία! Έτσι θα είμαστε μόνοι μας και θα έχουμε την ησυχία μας. Εδώ να δεις που θα μας ξαναχτυπήσει! Να σου πω, πόνεσες πολύ;»

«Πόνεσα...»

«Είναι νυφίτσα και μια μέρα θα την κάνω να πονέσει πολύ! Τι λες; Θα περιπλανηθούμε;»

Ο Διονύσης παρέμεινε σιωπηλός και προβληματισμένος.

«Σ' το λέω, σε έχει βάλει στο μάτι σήμερα και θα ξαναφάς ξύλο!»

«Κι αν φύγουμε, δε θα φάμε μετά;»

«Τουλάχιστον θα έχουμε ευχαριστηθεί! Και μπορεί να μη μας βρούνε...»

«Και τι θα τρώμε, Φώτη;»

«Πράγματα από το δάσος, φρούτα!»

«Έχει κι εδώ δάσος;»

«Παντού έχει, και μπορούμε να κρυφτούμε, δεν είμαστε πια μωρά! Έλα, πάντα είσαι... σαν φοβισμένος...»

Το είχε ξανακούσει κι από άλλους ο Διονύσης και δεν του άρεσε καθόλου, και τώρα του το έλεγε κι ο φίλος του. Παραμέρισε τους δισταγμούς του και του είπε: «Ωραία, πάμε! Για να καταλάβεις ότι δε φοβάμαι και μην το ξαναπείς!».

«Γιούπιιιι! Δε θα το ξαναπώ! Ποτέ!»

Για να μην τους δουν τα αγόρια και τους φωνάξουν, πέρασαν πίσω από τα κορίτσια που έπαιζαν τυφλόμυγα και χασκογελούσαν, και βγήκαν σε έναν χώρο με πεύκα και μια πέτρινη βρυσούλα. Ήπιαν νερό με τις χούφτες τους και προχώρησαν ευθεία. Κι έφτασαν τόσο μακριά, ώστε δεν ακούγονταν πια φωνές από την κατασκήνωση κι ούτε έβλεπαν τη θάλασσα. Ήταν αποκαμωμένοι από το περπάτημα μέσα στον ήλιο κι άρχισαν να διψάνε. Κάθισαν σε μια μάντρα που ήταν μπροστά τους για να πάρουν ανάσες.

«Αυτό είναι το... περιπλανηθούμε;» ρώτησε ο Διονύσης, που έδειχνε να μην είναι τόσο ευχαριστημένος απ' αυτή την περιπέτεια.

Ο Φώτης είδε ένα λάστιχο στην άκρη του μαντρότοιχου και σήκωσε ψηλά και τα δυο του χέρια, σαν να πανηγύριζε. «Νερό! Εκεί πρέπει να έχει νερό!»

Πετάχτηκαν κι οι δυο σαν ελατήρια, κι όταν είδαν ότι πράγματι ήταν ένα λάστιχο στη βρύση, αγκαλιάστηκαν και πανηγύρισαν στ' αλήθεια. Ο Φώτης άνοιξε τη βρύση κι έφερε το λάστιχο κοντά στο στόμα του, αλλά σε λίγα δευτερόλεπτα ένα ουρλιαχτό έσκισε την ατμόσφαιρα. Πέταξε κάτω το λάστιχο κι άρχισε να φτύνει, να ξεφυσάει και να κουνάει τα χέρια του σαν να προσπαθούσε να διώξει ένα κουνούπι.

«Κάηκα, κάηκα! Μανούλα μου!» φώναξε, με τον Διονύση να τον κοιτάει σαν κεραυνόπληκτος.

Ξεφύσησε αρκετές φορές, κι όταν ένιωσε καλύτερα, είπε στον Διονύση: «Αυτό το νερό καίει! Καίει το νερό της βρύσης!».

Ο Διονύσης ήθελε να γελάσει αλλά συγκρατήθηκε. «Βρε, δεν καίει το νερό, το λάστιχο καίει! Να, πιάσε, το νερό τώρα είναι κρύο!»

Ο Φώτης τα έβαλε με τον εαυτό του και τη βιασύνη του. Πάντα βιαζόταν στα πάντα κι αυτό τον είχε προδώσει πολλές φορές. Άφησε τον Διονύση να πιει και να χορτάσει και μετά έβρεξε πρώτα το κεφάλι του και τα πόδια του κι άρχισε να πίνει αχόρταγα.

Βλέποντας τον φίλο του να γελάει με την ψυχή του, πήρε το λάστιχο και τον έκανε μουσκίδι, με τον Διονύση να ανταποδίδει και να γελάει με την καρδιά του. Ήταν πάλι χαρούμενοι, ανέμελοι, ευτυχισμένοι, σε έναν κόσμο που δεν είχε σκοτούρες.

Συνέχισαν να περπατάνε χαζεύοντας, γελώντας, κλοτσώντας κουκουνάρια και κόβοντας σύκα, όπου έβλεπαν δέντρα. Με την ανεμελιά τους και το χαζολόγημα ούτε που κατάλαβαν ότι η μέρα έφευγε, μια ευτυχισμένη μέρα που τους έκανε να νιώθουν έναν ξεχωριστό αέρα ελευθερίας.

«Τώρα τι θα κάνουμε;» ρώτησε ο Διονύσης, που είχε καλύτερη αίσθηση του χρόνου από τον Φώτη.

«Πάμε εκεί όπου ανάβουν φώτα και θα δούμε», απάντησε ο Φώτης.

Είχαν ήδη φτάσει σε μια συνοικία της πόλης και τους τράβηξε η έντονη βουή. Βγήκαν σε ένα μέρος με μια μεγάλη πλατεία, και, εκτός από τον κόσμο, τους έκανε εντύπωση μια μεγάλη ξύλινη κατασκευή που υπήρχε εκεί, αν και δεν καταλάβαιναν τι ήταν αυτό και σε τι χρησίμευε. Χάθηκαν μέσα στο πλήθος χαζεύοντας διάφορους μικροπωλητές, εικόνες που δεν είχαν ξαναδεί στη ζωή τους και τους έκαναν τεράστια εντύπωση. Κάθε τόσο έβγαζαν κραυγές ενθουσιασμού και επιπλέον βομβάρδιζαν ο ένας τον άλλο με απορίες.

«Τι είναι, Φώτη, αυτό το κίτρινο που βάζουν στη φωτιά και το ψήνουν και μετά το τρώνε;»

«Δεν ξέρω, αλλά ρίχνουν και αλάτι πάνω!»

«Αυτό το άσπρο πάνω σε ένα καλάμι;»

«Ούτε αυτό ξέρω, αλλά μοιάζει με τα μαλλιά της γιαγιάς μου της Φωτεινής! Εγώ δε θα το έτρωγα, κολλάει στη μούρη τους, βλέπεις;»

Γύριζαν γύρω και χαζολογούσαν, ενθουσιάζονταν και σκουντιόνταν όταν έβλεπαν κάτι παράξενο, όταν ο Διονύσης είδε από μακριά δυο χωροφύλακες και κατατρόμαξε.

«Εμάς θα ψάχνουν!» είπε ανήσυχος στον Φώτη, που τρόμαξε κι αυτός. Πάντα τον τρόμαζαν οι άνθρωποι με στολή, και τον πρώτο φόβο τον είχε από τον Γιάννη τον χωροφύλακα στο χωριό του, που μονίμως τον κοιτούσε αγριεμένα και γι' αυτό προσπαθούσε να φεύγει μακριά του. Ως και στο παγωμένο ποτάμι, πίσω από μια μεγάλη πέτρα, είχε κρυφτεί μια φορά για να τον αποφύγει. Όλοι οι φίλοι του στο χωριό έλεγαν ότι αυτός σκοτώνει παιδιά αφού πρώτα τα βασανίσει!

«Έλα από δω, πίσω από εκείνο το ξύλινο δεν έχει πολύ φως, εκεί θα κρυφτούμε μέχρι να φύγουν!» είπε στον Διονύση, που τον ακολούθησε αμέσως.

Έσκυψαν λοιπόν πίσω από την ξύλινη κατασκευή και κάθε τόσο έριχναν κλεφτές ματιές, σαν τα ποντικάκια που βγάζουν για λίγο το κεφάλι τους και μετά κρύβονται. Τα όργανα της τάξης όμως δεν έφευγαν κι αυτό μεγάλωνε την αγωνία των παιδιών. Δεν είχαν το κουράγιο να ξανατρέξουν, ήταν εξουθενωμένοι από το τόσο περπάτημα και τον ήλιο.

Ο Φώτης, πιο νευρικός, κουνούσε το ξύλο στο οποίο ακουμπούσε και τότε ανακάλυψε ότι αυτό όχι μόνο κουνιόταν αλλά σηκωνόταν κιόλας. Έβαλε περισσότερη δύναμη, ζητώντας και τη βοήθεια του Διονύση, και τότε είδαν ότι κάτω από τα σανίδια υπήρχε ένας μεγάλος κούφιος χώρος.

«Να η κρυψώνα μας!» είπε θριαμβευτικά ο Φώτης, που έφτιαξε επιτόπου το πλάνο. «Εγώ θα σηκώσω το ξύλο και θα μπεις πρώτος. Μετά εσύ θα κρατάς από μέσα και θα μπω κι εγώ, εντάξει;»

«Εντάξει, εύκολο!»

Όταν λοιπόν χώθηκαν μέσα, έβγαλαν κι οι δυο ένα πνιχτό γέλιο.

«Δε θα μας βρουν ποτέ!» είπε ο Φώτης, που προσπαθούσε μέσα στο σκοτάδι να δει πού θα καθίσουν.

Το πήραν σαν παιχνίδι όλο αυτό και δε φοβήθηκαν καθόλου. Επιπλέον, από κάποια κενά που είχαν οι σανίδες μεταξύ τους εισχωρούσε λίγο φως, ενώ ακούγονταν οι φωνές και τα γέλια των περαστικών κι αυτό τους ηρεμούσε. Ακούμπησαν τις πλάτες σε ένα μεγάλο ξύλο και κατάφεραν να βολευτούν, ευχαριστημένοι που τα είχαν καταφέρει.

«Αυτό είναι περιπλάνηση!» σχολίασε.

Τότε ο Διονύσης τον σκούντησε με τον ώμο λέγοντάς του: «Σσσς, μη μιλάς και μας ακούσει κανένας. Μπορεί να μας ψάχνουν ακόμα οι χωροφύλακες!».

Έμειναν σιωπηλοί, ακουμπισμένοι ο ένας δίπλα στον άλλο, κι έτσι κατάκοποι όπως ήταν, γρήγορα αποκοιμήθηκαν. Κι ήταν ένας λυτρωτικός ύπνος, αλλιώτικος από τους άλλους, δίχως κανόνες, προσευχές, επιθεωρήσεις, σιωπητήρια και άλλα κουραστικά που βάραιναν τις ψυχές τους.

Από τη στιγμή που κατέβηκαν στην κρυψώνα, ένιωθαν κι οι δύο σπουδαίοι εξερευνητές που ανακάλυψαν κάτι σημαντικό. Στη διαδρομή προσποιούνταν τους πολεμιστές που ξέφυγαν από τον εχθρό. «Εγώ είμαι ο Θεόδωρος Κολοκοτρώνης!» έλεγε ο Φώτης. «Κι εγώ ο Γεώργιος Καραϊσκάκης», απαντούσε ο Διονύσης. Ανεβασμένοι στα άλογά τους μέσα στα όνειρά τους, τινάχτηκαν απότομα όταν άκουσαν μια δυνατή, άγρια φωνή, με τον ήλιο να τους χτυπάει στο πρόσωπο, μέσα από το δυνατό μπλε του ουρανού.

Αγουροξυπνημένοι κι οι δυο αγκαλιάστηκαν φοβισμένοι, αφού ένας άγνωστος άντρας με μεγάλο κεφάλι και τσιγκελωτό μουστάκι τούς φώναζε με όλη του τη δύναμη, λες και ήταν κουφοί.

«Τι κάνετε εδώ μέσα, ρε αλητάκια; Μπρος, βγείτε έξω αμέσως. Αμέσως!»

Σηκώθηκαν κι οι δυο με ένα τρέμουλο, βλέποντας ότι η «καταπακτή» ήταν ορθάνοιχτη. Τους φάνηκε μαγικό όλο αυτό κι αδυνατούσαν να καταλάβουν πώς συνέβη.

«Γρήγορα!» ξαναφώναξε το τσιγκελωτό μουστάκι, που είχε δίπλα του άλλους δύο. Όλοι φορούσαν τα ίδια ρούχα και είχαν μεγάλες τσέπες.

«Τίνους είστε εσείς;» είπε ένας που δεν είχε μαλλιά παρά μόνο στα πλάγια, ενώ ο τρίτος, φορώντας ένα καπέλο που έκρυβε αν είχε μαλλιά, ήταν το ίδιο άγριος με το τσιγκελωτό μουστάκι.

«Είστε Πρεβεζάνοι ή το σκάσατε από πουθενά;»

Πλέον έτρεμαν κανονικά τα δύο παιδιά, τα οποία ταυτόχρονα κατάπιαν τη γλώσσα και μαζί όλες τις λέξεις τους. Πιάστηκαν χέρι χέρι από τον φόβο και τα χέρια τους ίδρωσαν αμέσως. Κι έτσι τα έσφιγγαν, μουσκεμένα.

«Καλύτερα πάμε στο Τμήμα», είπε ο τσιγκελωτός, που φαινόταν αρχηγός αυτουνού χωρίς μαλλιά και του άλλου με το καπέλο που έκρυβε αν είχε μαλλιά.

Ούτε ο Φώτης ούτε ο Διονύσης ήξεραν τι είναι «Τμήμα», αλλά καταλάβαιναν ότι δεν ήταν κάτι καλό. Αν ήθελαν να τους δώσουν φαγητό και πορτοκαλάδα, θα τους τα έδιναν εκεί και δε θα τους φώναζαν μέσα στα μούτρα τους.

Σε λιγότερο από πέντε λεπτά –γιατί το περίφημο Τμήμα ήταν στην απέναντι γωνία– ο Φώτης κι ο Διονύσης βρέθηκαν ανάμεσα σε ανθρώπους που φορούσαν την ίδια στολή και το ίδιο καπέλο. *Μοιάζει λίγο με το καπέλο του βασιλιά, έχει το ίδιο στέμμα. Αλλά αυτοί δεν είναι βασιλιάδες*, σκέφτηκε ο Φώτης. Ήταν όλοι με σκοτεινά πρόσωπα, βλοσυροί και αυστηροί. Το μόνο καλό ήταν –και το σκέφτηκε πρώτος ο Διονύσης, που είχε φάει το τελευταίο ξύλο– ότι δε μοίραζαν χαστούκια κι ότι είχαν πιο λεπτά χέρια από της Προκοπίας. Έβαλαν όμως τις φωνές στους άλλους τρεις, αυτούς που ανακάλυψαν την κρυψώνα τους.

«Μα καλά, τόσο πρόχειρα το αφήσατε; Είπαμε, πανηγύρι, αλλά όχι του Κουτρούλη ο γάμος! Και κοιτάξτε να το στήσετε καλά. Απόψε δεν είναι το πανηγύρι;»

«Μάλιστα, απόψε, θα έχει και συγκροτήματα», είπε το τσιγκελωτό μουστάκι, και, όπως διαπίστωσε ο Φώτης, «αυτός τους φοβάται τους χωροφύλακες, μόνο σε παιδιά ξέρει να φωνάζει».

Όταν έφυγαν οι τρεις προδότες, ο πιο μεγάλος σε ηλικία χωροφύλακας τους άφησε με το στόμα ανοιχτό.

«Ποιος είναι ο Φώτης και ποιος ο Διονύσης;»

Ήταν μάταιο να καταπιούν ξανά τη γλώσσα τους, ήδη γνώριζαν τα ονόματά τους.

«Εγώ είμαι ο Διονύσης», απάντησε εκείνος δειλά, και ο Φώτης τον κοίταξε μουτρωμένος.

Ο μεγάλος χωροφύλακας τους κοίταξε άγρια.

«Κανονικά έπρεπε να φάτε ξύλο γι' αυτό που κάνατε, αλλά ας το αναλάβει το ίδρυμα. Αντώνη, ειδοποίησες;»

«Μάλιστα, κύριε διοικητά, το έκανα αμέσως».

Ο Φώτης χαμήλωσε το κεφάλι. *Κι άλλοι προδότες*, είπε μέσα του, και σκεφτόταν ότι κι αυτή η απόδραση απέτυχε.

Τους έδωσαν από ένα σάντουιτς και μια πορτοκαλάδα και τους έβαλαν να καθίσουν σε ένα δωμάτιο που είχε ένα γραφείο, δύο καρέκλες και έναν μικρό καναπέ. Ο καθένας πήρε από μια καρέκλα.

«Ποιος λες να μας πρόδωσε, Διονύση;»

«Σίγουρα η Προκοπία, σίγουρα. Αυτή έστειλε τους αστυνομικούς που μας παρακολουθούσαν. Κι όταν μας έχασαν, έστειλε αυτούς τους τρεις που μας βρήκαν...»

«Μήπως κι ο Σιδερένιος επειδή δεν ήθελα να παίξω;»

«Μπα... Αυτός δε μετράει τα παιδιά, μόνο η Προκοπία το κάνει».

Πριν προλάβουν να φάνε όλο το σάντουιτς, η φωνή της Προκοπίας από κάποιο διπλανό δωμάτιο αντήχησε στ' αυτιά τους.

«Οχ!» είπε ο Διονύσης που ξαναθυμήθηκε το χαστούκι με το οποίο είδε αστράκια κι όλο τον ουρανό να γυρίζει.

Η πόρτα άνοιξε απότομα και την είδαν μπροστά τους, μαζί με την Αυγουστία και δυο από τους ομαδάρχες. Έσφιξαν και οι δύο τα δόντια προετοιμασμένοι για το χαστούκι που θα ερχόταν, κι αφού δεν ήρθε ποτέ –προς γενική κατάπληξή τους– έπρεπε να χρωστάνε χάρη σ' αυτόν τον μεγάλο χωροφύλακα που ήταν δίπλα στους ανθρώπους του ιδρύματος.

Το μάγουλό τους τη γλίτωσε, αλλά όχι και το αυτί τους, που ξεχείλωσε από το τράβηγμα, το οποίο δεν έλεγε να τελειώσει, κι ας είχαν μετρήσει μέσα τους ως το δέκα.

«Θα τα πούμε όπως πρέπει εμείς!» είπε με συριστή φωνή η Προκοπία, προετοιμάζοντάς τους για αυτό που θα ακολουθούσε.

Κανένα από τα δύο παιδιά δε μίλησε. Αν έλεγαν κάτι, οτιδήποτε, θα τους έδερναν και οι χωροφύλακες. Τους το είχε πει κι εκείνος ο μεγάλος. Η τιμωρία όμως ήταν χειρότερη απ' αυτή που περίμεναν. Η Προκοπία έδεσε τον Φώτη σε μια ελιά με τη γνωστή εντολή: να περνάνε οι υπόλοιποι και να τον φτύνουν, «γιατί είναι το χειρότερο παιδί εδώ μέσα και δε βάζει μυαλό. Κι όσο δε βάζει, αυτά θα παθαίνει».

Παρότι υπέφερε πολύ μέσα του, κράτησε τα μάτια του ανοιχτά για να βλέπει ποιοι τον φτύνουν κανονικά και ποιοι προσπαθούν να μην τον πετύχουν.

Ο Διονύσης είχε ένα διαφορετικό μαρτύριο. Χωρίς φτύσιμο –επειδή δεν είχε δώσει άλλα δικαιώματα– όμως το ίδιο αηδιαστικό. Επί τρεις μέρες καθάριζε τα αποχωρητήρια, κι αυτό για εκείνον, που σιχαινόταν πολύ, ήταν ένα μεγάλο δράμα.

Όταν τελείωσε και η ποινή του Διονύση, ο Φώτης, που πήγαινε κρυφά να τον βοηθά, τον ρώτησε με σοβαρό ύφος βλέποντάς τον λιγομίλητο: «Θέλω να ξέρω αν με μισείς».

«Πώς σου ήρθε;»

«Αυτές τις μέρες δε μου μιλάς πολύ... Μήπως επειδή σου είπα να περιπλανηθούμε και τιμωρηθήκαμε;»

Ο Διονύσης τον έπιασε από τον ώμο: «Όχι, αλήθεια όχι. Αλλά σκέφτομαι πολύ αυτές τις μέρες ότι έχεις δίκιο. Εδώ μέσα είναι μαρτύριο! Χάρηκα που φύγαμε και νιώσαμε αλλιώς. Κι αν θες να ξέρεις, πέρασα ωραία!».

Η χαρά του Φώτη ήταν τεράστια. Φωτίστηκε το πρόσωπό του, το οποίο μετά την τιμωρία της φτυσιάς έπλενε δέκα φορές τη μέρα!

Κι ύστερα, πάλι με σοβαρό ύφος, γύρισε και τον ρώτησε: «Είμαστε αδέλφια, Διονύση;».

«Είμαστε!»

«Θέλω να γίνουμε κανονικά από σήμερα. Κανονικά!»

«Πώς γίνεται αυτό;»

«Άκου, μου το είπε χθες ο Πασχάλης που τα ξέρει όλα. Θα κάνουμε ο καθένας από μια χαρακιά στο χέρι –όχι μεγάλη, μη φοβάσαι– και θα ενώσουμε το αίμα μας! Ε, από εκείνη τη στιγμή και μετά θα είμαστε αδέλφια, με το ίδιο αίμα! Το έκαναν ο Νικηταράς με τον Οδυσσέα Ανδρούτσο! Ο Πασχάλης μού το είπε κι αυτό! Θέλεις να το κάνουμε;»

Ο Διονύσης, βλέποντας τον τεράστιο ενθουσιασμό του, ήθελε πολύ να τον ευχαριστήσει. Πάντα χαιρόταν με τη χαρά του και προσπαθούσε να την κάνει μεγαλύτερη.

«Ναι! Θέλω πολύ! Γιατί αλήθεια είμαστε σαν αδέλφια, μόνο εσένα εμπιστεύομαι εδώ και μαζί περνάμε τα κακά και τα καλά. Κι αφού υπάρχει τρόπος, ας γίνουμε κανονικά αδέλφια!»

Τους πήρε αρκετή ώρα για να καταλήξουν στο σχέδιο, αφού είχαν διαφωνίες ως προς τον τρόπο εφαρμογής του. Ο Διονύσης έλεγε ότι θα ήταν καλύτερα να πέσουν στο χώμα με τα χέρια, ώστε να κάνουν γρατζουνιές, όπως συνέβαινε όταν έπαιζαν μπάλα, ο Φώτης ισχυριζόταν ότι έτσι μπορεί είτε να μην είχαν σωστό αποτέλεσμα είτε να χτυπήσουν και να πονέσουν, ενώ θα ήταν πιο εύκολο να κάνουν μια γρατζουνιά με κάτι αιχμηρό.

Τον έπεισε με το επιχείρημά του και του ζήτησε να τον περιμένει στο δασάκι πίσω από τα δωμάτια των επιτηρητών, εκεί απ' όπου είχαν πάρει χώματα και πέτρες για να γεμίσουν το κρεβάτι της Αυγουστίας. Πετάχτηκε σαν βέλος μέχρι την κουζίνα, όπου όλοι τον συμπαθούσαν γιατί τους έκανε πολλές δουλειές ακόμα και με τη θέλησή του.

Ο μάγειρας, ο Λαυρέντης, ήταν απασχολημένος με τα μαγειρέματά του κι έτσι ο Φώτης, που τάχα μου πήγε να ρωτήσει τι φαΐ θα έτρωγαν, βρήκε την ευκαιρία να αρπάξει ένα μαχαίρι αλλά κι ένα πανί και να εξαφανιστεί. Σαν πουλί πέταξε μέχρι τον Διονύση, που τρόμαξε στη θέα του μαχαιριού κι άρχισε να ξαναρωτάει αν υπήρχε άλλος τρόπος ώστε να μην πονέσουν.

Ο Φώτης ξεφύσησε και του είπε: «Δε θα πονέσουμε. Θα το κάνω εγώ πρώτος. Εντάξει;».

Κράτησε το μαχαίρι με το καλό του χέρι, το δεξί, έσφιξε τα δόντια κι άρχισε να το πιέζει προσεκτικά μέσα στην παλάμη, δίπλα από το μεγάλο δάχτυλο. Μια χαραγματιά, όχι μεγάλη, έφερε σταγόνες αίματος, με τον Φώτη να πανηγυρίζει που τα κατάφερε αμέσως.

«Ήταν τόσο εύκολο, είδες;» είπε στον Διονύση, και του ζήτησε να απλώσει το δεξί του χέρι.

«Να μην το κάνω μόνος μου;»

«Μπορείς ή καλύτερα εγώ;»

«Καλά... Εσύ...»

Πίεσε το μαχαίρι με τον ίδιο τρόπο, αλλά η γρατζουνιά ήταν μεγαλύτερη και το αίμα περισσότερο.

«Ooooχ!» πετάχτηκε ο Διονύσης, αμέσως όμως ο στιγμιαίος πόνος πέρασε.

Ένωσαν τις παλάμες τους, τις έσφιξαν κι ο Φώτης έκανε την ευχή: «Να είμαστε αδέλφια για τώρα και για πάντα! Μαζί στα καλά και στα κακά!».

Ο Διονύσης τον κοιτούσε και χαμογελούσε.

«Ε, Διονύση, μη γελάς. Πρέπει να το πεις κι εσύ!»

«Να είμαστε για πάντα αδέλφια για τώρα και για πάντα! Εμ, τα μπέρδεψα!»

«Ξαναπές το!»

«Να είμαστε αδέλφια για τώρα και για πάντα!»

«Στα καλά και στα κακά!»

«Στα καλά και τα κακά!»

Σκούπισαν με το πανί τα χέρια τους, χαμογέλασαν, πιάστηκαν από τον ώμο και ξεκίνησαν να πάνε πίσω να βρουν τους υπόλοιπους, που ήταν μαζεμένοι στο θεατράκι. Κάποιος θα τους μιλούσε για την πατρίδα και τη σημαία, και η Προκοπία είχε πει ότι όποιος έλειπε θα τιμωρούνταν πάρα πολύ αυστηρά. Συμφώνησαν ότι δεν υπήρχε λόγος να φάνε ξύλο αυτή τη μέρα που είχαν γίνει αδέλφια.

10

ΣΑΝ ΠΙΝΑΚΑΣ ΖΩΓΡΑΦΙΚΗΣ ήταν η λίμνη των Ιωαννίνων, ζωγραφιά από μόνη της, με τα καλύτερα χρώματα της πλάσης, στολίδι για τις ψυχές και χάδι για τα μάτια. Η βροχή μέσα στη μουντάδα την ομόρφαινε κι άλλο και τα σαν μπαμπάκι σύννεφα που τη σκέπαζαν της έδιναν μια απόκοσμη εικόνα που μάγευε τους περαστικούς.

Σαν συναυλία ακουγόταν η βροχή πάνω στα κεραμίδια και στους τσίγκους, κι ο κόσμος, κουρασμένος από τις ζέστες, απολάμβανε την αλλαγή σκηνικού και τοπίου. Οι μαγαζάτορες μάζευαν τις καρέκλες απ' έξω και οι βαρκάρηδες ήξεραν ότι με τον χειμώνα τελειώνει η βασιλεία τους, αφού ελάχιστοι θα πήγαιναν πια στο Νησάκι και μόνο όταν δεν είχε καιρό. Γιατί όταν φούσκωνε η λίμνη, κανένας δεν μπορούσε να αστειευτεί μαζί της και μόνο να την κοιτάξουν μπορούσαν. Από τότε, πιο παλιά, που κάποια σκαφάκια είχαν αναποδογυρίσει από τα μποφόρ, κανένας δεν τόλμησε να κάνει διαδρομές με καιρό.

Η Σοφία περπατούσε βιαστικά για να μην αρπάξει καμιά πούντα, όπως τον περασμένο χειμώνα, που μαρτύρησε μέχρι να συνέλθει, αλλά και για να μην αρχίσει τη μουρμούρα η κυρά της που την είχε στείλει για ψώνια. Της άρεσαν και η βροχή και ο χειμώνας και το ντύσιμο της φύσης στα σκούρα, αν και ήξερε πια ότι γι' αυτή σήμαινε βάσανα. Δεν ήταν μόνο ότι θα είχε ένα σωρό δουλειές –στρώσιμο χαλιών, φύλαγμα ρούχων, ξεσκονίσματα και πλυσίματα, αλλαγή στις κουρτίνες και αέρισμα στις κουβέρτες και τις φλοκάτες ξανά και ξανά, αφού η κυρία είχε μια ευαισθησία σ' αυτά– αλλά θα ξανακλεινόταν στο τυφλό δωμάτιό της, δίχως να μπορεί να ανασάνει.

Μια χαρά είχε περάσει το καλοκαίρι, με άνεση, ηρεμία και άπλετο χρόνο δικό της, και μάλιστα απρόσμενα. Η κυρά της, έπειτα από κάμποσο καιρό στο νοσοκομείο κι αφού πήγε καλά η θεραπεία, απαίτησε από τον άντρα της να πάνε στο άλλο της σπίτι, στο Μέτσοβο, για να μη λιώσει από τη ζέστη στην πόλη. Η θερμοκρασία ήταν ακόμα πολύ υψηλή και δεν το άντεχε. Κι επειδή δεν πήγαινε τόσο συχνά στο Μέτσοβο, την πατρίδα των γονιών της, ήταν μια καλή ευκαιρία να αλλάξει παραστάσεις και να πάρει ανάσες. Κι ήταν τρομερά ευχάριστο για τη Σοφία το γεγονός ότι δε ζήτησε να την ακολουθήσει, αφού εκεί ήταν όλες οι εξαδέλφες της Όλγας και όλες τις φορές περνούσε καλά, έχοντας τα πάντα στα πόδια της.

Η Σοφία λοιπόν είχε πολύ χρόνο να ξεκουραστεί, να ξυπνά με την ησυχία της, να κάθεται με τις ώρες στο δώμα και να αγναντεύει τη λίμνη, να κάνει με την άνεσή της όλες τις δουλειές χωρίς να έχει κανέναν πάνω από το κεφάλι της. «Κουκούλια» τα είχε κάνει τα χαλιά, μοσχομύριζε το σπίτι από καθαριότητα, ήταν κι αυτός ένας τρόπος για να μην την ψέλνει η κυρά της. Κι είχε πολύ χρόνο να σκεφτεί και ν' αφήσει αυτές τις σκέψεις να καταλαγιάσουν, αφού περνούσαν πολλά από τον νου της.

Ήταν πολύ χαρούμενη που είδε τον Σπύρο της χαρούμενο στους Φιλιάτες, κι ας της βγήκαν τα σπλάχνα μέχρι να πάει εκεί. Είχε προσαρμοστεί απόλυτα κι είχε ενταχθεί στις παρέες των παιδιών, ήταν ήρεμος, ευχάριστος και απολύτως ικανοποιημένος από τις συνθήκες εκεί, δίχως το παραμικρό παράπονο. Δεν της ζήτησε ούτε μία φορά να τον πάρει πίσω μαζί της κι αυτό την έκανε να χαρεί. Ακριβώς το αντίθετο δηλαδή από τον Φώτη της, που, όπως σκέφτηκε, ήταν τελικά πιο δύσκολο παιδί. Ήταν βέβαια και πιο μικρός, άρα λιγότερο προσαρμοστικός.

Την απασχολούσε όμως και η συμπεριφορά της μάνας της, που σαν να είχε αλλάξει μετά την αναχώρηση των παιδιών για τα ιδρύματα. *Μα γιατί να φταίω σε κάτι; Εκείνη ήταν που επέμενε να πάνε εκεί, ορκιζόταν ότι θα αλλάξει η ζωή τους προς το καλύτερο. Τι την έπιασε μετά;* σκεφτόταν συχνά, και θυμόταν ότι, όταν πήγε εκεί να την επισκεφτεί, ήταν απότομη ως και επιθετική.

Μετά την επιστροφή από τους Φιλιάτες, σκέφτηκε ξανά το θέμα της Φωτεινής και δεν άφησε τον εγωισμό της να την παρασύρει. Θα ήταν εύκολο να κλειστεί στο καβούκι της και ν' αφήσει τον καιρό να προχωράει. Στο κάτω κάτω, έκανε αυτό που της είχε ζητήσει· έπιασε δουλειά, και μάλιστα πολύ κουραστική, μακριά από το σπίτι της. Αποφάσισε λοιπόν να πάει να τη δει, γιατί δεν της άρεσε καθόλου που κάτι υπήρχε ανάμεσά τους κι ήθελε να το ξεκαθαρίσει.

Παρά τις παραξενιές της –μεγάλη γυναίκα ήταν– δεν μπορούσε να μην της αναγνωρίσει ότι της στάθηκε βράχος όλα αυτά τα χρόνια. Εκείνη την πίεσε να μείνουν μαζί μετά τον χαμό του άντρα της, εκείνη ανέλαβε όλα τα βάρη, εκείνη έπεσε με τα μούτρα στην ανατροφή των παιδιών, που έγιναν δυο φορές παιδιά της, προσφέροντας όλη τη φροντίδα και την αγάπη της. Κι έπειτα, όπως σκέφτηκε, μπορεί να είχαν κουραστεί κι οι δυο από την πίεση τόσων χρόνων, από τις μεγάλες δυσκολίες και την ανημποριά που τις τσάκιζε.

«Μισή ντροπή δική μου και μισή δική της», είπε, κι αποφάσισε να πάει. Και μπορεί να μεγάλωσε πολύ φτωχικά και με τρομερές στερήσεις, αλλά δε θα τσιγκουνευόταν να της δώσει λίγη χαρά. Της πήρε λοιπόν ένα ταψάκι γιαννιώτικο, αφού μπορεί και να μην είχε δοκιμάσει ποτέ, ένα ζευγάρι παντόφλες για να πετάξει επιτέλους εκείνες τις ελεεινές που φορούσε όλη μέρα, μέσα και έξω από το σπίτι, και μια μάλλινη νυχτικιά για να πάψει να φοράει αυτό το σακί που φορούσε. Ίσως είχε να αγοράσει καινούργιο νυχτικό από τότε που παντρεύτηκε, χίλια χρόνια πίσω.

Στη διαδρομή σκεφτόταν πώς αλλάζει ο άνθρωπος και τι του επιφυλάσσει η μοίρα του. Πρώτη φορά έλειπε τόσο καιρό και της φαινόταν τρομερό που επέστρεφε σαν επισκέπτρια. Της άρεσε που πήγαινε ξανά, αλλά ήταν ξεκάθαρο μέσα της ότι θα προτιμούσε να είναι μόνο επισκέπτρια. Στην αρχή έτρεμε στην ιδέα ότι θα φύγει από το χωριό της, την τρόμαζε κάθε σκέψη να πάει αλλού, έστω και λίγο. Και τώρα, βλέποντας την ανάβαση προς το «πουθενά» από το βρόμικο τζάμι του λεωφορείου, ούτε που μπορούσε να διανοηθεί ότι θα γυρίσει εκεί, κλεισμένη σε έναν πολύ περιορισμένο τόπο.

Κι ένιωσε να δικαιώνεται όταν το λεωφορείο την άφησε εκεί στο άνοιγμα του δρόμου, διαγώνια από το καφενείο. Πολλά ζευγάρια μάτια άρχισαν να την περιεργάζονται, να την κοιτάνε από κάτω μέχρι πάνω, να την παρατηρούν έντονα ακολουθώντας τα βήματά της. Κι άνοιξαν παραθυρόφυλλα, πόρτες και κατώγια, αφού αρκετές θυμήθηκαν ότι κάτι είχαν να κάνουν έξω εκείνη τη συγκεκριμένη στιγμή. Κι όλως τυχαίως, έπεσαν πάνω της.

Η Ευτέρπη τη ρώτησε αν γύρισε για πάντα, η Καλλιόπη –με ένα περίεργο γελάκι– αν περνάει καλά στην πόλη, η Ευφροσύνη τής είπε ότι μεταμορφώθηκε, η Ρεβέκκα τόλμησε να τη ρωτήσει αν της έγινε κανένα προξενιό εκεί στα Γιάννενα.

«Και το μαλλί σου άλλαξε, Σοφία μου. Το έβαψες;» έκλεισε το καλωσόρισμα η Καλλιόπη.

Ήθελε, αν γινόταν, να εξαφανιστεί στο δευτερόλεπτο από μπροστά τους, αλλά ήξερε ότι έπρεπε να το υπομείνει όλο αυτό. Μακάριζε πάντως τον εαυτό της που είχε βάλει τις δυο σακούλες με τα ψώνια της μάνας της μέσα στη βαλίτσα, «γιατί ποιος ξέρει τι θα έλεγαν και τι θα υπέθεταν αν τις είχα έξω».

Μια γερή «ντουντούκα», η Πανωραία, είχε ήδη προλάβει στη Φωτεινή την άφιξη της κόρης της πριν καν πάρει το δρομάκι προς τα πάνω, κι έτσι η Σοφία είδε τη μάνα της να την περιμένει έξω, με το τσεμπέρι λυτό να κρέμεται στους ώμους της.

Η μία περίμενε να κάνει κίνηση η άλλη, αλλά η Σοφία αποφάσισε να κάνει εκείνη το πρώτο βήμα. *Τότε γιατί ήρθα εδώ, αν πάλι περιμένω να μου δείξει κάτι εκείνη;* σκέφτηκε. Άφησε κάτω τη βαλίτσα της, πήγε προς το μέρος της και την αγκάλιασε. «Καλώς σε βρήκα, μάνα, μια χαρά μού φαίνεσαι, κοτσονάτη! Σαν τον δικό μας αέρα, κανένας!»

«Καλώς ήρθες, κόρη μου!» είπε χαρούμενη η Φωτεινή, που μετά την ιστορία στα Γιάννενα, απ' όπου έφυγε άρον άρον και με την καρδιά μαύρη, δεν περίμενε ότι θα ξανάβλεπε την κόρη της μπροστά της τόσο σύντομα. «Έλα, κόπιασε, θα είσαι ζαλισμένη από το ταξίδι», της είπε κι έσκυψε να πάρει τη βαλίτσα.

Η Σοφία τη μάλωσε. «Έλα, μάνα, έχω χέρια! Εσύ είσαι κουρασμένη γυναίκα!»

«Ναι, από το καθισιό! Τίποτα δεν κάνω, Σοφία μου, τίποτα. Μόνο τα μάτια κουράζονται, να κοιτάω όλη μέρα τον ουρανό. Δεν κάνω και τίποτ' άλλο...»

Μπορεί να της είπε ότι τη βρήκε μια χαρά, αλλά μπροστά της έβλεπε μια γερασμένη γυναίκα, πνιγμένη από τις ρυτίδες και με μαύρους κύκλους στα μάτια. Δεν ήταν πια εκείνη η δυνατή γυναίκα που ήξερε και που μπορούσε να στύψει την πέτρα και να κουλαντρίσει όλο το χωριό. Εκτός από τα μαύρα χάλια της μάνας της το ίδιο χάλια ήταν και το σπίτι, σαν να ήταν εγκαταλειμμένο, παρατημένο στο έλεος του καιρού. Ακόμα και η δική της τρύπα καλύτερη όψη είχε από το σπίτι της. Δεν άφησε όμως να φανεί η απελπισία της.

«Γιατί κοιτάς τον ουρανό, ρε μάνα;»

«Δεν έχω και κάτι άλλο. Εσύ δεν ξέρεις τι θα πει μοναξιά και να μην το μάθεις ποτέ».

Εκείνη η σκληρή γυναίκα, όπως την είχε δει στην τελευταία τους συνάντηση, ήταν πια ζυμάρι.

«Να μην το μάθεις και να μη σου τύχει... Δεν αντέχεται αυτή η ερημιά. Να μην έχεις να πεις μια κουβέντα με έναν άνθρωπο, να του πεις τον καημό σου, το πρόβλημά σου, να κάτσεις μαζί του δίπλα στη φωτιά, να τον νοιαστείς και να σε νοιαστεί. Τέλος πάντων, ας αφήσουμε τα δικά μου. Εσύ πώς είσαι; Α, δεν έχω να σε φιλέψω κάτι. Ή μάλλον... έχω κάτι κόλλυβα. Φρέσκα, πρωινά, τα έφερε η Δωροθέα, ήταν το μνημόσυνο της Μήτσαινας».

«Πέθανε η Μήτσαινα;»

«Πέθανε, κόρη μου, πέθανε. Ούτε χρόνο δεν άντεξε μετά τον χαμό του άντρα της. Γι' αυτό σου είπα, κακό πράμα η μοναξιά...»

«Είμαι εντάξει, μάνα, δεν μπορώ να φάω τίποτα μετά το

ταξίδι, γύρισε το στομάχι μου. Α, έχω φέρει κι ένα γλυκό, γιαννιώτικο, να το δοκιμάσεις».

«Καλά, παιδί μου, θα σου φέρω για μετά χυλοπίτες, τις φτιάξαμε το πρωί με τη Βασιλική, ο Θεός να της δίνει χρόνια...»

«Και σ' εσένα, μάνα...»

«Τι να τα κάνω εγώ; Ένα κούτσουρο είμαι».

Ήταν μια καλή ευκαιρία για τη Σοφία να βγάλει κάποια πράγματα που είχε μέσα της, ξέροντας ωστόσο ότι έπρεπε να είναι προσεκτική.

«Μάνα μου, νομίζω ότι δεν πρέπει να τα βλέπεις όλα αρνητικά. Θυμήσου τι έλεγες για τα παιδιά. Ότι εδώ θα δυστυχήσουν κι ότι εκεί θα μπορέσουν να ζήσουν και να έχουν ένα μέλλον. Ότι εδώ δεν μπορούμε να τους προσφέρουμε τίποτα. Το θυμάσαι;»

Κούνησε λυπημένα το κεφάλι της. «Το θυμάμαι, πώς...»

«Κάναμε το σωστό λοιπόν, αν κι εσύ που πήγες στον Φώτη δε μου είπες ή δεν κατάλαβες ότι δεν περνάει καλά...»

«Κι εσύ πού το ξέρεις;»

«Τον είδα, μάνα, πήγα. Ο Θεός να τον βοηθήσει να ηρεμήσει».

«Ε... Τι να σου έλεγα, κόρη μου; Να σε φουρκίσω και να σ' αφήνω άυπνη; Θα στρώσει, όπως έστρωσε ο μεγάλος, έτσι μου είπε ο αδελφός σου».

«Το ξέρω, μάνα, τον είδα...»

«Τον αδελφό σου; Πότε;»

«Τον Σπύρο, μάνα! Πήγα και σ' αυτόν, έτσι θα τον άφηνα; Είναι άλλα παιδιά, διαφορετικά...»

«Ναι, είναι...»

«Όμως άλλο σου έλεγα. Για τα παιδιά είπες ότι ήταν το σωστό. Και για μένα όμως επέμενες ότι έπρεπε να πάω να δουλέψω και να μπω οπωσδήποτε στο σπίτι του γιατρού. Με κοιτούσες σχεδόν με αηδία όταν έφυγαν τα παιδιά και ήμουν εδώ. Λες και ήταν στο χέρι μου να κάνω κάτι και δεν το έκανα».

«Όχι με αηδία, όχι με αηδία! Μην το ξαναπείς αυτό! Απλώς ντρεπόμουν να μας τρέφει η Βασιλική, δυο στόματα κάθε μέρα, κι εσύ να κάθεσαι. Εγώ δεν μπορούσα να κάνω τίποτα, ποιος θα με ζητούσε εμένα;»

«Επίτηδες το έκανα, μάνα; Ή μου έδωσαν δουλειά και δεν πήγα; Είδες, μόλις παρουσιάστηκε κάτι, έτρεξα».

«Τέλος πάντων, μην τα σκαλίζουμε...»

«Όχι, να τα σκαλίσουμε! Γιατί και στο θέμα των παιδιών και στο δικό μου εσύ πήρες την απόφαση πρώτα. Οπότε μη μου ρίχνεις ευθύνες...»

«Ε, μη με ξεσυνερίζεσαι, μεγάλη γυναίκα είμαι...»

«Εντάξει, αλλά να σκέφτεσαι και λίγο... Να, θυμάσαι πώς έκανες όταν ήρθες να με δεις; Με κάτι μούτρα μέχρι εκεί κάτω, επειδή δε γινόταν να πάμε στο σπίτι. Μα δεν κάνω ό,τι θέλω, έχω αφεντικά, μάνα, και μάλιστα παράξενα! Τι να σου εξηγώ τώρα; Ότι μου είχαν ξεκαθαρίσει από την πρώτη μέρα ότι δεν μπορώ να φέρω κανέναν στο σπίτι;»

Η Φωτεινή ξαφνιάστηκε. «Ούτε τη μάνα σου; Η μάνα σου δεν είναι ο κανένας!»

«Ας μην το ξαναπιάσουμε πάλι από την αρχή! Σ' το εξήγησα. Λες να μην ήθελα να πάμε; Για σκέψου το λίγο. Αμ το άλλο; Με κοιτούσες σαν να ήμουν καμιά του δρόμου! Κι είπες πικρά πράγματα, μάνα, ότι ξέχασα από πού ήρθα κι ότι με άλλαξε η πόλη και δε σου δίνω σημασία. Τι έπρεπε δηλαδή; Να φοράω τα παλιόρουχα και το τσεμπέρι; Ή να είμαι όπως πήγαινα στο χωράφι; Και σ' το είπα και τότε, τα ρούχα μού τα έδωσε η κυρά μου. Ποιος ξέρει πώς με έβλεπε...»

Η Φωτεινή δαγκώθηκε. «Εντάξει, μπορεί να ήμουν λίγο υπερβολική, αλλά για το καλό σου το είπα. Ξέρεις ότι ο κόσμος λέει πολλά...»

«Για μένα;»

«Για όλους! Φοβήθηκα μη σε πιάσουν στο στόμα τους, χήρα γυναίκα είσαι...»

«Και; Αυτό πάει να πει κάτι; Και κουρελιασμένη να ήμουν, πάλι θα έλεγαν αν ήθελαν. Και δε θα κάνω τη χάρη στην Καλλιόπη και στη Ρεβέκκα να με δουν ξανά κουρελιασμένη».

«Πού τις θυμήθηκες αυτές;»

«Είδα πώς με κοιτάζανε τώρα που ήρθα. Με γδύσανε με τα μάτια τους! Και να έβλεπες μια κακία που έβγαζαν...»

«Δε σ' τα είπα, κόρη μου; Σ' τα είπα! Τον ξέρω τον κόσμο καλύτερα από σένα».

«Αν άλλαξα σε κάτι, είναι ότι δε με νοιάζει πια τόσο τι λέει ο κόσμος. Όχι ότι αδιαφορώ, αλλά κοιτάω να μη δίνω αφορμές. Με ξέρεις. Ούτε τεμπέλα είμαι ούτε ξεδιάντροπη».

Την πήρε το παράπονο και σφίχτηκε για να μην κλάψει, αφού στον νου της ήρθαν μονομιάς όσα πέρασε· ο φρικτός θάνατος του άντρα της, η τρομερή ανέχεια και η πείνα, μαζί και η ορφάνια των παιδιών της, η φυγή τους, η δική της φυγή και η κατάληξη σε μια μέγαιρα, μια πραγματικά κακότροπη και μοχθηρή γυναίκα.

Η Φωτεινή σφίχτηκε κι αυτή μέσα της και κατάλαβε ότι είχε πικράνει την κόρη της χωρίς λόγο, ίσως από εγωισμό, ίσως από κακές σκέψεις, ίσως από δικές της φοβίες, ίσως από ανασφάλεια. Σηκώθηκε από την καρέκλα της, τη σίμωσε και την πήρε αγκαλιά, όπως την έπαιρνε όταν ήταν μικρή, το ίδιο φοβισμένη και τότε, αφού πάντα την τρόμαζαν οι άνθρωποι και γι' αυτό έγινε τόσο κλειστή.

«Όλα θα σιάξουν κι όλα θα πάνε καλά... Κι εγώ θα χαίρομαι που είναι καλά τα παιδιά κι εσύ με τη δουλειά σου και δε θα στενοχωριέμαι...»

Σφιχταγκαλιάστηκαν κάτω από τη φωτογραφία του σκοτωμένου άντρα της, με τη Φωτεινή να καταριέται μέσα της εκείνη την κακιά, την τραγική στιγμή που διέλυσε ένα σπιτικό, και τη Σοφία να αναρωτιέται πόσο κουράγιο έπρεπε να κάνει ακόμα στη μαύρη ζωή της.

«Για να μη λες ότι σ' τα λέω ξαφνικά. Αύριο θα φύγω, μάνα, πρέπει να φύγω. Η κυρά μου είναι στο Μέτσοβο και δεν ξέρω πότε μπορεί να γυρίσει. Πρέπει να είμαι σπίτι. Και σου υπόσχομαι ότι με την πρώτη ευκαιρία θα ξανάρθω να σε δω...»

«Καλά, κόρη μου, να κάνεις αυτό που πρέπει. Και μη με ξεσυνερίζεσαι, έχω κι εγώ τα δικά μου...»

«Τα είπαμε, μάνα, τα είπαμε. Α, θα το ξεχνούσα. Έχω κάτι για σένα».

Πήγε στη βαλιτσούλα της, έβγαλε τις δυο σακουλίτσες και της τις έδωσε, κάνοντάς τη να γουρλώσει τα μάτια.

«Τι είναι αυτά;»

«Ξέρω κι εγώ; Χόρτα! Άνοιξέ τα, βρε χριστιανή μου!»

Με τρομερή ταχύτητα –και τεράστια αδημονία μέσα της– η Φωτεινή άνοιξε τις σακούλες και είδε τις παντόφλες και τη νυχτικιά και τα έσφιξε στην αγκαλιά της. «Για μένα;»

«Το ένα για σένα και το άλλο για τον παπα-Μανόλη! Για σένα βέβαια, σου αρέσουν;»

«Ούτε νύφη δεν είχα τέτοια!» Τα άφησε στο τραπέζι και πήρε ξανά αγκαλιά τη Σοφία. «Ο Θεός να σου δίνει χρόνια κι ό,τι πιάνεις από δω και πέρα να γίνεται χρυσάφι! Και να σου έρθουν όλα τα καλά!»

Της ξέφυγαν μερικά δάκρυα, και δεν ήταν για τα δώρα,

αλλά επειδή ξανακέρδισε την κόρη της κι η ψυχή της μαλάκωσε ξανά. «Δεν ήταν ανάγκη, παιδί μου, αλήθεια δεν...»

«Μάνα, δε γίνονται όλα από ανάγκη, αλλά επειδή θέλουμε κάποια πράγματα...»

«Μα μη χαλάς τα λεφτά σου που βγάζεις με τόσο κόπο...»

«Δεν τα χαλάω, μάνα, τίποτα δε χαλάω! Κάτσε να τα χαρείς αυτά κι άσε τους υπολογισμούς!»

«Δεν ήξερα ότι θα έρθεις. Θα πεταχτώ λίγο δίπλα στη Βασιλική να πάρω τις χυλοπίτες που σου έλεγα και...»

«Μάνα, δε χρειάζεται να...»

«Μα, βρε κόρη μου, αφού θα έπαιρνα έτσι κι αλλιώς. Μαζί τις φτιάξαμε. Σε πειράζει να της πάω λίγο από το γλυκό;»

«Και όλο να το πας δεν πειράζει! Το αξίζει. Είναι Παναγιά για μας αυτή η γυναίκα. Την επόμενη φορά που θα έρθω, θα της φέρω κάτι οπωσδήποτε. Α, και να σου πω κάτι. Θα σου στέλνω κάθε μήνα λίγα χρήματα για να έχεις να πορεύεσαι. Δε γίνεται τώρα που δουλεύω να περιμένεις φαγητό από την κυρα-Βασιλική. Είναι ντροπή...»

«Είσαι με τα καλά σου; Δε βαρυγκομάει η γυναίκα, με την καρδιά της μου δίνει ένα πιάτο φαγητό. Μια κατσαρόλα τη βάζει πάντα».

«Να βάζεις κι εσύ, μάνα, το κατιτίς σου μπορείς να το έχεις, όλα μπορούν να γίνουν...»

Η Βασιλική δεν άφησε τη Φωτεινή να φύγει «με ένα σκέτο πιάτο φαΐ, είναι ντροπή, τέτοια μέρα χαράς». Έστρωσε λοιπόν τραπέζι κι έφαγαν όλοι μαζί, η Φωτεινή, η Σοφία, η Βασιλική και ο Ιορδάνης, κι είπαν μόνο ευχάριστα πράγματα, χαρούμενα, με παλιές όμορφες ιστορίες, με αναμνήσεις από παλιά γλέντια στο χωριό, με ευτράπελα με τον παπά, που κάποτε μπέρδεψε τα μπουκάλια κι έβαλε ξίδι στη Θεία Κοινωνία, με στιγμές που φώτισαν τα πρόσωπα κι έφεραν αληθινά χαμόγελα.

Η Σοφία φίλησε με αγάπη και στοργή την κυρα-Βασιλική και τον κύριο Ιορδάνη, που την έκαναν να νιώσει και πάλι ζεστασιά στην ψυχή της, που φώτισαν το πρόσωπό της, που της έδωσαν δύναμη να συνεχίσει να παλεύει. Υποσχέθηκε ότι η επόμενη φορά θα ήταν στο σπίτι της και δεσμεύτηκε γι' αυτό.

Κι ύστερα, πραγματικά κουρασμένη, έπεσε για ύπνο στο κρεβάτι των παιδιών της. Μπορούσε να τα μυρίσει και να τα ονειρευτεί...

Όταν έφυγαν η Σοφία και η Φωτεινή, ο Ιορδάνης έδειχνε πολύ ανήσυχος, και η κυρά του τον μάλωσε.

«Ξέρω ότι θες την ησυχία σου, αλλά ένα απλό τραπέζι ήταν και έπρεπε να γίνει. Ξέρεις πόσο βασανισμένες είναι κι οι δυο...»

«Ποιο τραπέζι, μωρέ; Το τραπέζι είναι το θέμα;»

«Τότε γιατί είσαι έτσι;»

Απάντησε ψιθυριστά, θαρρείς και κάποιος θα μπορούσε να τους κρυφακούει: «Δεν πάνε καλά τα πράγματα και φοβάμαι για το μέλλον μας...».

«Το δικό μας, Ιορδάνη;»

«Το δικό μας, όλων μας... Βράζει το πράγμα στην Αθήνα. Μετά τη δολοφονία του Γρηγόρη Λαμπράκη, του βουλευτή, έχει ξεφύγει πολύ η κατάσταση και δεν ξέρω πού μπορεί να οδηγηθούμε, Βασιλική. Και μετά την παραίτηση του Καραμανλή το καλοκαίρι, να δεις ότι θα έχουμε ιστορίες. Κι ούτε ξέρω τι θα γίνει στις εκλογές. Μέσα στον χειμώνα αυτόν σίγουρα. Τι να σου κάνουν οι υπηρεσιακές κυβερνήσεις κι ο κάθε Πιπινέλης; Κάτι ψάχνουν...»

«Όχου, μωρέ, και με τρόμαξες! Πέσε να κοιμηθείς, χριστιανέ μου, κι άσε τη φιλοσοφία! Εμείς δεν μπορούμε να κάνουμε τίποτα».

«Α, καλά! Τότε θα σου λέω μόνο για πίτες...»

Περπατώντας βιαστικά, για να μην αργήσει στην κυρά της, κι αφηρημένη όπως ήταν, αφού σκεφτόταν εκείνη τη συνάντηση με τη μάνα της που τη βρήκε πολύ καταπονημένη, η Σοφία πάτησε ένα πεσμένο φύλλο, γλίστρησε κι έπεσε, χτυπώντας τον αγκώνα της.

Και δεν την ένοιαζε ο πόνος, που ήταν δυνατός, αφού βρήκε νεύρο πέφτοντας, αλλά το γεγονός ότι με την απότομη πτώση της πλάκωσε με το σώμα της τη σακούλα με τα τυριά της κυράς της. Και την έπιασε απελπισία, αφού, ελέγχοντάς τα, είδε ότι ήταν χάλια και δεν μπορούσε να της τα πάει σε τέτοια κατάσταση.

Ο κύριος Θάνος ο τυρέμπορος, που την είδε να πέφτει λίγα μέτρα μακριά από το μαγαζί του, πετάχτηκε τρομαγμένος κοντά της και τη βοήθησε να σηκωθεί. «Αχ, Παναγιά μου, χτύπησες; Τι έγινε, βρε Σοφία; Πονάς κάπου;»

Τον κοίταξε ντροπιασμένη αλλά και απελπισμένη. «Τίποτα, τίποτα, δεν έπαθα τίποτα... Γλίστρησα... Δεν πειράζει...»

«Βρε, τι δεν πειράζει; Πονάς; Σε βλέπω που πιάνεις το χέρι σου. Να σε πετάξω ως το νοσοκομείο να σε ψάξουν; Μην έσπασες κανένα χέρι!»

«Όχι, όχι, καλά είμαι... Θα περάσει... Είναι από το ξάφνιασμα...»

Είχε κοκκινίσει από ντροπή αλλά και με τη σκέψη ότι πάλι θα έβρισκε τον μπελά της από το τίποτα.

«Βρε, πάμε μια στιγμή, δεν παίζουν μ' αυτά...»

«Είμαι καλά, σου λέω, να, πέρασε». Κρατούσε απελπισμένη τη σακούλα με τα τυριά και δεν ήξερε τι να κάνει. Να μείνει, να πάρει άλλα και να τα πληρώσει άλλη φορά φέρνοντας δικά της λεφτά, ή να τα βάλει σε μια άλλη σακούλα, να φύγει κι ο Θεός βοηθός;

Ο Θάνος, που κατάλαβε την αμηχανία της, την έβγαλε από τη δύσκολη θέση. «Έλα, μπες στο μαγαζί να δούμε πώς είναι τα τυριά. Θα τα φτιάξω», της είπε και της πήρε τη λασπωμένη σακούλα.

Τον ακολούθησε στο μαγαζί και, χωρίς να το καταλάβει, σκέφτηκε εκείνον τον γλοιώδη μπακάλη, τον Ζώη, και σφίχτηκε το στομάχι της. Μόνο που θυμήθηκε τη σκηνή που είχε κολλήσει πάνω της, της ήρθε ζαλάδα κι έκλεισε τα μάτια για να διώξει τις εικόνες που την έκαναν να πετάγεται στον ύπνο της.

«Μη στενοχωριέσαι, συμβαίνουν αυτά, δε χάλασε ο κόσμος», της είπε μαλακά ο Θάνος, ένας άνθρωπος με καθαρό βλέμμα, καλόψυχος και καλόκαρδος, κάτι που καθρεφτιζόταν στο πρόσωπό του και φαινόταν σε κάθε του λέξη. Άρχισε να ανοίγει τα τυριά και αμέσως την έκανε να νιώσει καλύτερα. «Το μετσοβόνε δεν πειράχτηκε, ούτε κι η γραβιέρα με την παρμεζάνα. Ε, τη φέτα θα τη φτιάξω».

Όση ώρα ξεδίπλωνε τα χαρτιά με τα οποία είχε τυλίξει τα τυριά, η Σοφία τον παρατηρούσε προσεκτικά. Ήταν καθαρός και περιποιημένος, ήρεμος και χαμογελαστός, και επιπλέον το μαγαζί που είχε φτιάξει ήταν για βραβείο. Είχε κρεμάσει στους τοίχους αντικείμενα που έβαζαν στα πρόβατα, σκλαβέρια* με περιλαίμιο, δερμάτινα κριγιαρικά και τραγόλερα, καμπανέλια, μπρούντζινες σείστρες και μπακιρένια τσοκάνια,

* Κουδούνια.

αλλά και παλιές γκλίτσες, μικρά και μεγάλα κοφίνια, γουδοχέρια, μπλάστρια κι ένα σωρό αντικείμενα που έκαναν το μαγαζί να μοιάζει με μουσείο.

Τα περισσότερα τα είχε φέρει από το σπίτι του στα Ζαγοροχώρια, αφού ο πατέρας του ήταν βοσκός, μερικά τα πήρε από τους θείους του που είχαν μαντρί, άλλα τα αγόρασε, κι έτσι στόλισε υπέροχα το μαγαζί, τη *Στάνη*, για το οποίο έρχονταν ακόμα και από άλλες πόλεις, αφού φημιζόταν για τα αγνά προϊόντα του.

Δεν κατάφερε να παντρευτεί –αν και ήθελε πολύ, θεωρώντας τον γάμο ευλογία–, αφού τα έθιμα στην οικογένειά του ήταν απαράβατα· έπρεπε πρώτα να παντρευτούν οι δυο αδελφάδες του, η Κρινιώ και η Αργυρώ, κι έπειτα να ακολουθήσει ο ίδιος. Με τη μεγάλη, την Κρινιώ, τα κατάφεραν, καθώς το προξενιό με έναν γαλακτοπαραγωγό από το Τσεπέλοβο, τον Ζαχαρία, απέδωσε, κι έτσι άνοιξε ο δρόμος για τη δεύτερη. Η Αργυρώ όμως ήταν πιο δύσκολη και τους ξέμεινε, κι έτσι έπιασαν μαζί ένα μεγάλο ράφι για να γεροντοπορευτούν. Στα σαράντα δύο του πια, μεστωμένος, είχε ξεχάσει τον γάμο και η ζωή του ήταν δουλειά σπίτι, και λίγο καφενείο στις ελάχιστες ελεύθερες ώρες του.

Του είχε γυαλίσει από την πρώτη στιγμή η Σοφία, που πήγαινε συχνά στο μαγαζί για να ψωνίσει στην κυρά της, και, ρωτώντας εμπιστευτικά, έμαθε ότι ήταν μια άτυχη γυναίκα, χήρα με δύο μικρά παιδιά. Αυτό δεν τον πτόησε βέβαια, ούτε και το γεγονός ότι ήταν παραδουλεύτρα. Δεν τον ένοιαζαν προίκες και μεγαλεία, έναν καλό άνθρωπο ήθελε εκείνος και τον έβλεπε στο πρόσωπο αυτής της κοπέλας, που πάντα είχε τα μάτια χαμηλά και δεν έδινε κανένα δικαίωμα. Του άρεσε η ηρεμία της κι ακόμα περισσότερο η ντροπαλοσύνη της, γι' αυτόν δείγμα συνετού ανθρώπου. Ήξερε ότι υπήρχαν σουσουράδες που την κουνούσαν την ουρά τους κι αυτό ήταν κάτι που τον απωθούσε.

Έκανε το λάθος να εξομολογηθεί το ενδιαφέρον του για τη Σοφία στην αδελφή του, την Αργυρώ, που τον πήρε από τα μούτρα: «Θες και τα λες ή σου ξεφεύγουν; Με μια χήρα, μάνα δυο παιδιών; Να κάνεις τι; Να της μεγαλώσεις τα παιδιά που δε θα είναι και δικά σου; Τι είσαι εσύ; Ευεργέτης; Δεν υπάρχουν πια Ζωσιμάδες και Ριζάρηδες και Ζάππες και Αβέρωφ, και δεν μπορείς να τους κάνεις εσύ! Κι έπειτα, γύρευε τι ναυάγια κουβαλάει στη ζωή της, τι ιστορίες και ποιος ξέρει και τι άλλο. Μακριά από τέτοιες καταστάσεις».

Δεν της ξαναείπε λέξη, όπως και σε κανέναν άλλο, αλλά η φλόγα μέσα του παρέμενε αναμμένη, με τη συστολή του όμως να νικάει κατά κράτος την επιθυμία του. Καλύτερα να έκοβε το δάχτυλό του ή να μην ξανάτρωγε ποτέ εκείνο το τυρί με το πιπέρι που λάτρευε, παρά να εκτεθεί, και, ακόμα χειρότερα, να γίνει ρεζίλι.

Ούτε τα μάτια του δε σήκωσε όσο έφτιαχνε την παραγγελία της κυρα-Όλγας, κι ας φλογιζόταν μέσα του για τη Σοφία. Θα βουτούσε τον καημό του σ' ένα τσίπουρο αργότερα. Θα έπινε ένα και για εκείνη, χωρίς να το ξέρει. Έτσι, για την υγειά της.

«Ορίστε λοιπόν, εύκολο ήταν. Σουλούπωσα τη φέτα κι όλα καλά, ούτε γάτα ούτε ζημιά!» είπε στη Σοφία με ένα πλατύ χαμόγελο ικανοποίησης. «Οι άνθρωποι να είναι καλά και τα άλλα γίνονται», πρόσθεσε, δίχως να την κοιτάει στο πρόσωπο.

Εκείνη όμως, όπως σηκώθηκε, είδε αμέσως ότι ο Θάνος δεν είχε αλλάξει μόνο τα χαρτιά τυλίγματος αλλά και τα ίδια τα τυριά. Τα προηγούμενα ήταν στον πάγκο, δίπλα, κι αυτά που της έδωσε ήταν καινούργια. Αιφνιδιάστηκε πολύ, για την ακρίβεια τα 'χασε. Κι έχασε και τα λόγια της.

«Ξέρεις... Θέλω να πω...»

«Είπαμε, ούτε γάτα ούτε ζημιά! Και καλή καρδιά! Και καλοφάγωτα!»

Προσπάθησε να βρει τα σωστά λόγια. «Θάνο, έβαλες καινούργια. Πόσο κάνουν; Θα σου δώσω εγώ τα λεφτά, δεν είναι...»

«Δεν είναι να το συζητάς! Άμε στο καλό! Α, όχι ακόμα!» Πριν ολοκληρώσει τη φράση του, γύρισε σβέλτα κι έπιασε από μια διπλανή βιτρίνα ένα πήλινο με γιαούρτι. «Είναι ολόφρεσκο, το πρωί το έφτιαξα! Δώρο από μένα. Μόλις το φας, θα περπατάς πάνω στη λίμνη, τέτοια απογείωση!»

Η Σοφία χαμογέλασε, δίχως να μπορεί να ελέγξει το κοκκίνισμά της. Δεν είχε μάθει σε φιλοφρονήσεις, ήταν άγνωστα αυτά στη ζωή της. «Μα γιατί... Θέλω να πω... Τα τυριά, αυτό... Δεν...»

«Είσαι καλός άνθρωπος, Σοφία! Δε χρειάζεται να ψάχνουμε ένα "γιατί" σε όλα! Φτάνει ότι είσαι καλός άνθρωπος και αξίζεις! Κι έπειτα, δεν είναι όλα πάρε δώσε ούτε και χρήμα. Είναι και η ευχαρίστηση! Άμε στο καλό και προσοχή στο χέρι! Αν δεις ότι πονάει, να πας στον γιατρό, είπαμε, δεν παίζουμε μ' αυτά...» Τη χαιρέτησε ζεστά, με χειραψία, και γύρισε στα τυριά του, αυτά που στέριωναν τη ζωή και συνάμα τη στοίχειωναν. Αυτό σκέφτηκε μόλις την κατευόδωσε: *Έχω τη δουλειά μου που μου δίνει σταθερότητα, το σπίτι μου, την υγειά μου. Αλλά αντέχεται όλη μέρα στα τυριά; Με τυριά ξυπνάω και με τυριά κοιμάμαι! Γιατί να μην έχω έναν καλό άνθρωπο σαν τη Σοφία να μοιραστώ τη ζωή μου;*

Ούτε εκείνη όμως έφυγε δίχως σκέψεις από τη *Στάνη*, κι

όλα φούντωσαν το βράδυ, όταν κλείστηκε στο «τυφλό» δωμάτιό της, αυτό όπου έκλεινε τους καημούς και τα βάσανά της. Με την πλάτη ακουμπισμένη στον τοίχο, όλη της η ζωή πέρασε σαν φωτογραφικό φιλμ από τον νου της και σκέφτηκε πόσο την τιμώρησε. Της έδωσε έναν καλό άντρα «κερί αναμμένο» στο πλευρό της και της τον πήρε τόσο άδικα, με τέτοιο τραγικό τρόπο. Της έδωσε δυο παιδιά και δεν μπόρεσε να τα κρατήσει, ανήμπορη, από τις συνθήκες, να τα αναστήσει. Και της έδωσε χαμόγελο που το σκέπασαν και το έσβησαν ένα τσουβάλι πίκρες.

Τα ερωτηματικά σφυροκοπούσαν το κεφάλι της κι όλα προήλθαν από τις φιλοφρονήσεις του Θάνου, που με δυο απλές κινήσεις, με τη ζεστασιά του, τη γαλαντομία του, την έκανε να νιώσει ξανά άνθρωπος. «Έχω δικαίωμα να χαρώ; Να χαμογελάσω; Να ονειρεύομαι; Να ξυπνάω και να κοιμάμαι με τη σκέψη κάποιου άλλου;» αναρωτιόταν. Ένιωσε να φλογίζεται με τη σκέψη, ανατρίχιασε ολόκληρη. Ήταν ένα σύγκρυο στην άδεια ψυχή της, κι η μοναξιά της ένα ταβάνι που την πλάκωνε.

Θυμήθηκε ότι είχε να νιώσει όμορφα λίγο πριν σκοτωθεί ο άντρας της. Είχαν πάει σε ένα πανηγύρι σε ένα πανέμορφο χωριό, την Καστάνιανη Πωγωνίου, όπου αντάμωσαν με κάτι ξαδέλφια του Φώτη. Κι ήταν ανήμερα της Παναγιάς, Δεκαπενταύγουστος, και μοσχομύριζε η πλάση, αγαλλίαζαν οι ψυχές των ανθρώπων, χαιρόταν ο κόσμος, κι εκείνος την έσφιγγε στην αγκαλιά του, τη φιλούσε, την τάιζε, της έβαζε κρασί, κι ύστερα τη σήκωσε να χορέψουν και την καμάρωνε, όπως τους καμάρωνε κι όλο το χωριό, εκεί στην πλατεία της Αγίας Τριάδας.

Κι έβλεπε την εκκλησιά, που δεν την έριξε ούτε η οβίδα των Ιταλών στον πόλεμο, κι ευχαριστούσε την Παναγιά για όλη την ευτυχία της. Ήταν ό,τι είχε ονειρευτεί στη ζωή της κι ένιωθε τόσο τυχερή. Και μετά... *Κι από τότε σκοτάδι, βαθύ σκοτάδι...* σκέφτηκε, κουκουλώθηκε κι έπεσε για ύπνο.

Αλλά και στον ξύπνο της άρχισε να σκέφτεται τον Θάνο, και μάλωνε τον εαυτό της που της συνέβαινε αυτό. «Μπα σε καλό μου!» έλεγε κι έπιανε βαριές δουλειές για να ξεφύγει από σκέψεις, που, το ένιωθε, την αναστάτωναν πολύ και την έκαναν να χάνεται. Κι αν εκείνη προσπαθούσε να βγάλει από το μυαλό της αυτό που την τάραζε, οι συμπτώσεις το επανέφεραν, και μάλιστα άμεσα.

Η Όλγα, λιχούδα όπως ήταν πάντα, είχε φάει εκείνο το συγκλονιστικό γιαούρτι στο πήλινο που βρήκε στο ψυγείο και είχε τρελαθεί. Κι όταν έμαθε την προέλευσή του –δίχως να διστάσει να το φάει χωρίς καν να ρωτήσει–, έστειλε τη Σοφία να της φέρει προμήθειες.

«Ήρεμα, δεν έγινε κάτι», έλεγε στον εαυτό της όσο περπατούσε για το μαγαζί του Θάνου, προσπαθώντας να ελέγξει τη νευρικότητά της που την είχε κυριεύσει. Δεν ήξερε αν έπρεπε να χαρεί ή όχι όταν βρήκε κόσμο στο μαγαζί. Είδε όμως ότι ο Θάνος έλαμψε ολόκληρος όταν την αντίκρισε κι αυτό ήταν ολοφάνερο.

«Δώσε μου δυο λεπτά να τελειώσω με τις κυρίες», της είπε χαμηλόφωνα, κι ύστερα άρχισε σχεδόν να τρέχει για να ξεμπερδέψει με τις προηγούμενες πελάτισσες.

Κι όταν τις ξεπροβόδισε, εμφανίστηκε μπροστά στη Σοφία με ένα χαμόγελο ίσαμε τα αυτιά, κάτι που την έκανε να νιώσει ένα σκίρτημα. Προσπάθησε να το ελέγξει.

«Τρελάθηκε η κυρά μου με το γιαούρτι! Και μάντεψε πόσα θέλει. Δέκα!»

«Δηλαδή δεν το έφαγες εσύ;»

Κοκκίνισε ελαφρά αλλά προσπάθησε αμέσως να το μπαλώσει.

«Πώς, πώς, το έφαγα! Της έβαλα όμως δυο κουταλιές και παλάβωσε!»

«Α, ωραία, γιατί θα σε μάλωνα! Γιατί σ' εσένα το έδωσα! Σήμερα θα σου δώσω να δοκιμάσεις την κρέμα μου, αλλά και το ρυζόγαλο. Μη δώσεις όμως στην κυρά σου, θα σου τα φάει!»

Γέλασαν κι οι δυο, με τον Θάνο να σκέφτεται ότι ήταν μοναδική ευκαιρία να της πει αυτό που σκεφτόταν τόσο καιρό.

«Τι θα έλεγες να πάμε μια Κυριακή να δεις το μαντρί από το οποίο προμηθεύομαι το γάλα; Είναι φανταστικά εκεί!»

Της ήρθε να βάλει τα γέλια αλλά κρατήθηκε. *Άκου στο... μαντρί! Τι να κάνω; Να αρμέξω;* ήταν η σκέψη που κατάπιε. «Ξέρω από ζωντανά, Θάνο, από χωριό είμαι...»

«Δεν είπα ότι δεν ξέρεις. Απλώς θα είναι ωραία. Κι ωραία βόλτα...»

Ένιωσε να κοκκινίζει ολόκληρη, να καίνε τα μάγουλά της. «Βόλτα...» είπε αμήχανα.

«Ναι! Είναι στα Ζαγοροχώρια, στην Αρίστη! Είναι μαγική η διαδρομή».

Η Σοφία προσπαθούσε να καταλάβει τι και πώς, ένιωθε πολύ αιφνιδιασμένη απ' όλο αυτό. Πολλά την τραβούσαν, πολλά τη φρέναραν, κι ήταν εντελώς άμαθη. «Αρίστη; Μακριά είναι, ολόκληρο ταξίδι...»

Ο Θάνος καταλάβαινε ότι βρισκόταν σε τεντωμένο σκοινί και σκέφτηκε ότι μπορεί να μην είχε άλλη ευκαιρία.

«Το... μακριά μάς πειράζει;»

Χωρίς να το ξέρει, αυτή η ερώτηση έκανε τη Σοφία να σαστίσει.

«Ε, είναι και το μακριά...»

«Αυτό λύνεται. Θα το κάνουμε πιο κοντά!»

Η Σοφία κατάπιε τη γλώσσα της κι ο Θάνος προσπάθησε να χαλαρώσει λίγο την κουβέντα.

«Δε θέλω να με παρεξηγήσεις, Σοφία. Απλώς ήθελα να πιούμε έναν καφέ, σαν άνθρωποι. Δεν είναι κακό. Κι ούτε πρόκειται να σε φέρω σε δύσκολη θέση. Ποτέ. Για τίποτα. Θέλω να το ξέρεις».

Στην πιο κρίσιμη στιγμή μπήκαν δύο πελάτες στο μαγαζί κι αυτό έκανε μονομιάς τον Θάνο και τη Σοφία να κουμπωθούν, μ' εκείνη να παίρνει τη σακούλα με τα πράγματα της κυράς της για να φύγει.

«Μην ξεχάσεις να μου πεις για τα γιαούρτια... Κι έλα πιο μετά, θα έχω έτοιμες τις κρέμες σου...»

Η Σοφία έφυγε βιαστικά, πετώντας μόνο ένα «ευχαριστώ, γεια» στον Θάνο, που έμεινε να βράζει στο ζουμί του. Κι αυτό εξακολούθησε να συμβαίνει και τις επόμενες μέρες, με σκέψεις που τον βασάνιζαν. *Μήπως την πρόσβαλα; Αλλά δεν είπα κάτι κακό. Μήπως όμως ήταν υπερβολικό που της πρότεινα να πάμε στην Αρίστη;* Είχε κι έναν εφιάλτη που του δυσκόλευε τη ζωή. *Μήπως το είπε στην κυρα-Όλγα; Αυτή είναι ικανή να με κάνει ρεζίλι...* Κι όσο δεν την έβλεπε τόσο καιγόταν μέσα του, με τα ερωτηματικά να τον σφυροκοπούν.

Αλλά κι η Σοφία συνθλιβόταν από δυο βουνά, τα «θέλω» και τα «πρέπει», που μάχονταν με σφοδρότητα και τη βασάνιζαν, της έκοβαν την ανάσα και της δυσκόλευαν τον ύπνο. Το μυαλό της γύρισε χρόνια πίσω, τότε που γνώρισε τον άντρα της. Πόσο βασάνισαν εκείνον τον καφέ που της είχε προτείνει και την έκανε να ντραπεί τόσο πολύ. Και τελικά, με την επιμονή του, δυο μήνες μετά, ο καφές έγινε πορτοκαλάδα στην Κόνιτσα, και μετά στεφάνι και σπιτικό, και πρώτη γέννα και δεύτερη.

Ξαναθυμήθηκε όλη τη μαυρίλα της από κει και μετά, αυτά τα βουνά πόνου που τη διέλυσαν, την ισοπέδωσαν, της προκάλεσαν τόση οδύνη. Αλλά ένα γεγονός που συνέβη στο σπίτι επηρέασε πολύ τη Σοφία και την ώθησε σε μια απόφαση με την οποία ήταν αρνητική όσο τη σκεφτόταν. Ένα βράδυ, έχοντας τελειώσει όλες τις δουλειές της και με την ώρα πια περασμένη, ανέβηκε στο δώμα για να πάρει μια ανάσα, καθώς ένιωθε πολύ πιεσμένη μέσα της. Κι όπως είχε απλώσει τα πόδια της σε μια καρέκλα αγναντεύοντας τη λίμνη, είδε ξαφνικά την κυρά της –που σπάνια ανέβαινε πάνω– να εμφανίζεται μπροστά της με αγριεμένο πρόσωπο. Πριν προλάβει καλά καλά να κατεβάσει τα πόδια της, άρχισε να της επιτίθεται με σφοδρότητα.

«Άκου, εδώ δεν είναι ξενοδοχείο για να ρομαντζάρεις! Δε σε φέραμε για τουρισμό! Σε ψάχνω δέκα λεπτά και είσαι άφαντη! Αν δε σου αρέσει να κάνεις δουλειές, να πας στο χωριό σου και να κάθεσαι! Να φέρουμε καμιά γυναίκα που θα εκτιμάει το ψωμί που της δίνω. Κατάλαβες;»

Η Σοφία πανικοβλήθηκε. «Μα θα έπεφτα για ύπνο κι ήρθα εδώ για να πάρω τη ζακέτα μου που...»

«Σταμάτα! Ποια ζακέτα; Εσύ έχεις απλώσει τα πόδια και μόνο το τσιγάρο λείπει! Από αύριο λοιπόν θα είσαι στη θέση σου, στο δωμάτιό σου! Εκεί είναι η θέση σου, όχι να σε ψάχνω από δω κι από κει! Να θέλω κάτι και να μην μπορώ να σε βρω!»

Κατέβασε τα μάτια, ζήτησε συγγνώμη και ρώτησε τι έπρεπε να κάνει.

«Τώρα τίποτα! Αργά το σκέφτηκες. Κάτι δεν πάει καλά με το μυαλό σου. Κι αν θες να μείνεις εδώ, να το μαζέψεις».

Στο «μπουντρούμι» της σκέφτηκε ότι τελικά λίγοι άνθρωποι ξέρουν να εκτιμούν, κι ακόμα πιο λίγοι αγαπούν τον άλλο γι' αυτό που είναι, με σεβασμό και καλοσύνη.

Την επόμενη μέρα, χωρίς να χρειαστεί να σκεφτεί περισσότερο, έχοντας και τη δικαιολογία της παραγγελίας της κυράς της, πήγε στο μαγαζί του Θάνου, που άρχισε να ιδρώνει μόλις την είδε.

«Χάθηκες αυτές τις μέρες και σκεφτόμουν μήπως σου είπα κάτι κακό, μήπως σε πρόσβαλα...»

Η Σοφία χαμογέλασε ελαφρά. «Όχι, όχι! Ε, δεν ψωνίζουμε και κάθε μέρα τυριά».

«Δε λέω για τα τυριά. Ξέρεις τώρα...»

Εκείνη πήρε μια βαθιά ανάσα και, χωρίς να τον κοιτάει στο πρόσωπο, του είπε: «Δε γινόταν να φύγω από το σπίτι... Κάποια στιγμή θα ερχόμουν...»

Ο Θάνος αναθάρρησε. «Και;»

«Τι και;» Ήταν η κρίσιμη στιγμή και, όπως το ζύγισε, αποφάσισε να μην κάνει πίσω. «Για τον καφέ που λέγαμε...»

Τα δευτερόλεπτα της σιωπής της ενέτειναν την αναστάτωσή του.

«Κοίτα, δεν έχω πολύ χρόνο. Μόνο λίγες ώρες τα πρωινά της Κυριακής...»

Η ψυχή του πήγε στη θέση της. Δεν ήταν αρνητική, δεν του το ξέκοψε.

«Δε θέλει πολύ χρόνο για έναν καφέ...»

Το είχε ήδη αποφασίσει και δεν υπήρχε λόγος να παίζει με τις λέξεις. «Εντάξει. Αλλά σε παρακαλώ όχι στα Γιάννενα, καταλαβαίνεις τους λόγους. Δε θέλω να... Αλλά ούτε και στην Αρίστη, είναι μακριά...»

Ήθελε να την αρπάξει και να τη σφίξει στην αγκαλιά του, να βάλει τις φωνές, να βγει στον δρόμο και να κεράσει τον κόσμο γιαούρτια και κρέμες, αλλά κράτησε την ψυχραιμία του, ούτε κι εκείνος κατάλαβε πώς.

«Καλά, καλά, καταλαβαίνω. Τι λες για Άρτα; Ή Πρέβεζα, είναι πολύ ωραία. Και Κόνιτσα. Ή μήπως...»

Η Σοφία έβαλε τα γέλια κι αυτό έκανε τον Θάνο να μαζευτεί. «Είπα κάτι κακό;»

«Όχι, όχι! Αλλά βλέπω έχεις έτοιμες λύσεις! Μόνο χάρτη δεν έφερες!»

Ο ενθουσιασμός του επέστρεψε. «Έχω κι άλλη λύση. Να πάμε στο Μέτσοβο, αυτό τον καιρό είναι υπέροχο!»

«Μέτσοβο;»

Το μυαλό της πήρε στροφές. Εκεί είχε συγγενείς η κυρά της, η Όλγα, κι αυτό της έφερε σύγκρυο. Όμως το έλεγξε γρήγορα. *Μπας και με ξέρουν; Δε με έχουν δει ποτέ*, σκέφτηκε, κι αμέσως ρώτησε τον Θάνο: «Πού είναι πιο κοντά;».

«Κάτσε να σκεφτώ... Η Πρέβεζα είναι κομματάκι μακριά. Κι η Κόνιτσα. Η Άρτα έτσι κι έτσι. Λοιπόν, το Μέτσοβο είναι πιο κοντά».

«Εντάξει. Αλλά να ξέρεις ότι το μεσημέρι πρέπει να έχουμε γυρίσει πίσω».

«Μεσημέρι, ε; Τότε θα πρέπει να φύγουμε πρωί».

«Αυτό σίγουρα. Με τη δεύτερη καμπάνα. Θα περιμένω λίγο πιο κάτω από το καφενείο του Σεβά».

Μάτι δεν έκλεισε το βράδυ του Σαββάτου, αφού σκεφτόταν τη συνάντησή της με τον Θάνο. Κι είχε σφιχτεί τόσο το στομάχι της, ώστε πέρασε από τον νου της να μην εμφανιστεί καθόλου, και μετά, κάποια άλλη μέρα, να περνούσε από το μαγαζί και να του εξηγούσε ότι δε γινόταν. *Έχω δικαίωμα όμως να κάνω κάτι τέτοιο;* σφυροκοπούσε η ίδια τον εαυτό της, με τόσα και τόσα ερωτήματα να την κάνουν να ξεσκεπάζεται. Κι όταν κόντευε χάραμα πια, αποφάσισε ότι δεν ήταν δα και έγκλημα μια βόλτα με έναν καλό και αξιοπρεπή άνθρωπο, που της φερόταν υποδειγματικά και ήταν κύριος σε όλα του.

Σκέφτηκε τα ρούχα που θα φορούσε, ακόμα και τα παπούτσια, κι όταν γύρισε πλευρό, ήρθαν τα αμείλικτα ερωτήματα για να την ταράξουν ξανά, να τη γεμίσουν αναστάτωση: *Και τι να θέλει από μένα; Έτσι, έναν καφέ; Μόνο έναν καφέ; Τόσο απλά; Μήπως...;* Γύριζε το κεφάλι της και ξαναμπήκε σε έναν κυκεώνα που την έκανε να νιώθει ότι στεγνώνει ο λαιμός της. Με τον πονοκέφαλό της να είναι έντονος, τράβηξε ως επάνω την κουβέρτα και έκλεισε τα μάτια. Η πρώτη καμπάνα της εκκλησιάς δε θα αργούσε να χτυπήσει και ήδη ένιωθε τα μάτια της πρησμένα.

11

ΜΕΤΡΟΥΣΕ ΕΝΑ ΕΝΑ τα γραμματόσημά του ο Φώτης και χαιρόταν πολύ, κι όχι μόνο επειδή αβγάτιζαν –κι είχε πλέον δύο κουτιά–, αλλά κυρίως επειδή προκαλούσε τον θαυμασμό των υπολοίπων, που μαζεύονταν γύρω του για να τους τα δείξει και να τους πει τι ήταν το καθένα. Μπορούσε να τους μιλάει με τις ώρες για τους ήρωες του 1821, για την Ακρόπολη και τον Λευκό Πύργο, για τον Πύργο του Άιφελ και τον μεγάλο ποταμό του Λονδίνου, τον Τάμεση, ενώ καμάρωνε για το πιο μεγάλο που είχε, το Άγαλμα της Ελευθερίας στην Αμερική. Τον βασιλιά Παύλο και τη βασίλισσα Φρειδερίκη τούς είχε πάντα τελευταίους, αλλά μόνο στον Διονύση είχε εξηγήσει τον λόγο. «Δε μου αρέσουν αυτοί! Αυτοί τα έκαναν όλα αυτά και είμαστε τώρα εδώ μέσα. Και δε μ' αρέσει καθόλου!»

Όταν αποκτούσε καινούργια σοδειά, έτρεχε σ' εκείνο το μεγάλο παιδί, τον Πασχάλη, για να τον ρωτήσει αν γνώριζε ποιος εικονιζόταν στο γραμματόσημο. Κι όταν εκείνος δεν ήξερε, του εμπιστευόταν τον μικρό θησαυρό του για να ρωτήσει τον δάσκαλο. Ο ίδιος αρνιόταν πεισματικά να το κάνει, κι αυτό δεν μπορούσε να το εξηγήσει ούτε στον Διονύση. «Γιατί έτσι! Δε θέλω!» απαντούσε στεγνά κι άλλαζε κουβέντα.

Αλλά εκείνη την Παρασκευή, που την περίμενε πώς και

πώς, γιατί ήταν ημέρα αλληλογραφίας –άρα θα εμπλούτιζε τη συλλογή του– και επιπλέον μέρα αθλοπαιδιών το απόγευμα, σίγουρος ότι θα θριαμβεύσει στους αγώνες, αισθάνθηκε βαθιά ότι ήταν μία από τις χειρότερες μέρες όλης του της ζωής. Στον Ζηρό έφτασε ο παππούς του Διονύση από τον Πύργο και δεν ήταν για καλό. Κι όχι μόνο γιατί απουσίαζε ο φίλος του κάμποση ώρα, αλλά επειδή το μαντάτο που του μετέφερε τον έκανε να χάσει τη γη κάτω από τα πόδια του.

«Θα πάω με τον παππού μου στον Πύργο και θα μείνω μαζί του μερικές μέρες. Γι' αυτό ήρθε εδώ, για να με πάρει», τον ενημέρωσε ο φίλος του.

Ο Φώτης, με μάγουλα που άναψαν στο λεπτό, έχασε τα λόγια του. «Για πόσο; Πες μου για πόσο!» κατάφερε να πει. Κι άρχισε να φουντώνει, να θυμώνει χωρίς να μπορεί να το ελέγξει, να φωνάζει στον Διονύση, που τον κοιτούσε έκπληκτος. «Γίναμε αδέλφια και φεύγεις; Πες μου για πόσο! Να γυρίσεις αύριο! Και τι αδελφός είσαι που γελάς; Χαίρεσαι δηλαδή που θα φύγεις; Κι εγώ; Πάρε με μαζί σου!»

Το αίτημα, που μεταφέρθηκε αμέσως στον παππού, απορρίφθηκε με συνοπτικές διαδικασίες, κι έτσι ο Φώτης, που δεν είχε δύναμη πια να πει άλλες λέξεις, πρόδωσε τον εαυτό του. Γιατί ενώ είχε υποσχεθεί ότι δε θα ξανακλάψει, δεν κατάφερε να συγκρατηθεί.

Ο Διονύσης τον έπιασε από τον ώμο και του ψιθύρισε στο αυτί: «Θα τους πω να γυρίσω γρήγορα! Κι εσύ θα έχεις νικήσει όλους τους αγώνες και θα έρθω να σηκώσω μπροστά σε όλους το χέρι του βασιλιά!».

Δεν παρηγορήθηκε καθόλου μ' αυτή την κουβέντα, κι ήταν τέτοιος ο πόνος μέσα του, ώστε έφτασε χωρίς ανάσα στο δασάκι της Προκοπίας, και έκλαψε τόσο πολύ, μέχρι που πόνεσε το στήθος του και πρήστηκαν τα μάτια του. Θυμήθηκε ότι το ίδιο του είχε πει η γιαγιά του, η Φωτεινή, ότι δηλαδή θα πήγαινε να φέρει το λεωφορείο για να φύγουν. Η μάνα του τον άφησε να κλαίει πίσω από τα κάγκελα, και τώρα έφευγε κι ο Διονύσης, που υποσχόταν ότι θα γυρίσει γρήγορα, αλλά δεν ήταν πια καθόλου σίγουρος ότι θα συνέβαινε.

Τριγύριζε σαν αγρίμι από τη μια άκρη ως την άλλη, πετούσε θυμωμένος πέτρες στα δέντρα κι ηρέμησε λίγο όταν, εκεί που έσπαγε οργισμένος ένα κλαδί, είδε την Κανέλα. Την πήρε αγκαλιά, άρχισε να τη χαϊδολογάει και να της βγάζει τα αγκάθια από το τρίχωμα, της μιλούσε σαν να τον καταλάβαινε. «Οι δυο μας είμαστε πια, Κανέλα, μόνο οι δυο μας...»

Το σκυλάκι τού έγλειφε τα χέρια και τον κοιτούσε στα μάτια.

«Δεν έχω να σου δώσω κάτι, αλλά θα σου φέρω μόλις βρω, σ' το υπόσχομαι!»

Η φυγή του Διονύση ήταν μια μεγάλη μαχαιριά γι' αυτόν και δεν μπορούσε να συνέλθει ούτε την επόμενη μέρα. Στο μυαλό του έπλεκε διάφορα σενάρια, όλα πικρά, κι έτσι φουρκισμένος όπως ήταν, σκέφτηκε τι θα ήθελε να κάνει: *Θα φύγω. Και ξέρω και πώς. Εκεί, πίσω από την κουζίνα όπου βγάζουν τα σκουπίδια, λείπει ένα κάγκελο, το έχω δει πολλές φορές. Θα χωρέσω να περάσω και θα φύγω.*

Την επόμενη μέρα τον έστειλαν στο ξυλουργείο, εκεί όπου δεν μπορούσε να κάνει τίποτα, γιατί ο επιστάτης ήταν συνέχεια μαζί του, αλλά τη μεθεπόμενη, όταν δούλευε στο εστιατόριο τακτοποιώντας τα τραπέζια, κατάλαβε ότι ήταν η στιγμή που έψαχνε. Το μυαλό του δούλεψε με ταχύτητα και πονηράδα. Περίμενε πρώτα να προχωρήσουν τη δουλειά τους και τότε είπε στον Καλαμένιο –που είχε πάρει το πόστο του

Διονύση– ότι ήθελε να πάει τουαλέτα γιατί τον πονούσε η κοιλιά του.

Όταν βγήκε από την αίθουσα, νιώθοντας μια μεγάλη φούντωση, ήξερε ακριβώς τι να κάνει. Το μέρος ήταν απομακρυσμένο, στο βορειότερο σημείο, και μια συστάδα μεγάλων δέντρων μπροστά από τα κάγκελα δεν επέτρεπε την οποιαδήποτε οπτική επαφή. Αλλά όταν πλησίασε κοντά, χτύπησε με το χέρι του το κεφάλι του. «Χαζέ!» είπε στον εαυτό του κι έτρεξε πίσω. Μπήκε στην κουζίνα από την πλαϊνή πόρτα, κι όταν είδε ανακουφισμένος ότι εκεί ήταν μόνο ο Μάκης, που τον συμπαθούσε πολύ, δε δίστασε καθόλου να του πει: «Πεινάω πολύ, γουργουρίζει το στομάχι μου».

Ο Μάκης τον κοίταξε κι έβαλε τα γέλια. «Κάνε υπομονή, βρε! Σε μία ώρα θα φάτε. Μακαρόνια με κιμά σήμερα! Και ξέρω πόσο σου αρέσουν!»

«Μα σου λέω, γουργουρίζει το στομάχι μου, μου τρέχουν τα σάλια!»

Ο μάγειρας του έκλεισε το μάτι. «΄Ελα δω, βρε! Να, πάρε αυτό το κομμάτι ψωμί. Κάτσε να βάλω μέσα τυρί και σαλάμι. Σου φτάνει;»

«Ου! Να πάρω δύο για να δώσω και στον Καλαμένιο;» Τα βούτηξε κι έφυγε, πηδώντας από τη χαρά του. «Και να του το έδινα, δε θα το έτρωγε, τίποτα δεν τρώει αυτός», είπε μέσα του για να δικαιολογήσει την αρπαγή του σάντουιτς για τον περίεργο στο φαγητό φίλο του, που δε θα του κρατούσε κακία.

Φτάνοντας πάλι κοντά στα κάγκελα, είδε την Κανέλα να τον κυνηγάει, κουνώντας την ουρά της και γαβγίζοντας χαρούμενα. «Σουτ, Κανέλα, σουτ!» τη μάλωσε. Σκέφτηκε ότι θα τον έπαιρνε στο κατόπι και δεν του άρεσε καθόλου αυτή η ιδέα. «Είναι μικρή, θα κουραστεί», είπε μέσα του. ΄Εκοψε το μισό σάντουιτς και της το έδωσε, κι όταν την είδε να παλεύει με το ψωμί, πήγε γρήγορα στα κάγκελα, πέρασε το σώμα του κι έφυγε προς το δάσος.

Ένιωθε και πάλι ελεύθερος, χαρούμενος που έκανε αυτό που σκέφτηκε, κι ας μην ήξερε πού θα πήγαινε και τι θα έκανε. Πήρε ξανά τον ίδιο δρόμο, όπως στην προηγούμενη απόδραση με τον Διονύση, κι αυτή τη φορά η διαδρομή τού ήταν οικεία.

«Δε θα πάω σ' εκείνη την πλατεία, εκεί είναι αυτοί οι χωροφύλακες με τα μεγάλα καπέλα. Πώς το είπαμε; Ναι, τμήμα! Άκου τμήμα! Είναι μεγάλο μέρος, όχι σαν το χωριό μου. Αλλού θα πάω αυτή τη φορά...» μονολόγησε.

Έπειτα από κάμποση ώρα κάθισε σε μια μεγάλη πέτρα που είδε για να φάει με την ησυχία του το σάντουιτς, το ένα και το μισό δηλαδή, γιατί τον έπιασε πείνα. Κι ήξερε ότι πιο πέρα θα έβρισκε εκείνο το σπίτι με το λάστιχο, αλλά δε θα έπινε αμέσως νερό, θα το άφηνε να τρέξει πρώτα για να μην καεί όπως την προηγούμενη φορά.

Όμως περπατούσε, περπατούσε και σπίτι δεν έβρισκε. Κι όχι μόνο δεν έβρισκε, αλλά ο δρόμος ήταν αλλιώς, και μάλιστα κάπου κάπου περνούσαν και αυτοκίνητα. Δεν κατάλαβε ποτέ ότι είχε χαθεί ούτε ότι είχε βρεθεί στη δημοσιά. Αλλά καθόλου δεν τον πείραζε, αφού χάζευε καινούργια πράγματα που δεν είχε ξαναδεί.

«Αυτό είναι... περιπέτεια!» είπε στον εαυτό του και χαμογέλασε, αν και είχε ξεκινήσει να διψάει και χάζευε γύρω γύρω μήπως βρει καμιά βρύση. *Του Διονύση πονούσαν τα πόδια, όχι τα δικά μου*, σκέφτηκε όπως προχωρούσε, αλλά λίγα μέτρα πιο κάτω πετάχτηκε στον αέρα από την τρομάρα του. Ήταν ένας θόρυβος σαν πέντε καμπάνες μαζί, και, γυρίζοντας το κεφάλι του, είδε ένα αυτοκίνητο με «μπλε καρούμπαλο» σχεδόν κολλημένο πίσω του και δυο ανθρώπους με τα μεγάλα καπέλα να κατεβαίνουν απ' αυτό. Τον έπιασε πανικός, αλλά καταλαβαίνοντας ότι πάλι έμπλεξε κι ότι αυτά τα μεγάλα καπέλα δεν είναι για καλό, μπήκε σε ένα στενό δρομάκι και άρχισε να τρέχει με όλη του τη δύναμη και με την καρδιά του να χτυπάει σαν ταμπούρλο.

Κι όταν, νομίζοντας ότι έχει ξεφύγει, γύρισε το κεφάλι του πίσω για να ελέγξει, είδε τα δυο μεγάλα καπέλα να τον κυνηγάνε, και μάλιστα να τον φτάνουν. Μπορεί να νικούσε όλους τους άλλους στον Ζηρό, και κυρίως τον Σωλήνα, που τον αμφισβητούσε, αλλά αυτοί είχαν μεγάλα και μακριά πόδια και τον έφταναν. Κι έτσι έγινε στα επόμενα μέτρα, με τον έναν, τον πιο κοντό, να τον αρπάζει από την μπλούζα. Ο Φώτης, που κατάλαβε ότι έχασε το παιχνίδι και επιπλέον πόνεσε από το άτσαλο άρπαγμα, γύρισε απότομα και τον έφτυσε, επιχειρώντας χωρίς επιτυχία να τον κλοτσήσει. Τότε το χέρι του κοντού προσγειώθηκε στο πρόσωπό του –ένα χέρι βαρύτερο από της Προκοπίας– κι άρχισε για άλλη μια φορά στη ζωή του να μετράει αστράκια.

Σπάνια μετάνιωνε για κάτι που έκανε, αλλά αυτή τη φορά, όπως κύλησαν τα πράγματα, θα χάριζε ακόμα και τα γραμματόσημά του για να μην είχε συμβεί αυτή η ιστορία και να μην είχε φύγει ποτέ από τα χαλασμένα κάγκελα πίσω από την κουζίνα.

Όλα έγιναν πολύ γρήγορα. Μετά το πρώτο αλλά και το δεύτερο χαστούκι που ακολούθησε, τις άγριες φωνές και τις γκριμάτσες, ούτε που κατάλαβε πώς, μ' εκείνο το αυτοκίνητο πάντως με το «μπλε καρούμπαλο», βρέθηκε πίσω στον Ζηρό. Είχε αναγκαστεί να τους πει ότι έφυγε από κει αφού ήταν άγριοι και τρομοκρατήθηκε από τις αντιδράσεις τους.

Όσο τα μεγάλα καπέλα μιλούσαν με την Προκοπία και τον Μουστάκια-Μπαγάσα, η Αυγουστία τον κρατούσε από το χέρι, και τον έσφιγγε τόσο πολύ που τον πονούσε. Φώναζαν τα μεγάλα καπέλα, φώναζε κι η Προκοπία με τον Μουστάκια-Μπαγάσα, όλοι φώναζαν και κουνούσαν τα χέρια τους, κι εκείνος σκεφτόταν ότι θα ακολουθούσε δέσιμο στο δέντρο και φτύσιμο. Δεν ήταν η πρώτη φορά. Κι ήξερε πια ότι έπρεπε να κρατήσει το στόμα του κλειστό για να μην πάνε εκεί οι φτυσιές. Αλλά τα πράγματα αποδείχτηκαν πολύ χειρότερα, σε σημείο που παρακαλούσε μέσα του να τον είχαν φτύσει κι άλλοι εκατό.

Όταν έφυγαν τα μεγάλα καπέλα κι ενώ η Αυγουστία και η Προκοπία κάτι συζητούσαν με ξαναμμένα πρόσωπα, ένα δυνατό χαστούκι του Μουστάκια-Μπαγάσα έκανε τον Φώτη να γυρίσει γύρω από τον εαυτό του. Το δεύτερο ήταν ακόμα πιο δυνατό, και αντί να τον λυγίσει –με ματωμένα πια στόμα και μύτη–, τον αφήνιασε. Μια γερή φτυσιά προσγειώθηκε στο μάτι του Μουστάκια-Μπαγάσα, που τρελός από θυμό τον κλότσησε με όλη του τη δύναμη και τον ξάπλωσε στο τσιμέντο.

Ακόμα και η Προκοπία τρόμαξε κι έπεσε πάνω στον Μπαγάσα για να τον σταματήσει.

«Μας έκανε ρεζίλι το αλητόπαιδο! Μας εξέθεσε. Να φτύνει τους χωροφύλακες και μετά εμένα; Δηλαδή, όταν μεγαλώσει, θα μας μαχαιρώσει;» φώναζε έξαλλος.

«Δίκιο έχεις, αλλά...»

«Τι αλλά, Προκοπία; Δεν άκουσες τους χωροφύλακες που μας είπαν ξέφραγο αμπέλι; Ξέρεις ότι, αν κάνουν καμιά αναφορά στο υπουργείο, θα μπλέξουμε άσχημα;»

Ο Φώτης, ματωμένος στο πάτωμα, άκουγε σαν ψιθύρους τις κραυγές, με το κεφάλι του να γυρίζει, κι αυτή τη φορά δεν είδε αστράκια αλλά ένα μαύρο σεντόνι που μια εμφανιζόταν και μια έφευγε.

Η Αυγουστία προσπάθησε να τον σηκώσει αλλά ήταν αδύνατο, καθώς οι μύες του μικρού αντάρτη δεν υπάκουαν. Όλοι πανικοβλήθηκαν, καταλαβαίνοντας αμέσως ότι κάτι άσχημο είχε συμβεί. Είχε ξεπεραστεί κάθε όριο αλλά δεν υπήρχε περιθώριο για συζητήσεις κι αναλύσεις εκείνη τη στιγμή. Η Προκοπία φώναξε αμέσως τον γιατρό, έναν νεαρό ονόματι Απέργη, τον οποίο η ίδια είχε φέρει από την Άρτα με προσωπικές της ενέργειες. Εξέτασε τον Φώτη πολύ γρήγορα, κι όταν διαπίστωσε ότι μαζί με τα τσίσα τού είχαν φύγει και λίγες σταγόνες αίμα, δεν τους άφησε περιθώρια.

«Πρέπει να τον πάμε στο νοσοκομείο, στην Άρτα. Δεν είναι απλή η κατάσταση και δεν ξέρω πώς μπορεί να εξελιχθεί. Δεν μπορούμε να το ρισκάρουμε...»

Άσπρισαν κι οι τρεις, και διάφορες σκέψεις άρχισαν να περνούν από το μυαλό τους.

«Φέρε γρήγορα το αυτοκίνητο», διέταξε η Προκοπία τον Μουστάκια-Μπαγάσα και πλησίασε τον Φώτη, τον οποίο είχαν ξαπλώσει πάνω σε έναν ξύλινο καναπέ.

Εκείνος προσευχήθηκε να μη φάει κι άλλο ξύλο και μηχανικά κάλυψε το πρόσωπό του με τα χέρια του. Και του φάνηκε σαν να έβλεπε όνειρο όταν ένιωσε τα χέρια της Προκοπίας να τον... χαϊδεύουν. Του ήταν αδύνατο να το πιστέψει. Το ίδιο αδύνατο ήταν να συνειδητοποιήσει πως όσα άκουγε ήταν πράγματι αληθινά.

«Δεν πρέπει να ξαναφύγεις, αγόρι μου, είναι επικίνδυνο, μπορεί να σε βρει κανένα κακό! Αμαρτία είναι. Εσύ είσαι έξυπνο παιδί, δεν πρέπει να γίνεται αυτό. Εμείς εδώ σε προστατεύουμε...»

Του χάιδεψε τα μαλλιά κι ο Φώτης νόμιζε ότι ετοιμαζόταν να τον αποκεφαλίσει. Δεν πίστευε ούτε στ' αυτιά του ούτε στα μάτια του.

«Και πόσες φορές δε σου έχω πει ότι δεν αντιμιλάμε; Μα να φτύσεις τον χωροφύλακα και να τον χτυπήσεις; Το ξέρεις ότι εμείς τον παρακαλέσαμε να μη σε βάλει στη φυλακή; Του είπαμε ότι είσαι καλό παιδί και δε θα ξαναγίνει. Ε, τι λες;»

Δεν ήξερε τι να απαντήσει και προτίμησε να δαγκώσει τη γλώσσα του παρά να τις ξαναφάει, τουλάχιστον εκείνη τη στιγμή που πονούσε πολύ. Κι ήταν τόσο έντονος ο πόνος που δεν άντεχε αλλά πίεσε τον εαυτό του να μη φωνάξει.

Η Αυγουστία ειδοποίησε την Προκοπία ότι ήταν έτοιμο το αυτοκίνητο, αλλά εμφανίστηκε ο γιατρός που ζήτησε λίγα λεπτά. Τον καθάρισε καλά, τον σουλούπωσε κάπως, του έδωσε να πιει ένα αναλγητικό και μπήκαν στο αυτοκίνητο. Τον έβαλαν στο πίσω κάθισμα, μαζί με τον γιατρό Απέργη και την Αυγουστία, σε μια διαδρομή στην οποία δε μιλούσε κανείς.

Κι όταν έφτασαν στο νοσοκομείο, όλοι μαγκωμένοι από αυτή την έκβαση, η Προκοπία στράφηκε στον γιατρό: «Τώρα αναλαμβάνεις εσύ, ξέρεις... Και με ειδοποιείς για οτιδήποτε, εντάξει;».

«Μην ανησυχείτε, τους ξέρω όλους εδώ».

Ύστερα γύρισε προς τον Φώτη, ποντάροντας στη σκληράδα του χαρακτήρα του, κάτι που είχε δει επανειλημμένα στο ίδρυμα.

«Για να δούμε αν είσαι σαν τα κοριτσάκια που κλαψουρίζουν ή μόνο παριστάνεις τον δυνατό! Μου φαίνεται όμως ότι δεν αντέχεις...»

Ήθελε να την κλοτσήσει, να τη φτύσει, να της πει όσες βρισιές είχε μάθει αλλά δεν είχε δύναμη. Πάντως σηκώθηκε και περπάτησε σχεδόν κανονικά, κοιτάζοντάς τη με φονικό βλέμμα.

«Καλό σημάδι αυτό», ψιθύρισε η Προκοπία στην Αυγουστία, που δεν είχε διάθεση κι έδειχνε ακόμα χλωμή από την ταραχή. Γιατί όλοι είχαν ταραχτεί με το περιστατικό, από τα πιο βαριά το τελευταίο διάστημα.

Ο γιατρός Απέργης ανέλαβε τις διαδικασίες –όπως επίσης τις εξηγήσεις και τις δικαιολογίες– με το «κονκλάβιο» να μένει έξω, μπροστά σε ένα πολύ μικρό κυλικείο.

Κι ήταν η πρώτη φορά που μίλησε η Αυγουστία, προξενώντας τους κατάπληξη: «Είπαμε να είμαστε αυστηροί, να έχουμε κανόνες και πειθαρχία, να σωφρονίζουμε, να έχουμε και ποινές και τιμωρίες, σκληρές όταν πρέπει, αλλά αυτή τη φορά το πράγμα ξέφυγε και δεν πρέπει να ξαναγίνει. Καταλαβαίνετε τι θα μπορούσε να είχε συμβεί;».

Το στόμα της Προκοπίας έχασκε από την έκπληξη, αλλά ο Μπαγάσας –κατά κόσμον Βρασίδας Ιωαννίδης– δε σκόπευε να της χαριστεί.

«Τι σημαίνει "ξέφυγε το πράγμα"; Μπορεί ένας τσόγλανος να κάνει ό,τι θέλει και να μας ξεφτιλίζει; Να φτύνει όποιον θέλει, να χτυπάει, να την κοπανάει όποτε του κάνει κέφι, και να έχουμε και τη χωροφυλακή να μας κάνει ρεζίλι και να λέει πως είμαστε ξέφραγο αμπέλι; Δηλαδή αλλού πώς τους έχουν; Με το "σεις" και με το "σας"; Ή μήπως είναι ανεξέλεγκτοι; Μήπως να κόψουμε και τα χαστούκια των δασκάλων; Και πώς είναι ο σωφρονισμός; Λογάκια και χαδάκια, Αυγουστία;»

«Ε, όχι όμως κι έτσι!»

«Πώς δηλαδή; Αλλιώς; Σ' το λέω καθαρά λοιπόν. Όπως χρειαστεί! Δεν προχωράει τίποτα χωρίς σωφρονισμό! Γιατί αν κάνουμε τα στραβά μάτια, στο τέλος θα βάλουν φωτιά και θα μας κάψουν! Αυτό δηλαδή που έκαναν οι αντάρτες».

Η Προκοπία, που ήταν έτοιμη να παρέμβει, δεν πρόλαβε καν να ξεκινήσει, αφού είδαν τον γιατρό Απέργη να κατευθύνεται προς το μέρος τους.

«Λοιπόν, ο μικρός πρέπει να κάνει εισαγωγή, θα μείνει μέσα και...»

«Εισαγωγή;» τον έκοψε η Προκοπία.

«Ναι, θέλουν να τον παρακολουθήσουν, να δουν τις αντιδράσεις του οργανισμού του μετά την αιματουρία. Μικρή μεν αλλά υπαρκτή, και θέλουν να αποκλείσουν κάποια πράγματα... Κι αν όλα πάνε καλά, χωρίς άλλα συμπτώματα, θα βγει».

«Σε ρώτησαν κάτι;»

«Ναι, αλλά δεν είναι της παρούσης. Πρέπει να...»

«Άκουσε, Γρηγόρη. Πρέπει να μείνεις οπωσδήποτε εδώ. Οπωσδήποτε! Θα μείνω κι εγώ. Ο Βρασίδας με την Αυγουστία θα γυρίσουν στον Ζηρό. Πού τον έχουν τώρα;»

«Τον πήγαν σε θάλαμο, του έβαλαν ορό».

Τον πονούσε αυτή η περίεργη βελόνα που του είχαν βάλει στο χέρι, όπως τον πονούσε και η πλάτη του, χαμηλά, αλλά ακόμα περισσότερο τον πονούσε η ψυχή του, πιο μαύρη κι από τις κατσαρόλες στην κουζίνα του Ζηρού. Είχε περάσει ο πονοκέφαλος κι εκείνος ο πόνος στη μύτη, αλλά όσο σκεφτόταν το ξύλο που έφαγε, πονούσε ξανά. Του ήρθαν δάκρυα στα μάτια όταν σκέφτηκε τη μάνα του, τη γιαγιά, τον αδελφό του. *Πού με αφήσατε εδώ; Αυτό θέλατε για μένα;* σκέφτηκε και σπάραζε, κι ύστερα ήρθε ο θυμός, που θέριευε τις τελευταίες ώρες. *Όλοι είναι εχθροί μου! Όλοι θέλουν το κακό μου! Αλλά εγώ πρέπει να είμαι δυνατός και να τους νικήσω...*

Εκείνη τη στιγμή ένιωσε δυνατός, γιατί ο διπλανός του, ένας κύριος με λεπτό μουστάκι και πολλούς επιδέσμους, βογκούσε δυνατά και φώναζε μια νοσοκόμα. *Εγώ δεν πονάω τόσο πολύ και δε θέλω κανέναν...* Έγειρε στο πλάι το κεφάλι του κοιτάζοντας έξω από το παράθυρο. *Πόσο θα ήθελα να ήμουν σαν αυτό το πουλί και να πετάω όπου θέλω και να μη με φτάνει κανείς...*

Η σκέψη του σταμάτησε όταν είδε τον γιατρό Απέργη μαζί με την Προκοπία. Τον συμπαθούσε τον γιατρό, του καθάριζε τα γόνατα όταν χτυπούσε και του έβαζε ιώδιο, και μια φορά τού είχε δέσει καλά και το νύχι όταν κλότσησε μια πέτρα. *Αλλά αφού είναι καλός, τι θέλει μ' αυτή την κακιά; Δεν πρέπει να είναι μαζί της...*

Η κακιά τον πλησίασε και τον χάιδεψε στο κεφάλι. «Είσαι καλά, Φωτάκο; Χρειάζεσαι κάτι; Εδώ είμαστε εμείς...»

«Έβγαλε αίμα το πουλί μου!» της είπε απότομα, τραβώντας το κεφάλι του από το χέρι της.

«Πάει, πέρασε τώρα», του είπε ο γιατρός.

Αυτόν τον άφησε να του χαϊδέψει τα μαλλιά, χωρίς να αντιδράσει. Σκέφτηκε ότι θα μπορούσε να κοιμηθεί, αφού δυο νοσοκόμες πήραν με μια καρέκλα με ρόδες εκείνον τον κύριο με το λεπτό μουστάκι και τους πολλούς επιδέσμους. Νύσταζε πολύ πια και ήθελε να ονειρευτεί το χωριό του. Σκέφτηκε επίσης ότι θα μπορούσε να κάνει παρέα ακόμα και με τον Τάσο, αφού θυμήθηκε ότι τον είχε χαιρετήσει όταν μπήκε στο λεωφορείο με τη γιαγιά του.

Η βροχή είχε δυναμώσει κι έπεφτε με δύναμη στα τζάμια, και το βουητό του αέρα έφτανε μέχρι τα κατώγια των σπιτιών. Αλλά ήταν το μόνο που δεν απασχολούσε τον Νικολή, τον δάσκαλο, και τον Γιάννη, τον χωροφύλακα, που συζητούσαν χαμηλόφωνα στο καφενείο του Παναγή, παρότι ήταν ελάχιστος κόσμος λόγω της έντονης κακοκαιρίας.

«Τον κακό μας τον καιρό! Τώρα μπλέξαμε για τα καλά και γύρευε τι έχουμε να δούμε ακόμα. Αφού ο λαός ήθελε Παπανδρέου, καλά να πάθει!» είπε θυμωμένος ο Γιάννης, με τον Νικολή να του διαβάζει το πρωτοσέλιδο της εφημερίδας:

Η ΕΝΤΟΛΗ ΣΧΗΜΑΤΙΣΜΟΥ ΚΥΒΕΡΝΗΣΕΩΣ
ΕΙΣ ΤΟΝ Γ. ΠΑΠΑΝΔΡΕΟΥ ΜΕΤΑ ΤΗΝ
ΑΔΙΑΜΦΙΣΒΗΤΗΤΟΝ ΝΙΚΗΝ ΤΗΣ ΕΝΩΣΕΩΣ ΚΕΝΤΡΟΥ

«Τι να λέμε τώρα, Γιάννη... Πήρε 42,21%! Δε βλέπεις και το 14,56% της ΕΔΑ; Και δε βλέπεις και τις επιθέσεις;»

«Ποιες επιθέσεις;»

«Κοίτα τι λέει εδώ... Ότι αρχίζει περίοδος αρετής, δικαιοσύνης και ισοπολιτείας. Οι υπουργοί τίθενται επί το έργον διά να κάμουν πράξιν τας εξαγγελίας. Πνέει ήδη άνεμος αλλαγής... Κουραφέξαλα, λέω εγώ. Πάλι θα τρέχουμε, θα το δεις...»

«Για πες, δάσκαλε, τους υπουργούς...»

«Λοιπόν... Σοφοκλής Βενιζέλος, αντιπρόεδρος και υπουργός Εξωτερικών, Γεώργιος Μαύρος, Συντονισμού, Παπασπύρου, Δικαιοσύνης, Κωστόπουλος, Εσωτερικών, Μητσοτάκης, Οικονομικών, Ζίγδης, Βιομηχανίας, Μπακατσέλος, Εργασίας, Προεδρίας...»

«Εντάξει, κατάλαβα... Φτάνει. Α, όχι, για πες Εθνικής Αμύνης και Γεωργίας που με ενδιαφέρουν».

«Παπανικολόπουλος και Μπαλτατζής».

«Νικολή, δεν μπορώ να το πιστέψω! Η ΕΡΕ μόνο 38,96%; Είναι δυνατόν; Μα πού ζούμε πια;»

«Τι να σου πω; Κι εγώ απορώ. Δεν άκουσες τι είπε ο βασιλιάς; Ότι "διά των τελευταίων εκλογών παγιούται ο ομαλός πολιτικός βίος της χώρας". Κατάλαβες τίποτα; Έχουμε να ακούσουμε και να δούμε πολλά, πράγματι...»

«Τι βλέπεις, δάσκαλε;»

«Ότι με εκατόν τριάντα οχτώ βουλευτές δε θα αντέξει ο Παπανδρέου. Ξανά κάλπες και ταραχές, αυτό λέει το ένστικτό μου».

Στην κουβέντα μπήκε κι ο Παναγής, ακούγοντας την τελευταία φράση του Νικολή.

«Δάσκαλε, ποιος έχει κότσια να τα βάλει με το παλάτι; Αφού οι άνθρωποι κάνουν συμβιβασμούς και διπλωματίες, θα έρθουν τα χειρότερα. Εδώ είσαι κι εδώ είμαι... Κι άσε τους πολιτικάντηδες να μιλάνε για ευημερία. Εγώ να τους πω για ευημερία, με δέκα τεφτέρια γεμάτα χρέη. Οι πιο πολλοί βερεσέ παίρνουν. Ευημερία!»

«Δεν έχεις άδικο σ' αυτό, αλλά υπάρχει κι άλλο σοβαρό κι ίσως σ' αυτό να οφείλονται όλα. Τρωγόμαστε σαν τα σκυλιά, πώς να προχωρήσει ο τόπος; Έτσι είναι ο Έλληνας, η φτιαξιά του. Να φάει τον άλλο, να τον διαλύσει, να τον δει στο χώμα, στο πάτωμα. Η Ιστορία μας είναι γεμάτη διχόνοιες, έριδες, προδοσίες. Εδώ, μωρέ Παναγή, βάλαμε φυλακή τον Κολοκοτρώνη! Τον Κολοκοτρώνη, έτσι; Σκοτώσαμε τον Καποδίστρια που πήγε να μας αναμορφώσει! Βγάλαμε Εφιάλτες, μηδίσαμε, γεννήσαμε γενίτσαρους. Τι άλλο να σου θυμίσω; Μικρασία, Γουδί, εμφύλιοι –φρέσκος ο τελευταίος, γέμισαν τα βουνά μας με αίμα–, άπειρες οι κηλίδες μας, οι πομπές, οι ντροπές μας. Ντρέπομαι που πρέπει να διδάξω τα παιδιά στο σχολείο...»

«Και τώρα φέραμε τους περίεργους να μας κυβερνήσουν. Μη σας ξεγελάει αυτό το... Ένωσις Κέντρου!» πετάχτηκε ο χωροφύλακας.

«Άκου, Γιάννη, εγώ δεν τους ψήφισα και το ξέρεις. Αλλά κι από την άλλη, ποιος μπορεί να διαγράψει αυτή τη θλιβερή, την άθλια ιστορία με τη δολοφονία του Λαμπράκη; Νομίζεις δεν επηρέασε κόσμο; Η λέξη παρακράτος έγινε πιο συχνή από την καλημέρα...»

«Όχι, δάσκαλε, αυτό δεν το δέχομαι. Γιατί δεν πρέπει να ξεχνάς ότι...»

Άρχισαν να τσακώνονται μεταξύ τους, μέχρι που ο Παναγής βαρέθηκε να τους ακούει και έκλεισε τα φώτα.

«Κύριοι, ή συνεχίστε έξω ή πηγαίνετε σπίτια σας! Κι αύριο μέρα είναι. Δε θα κάνω δικαστήριο το καφενείο!»

Χωμένη στο δωμάτιό της από το απόγευμα, αφού η κυρά της είχε τα θέματα με τα μοναστήρια και θα αργούσε να γυρίσει, η Σοφία ένιωθε σαν να κουβαλούσε εκατό κιλά βάρος μέσα της. Κι ήταν θλιμμένη, με μάτια που έσταζαν πίκρα κι απελπισία. Χαμογέλασε το ίδιο πικρά όταν θυμήθηκε ότι έτσι ένιωσε για πρώτη φορά όταν ήταν παιδούλα κι η μάνα της την ετοίμαζε για την εκκλησιά το βράδυ της Μεγάλης Πέμπτης. Αναρωτιόταν γιατί η καμπάνα χτυπούσε διαφορετικά από τις υπόλοιπες μέρες κι αυτό ήταν το πρώτο που την παραξένεψε.

«Είναι η Σταύρωση του Χριστού και όλοι είμαστε λυπημένοι. Θα Τον δεις στον σταυρό, έχει καρφιά στα χέρια και τα πόδια. Όταν σου πω, θα πάμε και θα προσκυνήσουμε και θα φιλήσουμε τον σταυρό, εντάξει;»

Είχε αιφνιδιαστεί τόσο πολύ ώστε ξέσπασε σε κλάματα

και κόλλησε στη φούστα της. «Δε θέλω να δω κανέναν με καρφιά! Αλλά αφού ξέρουμε ότι θα Τον σταυρώσουν, γιατί δεν πάμε να τους σταματήσουμε; Να πάμε όλοι από το χωριό! Και τότε δε θα είμαστε λυπημένοι!»

Χρειάστηκε να περάσουν μερικά χρόνια ακόμα για να καταλάβει ότι τελικά πολλοί κουβαλάνε έναν σταυρό, ο οποίος μάλιστα είναι ασήκωτος, με τα καρφιά να μην είναι στα χέρια και τα πόδια αλλά στην ψυχή.

Σκέφτηκε ότι και η ίδια βίωσε μια άλλη σταύρωση, που ίσως να διαρκούσε για πάντα, με τη ζωή της να είναι Μεγάλη Πέμπτη και Μεγάλη Παρασκευή σε μεγάλα διαστήματα. Το σκεφτόταν και στην Άρτα, εκεί όπου τελικά την πήγε εκδρομή ο Θάνος. Και παρότι ήταν πολύ περιποιητικός και της έδειξε ως και το θρυλικό λιθόκτιστο γεφύρι από τους σαράντα πέντε μάστορες κι εξήντα μαθητάδες, κι ύστερα την πήγε για γλυκό σε ένα πανέμορφο μαγαζάκι κοντά στο κάστρο, εκείνη ένιωσε ξαφνικά μια μεγάλη πίεση μέσα της.

Η σκέψη που της ήρθε στον νου τής έκοψε κάθε καλή διάθεση και έσβησε το χαμόγελό της. *Τα παιδιά μου είναι σε ιδρύματα κι εγώ τρέχω σε εκδρομές κι αξιοθέατα; Είμαι με τα καλά μου ή τα έχασα τελείως; Τι δουλειά έχω εγώ με τέτοια; Είναι μεγάλη αμαρτία όλο αυτό και πρέπει να σταματήσει. Είναι ντροπή μου, κι ας πρόκειται μόνο για ένα γλυκό...*

Ο Θάνος ξαφνιάστηκε με τη μελαγχολία της και τη σιωπή της, και με το ζόρι τής πήρε δυο κουβέντες, κι αυτές άσχετες. Για τα ποτάμια του χωριού της, την γκρεμισμένη γέφυρα, το φυλάκιο στο Μπουραζάνι, εκεί όπου οι παλιοί έδειχναν τα χαρτιά τους στις Αρχές για να πάνε στο χωριό τους. Η αλήθεια είναι ότι δεν την πίεσε σε τίποτα, δεν της είπε κάτι που να την κάνει να νιώσει δυσάρεστα, δεν την έφερε σε δύσκολη θέση. Αντιθέτως, ήταν καλότροπος και γλυκομίλητος, λέγοντάς της περιστατικά από την ιστορία του μαγαζιού.

Εκείνη προτίμησε να μην του πει λέξη για τη ζωή και τα παιδιά της, αφού σκέφτηκε ότι δεν τον αφορούσε καθόλου, κι επιπλέον μπορούσε να την κακολογήσει μέσα του και δε θα είχε κι άδικο.

Τη ρώτησε κάνα δυο φορές αν είπε κάτι που την ενόχλησε, με τη Σοφία απλώς να κουνάει αρνητικά το κεφάλι της. Αλλά δεν ήθελε και πολλά για να καταλάβει ότι αυτή τη γυναίκα την είχε καταλάβει ένας φόβος, που μεγάλωνε όσο περνούσε η ώρα. Κι αντί να χαλαρώνει, όλο και μαζευόταν περισσότερο κι έσφιγγε τα δάχτυλά της και κοιτούσε κάτω, σαν να ήταν ντροπιασμένη.

Εκείνη μάλιστα του ζήτησε να φύγουν και να επιστρέψουν στα Γιάννενα, «γιατί μπορεί να γυρίσει νωρίτερα η κυρά μου και δε θέλω να λείπω».

Μίλησαν ελάχιστα στον γυρισμό, με τον Θάνο να της λέει λίγο πριν φτάσουν: «Να ξέρεις ότι σου έχω σεβασμό και πιστεύω ότι είσαι πολύ καλή γυναίκα. Δε θέλω να σου κάνω κακό και σ' το λέω γιατί ένιωσα να με φοβάσαι. Όλοι έχουμε τα βάσανά μας και με έναν καλό άνθρωπο κοντά μας νιώθουμε καλύτερα...».

Δεν του απάντησε ούτε σ' αυτό. Μόνο του ζήτησε να την αφήσει λίγο απόμερα για να μην τους δει κανένα μάτι κυριακάτικα και τους κουτσομπολέψει.

Της ζήτησε να περιμένει μονάχα ένα λεπτό όταν έφτασαν σε ένα απόμερο σημείο του κάστρου. «Πάντως εγώ θα σου πω ευχαριστώ που ήρθες, Σοφία. Ίσως μια άλλη φορά να είναι καλύτερα...» της είπε όταν την αποχαιρέτησε, δίχως και πάλι να της πάρει ούτε λέξη.

Την είδε να φεύγει τρέχοντας, χωρίς να σταματήσει ούτε λεπτό, θαρρείς και κάποιος την κυνηγούσε. Εκείνη ένιωσε μια ξεδιαντροπιά μέσα της, έχοντας την αίσθηση της αμαρτίας. Και φτάνοντας σπίτι, αφού ένιψε πρόσωπο και χέρια, ξέσπασε σε κλάματα.

Χωμένη στο δωμάτιό της, έφερε στον νου της με κάθε λεπτομέρεια αυτή την εκδρομή στην Άρτα, που την έκανε να νιώσει τόση ντροπή. Κι όσο βράδιαζε, τόσο μεγάλωνε το βάρος μέσα της. Είχε πάρει την οριστική της απόφαση, με όρκο να μην κάνει κανένα πισωγύρισμα. *Είναι καλός άνθρωπος, προκομμένος και με αρχές, και πάνω απ' όλα κύριος σε όλα του. Αλλά δεν έχω καμιά δουλειά στη ζωή του κι ούτε κι εκείνος στη δική μου. Κι όσο κι αν είναι ευχάριστη η παρέα του, δε θα ξεφύγω πέρα από τα τυπικά. Τα ψώνια μου, το μαγαζί του. Δε θα το ήθελαν και τα παιδιά μου και δεν μπορώ να το επιτρέψω στον εαυτό μου*, σκεφτόταν και βαριανάσαινε.

Πόσο θα ήθελε να πέσει για ύπνο, να κουκουλωθεί μέχρι πάνω, να κλείσει τα μάτια και να μη σκεφτεί τίποτα. Έπρεπε όμως να μείνει ξύπνια μπας και γυρίσει η κυρά της και της ζητήσει κάτι. Έπιασε λοιπόν να διπλώνει τα ρούχα της ξανά και ξανά, με το μυαλό της να ξαναγυρίζει σ' εκείνη την πρώτη Μεγάλη Πέμπτη, τότε που η μάνα της την έβαλε να φιλήσει τα πόδια του σταυρωμένου Χριστού. Δεν ήταν αληθινός, ξύλινος ήταν, όπως κι ο σταυρός, και δεν ήξερε πόσα ήταν αλήθεια από όσα της είχε πει η μάνα της, αλλά την κουβέντα της την κουβαλούσε πάντα μέσα της. «Όλοι κουβαλάμε έναν σταυρό... Κι όλοι περιμένουν μια ανάσταση...» Η δική της όμως αργούσε τόσο πολύ. Κι ο αέρας που δυνάμωνε και σφύριζε θυμωμένα έκανε την ψυχή της να αισθάνεται ακόμα πιο βαριά.

12

ΠΑΙΔΕΥΟΝΤΑΝ ΜΕ ΤΙΣ ΩΡΕΣ για να ισιώσουν δυο ξύλα που βρήκαν στο δάσος, αλλά ήταν αδύνατο να τα καταφέρουν, αφού το μαχαίρι που είχαν πάρει από την κουζίνα δεν έκανε για τέτοια δουλειά. Γλιστρούσε στο ξύλο και δεν έκοβε καθόλου, και ο Φώτης θύμωνε και γινόταν κατακόκκινος από την ανημποριά του.

«Πρέπει να τα καταφέρουμε, αλλιώς δε θα γίνει η εγχείρηση κι η Κανέλα θα πεθάνει! Δε βλέπεις ότι δεν τρώει καν το φαγητό της από τους πόνους;» έλεγε στον Διονύση, που επέμενε ότι ήταν αδύνατο να πετύχουν αυτό που προσπαθούσαν.

«Μα αυτό το μαχαίρι είναι μόνο για να αλείφουμε το βούτυρο στο ψωμί, δεν κόβει! Ούτε το κρέας δεν κόβει καλά καλά», του είπε, και τον έκανε να θυμώσει κι άλλο.

Ο Φώτης είχε δει την Κανέλα να κουτσαίνει στο πίσω δεξί της πόδι, το οποίο δεν τολμούσε καν να πατήσει στο έδαφος, και έδειχνε να υποφέρει πολύ. Τότε αποφάσισε να της κάνει εκείνη την εγχείρηση –έτσι την έλεγε– που του είχε κάνει στο χωριό αυτή η φίλη της γιαγιάς του όταν είχε χτυπήσει το δικό του πόδι, πέφτοντας από τον τσίγκο.

«Μπρρρ! Θα της έρθει πυρετός και θα πεθάνει!» είπε στον

Διονύση, που δεν μπορούσε να καταλάβει πώς θα γινόταν η... εγχείρηση.

«Θα βάλουμε το πόδι της ανάμεσα στα δυο ξύλα και θα το δέσουμε. Σίγουρα θα γίνει καλά έτσι. Κι εγώ έγινα! Είδες πώς τρέχω;»

«Μα θα τη γδέρνουν τα ξύλα!»

«Μη σε νοιάζει, πήρα μια πετσέτα από τα πλυντήρια και θα βάλουμε από ένα κομμάτι ανάμεσα. Έτσι δε θα τη γδέρνει! Αφού σου είπα, την ξέρω αυτή την εγχείρηση!»

Ο Διονύσης τον είχε βρει πολύ στενοχωρημένο όταν γύρισε από τον Πύργο, κι όταν έμαθε τι είχε συμβεί με το ξύλο του Μουστάκια-Μπαγάσα, του ορκίστηκε ότι δε θα τον ξανάφηνε ποτέ μόνο του. Μάλιστα είχε τύψεις, καθώς σκέφτηκε ότι, αν δεν είχε φύγει με τον παππού του, ο φίλος του δε θα είχε αποδράσει, οπότε δε θα έτρωγε κι εκείνο το άγριο ξύλο και δε θα πήγαινε στο νοσοκομείο.

Στην αρχή ο Φώτης τού κρατούσε μούτρα που είχε φύγει από τον Ζηρό, αλλά το ξεπέρασε γρήγορα με μια απλή σκέψη. Η μάνα του και η γιαγιά του δεν ξαναγύρισαν και τον άφησαν, ενώ ο Διονύσης κράτησε τον λόγο του. Του είχε πει ότι θα γυρίσει και γύρισε.

«Φώτη, Φώτη! Έχω μια ιδέα! Θα πάω τα δύο ξύλα στον μαραγκό που με συμπαθεί και θα μου τα φτιάξει εκείνος. Φτου! Πώς δεν το είχα σκεφτεί νωρίτερα!»

«Είσαι φίλος! Ούτε κι εγώ το είχα σκεφτεί. Αλλά αφού θα πας εκεί, γιατί δεν παίρνεις δυο καλύτερα ξύλα; Έχει τόσο πολλά. Αυτά εδώ δε μου φαίνονται τόσο καλά. Α, δε φέρνεις και λίγο σπάγγο; Ούτε το σχοινί μας μου φαίνεται καλό».

Η ταλαιπωρία κι η αγωνία τους πήγαν στράφι, αφού η... εγχείρηση απέτυχε, καθώς η Κανέλα, με διάφορες κινήσεις και με τη μουσούδα της, έβγαλε τα ξύλα, αλλά η ασθενής... επέζησε. Σε λίγες μέρες περπατούσε ξανά μια χαρά κι ο Φώτης κατάλαβε ότι δεν έκανε για γιατρός κι ούτε θα επιχειρούσε να γίνει. Αλλά έτσι κι αλλιώς ήταν ευτυχισμένος που την έβλεπε υγιή, ζωηρή, χαρούμενη και πάντα καλοταϊσμένη, αφού, εκτός από τον ίδιο, είχαν αρχίσει κι άλλοι να της πηγαίνουν τροφή.

Από τότε που την είδε καλά στην υγεία της, τοποθέτησε πάνω πάνω στα γραμματόσημά του εκείνο το τετράγωνο με τη σκυλίτσα, τη Λάικα, την οποία οι Σοβιετικοί είχαν βάλει στον δορυφόρο Σπούτνικ για την πρώτη εξερεύνηση του Διαστήματος. Πολύ θα ήθελε να δει και την Κανέλα να γίνεται γραμματόσημο, αλλά δεν ήξερε πώς θα μπορούσε να το κάνει. Και πολύ θα ήθελε επίσης να ρωτήσει τον Διονύση πώς πέρασε στο σπίτι του στον Πύργο, αλλά κάτι τον συγκρατούσε να μην το κάνει. Πίστευε ότι θα στενοχωριόταν ακούγοντας πόσο καλά πέρασε με τους δικούς του, που φρόντισαν να τον πάρουν έστω για λίγο, ενώ εκείνον τον είχαν ξεχάσει όλοι.

Είχε βρει έναν τρόπο να αφήνει στην άκρη τα πράγματα που τον πονούσαν, απασχολώντας το μυαλό του με άλλα θέματα. Κι αυτό που έγινε το αγαπημένο του και τον έκανε να βρει νέο ενδιαφέρον ήταν η καινούργια εκδρομή. Κάθε πρωί τούς έπαιρνε ένα λεωφορείο και τους πήγαινε σε ένα μέρος που το έλεγαν Φιλιππιάδα, αφού η διοίκηση του Ζηρού αποφάσισε ότι εκεί θα γίνονταν τα μαθήματα του Δημοτικού. Μπορεί το σχολείο να του ήταν τελείως αδιάφορο, ωστόσο όλο αυτό το πηγαινέλα τού άρεσε πολύ. Τον έβγαζε από τη ρουτίνα, τον γλίτωνε από αγγαρείες και δουλειές, του έδινε την ευκαιρία να χαζεύει από το λεωφορείο, ακόμα και να ονειρεύεται στη διαδρομή.

Βρήκε μάλιστα έναν τρόπο να μη βαριέται στην τάξη, αφού του ήταν ανυπόφορο να περιμένει το σχόλασμα. Έπαιρνε μαζί του ένα από τα κουτιά με τα γραμματόσημά του και άρχιζε να τα ζωγραφίζει σε χαρτί κι ύστερα να τα χρωματίζει με τις ξυλομπογιές του, κάτι που του φάνηκε τρομερά ενδιαφέρον.

Εκείνος ο δάσκαλος, ο κύριος Αρίστος, ούτε άγριος ήταν ούτε έδερνε, κι έτσι μπορούσε να ασχολείται με αυτό που του άρεσε.

Μια φορά μόνο έγινε κάτι που τον έκανε να μην κλείσει μάτι εκείνη τη νύχτα και να την περάσει στο ύπαιθρο, ρισκάροντας ακόμα και έναν νέο ξυλοδαρμό.

Ο δάσκαλος πέρασε από δίπλα του κι ο Φώτης, όπως ζωγράφιζε σκυμμένος, δεν τον πήρε χαμπάρι. Κι έτσι απορροφημένος όπως ήταν, κόντεψε να πεταχτεί στον αέρα από τον φόβο του όταν ο κύριος Αρίστος τον ρώτησε τι σχεδίαζε.

«Μπράβο, ζωγραφίζεις πολύ ωραία!» του είπε μαλακά. «Αλλά ξέρεις τι είναι αυτό που ζωγραφίζεις;»

«Ναι, η Λάικα, το σκυλάκι που πήγε στο Διάστημα!»

«Το κακόμοιρο! Τι τράβηξε και πόσο υπέφερε...»

«Υπέφερε είπατε, κύριε; Στο Διάστημα;»

«Δυστυχώς ήταν καταδικασμένη να πεθάνει. Μέσα στον δορυφόρο και μ' αυτή την τρομερή ταχύτητα οι παλμοί της τριπλασιάστηκαν από τον φόβο. Κι επίσης αναπτύχθηκε εκεί μέσα μια τεράστια θερμοκρασία κι έτσι δεν άντεξε. Λένε ότι έπειτα από έξι επτά ώρες πέθανε, δε γινόταν να αντέξει περισσότερο. Έτσι κι αλλιώς θα πέθαινε, αφού ο δορυφόρος, ο Σπούτνικ 2, δεν επρόκειτο να γυρίσει στη Γη. Ήταν προγραμματισμένο να διαλυθεί στον αέρα. Κι ήταν ένα καταπληκτικό αδέσποτο από τη Μόσχα, που το περιμάζεψαν και του έκαναν ειδική εκπαίδευση για να το στείλουν στο Διάστημα...»

Αυτό που άκουσε ήταν σαν ένας κεραυνός στο κεφάλι του, κι ένιωσε να ισοπεδώνεται μέσα του. «Κύριε, μπορώ να πάω έξω;» ζήτησε αμέσως άδεια.

«Να πας, αλλά να γυρίσεις, εντάξει;»

Μόλις βγήκε από την τάξη, έβαλε τα κλάματα. Κι έκλαψε τόσο έντονα, ώστε του άνοιξε η μύτη. Έτσι ματωμένο τον βρήκε μια δασκάλα και τον πήγε στην υπαίθρια βρύση για να τον πλύνει, κι ύστερα του έβαλε μπαμπάκια στη μύτη για να μην αιμορραγεί.

Δεν ξαναμπήκε στην τάξη και δεν είπε ούτε λέξη στο δρομολόγιο της επιστροφής, παρότι ο Διονύσης προσπαθούσε επίμονα να μάθει τι του συνέβαινε.

Εκείνο το βράδυ, μετά το σιωπητήριο, περίμενε να κοιμηθούν όλοι κι έπειτα, με αργές κινήσεις, βγήκε από τον θάλαμο και κατευθύνθηκε πίσω από την κουζίνα, εκεί όπου έμενε τα βράδια η Κανέλα, χωμένη μέσα στα τελάρα. Διαλυμένος μέσα του την πήρε αγκαλιά και τη χάιδευε συνέχεια, με το μυαλό του να προσπαθεί να κάνει εικόνα τον θάνατο της Λάικα. Έτσι αποκαμωμένος που ήταν ψυχικά και σωματικά έγειρε στα τελάρα και κοιμήθηκε, με την Κανέλα να έχει ξαπλώσει στην κοιλιά του και να είναι τρισευτυχισμένη.

Τον βρήκε το χάραμα η κυρία Ελένη, η μαγείρισσα, που πήγαινε πρώτη για να ξεκινήσει την προετοιμασία του πρωινού. Τρόμαξε πολύ στην αρχή, γιατί το μυαλό της πήγε στο κακό. Καθώς πλησίαζε με αργές κινήσεις, πετάχτηκε η Κανέλα κι έτσι ξύπνησε ο Φώτης, που κι εκείνος τρόμαξε βλέποντας τη μαγείρισσα να τον κοιτάει με τα μάτια γουρλωμένα.

«Τι κάνεις εδώ, βρε; Πήγαινε γρήγορα στον θάλαμο, θα σε πάρουν χαμπάρι και θα έχουμε άλλα. Άντε, αγόρι μου, κάνε μου τη χάρη».

Προσπάθησε να καταλάβει τι συνέβη, γιατί το μυαλό του δε λειτουργούσε. Κι όταν θυμήθηκε γιατί βρισκόταν εκεί, ξαναπήρε αγκαλιά την Κανέλα και ξανάρχισε τα χάδια.

«Θα την προσέχεις μέχρι να γυρίσω; Δε θέλω να πεθάνει!»

Η κυρία Ελένη έβαλε τα γέλια. «Κανένας δε θα πεθάνει, μη φοβάσαι. Κι εγώ την αγαπάω. Πήγαινε εσύ κι εγώ θα της βάλω φαγητό, σ' το υπόσχομαι».

Όταν πια ξημέρωσε –κι εκείνος ήταν ακόμα διαλυμένος–, δεν πήγε σχολείο. Είπε ότι ήταν άρρωστος κι έτσι πήρε ελευθέρας. Συναίνεσε ο γιατρός Απέργης, που είχε ζήσει την ιστορία του νοσοκομείου και δεν ήθελε να τον πιέζει, οπότε ήταν ελεύθερος να μείνει στον Ζηρό. Μέχρι να γυρίσει το λεωφορείο από τη Φιλιππιάδα, πέρασε τις ώρες του με την Κανέλα, που έτρεχε χαρούμενη γύρω του και κάθε τόσο πηδούσε πάνω του.

Κι ύστερα, όταν γύρισαν όλοι και πήγαν στο εστιατόριο για το γεύμα, της μάζεψε τόσο πολύ φαγητό, ώστε θα είχε να τρώει για δέκα μέρες. Αλλά ούτε την επόμενη μέρα πήγε σχολείο, κανένας δεν πήγε. Η καμπάνα χτύπησε αργά κι όλοι οι επιτηρητές και οι ομαδάρχες συγκέντρωσαν όλα τα παιδιά, μεγαλύτερα και μικρότερα, στο προαύλιο. Με σπασμένη φωνή η Προκοπία τούς ανακοίνωσε τον θάνατο του βασιλιά Παύλου και την κήρυξη εθνικού πένθους. Τους ζήτησε να σταθούν σε θέση προσοχής για να τους διαβάσει το διάγγελμα του νέου βασιλέως Κωνσταντίνου.

Ο Φώτης δεν καταλάβαινε τίποτα, αλλά χαιρόταν που δε θα πήγαινε σχολείο και θα είχε χρόνο για την Κανέλα. Δε χαιρόταν καθόλου όμως που άκουγε ένα ολόκληρο κατεβατό.

«Πασχάλη, τι είναι διάγγελμα;»

«Σουτ, Φώτη, θα μας διαβάσει τον λόγο του βασιλιά».

«Καλά, ντε!»
Η φωνή της Προκοπίας ακουγόταν σαν ηλεκτρική.

«Σκληρά και αδυσώπητος η μοίρα μοι επεφύλαξε να σας αναγγείλω τον πρόωρον θάνατον του Βασιλέως Πατρός μου. Το πράττω με σπαραγμόν ψυχής. Η πρώτη μου σκέψις, ως Βασιλέως των Ελλήνων, στρέφεται προς τον Λαόν μου. Εκφράζω την βαθείαν ευγνωμοσύνην εμού και της οικογενείας μου, διά την αγάπην με την οποίαν ο Ελληνικός Λαός περιέβαλε τον Πατέρα μου. Την αγάπην αυτού ο Βασιλεύς Παύλος ησθάνετο μέχρι των τελευταίων του στιγμών να τον περιβάλλη θερμή και στοργική. Ας διατηρήσωμεν εις την μνήμην μας βαθέως κεχαραγμένην την μορφήν Του. Συνδυάζει την ηρεμίαν, την καλωσύνην και την αγάπην με την φρόνησιν, την δραστηριότητα και την θέλησιν. Υπήρξεν άξιος της Πατρίδος και της Ιστορίας του Ελληνικού Έθνους. Ανήλθεν εις τον Θρόνον μιας Ελλάδος αιμασσούσης και ηρειπωμένης. Ευθύς αμέσως την ωδήγησεν επιτυχώς, με σωφροσύνην και σοφίαν, μέσω νέων φρικτών ταλαιπωριών, και ηυτύχησε να την ίδη ευτυχή, προοδεύουσαν εν δημοκρατία και με αίσιον το μέλλον. Διαδέχομαι εις τον Θρόνον...»

Ο Φώτης βαρέθηκε να ακούει, αφού έτσι κι αλλιώς δεν καταλάβαινε τίποτα. Άρχισε να λέει από μέσα του το ποίημα που είχε μάθει.

Στον αγρό, στον αγρό, πάμε τώρα εμείς οι δυο
χαρωπά και τραγουδώντας και δεξιά ζερβά πηδώντας
ο καθένας μ' ένα φτυάρι σαν τον γέρο περβολάρη!

Ο Διονύσης τού πάτησε το πόδι όταν ανέβηκε στη θέση της Προκοπίας ο Μουστάκιας-Μπαγάσας.

«Επί τω θανάτω του Βασιλέως θα σας αναγνώσω το διάγγελμα του Προέδρου της Κυβερνήσεως Γεωργίου Παπανδρέου και...»

«Ρε Διονύση, ποιοι είναι όλοι αυτοί; Και γιατί καθόμαστε προσοχή;»

«Σουτ! Θέλεις να τις φάμε;»

«Με άπειρον οδύνην η Κυβέρνησις αναγγέλλει τον θάνατον του λαοφιλούς Βασιλέως Παύλου. Επάλαισεν ηρωικώς προς τον θάνατον και τελικώς υπέκυψεν εις την κοινήν Μοίραν των ανθρώπων. Ήτο αληθής Βασιλεύς. Η Απλότης, η Αγαθότης, η Αρετή, η Αφοσίωσις εις το καθήκον και τον Λαόν τον εχαρακτήριζον. Και ήτο γενναίος.[...] Κατά την περίοδον της εχθρικής κατοχής, ως Διάδοχος, είχεν επιμείνει να έλθη εις τα βουνά της Ελλάδος και να τεθή επί κεφαλής της Εθνικής Αντιστάσεως. Και βραδύτερον, εις τας σκληράς ημέρας των εσωτερικών δοκιμασιών, ως Βασιλεύς, ευρίσκετο, συνεχώς, εν μέσω των στρατιωτών μας, οι οποίοι εμάχοντο διά να υπερασπίσουν την αιωνιότητα της Ελλάδος. Ως Αρχηγός Οικογενείας ήτο...»

«Διονύση, κατουριέμαι! Δεν μπορώ να κρατηθώ άλλο, δεν αντέχω, σου λέω!»

«Μη μιλάς και φύγε πίσω από τον Λέλεκα. Αλλά αν σε δουν, κακομοίρη μου, ζήτω που κάηκες!»

Εκείνα τα διαγγέλματα και η προσοχή των πάντων στις ομιλίες έκαναν ομαδάρχες και επιτηρητές να μην ασχολούνται επί μέρες με τα παιδιά, αφού άλλα τους έκαιγαν.

Η αγωνία της Προκοπίας ήταν τόσο μεγάλη, ώστε δεν έκανε ούτε μία επιθεώρηση στους θαλάμους, δεν έβαλε ούτε μία τιμωρία, δεν έδειρε κανέναν.

«Δεν ξέρω τι θα γίνει τώρα με τον θάνατο του Παύλου. Ο γιος του, ο Κωνσταντίνος, είναι μόλις είκοσι τεσσάρων ετών και μπορεί να μην εγκρίνει τα σχέδια της μητέρας του με τις παιδουπόλεις. Μεταξύ μας, άκουσα ότι μόνο ο αθλητισμός τον ενδιαφέρει, δεν ξέρω... Και δεν ξέρω τι θα απογίνουμε αν...»

«Σταμάτα να ανησυχείς, βρε Προκοπία», την έκοψε η Αυγουστία. «Αφού η Φρειδερίκη παραμένει βασίλισσα και δεν έχει λόγο να αλλάξει τα σχέδιά της. Και γιατί ο νέος βασιλιάς να πάει κόντρα στη μητέρα του; Ούτε κι αυτός έχει λόγο. Κι έπειτα, ξέρεις πόσο δυνατή και αποφασιστική είναι η βασίλισσά μας, οπότε μην ανησυχείς».

Ολόκληρος ο Ζηρός βρισκόταν σε κατάσταση επιφυλακής και πένθους, όπως όλη η χώρα.

Η Προκοπία έκανε τις επαφές της με τους ανθρώπους της στο παλάτι και μέσα σε μόλις δύο ημέρες ήρθαν τα καινούργια κάδρα με τη φωτογραφία του νέου βασιλιά, του Κωνσταντίνου. Μάλιστα η εντολή ήταν να μην αφαιρεθούν οι φωτογραφίες του αποθανόντος Παύλου μέχρι και την επομένη της κηδείας. Διεύθυνση, επιτηρητές και ομαδάρχες έκαναν αγώνα δρόμου για να καταφέρουν να κρεμάσουν τα νέα κάδρα σε όλο το ίδρυμα, βάζοντας ταυτόχρονα μαύρες κορδέλες παντού, από τους χώρους εργασίας και το εστιατόριο μέχρι και τους θαλάμους. Μάλιστα δόθηκε εντολή στους ομαδάρχες να γίνεται πρωινή και βραδινή προσευχή μπροστά στις εικόνες των βασιλέων «εις μνήμην του λαοπροβλήτου βασιλέως που νικήθηκε μόνο από την επάρατη».

Ο Φώτης άρχισε να τσινάει στην ιδέα, αφού βαριόταν και

τις τελετές και την ορθοστασία. Κι ένα βράδυ, όταν ξεκίνησαν για το εστιατόριο και το δείπνο, έμεινε τελευταίος, με γρήγορες κινήσεις έβγαλε τις μαύρες κορδέλες και με σβελτάδα ενώθηκε με τα υπόλοιπα παιδιά, ώστε να μην καταλάβει κανείς τίποτα.

Όταν ανακαλύφθηκε η ιστορία, η Προκοπία έγινε έξαλλη και έβαλε έναν υπεύθυνο σε κάθε θάλαμο για να φυλάει τα κάδρα με το πένθος. Αυτό κράτησε μία ολόκληρη εβδομάδα, ως την ημέρα της κηδείας και της ταφής στο Τατόι. Έδωσε μάλιστα σαφείς εντολές στον Βρασίδα –τον Μουστάκια– και στην Αυγουστία να είναι ιδιαίτερα προσεκτικοί κατά τη διάρκεια της απουσίας της, αφού θα παρίστατο στην κηδεία.

Άνθιζε η γη κι έβαζαν τα νυφικά τους οι αμυγδαλιές για να υποδεχτούν την άνοιξη, και σκιρτούσαν σιγά σιγά οι καρδιές των ανθρώπων, που έβγαιναν από το καβούκι του χειμώνα, ο οποίος τους πίεσε τόσο πολύ. Κι ήταν και τα γεγονότα τέτοια που άρχισαν να μαζεύονται στο μαγαζί του Παναγή για να μάθουν τα νέα, να ακούσουν τις εκτιμήσεις, να πουν τις απόψεις τους, να μαντέψουν το μέλλον.

Είχαν βλαστημήσει όλοι την προηγούμενη μέρα, την Πέμπτη, αφού περίμεναν να ακούσουν από το ραδιόφωνο τα νέα από την κηδεία του βασιλιά Παύλου, συμπαθούντες και μη. Όμως τα παράσιτα δεν τους άφησαν κανένα περιθώριο πληροφόρησης, όσο κι αν κουνούσαν την κεραία και του άλλαζαν θέση.

Κι έβριζαν και τον Παναγή, που τους έλεγε ότι ήταν αμερικανικό θηρίο αυτό το ραδιόφωνο, με τον Γιάννη να του λέει να το πετάξει καλύτερα στο ποτάμι. Έτσι ο Παναγής, πεισμωμένος από το χουνέρι που έπαθε, κίνησε πρωί πρωί για τα Γιάννενα για να φέρει εκείνος τα νέα. Κι όταν γύρισε πίσω με την εφημερίδα παραμάσχαλα, ο Νικολής τού την άρπαξε, με τους άλλους να τον αγριοκοιτάνε.

«Σιγά, βρε, για να σας τη διαβάσω την πήρα, διάολε!»

Η στεντόρεια φωνή του τους συνεπήρε.

ΣΥΣΣΩΜΟΣ Ο ΕΛΛΗΝΙΚΟΣ ΛΑΟΣ ΠΡΟΕΠΕΜΨΕ ΤΟΝ ΒΑΣΙΛΕΑ ΠΑΥΛΟ.
Η ΕΠΙΒΛΗΤΙΚΩΤΑΤΗ ΠΟΜΠΗ ΔΙΑ ΤΩΝ ΟΔΩΝ ΤΩΝ ΑΘΗΝΩΝ. ΠΡΩΤΟΦΑΝΗΣ ΣΥΜΜΕΤΟΧΗ.

Ο Γιάννης είχε κολλήσει δίπλα του.

«Κοίτα κόσμος, κανόνια, σπαθιά, πλημμύρα! Ο Τρούμαν δεν είναι αυτός στη φωτογραφία;»

«Ναι, όντως».

«Τι γράφει από κάτω, στα ψιλά γράμματα;»

«Περίμενε να βάλω τα γυαλιά μου. Σάματις βλέπω κι εγώ; Α, ωραία. "Ο πρώην πρόεδρος την Ηνωμένων Πολιτειών κ. Χάρρυ Τρούμαν και η κυρία Λύντα Τζόνσον, σύζυγος του σημερινού προέδρου, προσέρχονται μετά του εν Αθήναις Αμερικανού πρεσβευτού κ. Λαμπουίς εις τον Μητροπολιτικόν Ναόν διά να ακολουθήσουν την πομπήν. Δεξιά πέντε εστεμμένοι εξέρχονται διά να παρακολουθήσουν την πομπήν. Ο Βασιλεύς της Σουηδίας Γουσταύος-Αδόλφος, ο Βασιλεύς Φρειδερίκος της Δανίας, η Βασίλισσα Τζουλιάνα της Ολλανδίας, ο Βασιλεύς Μπωντουέν του Βελγίου και ο Βασιλεύς Όλαφ της Νορβηγίας". Κάτσε, βρε Γιάννη, έχεις κρεμαστεί πάνω μου!»

Ο Παναγής ξεκίνησε την ανάλυση.

«Είτε τον υποστήριζε κανείς είτε όχι, ήταν σοβαρός άνθρωπος ο μακαρίτης, με φιλοπατρία και σύνεση. Φοβάμαι ότι θα λείψει πολύ το μέτρο του και δεν ξέρω αν ο διάδοχος, σε τέτοια νεαρή ηλικία, μπορεί να κρατήσει ισορροπίες. Τα πράγματα είναι άγρια και...»

«Δεν έχει και! Η Φρειδερίκη θα κάνει κουμάντο, να μου το θυμηθείς», πετάχτηκε ο Ιορδάνης, κάνοντας έξαλλο τον Παναγή επειδή τον διέκοψε.

«Δεν αφήνεις άνθρωπο να σταυρώσει λέξη, βρε αδελφέ! Κι αφού τα ξέρεις όλα, πες μας και τι θα γίνει με την κυβέρνηση».

«Ε, καλά τώρα, βουλωμένο γράμμα διαβάζω! Ποιος να τον κουνήσει, μωρέ, τον Παπανδρέου;»

«Ιορδάνη, μάλλον είσαι βαθιά νυχτωμένος! Μέσα γίνεται χαμός!» απάντησε ο Παναγής κι έφυγε για να φτιάξει τους καφέδες.

Δεν πέρασε μια μέρα στο ανθοστόλιστο Αηδονοχώρι που να μη σχολιάζουν τα γεγονότα, με τον δάσκαλο να διαβάζει μεγαλόφωνα τις εφημερίδες και τους υπόλοιπους να κρέμονται σαν τσαμπιά από πάνω του για να δουν τις φωτογραφίες. Κι εκείνο που τους έκανε τρομερή εντύπωση ήταν η είδηση ότι ο Κωνσταντίνος επρόκειτο να παντρευτεί την κόρη του βασιλιά της Δανίας Φρειδερίκου, την Άννα-Μαρία, με τις φωτογραφίες της να είναι καθημερινά στις εφημερίδες.

«Κούκλα είναι!» σχολίαζαν όλοι, αλλά ο Ιορδάνης πάλι είχε τις αντιρρήσεις του.

«Μα δεν είναι ούτε δεκαοκτώ χρονών κι ο βασιλιάς είκοσι τεσσάρων. Γιατί τέτοια βιασύνη;»

«Και τι σε μέλει εσένα και ανησυχείς; Δανεικά θα σου ζητήσουν ή μήπως θα σε πάρουν να τους κάνεις τις δουλειές; Οι βασιλιάδες σε όλο τον κόσμο δεν περιμένουν να μεστώσουν! Αυτά τα έκαναν στο Βυζάντιο σε πολύ μικρότερες ηλικίες. Κάποτε, επί Νικηφόρου Φωκά, έκαναν αυτοκράτορα ένα δεκαοχτάχρονο παιδί, τον Βασίλειο Β΄, τον Βουλγαροκτόνο», πετάχτηκε ο δάσκαλος.

Ελάχιστοι ενδιαφέρονταν για την Ιστορία κι όλοι κοιτούσαν τις φωτογραφίες της Άννας-Μαρίας.

Στον Ζηρό η καθημερινότητα επανήλθε μετά την κηδεία του βασιλιά Παύλου κι η εντολή από τον παλάτι ήταν σαφής: «Δεν αλλάζει τίποτα, συνεχίζονται όλα κανονικά, όπως και η ζωή».

Ο Φώτης βαρέθηκε τα πηγαινέλα στη Φιλιππιάδα, αφού ήξερε πια απ' έξω κι ανακατωτά τη διαδρομή. Σκεφτόταν ότι, αν κατάφερνε να δραπετεύσει –γιατί αυτό ποτέ δεν έφευγε από το μυαλό του–, θα ήξερε ακριβώς πού να πάει, και αυτή τη φορά δε θα μπορούσε να τον βρει κανείς. Ούτε μεγάλα ούτε μικρά καπέλα.

Συνέχιζε να ζωγραφίζει τα γραμματόσημά του στην ώρα των μαθημάτων, ώσπου μια μέρα, εντελώς τυχαία, άκουσε από τον κύριο Αρίστο το μάθημα της Ιστορίας. Ένιωσε να τον κατακλύζει μια μαγεία, αφού όσα έλεγε ο δάσκαλος, για βασιλιάδες και αυτοκράτορες, για πολέμους, για κατακτήσεις, για τις ίντριγκες και τις δολοπλοκίες στο Βυζάντιο, του προκάλεσαν τρομερό ενδιαφέρον.

Τότε ανακάλυψε κάτι που του έκανε κατάπληξη. Μπορεί να μπερδευόταν τελείως στη γραμματική, να ήταν τραγικός στην ορθογραφία, να σιχαινόταν την αριθμητική, αλλά είχε την ικανότητα να αποστηθίζει τα κείμενα της Ιστορίας και να ξέρει απ' έξω όλες τις ημερομηνίες. Κι ήταν πια τέτοια η τρέλα του μ' αυτό το μάθημα, ώστε φώναζε στα παιδιά να κάνουν ησυχία. Μάλιστα τόσο στα διαλείμματα όσο και στο τέλος, ζητούσε από τον δάσκαλο να του λέει κι άλλες λεπτομέρειες του μαθήματος.

Εκείνος του έδωσε ένα βιβλίο που δε θα ξεχνούσε ποτέ. Λεγόταν *Στα βυζαντινά χρόνια*. Χανόταν με τις ώρες μελετώντας το, ακόμα και μεγαλόφωνα διάβαζε, για να ακούει η Κανέλα, που δεν έδινε δεκάρα για τον Ιουστινιανό. Φτάνει να ήταν κοντά της ο γητευτής της!

13

ΤΡΙΑ ΧΡΟΝΙΑ ΜΕΤΑ...

Ο ΜΙΚΡΟΣ ΚΑΘΡΕΦΤΗΣ στο χολ χαμογελούσε ολόκληρος έτσι όπως έπεφτε πάνω του μια ζωηρή ηλιαχτίδα και τον έκανε να λαμπυρίζει. Λαμπύριζε κι η λίμνη, η Παμβώτιδα, που έβγαλε έναν θυμωμένο χειμώνα ο οποίος την τάραξε πολύ. Και θύμωνε κι η ίδια κάθε φορά που σκεφτόταν ότι έχει στα σπλάχνα της την κυρα-Φροσύνη και τις άλλες, σημάδια μιας ταραγμένης Ιστορίας που ποτέ δεν έπαψε να καταγράφει ακρότητες κι αδικίες κι εγκλήματα και ζοφερές καταστάσεις.

Η Σοφία ένιωθε μέσα της τρομερή πίεση, και ρίχνοντας μια ματιά στον καθρέφτη όπως περνούσε από τον διάδρομο, είδε τις ρυτίδες που έστηναν τρελό χορό στο πρόσωπό της. Ήταν –και το καταλάβαινε καλά– μια μαραζωμένη γυναίκα, με ένα αφυδατωμένο πρόσωπο που σύντομα θα σταφίδιαζε. Και δεν έφταιγε γι' αυτό ο γάμος του Θάνου, που δεν άντεξε άλλο να την περιμένει και να ελπίζει, μετρώντας τρία Χριστούγεννα χωρίς ανταπόκριση. Το μαράζι του είχε γίνει ακόμα πιο έντονο, αφού η Σοφία έπαψε να πηγαίνει στο μαγαζί, ξέροντας βέβαια ότι δεν έφταιγε αυτή. Ο Θάνος είχε τσακωθεί με την κυρία Όλγα –μάλλον εκείνη τσακώθηκε μαζί του–

επειδή έβρισκε χοντρή την πέτσα στα γιαούρτια κι έτσι άλλαξε μαγαζί. Εκείνος έκανε τα πάντα για να της αλλάξει άποψη και το μόνο που κέρδισε ήταν επίθεση και προσβολές.

Σε μια περίοδο έντονης μοναξιάς και θλίψης τού προξένεψαν την Κρυστάλλω, που γεροντοκόρη ξε-γεροντοκόρη ήταν μια συντροφιά στις άδειες μέρες του. Είχε στείλει μαντάτο στη Σοφία με τον ταχυδρόμο, τον Πότη, μπας και ακούσει κάτι ελπιδοφόρο, αλλά εκείνος του μήνυσε μια απάντησή της που δεν του καλάρεσε: «Να του πεις η ώρα η καλή και βίον ανθόσπαρτον. Και καλά να περνάει». Τότε προχώρησε στον γάμο, για να έχει ένα καθαρό ρούχο, έναν καφέ, μια παρέα στα δύσκολα χρόνια που θα έρχονταν.

Δεν τον πείραζε που ήταν προξενιό, γιατί διαφωνούσε με τις αγγελίες που έβαζαν κάποιοι στις εφημερίδες για να βρουν νύφες. Είχε βάλει μία ο παλιός του συμμαθητής, ο Πρόδρομος, και δε συμφωνούσε καθόλου.

«Δημόσιος υπάλληλος πεντηκονταετής, αναστήματος μετρίου, μονογενής, σοβαρός, εργαζόμενος εν χωρίω με μηνιαίαν απολαβήν 500 δραχμών, ζητεί εις γάμον έστω και επαρχιώτισσαν γεροντοκόρην 32-40 ετών, αναστήματος μετρίου, σεμνήν και μετρημένην, με μόρφωσιν μετρίαν και παρελθόντος αμέμπτου, γνωρίζουσαν και την οικιακήν, τουλάχιστον ραπτικήν, με σπίτι και ανάλογον προίκα. Αποκλείονται μαλλιά κομμένα και σκέρτσα μοντέρνα. Γράψατε ει δυνατόν μετά μιας φωτογραφίας: Κύριον Π. Δ., Ποστ Ρεστάντ Ιωάννινα».

Έτσι δέχτηκε το προξενιό, καταλαβαίνοντας ότι δεν είχε να περιμένει τίποτε άλλο κι ότι τα περιθώρια γίνονταν ασφυκτικά.

Η Σοφία, αν και στην αρχή, όταν το έμαθε, σκίρτησε μέσα της, κατάλαβε ότι δε θα έπρεπε να την πειράξει αυτός ο γάμος, αφού εκείνη είχε αποφασίσει ότι «ο καθένας στον δρόμο του», παρά τις προσπάθειες του Θάνου.

Άλλο ήταν αυτό που τη διέλυε και την έκανε να σταφιδιάζει μέσα και έξω. Η Όλγα είχε γίνει πια ανυπόφορη και της έφταιγαν τα πάντα· η υγρασία στην πόλη, ο βρόμικος μιναρές, τα μοναστήρια στο Νησάκι που ήθελαν συνέχεια συντήρηση, η λίμνη όταν αντάριαζε, οι τελάληδες που της χαλούσαν την ησυχία, τα ασημικά που κιτρίνιζαν, τα τζάμια που θόλωναν, τα πλακάκια στα πεζοδρόμια που δεν ήταν σταθερά και τη δυσκόλευαν στο περπάτημα.

Της έφταιγε κι η Σοφία, που άντεχε τα πάντα αδιαμαρτύρητα και συνέχιζε τη δουλειά της αγόγγυστα, τη διαόλιζε ο Θεοδόσης που διάβαζε με τις ώρες και δεν έλεγε κουβέντα, ο Θάνος που έβαζε πέτσες στα γιαούρτια, ο Παυλής ο χασάπης που άφηνε λίπη στο κρέας, βουρλιζόταν ακόμα και με τα σύννεφα που στέκονταν πάνω από τα Γιάννενα.

Η Σοφία σκεφτόταν κάπου κάπου να τα παρατήσει και να φύγει για να γυρίσει στο χωριό της, αλλά κάθε φορά που της έμπαινε στον νου κάτι τέτοιο, το έδιωχνε έπειτα από λίγο. *Και να κάνω τι στο χωριό; Να κλειστώ στους τέσσερις ρημαγμένους τοίχους και να κοιτάω τη μάνα μου; Πάλι θ' αρχίσει την γκρίνια ότι κάθομαι και δε δουλεύω και τα περιμένω όλα από τον ουρανό. Άσε που θα αρχίσει και το κουτσομπολιό στο χωριό για το τι φοράω και πώς είμαι και γιατί γύρισα και τι συνέβη. Κι εδώ τους τοίχους κοιτάω, αλλά τουλάχιστον μαζεύω λεφτά για να έχω να πορεύομαι και μπορώ κάποια στιγμή να πάω και μια βόλτα στη λίμνη, να γεμίσει το βλέμμα μου...* σκεφτόταν.

Είχε πάει βέβαια κάνα δυο φορές στο χωριό, όταν η κυρά της πεταγόταν στο Μέτσοβο για να τους κάνει κι εκεί άνω κάτω, αλλά ήταν άλλο πράγμα να πηγαίνει ως επισκέπτρια μια δυο μέρες κι άλλο να επιστρέψει μόνιμα εκεί.

Το μόνο που την παρηγορούσε ήταν ότι ο Σπυράκος της είχε κάνει πολλά βήματα προόδου –τη διαβεβαίωνε γι' αυτό ο αδελφός της ο Μήτσος, που τον είχε δει– κι ότι ο Φώτης, όπως έλεγε ο χωροφύλακας στη μάνα της, ήταν πια ένα δυνατό αγόρι και τελείως άφοβο. Κατά τα άλλα, τα έβαζε με τον εαυτό της που δεν είχε ξαναπάει να επισκεφθεί τα παιδιά της, αλλά ο χρόνος κυλούσε μαζί με τις σκέψεις της, πρασίνιζε και κιτρίνιζε η γη, χιόνιζε και ξαστέρωνε ο καιρός, άλλαζαν πολλά έξω, τίποτα όμως μέσα της. Κι είχε συνηθίσει να ζει με τις τύψεις της αλλά και την ανημποριά του χαρακτήρα της· το έβλεπε καθαρά, ένα έρμαιο των αδυναμιών της κι ένα χαλί στα δυνατά πόδια της κυράς της ήταν.

Κι όσο περνούσε ο καιρός, βάραινε κι η μάνα της, η Φωτεινή, που πια έσερνε τα πόδια της, αφού τη διέλυε ο φλεβίτης. Τουλάχιστον είχε πια στενή παρέα, τη Βασιλική, που χήρεψε ξαφνικά και βούλιαξε στο πένθος. Ο άντρας της, ο Ιορδάνης, πέθανε όρθιος στο καφενείο, τη στιγμή που προσπαθούσε να πείσει τους υπόλοιπους θαμώνες ότι οι συνεχείς αλλαγές στο πολιτικό σκηνικό και όσα γίνονταν στο στράτευμα θα οδηγούσαν την Ελλάδα σε κατάμαυρες μέρες. Όπως μιλούσε, ένιωσε μια έντονη ζάλη και σωριάστηκε στο έδαφος, δίχως να βγάλει κιχ και δίχως να ανασάνει ξανά. Ένα οξύ εγκεφαλικό επεισόδιο τον έστειλε στα θυμαράκια για να βρει τους προγόνους του και να σχολιάζουν τα πολιτικά που τόσο αγαπούσε. Η Φωτεινή στάθηκε πολύ στη Βασιλική, κι ήταν πια μαζί σχεδόν όλη τη μέρα για να μοιράζονται τον σταυρό που κουβαλούσε η καθεμιά τους. Κι αυτή η μοιρασιά σε όλα τις βοήθησε να μένουν όρθιες.

Κι ενώ τα χρόνια βάραιναν σε όλους, ο Φώτης άνθιζε κι είχε γίνει πια ένα αντράκι, όπως άλλωστε κι ο Διονύσης. Ο ένας ήταν ο δυνατός της παρέας, ο άλλος ήταν ο σοβαρός και μετρημένος, με τις κουβέντες του να έχουν απήχηση στα υπόλοιπα παιδιά.

Λόγω της διαλλακτικότητάς του, του ήπιου χαρακτήρα του, της ευγένειας, της καλοσύνης αλλά και της ικανότητάς του να κάνει τον άλλο να τον ακούει, είχε γλιτώσει κάμποσα παιδιά από το ξύλο της Προκοπίας, η οποία δεν είχε μαλακώσει καθόλου όλο αυτόν τον καιρό. Το αντίθετο μάλιστα. Είχε σκληρύνει κι άλλο, κάτι που της το επέτρεπαν οι επαφές της με τους ανθρώπους της Φρειδερίκης, οι οποίοι της έδιναν συγχαρητήρια για το περιβάλλον πειθαρχίας που είχε δημιουργήσει στον Ζηρό.

Η ίδια θεωρούσε τον εαυτό της βασίλισσα του Ζηρού, ειδικά μετά την απομάκρυνση του Βρασίδα, του Μπαγάσα-Μουστάκια. Ένα πόρισμα που καθυστέρησε πάρα πολύ να βγει, αυτό που αφορούσε τον θάνατο του Βαρνά στη λίμνη, του επέρριψε καθολικές ευθύνες για το δυστύχημα, με τους συντάκτες του να θεωρούν ότι ως υπεύθυνος ασφαλείας δεν έλαβε τα κατάλληλα μέτρα για να αποτραπεί η τραγωδία.

Κάποια στόματα ψιθύριζαν ότι αυτό έγινε όταν άρχισε να διεκδικεί «μέτρα» από την εξουσία της Προκοπίας, την οποία κάποτε αμφισβήτησε ανοιχτά μπροστά σε ομαδάρχες και επιτηρητές για μια απόφασή της, αλλά ο ίδιος δεν ήταν πια εκεί για να το επιβεβαιώσει. Είχε πάρει απόσπαση για το ψυχιατρείο Λέρου, που είχε ιδρυθεί με βασιλικό διάταγμα, κι από τότε δεν τον είδε και δεν τον άκουσε κανείς.

Η απομάκρυνσή του ήταν σαν μια γιορτή για τον Φώτη, που δεν ξέχασε ποτέ εκείνον τον λυσσαλέο ξυλοδαρμό του, ο οποίος χάραξε για πάντα την ψυχή του. Αλλά η μεγάλη του χαρά εξαφανίστηκε λίγες μέρες μετά με ένα περιστατικό που τον συγκλόνισε και τον διέλυσε, που τον έκανε να πατήσει τον όρκο του και να κλάψει δημόσια, αδιαφορώντας για το αν τον βλέπουν.

Ένα πρωί λοιπόν που η κυρία Ελένη, η οποία δούλευε στην κουζίνα, βγήκε για να πετάξει τις σακούλες με τα σκουπίδια για να τις πάρει το φορτηγό, είδε ασάλευτη εκεί στα τελάρα την Κανέλα. Στην αρχή νόμιζε ότι κοιμόταν, αλλά όταν πήγε κοντά, διαπίστωσε κάτι φρικτό. Ο λαιμός της είχε μια τεράστια πληγή που ακόμα αιμορραγούσε, ενώ υπήρχαν κι άλλες πληγές στο σώμα της που έδειχναν καθαρά ότι είχε γίνει μάχη. Ήταν από χωριό και κατάλαβε αμέσως ότι το δύστυχο σκυλάκι είχε δεχτεί επίθεση από κάποιο μεγαλόσωμο ζώο. Λίγο πιο δίπλα υπήρχαν σκούρες τρίχες αλλά και χνάρια στο χώμα, που την οδήγησαν στο συμπέρασμα ότι η φονική επίθεση έγινε από λύκο. Έτσι επιβεβαίωσε –με τον πιο τραγικό τρόπο– την πληροφορία που της είχε δώσει ο οδηγός του φορτηγού, ότι άκουσε πως είχαν εμφανιστεί δύο ή και τρεις λύκοι στην περιοχή, οδηγημένοι πιθανόν από την πείνα τους.

Η Ελένη ειδοποίησε αμέσως τους υπεύθυνους στο ίδρυμα για το τραγικό συμβάν, και πολύ γρήγορα, από στόμα σε στόμα, μαθεύτηκε παντού. Ο Φώτης, που ετοιμαζόταν για το σχολείο, πέταξε κάτω την τσάντα κι έφυγε σαν σίφουνας προς την κουζίνα, φωνάζοντας απεγνωσμένα το όνομα της Κανέλας. Η φωνή του αντηχούσε παντού και σκορπούσε ανατριχίλα. Όταν έφτασε κι είδε την Κανέλα ακίνητη στο χώμα, έβγαλε μια τρομερή κραυγή και, χωρίς να το σκεφτεί, έπεσε δίπλα της και την αγκάλιασε, κλαίγοντας σπαρακτικά. Την έσφιγγε με όλη του τη δύναμη, της χάιδευε το κεφάλι, την πότιζε με τα δάκρυά του.

«Σε παρακαλώ, ξύπνα! Ξύπνα, Κανέλα, σήκω! Πάμε τώρα να σε ταΐσω», φώναζε σπαρταρώντας ολόκληρος, αν και καταλάβαινε ότι αυτό ήταν αδύνατο. Μια κοφτερή μασέλα τής είχε κόψει τον λαιμό.

Βλέποντάς τον να σπαράζει, η κυρία Ελένη τον παρακαλούσε κι εκείνη να ηρεμήσει. Το πρόσωπό του είχε ματώσει από το αίμα της Κανέλας, όπως και η μπλούζα του, η φωνή του είχε αρχίσει να χάνεται. Με τα χίλια ζόρια και έπειτα από πολλές προσπάθειες κατάφερε να τον πείσει να σηκωθεί.

Αλλά όταν στάθηκε όρθιος, τον έπιασε αμόκ. Άρχισε να ξεστομίζει όσες βρισιές ήξερε, αδιαφορώντας για το αν είχαν μαζευτεί γύρω του κάμποσοι ομαδάρχες, πήρε μια πέτρα και την πέταξε με όλη του τη δύναμη, δίχως να σταματήσει να κλαίει ούτε στιγμή. Τα υπόλοιπα, όταν κόντεψε να φάει ξύλο από έναν ομαδάρχη που άκουσε τις βρισιές, τα ανέλαβε η Ελένη. Τον πήρε στην αγκαλιά της για να τον συνεφέρει και του ζήτησε μαλακά να πάνε να τη θάψουν μαζί. Κι όταν όλα τελείωσαν, έμεινε εκεί, δίπλα στον λάκκο, μέχρι που σκοτείνιασε. Ούτε που σκέφτηκε το φαγητό, τις προσευχές, το πρόγραμμα του ιδρύματος, τίποτα δε θα μπορούσε να τον κουνήσει από κει.

Λίγο πιο μετά πήγε κοντά του ο Διονύσης, που δεν του είπε λέξη. Τον χτύπησε ελαφρά στον ώμο και κάθισε δίπλα του, έστω να του προσφέρει την παρουσία του και να του δείξει την αλληλεγγύη του. Ήταν για όλους μια πολύ σκληρή μέρα, αλλά για τον ίδιο τον Φώτη τραγική. Σκέφτηκε ότι ποτέ δεν είχε πονέσει περισσότερο στη ζωή του. Ούτε όταν έφυγαν η γιαγιά και η μάνα του και τον άφησαν εκεί, ούτε όταν τον έδεσε η Προκοπία και τον έφτυσαν τα παιδιά, ούτε όταν τον σακάτεψε στο ξύλο ο Μπαγάσας-Μουστάκιας και τον έστειλε στο νοσοκομείο. Η Κανέλα ήταν γι' αυτόν η μισή του καρδιά κι ακόμα παραπάνω, αφού η αγάπη και η αφοσίωσή της τον έκαναν να νιώθει ότι υπήρχαν και χαρές στη ζωή.

Δεν ξαναπάτησε στο σχολείο, αφού φρόντιζε να εξαφανίζεται την ώρα που ερχόταν το λεωφορείο, κι ήταν έτοιμος να αντιμετωπίσει κάθε συνέπεια, όποια κι αν ήταν αυτή. Παραξενευόταν βέβαια που τις τελευταίες μέρες δεν τον τιμωρούσαν, ενώ ήταν απείθαρχος στα πάντα, μέχρι που κατάλαβε τον λόγο, κι ήταν κάτι που έμοιαζε με μαχαιριά.

Η Προκοπία κάλεσε στο γραφείο της τέσσερα παιδιά και τους ανακοίνωσε ότι τη Δευτέρα θα έφευγαν από τον Ζηρό κι ότι έπρεπε να ετοιμάσουν τα πράγματά τους. Ο Φώτης δεν καταλάβαινε τι σημαίνει αυτό. Μήπως ότι θα έρχονταν να τον πάρουν οι δικοί του, όπως είχε συμβεί μια προηγούμενη φορά με τον Διονύση; Σκίρτησε η καρδιά του σ' αυτή τη σκέψη, αν και παρατήρησε ότι ανάμεσά τους δεν ήταν ο φίλος του. Κι έτσι αψύς κι αυθόρμητος όπως ήταν πάντα, πετάχτηκε διακόπτοντας την Προκοπία.

«Εγώ θα μείνω εδώ! Χωρίς τον Διονύση δεν πάω πουθενά!»

Ένα χαστούκι τον έκανε να καταλάβει ότι τίποτα δεν είχε αλλάξει.

«Εσύ ειδικά θα φύγεις όσο πιο μακριά γίνεται για να ησυχάσουμε! Να πας να τρελάνεις άλλους, εκεί, στο Ληξούρι...»

Όταν έφυγε αναψοκοκκινισμένος από το γραφείο, κανένας δεν ήξερε να του πει τι ήταν αυτό το Ληξούρι και τι σήμαινε. «Μήπως είναι καμιά καινούργια τιμωρία;» ρώτησε κάμποσους που δήλωναν άγνοια, και τότε έψαξε τον Πασχάλη για να τον βοηθήσει.

«Είναι μια μεγάλη πόλη σε ένα νησί, την Κεφαλονιά. Τι θα πας να κάνεις εκεί;»

«Τιμωρία!» απάντησε αυθόρμητα, δίχως να έχει ιδέα πού είναι η Κεφαλονιά και πόσες μέρες μακριά ήταν από τον Ζηρό. Έψαξε αμέσως τον Διονύση και τον παρακάλεσε να πει στην Προκοπία να πάνε μαζί: «Εσένα θα σε ακούσει, δε σε βαράει ποτέ...»

Όλα ήταν μάταια. Η απόφαση δεν άλλαξε και δε συμπεριλάμβανε τον Διονύση, που τη δέχτηκε αμίλητος.

Ο Φώτης είχε στο μυαλό του να αποδράσει και να πάρει τον δρόμο για τη Φιλιππιάδα, που ήξερε καλά από τις διαδρομές του λεωφορείου, αλλά συνέβη κάτι που ματαίωσε τα σχέδιά του. Τις δυο τελευταίες μέρες τον πήραν από τον θάλαμό του και τον πήγαν σε έναν άλλο, όπου ήταν κάποιοι νέοι ομαδάρχες, οι οποίοι δεν τον άφηναν από τα μάτια τους. Ήταν συνεχώς δίπλα του σε όλες τις δραστηριότητες, ακόμα και στο φαγητό, και δεν μπορούσε να πάρει ανάσα. Κι όταν κατάλαβε ότι δεν μπορούσε να ξεφύγει, Κυριακή πια, τους ζήτησε να δει τον Διονύση «επειδή είμαστε αδέλφια και θέλω να τον αποχαιρετήσω αφού φεύγω». Τον άφησαν να το κάνει, παρακολουθώντας τον όμως στενά.

Μέχρι τότε, όλες τις φορές, σε λύπες και σε χαρές, ο ένας χτυπούσε τον ώμο του άλλου· ήταν ο δικός τους χαιρετισμός. Τούτη τη φορά, όμως, μόλις τον είδε, έπεσε στην αγκαλιά του και δεν κατάφερε να συγκρατήσει τα δάκρυά του.

«Με διώχνουν... Εμένα, τον Τσίγκινο, τον Αυγουλένιο και τον Σφήνα. Μάλλον θα είμαστε οι πολύ κακοί», είπε σφίγγοντας το μπράτσο του Διονύση, που κι εκείνος είχε καταρρακωθεί αλλά προσπαθούσε να μην το δείχνει.

«Δεν είστε κακοί! Αλλά δεν ξέρεις, εκεί μπορεί να είναι καλύτερα. Χωρίς Προκοπία σίγουρα θα είναι!»

Τον κατακεραύνωσε, λέγοντάς του θυμωμένα: «Πουθενά δεν είναι καλύτερα χωρίς εσένα! Πουθενά! Αλλά μου φαίνεται ότι εσένα δε σε νοιάζει! Ξέχασες ότι γίναμε αδέλφια, ότι ενώσαμε το αίμα μας; Και δε σε νοιάζει; Θα βρεις άλλους για αδέλφια;»

Με ήρεμη φωνή, η οποία εκείνη τη στιγμή εκνεύριζε τον Φώτη, του απάντησε: «Δε θα βρω κανέναν. Μόνο θα περιμένω να στείλουν κι εμένα. Και θα το ζητάω συνέχεια και...»

«Αλήθεια μου λες, Διονύση;»

«Πάντα. Άκου με λοιπόν. Αν είσαι ήρεμος, όλα θα είναι καλά. Και να με περιμένεις να έρθω. Να κοιτάξεις να βρεις έναν καλό φίλο για να είστε μαζί μέχρι να έρθω...»

«Δε θέλω κανέναν φίλο! Κανέναν, ακούς;»

Τον άφησε κι έφυγε τρέχοντας, με έναν ομαδάρχη να τον σταματάει στην πόρτα και να τον πιάνει από το χέρι.

«Ησύχασε, είναι για το καλό σου», του είπε και τον πήγε στον κοιτώνα.

Μάτι δεν έκλεισε ο Φώτης όλο το βράδυ, με το μυαλό του να παίρνει φωτιά και τα παράπονα να του σφυροκοπάνε το κεφάλι. *Είμαι ένα σκουπίδι που με πετάνε*, σκεφτόταν συνέχεια. Ούτε που κατάλαβε, αποκαμωμένος πια, πότε τον πήρε ο ύπνος, πότε ξημέρωσε, πότε τον σήκωσαν να ντυθεί. Τον πήγαν με το ζόρι στο εστιατόριο για μια κούπα γάλα και μια φέτα ψωμί –τίποτα δεν ακούμπησε– και του είπαν ότι ήρθε η ώρα να φύγουν. Παρίστανε τον ήρεμο, αλλά όταν έφτασαν στην πόρτα, άρχισε να τρέχει προς τα πάνω.

«Θα σου σπάσω τα κόκαλα όταν σε πιάσω!» του φώναξε ένας, αλλά δεν τον ένοιαζε τίποτα. Θα έκανε οπωσδήποτε αυτό που ήθελε.

Πήγε λοιπόν πίσω από την κουζίνα, εκεί στα τελάρα όπου συνήθιζε να κοιμάται η Κανέλα, και γονάτισε στο χώμα, αυτό που πριν από λίγο καιρό ήταν ποτισμένο από το αίμα της. «Θα σε θυμάμαι για πάντα!» είπε μέσα του, τη στιγμή που ένα χέρι τού άρπαξε το αυτί και κόντεψε να το ξεριζώσει.

Δεν είχε καμιά όρεξη να φάει ξύλο, οπότε είπε στον κυνηγό του αυτιού του: «Ήρθα μόνο να χαιρετήσω τον σκύλο μου, μόνο αυτό...». Έτσι γλίτωσε τα υπόλοιπα, τα οποία δεν ήθελε να γευτεί εκείνο το θλιμμένο και άγουρο πρωινό.

Τον πήγαν συνοδεία ως την έξοδο και δε γύρισε να κοιτάξει πίσω ούτε μία φορά, με το βλέμμα του καρφωμένο στο χώμα. *Φεύγω για πάντα... Πόσα πέρασα εδώ μέσα...* σκέφτηκε και στον νου του ήρθαν η Προκοπία, η Αυγουστία, ο Μπαγάσας-Μουστάκιας, το δέντρο με τις φτυσιές, οι ατέλειωτες αγγαρείες, το κρύο στον θάλαμο, οι προσευχές, το στρώσιμο του κρεβατιού και οι επιθεωρήσεις, τα τραγούδια για τη μητέρα-βασίλισσα, οι προδοσίες του Ιούδα, οι βλακείες του Ποντικού, του Ψείρα και του Κατουρημένου, οι τιμωρίες, το ξύλο, το αίμα της Κανέλας...

Κούνησε το κεφάλι του σαν να ήθελε να τα διώξει από μέσα του. Κι αμέσως, μέσα σε δευτερόλεπτα, σκέφτηκε τη Ζαχαρένια, που τον έκανε να χαμογελάει αλλά και να κοκκινίζει από ντροπή, τον Νικήτα, τον παλιό του ομαδάρχη που τον βοήθησε τόσο πολύ και του έμαθε πράγματα, την κυρία Ελένη στην κουζίνα, που του φερόταν τόσο καλά πάντα, τις νίκες στο τρέξιμο, τα γραμματόσημα, τον δάσκαλο τον κύριο Αρίστο, που τον έκανε να αγαπήσει την Ιστορία, τον Πασχάλη, που με προθυμία τού εξηγούσε πράγματα, τον Διονύση, με τον οποίο έγιναν αδέλφια ενώνοντας το αίμα τους.

Κι όταν μπήκε στο λεωφορείο, δίχως να ξέρει καν τι ήταν αυτό το καινούργιο στο οποίο θα πήγαινε, θυμήθηκε την πρώτη φορά που τον πήγε εκεί η γιαγιά του κι ύστερα τον άφησε. Έσφιξε τα μάτια με δύναμη για να μην ξαναμπεί στο μυαλό του εκείνη η μέρα, ένας μόνιμος εφιάλτης εβδομάδων, μηνών, χρόνων ολόκληρων. Κι ούτε κάθισε σε παράθυρο, γιατί δεν ήθελε να βλέπει τίποτα, αλλά γρήγορα, έτσι άυπνος που ήταν και με το κούνημα του λεωφορείου, κοιμήθηκε ξερός.

Κι όταν τον σκούντησε εκείνος ο συνοδός του με το σημάδι στο μάγουλο, ούτε ήξερε πού βρισκόταν. «Πάμε στο καράβι», του είπε, και δεν καταλάβαινε αν ο Σημαδεμένος ήταν απότομος ή αν χαιρόταν για την εκδρομή.

Μπαίνοντας φοβήθηκε αρκετά, αφού αυτό το πράγμα, το καράβι, κουνούσε πιο πολύ από το λεωφορείο κι ακόμα δεν είχε καν ξεκινήσει. Πρώτη φορά στη ζωή του έμπαινε σε καράβι, κι όσο περνούσε η ώρα, ορκιζόταν ότι δεν ήθελε να ξαναμπεί. Γιατί ήταν τόσο έντονα το ανακάτεμα και η ζαλάδα του, που ούτε μπορούσε να σκεφτεί πόσες φορές έκανε εμετό, με τον Σημαδεμένο να τον κοιτάζει επίμονα και τον Φώτη να φοβάται μήπως τον πετάξει στη θάλασσα. Γιατί μόνο θάλασσα έβλεπε, και δεν ήταν κοντά ο Πασχάλης να τον ρωτήσει πώς γίνεται να μη βγαίνει στη στεριά όλο αυτό το νερό για να μπει στα σπίτια και τα μαγαζιά.

Του πήρε κάμποση ώρα για να συνέλθει κάπως, και τότε ήταν που άρχισε να βλέπει κάτι βουνά και μερικά βράχια. Άκουσε και κάτι διπλανούς να λένε ότι «κοντεύουμε» και δεν ήξερε αν έπρεπε να χαρεί ή να λυπηθεί. Γιατί ένιωθε και τα δύο. Χαρά που θα τελείωνε το μαρτύριο του καραβιού και λύπη που θα πήγαινε σε μια καινούργια φυλακή. Έτσι το σκεφτόταν μέσα του.

Απέναντί του μια μαμά είχε αγκαλιά ένα αγόρι, που του φαινόταν να έχουν την ίδια ηλικία, και του έδινε κάτι μπισκότα. Τον τύλιξε μια πικρή σκέψη που του έφερε ξανά αναγούλα. *Χάνω πάντα ό,τι αγαπάω. Κι ό,τι είναι δίπλα μου φεύγει...* Θυμήθηκε τη μάνα, τη γιαγιά, τον αδελφό του και το χωριό του, τον Διονύση, τη Ζαχαρένια, την Κανέλα. *Ας ζούσε κι ας ήμασταν μακριά. Τουλάχιστον θα με σκέφτεται εκεί στον ουρανό που πήγε; Θα θυμάται πόσο την αγαπούσα; Μακάρι να τη βρει ο πατέρας μου και να την έχει μαζί του...* Κι ήταν ανάκατες οι σκέψεις του, κι όλες ενέτειναν τη θλίψη του.

Δεν πρόλαβε να σκεφτεί περισσότερα. Ένα δυνατό κούνημα μαζί με ένα ακόμα πιο δυνατό σφύριγμα που χαλούσε τον κόσμο τον έκαναν να ξεχάσει τα πάντα. Ασυναίσθητα έσφιξε το χέρι του Σημαδεμένου.

«Φτάσαμε. Σε λίγα λεπτά κατεβαίνουμε, μη φοβάσαι. Κοίτα πόσο όμορφα είναι εδώ...»

Του μιλούσε ήρεμα και ήταν χαμογελαστός, οπότε σίγουρα δε θα τον πετούσε στη θάλασσα. *Η Προκοπία κι όλοι οι άλλοι εκεί δε γελούσαν ποτέ. Ο Νικήτας γελούσε. Και η κυρία Ελένη και λίγοι ακόμα...* σκέφτηκε. Τότε, πιο χαλαρός πια, άρχισε να κοιτάζει γύρω γύρω, κι ήταν πραγματικά πολύ όμορφα, με πολλές μικρές βαρκούλες που έμοιαζαν με ζωγραφιές. Τίποτα όμως δεν μπορούσε να χαρεί για πολύ, αφού πάντα μια σκέψη τού έφερνε αναστάτωση.

«Και τώρα που θα κατέβουμε θα με αφήσεις και θα φύγεις;»

Ο Σημαδεμένος χαμογέλασε. «Λοιπόν, να γνωριστούμε. Είμαι ο Ανδρόνικος και...»

«Κι εγώ ο Φώτης!» ξεθάρρεψε.

«Το ξέρω. Απλώς σε... φοβόμουν κάπως, να το πω έτσι. Είχα ακούσει τόσα για σένα και φοβόμουν ότι θα έχω μπελάδες μαζί σου. Αλλά είσαι καλό παιδί...»

«Δε μου απάντησες όμως. Θα με αφήσεις τώρα, Ανδρόνικο;»

«Ανδρόνικε!»

«Καλά, Ανδρόνικε! Δεν έχει και μεγάλη διαφορά...»

«Άκου, Φώτη. Για να ξέρεις. Θα σε πάω σε ένα πολύ καλό σχολείο και...»

«Σχολείο;» είπε με δυσφορία στη φωνή του.

«Όχι ακριβώς. Σχολή. Βαλλιάνειο τη λένε. Βαλλιάνειο Επαγγελματική Σχολή. Εδώ θα σε μάθουν ωραία πράγματα, μια τέχνη, για να έχεις δουλειά όταν μεγαλώσεις. Θυμάσαι εκείνον τον ομαδάρχη που σου είπε πριν φύγουμε ότι είναι για το καλό σου; Αλήθεια είπε. Δεν είναι όπως στον Ζηρό. Εδώ θα μάθεις πραγματικά κάτι που αξίζει...»

«Και τι να μάθω; Με ξύλο;»

Ο Σημαδεμένος, ο Ανδρόνικος, δαγκώθηκε αλλά δεν πτοήθηκε. «Ναι, με ξύλο! Από δω βγαίνουν οι καλύτεροι ξυλουργοί! Θα μάθεις και μετά θα κάνεις ό,τι θες! Θα σε βοηθήσει πολύ στη ζωή σου».

Αλλά κι ο Φώτης δαγκώθηκε. «Δε μου αρέσει ούτε το ξύλο ούτε οι ξυλουργοί! Δεν τα θέλω! Ξέρεις πόσο ξύλο έφαγα στον Ζηρό; Και από τον ξυλουργό!»

«Φώτη, άκουσέ με, σε παρακαλώ! Είναι για το καλό σου! Εδώ δεν είναι Ζηρός, αλήθεια δεν είναι, και μπορεί να αλλάξει όλη σου η ζωή. Πίστεψέ με...»

Δεν ήθελε όμως να τον πιστέψει, του ήταν αδύνατο. Τα σημάδια του Ζηρού ήταν τόσο έντονα ώστε, ακόμα κι αν τον πήγαιναν στον παράδεισο, πάλι θα αντιδρούσε. Και το κατάλαβε όταν μπήκε, αφού, παρότι ένας κύριος –ο διευθυντής, όπως του τον σύστησαν– τον υποδέχτηκε εγκάρδια και του έσφιξε το χέρι, εκείνος, μουτρωμένος, δεν του έδωσε σημασία και του γύρισε την πλάτη. Κι όταν, με τα πολλά, του έδειξε το δωμάτιό του και τους χώρους της σχολής, όλα πολύ καλύτερα και πιο ζεστά απ' ό,τι στον Ζηρό, πάλι δεν είχε καμία διάθεση.

Κι η πρώτη κουβέντα που είπε στον κύριο Μαλάτο, τον διευθυντή, τον έκανε να γουρλώσει τα μάτια: «Θέλω να μου βρεις ένα σκυλί. Το δικό μου το σκότωσε λύκος!».

Του εξήγησε ότι δεν επιτρέπονταν σκυλιά κι ότι δεν υπήρχε χώρος να τα βάλουν, αλλά ο Φώτης δεν έλεγε να καταλάβει.

«Δε με νοιάζει! Εγώ θέλω!»

Τον παραξένεψε ότι δεν έφαγε ούτε ένα χαστούκι και του ήρθε να βάλει τα γέλια όταν σκέφτηκε πως, αν ήταν εκεί η Προκοπία, θα χαστούκιζε ακόμα και τον διευθυντή!

Ήθελε να κερδίσει χρόνο για να μάθει τα κατατόπια και εκεί, και μετά να ψάξει κάπου έξω να βρει έναν σκύλο.

«Αλλά δε θα βγάλω ποτέ από την καρδιά μου την Κανέλα. Ποτέ!»

Όμως γρήγορα διαπίστωσε ότι σ' εκείνο το μέρος δεν υπήρχε δάσος, όπως στο προηγούμενο, και όπου έστρεφε το βλέμμα του αντίκριζε θάλασσα, γύρω γύρω θάλασσα, την οποία φοβόταν. Τα ποτάμια στο χωριό του δεν τα φοβόταν, αλλά αυτό το μέρος είχε τόσο πολύ νερό!

Τα παιδιά σ' εκείνο το σχολείο ήταν διαφορετικά απ' ό,τι στο προηγούμενο. Δεν έκαναν βλακείες, δεν ήταν άγρια, δεν κορόιδευαν τους άλλους, δεν προσπαθούσαν να την κοπανήσουν, αλλά το πιο βασικό για εκείνον ήταν άλλο. Εκεί δεν έπεφτε ξύλο, δεν υπήρχαν φωνές και τιμωρίες, ούτε προσευχές, ούτε φωνές, ούτε αγριάδες.

Ήταν καλύτερο και το δωμάτιο και το φαγητό και οι συνθήκες γενικά, παρ' όλα αυτά, ο Φώτης ήταν αρνητικός μέσα του, τον πλάκωνε το κλείσιμο, το πρόγραμμα, τα υποχρεωτικά πράγματα που έπρεπε να κάνει. Του έλειπε αφάνταστα ο Διονύσης και δεν υπήρχε βράδυ που να μην τον φέρνει στον νου του. Θυμόταν ένα προς ένα τα παιχνίδια τους, τα αστεία τους, τις αποδράσεις, τις στιγμές που φοβισμένοι έσφιγγαν ο ένας το χέρι του άλλου για να πάρουν κουράγιο, να αντιμετωπίσουν το σκοτάδι και τον τρόμο.

Όλοι οι άλλοι εκεί του φαίνονταν ξένοι κι έτσι δεν τους πλησίασε ποτέ. Η έντονη μοναξιά του ενίσχυε συχνά τον θυμό του, κι αυτόν τον κουβάλησε στο ξυλουργείο όπου ξεκίνησε τα μαθήματα. Ο μάστοράς του, ο Γεράσιμος, τον αποκάλεσε μια μέρα «στραβόξυλο» και του έβαλε τις φωνές στα καλά καθούμενα και για το τίποτα, κι αυτό έκανε τον Φώτη να τον θεωρήσει αμέσως εχθρό, κάτι που μέσα του διαρκώς μεγάλωνε. Κι αισθανόταν ότι συνεχώς τον είχε στο μάτι, αφού του έβαζε να κάνει τα δυσκολότερα πράγματα· να βγάζει πρόκες από παλιά ξύλα κι έπειτα να τα τρίβει για να φύγουν οι σκλήθρες, να κόβει σανίδια σε μικρά κομμάτια με ένα μεγάλο πριόνι κι ύστερα να τα κολλάει με ξυλόκολλα που του βρομούσε και τη σιχαινόταν, να καρφώνει πρόκες σε χοντρά ξύλα που χρησιμοποιούσαν στις οικοδομές, και, έπειτα από όλα αυτά, να μαζεύει όλο το πριονίδι από το ξυλουργείο, να το βάζει σε μικρές σακούλες και να τις πετάει μία μία στα σκουπίδια.

Κάποιοι έκαναν τα ίδια μ' αυτόν και απορούσε μαζί τους. Κι όχι μόνο που δεν αντιδρούσαν αλλά που φαίνονταν κι ευχαριστημένοι. Μάλιστα, μια μέρα που ήταν πολύ θυμωμένος, όταν η κόλλα είχε μπει στα νύχια του και δεν μπορούσε να τη βγάλει, ξέσπασε κατά δικαίων και αδίκων.

«Εγώ δε θα γίνω στρατιωτάκι σαν κι εσάς!» είπε απότομα, κι έφυγε από το ξυλουργείο πετώντας την ποδιά που φορούσε.

Αυτή του η κουβέντα πείραξε κάποιους, κι έτσι, όταν τον συνάντησαν μετά στο εστιατόριο, άρχισαν να τον σπρώχνουν και να τον απειλούν, κάτι που συνάντησε για πρώτη φορά εκεί. Μαθημένος όμως στα δύσκολα του Ζηρού και σε πολύ πιο άγριες συνθήκες, δεν πτοήθηκε, ούτε όταν το κλίμα έγινε βαρύ γι' αυτόν.

«Είστε όλοι εχθροί μου!» τους είπε κατάμουτρα, κι αν δεν έμπαινε στη μέση ένας επιστάτης να ηρεμήσει τους υπόλοιπους που φαίνονταν αγριεμένοι, θα τις άρπαζε.

Μέσα του αισθανόταν ότι υπήρχε ένας ακήρυχτος πόλεμος κι απλώς άλλαζαν τα θέατρα αυτού του πολέμου. Πρώτα ο Ζηρός, μετά το Ληξούρι, αργότερα ίσως κάτι άλλο. Κι έτσι, με τέτοια αγκάθια στην ψυχή, δεν ησύχαζε ποτέ, του ήταν αδύνατο να είναι ήρεμος, είτε ξύπνιος είτε στον ύπνο του. Γιατί κι αυτός ήταν ταραγμένος, με αναστεναγμούς και φωνές κάποιες φορές, γεγονός που έκανε τα παιδιά δίπλα του να διαμαρτύρονται, θέλοντας να τον ξεφορτωθούν, με αποτέλεσμα να τον μετακινήσουν σε άλλο θάλαμο.

Στην αρχή το πήρε σαν τιμωρία, ακόμα μία στη ζωή του, αφού εκεί όπου τον πήγαν ήταν μονάχα ένα παιδί αλλά κωφάλαλο. Όμως θεώρησε ότι αυτό ίσως και να ήταν ένα δώρο, αφού κανένας δεν τον ενοχλούσε, δεν τον πρόσβαλλε, δεν τον έβριζε, δεν τον ειρωνευόταν, δεν τον προκαλούσε.

Η συγκατοίκηση μ' αυτό το παιδί, τον Μάρκο, έθιξε μια ευαίσθητη χορδή του. Τον αγάπησε αμέσως, χωρίς λόγια, χωρίς ιδιοτέλεια, χωρίς όρους, χωρίς διαπραγματεύσεις. Θύμωνε πολύ που η φύση τον είχε αδικήσει και τον άφησε σε έναν βουβό κόσμο, στον οποίο βασίλευε η σιωπή. Από την άλλη όμως τον προίκισε με απίστευτη δύναμη, πείσμα, ένα εσωτερικό πάθος που τον έκανε να σπρώχνει βουνά.

Ο Μάρκος είχε κλείσει εκεί έναν χρόνο και μέσα σ' αυτό το διάστημα είχε γίνει ο καλύτερος μαθητής. Η πλάνη, τα λαξευτήρια, οι γάντζοι, τα τρυπάνια, οι σφιγκτήρες, οι φρέζες και οι ράσπες, ακόμα και η πρέσα, είχαν γίνει παιχνιδάκι στα χέρια του. Μεγαλουργούσε μ' αυτά και μπορούσε να κάνει καταπληκτικά πράγματα με το ξύλο, σαν να είχε γεννηθεί για να γίνει μαραγκός και να δημιουργεί τέχνη. Ακόμα και τις ελεύθερες ώρες του σκάλιζε ξύλα και προσπαθούσε να τους δώσει μορφή. Κι όταν τα κατάφερνε, το πρόσωπό του φωτιζόταν κι ο ίδιος έλαμπε από χαρά. Τότε ο Φώτης τον χειροκροτούσε και του σήκωνε τα χέρια ψηλά, όπως κάνουν με τους νικητές.

Χωρίς να λένε ούτε λέξη, μπορούσαν να κάθονται μαζί με τις ώρες, σαν να τους έδενε ένα αόρατο σχοινί. Και κατάφεραν να συνεννοούνται με τα μάτια, αυτά που έγιναν η δύναμή τους κι η γέφυρα που τους ένωνε. Ο Μάρκος, ιδιαίτερα ευφυής, έβλεπε την απέχθεια του Φώτη στα ξυλουργικά, καταλαβαίνοντας ότι απλώς δεν ήθελε να μάθει την τέχνη. Δεν ήξερε τι τον απωθούσε –αφού του έμαθε κι ένα κόλπο να βγάζει την ξυλόκολλα από τα νύχια και τα χέρια– ωστόσο προσπάθησε να μεταστρέψει την άρνησή του. Και δεν το έκανε ποτέ όταν ήταν άλλοι μπροστά, αλλά όταν είχαν την ευκαιρία να μένουν μόνοι τους. Μάλιστα στο δωμάτιό τους, όταν τελείωνε ένα βαρκάκι ή ένα δέντρο, τον έβαζε να σκαλίζει και να κάνει διάφορα πάνω στο ξύλο.

Τότε ο Φώτης πειθόταν και συνεργαζόταν μαζί του. Αλλά μόνο μαζί του, αφού για τον Γεράσιμο, τον μάστορά τους, εξακολουθούσε να έχει αντιπάθεια και πάντα τον παράκουγε. Κι όταν τελείωναν την ξυλογλυπτική, προσπαθούσαν με παντομίμα να βρουν κι άλλους τρόπους επικοινωνίας, με τα χέρια τους να παίρνουν φωτιά. Τα δάχτυλα μπορούσαν να πουν τόσο πολλές λέξεις!

Χάρη στον Μάρκο, ο Φώτης άφησε στο πίσω μέρος του μυαλού του τα σχέδια για αποδράσεις, καταλαβαίνοντας ότι ο νέος του φίλος δεν μπορούσε να είναι συνεργός, όπως ο Διονύσης. Και δεν ήθελε κι ο ίδιος να τον αφήσει, έχοντας αναλάβει, πράγμα που πολύ του άρεσε, έναν ρόλο προστάτη.

Ο Μάρκος τού έδειξε με τα δάχτυλα ότι μπορούσαν κι αυτοί, όπως και τα άλλα παιδιά, να πηγαίνουν κοντινές βόλτες, απλώς με συγκεκριμένο ωράριο. Κι αυτό ήταν κάτι που ενθουσίασε τον Φώτη, ο οποίος μαγεύτηκε με τις μικρές αποδράσεις στη θάλασσα, που τελικά, όπως είδε, δεν ήταν τόσο κακή. Στην αρχή χάζευαν τις βάρκες και τα κουπιά τους, τα μεγαλύτερα σκάφη που έσκιζαν το νερό, τις πτήσεις των γλάρων, τον τρόπο που έσκαγε το νερό πάνω στα βράχια, το τρεχαλητό των σύννεφων, τις εναλλαγές των χρωμάτων στη θάλασσα και στον ουρανό. Κι όταν τα χόρτασαν έπειτα από λίγο καιρό, τυχαία ανακάλυψαν κάτι που αποδείχτηκε η κορυφαία διασκέδασή τους.

Όπως γύριζαν πίσω μια μέρα, το πόδι του Μάρκου κλότσησε τυχαία μια διπλωμένη εφημερίδα κι από μέσα πετάχτηκαν κάμποσα αγκίστρια. Ο Φώτης δεν έδωσε καμία σημασία, αλλά ο Μάρκος τον τράβηξε από το χέρι και του τα έδειχνε επίμονα. Ο Φώτης δεν καταλάβαινε, μέχρι που ο Μάρκος τού έκανε νόημα να σταματήσει, γονάτισε και μάζεψε αυτά τα αγκίστρια. Σε λιγότερο από μία ώρα, αυτό το προικισμένο παιδί είχε φτιάξει τέσσερα καλάμια, προσθέτοντας τα αγκίστρια που βρήκαν. Και την επόμενη μέρα, με δόλωμα ψωμί από την κουζίνα, ξεκίνησαν να ψαρεύουν, ενθουσιασμένοι με την ανακάλυψή τους.

Πέρασαν κάμποσες μέρες για να καταφέρουν να πιάσουν ένα, που τελικά ήταν μια σταλιά. Στην αρχή ο Φώτης ενθουσιάστηκε με την επιτυχία του Μάρκου, αλλά όταν είδε πόσο μικρό ήταν, του έκανε νόημα να το πετάξουν πίσω στη θάλασσα, όπως κι έγινε. Τότε τον πήρε αγκαλιά και θεωρώντας ότι, αν μιλούσε πολύ αργά, θα μπορούσε ο Μάρκος να διαβάσει τα χείλη του, του είπε: «Είσαι τρομερός φίλος! Σ' αγαπάω!».

Εκείνος έδειξε να μην καταλαβαίνει, και ο Φώτης τού έδειξε την καρδιά του και τη χτύπησε με το χέρι. Κόλλησαν στον αέρα τα χέρια τους και ξεκίνησαν για πίσω.

14

ΓΥΑΛΙΖΕ ΣΑΝ ΠΟΛΥΤΙΜΗ πέτρα το Ληξούρι στο φως του ήλιου κι άπλωνε τα δαντελωτά γαλάζια πέπλα του σε κάθε γωνιά του, γεμίζοντας με χαρά τους κατοίκους του. Οι ξένοι έλεγαν παράξενους τους κατοίκους και τρελά τα νερά τους, αλλά εκείνοι, νοικοκυραίοι από τους λίγους, αδιαφορούσαν, προτάσσοντας την παθολογική αγάπη για το μέρος τους και κάνοντας τα πάντα για να το αναδείξουν.

Κι αν τους πείραζαν οι απέναντι από το Αργοστόλι, θα τα έβαζαν ξανά μαζί τους, όπως είχαν κάνει πολύ παλιά, το 1808, τότε που γεννήθηκαν σοβαρές αντιζηλίες για την εγκατάσταση του Υγειονομείου και του Πρωτοδικείου. Αυτή η υπέρμετρη αγάπη για τον τόπο τους ήταν που τους κράτησε όρθιους και έπλασε τον χαρακτήρα τους, με δυο καταστροφικούς σεισμούς σε δυο διαφορετικές περιόδους να ισοπεδώνουν την πόλη, δίχως όμως να το βάλουν κάτω.

Ο Γεράσιμος, που είδε τον χάρο με τα μάτια του στον τρομερό σεισμό του 1953, λίγο πριν από τη γιορτή της Παναγιάς, είχε βάλει σκοπό της ζωής του να αναστήσει τα παλιά έπιπλα, που είχαν χαθεί κάτω από τα ερείπια. Προσπαθούσε να τα αντιγράψει με κάθε λεπτομέρεια, αλλά αυτό ήταν μεγάλο βάσανο για τους μαθητές του, αφού η τέχνη τους δεν έφτανε ως εκεί. Κι όταν δεν τα κατάφερναν, τους πίεζε πολύ, κι έτσι δημιουργούνταν εντάσεις.

Ο ίδιος δεν το καταλάβαινε αυτό, αφού όλη του η ζωή πια ήταν μόνο η τέχνη του. Έχοντας χάσει έγκυο γυναίκα σ' εκείνο τον σεισμό-φονιά είχε σκληρύνει μέσα του. Πεταγόταν συχνά στον ύπνο του βλέποντας τον ίδιο εφιάλτη, που τον ξυπνούσε κάθιδρο μέσα στη νύχτα. Έβλεπε λοιπόν ότι έψαχνε τη γυναίκα του κάτω από τα ερείπια και ταυτόχρονα προσπαθούσε να προφυλαχτεί από τα δοκάρια που έπεφταν από το ταβάνι.

Όλο αυτό το σκληρό βίωμα και επιπλέον οι εκατοντάδες νεκροί του τόπου του τον έκαναν να χάσει το μέτρο, όπως έχασε κάθε ίχνος χιούμορ, ακόμα και χαμόγελου, αν και είχαν περάσει από τότε κάμποσα χρόνια. Γι' αυτόν ήταν πάντα σαν χθες και πάντα ερχόταν στη μύτη του αυτή η μυρωδιά της καμένης σάρκας και της πνιγηρής σκόνης. Κι αφού δε συγχωρούσε τον εαυτό του, δε συγχωρούσε και τους υπόλοιπους. Έτσι αδυνατούσε να σκεφτεί ότι δεν ήταν εύκολο για τους εκκολαπτόμενους μάστορες να ανταποκριθούν στις δύσκολες απαιτήσεις του με λεπτά σκαλίσματα πάνω στο ξύλο. Όταν λοιπόν έβλεπε σοβαρά λάθη και άσχημα αποτελέσματα, έβγαινε εκτός εαυτού, δίχως καλά καλά να καταλαβαίνει τι λέει.

Εκείνο το πρωί, ο Φώτης είχε πάει με κέφια στο εργαστήρι, αφού την προηγουμένη, μαζί με τον Μάρκο, είχαν καταφέρει να βγάλουν δέκα κεφαλόπουλα στο ψάρεμα, κάτι που τον έκανε να «ψηλώσει» αρκετά στα μάτια των άλλων. Αλλά εκείνη η πολύ καλή του διάθεση καταστράφηκε μέσα σε δευτερόλεπτα όταν είδε τον Γεράσιμο να ουρλιάζει στον Μάρκο, που είχε κάνει μια αδέξια κίνηση χαράσσοντας το πόδι μιας πολυθρόνας από εκείνες τις αντίκες.

«Γαμώ τα βυζιά των πεταλούδων του Αίνου!» φώναζε με τις φλέβες τεντωμένες, ενώ ταυτόχρονα έσπρωχνε τον Μάρκο, ο οποίος τον κοιτούσε τρομαγμένος, δίχως να μπορεί να πει λέξη. Του έχωσε μάλιστα και μια δυνατή στο χέρι και τον ξέρανε. «Παιδί και γαϊδούρι με το ξύλο ακούνε! Άμε μου στον διάολο μη σε πετάξω απ' τους γκρεμούς του Μύρτου, χαλασμένε!» ξεστόμισε με κακία, λέγοντας κι άλλα που δεν καταλάβαινε ο Φώτης.

Πήρε φωτιά το μυαλό, το κεφάλι του, καιγόταν ολόκληρος μ' αυτά που έβλεπε και άκουγε, και με όλους τους υπόλοιπους να έχουν λουφάξει με σκυμμένα κεφάλια. Νιώθοντας να του έχει ανεβεί το αίμα στο κεφάλι, σαν να έβλεπε μπροστά του την Προκοπία, την Αυγουστία και τον Μουστάκια-Μπαγάσα έτοιμους να τον βασανίσουν, άρπαξε ένα καδρόνι και το κατέβασε με δύναμη πάνω στον Γεράσιμο. Τον βρήκε στο κεφάλι και στον ώμο και τον ξάπλωσε στο πάτωμα, πάνω σε εργαλεία και ροκανίδια, με το αίμα να σχηματίζει μια λιμνούλα στο κρανίο του.

«Τον Μάρκο δε θα τον ξαναπειράξεις ποτέ! Ποτέ! Κατάλαβες; Κατάλαβες, χτικιάρη;»

Πέταξε την ποδιά στη μούρη του εμβρόντητου Γεράσιμου, που έβριζε και ούρλιαζε και τον φώναζε «διαολόσπερμα», και με ένα σάλτο εξαφανίστηκε από το εργαστήρι, με τους υπόλοιπους να αδυνατούν να πιστέψουν αυτό που είδαν τα μάτια τους.

Μουδιασμένο ξύπνησε το Αηδονοχώρι και κρατούσε την ανάσα του για να μην ακουστούν οι φόβοι και τα χτυποκάρδια, αυτά που κύκλωσαν τους κατοίκους και τους έκλεισαν στις κάμαρές τους. Θαρρείς κι έτρεχαν πιο αργά ακόμα και τα ποτάμια, τα μόνα που ακούγονταν στην πλάση και φανέρωναν ότι υπάρχει ζωή.

Και παρότι ήταν Κυριακή των Βαΐων –23 Απριλίου–, ελάχιστοι βγήκαν από τα σπίτια για να πάνε στην εκκλησιά. Ούτε το καφενείο άνοιξε, αφού ο Παναγής φοβήθηκε, έχοντας ακούσει τον Γιάννη τον χωροφύλακα να λέει ότι «θα γίνουν έλεγχοι από κλιμάκια της Επαναστάσεως». Φρόντισε αποβραδίς, στο σκοτάδι, να κρύψει πολλά τρόφιμα στο υπόγειο για κάθε ενδεχόμενο, βάζοντας σανίδια πάνω από την καταπακτή και σκεπάζοντάς τα με ένα χαλάκι.

Με το αμερικανικό διαβατήριο στην τσέπη, αυτό που ίσως να του έδινε μια μεγαλύτερη σιγουριά αν χρειαζόταν, πήγε πρωί πρωί στην Κόνιτσα για να περιμένει το λεωφορείο από την Αθήνα, έχοντας παραγγείλει εφημερίδα στον εξάδελφό του τον Λεωνίδα, που θα ερχόταν πίσω άρον άρον. Κι όταν τον είδε, μουδιασμένο και σίγουρα άυπνο, τον έσφιξε στην αγκαλιά του σαν να είχε να τον δει χρόνια.

«Πώς είναι η Αθήνα;» του είπε ψιθυριστά, κοιτάζοντας ταυτόχρονα τριγύρω μήπως δει τίποτα παράξενα βλέμματα.

«Πάμε, πάμε να φύγουμε!» απάντησε ο Λεωνίδας, κουμπώνοντας μέχρι πάνω το μπουφάν του.

Κι όταν μπήκαν στο αυτοκίνητο για το Αηδονοχώρι, άναψε ένα τσιγάρο, το ρούφηξε σαν να μην υπήρχε αύριο κι άρχισε την αφήγηση.

«Οι δρόμοι είναι γεμάτοι αστυνομία και στρατό, πολλά τανκς δεν έχουν φύγει ακόμα και προκαλούν ανατριχίλα με τις ερπύστριες. Ακούσαμε για πολλές συλλήψεις και βασανιστήρια, φαίνεται ότι όλα ήταν καλά οργανωμένα από πριν. Τα καθάρματα έκαναν πραξικόπημα και το βάφτισαν... επανάσταση! Τους έπιασαν όλους στον ύπνο! Ο κόσμος φοβάται, Παναγή, δεν ανοίγει το στόμα του. Από την Παρασκευή που έγινε το πραξικόπημα δεν ξέρω κι εγώ πόσες έφοδοι έγιναν σε σπίτια. Έχουν μαζέψει όλους τους πολιτικούς, κι απ' ό,τι μάθαμε, ψάχνουν τώρα τον Μίκη Θεοδωράκη. Α, έχουν απαγορεύσει και την κυκλοφορία. Γι' αυτό κι εγώ όπου φύγει φύγει...»

«Έχουν όπλα, Λεωνίδα;»

«Θες και τα λες; Όλοι είναι με το δάχτυλο στη σκανδάλη. Ακούστηκαν κάμποσοι πυροβολισμοί, δεν ξέρω λεπτομέρειες, τα μάζεψα κι έφυγα. Κάλλιο στο χωριό παρά εκεί, που μπορεί να νομίζει κανείς ότι τον στραβοκοίταξες και να σε μαζέψουν...»

«Μου έφερες εφημερίδα;»

«Αχ, ναι, συγγνώμη, την κράτησα διπλωμένη και ούτε που την άνοιξα. Ξέρω κι εγώ τι μπορούσε να γίνει;»

Σταμάτησε το αυτοκίνητο σε ένα χωράφι, πήρε την εφημερίδα κι άρχισε να διαβάζει μεγαλόφωνα.

ΩΡΚΙΣΘΗ ΚΥΒΕΡΝΗΣΙΣ ΥΠΟ ΤΟΝ ΚΩΝΣΤΑΝΤΙΝΟΝ ΚΟΛΛΙΑΝ, ΑΝΤΙΠΡΟΕΔΡΟΣ Ο ΣΤΡΑΤΗΓΟΣ ΣΠΑΝΤΙΔΑΚΗΣ

«Παναγή, λέει την κυβέρνηση;»

«Μισό λεπτό να δω. Α, το βρήκα. Εντάξει, Κόλλιας, Σπαντιδάκης, α, ναι. Συντονισμού, Μακαρέζος, Εσωτερικών, Παττακός, Προεδρίας, Παπαδόπουλος. Τι λέει εδώ; "Τα ονόματα ετέρων μελών της Εθνικής Κυβερνήσεως θα ανακοινωθούν προσεχώς". Ρε, δεν πάτε να κόψετε τον λαιμό σας, αλήτες; Βάλανε αυτό το ανδρείκελο τον Κόλλια και κάνουν ό,τι θέλουν. Μπλέξαμε, Λεωνίδα. Άκου τι λέει εδώ. "1. Επιτρέπεται η σύλληψις και η φυλάκισις παντός προσώπου άνευ τηρήσεως οιασδήποτε διατυπώσεως, ήτοι άνευ εντάλματος της αρμοδίας αρχής. 2. Παν άτομον ανεξαρτήτως ιδιότητος δύναται να εισαχθεί εις δίκην ενώπιον Στρατοδικείων ή Δικαστικών Επιτροπών. 3. Απαγορεύεται πάσα συνάθροισις ή συγκέντρωσις εν κλειστώ χώρω ή εν υπαίθρω. Πάσα τοιαύτη θα διαλύεται διά των όπλων. 4. Απαγορεύεται η σύστασις οιουδήποτε συνεταιρισμού 5. Η απεργία απαγορεύεται απολύτως. 6. Επιτρέπεται η έρευνα κατά τη διάρκεια της ημέρας αλλά και της νυκτός άνευ περιορισμού εις τας ιδιωτικάς οικείας, δημόσια καταστήματα και πολιτικάς υπηρεσίας. 7. Απαγορεύεται η ανακοίνωσις ή δημοσίευσις πληροφοριών καθ' οιονδήποτε τρόπον και διά του Τύπου, ραδιοφώνου και τηλεοράσεως άνευ προηγουμένης λογοκρισίας". Ξάδελφε, άγρια χούντα και δεν ξεμπερδεύουμε με δαύτους, εγώ σ' το λέω. Κι ακόμα δεν έχουμε δει τίποτα. Σκέφτομαι να τα μαζέψω και να γυρίσω πίσω στην Αμερική...»

«Ο δάσκαλος τι λέει;»

«Τα ίδια. Ότι μπλέξαμε. Τους ξέρει καλά τους συνταγματάρχες, μας το έλεγε από τότε που ξεκίνησαν εκείνες οι δολιοφθορές στον Έβρο. Τρία ανθρωπάκια που βάλανε στο χέρι μια ολόκληρη χώρα! Σκατά τα κάναμε...»

«Δεν έχεις άδικο... Ο Γιάννης τι λέει;»

«Τι να λέει; Πανηγυρίζει! Πιστεύει, ο ηλίθιος, ότι αυτά τα τομάρια θα σώσουν τη χώρα! Τώρα ονειρεύεται γαλόνια! Ούτε να τον βλέπω δε θέλω...»

«Να τον προσέχεις, Παναγή! Όποιος δεν είναι μαζί τους είναι εναντίον τους. Καλά τον είχα καταλάβει από καιρό, τότε που μιλούσε για φωτιά και τσεκούρι! Εδώ χτυπούσε τα παιδάκια που έκαναν αταξίες! Θυμάμαι ένα χαστούκι σ' εκείνον τον μικρό, του μακαρίτη του Φώτη...»

«Τον Φωτάκο λες... Ποιος ξέρει τι να γίνεται εκεί στο άσυλο που τον πήγαν. Καημένα παιδιά...»

Φιλώντας το χέρι του παπα-Μανόλη και με τα βάγια στο χέρι, η Φωτεινή βομβαρδιζόταν από σκέψεις. Δεν ήξερε τι ήταν αυτό το καινούργιο που τους βρήκε και που έκανε πολλούς να κλειστούν στα σπίτια τους. Σκεφτόταν αν η νέα κατάσταση θα επηρέαζε τη ζωή των εγγονιών της κι αν η καινούργια κυβέρνηση που έσπευσε να ορκίσει ο βασιλιάς Κωνσταντίνος κλείσει τα ιδρύματα, στα οποία υπήρχαν πολλά παιδιά αριστερών, που ήταν υπό διωγμό. Τρεις μέρες τώρα, από την Παρασκευή, οι περισσότεροι στο χωριό έλεγαν ότι όλοι οι αριστεροί θα υποφέρουν και κάμποσοι δε θα αντέξουν. Η παπαδιά τής είπε το προηγούμενο βράδυ ότι ο Μιχάλης ο Μούσκιος κι ο Ζήσης ο Κατσίκης έφυγαν σαν κλέφτες από το χωριό για να μην τους συλλάβουν. Της ήρθε τρέμουλο.

Περιμένοντας τη Βασιλική που ετοιμαζόταν να μεταλάβει, άναψε ένα κεράκι και προσευχήθηκε για όλους. Δεν ήξερε τις πολιτικές πεποιθήσεις του γιατρού και της γυναίκας του κι έτσι ανησυχούσε και για την κόρη της τη Σοφία. Θα την κρατούσαν ή θα είχαν κι εκείνοι τίποτα περιπέτειες και θα άλλαζαν όλα;

Είδε τη Βασιλική να έρχεται προς το μέρος της, τυλιγμένη με τα μαύρα της.

«Βοήθειά σου, κυρά μου. Καλή Μεγάλη Εβδομάδα να έχουμε. Και καλή Ανάσταση σε όλες τις ψυχές», της είπε, την έπιασε αγκαζέ και προχώρησαν για το σπίτι.

Η Όλγα μπήκε φουριόζα στο σπίτι για να προλάβει να ετοιμαστεί και να είναι όπως πρέπει στην ξαφνική συνάντηση που της προέκυψε. Κι είχε αγχωθεί πολύ, αφού αυτή η τελευταίας στιγμής ειδοποίηση για τη συγκέντρωση του Μητροπολίτη τής άφηνε μόνο μία ώρα στη διάθεσή της. Σκόπευε να φορέσει εκείνο το λευκό ταγέρ που της προσέδιδε κύρος και μεγαλοπρέπεια και είχε και σημειολογική χρήση. Τη νέα «λευκή σελίδα» της πατρίδας, όπως είχε δηλώσει ο Γεώργιος Παπαδόπουλος στην τελευταία του ομιλία, την οποία παρακολούθησε με μεγάλη προσοχή.

«Θα είναι νέα, λευκή σελίς, αφού παραμερισθούν τα πολιτικά ερείπια και κτισθεί εξ αρχής ένα ισχυρόν και υγιές κράτος. Διότι τοιούτο θα είναι η νέα σύγχρονος Ελλάς».

Αλλά μπαίνοντας στην πόρτα του σπιτιού, ταράχτηκε πολύ. Από το γραφείο του άντρα της ο ήχος ερχόταν καθαρά:

Τη Ρωμιοσύνη μην την κλαις
εκεί που πάει να σκύψει
με το σουγιά στο κόκαλο
με το λουρί στο σβέρκο.
Να την πετιέται αποξαρχής
κι αντρειεύει και θεριεύει
και καμακώνει το θεριό
με το καμάκι του ήλιου.

Της ήρθε αποπληξία και, παρότι πιεζόταν από τον χρόνο, έσπευσε στο γραφείο του Θεοδόση με τους σφυγμούς της στο κόκκινο και το σαγόνι της να τρέμει από θυμό. Αν και μέρα μεσημέρι, εκείνος είχε κατεβασμένα τα ρολά και τον βρήκε μέσα στο ημίφως να κουνάει ρυθμικά τα χέρια με ενθουσιασμό.

«Κι αντρειεύει και θεριεύει! Και καμακώνει το θερ...»

«Είσαι με τα καλά σου; Έχεις τρελαθεί;» του πέταξε διακόπτοντας τον οίστρο του. Ταυτόχρονα πήγε στο πικάπ και έβγαλε τον δίσκο. «Τι κομμουνιστικά μού έφερες εδώ μέσα; Επίτηδες το κάνεις; Δεν ξέρεις ότι...»

Ήταν η σειρά του να τη διακόψει, κι αυτό την τάραξε ακόμα περισσότερο, αφού ποτέ δεν το τολμούσε. «Ούτε ξέρω ούτε θέλω να ξέρω! Κι από πότε κάτι που μιλάει για τη Ρωμιοσύνη είναι κομμουνιστικό;»

Η Όλγα είχε γίνει κατακόκκινη από τον θυμό της. «Σταμάτα να μιλάς! *Ρωμιοσύνη* του Ρίτσου και του Θεοδωράκη; Μόνο το σφυροδρέπανο λείπει! Δεν ξέρεις ότι απαγορεύτηκαν τα τραγούδια αυτουνού του κρεμανταλά;»

Ο γιατρός την κοιτούσε απαθής. Η Όλγα άναψε το φως, έβγαλε από την τσάντα της μια εφημερίδα κι άρχισε να του διαβάζει:

> *«Ο αρχηγός του Γενικού Επιτελείου Στρατού, αντιστράτηγος Οδυσσεύς Αγγελής, διά διαταγής του απηγόρευσε την καθ' οιονδήποτε τρόπον μετάδοσιν ή εκτέλεσιν μουσικής και ασμάτων του κομμουνιστού Μίκη Θεοδωράκη, τέως αρχηγού της διαλυθείσης κομμουνιστικής οργανώσεως Δημοκρατική Νεολαία Λαμπράκη, τα οποία, συν τοις άλλοις, αποτελούν και μέσον συνδέσμου μεταξύ των κομμουνιστών. Ομοίως απηγόρευσε και τους ύμνους των διαλυθεισών κομματικών νεολαιών ως αναζωπυρούντας πολιτικά πάθη και προκαλούντας διχόνοιαν μεταξύ των πολιτών. Οι παραβάται θα παραπέμπονται εις τα Έκτακτα Στρατοδικεία και θα τιμωρούνται συμφώνως προς τας διατάξεις του περί καταστάσεως πολιορκίας νόμου».*

«Το κατάλαβες ή να το ξαναπώ;»

Ο Θεοδόσης εξακολουθούσε να φέρνει αντιρρήσεις, τρελαίνοντας κι άλλο την Όλγα. «Αυτοί είναι ικανοί να απαγορεύσουν και την ανάσα και να επιβάλουν το κατούρημα σε συγκεκριμένες ώρες, οπότε δεν...»

«Μη λες αυτοί! Είναι πατριώτες που έσωσαν τη χώρα από τον γκρεμό. Και ξέρεις κάτι; Μην τολμήσεις να με εκθέσεις, γιατί πραγματικά δε με έχεις δει αγριεμένη! Δε θα κάνω εγώ αγώνα για να πάμε μπροστά κι εσύ θα τα γκρεμίζεις όλα με τις ασυναρτησίες σου. Τώρα τη θυμήθηκες τη Ρωμιοσύνη; Όταν οι προδότες πολιτικοί έφεραν τη χώρα σ' αυτό το χάλι εσύ άκουγες Αρλέτα και Μοσχολιού. Ξαφνικά μου έγινες αντιστασιακός; Από πότε; Κι αν δε σ' αρέσει εδώ, να πας στο χωριό σου!»

Η Σοφία, που είχε ακούσει όλη την κουβέντα, πετάχτηκε απότομα όταν άκουσε την πόρτα να ανοίγει.

«Σιδέρωσέ μου τώρα το λευκό ταγέρ. Σε πέντε λεπτά θέλω να είναι έτοιμο».

«Μάλιστα, κυρία».

«Α, να σου πω...»

«Μάλιστα, κυρία».

«Έχετε τίποτα κομμουνιστές στην οικογένειά σας; Παππού, γιαγιά, αδέλφια, θείους; Πρέπει να το ξέρω, είναι πολύ σοβαρό. Για το καλό σου είναι».

Η Σοφία ένιωσε το στόμα της να στεγνώνει. «Όχι, κυρία, σας το ορκίζομαι...»

«Καλά, καλά... Κάνε ό,τι σου είπα...»

Κλεισμένοι στο υπόγειο, με μια μικρή λάμπα που φώτιζε ίσα

ίσα για να μην τσακιστούν στο σκοτάδι, ο Παναγής κι ο Λεωνίδας περίμεναν να αρχίσει η ελληνική εκπομπή της Deutshe Welle για να μάθουν τι πραγματικά συνέβαινε, αφού εφημερίδες και ραδιόφωνα στην Ελλάδα μετέδιδαν μόνο όσα περνούσαν από την έγκριση της δικτατορίας των συνταγματαρχών. ΄Ηξεραν καλά και οι δύο ότι όλες οι ειδήσεις ήταν χαλκευμένες και τα πρωτοσέλιδά τους δημιουργούσαν ερωτηματικά.

Η ΣΥΝΩΜΟΤΙΚΗ ΑΝΤΕΠΑΝΑΣΤΑΣΙΣ ΑΠΕΤΥΧΕ ΠΛΗΡΩΣ. ΩΡΚΙΣΘΗ ΩΣ ΑΝΤΙΒΑΣΙΛΕΥΣ Ο ΓΕΩΡΓΙΟΣ ΖΩΪΤΑΚΗΣ ΚΑΙ ΝΕΑ ΚΥΒΕΡΝΗΣΙΣ ΥΠΟ ΤΟΝ ΓΕΩΡΓΙΟΝ ΠΑΠΑΔΟΠΟΥΛΟ

Η φωνή από τα βραχέα ξεκαθάρισε αυτό που πίστευαν:

«Το λεγόμενο αντιχουντικό κίνημα, με επικεφαλής τον βασιλιά Κωνσταντίνο, ήταν τελικά ένα φιάσκο. Μια απολύτως απροετοίμαστη κίνηση με πολλούς ερασιτεχνισμούς ήταν πολύ εύκολο να διαλυθεί. Η Ελλάδα πέρασε στη δεύτερη φάση της δικτατορίας, που προβλέπεται και η σκληρότερη. Ο βασιλιάς, έστω και χωρίς τη θέλησή του, γίνεται για ακόμα μια φορά χρήσιμος στη χούντα, αφού ακυρώθηκε κάθε πιθανότητα αντίδρασης είτε από το Στέμμα είτε από το Ναυτικό και την Αεροπορία. Οι ΄Ελληνες στενάζουν και ο δικτάτορας Παπαδόπουλος κάνει λόγο για χρήσιμο γύψο! Τα λεγόμενά του, ότι δηλαδή η εξουσία είναι η επανάσταση και οι σκοποί καθορισμένοι, προκαλούν σοβαρές ανησυχίες στους ξένους ηγέτες. Οι ΄Ελληνες της Γερμανίας προχωρούν σε συνεχείς συγκεντρώσεις διαμαρτυρίας, αλ-

λά αυτές δεν είναι αρκετές. Ο ελληνικός λαός οφείλει να αντιδράσει πιο αποφασιστικά...»

Κουνώντας το σώμα του για να ζεσταθεί κάπως στο παγωμένο υπόγειο, ο Παναγής βλαστήμησε μέσα από τα δόντια του.

«Και τι σκατά κάνουν οι ξένοι ηγέτες που ανησυχούν; Πού βγήκαν να αντιδράσουν και να καταγγείλουν αυτούς τους γελοίους; Πού είμαστε, στην Αφρική;»

«Όπως τα λες, Παναγή. Αφρική! Επειδή δε βλέπω να αλλάζει κάτι σύντομα, μήπως να ξανακοιτάξουμε το ταξίδι στην Αμερική; Γιατί για πες μου, εδώ τι θα κάνουμε; Θα είμαστε σαν τα ποντίκια που περιμένουν να νυχτώσει για να βγουν;»

«Θα δω, Λεωνίδα, θα δω... Δεν είναι τόσο απλό... Κι έπειτα, για να είμαι ειλικρινής, κουράστηκα αυτό το ράβε-ξήλωνε στη ζωή μου. Στην Αμερική είμαι Έλληνας, στην Ελλάδα Αμερικάνος. Κουράστηκα. Πρέπει να ζυγίσω καλά τα πράγματα...»

Σπρώχνοντας με τα ακροδάχτυλα ένα καπάκι από αναψυκτικό, ο Φώτης προσπαθούσε να δείξει στον Μάρκο πώς να χειρίζεται το δικό του και πώς να βάζει περισσότερη δύναμη για να τον περάσει, αφού δεν τα κατάφερνε και έχανε συνέχεια. Ήταν το μοναδικό παιχνίδι που μπορούσαν να παίξουν, αφού στη σχολή τούς είχαν στερήσει τα πάντα μετά το περιστατικό με τον Γεράσιμο. Και τους πόνεσε πολύ που τους έκοψαν και το ψάρεμα και τις βόλτες, περιορίζοντάς τους μόνο στα όρια του κτιρίου, κι αυτό έκανε κυρίως τον Φώτη να υποφέρει πολύ.

Ο Μάρκος προσαρμόστηκε στις νέες συνθήκες, δίνοντας τον καλύτερο εαυτό του στο εργαστήρι, έστω κι αν ο Γεράσιμος τον είχε πια σε απόσταση, αφού τον θεωρούσε «συμμορία» με τον άλλο, τον «μεταμορφωμένο διάολο», όπως τον έλεγε.

Ο Φώτης δεν προσπάθησε καν να τον αποτρέψει, γνωρίζοντας και βλέποντας τη λατρεία του φίλου του για το αντικείμενο. Αλλά ο ίδιος δεν ξαναπάτησε στο εργαστήρι, κάνοντας τον Γεράσιμο να νιώσει ανακούφιση που δε θα τον είχε πια στα πόδια του.

Η πρώτη τιμωρία του ήταν «πλήρεις στερήσεις εξόδου», χτυπώντας τον εκεί όπου πονούσε. Η δεύτερη λιγότερο βαριά, αλλά για τον Φώτη αποπνικτική. Αφού δεν πήγαινε στο εργαστήρι, θα έπρεπε να καθαρίζει θαλάμους, διαδρόμους και κοινόχρηστους χώρους, και μάλιστα σε καθημερινή βάση. Δε θα τον άφηναν να κάθεται. Αλλά δεν το έκανε σωστά ούτε μία φορά, αρνούμενος να τους κάνει τη χάρη και να δεχτεί τις απαιτήσεις τους. Ήταν γι' αυτόν μια καταναγκαστική εργασία την οποία παρατούσε πάντα στη μέση.

Όμως η αντίδρασή του, έντονη σε κάθε του κίνηση, τον έβαλε πια στη λίστα των ανεπιθύμητων, κάτι που είχε να συμβεί χρόνια στη σχολή. Κι όπως είπε στο συμβούλιο ο διευθυντής, ο κύριος Μαλάτος, «τι νόημα έχει να κρατάμε κάποιον που δε θέλει να είναι εδώ; Με το ζόρι δε γίνεται. Αφού το παιδί είναι αρνητικό, πρέπει να δούμε τι θα κάνουμε. Πάντως εδώ δεν μπορεί να μείνει, δεν έχει κανένα νόημα. Να μιλήσουμε με την Πρόνοια και αναλόγως πράττουμε».

Τα δύο αγόρια συνέχιζαν να παλεύουν με τα καπάκια τους, περιμένοντας την απόφαση του συμβουλίου, κάτι για το οποίο είχαν ενημερώσει τον Φώτη. Έτσι το έριξαν στο παιχνίδι, και μόλις ο Μάρκος κατάφερε να στείλει το καπάκι του πιο μακριά από το καπάκι του Φώτη, τον πήρε αγκαλιά και τον ευχαριστούσε με όλη τη δύναμη της ψυχής του. Του έδειχνε την καρδιά του ξανά και ξανά, του έσφιγγε το χέρι, φανέρωνε με κάθε τρόπο την ευτυχία του. Είχε νικήσει!

«Μπορείς! Όλα τα μπορείς! Και ποτέ μη σκύβεις το κεφάλι!» του είπε ο Φώτης και τον πήρε αγκαλιά.

Είχε όμως βαρεθεί να περιμένει να βγουν οι κύριοι με τα κοστούμια κι ήταν σαν να καθόταν σε καρφιά. Άνοιξε την πόρτα της διπλανής αίθουσας και τα μάτια του έλαμψαν. Πάνω σε ένα τραπέζι υπήρχε μια κανάτα με πορτοκαλάδα και κάμποσα ποτήρια. Μέσα σε ελάχιστη ώρα, μαζί με τον Μάρκο την ήπιαν όλη! «Τώρα πάμε να φύγουμε!» έγνεψε στον φίλο του. Αν ήθελαν εκείνοι οι κύριοι με τα κοστούμια, ας τους έψαχναν.

Πηγαίνοντας προς την πόρτα, είδε στον τοίχο κάτι που τον παραξένεψε. Δεν υπήρχαν πια ο βασιλιάς –ο πιο μικρός– και η βασίλισσα, που τους είχε δει όταν είχε μπει. Στη θέση τους είχαν βάλει τρεις άλλες φωτογραφίες με τρεις φαλακρούς που χαμογελούσαν. Οι δύο ακριανοί τού φαίνονταν αστείοι, ενώ ο μεσαίος είχε μουστάκι κι έμοιαζε πολύ με τον Μουστάκια-Μπαγάσα. Του γύρισε το στομάχι, άνοιξε το βήμα του κι έφυγε γρήγορα. *Μήπως είναι ο αδελφός του Μουστάκια-Μπαγάσα;* αναρωτήθηκε.

Δεν είπε τίποτα στον Μάρκο και τον τράβηξε προς το αναγνωστήριο. Εκεί δεν απαγορευόταν να πάνε. Σε λίγη ώρα, όσο τα δυο αγόρια χάζευαν κάτι ογκώδη βιβλία με μηχανές και ιμάντες, εμφανίστηκε ένας κύριος –ο Φώτης τον είχε δει να μπαίνει στην αίθουσα συσκέψεων– και τον έδειξε με το δάχτυλο.

«Εσύ, έλα μαζί μου...»

Ένευψε στον Μάρκο ότι θα πήγαινε να τον βρει μετά και ακολούθησε εκείνο τον κύριο αδιαμαρτύρητα. Μέσα του πίστευε ότι θα του έλεγαν ότι πρέπει να ξαναρχίσει να πηγαίνει στο εργαστήρι, οπότε θα ήταν ελεύθερος να ξεκινήσει πάλι το ψάρεμα. Δεν τον πήγε όμως σ' εκείνη την αίθουσα, όπως νόμιζε, αλλά στο γραφείο του διευθυντή, του κυρίου Μαλάτου. Του φάνηκε πιο βλοσυρός από κάθε άλλη φορά. Για την ακρίβεια, δεν τον είχε δει ποτέ ξανά έτσι. Και δεν είχε ούτε καλημέρες ούτε χαιρετούρες ούτε τίποτα. Απευθείας στο θέμα.

«Λοιπόν, Φώτη, έχω να σου ανακοινώσω μερικά πράγματα. Έχουμε καταλάβει όλοι ότι δε σου αρέσει εδώ και ότι...»

«Μου αρέσει! Το ψάρεμα!»

«Μη με διακόπτεις! Εδώ δεν είναι για να ψαρεύει κανείς κι ούτε για να καθαρίζει αλλά για να μάθει τέχνη. Εσύ είσαι τελείως αδιάφορος, αρνητικός σε όλα. Κι όχι μόνο αυτό, αλλά έκανες κάτι ανεπίτρεπτο. Χτύπησες τον άνθρωπο που δίνει τη ζωή του για σας, που σας μαθαίνει την τέχνη του για να μπορέσετε να ζήσετε. Ξέρεις ότι, αν ήσουν μεγάλος, θα πήγαινες φυλακή; Ξέρεις ότι αυτό θα σε ακολουθούσε σε όλη σου τη ζωή; Ξέρεις ότι...»

Ο Φώτης τέντωσε τον λαιμό του κι έβγαλε μια τσιρίδα. «Δεν ξέρω και δε με νοιάζει! Ξέρω μόνο ότι έβρισε τον Μάρκο με άσχημα λόγια! Γιατί δεν έβριζε κάποιον άλλο που θα μπορούσε να του απαντήσει; Τον Μάρκο που δε μιλάει;»

Ο Μαλάτος ξεροκατάπιε. «Δεν έχει πια σημασία να το κουβεντιάζουμε. Έδειξες ότι δεν έχεις θέση εδώ μέσα. Κάποιοι με πίεζαν να σε στείλω στο αναμορφωτήριο για...»

«Τι είναι... αναρφωτήριο πάλι; Αναρφωτήριο;»

«Αναμορφωτήριο! Άσε, καλύτερα να μη μάθεις...»

«Να μάθω!»

«Είναι φυλακή για μικρούς».

«Κι εδώ τι είναι; Φυλακή είναι κι εδώ! Δεν ξέρω κανένα μέρος που δεν μπορείς να βγεις από τις πόρτες!»

«Καλά, θα μάθεις όταν μεγαλώσεις...»

«Δε με νοιάζει!»

«Άκουσε, Φώτη, γιατί μου φαίνεται ότι τζάμπα μιλάμε. Αποφασίσαμε ότι δεν μπορείς να μείνεις άλλο εδώ. Ούτε κι εσύ θέλεις. Μιλήσαμε με τους υπεύθυνους και...»

«Ποιοι είναι αυτοί;»

«Μιλήσαμε λοιπόν με τους υπεύθυνους κι αποφασίστηκε ότι θα πας στα Γιάννενα. Αύριο κιόλας, έχουμε ειδοποιήσει. Εκεί θα είναι πολύ καλύτερα για σένα. Είναι ο τόπος σου. Θα προσαρμοστείς καλύτερα. Άσε που μπορεί να ενδιαφερθεί για σένα και κάποιος συγγενής που...»

Μετάνιωσε στη στιγμή που είπε αυτή την τελευταία φράση του. Ήταν κάτι που γυρόφερνε στο μυαλό του αλλά δεν ήθελε να το εκφράσει δημόσια. Κι ήταν ένα θέμα που είχε συζητηθεί στο συμβούλιο. Στην καρτέλα του Φώτη δεν υπήρχε πουθενά παρουσία συγγενή, κι αυτό τους είχε παραξενέψει όλους, αφού, όπως είδαν, είχε μητέρα εν ζωή αλλά και γιαγιά.

Ο κύριος Μαλάτος, βαθιά δημοκρατικός άνθρωπος, το είχε εκμυστηρευτεί στον επιστήθιο φίλο του, τον υποδιευθυντή: «Ακόμα κι αν ήταν από αριστερή οικογένεια –αν και δεν υπήρχε σημάδι στην καρτέλα του– πώς και δεν πήγαν να τον δουν στον Ζηρό τόσο καιρό; Τότε δεν υπήρχε ακόμα δικτατορία για να νιώσουν έντονο κίνδυνο...».

Ο Φώτης χτύπησε κάτω το πόδι του, δείχνοντας την οργή του. «Δε θέλω κανέναν, τ' ακούς; Κανέναν! Μόνο να προσέχετε τον Μάρκο!»

Τα μάτια του βούρκωσαν, αλλά σφίχτηκε για να μην κλάψει κι έφυγε τρέχοντας για να βρει τον φίλο του, που είχε καταφύγει στο δωμάτιό τους. Ήταν καθισμένος στο πάτωμα, ακουμπώντας την πλάτη στον τοίχο, και σκάλιζε ένα κομμάτι ξύλου. Όταν είδε τον Φώτη να μπαίνει φουρτουνιασμένος, κατάλαβε τα πάντα. Τον έδειξε με το δάχτυλό του κι έπειτα κούνησε έντονα την παλάμη του προς το παράθυρο. Το έκανε μάλιστα δυο φορές, μέχρι να μπει στο νόημα ο φίλος του.

«Ναι, φεύγω... Με διώχνουν...»

Τα δάκρυά του πια κυλούσαν στο πρόσωπό του και δεν ντρεπόταν να τα αφήσει. Η εικόνα του, ένα μεγάλο κάδρο λύπης, έκανε την καρδιά του Μάρκου να σφιχτεί. Τον κοίταξε μέσα στα μάτια κι άρχισε να κουνάει έντονα τα χέρια του. Όλες οι κινήσεις του κατέληγαν στην καρδιά του.

Αυτήν έδειχνε, και μετά έδειχνε την καρδιά του Φώτη και άπλωνε τα χέρια για να καταλάβει ότι είναι πολύ μεγάλη.

«Δε θα σε ξεχάσω!» είπε αργά ο Φώτης στον φίλο του και τον πήρε αγκαλιά.

Ο Μάρκος τού έκανε νεύμα να περιμένει λίγο, κάθισε ξανά στο πάτωμα και συνέχισε να σκαλίζει το ξύλο που είχε αφήσει πριν. Τα χέρια του δούλευαν με τρομερή ταχύτητα και φαινόταν σαν να έκανε το πιο απλό πράγμα του κόσμου.

Πόσο του αρέσει αυτό που κάνει. Θα ήταν κρίμα να το αφήσει, σκέφτηκε ο Φώτης, που προσπαθούσε να καταλάβει τι ακριβώς έφτιαχνε ο φίλος του. Εκείνος του έκανε νόημα με τα χέρια να μην τον κοιτά. Του πήρε λίγα λεπτά ακόμα για να τελειώσει, κι όταν σηκώθηκε, υπέδειξε στον Φώτη να ανοίξει τις παλάμες του, να τις ενώσει και να κλείσει τα μάτια. Τότε ακούμπησε το έργο του στο πάτωμα, ένα μικρό ξύλινο καραβάκι, πραγματικά μαγικό. Τον σκούντησε για να ανοίξει τα μάτια, κι όταν ο Φώτης το είδε, ενθουσιάστηκε.

«Ωωω! Είσαι μάγος! Θα το έχω πάντα μαζί μου, όπου κι αν είμαι. Αυτό θα είσαι εσύ!»

Κάθισαν κάτω και βυθίστηκαν στη σιωπή τους, ο καθένας για τους λόγους του. Κι έμειναν έτσι βουβοί κάμποση ώρα, μέχρι που ο Φώτης σκέφτηκε κάτι. Αφού έδειξε με τα χέρια ότι αύριο φεύγει από το Ληξούρι, πρότεινε στον Μάρκο να το σκάσουν το βράδυ και να πάνε στη θάλασσα. Εκείνος κούνησε πολλές φορές το κεφάλι συναινώντας στην ιδέα, δείχνοντας μεγάλο ενθουσιασμό.

Περίμεναν να νυχτώσει, κι όταν άκουσαν τον χαρακτηριστικό ήχο από τις κλειδαριές στην εξώπορτα, διέσχισαν αθόρυβα τον διάδρομο, πέρασαν έξω από την κουζίνα κι έφτασαν στο ξυλουργείο. Εκεί υπήρχε μια μικρή πόρτα που οδηγούσε στην αυλή. Κι όταν κατάφεραν να φτάσουν, αγκαλιάστηκαν από τη χαρά τους.

«Εσύ πρώτος», έδειξε ο Φώτης, βοηθώντας τον Μάρκο να ανεβεί στα κάγκελα και να πηδήσει έξω. Το έκανε κι ο ίδιος με πιο γρήγορες κινήσεις, κάτι στο οποίο είχε εξασκηθεί στον Ζηρό. Η γρηγοράδα, η σκληραγώγηση και η τόλμη ήταν τα μοναδικά αποκτήματά του που τον βοήθησαν να επιβιώσει στις τραχιές συνθήκες του ιδρύματος.

Πέρασαν απέναντι, σαν σκιές περπάτησαν λίγο και βρέθηκαν στη θάλασσα. Δεν τους ένοιαζε που δεν είχαν καλάμια να ψαρέψουν, τους έφτανε που ήταν εκεί, κάτω από τα αστέρια. Άρχισαν να πετάνε πέτρες, άλλες στην ευθεία κι άλλες με καμπύλη, κι ύστερα να κάνουν «ψαράκια» στο νερό, κάτι που τους έδωσε μεγάλη χαρά, όσο και η ελευθερία τους.

Έπαιξαν με την ψυχή τους, και μετά, με μουσκεμένα ρούχα και παπούτσια, πήραν τον δρόμο του γυρισμού, αφού είχε αρχίσει να χαράζει και δεν ήθελαν να τους βρουν έξω. Ανέβηκαν πάλι από τα κάγκελα και τρύπωσαν σαν γάτες στο κτίριο, έβγαλαν τα παπούτσια τους, κι όταν έφτασαν στο δωμάτιό τους, κόλλησαν τα χέρια τους στον αέρα. Είχαν θριαμβεύσει μαζί!

Ο Μάρκος αποκοιμήθηκε αμέσως μόλις ξάπλωσε, αποκαμωμένος από την κούραση, αλλά στον Φώτη δεν κολλούσε ύπνος. Άρχισε πάλι να τον τυλίγει εκείνος ο μανδύας της θλίψης, με το μυαλό του να προσπαθεί να επεξεργαστεί το νέο φευγιό του, την απώλεια ακόμα ενός φίλου, ακόμα ένα ταξίδι στο άγνωστο. *Πού να είναι ο Διονύσης; Εκεί όπου τον άφησα ή τον πήγαν κι αυτόν αλλού; Θέλω να τον δω, μου λείπει τόσο πολύ...* σκεφτόταν. Έκλεισε τα βουρκωμένα μάτια του για να τον ονειρευτεί, να ξαναδεί τις περιπέτειές τους, να τον ξανανιώσει. Ήταν άλλο ένα σκληρό χάραμα που έκανε την ψυχή του να πεταρίζει...

15

ΕΒΓΑΖΕ ΗΧΟΥΣ ΤΟ ΞΕΡΟΒΟΡΙ σαν να ήθελε να πει ολόκληρες προτάσεις, κι αφού δεν τα κατάφερνε, μαστίγωνε τη λίμνη και τίναζε στον αέρα τα νερά της, και κουνούσε τις τέντες και χωνόταν σε εσοχές σφυρίζοντας αγριεμένα.

Το κοντοκουρεμένο κεφάλι του Φώτη κρύωνε από τις ριπές του αέρα, που πάγωναν και την ψυχή του. Μπορεί να ήταν στα «πάτρια εδάφη», όπως του έλεγε συνέχεια πριν φύγει από το Ληξούρι ο διευθυντής της σχολής, αλλά εκείνος ένιωθε ξένος. «Τι πάει να πει Γιάννενα; Μπας και ξέρω κανέναν; Όλοι ξένοι είναι κι εγώ ένας σκύλος που γυρνάει από δω κι από κει...» του σφύριζε το εφηβικό μυαλό του και με τις σκέψεις αυτές άλλοτε ταραζόταν πολύ, άλλοτε μελαγχολούσε κι άλλοτε θύμωνε, με τη σειρά να εναλλάσσεται.

Δεν ήταν πια ο μικρός του Ζηρού, δε φορούσε κοντά παντελονάκια, δεν είχε την ξεγνοιασιά της ηλικίας του. Μπορούσε να μετράει τις απώλειες, τους χαμένους φίλους, τα χτυποκάρδια στις αφίξεις και τις αναχωρήσεις. Κι ένα τέτοιο είχε και τώρα, σε ένα καινούργιο ταξίδι με άγνωστη κατάληξη και με τις σκέψεις να τον βασανίζουν. Κι ήταν μία συγκεκριμένη που τον διέλυε· ότι εκείνος είχε δώσει αγάπη –στον Διονύση, στον Μάρκο, στην Κανέλα, μπορούσε να σκεφτεί κι άλλους–

αλλά δεν είχε πάρει τόση, νιώθοντας μόνος. *Πού είναι η μάνα μου, η γιαγιά μου, ο θείος μου; Εγώ ούτε την Κανέλα δεν άφηνα μόνη και τη φρόντιζα...* Αυτά σκεφτόταν στη διαδρομή προς τα Γιάννενα και βαριόταν τρομερά τις συμβουλές του συνοδού του, του κυρίου Πέτρου, που του έλεγε ότι έπρεπε να προσέξει σ' αυτή την καινούργια σχολή κι ότι θα ήταν μια μεγάλη ευκαιρία να γίνει άνθρωπος και να προκόψει.

«Όλοι μου δίνουν συμβουλές κι αυτοί οι ίδιοι δε θα διστάσουν να με σπάσουν στο ξύλο αν κάτι δεν τους αρέσει...» έλεγε στον εαυτό του.

Η μελαγχολία του έγινε έντονη όταν ανακάλυψε ότι το τεράστιο κτίριο στο οποίο τον πήγαν δεν ήταν αυτό που του έλεγαν, δηλαδή σχολείο, αλλά ένα ορφανοτροφείο που φρόντιζε δυστυχισμένα παιδιά στην ουσία. «Μα εγώ δεν είμαι ορφανός, έχω μάνα», έλεγε στα άλλα παιδιά, όταν ξεκίνησε να μπαίνει κι αυτός στην καθημερινότητά τους.

Δεν ήξερε με τι να λυπηθεί περισσότερο. Με τα άλλα παιδιά που δεν είχαν καθόλου γονείς ή με τον εαυτό του που βρέθηκε να γυρίζει από δω κι από κει δίχως να τον αναζητά κανείς; Αυτό τον βάραινε πολύ. Και του δημιούργησε τέτοια πληγή ώστε συνειδητοποίησε ότι δεν είχε κουράγιο ούτε να μαλώσει. Κι ενώ πολλά δεν του άρεσαν, η μελαγχολία του είχε καλύψει τον θυμό του. Αν άλλες φορές τον είχαν σπρώξει –όπως έκανε συχνά ένα γνωστό πειραχτήρι, ο Σταμάτης–, θα είχε γυρίσει τον κόσμο ανάποδα. Αυτή τη φορά τον άφησε στη θέση του.

Η καρδιά του γλύκανε όταν ένας από τους επιτελείς του ορφανοτροφείου, ο κύριος Γαλανός –ο κύριος... ουρανός, όπως τον έλεγε ο Φώτης–, τους είπε λίγα λόγια για την ιστορία του κτιρίου και του ανθρώπου στον οποίο οφειλόταν όλο αυτό.

«Γιατί ο Γεώργιος Σταύρου, παιδιά μου, έδωσε το σπίτι του και όλη του την περιουσία για να γίνει αυτό και άλλα πολλά. Για να μάθουν τα παιδιά της περιοχής τέχνες και γράμματα, να γίνουν αργυροχρυσοχόοι και ασημουργοί, ξυλουργοί και μαρμαράδες και πετράδες. Να ξέρετε επίσης ότι ίδρυσε ή χρηματοδότησε νοσοκομεία, γηροκομεία, βιβλιοθήκες, ακόμα και μοναστήρια, ενώ βοήθησε πάρα πολλούς ανθρώπους. Κι έκανε πολλά και για τη Ζωσιμαία Σχολή μας. Όλοι θα έχετε ακούσει για τον Καποδίστρια, τον Ιωάννη Καποδίστρια, τον πρώτο Κυβερνήτη του κράτους μας. Ε, για να καταλάβετε πόσο σπουδαίος ήταν ο Γεώργιος Σταύρου, τον είχε δίπλα του και του ανέθεσε να ιδρύσει και να διευθύνει επί είκοσι επτά ολόκληρα έτη την πρώτη τράπεζα της Ελλάδας, την Εθνική».

Κι ήταν τέτοια η επιρροή όσων άκουσε, ώστε πήγε στο άγαλμα που υπήρχε στο οικοτροφείο και το χάζευε ώρα. Χάζευε και τη φωτογραφία του εθνικού ευεργέτη, που ήταν γελαστός μέσα στο κάδρο, έτοιμος να βάλει το χέρι στην τσέπη και να συνδράμει όποιον το χρειαζόταν.

Με τις μέρες να περνάνε διαπίστωσε ότι ούτε εκεί του άρεσαν τα μαθήματα, που του προκαλούσαν άγχος και πίεση. Του άρεσε η ιδέα να μάθει μουσική, δοκίμασε να μπει στη Φιλαρμονική, αλλά δεν τα κατάφερε ούτε στα κρουστά ούτε στα πνευστά, κι έτσι τα άφησε για άλλους.

Ο κύριος Γαλανός –ο ουρανός– φαινόταν από το βλέμμα του καλός άνθρωπος, κι έτσι κάθισε ο Φώτης να τον ακούσει ήρεμος όταν τον φώναξε στο γραφείο του. Σταύρωσε τα χέρια και τον κοίταξε κατευθείαν στα μάτια.

«Φώτη μου, θέλω να σου πω μερικά πράγματα και θέλω να ακούσω και τη γνώμη σου. Να ξέρεις ότι νοιαζόμαστε για σένα, όπως και για όλα τα παιδιά. Νομίζω λοιπόν ότι δεν είναι σωστό να περνάς την ώρα σου χωρίς να κάνεις τίποτα. Θέλουμε να σε βοηθήσουμε να διαλέξεις κάτι ή να μας πεις εσύ τι θέλεις. Είδα την καρτέλα σου από την Κεφαλονιά και λέει ότι είχες ξεκινήσει μαθήματα στο ξυλουργείο. Δεν ξέρω τι έγινε μετά και ούτε με ενδιαφέρει. Αλλά νομίζω ότι αν συνεχίσεις εδώ –και να ξέρεις ότι οι άνθρωποι είναι πολύ καλοί–, θα καταφέρεις να μάθεις πράγματα. Αυτό θα σε βοηθήσει...»

Ο Φώτης δεν του απάντησε. Είχε μάθει πια ότι έπρεπε να περιμένει. Είπε μόνο ένα «εντάξει» κι άρχισε τις επόμενες μέρες να χαζεύει διάφορα εργαστήρια. Δεν του άρεσε καθόλου να ασχοληθεί με τα μάρμαρα και τις πέτρες, δεν τον ενθουσίαζε η ιδέα. Έτσι, όταν τον ξαναφώναξε ο κύριος Γαλανός, συμφώνησε να ξεκινήσει στο ξυλουργείο. Πίεσε τον εαυτό του να κάνει υπομονή, να κοιτάξει να μάθει κάποια πράγματα, να μην ανακατεύεται σε θέματα που δεν τον αφορούσαν. Όχι για πολύ όμως. Γιατί ένα λεπτό έφτανε για να τιναχτεί στον αέρα η ηρεμία που προσπαθούσε να διατηρεί.

Επιστρέφοντας ένα μεσημέρι στο δωμάτιό του για να αλλάξει και να πάει στο εστιατόριο, είδε κάτι που του διέλυσε το νευρικό σύστημα και τον έκανε ξανά αγρίμι. Αυτός που κοιμόταν στο διπλανό κρεβάτι, ο Μέμος, σκάλιζε τα κουτιά του με τα γραμματόσημα, έχοντας μάλιστα απλώσει κάμποσα απ' αυτά πάνω στο στρώμα. Αρκετά γραμματόσημα είχαν ανακατευτεί, κι αυτό για τον Φώτη ήταν μαχαιριά, άρα και αιτία πολέμου. Δίχως να σκεφτεί λεπτό, με το μυαλό του θολωμένο, χίμηξε πάνω του και άρχισε να τον κοπανάει με δύναμη, με τον αιφνιδιασμένο Μέμο να ουρλιάζει και να προσπαθεί να προφυλάξει το κεφάλι του που χτυπούσε στο σίδερο.

Αν δεν έμπαινε εκείνη τη στιγμή ένας επιστάτης, ο κύριος Μαργαρίτης, κανένας δεν ξέρει τι μπορεί να είχε συμβεί. Άρπαξε με δύναμη τον μαινόμενο ταύρο και τον ξεκόλλησε από τον Μέμο, και η αλήθεια είναι ότι ζορίστηκε για να τα καταφέρει με τόσο νεύρο.

Με ένα ουρλιαχτό ο επιστάτης προσπάθησε να πάρει τον έλεγχο της κατάστασης: «Είσαι με τα καλά σου; Τι κάνεις εκεί; Έχεις τρελαθεί; Τσακίσου και βγες έξω!». Δεν ήξερε τι να πρωτοκάνει. Να κρατήσει τον Φώτη που τιναζόταν ενώ τον είχε γραπώσει ή να πάει στον Μέμο που είχε ματώσει στο πρόσωπο; Διάλεξε το πρώτο μην τυχόν και υπάρξει νέα επίθεση, φωνάζοντας με όλη του τη δύναμη: «Βοήθεια, βοήθεια, στο εφτά! Βοήθεια, κάποιος στο εφτά!».

Ήταν η ώρα του φαγητού κι έτσι υπήρχε αρκετός κόσμος στους διαδρόμους, με πολλούς να μπαίνουν στο δωμάτιο και να αντικρίζουν έκπληκτοι μια εικόνα που δεν είχαν ξαναδεί.

Ο κύριος Γαλανός έφτασε τελευταίος και τους διέταξε να περάσουν όλοι έξω. Κι όταν ενημερώθηκε για το τι είχε συμβεί, είπε στον Μαργαρίτη να πάει τον Μέμο στο αναρρωτήριο κι έμεινε στο δωμάτιο με τον Φώτη για να αντιμετωπίσει μια δύσκολη κατάσταση. Ήταν πολύ ταραγμένος, έτρεμε ολόκληρος, δεν του είχε ξανασυμβεί ποτέ κάτι τέτοιο στα πολλά χρόνια που ήταν εκεί. Είχε δει βέβαια τσακωμούς και διαπληκτισμούς, όχι όμως κάτι ανάλογο, κι αυτό τον τρόμαξε πολύ. Προτίμησε να το αντιμετωπίσει ψύχραιμα.

«Θες να μου πεις γιατί; Τι σε έπιασε;»

Ο Φώτης δεν απάντησε ούτε όταν τον ξαναρώτησε, κι αυτή η σιωπή εκνεύρισε πολύ τον διευθυντή.

«Όταν σπας στο ξύλο έναν συμμαθητή σου δε θα είσαι έτσι, τ' ακούς; Και θα με κοιτάς στα μάτια!»

Η οργή του Φώτη μετατράπηκε σε θυμό. «Αν έκανες τσακωτό κάποιον να σου παίρνει τα πράγματα, εσύ τι θα έκανες;»

φώναξε, με το πρόσωπό του σκληρό σαν τα μάρμαρα του διπλανού εργαστηρίου.

«Δεν είναι απάντηση αυτή κι ούτε δικαιολογία!»

«Αυτή είναι κι αν σ' αρέσει!» είπε απτόητος.

Τότε ο κύριος Γαλανός κατάλαβε ότι η περίπτωση δεν ήταν καθόλου απλή. Έδωσε εντολή να τον μετακινήσουν από τον θάλαμο επτά, είπε στους συνεργάτες του ότι έπρεπε να τον έχουν από κοντά όλη την ημέρα και κλείστηκε στο γραφείο του. Έπρεπε να κάνει κάποιες συγκεκριμένες ενέργειες δίχως την παραμικρή αναβολή.

Του φάνηκε πικρό το γάλα που του έδωσαν το πρωί κι αυτό του χάλασε κι άλλο την έτσι κι αλλιώς κακή διάθεση. Το προηγούμενο βράδυ δεν του μιλούσε κανένας κι ούτε τον φώναξαν στο παιχνίδι. Κι επιπλέον, όταν πήγε στο εστιατόριο και κάθισε σε ένα τραπέζι, και οι τρεις που ήταν εκεί σηκώθηκαν κι έφυγαν πηγαίνοντας αλλού, και μάλιστα με επιδεικτικό τρόπο.

«Δε με νοιάζει καθόλου!» είπε στον εαυτό του, αλλά τον ένοιαζε κι αυτό τον έκανε να μελαγχολήσει. Μόλις τελείωσε το γάλα, το μισό δηλαδή, γιατί το άλλο το άφησε, του είπαν ότι έπρεπε να τον συνοδεύσουν στο γραφείο του κυρίου Γαλανού. «Το πολύ πολύ να με διώξουν πάλι», είπε μέσα του, και άρχισε να ακολουθεί βαριεστημένα εκείνη την κυρία με τα χοντρά γυαλιά. Αλλά όταν μπήκε στο γραφείο, του έφυγε τα σαγόνι. Τα μάτια του δεν μπορούσαν να πιστέψουν αυτό που έβλεπαν κι ένιωσε να χάνει τα λόγια του.

Δίπλα στον Γαλανό στεκόταν ο θείος του ο Μήτσος, κι ούτε που θυμόταν πόσος καιρός είχε περάσει από την τελευταία φορά που τον είχε δει.

Μπερδεύτηκε πολύ και δεν ήξερε αν έπρεπε να χαρεί ή να θυμώσει, αλλά κατέληξε στο δεύτερο. *Γιατί αυτός κι όχι η μάνα μου ή η γιαγιά μου;* σκέφτηκε αμέσως.

«Ήρθες να με πάρεις;» είπε ξερά, ελπίζοντας ότι θα άκουγε μια καταφατική απάντηση.

«Γεια σου, Φώτη! Πώς μεγάλωσες και...»

«Ήρθες να με πάρεις;» επανέλαβε απότομα.

Ο Μήτσος δαγκώθηκε. Είχε ακούσει νωρίτερα ότι ο ανιψιός του ήταν ένα αγρίμι, αλλά έβλεπε μπροστά του μια ακόμα χειρότερη εικόνα· ένα παιδί με σκληρό πρόσωπο, με βλέμμα που δεν άφηνε περιθώρια για διαλόγους, με μια αποφασιστικότητα που δεν ταίριαζε με την ηλικία του. Ευτυχώς τον είχε προετοιμάσει ο διευθυντής.

«Ήρθα να πάμε βόλτα. Έξω!» προσπάθησε να κάνει τον χαρούμενο.

«Τώρα με θυμήθηκες;» είπε χωρίς δισταγμό, με τον Μήτσο να προσπαθεί να το χειριστεί όσο καλύτερα γινόταν, χωρίς αντιδράσεις που μπορεί να πυροδοτούσαν τον θυμό του.

«Έλα, πάμε! Έχει τέλεια μέρα...»

Ο Φώτης θα έφευγε στο λεπτό, αλλά η περιέργειά του να μάθει πράγματα τον έκανε να μην αντιδράσει. «Πού θα πάμε;»

«Όπου θες! Πάμε στη λίμνη; Είναι πολύ ωραία εκεί, έχει και μαγαζιά! Θα φάμε γλυκά, θα περάσουμε ωραία!»

Το μυαλό του είχε πάρει φωτιά και του έρχονταν εκατομμύρια ερωτήσεις που είχαν μαζευτεί όλο τον προηγούμενο καιρό.

Δυο ώρες αργότερα, έπειτα από μια σοκολατίνα, μια νουγκατίνα και μια πορτοκαλάδα, είχε πολλές απαντήσεις στις απορίες του αλλά και πολλά ερωτηματικά που ακόμη τον βασάνιζαν. Έμαθε λοιπόν ότι η μάνα του δούλευε σε ένα σπίτι εκεί στην πόλη και έμενε μέσα όλες τις μέρες, ότι η γιαγιά του βρισκόταν στο χωριό αλλά δυσκολευόταν πολύ να περπατήσει, ότι ο Σπύρος ήταν ακόμα στους Φιλιάτες κι είχε προσαρμοστεί κι ότι ο Μήτσος είχε πάει για καιρό στην Αθήνα για να βρει δουλειά αλλά μετά γύρισε πίσω. Τίποτε απ' όλα αυτά δεν τον χαροποίησε και τίποτα δε στάθηκε ικανό ώστε να κρατήσει το στόμα του κλειστό.

«Αν με αγαπούσαν, θα έρχονταν να με δουν. Δε με θέλουν και γι' αυτό με άφησαν. Εσύ μου λες ότι με αγαπάνε πολύ. Πώς γίνεται να είμαστε στην ίδια πόλη και να μην έρθει να με δει η μάνα μου;» Δεν άφησε τα δάκρυα να τον νικήσουν, δεν επέτρεψε στον εαυτό του να λυγίσει.

«Θέλω να καταλάβεις, Φώτη μου. Δουλεύει όλη την ημέρα, δούλα την έχουν! Δε βγαίνει ποτέ από το σπίτι. Αλλά το ξέρω, μου το είπε, θα έρθει να σε δει! Εσένα σκέφτεται όλη μέρα και κλαίει! Μαζεύει λεφτά για να μπορέσει να σε πάρει μια μέρα και να γυρίσετε στο χωριό και να μπορείτε να έχετε φαγητό! Ρωτάει και μαθαίνει για σένα...»

«Αν μάθαινε, θα ερχόταν να με πάρει ήδη από τον Ζηρό! Δε θα με άφηνε ούτε λεπτό αν ήξερε τι μου κάνουν... Και μου λες ότι δε θα με πάρει ούτε τώρα;»

«Σου λέω να κάνεις υπομονή... Σου υπόσχομαι ότι θα πάω να την πάρω και να τη φέρω εγώ...»

«Δεν πιστεύω κανέναν! Και πού ξέρω ότι μου λες αλήθεια; Όλοι μού λένε κάτι και ποτέ δε γίνεται». Το μυαλό του πήρε γρήγορες στροφές. «Για να δω ότι μου λες αλήθεια, να με πας τώρα να δω το σπίτι όπου δουλεύει!»

Ο Μήτσος, ζυμωμένος στο καμίνι της ζωής, καταλάβαινε ότι αυτό ήταν το κλειδί για να κρατήσει ήρεμο τον Φώτη, που έδειχνε αποφασισμένος μέσα στον θυμό του. Τον πήγε λοιπόν εκεί μετά το ζαχαροπλαστείο, κι όταν έφτασαν, είδε τα χαρακτηριστικά του προσώπου του να αλλοιώνονται. Μπορούσε, έστω σε έναν βαθμό, να καταλάβει τον πόνο του και το εσωτερικό δράμα του. Αλλά στην πραγματικότητα δεν μπορούσε. Γιατί όταν έφτασαν στο σπίτι, ένα υπέροχο αρχοντικό, σίγουρα το καλύτερο της γειτονιάς, ίσως και της πόλης, ο Φώτης σπάραξε μέσα του. Εκεί μπροστά, σε απόσταση αναπνοής, ήταν η μάνα του κι ούτε μπορούσε να τη δει ούτε να την αγγίξει.

Φούντωσε μέσα του η λαχτάρα, έτρεχαν σαν τρελές οι εικόνες στο μυαλό του. Τότε που τον φρόντιζε, τον τάιζε, του έλεγε όμορφα λόγια, τον χτένιζε, τον έσφιγγε στην αγκαλιά της και τον παρηγορούσε όταν κάτι τον βασάνιζε.

«Δεν μπορούμε να της πούμε ένα γεια; Μόνο ένα γεια και να φύγουμε!»

«Θα το κανονίσω να γίνει».

«Μα πότε; Τώρα είμαστε εδώ! Βλέπω και το κουδούνι».

Ο Μήτσος βρέθηκε σε πολύ δύσκολη θέση. «Κοίτα, αύριο θα κοιτάξω να τη φέρω στο οικοτροφείο. Τώρα δεν είναι καλή στιγμή, μπορεί να θυμώσουν τα αφεντικά της και να της κάνει κακό...» προσπάθησε να του εξηγήσει.

Ήταν σαν να του είχε αδειάσει την ψυχή. Τον γύρισε πίσω, δίχως να ξανακούσει τη φωνή του. Κι όταν τον άφησε, του είπε: «Σε παρακαλώ θέλω να προσέχεις και να μην τσακώνεσαι. Τώρα που θα έρθει κι η μάνα σου, θα είναι όλα αλλιώς».

Ο διευθυντής τον είχε προειδοποιήσει το πρωί: «Σας κάλεσα εδώ γιατί το πρόβλημα είναι πολύ σοβαρό. Ο Φώτης δείχνει αρνητικός να ενταχθεί σε ένα περιβάλλον και να προσαρμοστεί στις συνθήκες. Μαθαίνω ότι τα ίδια συνέβαιναν και στους προηγούμενους προορισμούς του. Πρέπει κάτι να γίνει. Και, εν πάση περιπτώσει, δεν μπορεί ολόκληρο ίδρυμα να χορεύει στους ρυθμούς ενός παιδιού που κουβαλάει οργή. Και γι' αυτή δεν είμαστε εμείς υπεύθυνοι. Θα του δώσουμε ακόμα μία ευκαιρία, αλλά να ξέρετε ότι δε θα υπάρχει επόμενη. Και πρέπει να είμαστε πλέον σε συχνή επαφή».

Όλη την επόμενη μέρα, ως το βράδυ που έπεσε αποκαμωμένος, ο Φώτης γύριζε σαν νηστικό σκυλί περιμένοντας τη μάνα του. Πήγαινε και ξαναπήγαινε στην πόρτα, έψαχνε με το βλέμμα του έξω, τριγύριζε έξω από το γραφείο του κυρίου Γαλανού, πήγαινε και σε ένα διπλανό γραφείο όπου έκαναν συσκέψεις, κι όλα αυτά αδιάκοπα, σταματώντας μόνο για να πιει νερό. Κι είχε και αγωνία για το αν θα την αναγνώριζε, γιατί πολλές φορές σκεφτόταν ότι θα πρέπει να είχε αλλάξει το πρόσωπό της. Τον θείο του τον γνώρισε αμέσως, γιατί είχε ακόμα εκείνο το παχύ μουστάκι αλλά και το μεγάλο σημάδι στο κούτελο, που του είχε μείνει όταν έπεσε από ένα δέντρο όπου είχε ανεβεί για να το κλαδέψει. Έτσι, για να είναι σίγουρος, έβλεπε και ξανάβλεπε κάθε κυρία που έμπαινε στο κτίριο, νιώθοντας κάθε φορά την ίδια απελπισία.

Όταν πια έπεσε το βράδυ, η ψυχή του σκεπάστηκε από βαθύ σκοτάδι. «Πάλι μου είπαν ψέματα. Όπως τότε, στον Ζηρό... Καλά κάνω και δεν πιστεύω κανέναν... Πρέπει να το πάρω απόφαση ότι δε με θέλουν. Καλά του το είπα αυτουνού...» μονολόγησε.

Με αμέτρητα γιατί, σε έναν θάλαμο όπου δεν ήξερε κανέναν και όλοι ήταν αρκετά μεγαλύτεροί του, ένιωσε να ασφυκτιά. Σκέφτηκε ότι έπρεπε να φύγει από κει γιατί «κι αυτό μια φυλακή είναι». Στο μυαλό του μάλιστα σχηματίστηκε και το σχέδιο δράσης. Θα δραπέτευε από την πίσω αυλή, θα έπαιρνε τον δρόμο προς τα κάτω, όπως με τον θείο του, για να βγει στη λίμνη, θα έμπαινε σε ένα καραβάκι κι αυτό θα τον πήγαινε μακριά όπου δε θα τον έβρισκε κανείς. Έτσι τον πήρε ο ύπνος. Κάνοντας σχέδια για το φευγιό του, που αυτή τη φορά έπρεπε να είναι πιο οργανωμένο. Κι έπρεπε να τους προλάβει πριν τον στείλουν κάπου αλλού και τον κλείσουν πάλι μέσα.

Άκουγε σφυρίγματα καραβιών, νερά να παφλάζουν, ανθρώπους να μιλάνε δυνατά και να γελάνε, έβλεπε τον πυκνό καπνό από την καμινάδα και τα πουλιά να τρέχουν πάνω από το πλοίο, όταν ένιωσε ένα δυνατό σκούντημα. Νόμιζε ότι τον σπρώχνουν για να πέσει στο νερό κι έβγαλε μια δυνατή φωνή, ανοίγοντας ταυτόχρονα τα μάτια του. Είδε αγουροξυπνημένος και τρομαγμένος ένα παιδί από τον θάλαμο που κουνούσε τα χέρια του λέγοντάς του: «Σήκω τώρα! Σε περιμένει στο γραφείο ο κύριος Γαλανός και είπε να πας αμέσως!».

Ποτέ δεν του άρεσαν οι υποδείξεις, αλλά αυτή τη φορά, βλέποντας εκείνον τον αγριεμένο από πάνω του, υπάκουσε. Ήταν σίγουρος ότι θα τον έβαζαν σε κάποιο λεωφορείο και μετά σε κάποιο καράβι και θα τον έστελναν κάπου αλλού. Η πρώτη σκέψη που του ήρθε στο μυαλό ήταν ότι, γυρίζοντας να μαζέψει τα πράγματά του, θα την κοπανούσε αμέσως από την πίσω αυλή, κι ώσπου να τον ψάξουν και να καταλάβουν ότι λείπει, θα έμπαινε στο καραβάκι της λίμνης και θα έφευγε μακριά. Σέρνοντας λοιπόν τα πόδια του, που είχαν βγάλει φουσκάλες από το χθεσινό περπάτημα, γιατί τα παπούτσια τον στένευαν, έφτασε ως το γραφείο του Γαλανού, που τον περίμενε έξω από την πόρτα κι αυτό του έκανε μεγάλη εντύπωση. Κι ακόμα μεγαλύτερη που του χαμογελούσε. Σκέφτηκε μήπως ήταν όνειρο, όπως τόσα και τόσα που έβλεπε στον ύπνο του. Αλλά όταν τον πήρε αγκαλιά, κατάλαβε ότι είχε ξυπνήσει.

«Σε περιμένει μια μεγάλη έκπληξη! Η πιο μεγάλη!»

Το μυαλό του πήγε αμέσως στο άγνωστο δρομολόγιο που τον περίμενε, αλλά ο Γαλανός είχε να του πει κι άλλα.

«Θέλω να δώσεις μια μεγάλη αγκαλιά στην... έκπληξη, γιατί ανησυχεί και δε θέλει να...»

«Πάμε!» του είπε διακόπτοντάς τον.

«Σε περιμένει. Πήγαινε μόνος σου, εγώ θα γυρίσω σε λίγο, έχω μια δουλειά».

Μπήκε στο γραφείο διστακτικά και, μόλις πάτησε μέσα το πόδι του, μαρμάρωσε! Απέναντί του, όρθια και κλαμένη, στεκόταν η μάνα του! Ναι, αυτή ήταν, την αναγνώρισε με την πρώτη ματιά. Είχαν αλλάξει τα μαλλιά της, ήταν πιο γεμάτη, είχε μεγαλώσει, αλλά σίγουρα ήταν αυτή. Και πρόλαβε να την αναγνωρίσει πριν τον αρπάξει και τον κλείσει στην αγκαλιά της, νιώθοντας στα μαλλιά του τα δάκρυά της. Αναγνώρισε και τη φωνή της, που του φάνηκε λίγο πιο χοντρή.

«Αγόρι μου, παιδί μου, Φώτη μου, ψυχή μου!»

Ένιωσε και τα δικά του δάκρυα να αυλακώνουν το πρόσωπό του, να το καίνε, να το μουσκεύουν. Ήθελε να της πει ότι την αγαπάει, να της πει κι ότι τη μισεί, να της φωνάξει ότι δε θέλει να τον ξαναπλησιάσει ποτέ, να ουρλιάξει να μη χωρίσουν ξανά. Όλα ανάκατα μέσα του, όλα, ακόμα και το στομάχι του που σφιγγόταν κι η καρδιά του που έπαιζε ταμπούρλο όπως αυτό το μεγάλο δίπλα στη Φιλαρμονική.

Έμπηξε τα νύχια του από λαχτάρα στο δέρμα της, κι ήταν μαζί αγάπη και μίσος, αγαλλίαση και πόνος, χαρά και λύπη, ήταν ο ίδιος ένας στεναγμός που ακουγόταν ως τη λίμνη και το βουνό, τον Ζηρό και το Αηδονοχώρι, την Κεφαλονιά, ολούθε.

«Φώτη μου, αγάπη μου, πώς μεγάλωσες; Άντρας έγινες! Και όμορφος άντρας!» του είπε η Σοφία, που δε σταμάτησε να τον αγγίζει και να τον κοιτάει μέσα στα μάτια.

Τη φοβόταν πολύ αυτή τη συνάντηση, με τον Μήτσο να την έχει προειδοποιήσει ότι θα έβλεπε μπροστά της ένα αγρίμι. Πήγε και τη συνάντησε αμέσως μόλις άφησε τον Φώτη στο οικοτροφείο κι ήταν πολύ ανήσυχος.

«Δεν είναι σαν τον Σπύρο. Αυτός βράζει, είναι εκρηκτικός, σκέφτεται και μιλάει σαν μεγάλος, δεν είναι διπλωμάτης, θα σου πει στα μούτρα αυτό που αισθάνεται. Έπρεπε να το είχαμε κάνει νωρίτερα, ήταν λάθος...»

Ήταν σαν να της έδωσε δέκα μαζεμένα χαστούκια και να της έκλεισε ταυτόχρονα μύτη και στόμα. Έχασε την ανάσα της.

Και την έπιασε πανικός την άλλη μέρα όταν διαπίστωσε ότι ήταν αδύνατο να φύγει, γιατί η κυρά της είχε τραπέζι σε κάτι παπάδες και έπρεπε να είναι εκεί για να ετοιμάσει, να σερβίρει, να πλύνει πιάτα και να συγυρίσει. Αλλά ένιωσε ανακούφιση όταν έμαθε ότι την επομένη η Όλγα είχε πρόβα στη ράφτρα της κι αυτές οι πρόβες κρατούσαν ώρες ατέλειωτες, πολλές φορές ως αργά το μεσημέρι. Έτσι θα μπορούσε να φύγει ανενόχλητη. Αλλά κι έτσι να μην ήταν, είχε αποφασίσει να πάει πάση θυσία. Κάτι θα έβρισκε να πει.

Τα έβαλε με τον εαυτό της που δεν το είχε κάνει νωρίτερα, που δε βρήκε το σθένος να το κάνει, που παρέμενε έτσι άβουλη, ένα βουβό πλάσμα που δεν είχε θάρρος, γνώμη, θέληση, άποψη, μόνο υπάκουε τυφλά σκύβοντας πάντα το κεφάλι. Κι είχε σκεφτεί πολλές φορές ότι ήταν άχρηστη κι ανίκανη, ανήμπορη να διαχειριστεί οτιδήποτε, ένα ξύλο απελέκητο, ένα κούτσουρο.

Έχοντας πια τον Φώτη απέναντί της, τα παραμέρισε όλα, τα άφησε στην άκρη, άκουγε μόνο τον χτύπο της καρδιάς της κι ένιωθε μια μικρή ζαλάδα αντικρίζοντάς τον. Αλλά οι κεραυνοί ήρθαν χωρίς προειδοποίηση.

«Μεγάλωσα, ε; Και πού ήσουν εσύ να με δεις; Πού ήσουν να με ρωτήσεις πώς περνάω; Πού ήσουν να μάθεις αν είμαι καλά; Ε; Πού ήσουν;» Έτρεμε ολόκληρος, έτρεμαν σαγόνι και χέρια, έτρεχαν τα δάκρυα, ήταν όλος μια πληγή.

Το κλάμα της Σοφίας θα ράγιζε και μάρμαρο. Γιατί όταν επιχείρησε να τον πάρει αγκαλιά, εκείνος τραβήχτηκε απότομα και στάθηκε μακριά της. «Σ' αγαπάω, καρδιά μου, και θα σ' αγαπάω μέχρι να πεθάνω», είπε μέσα σε αναφιλητά, αλλά οι κεραυνοί ήταν ασταμάτητοι.

«Αυτό είναι αγάπη; Το τίποτα; Εγώ σηκωνόμουν μέσα στη νύχτα για να ταΐσω το σκυλί μου, την Κανέλα, της έδειχνα πόσο την αγαπώ. Εσύ τι μου έδειξες; Πού ήσουν;»

Τα αναφιλητά της δεν τον φρέναραν καθόλου, ενώ οι φωνές του όλο και δυνάμωναν.

«Γιατί με άφησες; Πες μου! Γιατί; Δεν καταλαβαίνω! Γιατί;»

Κι ήταν τέτοια η ένταση στη φωνή αλλά και στο πρόσωπό του, τόσο αμείλικτα τα ερωτήματά του, τόσο καταιγιστικές οι απορίες του, ώστε η Σοφία δεν άντεξε το σφυροκόπημα που δεχόταν από τον γιο της αλλά και στα μηνίγγια της. Ένιωσε μια έντονη σκοτοδίνη και, πριν προλάβει να κρατηθεί από το γραφείο του κυρίου Γαλανού, σωριάστηκε στο έδαφος.

Ο Φώτης πανικοβλήθηκε κι ήταν σαν να γύρισε ένας διακόπτης μέσα του. «Μανούλα μου, μανούλα μου!» της φώναξε δακρυσμένος όπως την αγκάλιαζε στο πάτωμα κι αμέσως ξεσήκωσε τον κόσμο: «Κύριε Γαλανέ, κύριε Γαλανέ, βοήθεια!».

Όταν ο διευθυντής μπήκε στο γραφείο του και είδε τη γυναίκα σωριασμένη, γύρισε απότομα στον Φώτη, τον άρπαξε από το αυτί και του είπε αγριεμένος: «Τι της έκανες, ρε; Πες μου! Τι της έκανες;». Ήταν σίγουρος ότι αυτό το αγρίμι με κάτι την είχε χτυπήσει.

«Τίποτα, τίποτα, δεν της έκανα τίποτα, το ορκίζομαι! Μόνη της έπεσε! Σώστε τη μανούλα μου και μετά ας με δείρετε!»

Με λίγες μαλάξεις στο στήθος και στα χέρια από την κυρία Διαλεχτή τη μαγείρισσα, μια ξυσμένη φλούδα λεμονιού στη μύτη κι ένα κρύο πανί στο κεφάλι, η Σοφία άνοιξε τα μάτια της. Πέρασαν μερικά δευτερόλεπτα ώσπου να καταλάβει τι είχε συμβεί, κι όταν είδε τον Φώτη βουρκωμένο, σηκώθηκε απότομα από το έδαφος.

«Κάτσε κάτω, βρε χριστιανή μου, θες να ξαναλιποθυμήσεις; Μπορεί να σου έπεσε η πίεση. Κάνε μου τη χάρη και μείνε κάτω μέχρι να συνέλθεις!» τη μάλωσε η Διαλεχτή.

«Φώτη μου...» είπε εκείνη άψυχα, με τα μάτια του γιου της να λαμπυρίζουν. «Μη φοβάσαι, δεν έχω τίποτα, μόνο λίγο ζαλίστηκα. Εσύ είσαι καλά;»

Της έγνεψε καταφατικά και της χάιδεψε το χέρι, αυτό που λίγο νωρίτερα ήθελε να τσακίσει από τον θυμό του. Ακόμα κι αν τον γύριζε η ίδια στον Μουστάκια-Μπαγάσα, δεν ήθελε να την ξαναδεί έτσι στη ζωή του. Ποτέ! Έψαξε τις τσέπες του κι ύστερα της είπε θριαμβευτικά: «Θες μια καραμέλα; Δε θα σε ζαλίσει! Μου την έδωσε ο κύριος επιστάτης».

Εκείνη χαμογέλασε κι ήταν η πρώτη φορά που της συνέβαινε αυτή την τόσο δύσκολη μέρα. «Να τη φας εσύ. Και σε λίγη ώρα, αν συμφωνεί και ο κύριος Γαλανός, θα πάμε μαζί να σου πάρω όσες θες για να δώσεις και στα άλλα παιδιά. Και πορτοκαλάδα! Και ό,τι άλλο θες...»

Η παιδική του ψυχή, που επί χρόνια γδερνόταν σε άγρια βράχια, κολύμπησε σε καταγάλανα νερά. Κοίταξε με ένα παρακλητικό βλέμμα τον κύριο Γαλανό.

Εκείνος έβηξε, κοίταξε τη Σοφία και είπε: «Βεβαίως να

πάτε. Και να περάσετε πολύ ωραία και να βρείτε τις καλύτερες καραμέλες».

Τις είχε στερηθεί τόσο, που θα μπορούσε να τρώει ως τα βαθιά του γεράματα!

Πέρασε λίγη ώρα μέχρι να συνέλθει εντελώς η μάνα του –και του φάνηκε ότι της έδωσαν να φάει αλάτι– και κίνησαν για τη λίμνη, ακολουθώντας το ίδιο δρομολόγιο που είχε κάνει με τον Μήτσο.

Την παρατηρούσε προσεκτικά. Φορούσε καλά παπούτσια και καλά ρούχα, τα χέρια της δεν ήταν τόσο σκληρά όσο στο χωριό, κρατούσε και τσάντα, είχε και ένα μαντίλι στον λαιμό. Πόσο διαφορετική του φαινόταν σε σχέση με την προηγούμενη φορά. Αναρωτήθηκε στη διαδρομή πού τα βρήκε όλα αυτά, αλλά ήταν το λιγότερο που τον απασχολούσε. Μπορεί κάποιος να της τα είχε δώσει, όπως έδωσαν σ' εκείνον μακρύ παντελόνι, μπλούζα και παπούτσια, έστω κι αν τον στένευαν.

Φαινόταν να ξέρει καλά την πόλη, γιατί του έδειχνε διάφορα πράγματα και του εξηγούσε τι ήταν το καθένα. Ήξερε ακόμα και το σπίτι του Αλή Πασά, λέγοντάς του ότι κάποτε διαφέντευε όλη την περιοχή και είχε αμύθητα πλούτη.

Από τη μια του άρεσαν όλα αυτά –και θυμήθηκε τον Πασχάλη που του έλεγε τέτοιες ιστορίες– αλλά από την άλλη θύμωνε κιόλας. «Γιατί με άφησε τόσο καιρό; Πόσα έχασα...» αναρωτιόταν. Σκέφτηκε επίσης μήπως ήταν συνεννοημένοι με τον Μήτσο, γιατί τον πήγε στο ίδιο ζαχαροπλαστείο, εκεί με τις σοκολατίνες και τις νουγκατίνες, αλλά ούτε αυτό τον ένοιαζε. Όταν όμως τον ρώτησε πώς πέρασε, ο ασκός με τον θυμό του άνοιξε.

«Πώς να περάσω... Με έδερναν, με έδεναν στο δέντρο και με έφτυναν, με τιμωρούσαν, με έβαζαν στο σκοτάδι, μου έλεγαν ότι είμαι κακός και άσχετος, με έβαζαν να δουλεύω, με άφηναν να κρυώνω, δε θέλω να ξαναδώ κανέναν, μόνο τον Διονύση και τον Μάρκο. Όλους τους άλλους θέλω να τους γεμίσω φτυσιές!»

Η Σοφία ταράχτηκε πολύ, κι όταν διαπίστωσε ότι στο μαγαζί ήταν και δύο χωροφύλακες που έπιναν καφέ σε ένα κοντινό τραπεζάκι, του ζήτησε να μιλάει πιο σιγά.

«Όπως θέλω θα μιλάω! Δε φοβάμαι κανέναν!» της είπε θυμωμένος, και την έκανε να τρέμει ακόμα περισσότερο.

Έχοντας τον φόβο να μη γίνει κάτι, πλήρωσε γρήγορα, τον πήρε από το χέρι και βγήκαν από το ζαχαροπλαστείο, γιατί σκέφτηκε ότι δεν ήθελε και πολύ να μπλέξουν οι χωροφύλακες και να έχουν άλλα τρεχάματα.

«Γιατί φεύγουμε; Δε σου αρέσουν αυτά που λέω;» της είπε με σοβαρό ύφος.

Είχε καταλάβει ότι δεν έπρεπε να τον θυμώσει, κι αυτά που άκουσε πριν δικαιολογούσαν κάθε θυμό του. Κάθισαν σε ένα παγκάκι μπροστά στη λίμνη, κι όταν επιχείρησε να τον πάρει αγκαλιά, εκείνος τραβήχτηκε. Ήθελε να του πει πόσο υπέφερε, πόσο δυστυχισμένη ήταν, πόσες νύχτες δεν κοιμήθηκε με τη σκέψη του, πόσες μέρες σκούπιζε τα δάκρυά της. Σκέφτηκε ότι δεν είχε νόημα να το κάνει σε ένα παιδί που ήταν φορτωμένο με τόση πίεση. Μόνο οι αλήθειες της θα μπορούσαν να τον μαλακώσουν κάπως.

«Άκου, Φώτη, τώρα που είσαι πιο μεγάλος, μπορείς να καταλάβεις μερικά πράγματα. Με ρώτησες πολλές φορές γιατί. Με ρώτησες πώς το έκανα. Μου είπες ότι...»

Εκείνος έπαιζε με το κορδόνι του παπουτσιού του, δίχως να την κοιτάει καν. Ίσως και να μην την άκουγε. Έτσι η Σοφία σταμάτησε να μιλάει για να διαπιστώσει αν όντως την άκουγε.

Και τότε γύρισε το κεφάλι του προς το μέρος της. «Σου είπα ότι;»

«Θέλεις να σου πω; Θέλεις να με ακούσεις;»

«Ναι».

«Στο χωριό τα πράγματα ήταν πολύ δύσκολα. Δεν είχαμε ούτε φαΐ. Δυσκολευόμασταν πολύ, κι εγώ –όπως κι η γιαγιά βέβαια– ανησυχούσαμε για το πώς θα μεγαλώσετε. Ήταν η μεγάλη μας αγωνία. Κάθε μέρα. Δεν ξέρω αν θυμάσαι, αλλά υπήρχαν μέρες που δεν είχα να σας δώσω τίποτα. Και βράδια που πέφτατε για ύπνο νηστικά. Ήσασταν σε κακή κατάσταση, το έβλεπαν όλοι στο χωριό, θα αρρωσταίνατε. Η μοναδική λύση για να καταφέρετε να μείνετε στα πόδια σας ήταν να πάτε εκεί. Θα είχατε σίγουρο φαγητό και ύπνο, θα μαθαίνατε πρ...»

«Σταμάτα! Εκεί όπου πήγα εγώ ήταν τιμωρία! Σου είπα! Με δέρνανε, με φτύνανε, με τιμωρούσαν, με φόβιζαν. Αυτό ήθελες;»

Τα μάτια της πλημμύρισαν από δάκρυα κι ένα τρέμουλο στο χέρι της πρόδιδε τη μεγάλη ταραχή της. «Δεν ήξερα, κανένας δεν ήξερε...»

«Δε σε πιστεύω! Οι μεγάλοι ξέρουν! Αλλά γιατί δεν ήρθες; Τα άλλα παιδιά είχαν επισκέψεις. Κι ο Διονύσης κι όλοι!»

Μέσα σε αναφιλητά, αδιαφορώντας αυτή τη φορά για το αν τους βλέπουν ή τους ακούνε, συνέχισε να προσπαθεί να τον κάνει να καταλάβει. «Μου πρότειναν να πιάσω μια δουλειά εδώ στα Γιάννενα. Σκέφτηκα ότι έτσι θα μάζευα λεφτά για να μπορέσω μετά να σας πάρω και να γυρίσουμε στο χωριό. Αλλά ήταν σκληρή αυτή η δουλειά και...»

«Τι δουλειά;» τη διέκοψε.

«Πώς να σ' το πω... Παραδουλεύτρα...»

«Τι είναι αυτό;»

«Είμαι σε ένα σπίτι και...»

«Αυτό το ξέρω! Μου το είπε ο αδελφός σου».

«Ναι. Είμαι σε ένα σπίτι και καθαρίζω, σκουπίζω, σφουγγαρίζω, μαγειρεύω, πλένω, κάνω όλες τις δουλειές. Όλη μέρα! Έχω ένα μικρό δωματιάκι και κοιμάμαι εκεί».

«Και; Δεν μπορούσες μια φορά να έρθεις να με δεις; Τι σε έχουν; Φυλακή;»

«Κάπως έτσι...»

«Κι εσύ κάθεσαι; Τι κάθεσαι; Γιατί δεν έφευγες; Κλειδωμένη σε έχουν;»

«Δε γινόταν να φύγω. Αλλά σίγουρα θα το έκανα τώρα που ήρθες εδώ στην πόλη, το σκεφτόμουν συνέχεια. Κι έκανα υπομονή να μαζέψω λεφτά, τα χρειαζόμαστε, δεν μπορούμε να ζήσουμε αλλιώς».

«Και μάζεψες;»

«Κάτι λίγα, δε μου δίνουν και πολλά».

«Δηλαδή τώρα θα με πάρεις;»

Μαγκώθηκε, δαγκώθηκε, άλλαξε δέκα χρώματα, ένιωσε σαν να την πέταξαν στην παγωμένη λίμνη. «Σύντομα θα γίνει κι αυτό... Θέλω λίγο ακόμα για να μπορούμε να το κάνουμε...»

Το πρόσωπό του πέτρωσε, ένιωσε να στεγνώνει το στόμα του. Ανέβασε τα δυο του πόδια στο παγκάκι κι ακούμπησε το κεφάλι του στα γόνατα. Ένας γλάρος έφυγε με ταχύτητα διασχίζοντας τη λίμνη. Δε σήκωσε καν το βλέμμα του να δει την εντυπωσιακή πτήση.

Η Σοφία κατάλαβε την τεράστια απογοήτευσή του. Πιθανόν και να πίστευε μέσα του ότι με την εμφάνισή της θα τελείωνε η ιστορία με τα οικοτροφεία.

«Άκουσέ με, Φώτη...»

«Γιατί; Έχεις να μου πεις κι άλλα;»

«Ναι. Σου υπόσχομαι ότι τώρα όλα θα είναι αλλιώς. Αλήθεια! Κοίτα, θα έρχεσαι μερικά βράδια να κοιμάσαι μαζί μου, κάποιες φορές θα έρχομαι κι εγώ. Θα είναι αλλιώς. Θα με βλέπεις και θα σε βλέπω...»

Ένα μικρό φως άστραψε στο μυαλό του. «Αλήθεια λες;»

«Αλήθεια, Φώτη μου! Όσα σου είπα είναι αλήθεια!» του είπε και τον πήρε αγκαλιά. Κούρνιασε μέσα της κι έκλεισε τα μάτια του για να ονειρευτεί το κρεβάτι όπου θα κοιμόταν με τη μάνα του.

Ξαφνικά, ούτε κατάλαβε πώς, ένιωσε να ανασαίνει καλύτερα. Σαν να έφυγε μια πέτρα από μέσα του. «Μου το υπόσχεσαι;»

«Ναι, Φώτη μου, σ' το υπόσχομαι!»

Σκούπισε τα κλαμένα μάτια της και ξεκίνησε για να υλοποιήσει αυτό που του υποσχέθηκε στο οικοτροφείο. Μπήκαν σε ένα μπακάλικο και του πήρε δυο σακουλάκια καραμέλες αλλά και μπισκότα, δυο σοκολάτες και ένα μπουκάλι με συμπυκνωμένο χυμό πορτοκάλι.

«Μην το πιεις έτσι, θα βάζεις λίγο σε ένα ποτήρι και μετά θα το γεμίζεις με νερό, εντάξει;»

«Ναι, μάνα μου, ναι!»

Ύστερα περπάτησαν ως το σπίτι όπου δούλευε. Τα παντζούρια ήταν κλειστά, άρα δεν είχε γυρίσει κανένας, όπως το περίμενε δηλαδή.

«Να, εδώ δουλεύω. Πίσω από την πόρτα, δεξιά, είναι το δωμάτιό μου. Θυμάσαι να έρθεις; Θα παίρνεις αυτόν τον δρόμο, όπως ήρθαμε από το μπακάλικο. Θα σου δείξω τώρα που θα σε γυρίσω πίσω».

«Και πώς θα μπαίνω;»

«Θα έχω πάντα ανοιχτό το παράθυρο. Θα είναι βράδυ και δε θα σε βλέπει κανείς. Τα αφεντικά μου θα κοιμούνται, πέφτουν νωρίς, θα σε βάζω εγώ μέσα».

«Και δε φοβάσαι;»

«Όχι, αυτό όχι...»

Εκείνο το βράδυ έκαναν και οι δυο τον καλύτερο ύπνο, μια μακαριότητα που έλειπε εντελώς από τη ζωή τους. Το σβηστό φως στις ψυχές τους άναψε...

16

ΕΝΑΝ ΚΟΚΚΙΝΟ ΟΥΡΑΝΟ, σαν να αιμορραγούσε, αντίκρισε ο Φώτης όταν ξύπνησε στον θάλαμο εννέα, εκεί όπου τον έβαλαν μαζί με τους μεγαλύτερους. Θεωρούσαν ότι απέναντι σε πιο μεγάλα παιδιά δε θα ήταν οξύθυμος και θα αναγκαζόταν να υποταχτεί. Μάλιστα, στον συγκεκριμένο θάλαμο ήταν οι λεγόμενοι «σκληροί», αυτοί με τους οποίους κανένας δε θα ήθελε να συγκρουστεί.

Ο Φώτης κοιμήθηκε με μια ζεστασιά μέσα του, αφού η συνάντηση με τη μάνα του, και κυρίως οι προσδοκίες ότι θα αντάμωναν πολύ σύντομα, τον έκαναν να νιώθει πια καλύτερα. Είχε όμως ριζώσει στην ψυχή του η ανυπομονησία, αυτή που σπρώχνει βουνά και τα βάζει με τα κύματα. Γιατί όταν η Σοφία τον γύρισε στο ίδρυμα, του είπε ότι, αν τα κατάφερνε, θα πήγαινε να τον δει και την επόμενη μέρα, έστω και λίγη ώρα. Μ' αυτή τη σκέψη λοιπόν ξύπνησε χάραμα, σπρωγμένος από την αδημονία του που δεν τον άφηνε να μείνει στο κρεβάτι.

Είχε συνηθίσει πια να κινείται στο σκοτάδι, δίχως να χρειάζεται ιδιαίτερο φως. Από τον Ζηρό έμαθε να χαρτογραφεί τον χώρο, κι αυτό το χρωστούσε στον παλιό του επιτηρητή, τον Νικήτα, που του έλεγε ότι όποιος ξέρει πού πατάει είναι πιο εύκολο να αποφεύγει τα εμπόδια.

Η τραπεζαρία ήταν ακόμα κλειστή, όπως και τα εργαστήρια, κι έτσι δεν είχε πού να πάει για να καθίσει. Κι ήταν κλειδωμένο κι εκείνο το γραφείο των συσκέψεων με τις μεγάλες καρέκλες, οπότε ούτε εκεί μπορούσε να σταθεί.

Χάζευε λοιπόν από δω κι από κει, έβλεπε από την τζαμαρία τον κόκκινο ουρανό και μάτωνε η ψυχή του. *Πότε επιτέλους θα φύγω από δω μέσα; Δεν μπορώ άλλο, δεν αντέχω...* Σκεφτόταν πόσο σκληρά ήταν τα χρόνια που πέρασαν. Και τώρα, περισσότερο από ποτέ, νοσταλγούσε το χωριό του, το μόνο μέρος όπου αισθανόταν ελεύθερος. Αυτό του ήρθε στον νου αντικρίζοντας τον κόκκινο ουρανό· να είναι στο Αηδονοχώρι, να τρέχει γύρω γύρω, να κατεβαίνει στα ποτάμια, να φτάνει ως τη γέφυρα, στο Μπουραζάνι, να πηγαίνει και στο Μολυβδοσκέπαστο και να τρώει λουκούμια και μετά να πίνει κρύο νερό από την πηγή.

Αλλά ύστερα, γυρίζοντας στο σπίτι, ονειρευόταν να βρει εκεί τη μάνα του, τον αδελφό και τη γιαγιά του, και να είναι όλα όπως παλιά, μόνο με γέλια και χαρές, κι ας έτρωγαν χυλό ή νερωμένες φακές. Κι αν ήταν τυχεροί, να έτρωγαν και ψωμί ζυμωμένο και ψημένο από τη γιαγιά. *Πόσο ωραία μύριζε! Και πόσο νόστιμη η ψίχα, γέμιζε το στόμα μου!* σκέφτηκε. Άρχισαν να του τρέχουν τα σάλια από τις σκέψεις αυτές, νόμιζε ότι μύριζε το ψωμί της γιαγιάς του, αυτό που τρέλαινε όλη τη ρούγα. Δεν είχε ξαναφάει ποτέ κάτι παρόμοιο όπου κι αν πήγε, αλλά τούτη την ώρα κάτι έπρεπε να φάει, καθώς άκουγε την κοιλιά του να γουργουρίζει. *Τι χαζός που είμαι! Έχω τα μπισκότα και τις σοκολάτες της μάνας μου!* σκέφτηκε και χάρηκε τόσο πολύ.

Το μπλε στον ουρανό είχε νικήσει το κόκκινο κι είχε πια απλωθεί θριαμβευτικά παντού, ακόμα και στην ψυχή του, που εκείνη τη στιγμή ονειρευόταν μόνο τα μπισκότα. Είχε ξυπνήσει η μέρα κι ο κόσμος μαζί της· η Διαλεχτή που άνοιξε το εστιατόριο, οι τεχνίτες, οι κάλφες και οι συμμαθητές του. «Να μια όμορφη μέρα που θα γίνει καλύτερη αν έρθει κι η μάνα μου από δω», μονολόγησε.

Αλλά ένιωσε καταραμένος μέσα στα επόμενα λεπτά, αφού, όπως σκέφτηκε, καμιά μέρα δεν είναι καλή τελικά. Γιατί μπαίνοντας στον θάλαμο εννέα, είδε ένα τσούρμο παιδιά πάνω από το κρεβάτι του. Κι όχι μόνο γελούσαν δυνατά, αλλά έτρωγαν και τα μπισκότα, τις σοκολάτες και τις καραμέλες του, βγάζοντας ήχους ικανοποίησης. Τρελάθηκε όταν είδε ότι είχαν εξαφανίσει τα πράγματα που του πήρε η μάνα του. Μόνο τα χαρτάκια είχαν απομείνει, απομεινάρια μιας ήττας του.

«Τι κάνετε, ρε;» ούρλιαξε με τεντωμένες φλέβες, και δίχως να περιμένει απάντηση, δίχως να υπολογίσει τίποτα, δίχως να μετρήσει μπόι, ρώμη και χρόνια, όρμησε στον πρώτο που στεκόταν μπροστά του και γελούσε, κλοτσώντας τον με δύναμη στο καλάμι.

Ουρλιάζοντας από το ξαφνικό χτύπημα, ο Ανέστης τού έδωσε έναν φούσκο στο πρόσωπο, με τα δάχτυλά του ν' αφήνουν αποτύπωμα στο μάγουλο του Φώτη. Έπεσε στο πάτωμα αλλά τινάχτηκε πάνω αμέσως, σαν κουρδισμένος, και κουνώντας χέρια και πόδια, και φτύνοντας όποιον τον πλησίαζε, έψαχνε εκδίκηση. Ένας απέναντι σε όλους!

Με το μίσος να ξεχειλίζει στην ψυχή του, έριχνε μισό χτύπημα και δεχόταν πέντε, χωρίς να σταματήσει να βρίζει, αφρίζοντας από θυμό. Κι όταν επιχείρησε να αρπάξει μια καρέκλα για να την πετάξει, έφαγε μια τόσο δυνατή μπουνιά που δεν πρόλαβε ούτε αστράκια να δει. Το τράκο του με τη ράχη ενός σιδερένιου κρεβατιού τον άφησε ακίνητο και κόκκινο, σαν τον ουρανό νωρίτερα.

Δεν ήξερε καν πόσο έμεινε λιπόθυμος, πώς του έφυγαν δυο δόντια, πόσο μεγάλη έγινε η μύτη του, ήξερε μόνο ότι πάλι πονούσε παντού κι ότι εκεί στο αναρρωτήριο που ξύπνησε κρύωνε πολύ.

Μια νοσοκόμα, που τον είδε να κουνιέται, του έβαλε κι αυτή τις φωνές. «Εμ, τι θες και προκαλείς τους μεγάλους; Έτσι θα σε άφηναν με τόσες βρισιές που τους είπες; Πήγες γυρεύοντας!»

Ήθελε να της αραδιάσει όσες βρισιές είχε μάθει αλλά δεν είχε κουράγιο. «Φύγε από δω, χοντρή!» είπε μόνο, νιώθοντας το σαγόνι του να πονάει όσο και η μύτη του.

«Κακομοίρη μου, τα ζητάει ο οργανισμός σου! Κι όταν σε δει ο κύριος Γαλανός, θα τις ξαναφάς!» του απάντησε με ένταση, κι ήταν σαν να φτύνει έτσι όπως του μιλούσε.

Αισθάνθηκε τα δάκρυα στα μάτια του και δεν ήξερε αν ήταν από τον πόνο ή από τον θυμό. Κι ήξερε ότι για ακόμα μια φορά δεν ήταν αυτός που ξεκίνησε τον καβγά. «Μάνα μου!» είπε μέσα του, κι άφησε τα δάκρυά του να κυλήσουν. Ένιωθε μεγάλη εξάντληση, κι έτσι, δίχως να το καταλάβει, αποκοιμήθηκε στον άδειο θάλαμο του αναρρωτηρίου.

Ξύπνησε όταν η κυρία Μαρκέλλα, που νωρίτερα του είχε καθαρίσει με βαμβάκι και οξυζενέ τα αίματα από το πρόσωπο, τον σκούντησε για να του βάλει θερμόμετρο.

«Βρε, εσύ καις! Δε νιώθεις καλά;»

Του μιλούσε ήρεμα, όχι σαν την άλλη, την Ελπινίκη, κι έτσι δεν αντέδρασε. Ένιωσε όμως ότι τουρτούριζε, και, παρά τους πόνους στο σώμα του, κουνούσε όσο μπορούσε τα πόδια του για να ζεσταθεί.

«Ψήνεσαι! Έχεις σαράντα πυρετό!» συνέχισε η Μαρκέλλα. Του έδωσε ένα Αλγκόν και του έβαλε μια κομπρέσα στο μέτωπο. «Σε λίγο θα είσαι καλύτερα. Κουκουλώσου και κοιμήσου...» τον προέτρεψε.

Αν υπήρχε... πενήντα πυρετός, τόσο θα έφτανε, όταν λίγα λεπτά μετά, κι ενώ είχε κουρνιάσει, είδε να μπαίνει φουριόζος στο αναρρωτήριο ο κύριος Γαλανός με σκοτεινιασμένη όψη.

«Τι θα γίνει μ' εσένα, θα είσαι ο μόνιμος μπελάς; Μαζί σου θα ασχολούμαστε όλη μέρα;» του φώναξε, κι αμέσως ανέβασε κι άλλο τον τόνο της φωνής του: «Νομίζεις ότι μπορείς να βρίζεις και να χτυπάς όποιον θέλεις; Να φτύνεις και να πετάς καρέκλες; Εδώ δεν είναι το χωράφι σου και θα μάθεις τρόπους, θες δε θες! Και, να το ξέρεις, από σήμερα είσαι τιμωρημένος. Όταν βγεις από δω, θα μάθεις την ποινή σου».

Ο Φώτης ήταν ήδη θολωμένος, αλλά θόλωσε κι άλλο με όσα άκουσε. «Άσε μας, ρε!» απάντησε με θράσος.

Ακόμα ένα χαστούκι προσγειώθηκε στο πρόσωπό του.

«Ποιον είπες "ρε", τον φίλο σου; Θα σε τσακίσω! Γιατί εσύ δεν παίρνεις από λόγια! Μακάρι να έβρισκα τη μάνα και τον θείο σου να τους τα πω ένα χεράκι, αλλά είναι άφαντοι. Τέλος τα συγχωροχάρτια! Ή προσαρμόζεσαι ή φεύγεις και δε με νοιάζει και πού θα πας!»

Έβραζε μέσα του, κι αυτή τη φορά σίγουρα δεν έφταιγε ο πυρετός. Και δεν είχε και σάλιο να τον φτύσει, το στόμα του είχε στεγνώσει τελείως. Κι όταν έφυγε ο Γαλανός, ο Φώτης πέταξε τη λέξη που έλεγαν όλοι και που άκουγε παντού: «Άντε, ρε μαλάκα, ε μαλάκα!».

Τρεις μέρες έμεινε στο αναρρωτήριο και σιχάθηκε τον φιδέ και τον λαπά, κι εκείνα τα χάπια που του έδιναν να πιει και τον έπιανε το στομάχι του. Ευτυχώς του είχαν δώσει δεύτερη κουβέρτα κι έτσι έπαψε να κρυώνει.

Σκεφτόταν πολύ το πώς θα αντιμετώπιζε εκείνα τα παιδιά που τον έδειραν αλλά και ποια μπορεί να ήταν η τιμωρία που του είπε ο Γαλανός, με το μυαλό του όμως να βασανίζεται και από κάτι ακόμα. Τι σήμαινε ότι ήταν άφαντοι η μάνα του κι ο θείος του; Δηλαδή; Ό,τι κι αν σήμαινε, δε θα ρωτούσε ποτέ τον Γαλανό, που δεν ήθελε να τον ξαναδεί στα μάτια του. Γιατί όπως σκέφτηκε, αντί να ρωτήσει να μάθει τι έγινε στον θάλαμο, τα έβαλε μαζί του κι όχι μ' αυτούς που τον έδειραν. *Παντού σαν τον Ζηρό...* σκέφτηκε πικραμένος.

Όταν η κυρία Μαρκέλλα επιβεβαίωσε ότι ήταν πια απύρετος κι ότι θα μπορούσε να γυρίσει στον θάλαμο, ο Φώτης είχε μια ταραχή μέσα του.

Τώρα πού θα με βάλουν; Ωστόσο υπήρχε και κάτι χειρότερο το οποίο ούτε που φανταζόταν. Μόλις ετοιμάστηκε να βγει από το αναρρωτήριο, τον περίμενε ο κύριος Χαιρετάκης, ένας γυμναστής με λεπτό μουστάκι που δε σήκωνε πολλά πολλά.

«Έλα μαζί μου», του είπε στεγνά και τον οδήγησε στο κουρείο. Τον κάθισαν στην καρέκλα και μέσα σε ελάχιστα λεπτά, πριν προλάβει να αντιδράσει, εκείνος ο τύπος που δεν είχε λαιμό, ο Λευτέρης, τον κούρεψε με την ψιλή και τον έκανε γλόμπο.

Έμεινε ασάλευτος σε όλη αυτή την ταπεινωτική διαδικασία, γιατί είχε ακούσει ότι μπορεί και να τρυπούσε το κεφάλι του αν κουνιόταν. Στο τέλος, όταν είδε το θλιβερό αποτέλεσμα που του έσφιξε το στομάχι, κάτι πήγε να πει, αλλά το άγριο βλέμμα του Χαιρετάκη ήταν αρκετό για να καταπιεί τη γλώσσα του.

«Για να μάθεις...» του είπε ο γυμναστής που δε σήκωνε πολλά πολλά και του έδειξε την πόρτα.

Έφυγε με το κεφάλι σκυμμένο και νόμιζε ότι είχε ανεβάσει μέσα του πενήντα πυρετό.

«Πας θάλαμο τρία κι έρχομαι», ακούστηκε η φωνή του Χαιρετάκη από το κουρείο. Ο άλλος, ο βασανιστής χωρίς λαιμό, δε μίλησε καθόλου.

Όμως ο Φώτης είχε αποφασίσει στο λεπτό να του σπάσει το τζάμι με την πρώτη ευκαιρία.

Ήταν η ώρα που γύριζαν τα παιδιά από τα εργαστήρια κι έτσι, πηγαίνοντας προς τον θάλαμο, συνάντησε αρκετούς στον διάδρομο. Κάμποσοι έβαλαν τα γέλια έτσι όπως τον είδαν κουρεμένο με την ψιλή. Εκείνος έμεινε ψύχραιμος, αλλά μόλις είχε πάρει την απόφασή του, και δε θα την άλλαζε ούτε μπροστά σε εφτά Προκοπίες!

Του ήταν αδιάφορα τα λόγια που είπε σε όλους ο Χαιρετάκης στον θάλαμο τρία: «Από σήμερα ο Φώτης θα κοιμάται εδώ, μαζί σας. Δε θα τον πειράξει κανείς και δε θα πειράξει κανέναν. Όποιος το παραβεί θα έχει να κάνει μαζί μου...».

Περίμενε να βραδιάσει για να κάνει αυτό που σκέφτηκε μέσα στο κουρείο, όταν ο κουρέας τον έκανε σαν κουρεμένο γίδι. Την ώρα λοιπόν που όλοι βρίσκονταν στο εστιατόριο, πήγε στον θάλαμο επτά, εκεί όπου τον είχαν δείρει, άδειασε τον σάκο του Ανέστη πετώντας κάτω τα πράγματά του, κι ύστερα, με γρήγορες κινήσεις, πήγε στον θάλαμο τρία και έριξε μερικά ρούχα του.

Ήξερε ότι ήταν η πιο κατάλληλη στιγμή να φύγει, την ώρα του φαγητού, κι ας μην προλάβαινε να σπάσει το τζάμι του κουρείου. Αν το έκανε, θα γινόταν θόρυβος και θα καταστρεφόταν το σχέδιό του. Έριξε μια ματιά στον διάδρομο, μετά έλεγξε από το τζάμι τον εξωτερικό χώρο και με μια δρασκελιά βγήκε στην αυλή. Η πόρτα δεν είχε κλειδωθεί ακόμα κι έτσι προτίμησε να φύγει από κει, με το σκοτάδι να είναι σύμμαχός του.

Έστριψε αμέσως στο πρώτο στενό, αλλά ερχόταν κόσμος και σκέφτηκε ότι μπορεί να είχε μπλεξίματα αν τον έβλεπαν με τον σάκο στον ώμο. Γύρισε πίσω κι έφυγε προς το άλλο στενό, το οποίο μάλιστα ήταν πολύ σκοτεινό.

Το μόνο που τον ένοιαζε ήταν να απομακρυνθεί. Ήταν βέβαιος ότι δε θα τον έπαιρναν χαμπάρι στο οικοτροφείο, αφού μόνοι τους προκάλεσαν το μπέρδεμα. Πότε θάλαμο επτά, πότε θάλαμο τρία, βάλε και το αναρρωτήριο, κανένας δε θα καταλάβαινε τίποτα.

Κι όταν απομακρύνθηκε αρκετά, ένιωσε την ίδια ανακούφιση όπως τότε, την πρώτη φορά που είχε φύγει από τον Ζηρό. *Δε θέλω να μου κάνει κουμάντο κανείς. Δεν είμαι γάιδαρος να με σέρνουν και να με δέρνουν*, σκέφτηκε και συνέχισε να περπατάει, φροντίζοντας να είναι πάντα στην άκρη του δρόμου.

Θυμήθηκε τη μέρα που τον τσάκωσαν εκείνοι οι χωροφύλακες κι ανησύχησε μήπως του συνέβαινε το ίδιο, έστω κι αν δεν υπήρχαν πια στη ζωή του η Προκοπία, η Αυγουστία και ο Μουστάκιας-Μπαγάσας.

Περπατώντας κάμποση ώρα, άρχισε να αναρωτιέται αν ήταν στον σωστό δρόμο, αυτόν που οδηγούσε στο σπίτι όπου δούλευε η μάνα του. Εκεί θα πήγαινε, κι αν ήταν τυχερός, θα την έβρισκε ξύπνια. Του φάνηκε ότι την προηγούμενη φορά είχε κάνει λιγότερη ώρα. Συνέχισε λοιπόν να περπατάει, όμως γρήγορα κατάλαβε ότι είχε χαθεί.

Ο θείος μού είχε πει να πηγαίνω προς τα κάτω. Αλλά εδώ έχει ανηφόρα, σκέφτηκε απελπισμένος, νιώθοντας πια μεγάλη κούραση. Ακούμπησε κάτω τον σάκο και κάθισε σε ένα σκαλάκι να πάρει μια ανάσα και να σκεφτεί. «Κι αν δεν τη βρω, τι κάνω;» άρχισε να ανησυχεί. Όμως αμέσως μάλωσε τον εαυτό του. «Εσύ ήθελες να φύγεις και τώρα φοβάσαι;»

Μια γάτα που πετάχτηκε απότομα τον τρόμαξε πολύ κι έτσι ξεκίνησε πάλι να περπατάει, ψάχνοντας έναν δρόμο που να είναι κατηφορικός. Και βρήκε έναν, που τον οδήγησε σε μια πλατεία. Ήταν βέβαιος πια ότι είχε χαθεί. Τίποτα δεν του θύμιζε τους δρόμους που είχε δει με τον θείο του και τη μάνα του.

Το σκοτάδι ήταν πολύ πυκνό και τον έπιασε απελπισία. Κοντοστάθηκε για να σκεφτεί την επόμενη κίνησή του, και τότε, στην άκρη της πλατείας, που ήταν μια ταβέρνα, είδε έναν κύριο να βγαίνει, να κλειδώνει την πόρτα και να φεύγει. Ενστικτωδώς έσκυψε για να μην τον δει, κι όταν εκείνος απομακρύνθηκε, πλησίασε στην ταβέρνα, πέρασε το εξωτερικό πορτάκι και μπήκε στην αυλή. Στο πλάι υπήρχαν αναποδογυρισμένες καρέκλες και τραπέζια, κάτι μικρά βαρέλια και μερικά πλαστικά δοχεία, μια μεγάλη σιδερένια ψησταριά, και πιο πίσω κάτι που έμοιαζε με δωμάτιο αλλά δεν είχε πόρτα. Πήγε κοντά και είδε ότι ήταν κάτι σαν αποθήκη όπου μέσα είχε στοιβαγμένα ξύλα, κάτι μικρά σακιά με τσιμέντο, ένα πανί και μερικά μάρμαρα.

Τράβηξε μέσα τον σάκο του, έβαλε κάτω το πανί και κάθισε. «Ας μείνω εδώ, τουλάχιστον δε φυσάει», μονολόγησε. Ένιωθε πια μεγάλη κούραση που τον είχε λυγίσει. «Να είχα τουλάχιστον την Κανέλα... Αυτή με καταλάβαινε αμέσως και με κοιτούσε μέσα στα μάτια...» Έβαλε τον σάκο πάνω του, σαν κουβέρτα, κι έτσι αποκοιμήθηκε.

Ονειρευόταν ότι έτρεχε με ένα λευκό άλογο μπροστά στο ποτάμι, όταν ένας θόρυβος αλλά και γαβγίσματα τον έκαναν να πεταχτεί έντρομος. Τέντωσε τα αυτιά του, ησυχία. Σκυμμένος άρχισε να κοιτάει έξω μπας και δει κάτι. Ένας σκύλος μύριζε τα πεσμένα από τον αέρα δοχεία κι έφυγε άπρακτος.

Είδε ξανά τον ουρανό ματωμένο, είχε αρχίσει να χαράζει. «Θα μείνω λίγο ακόμα και βλέπουμε. Κοντεύει να ξημερώσει και τότε θα είναι πιο εύκολα. Θα το κάνω ανάποδα. Θα βρω τη λίμνη και μετά θα πάω από τα πλάγια στον δρόμο που πάει προς τα πάνω. Κάπου εκεί κοντά είναι το σπίτι όπου δουλεύει η μάνα μου...»

Άκουσε άλλον έναν θόρυβο, σίγουρα ήταν αυτοκίνητο που πλησίαζε. Σκέφτηκε ότι θα ήταν ο κύριος με την ταβέρνα, αλλά δε θα προλάβαινε να φύγει, θα τον έβλεπε. Καλύτερα να έμενε εκεί κρυμμένος. Πράγματι το αυτοκίνητο σταμάτησε μπροστά στην ταβέρνα. Ένας κύριος κρατούσε δυο σακούλες πηγαίνοντας προς την πόρτα της ταβέρνας. Ο Φώτης έμεινε ασάλευτος, κρατώντας την ανάσα του. Προς μεγάλη του έκπληξη, είδε σε ελάχιστα λεπτά εκείνον τον κύριο να πηγαίνει ξανά προς το αυτοκίνητο, να μπαίνει και να φεύγει.

Τότε βγήκε προσεκτικά από την κρυψώνα του, σαν τις γάτες που βλέπουν να απομακρύνεται ο κίνδυνος, και είδε ότι οι δύο σακούλες εκείνου του κυρίου ήταν κρεμασμένες στο χερούλι της πόρτας. Κι όταν πλησίασε, έβγαλε ένα βογκητό. Αυτές οι σακούλες ήταν γεμάτες με φραντζόλες, λαχταριστές φραντζόλες ψωμιού, ένα απρόσμενο δώρο την πιο κρίσιμη στιγμή, αφού η κοιλιά του είχε αρχίσει να διαμαρτύρεται και να γουργουρίζει. Άρπαξε μία, που του φάνηκε η πιο μεγάλη, και ξαναχώθηκε στην κρυψώνα του. Άρχισε να δαγκώνει με λύσσα το ζεστό και μαλακό ψωμί, χωρίς καν να το κόβει με τα χέρια. Κι όταν έφαγε το περισσότερο, έπιασε την κοιλιά του ευχαριστημένος και χαμογέλασε. Χορτάτος πια, άρχισε να σκέφτεται τι έπρεπε να κάνει.

«Πρέπει κάπου να κρύψω τον σάκο. Δε γίνεται να τον κουβαλάω στον δρόμο...» Τον έσπρωξε στη γωνία, έβαλε πάνω του μερικά ξύλα για να μη φαίνεται κι αποφάσισε να φύγει. Προχώρησε ευθεία, μετά την πλατεία, και τότε γεμάτος χαρά ανακάλυψε ότι στο τέλος του δρόμου ήταν η λίμνη. «Φτου! Δίπλα ήταν! Αν συνέχιζα το βράδυ, θα έβρισκα και το σπίτι...» Είχε βάλει σημάδι από την προηγούμενη φορά ένα γωνιακό μαγαζί που πουλούσε κάτι ψάθινα καπέλα, κι όταν το είδε, άρχισε να σφίγγει τις γροθιές του. Ανηφόρισε εκεί στη γωνία και λίγα μέτρα μετά είδε το σπίτι.

Τα παραθυρόφυλλα ήταν ανοιχτά, όπως και κάποια φώτα μέσα, κι αυτό έκανε την καρδιά του να χτυπήσει δυνατά. «Εδώ είναι!» Κάθισε απέναντι κοιτάζοντας συνεχώς το σπίτι. Η ελπίδα του ότι θα έβγαινε σε κάποιο παράθυρο η μάνα του και θα τον έβλεπε έσβησε έπειτα από κάμποση ώρα. Κι έσβησε απότομα, αφού ένας κύριος από το απέναντι μαγαζί που πουλούσε κομπολόγια και χάντρες τον έδιωξε κακήν κακώς.

«Τι κάθεσαι εδώ τόση ώρα, ρε αλητάκι; Σήκω και φύγε, πάρε δρόμο!»

Κι έφυγε στενοχωρημένος, πικραμένος, δίχως να πετύχει τον στόχο του. Θα έπρεπε να περιμένει να βραδιάσει για να επιστρέψει, και τότε κάποιο τρόπο θα σκεφτόταν για να βρει τη μάνα του.

Πήγε ξανά προς τα πίσω, στη λίμνη, χαζεύοντας γύρω γύρω τον κόσμο, τα μαγαζιά, την κίνηση στους δρόμους. Κάθισε σε ένα παγκάκι εκεί μπροστά, παρατηρώντας τους ανθρώπους που έμπαιναν στα καραβάκια.

«Άλλος για την κυρα-Φροσύνη, άλλος!» φώναζε ένας νεαρός, που καλούσε τον κόσμο να ανεβεί.

Χάρηκε πολύ που κατάφερε να διαβάσει την πινακίδα.

Εκδρομή στο Νησάκι

Μπερδεύτηκε λίγο στην επόμενη.

Σπέσιαλ βατραχοπόδαρα, καραβίδες και χέλια.

«Τι είναι αυτά;» απόρησε.

Τα μάτια του δε χόρταιναν αυτές τις καινούργιες εικόνες και το κεφάλι του γύριζε σαν ραντάρ για να δει όσο πιο πολλά γινόταν.

Κάποια στιγμή άκουσε φωνές πίσω του και γύρισε με μια ανησυχία μέσα του. «Μπας και με ψάχνουν;» Αλλά ηρέμησε αμέσως όταν κατάλαβε ότι δε φώναζαν γι' αυτόν. Ένας μεγάλος σε ηλικία κύριος είχε σταματήσει με ένα τρίκυκλο και ξεφόρτωνε κάτι κούτες, όμως τα πίσω αυτοκίνητα βιάζονταν και οι ιδιοκτήτες τους φώναζαν και του έλεγαν να φύγει αμέσως γιατί τους καθυστερούσε.

Σκέφτηκε εκείνον τον άγριο με τα κομπολόγια που τον είχε διώξει λίγο πριν κι έτσι θέλησε να βοηθήσει εκείνον τον κύριο που έδειχνε να βασανίζεται. Με μια δρασκελιά βρέθηκε δίπλα του και, χωρίς να ρωτήσει, ξεκίνησε να κουβαλάει εκείνες τις κούτες στο πεζοδρόμιο.

«Μπράβο, μικρέ! Είσαι αετός!» του είπε και τον ενθάρρυνε να συνεχίσει.

Σε λίγα λεπτά τις είχε κουβαλήσει όλες, με τον ιδιοκτήτη του τρίκυκλου να του λέει: «Περίμενε εκεί, έρχομαι αμέσως».

Το πάρκαρε λίγο παρακάτω, κι όταν γύρισε, τον χάιδεψε στο κεφάλι και του είπε: «Οι άνθρωποι έγιναν πολύ βιαστικοί και δεν έχουν πια υπομονή. Αυτό θα μας φάει... Είσαι καλό παιδί, πώς σε λένε;».

«Φώτη».

«Ω, ωραίο όνομα, από το φως! Λοιπόν, Φώτη, τσίμπα ένα

δίφραγκο επειδή με βοήθησες! Κι έλα μετά από το μαγαζί, να, αυτό εκεί, να σου δώσω και μια λεμονάδα».

«Αν πάω τις κούτες στο μαγαζί, θα μου δώσεις κι άλλα;»

Ο μπαρμπα-Γιάννης χαμογέλασε και τον χάιδεψε ξανά.

Με το δίφραγκο στην τσέπη και τη λεμονάδα να σβήνει τη δίψα του, ο Φώτης ένιωθε βασιλιάς! Ποτέ δεν είχε λεφτά στη ζωή του, ήταν τα πρώτα που έπαιρνε κι αυτό τον έκανε να πετάει.

«Θα έρθω κι άλλες μέρες να σου κουβαλάω ό,τι θέλεις!» είπε ευχαριστημένος και γύρισε πίσω στο παγκάκι. Έβγαλε από την τσέπη το δίφραγκο, το κοίταξε μαγεμένος και του ήρθε να το φιλήσει. Έλεγξε την τσέπη μην ήταν τρύπια και το έβαλε ξανά μέσα, τη στιγμή που του μπήκε στο μυαλό μια τρελή σκέψη. Χωρίς να το παιδέψει πολύ, ανέβηκε στο καραβάκι, όπως έκαναν τόσοι και τόσοι. Αλλά όταν έπειτα από λίγα λεπτά το καραβάκι ξεκίνησε, εκείνος ο νεαρός που πριν φώναζε «άλλος για την κυρα-Φροσύνη» πήγαινε στον κόσμο και ζητούσε λεφτά για εισιτήριο.

Ο Φώτης κοκκίνισε αλλά αποφάσισε στο λεπτό. *Δε δίνω το δίφραγκό μου!* Το μυαλό του πήρε γρήγορες στροφές, κι έτσι, όταν ήρθε η σειρά του, ήξερε ακριβώς τι να πει.

«Έχασα τη μαμά μου! Πάω να τη βρω!»

«Έμεινε πίσω;» του είπε αυτός με τα εισιτήρια, κι ο Φώτης κούνησε το κεφάλι.

«Καλά... Αλλά μη φεύγεις μακριά της, είναι επικίνδυνο...»

Ξανακούνησε το κεφάλι –«ωραίο κόλπο αυτό να λες "ναι" χωρίς να μιλάς και να εξηγείς!»– και κάθισε μπροστά. Το μυαλό του είχε πάρει φωτιά και έλαμπε ολόκληρος. *Επικίνδυνο... Πού να έβλεπες τον Ζηρό και την Προκοπία, εκεί θα καταλάβαινες...*

Του άρεσε τόσο πολύ η λίμνη, το ταξίδι, τα κτίρια που ξεπρόβαλλαν απέναντι, κάποια μάλιστα ήταν τόσο ψηλά. Μερικοί δίπλα τα έλεγαν μιναρέδες.

«Άκου μιναρέδες!» είπε μέσα του και χαμογέλασε.

Ναι, μπορούσε να χαμογελάει!

Είμαι ελεύθερος, περνάω ωραία και έχω κι ένα δίφραγκο στην τσέπη! σκέφτηκε. Αλλά απογοητεύτηκε όταν είδε ότι πολύ γρήγορα το καραβάκι έφτασε στον προορισμό του, με εκείνον τον νεαρό να ξαναφωνάζει: «Έλα, Νησάκι, φτάσαμε στο Νησάκι!».

Περιπλανήθηκε στα σοκάκια, χάζευε τα μικρά μαγαζιά, τις ταβέρνες και τα μοναστήρια, κάποια στιγμή βαρέθηκε και πείνασε. Άρχισε να ψάχνει κανένα μαγαζί μήπως κουβαλήσει τίποτα κούτες ή οτιδήποτε άλλο κι έτσι του δώσουν να φάει. Τζίφος.

Περιπλανιόταν, κι όταν είδε μια παρέα να σηκώνεται από το τραπέζι μιας ταβέρνας και να φεύγει, πήγε γρήγορα προς τα κει, πήρε ένα κομμάτι ψωμί κι ένα κεφτεδάκι που είχαν αφήσει στο πιάτο και εξαφανίστηκε. Αφού έκανε δυο κύκλους, γύρισε στην προκυμαία. Ήταν πια δύο τα καραβάκια κι άρχισε να κόβει κίνηση. Κι όταν είδε ότι στο ένα στεκόταν πάλι αυτός που φώναζε «κυρα-Φροσύνη» και μετά «Νησάκι, φτάσαμε στο Νησάκι», το άφησε να φύγει για να μπει στο επόμενο.

Χρησιμοποιώντας το ίδιο κόλπο –της μάνας του που έχασε– έφτασε απέναντι κι ένιωσε θριαμβευτής. *Μπορώ να τα κάνω όλα μόνος μου! Και να φάει σκατά ο Γαλανός που με έλεγε άχρηστο...*

Άρχισε πάλι να περιπλανιέται, αλλά δεν τον πείραζε καθόλου. Η κοιλιά του μόνο τον πείραζε που γουργούριζε ξανά. Τι να του έκανε ένα κεφτεδάκι κι ένα κομμάτι ψωμί;

Πήγε ξανά στο μαγαζί εκείνου του μπάρμπα που του είχε δώσει το δίφραγκο. Τον είδε να βγάζει μέσα από εκείνα τα κουτιά που του κουβάλησε κάτι μπουκάλια με χλωρίνες. «Α, γι' αυτό ήταν τόσο βαριά!» του φώναξε. Ύστερα μπήκε στο μαγαζί, του χαμογέλασε και τον ρώτησε: «Χλωρίνες πουλάς;».

Ο μπαρμπα-Γιάννης έβαλε τα γέλια. «Ναι, δίνω σε μαγαζιά χλωρίνες και απορρυπαντικά».

«Αυτά δεν τρώγονται όμως!»

«Για έλα δω, βρε αετέ! Φώτης είπαμε, ε;»

«Ε, το είπαμε!»

«Από πού είσαι; Μόνος σου γυρνάς;»

«Μόνος... Αφού είμαι ορφανός...»

Μετάνιωσε που το είπε. *Αν με πάει στην αστυνομία;* σκέφτηκε. *Αλλά φαίνεται καλός...*

Ο μπαρμπα-Γιάννης γούρλωσε τα μάτια. «Ορφανό; Και πού μένεις;»

Ο Φώτης σκέφτηκε γρήγορα. «Στου Σταύρου. Το οικοτροφείο».

«Και; Είναι καλά εκεί;»

«Όχι! Θέλω να φύγω και να δουλέψω. Θα με πάρεις; Είδες πόσο γρήγορα κουβαλάω; Και βαριά, ε; Είμαι δυνατός!»

Ο ηλικιωμένος άντρας χαμογέλασε αμήχανα. «Τι να σε κάνω, βρε; Έχω βοηθό. Σήμερα λείπει». Το λυπήθηκε όμως το ορφανό, δεν του είχε ξανατύχει στη ζωή του. «Θα ρωτήσω, βρε μπαγάσα, και...»

«Δεν είμαι μπαγάσας! Είμαι καλός!»

«Καλά, βρε Φώτη, μη μας δείρεις! Θα κοιτάξω να σου βρω κάτι. Να ξαναπεράσεις...»

«Θα ξαναπεράσω τώρα που σε έμαθα, Α, να βγάλω τις χλωρίνες από τα κουτιά;»

Ο μπαρμπα-Γιάννης χαμογέλασε. «Δεν έχει όμως άλλο δίφραγκο!»

«Όχι, δε θέλω! Για σένα θα το κάνω, που είσαι καλός!»

Πολύ γρήγορα άδειασε όλες τις κούτες και στο τέλος τον περίμενε μια σπανακόπιτα και μια πορτοκαλάδα που του έφερε ο «θείος» από τον παραδιπλανό φούρνο. Ήταν πάλι ευτυχισμένος.

Δεν ήθελε να δίνει στόχο, όπως είχε γίνει εκεί στο μαγαζί με τα κομπολόγια, κι έτσι άρχισε πάλι να τριγυρίζει από δω κι από κει, να αλλάζει παγκάκια, να σκοτώνει την ώρα του μέχρι να νυχτώσει.

Υπάρχουν και καλοί άνθρωποι, σκέφτηκε για τον Γιάννη, όπως σκέφτηκε κι αυτό που του είπε: ορφανός... Πρώτη φορά το έλεγε και δεν μπορούσε να καταλήξει αν ήταν απαραιτήτως κακό. *Γιατί, μόνος μου δεν είμαι; Έχω κανέναν; Μόνος τόσα χρόνια, ίσως και για πολλά ακόμα, ίσως και για πάντα...*

Πάντως χάρηκε όταν άρχισε να σουρουπώνει. Υπήρχε ελπίδα να βρει τη μάνα του, κι ας είπε νωρίτερα ότι ήταν ορφανός. Άρχισε λίγο να κρυώνει, αλλά δεν μπορούσε να γυρίσει σ' εκείνη την ταβέρνα για να βρει τον σάκο του και να βάλει άλλη μια μπλούζα. Το θεώρησε επικίνδυνο, γι' αυτό θα το επιχειρούσε κάποια άλλη στιγμή.

Αυτή τη φορά ήταν σίγουρος για τον δρόμο, έχοντας βάλει πολλά σημάδια. Τα περισσότερα μαγαζιά είχαν κλείσει κι έτσι βεβαιώθηκε ότι ήταν πια... κανονικό βράδυ. Στρίβοντας στο στενό, πήρε μεγάλη χαρά βλέποντας ότι είχε κλείσει κι εκείνο το μαγαζί με τα κομπολόγια. Ήταν το καλύτερο σημείο για να περιμένει και να έχει οπτική επαφή με το σπίτι.

Είδε δύο φώτα ανοιχτά κι αυτό ήταν καλό σημάδι, έστω κι αν δεν ήξερε ποιο ήταν το δωμάτιο της μάνας του. Κι όταν λίγο μετά έσβησε το ένα φως, πήρε δύναμη και κουράγιο ότι πλησίαζε η ώρα. Έκανε από μέσα του την προσευχή του να είναι τυχερός κι έσφιξε το δίφραγκο στην τσέπη του. Δεν μπορούσε να δει μέσα στο δωμάτιο, τον εμπόδιζε μια σκούρα κουρτίνα που πολύ θα ήθελε να τη σκίσει.

Είχε σφιχτεί πάλι η καρδιά του στη σκέψη ότι μπορεί να μην τα κατάφερνε να ανταμώσουν, ώσπου είδε ξαφνικά την κουρτίνα να ανοίγει. Κι είδε καθαρά το κεφάλι της μάνας του, που κοιτούσε γύρω γύρω προς τον δρόμο. Έκανε δυο βήματα μπροστά κι άρχισε να κουνάει τα χέρια του, ξανά και ξανά, μέχρι που η Σοφία τον αντιλήφθηκε και του κούνησε κι εκείνη το χέρι. Μετά του έκανε ένα νεύμα, δείχνοντας με τα δάχτυλά της ότι σε τρία λεπτά κατεβαίνει.

Το φως του δωματίου έσβησε κι ο Φώτης έσφιξε τα χέρια του. Κύλησαν λίγα λεπτά που έμοιαζαν με ολόκληρη μέρα, όταν είδε την πόρτα να ανοίγει και τη μάνα του να του κάνει νόημα να πάει προς τα κει. Έφτασε απέναντι με δυο σάλτα, και η Σοφία τού έδειξε με το χέρι της να είναι τελείως σιωπηλός.

Τους σκέπασε το σκοτάδι και χώθηκαν στο δωμάτιο, πάλι στα σκοτεινά. Τον πήρε αγκαλιά και τον έσφιξε με όλη της τη δύναμη.

«Αγόρι μου, φως μου!»

Εκείνος τη ρώτησε ψιθυριστά: «Πρέπει να είμαστε στο σκοτάδι;».

«Καλύτερα ναι... Δεν πειράζει, φτάνει που είμαστε μαζί, αγκαλιά! Αλλά για πες μου, πώς έφυγες;»

«Τους είπα ότι έρχομαι σ' εσένα και με άφησαν. Μην ανησυχείς για μένα, όλα είναι καλά. Τώρα συνήθισα».

Η Σοφία τού έσφιξε το χέρι, έκανε ένα βήμα και άναψε το

φως, φέρνοντας το δάχτυλό της στο στόμα. «Σσσς... Ήθελα να σε δω λίγο!»

Εκείνος ανοιγόκλεισε τα μάτια, που είχαν συνηθίσει στο σκοτάδι, κι ένιωσε έκπληξη βλέποντας το δωμάτιο. «Ποπό! Είναι πολύ μικρό! Το πιο μικρό που έχω δει ποτέ!»

Έσβησε το φως και του είπε: «Σου είπα, είναι δύσκολα εδώ. Αλλά συνήθισα... Για πες μου, σε κούρεψαν; Είχες ψείρες;».

«Άσε με!» είπε απότομα.

Κατάλαβε ότι ενοχλήθηκε κι ότι κάτι πρέπει να είχε συμβεί και άλλαξε αμέσως κουβέντα. «Πεινάς; Αλήθεια πες!»

Πριν της απαντήσει, άπλωσε το χέρι της και του έδωσε κάτι.

«Τι είναι αυτό;»

«Χωριάτικη τυρόπιτα! Εγώ την έφτιαξα, το πρωί!»

Δεν την έφαγε απλώς, την κατάπιε! Και μετά πήρε τη μάνα του αγκαλιά και κούρνιασε πάνω της. Τα μάτια του έκλειναν και με το ζόρι έλεγε μερικές λέξεις.

«Έλα, ξάπλωσε, είναι αργά και είσαι κουρασμένος».

Δεν της απάντησε καν, μένοντας ασάλευτος.

Η Σοφία τραβήχτηκε όσο μπορούσε για να απλωθεί ο Φώτης και βυθίστηκε στις σκέψεις της. Ήθελε τόσο πολύ να τον πάρει αγκαλιά, αλλά φοβόταν ότι θα τον ξυπνούσε, κι έτσι αρκέστηκε να του χαϊδεύει το κεφάλι και τα χέρια του. Τον είχε χάσει τόσα χρόνια κι ήξερε ότι είχε τις ευθύνες της, αλλά από την άλλη την παρηγορούσε το γεγονός ότι μεγάλωσε με υγεία και ασφάλεια, κάτι που δε θα συνέβαινε στο χωριό.

Τόσο καιρό έκανε και δεύτερες σκέψεις. Ότι, αν τον επισκεπτόταν, θα τον ξεσήκωνε και θα της ζητούσε να τον πάρει και να φύγουν, ενώ έτσι συνήθισε. *Δεν ξέρω, δεν ξέρω, είμαι τόσο μπερδεμένη μέσα μου...* Δεν ήταν πια το παιδάκι που είχε αφήσει τότε. Ήταν ένας δυνατός έφηβος που πατούσε στα πόδια του και γέμιζε το κρεβάτι, ένα αντράκι. «Μπορεί να παιδεύτηκε, αλλά έμεινε γερός και θα βρει τον δρόμο του. Δεν ξέρω πώς θα ήταν αν είχε μείνει πίσω, στο χωριό, ίσως και να τον είχα χάσει... Κάποτε θα καταλάβει...» έλεγε στον εαυτό της.

Καταλάβαινε ότι ο δρόμος είχε ακόμα μπόλικα αγκάθια και κακοτοπιές, αλλά όλα θα γίνονταν καλύτερα πια. Όχι όμως και το βασανιστήριο που είχε μπροστά της. Έπρεπε να μείνει ξάγρυπνη, γιατί αν την έπαιρνε ο ύπνος, ίσως και να έπαιρνε χαμπάρι η Όλγα τι είχε συμβεί και δεν το ήθελε καθόλου, αφού μπορεί και να την έδιωχνε. Τελευταία ήταν όλο νεύρα και έβριζε τους πάντες, και κυρίως κάποιον Παναγούλη, που επιχείρησε να σκοτώσει τον Γεώργιο Παπαδόπουλο αλλά δεν τα κατάφερε.

Ο γιατρός, ο Θεοδόσης Λάμπος, είχε πει συνωμοτικά στη Σοφία ότι «ο Αλέκος Παναγούλης είναι ένας ήρωας, ένας σπουδαίος άνθρωπος με υψηλά ιδανικά», κι εκείνη δεν καταλάβαινε γιατί τον έβριζε τόσο άσχημα η κυρά της. Θυμήθηκε μια μέρα που η Όλγα έβαλε στον τοίχο ένα καδράκι με ένα πουλί κι είχε γίνει μεγάλη φασαρία στο σπίτι, αφού ο κύρης της είχε αντιδράσει.

«Είναι ο Φοίνικας, το σύμβολο της επαναστάσεως, αυτής που θα μας ξανακάνει ανθρώπους! Και σ' το έχω πει τόσες φορές! Αν δε σου αρέσει, σήκω και φύγε! Στο σπίτι μου δε θα κάνεις κουμάντο!»

Η Σοφία δεν καταλάβαινε γιατί έμενε ο γιατρός κι ανεχόταν τόσες προσβολές, με την απάντηση της Όλγας να τη βάζει σε σκέψεις: «Αλλά πού να πας; Τολμάς; Χωρίς εμένα δεν έχεις στον ήλιο μοίρα!». Το δικό της πουλάκι, πάλι, ο Φώτης, αναστέναξε στον ύπνο του κι αυτό τη στενοχώρησε πολύ.

Ποιος ξέρει αλήθεια πόσα έχει τραβήξει... σκέφτηκε. Θυμήθηκε με τι λαιμαργία είχε φάει την τυρόπιτα κι επίσης στενοχωρήθηκε. *Μήπως δεν τους ταΐζουν καλά; Θα πρέπει να φροντίζω να του κρατάω λίγο φαγητό, ίσως δεν του αρέσει αυτό που τους δίνουν.* Θυμήθηκε επίσης την πείνα τους στο χωριό, την αγωνία της να βρει κάτι φαγώσιμο στα παιδιά, τις αντιδράσεις τους όταν τους ξεγελούσε με ψευτοπράγματα. *Τουλάχιστον δεν πέθαναν από την πείνα και κατάφεραν να επιβιώσουν...*

Πέρασε κάμποση ώρα με διάφορες σκέψεις, κι όταν είδε το πρώτο αμυδρό φως στον ουρανό, σφίχτηκε η καρδιά της. Έπρεπε να τον ξυπνήσει και να τον διώξει, αφού και η ίδια θα ξεκινούσε δουλειές στην κουζίνα.

Τον σκούντησε απαλά ξανά και ξανά, χάιδεψε τους καρπούς του, τον φίλησε, άρχισε να του ψιθυρίζει ότι είναι το πιο δυνατό παιδί του κόσμου κι ότι τον αγαπάει πολύ. Εκείνος άνοιξε τα μάτια του αλλά τα έκλεισε αμέσως και γύρισε πλευρό.

«Αγόρι μου, πρέπει να σηκωθείς, κάνε λίγο κουράγιο...» Κι αφού είδε ότι δεν αντιδρούσε, τράβηξε τα σκεπάσματά του και τον σκούντησε πάλι.

«Άσε με!» της είπε απότομα, κι εκείνη άρχισε να αγχώνεται.

«Πρέπει, αγόρι μου, θα βρούμε μπελά!»

Με τα πολλά τον κατάφερε, αλλά τα μούτρα του ήταν σκοτεινιασμένα κι οι πρώτες λέξεις του πικρές.

«Τότε τι με έφερες αφού πρέπει να με διώξεις;»

Η Σοφία δεν ήθελε να τον κοντράρει. «Θα το λύσω κι αυτό το θέμα, Φώτη μου, κάνε τώρα λίγο κουράγιο. Α, και να σου πω. Όταν ξανάρθεις, να χτυπάς λίγο –όχι δυνατά– εκείνον τον τσίγκο στο μαγαζί κι εγώ θα καταλάβω. Πήγαινε τώρα πίσω, θα έχεις σχολείο».

«Δεν έχω τίποτα και δε θέλω τίποτα!» της είπε απότομα, και πήγε να ανοίξει την πόρτα για να φύγει.

«Περίμενε, θα σε βγάλω εγώ...»

Άνοιξε σιγά κι είδε τον γιο της να φεύγει σαν σκιά και να εξαφανίζεται, δίχως καν να γυρίσει να την κοιτάξει. Στενοχωρήθηκε πολύ και δεν ήξερε τι έπρεπε να πει στην Όλγα κι αν αυτό θα έβαζε σε κίνδυνο την παραμονή της στο σπίτι. Τράβηξε την κουρτίνα για να ρίξει μια ματιά στον δρόμο κι είδε έναν σκύλο να ψάχνει να βρει κάτι να φάει. Έκλεισε τα μάτια της κι έκανε μια προσευχή.

17

ΠΑΛΕΥΕ ΝΑ ΧΕΙΡΙΣΤΕΙ σωστά την πλάνη για να τρίψει το ξύλο, αλλά το μηχάνημα κλοτσούσε στα χέρια του και ένιωθε να πονάει το χέρι του από την πίεση που ασκούσε. Ήταν το χειρότερό του όλες αυτές τις μέρες, αλλά σκεφτόταν ότι έπρεπε να τα καταφέρει γιατί το είχε υποσχεθεί στον εαυτό του αλλά και στον μπαρμπα-Γιάννη, που έκανε τα πάντα για να του βρει δουλειά.

Ένιωθε τυχερός που γνώρισε αυτόν τον άνθρωπο, ο οποίος του φέρθηκε σαν να ήταν δικό του παιδί. Εκείνος τον έστειλε στο μαραγκούδικο του Αρίστου, που είχε μεγαλώσει πια και δεν τα έβγαζε πέρα με τόση χειρωνακτική δουλειά. Στην αρχή, όταν είδε τον Φώτη, δεν του γέμισε το μάτι, αλλά με την πίεση του Γιάννη ο Αρίστος δέχτηκε να τον πάρει. Η συμφωνία ήταν ότι θα του έδινε ένα τάλιρο την ημέρα, αλλά θα καθόταν από το πρωί ως το βράδυ και θα έκανε χωρίς αντίρρηση ό,τι του έλεγε.

Αυτές οι πέντε δραχμές φάνταζαν στον Φώτη θησαυρός κι ήταν ένα τεράστιο κίνητρο για να προσπαθήσει ακόμα περισσότερο. Δεν του άρεσε που με το παραμικρό του έβαζε τις φωνές το αφεντικό του, αλλά μέσα του είχε αποφασίσει ότι έπρεπε να αντέξει. Κι όποτε συναντούσε τον μπαρμπα-Γιάννη για να του κάνει μερικά θελήματα με την άδεια του Αρίστου, γελούσε πολύ μ' αυτό που του έλεγε: «Αν η δουλειά ήταν καλό πράγμα, δε θα μας πλήρωναν, θα την κάναμε τζάμπα! Αλλά γι' αυτό μας πληρώνουν, γιατί είναι παίδεμα».

Δεν τη φοβόταν τη δουλειά, μπορούσε να κάνει τα πάντα, κι ήταν σίγουρος ότι και με την πλάνη θα τα κατάφερνε. Η κακοτροπιά τον ενοχλούσε. Γιατί ενώ κάθε βράδυ έκανε το μαγαζί λαμπίκο, μαζεύοντας και το τελευταίο ροκανίδι, το πρωί πάλι τα άκουγε. Τη μια επειδή άφησε τα ξύλα όρθια κι όχι πλαγιαστά, την άλλη επειδή το καπάκι της κόλλας δεν είχε κλείσει τόσο καλά, την τρίτη επειδή το παραθυράκι του μπάνιου έμεινε ανοιχτό ενώ το είχε ξεχάσει το αφεντικό του. Όλα όμως τα υπέμενε, αφού ο μπαρμπα-Γιάννης τον είχε ορμηνέψει καλά.

«Η δουλειά είναι πάνω απ' όλα. Μπορεί να έχει δυσκολίες, μπελάδες, στενοχώριες, βάσανα, αλλά αυτή σου κρατάει ψηλά το κεφάλι, αυτή σε πορεύει στη ζωή σου, αυτή σε ταΐζει. Δίχως δουλειά ο άνθρωπος είναι ένα τίποτα και υποφέρει ακόμα πιο πολύ. Εγώ δουλεύω από δεκατριών χρονών παιδάκι και με τη δουλειά μου δεν είχα ανάγκη κανέναν...»

Αυτό το τελευταίο του άρεσε πολύ. Ήθελε κι αυτός να μην έχει ανάγκη κανέναν και να στηρίζεται στις δικές του δυνάμεις. Κι ένιωθε ότι τα είχε καταφέρει καλά, αφού είχε φύγει από πάνω του και το βάρος του οικοτροφείου.

Μετά την εξαφάνισή του εκείνο το βράδυ, κατάφεραν να βρουν τον θείο του τον Μήτσο, που άκουσε τον εξάψαλμο για τον ανιψιό του, «ένα αγρίμι που κάνει μόνο του κεφαλιού του», όπως του είπαν, ξεκαθαρίζοντάς του ότι πλέον δεν ήταν αποδεκτός στο οικοτροφείο. «Έχει γονέα και κηδεμόνα, πλέον αναλάβετε εσείς», τον ενημέρωσαν, και τον έβαλαν να υπογράψει ένα χαρτί.

Η δουλειά στο μαραγκούδικο ήταν το διαβατήριο για να μπει στη ζωή, έχοντας πει όμως ένα ψέμα στη μάνα και στον θείο του, ότι έμενε σε ένα δωματιάκι που του είχε παραχωρήσει το αφεντικό του, κολλητά με το μαγαζί. Και το έκανε γιατί φοβήθηκε ότι μπορεί να τον έστελναν σε κανένα άλλο ίδρυμα κι αυτό δε θα το άντεχε. Προτιμούσε να πέσει στις ρόδες ενός φορτηγού. Αυτός ήταν κι ο λόγος που υπέμενε τον Αρίστο, ξέροντας ότι δεν είχε κι άλλη επιλογή. Όταν βασανιζόταν και τον έπιανε το παράπονο, σκεφτόταν τον Μάρκο στο Αργοστόλι, ένα μάθημα ζωής γι' αυτόν. «Παλεύει και δεν το βάζει κάτω, ένα παιδί που δε μιλάει και δεν ακούει. Εγώ τα έχω όλα και πρέπει να αντέξω! Πρέπει να τα καταφέρω», έλεγε στον εαυτό του.

Είχε μεταφέρει πια τον σάκο του στην αποθήκη του ξυλουργείου, εκεί όπου πραγματικά ήταν ένα χάος. Εκεί έκρυβε τα λεφτά του, έχοντας φυλάξει εκείνο το πρώτο δίφραγκο που κέρδισε από την πρώτη του δουλειά, όταν κουβάλησε τις κούτες του μπαρμπα-Γιάννη. Αυτό το κέρμα, που γι' αυτόν είχε ξεχωριστή σημασία, δε θα τον άγγιζε, όσες δυσκολίες κι αν συναντούσε.

Τον πρώτο καιρό δυσκολευόταν πολύ, με ένα βάσανο που δεν παλευόταν. Έφευγε κατάκοπος από το μαραγκούδικο και πήγαινε να κοιμηθεί με τη μάνα του, αναγκασμένος να σηκώνεται άγριο χάραμα για να γυρίσει πίσω. Και τότε, είχε να αντιμετωπίσει τον σατράπη –έτσι τον βάφτισε– Αρίστο, που του έψηνε το ψάρι στα χείλη. Ήθελε να βρίσκει το μαγαζί σκουπισμένο και σφουγγαρισμένο, τα εργαλεία καθαρισμένα στη σειρά, τα ξύλα ζυγισμένα και τοποθετημένα κατά μέγεθος, τα κόντρα πλακέ περασμένα με φάρμακο, τον καφέ του έτοιμο και το ραδιοφωνάκι στον σταθμό που έλεγε ειδήσεις. Κι αφού ερχόταν, συνήθως ξινισμένος, τον έστελνε στον φούρνο να του φέρει ψωμί και στον μπακάλη για ντομάτα, τυρί και ελιές.

Όμως αυτό τον έβαλε στον κόσμο της αγοράς, τον οποίο ως τότε αγνοούσε. Έμαθε να ψωνίζει και να ξέρει τις τιμές, όπως και να έρχεται σε επαφή με τους μαγαζάτορες. Έμαθε επίσης να διαχειρίζεται τα λεφτά του. Από τις πέντε δραχμές που έπαιρνε, ξόδευε τα μισά για φαγητό και φυλούσε τα υπόλοιπα, ενώ υπήρχαν και μέρες που δε χαλούσε τίποτα, όταν η μάνα του είχε πακετάρει κάποιο φαγητό που του έδινε το πρωί φεύγοντας.

Ο μπακάλης τον συμπαθούσε πολύ, κι έτσι με μιάμιση δραχμή μπορούσε να πάρει μισή φραντζόλα ψωμί, μορταδέλα που λάτρευε και λίγες ελιές. Του ήταν αρκετά. Κι έχοντας εκτιμήσει την αξία του χρήματος, τα Σάββατα, όταν ο σατράπης έκλεινε το μαγαζί, πεταγόταν ως τον μπαρμπα-Γιάννη, του καθάριζε όλο το μαγαζί, έπλενε το πάτωμα κι έφευγε με ένα επιπλέον δίφραγκο.

«Εσύ μια μέρα θα μας αγοράσεις όλους!» του έλεγε ο μπαρμπα-Γιάννης, κι ο Φώτης χαιρόταν και χαμογελούσε, κι έκανε όνειρα ότι μια μέρα ο σάκος του θα γέμιζε με τάλιρα.

Είχε μετανιώσει που άφησε τα μαθήματα του σχολείου στον Ζηρό και καταλάβαινε ότι δεν τιμώρησε τελικά την Προκοπία κι εκείνον τον δάσκαλο, τον Γιακουμή, αλλά τον ίδιο του τον εαυτό. Κι υπήρχε μόνο ένας τρόπος να καλύψει κάπως το κενό. Άρχισε να αγοράζει μέρα παρά μέρα δύο εφημερίδες, τον *Ελεύθερο Κόσμο*, για να διαβάζει κάποια υπέροχα κείμενα του Νίκου Τσιφόρου που τον έκαναν να γελάει, όπως και ιστορίες από τον πόλεμο, αλλά και το *Φως των Σπορ* για τα θέματα του Θόδωρου Νικολαΐδη και τις ποδοσφαιρικές αναλύσεις.

Του άρεσε το ποδόσφαιρο, και τις Κυριακές άρχισε να τρυπώνει στο γήπεδο του ΠΑΣ, πηδώντας μια μάντρα από την πίσω πλευρά. Εκεί μάλιστα βρήκε τρόπο να βγάζει κι άλλο δίφραγκο και να πίνει και τζάμπα πορτοκαλάδα. Μόλις τελείωναν τα παιχνίδια, έμπαινε στα αποδυτήρια και βοηθούσε τον φροντιστή να κουβαλήσει στο πούλμαν τους βαριούς σάκους με τα ρούχα, τα παπούτσια, τις πετσέτες και τις μπάλες της ομάδας.

Αυτό το χαιρόταν πολύ, κι ανακάλυψε ότι ήταν ένας τρόπος που τον βοηθούσε να μη σκέφτεται τόσο και να μη στενοχωριέται. Γιατί ένα βράδυ που έφυγε πολύ φορτισμένος από το μαγαζί, όταν ο σατράπης τον έβαλε να πλανάρει κοντά στις τριάντα τραχιές επιφάνειες στο τέλος της δουλειάς, τσακώθηκε με τη μάνα του. Τη ρώτησε πώς ήταν δυνατόν να τον κρύβει και να τον αναγκάζει να φεύγει άγρια χαράματα, τη ρώτησε επίσης αν ντρεπόταν γι' αυτόν, κι όταν άκουσε αοριστίες που δεν του άρεσαν καθόλου, πήρε μια σκληρή απόφαση και της την ανακοίνωσε: «Εγώ δεν ξανάρχομαι εδώ για ύπνο. Δεν αντέχω να φεύγω σαν κλέφτης».

Κι αντί να του πει κάτι, να του υποσχεθεί ότι θα μιλούσε στην κυρά της, τον ρώτησε τι σκεφτόταν να κάνει.

«Μην ανησυχείς για μένα, θα τα καταφέρω», της απάντησε κουρασμένα κι έφυγε.

Είχε τη λύση στην αριστερή του τσέπη. Το κλειδί του μαραγκούδικου. Αφού εκείνος άνοιγε το πρωί και πολλές φορές εκείνος έκλεινε και το βράδυ, γιατί να μην το εκμεταλλευόταν; Καθάρισε όσο γινόταν την αποθήκη, πέταξε άχρηστα πράγματα, έβαλε κάτω στο πάτωμα δύο κόντρα πλακέ που ήταν ακουμπισμένα στον τοίχο κι έτσι έφτιαξε το κρεβάτι του, στρώνοντας πάνω του κάμποσες εφημερίδες και μερικά αφρολέξ από καρέκλες που είχαν επισκευάσει. Για μαξιλάρι χρησιμοποιούσε τον σάκο του, πήρε και μια παλιά κουβέρτα που είχε ο μπαρμπα-Γιάννης στη δική του αποθήκη κι έτοιμο το... δωμάτιο.

Δεν τον ένοιαζε η ταλαιπωρία, που έτσι κι αλλιώς ήταν λιγότερη από το να φεύγει αξημέρωτα από τη μάνα του, πάνω στον πιο γλυκό ύπνο. Κι ένιωθε και κύριος, αφού, χάρη σε μια λάμπα που υπήρχε στο μαγαζί, διάβαζε με την άνεσή του τις εφημερίδες, τρώγοντας κι ένα σάντουιτς που φρόντιζε να φυλάει από το μεσημέρι.

Ο σατράπης δεν του είχε δώσει ποτέ ούτε ψίχουλο, αλλά δεν είχε κανένα πρόβλημα να διαβάζει τις εφημερίδες που αγόραζε ο Φώτης και που τις περίμενε πώς και πώς. Κι όταν δεν έπαιρνε εφημερίδα, του γκρίνιαζε και τον έλεγε τσιγκούνη. Ο θυμός του καταλάγιαζε με δυο απλές κουβέντες του μπαρμπα-Γιάννη: «Να ξέρεις ότι η ζωή είναι σκληρή κι οι άνθρωποι δε χρωστάνε καλό. Αλλά αν έχεις δύναμη και υπομονή, νικάς τα πάντα. Αν τις χάσεις, χάνεις τα πάντα...».

Παιδεύτηκε πολύ για να στρώσει ικανοποιητικά το «σπίτι» του. Κάθε βράδυ, πριν πέσει για ύπνο, κυνηγούσε ποντίκια που λάτρευαν τη μυρωδιά του ξύλου και τα ροκανίδια, κι υπήρχαν φορές που του έπαιρνε ώρες μέχρι να εξουδετερώσει τους εισβολείς. Αλλά κι αυτό το συνήθισε και μετά το αντιμετώπιζε σαν παιχνίδι, το οποίο όμως στάθηκε μοιραίο γι' αυτή την πρώτη του δουλειά. Δεν καταλάβαινε ότι, κυνηγώντας ποντίκια, έκανε θόρυβο, ο οποίος κάποια στιγμή έγινε αντιληπτός από κάποιους.

Ένα βράδυ λοιπόν, μόλις είχε ξαπλώσει, άκουσε κλειδί στην πόρτα και δεν πρόλαβε να κάνει τίποτα. Είχε μπει στο μαγαζί ο Αρίστος, τον οποίο είχε ενημερώσει ένας γείτονας που άκουγε τους θορύβους. Τον κοίταξε αγριεμένος κι άρχισε να ουρλιάζει: «Εδώ κοιμάσαι, ρε μπάσταρδε; Ποιον ρώτησες, ρε; Τι το πέρασες, ξενοδοχείο;». Έτσι θυμωμένος όπως ήταν, του άστραψε ένα χαστούκι και τον έκανε να δει τον ουρανό σφοντύλι. «Καλά σε κατάλαβα ότι είσαι τσογλάνι! Μου παρίστανες τη χαμηλοβλεπούσα κι από πίσω έκανες τα δικά σου. Σε έχω ικανό να πούλησες τίποτα εργαλεία!»

Ο Φώτης, εμβρόντητος, τον είδε να ψάχνει ένα ένα τα εργαλεία, βλαστημώντας σε έξαλλη κατάσταση, και προσπάθησε να του εξηγήσει τον λόγο που κοιμόταν εκεί. Πριν καλά καλά αρθρώσει δυο κουβέντες, είδε τον σατράπη να τον σπρώχνει και να τον σιχτιρίζει.

«Τσακίσου από δω, ρε μπαστάρδι! Και μην ξαναπατήσεις το πόδι σου, λεχρίτη!» Τον πήγε σπρώχνοντας ως την πόρτα και τον απείλησε ότι θα φωνάξει τη χωροφυλακή να τον μαζέψει.

Και μόνο η λέξη «χωροφυλακή» του έφερνε αλλεργία με όσα είχε περάσει στο παρελθόν, κι έτσι, χωρίς να επιχειρήσει να υπερασπίσει τον εαυτό του, έφυγε.

Αλλά όταν μερικά δευτερόλεπτα μετά συνειδητοποίησε ότι τον πέταξε έξω, θυμήθηκε ότι σ' εκείνο το άθλιο δωμάτιο είχε όλη την περιουσία του· τον σάκο με τα πράγματά του. Γύρισε πίσω λοιπόν για να τον πάρει, με τον Αρίστο να τον ξαναλούζει με βρισιές και τελικά να του πετάει τον σάκο σε κάτι βρομόνερα έξω από το μαγαζί. Σκέφτηκε να του επιτεθεί και να τον διαλύσει, αφού πια είχε δυναμώσει πολύ, αλλά του ήρθαν στον νου οι κουβέντες του μπαρμπα-Γιάννη: «*Αν έχεις δύναμη και υπομονή νικάς τα πάντα...*». Βούρκωσε από τον θυμό του για τη νέα αδικία και ξανασκέφτηκε αυτό που του ερχόταν συχνά στον νου του στο Ληξούρι: *Είμαι καταραμένος*.

Ήταν μία από τις δυσκολότερες νύχτες της ζωής του, αφού μέσα του ένιωθε διαλυμένος. Κι ήταν η πρώτη φορά που δεν είχε να πάει πουθενά, κι όχι από δική του επιλογή. Δεν ήταν μια απόδραση, όπως άλλες φορές, αλλά το σκληρό πρόσωπο της ζωής για το οποίο του είχε μιλήσει ο μπαρμπα-Γιάννης.

Απέκλεισε το ενδεχόμενο να πήγαινε στη μάνα του –κι αυτό το ξεκαθάρισε από την πρώτη στιγμή μέσα του–, αλλά δεν είχε και τη δύναμη να επιστρέψει σ' εκείνη την πρώτη κρυψώνα, στην ταβέρνα. Έτσι, κατηφόρισε προς τη λίμνη και διάλεξε να πάει σ' εκείνο το παγκάκι μπροστά από τα καραβάκια. Έβαλε κάτω τον σάκο και ξάπλωσε, αλλά πολύ γρήγορα μετάνιωσε για την επιλογή του. Ο αέρας έφερνε πάνω του νερά από τη λίμνη και τον πάγωνε κι άλλο. Με βαριά πόδια και ζαλισμένος από την ταλαιπωρία, πήρε τον σάκο στον ώμο, χωρίς να ξέρει τι να κάνει.

Και τότε, την πιο κρίσιμη στιγμή, τον έσωσε το... διφραγκάκι. Γιατί γυρίζοντας προς τα πίσω, θυμήθηκε ότι σ' εκείνο ακριβώς το σημείο κέρδισε το πρώτο του δίφραγκο κουβαλώντας τις κούτες του μπαρμπα-Γιάννη. «Πώς δεν το σκέφτηκα», μονολόγησε. Χωρίς χρονοτριβή κατευθύνθηκε προς το μαγαζί του «θείου», το οποίο μάλιστα είχε από πάνω ένα σιδερένιο υπόστεγο, που θα τον προστάτευε αρκετά από τον αέρα που είχε αρχίσει να σφυρίζει. Πήρε δυο μαξιλάρια από τις καρέκλες ενός παραδιπλανού ζαχαροπλαστείου, τα έβαλε κάτω και κάθισε, ακουμπώντας την πλάτη του στην πόρτα του μαγαζιού.

Δυο γατιά χαριεντίζονταν και νιαούριζαν χαρούμενα, αδιαφορώντας για εκείνον τον περίεργο ξαπλωμένο. Ένιωθε άδειος. Κι ήταν όλα άδεια μέσα του, με το αίμα να κυλάει παγωμένο και τις αισθήσεις μουδιασμένες, όπως η ψυχή του. Βρήκε μια σκέψη να παρηγορηθεί, κι αυτό το έκανε κάθε φορά που αισθανόταν να τον τυλίγει η θλίψη. Σκέφτηκε ότι στον Ζηρό ήταν πολύ χειρότερα, κι ας κοιμόταν σε κρεβάτι, κι ας έτρωγε ζεστό φαγητό. Εκεί η ψυχή του πονούσε κάθε μέρα.

Ένιωσε νοσταλγία για τον Διονύση κι αναρωτήθηκε για πολλοστή φορά: «Πού να είναι τώρα; Να γύρισε άραγε στο χωριό του ή να τον έστειλαν κι αυτόν αλλού; Αν ήταν τώρα εδώ μαζί μου, θα γελούσαμε πολύ και θα περνούσαμε τέλεια...». Κοίταξε το χέρι του, αυτό που είχε κόψει για να ενώσει το αίμα του με του Διονύση. Δε φαινόταν καθόλου το σημάδι. Το είχε εξαλείψει ο χρόνος κι έμειναν μόνο οι αναμνήσεις. «Δε θέλω να τον ξεχάσω ποτέ, και ορκίζομαι ότι κάποια μέρα θα τον ψάξω και θα τον βρω, όπου κι αν έχει πάει...» είπε στον εαυτό του.

Θυμήθηκε ξανά την Κανέλα, που έδειχνε τόσο ενθουσιασμό κάθε φορά που τον συναντούσε, που τον κοιτούσε στα μάτια και του έδειχνε την ευγνωμοσύνη της. *Μάλλον τα ζώα με αγαπάνε περισσότερο...* Ξανάνιωσε πίκρα κι έφερε στον νου του τα παιχνίδια μαζί της, τα σάλτα της, τα κόλπα που έκανε για να τον ευχαριστήσει. Κι έτσι γερμένος όπως ήταν αποκοιμήθηκε, αγκαλιά με τον σάκο του.

Εκεί τον βρήκε ο μπαρμπα-Γιάννης, που πηγαίνοντας στο μαγαζί του τρόμαξε πολύ όταν είδε από μακριά κάποιον πεσμένο στην πόρτα. Απέκλεισε το ενδεχόμενο να ήταν κάποιος μεθυσμένος, γιατί δε συνηθιζόταν στην πόλη, ενώ δεν υπήρχαν ούτε ζητιάνοι που κοιμόνταν στον δρόμο.

Όταν λοιπόν πλησίασε πιο κοντά με μεγάλη προσοχή και επιφυλακτικότητα και είδε ότι ήταν ο μικρός, ανησύχησε τρομερά. Πήγε ήρεμα δίπλα του, παρατήρησε αν ήταν ματωμένος ή χτυπημένος και τον χάιδεψε στο κεφάλι, και τότε ο Φώτης τινάχτηκε σαν γάτα που βρισκόταν σε κίνδυνο.

Ο μπαρμπα-Γιάννης τον πήρε αγκαλιά και του είπε να μη φοβάται. «Κάτσε μισό λεπτό να ανοίξω το μαγαζί να μπούμε», του είπε. Κι όταν μπήκαν, του ζήτησε να καθίσει στην καρέκλα, τον σκέπασε με το μπουφάν του και του έφτιαξε ένα τσάι. Μόλις συνήλθε ο Φώτης, του περιέγραψε με κάθε λεπτομέρεια όσα συνέβησαν με τον Αρίστο και πώς κατέληξε εκεί. Δεν τόλμησε να του πει ότι τελικά έχει μάνα, γιατί δεν ήθελε, τουλάχιστον εκείνη τη στιγμή, να του αναλύσει την ιστορία που τόσο τον πονούσε μέσα του. Σκέφτηκε επίσης ότι, αν του το έλεγε, ο «θείος» μπορεί και να έψαχνε τη μάνα του κι αυτό να έφερνε μπελάδες και σ' εκείνη και στον ίδιο.

«Α τον αλήτη, σαν δεν ντρέπεται! Αν ήξερα ότι ήταν τέτοιος παλιάνθρωπος, δε θα σε έστελνα, παιδί μου, που να τονε φάνε τα καβούρια της λίμνης!»

Ο Φώτης τουρτούριζε στην καρέκλα κι ο μπαρμπα-Γιάννης ένιωσε πολύ άσχημα, πόνεσε η ψυχή του.

«Μείνε εδώ, παλικάρι μου, έρχομαι αμέσως!» Πετάχτηκε στον φούρνο και του έφερε μια ζεστή τυρόπιτα κι ένα μπουκάλι γάλα, λέγοντάς του ότι, μόλις φάει, θα νιώσει καλύτερα και θα αναλάβει δυνάμεις.

Κι έτσι έγινε, με τον «θείο» να αποδεικνύεται πάλι σωστός και τον Φώτη να τον θαυμάζει για τη σοφία του.

Η μέρα είχε ξεκινήσει, όπως κι οι δουλειές, αλλά οι δυνάμεις του από την ολονύχτια ταλαιπωρία σιγά σιγά τον εγκατέλειπαν.

Ο μπαρμπα-Γιάννης, αφού τελείωσε μια παραγγελία που έπρεπε να φύγει, δίχως να αφήσει τον μικρό να σηκωθεί από την καρέκλα, ανέλαβε δράση. «Λοιπόν, προτείνω, ή μάλλον σε διατάζω να...»

«Δε μου αρέσουν οι διαταγές!» τον διέκοψε ο Φώτης.

Ο «θείος» χαμογέλασε. «Καλά, καλά, δε σε είπαμε και καμπούρη! Λέω λοιπόν να πας στην αποθήκη για λίγο. Έχω ένα ράντζο όπου ξαπλώνω μερικά μεσημέρια. Να πέσεις λίγο να ξεκουραστείς, γιατί φαίνεσαι χάλια, και μετά, όταν σηκωθείς, θα κάνουμε δουλειές. Και μη σε νοιάζει τίποτα, κοιμήσου σαν πουλάκι, νωρίς είναι ακόμα».

Τον πήρε μεσημέρι για να ξυπνήσει, κι όταν άνοιξε τα μάτια έπειτα από έναν βαθύ ύπνο γεμάτο εφιάλτες –είδε ότι τον πέταξαν από το καράβι στη φουρτουνιασμένη θάλασσα–, δεν ήξερε πού βρισκόταν. Αισθάνθηκε θλίψη όταν συνειδητοποίησε την πραγματικότητα. Καλή η ελευθερία, αυτή που αναζητούσε από τον Ζηρό κιόλας, αλλά τώρα, με έναν σάκο στα χέρια, έπρεπε να βρει τρόπους να επιβιώσει.

Ο ένας τρόπος υπήρχε μπροστά του. Τινάχτηκε από το ράντζο, που του φαινόταν υπέροχο μετά τους ύπνους στο πάτωμα, και πήγε προς το μαγαζί. Ο μπαρμπα-Γιάννης ήταν ιδρωμένος και έδειχνε απελπισμένος βλέποντας τις δεκάδες κούτες που ήταν γύρω του και που έπρεπε να τακτοποιήσει.

«Θείε, άσε με να τις φτιάξω όλες εγώ κι εσύ κάτσε να ξεκουραστείς! Πες μου μόνο τι πρέπει να κάνω», του είπε, και τον τρόμαξε έτσι απότομα που πετάχτηκε, αφού ήταν βυθισμένος στις σκέψεις του.

«Βρε, βρε, ξύπνησε το παιδί; Έστρωσε το μούτρο σου, το ξέρεις;»

«Δεν ξέρω τίποτα! Ξέρω μόνο ότι δε με πέταξαν στη θάλασσα».

«Τι; Ποια θάλασσα;»

«Τίποτα, έβλεπα κάτι όνειρα. Πού είναι ο βοηθός σου και γιατί τα κάνεις όλα αυτά μόνος σου;»

Ο μπαρμπα-Γιάννης συννέφιασε και συνέχισε να σπρώχνει εκείνες τις κούτες.

«Ε, δε με άκουσες;»

«Άσ' τα, Φώτη... Αυτά είναι για μεγάλους...»

«Κι εγώ μεγάλος είμαι!»

«Καλύτερα να μη μεγαλώσεις και να μείνεις εκεί που είσαι...»

«Πες μου!»

΄Εβλεπε κάτι ξεχωριστό σ' αυτόν τον μικρό-μεγάλο κι έτσι του είπε τον πόνο του.

«Κοίτα, δεν μπορούσα να τον πληρώνω πια, δεν περισσεύουν τα λεφτά. Η γυναίκα μου είναι άρρωστη πολύ και πρέπει να της παίρνω κάτι ακριβά φάρμακα, ενώ τη φυλάει μια νοσοκόμα που την πληρώνω κάθε μέρα. Δε μένουν και πολλά, ίσα ίσα για να τη βγάζουμε. Αλλά δεν το άφησα έτσι το παιδί που είχα στη δουλειά. Το έστειλα σε άλλη, καλύτερη δουλειά».

Ο Φώτης στενοχωρήθηκε πολύ και κατέβασε τα μούτρα του.

«Είδες που σου είπα, παιδί μου; Μη μεγαλώσεις...»

«Παιδιά δεν έχεις, θείε;»

«Όχι, δε μας αξίωσε ο Θεός...»

«Καλά, μη στενοχωριέσαι, θα γίνει καλά και θα έχεις μετά λεφτά! Και μη σε νοιάζει, θα σου κάνω εγώ δουλειές τζάμπα! Είμαι δυνατός!»

Ο μπαρμπα-Γιάννης χαμογέλασε μ' αυτόν τον φτωχοδιάβολο που του φανέρωνε μια χρυσή καρδιά, γεμάτη αθωότητα.

«Λοιπόν, άσε τα πολλά λόγια κι έλα να τα κάνουμε μαζί για να τελειώνουμε μια ώρα αρχύτερα. Και μετά θα φάμε μια πίτα να την ευχαριστηθούμε!»

Με μια τρομερή ενέργεια ο Φώτης ανέλαβε να αδειάσει τις κούτες και να τακτοποιήσει τα πράγματα, να πετάξει τα χαρτόνια στα σκουπίδια, να σκουπίσει και να σφουγγαρίσει. Έκανε λαμπίκο το μαγαζί κι άφησε τον μπαρμπα-Γιάννη να τον κοιτάει με θαυμασμό.

«Βρε, εσύ είσαι πολύ προκομμένος, δε θα πεινάσεις ποτέ!»

«Μα πεινάω! Άσε τα πολλά λόγια και φέρε την πίτα!»

Είχε φτάσει πια απόγευμα κι ο μπαρμπα-Γιάννης, που έπρεπε ήδη να έχει φύγει για να πάει στη γυναίκα του, σκεφτόταν όλη αυτή την ώρα τι θα απογίνει ο μικρός, ο οποίος είχε προλάβει να του διηγηθεί ιστορίες από τον Ζηρό, το Ληξούρι αλλά και το Ίδρυμα Σταύρου. Μπορεί να του έκανε τον καμπόσο, λέγοντάς του ότι είχε κοιμηθεί και στο ύπαιθρο και δε φοβόταν τίποτα, αλλά δεν ήταν σκυλί. Έπειτα από όλα αυτά που άκουσε, ήταν πλέον σίγουρος για την απόφαση που πήρε.

«Άκου, μάγκα, μέχρι να βρεθεί μια καλύτερη λύση που θα είναι σίγουρη, όχι σαν αυτή του αληταρά του Αρίστου, θα κοιμάσαι εδώ στην αποθήκη. Για φαΐ μη σε νοιάζει, το βολεύουμε. Αλλά δεν έχει σουλάτσα! Όταν κλείνω το μαγαζί, θα μένεις μέσα, το αντέχεις; Γιατί εσένα δε σε χωράει ο τόπος!»

Ο Φώτης χαμογέλασε. «Δε με χωράει όταν με κυνηγάνε. Εδώ όμως είναι αλλιώς. Κι εσύ είσαι αλλιώς. Και να ξέρεις, όλα τα αντέχω...»

Κι άντεξε και το μέσα, πρωτοφανές γι' αυτόν, δίχως να σκέφτεται ότι κάθεται σε αναμμένα κάρβουνα. Από τα λεφτά που του είχαν απομείνει αγόρασε ένα βιβλίο ελληνικής Ιστορίας και κάθε βράδυ χανόταν στις σελίδες του, αφού ήταν κάτι που λάτρεψε από τότε που τον μύησε στον Ζηρό ο Πασχάλης. Και διάβαζε μέχρι να κλείσουν τα μάτια του, μαγεμένος από τους αγώνες και τις μάχες των ηρώων του.

Κι ονειρευόταν ότι ήταν ο Κολοκοτρώνης με την τρομερή περικεφαλαία, ο Καραϊσκάκης με το σπαθί, ο Νικηταράς με το τρομερό άλογο, ο Παπαφλέσσας με το φλογερό πάθος. Αυτόν τον παπά τον αγάπησε πολύ, ίσως περισσότερο από τους άλλους. Ανακάλυψε, επίσης, ότι είχε ταλέντο να αποστηθίζει τις ημερομηνίες και πολύ του άρεσε, φροντίζοντας να τις λέει απ' έξω.

«23 Απριλίου 1821, η Μάχη της Αλαμάνας – Αθανάσιος Διάκος, 8 Μαΐου 1821, η Μάχη στο Χάνι της Γραβιάς – Οδυσσέας Ανδρούτσος, 18 Μαΐου 1821, η Μάχη των Δολιανών – Νικηταράς ο Τουρκοφάγος, 23 Σεπτεμβρίου 1821, η Μάχη της Τριπολιτσάς – Θεόδωρος Κολοκοτρώνης, 26 Ιουλίου 1822, η Μάχη των Δερβενακίων – πάλι Θεόδωρος Κολοκοτρώνης, 21 Ιουνίου 1824, η Καταστροφή των Ψαρών με τη σφαγή των κατοίκων, 20 Μαΐου 1825, η Μάχη στο Μανιάκι – Παπαφλέσσας, 18 Νοεμβρίου 1826, η Μάχη της Αράχωβας – Γεώργιος Καραϊσκάκης, η τελευταία μάχη στην Πέτρα 12 Σεπτεμβρίου 1829 – Δημήτριος Υψηλάντης».

Τις ήξερε όλες απ' έξω, κι έβαζε και τον μπαρμπα-Γιάννη να τις ακούει και να γελάει με το πάθος του μικρού.

Το μυαλό του έπαιρνε στροφές, κι έτσι γρήγορα βρήκε τρόπο να βγάζει έξι δραχμές την ημέρα, και μάλιστα ξεκούραστα. Το πρωί πήγαινε στην προκυμαία λύνοντας και δένοντας τα σχοινιά από τα καραβάκια που πηγαινοέρχονταν, και μετά το τελευταίο δρομολόγιο το έπλενε, κι αυτό το καθημερινό δίφραγκο του φάνηκε το ευκολότερο της ζωής του. Άλλες τέσσερις έπαιρνε από τον μπαρμπα-Γιάννη, αν και στην αρχή αρνήθηκε την προσφορά, λέγοντάς του ότι δεν ήθελε λεφτά από εκείνον.

Ο «θείος» τού εξήγησε ότι το προηγούμενο παιδί, που ήταν

αρκετά πιο μεγάλο, έπαιρνε δεκαπέντε δραχμές την ημέρα, «κι αυτές οι τέσσερις που σου δίνω δε θα μου λείψουν». Έτσι δέχτηκε, με μια προϋπόθεση· το μεσημέρι να φτιάχνει όλες τις παραγγελίες της επόμενης μέρας και να τακτοποιεί τις παραλαβές, και το βράδυ να γεμίζει τα ράφια και να καθαρίζει το μαγαζί. Τον ενθουσίαζε αυτή η δημιουργικότητα όσο και το διάβασμα, με ένα βιβλίο που κόντευε να μάθει απ' έξω. Υποσχέθηκε στον εαυτό του ότι σύντομα θα προχωρούσε στο επόμενο, μαθαίνοντας και για άλλες ιστορικές περιόδους.

Αλλά κι ο ύπνος του ήταν πια ήσυχος. Ο μπαρμπα-Γιάννης είχε φροντίσει να του φέρει σκεπάσματα και μαξιλάρι και μάλιστα τον πείραζε: «Τώρα είσαι πασάς στα Γιάννενα!».

«Να μου λείπει! Εδώ κοντά είχαν σκοτώσει τον Αλή Πασά και του είχαν κόψει και το κεφάλι! 24 Ιανουαρίου 1822!»

«Μωρέ, μπράβο! Εσύ έχεις την απάντηση έτοιμη κάτω από τη γλώσσα!»

18

ΤΡΙΑ ΧΡΟΝΙΑ ΜΕΤΑ...

ΚΑΤΕΒΗΚΕ ΤΡΕΧΟΝΤΑΣ τις σκάλες για να μπει στο ημιυπόγειο σπίτι του, πέταξε το βρεγμένο μπουφάν κι άνοιξε το παντζούρι για να μπει λίγο φως. Παρά τη βροχή και το κρύο ήταν ιδρωμένος κι ένιωθε να ζεσταίνεται. Πεινούσε αρκετά, αφού ούτε το προηγούμενο βράδυ πρόλαβε να φάει γυρίζοντας αργά από τη δουλειά. Ωστόσο παραμέρισε την πείνα του, απλώνοντας με αγωνία την εφημερίδα πάνω στο μικρό τραπεζάκι. Κι ήταν τόσο ταραγμένος, που δεν πρόσεξε ότι από το παράθυρο έμπαινε βροχή. Το βλέμμα του είχε σκοτεινιάσει.

ΝΕΚΡΟΙ ΚΑΙ ΤΡΑΥΜΑΤΙΑΙ ΕΙΣ ΤΟ ΚΕΝΤΡΟ ΤΩΝ ΑΘΗΝΩΝ ΚΑΤΑ ΤΗΝ ΒΙΑΙΑΝ ΔΙΑΛΥΣΙΝ ΤΩΝ ΔΙΑΔΗΛΩΣΕΩΝ. ΤΕΘΩΡΑΚΙΣΜΕΝΑ ΚΑΤΗΛΘΑΝ ΕΙΣ ΤΗΝ ΠΟΛΙΝ.

Δραματικήν τροπήν προσέλαβαν χτες εντός αλλά κυρίως εκτός του χώρου του Πολυτεχνείου αι φοιτητικαί εκδηλώσεις που ήρχισαν από την Τρίτην. Εις ολόκληρον σχεδόν το κέντρον των Αθηνών και από της 5ης απογευματι-

νής και πέραν του μεσονυκτίου συνεκρούοντο αλλεπάλληλοι διαδηλώσεις φοιτητών και πολιτών, αι οποίαι διαλύοντο βιαίως και κυρίως διά της χρήσεως δακρυγόνων υπό της αστυνομίας. Μέχρι και του μεσονυκτίου η κατάστασις ήτο άκρως συγκεχυμένη. Η κυκλοφορία είχεν απαγορευθεί και αι αρχαί ηρνούντο να παράσχουν οιανδήποτε πληροφορίαν επί των φημών ότι πέραν των πολλών τραυματιών υπήρχον και νεκροί. Πάντως βέβαιον είναι ότι πέριξ του Πολυτεχνείου ηκούοντο πυροβολισμοί. Περί το μεσονύκτιον ενεφανίσθησαν εις τον κόμβον των Αμπελοκήπων προερχόμενα από το Γουδί και τον Διόνυσον τεθωρακισμένα οχήματα και τανκς. Επί ορισμένων διασταυρώσεων εστάθμευσαν άρματα με ισχυρούς προβολείς ενώ οι στρατιώται ήλεγχον την κυκλοφορίαν.

Χωρίς να αφήσει την εφημερίδα από τα χέρια του, ο Φώτης πήγε στην κουζίνα για να πιει λίγο νερό, νιώθοντας το στόμα του να έχει στεγνώσει.

«Τους αλήτες! Τα καθάρματα! Θα αιματοκυλήσουν την Ελλάδα οι δολοφόνοι!» μονολόγησε και άδειασε όλο το ποτήρι.

Λίγο πριν τα μεσάνυκτα έξω από το Πολυτεχνείον το πλήθος παρέμενε πυκνόν και αμετακίνητον παρ' όλον ότι ηκούοντο πυροβολισμοί και ριπαί αυτομάτων όπλων από την κατεύθυνσιν της οδού Τοσίτσα και της οδού Μάρνη και παρά τας εντόνους φήμας ότι ήδη υπήρχον νεκροί και τραυματίαι από σφαίρας πυροβόλων όπλων. Η κατάστασις είναι ιδιαιτέρως έκρυθμος...

Το αφεντικό του στο εργοστάσιο, ο κύριος Δημοσθένης, του είχε πει να μείνει στο σπίτι, γιατί οι ταραχές είχαν φτάσει και στην πόλη τους.

«Φώτη, επειδή βράζει το αίμα σου, μην κάνεις καμιά βλακεία. Ο Παπαδόπουλος δεν αστειεύεται, και τώρα που νιώθει ότι κινδυνεύει και χάνει τον έλεγχο, θα κάνει άγρια πράγματα. Κοίτα μην μπλέξεις πουθενά. Αύριο που είναι Κυριακή είναι μια καλή ευκαιρία να πας στη μητέρα σου, κι εμείς τα λέμε τη Δευτέρα. Αν έχουμε τίποτα σοβαρές ιστορίες –γιατί ακούω ότι αγριεύει το πράγμα–, θα φροντίσω να σε ενημερώσω. Εντάξει;»

Από το ραδιόφωνο του γείτονα απέναντι άκουγε τον Στυλιανό Παττακό να γαβγίζει και να απειλεί: *«Θα πατάξομεν τους αλητήριους και θα αποκαταστήσομεν την τάξιν. Η τακτική της μαζικής βίας δεν ανήκει εις την τακτικήν της δημοκρατίας και δεν προτιθέμεθα να...»*. Έκλεισε το παντζούρι και το παράθυρο και πέταξε εκνευρισμένος την εφημερίδα στο πάτωμα.

«Κατελήφθη και η Πολυτεχνική Θεσσαλονίκης, διαδηλώσεις φοιτητών και πολιτών εις Πάτρας και Ιωάννινα αλλά και ετέρας πόλεις», πρόλαβε να διαβάσει στην τελευταία σελίδα, όπως έπεσε κάτω. Μέσα του η οργή φούντωνε κι ένιωθε να βράζει το αίμα του. «Μακάρι να ήμουν στην Αθήνα. Θα έκαιγα τανκς!» είπε ψάχνοντας κάτι να φάει. Αλλά σκέφτηκε ότι θα μπορούσε να αγοράσει κάτι απ' έξω, αφού έτσι κι αλλιώς έπρεπε να βγει και να πάει στον μπαρμπα-Γιάννη που ήταν άρρωστος.

Χάλια ήταν δηλαδή, όπως τον περισσότερο καιρό τελευταία. Από τότε που πέθανε η γυναίκα του, η κυρία Πέρσα, τον πήρε η κάτω βόλτα και παράτησε τελείως τον εαυτό του. Κι αν δεν ήταν ο Φώτης να τον φροντίζει, μπορεί και να είχε ανταμώσει με την κυρά του μια ώρα αρχύτερα. Τουλάχιστον έπιασε καλά λεφτά από την πώληση του μαγαζιού κι έτσι μπορούσε να συντηρηθεί, αν και δεν είχε καμία επιθυμία για ζωή, κι αυτό φαινόταν σε κάθε του λέξη. Κι αυτό το «δε βαριέσαι, και που ζω τι κάνω...» που έλεγε συνέχεια έσπαγε τα νεύρα του Φώτη.

«Το καλό που σου θέλω, θείε. Δηλαδή, σώνει και καλά να πεθάνεις; Για σοβαρέψου, μεγάλος άνθρωπος...»

Τον είχε σαν πατέρα του από τότε που τον μάζεψε από τον δρόμο, και δεν υπήρχε μέρα που να μη νιώθει υποχρεωμένος απέναντί του. Και δεν έμενε μόνο σε λόγια. Παρά το γεγονός ότι δούλευε ολημερίς, πάντα έβρισκε χρόνο να πηγαίνει να τον βοηθάει, και δεν υπήρχε ούτε ένα βράδυ που να μην περάσει από το μαγαζί για να κάνει τις βαριές δουλειές.

Του χρωστούσε ευγνωμοσύνη και του την έδειχνε με τον καλύτερο τρόπο· με έργα. Αυτός τον βοήθησε να ξαναβρεί κανονική δουλειά, πάλι σε ξυλουργείο, προειδοποιώντας το αφεντικό ότι θα είχε να κάνει μαζί του αν δεν πρόσεχε τον μικρό. Δυο χρόνια δούλεψε εκεί, με καλύτερες συνθήκες αλλά και λεφτά, μέχρι να βρει ακόμα καλύτερη δουλειά σε ένα εργοστάσιο ξυλείας. Τότε, δουλεύοντας σκληρά για να αποδείξει την αξία του, κατάφερε να κάνει αυτό που ονειρευόταν· να νοικιάσει ένα μικρό σπιτάκι, μια τρύπα στην ουσία, αλλά ήταν δικό του, καταδικό του. Δεν τον πείραζε που ήταν ημιυπόγειο και με ελάχιστο εξωτερικό φως, ούτε το γεγονός ότι δεν μπορούσε να ανοίγει συχνά το παντζούρι γιατί θα τον έβλεπαν απ' έξω. Του έφτανε που είχε την ανεξαρτησία του και δεν τον ενοχλούσε κανένας.

Ο μπαρμπα-Γιάννης τον πίεζε να συνεχίσει να μένει στην αποθήκη «γιατί έτσι γλιτώνεις λεφτά που θα σου χρειαστούν αργότερα, που θα έρθει κι ο στρατός», αλλά ο Φώτης ήταν αμετάπειστος.

«Είναι αλλιώς, βρε θείε, να έχω το σπίτι μου, με κάνει και νιώθω αλλιώς, να, πιο ελεύθερος...» του έλεγε.

«Γιατί, ρε... Κολοκοτρώνη, σκλαβωμένος είσαι εδώ;»

Ό,τι κι αν του έλεγαν, δεν υπήρχε περίπτωση να αλλάξει γνώμη, γιατί η ψυχή του λαχταρούσε για ανεξαρτησία. Ούτε τις προηγούμενες συνήθειές του άλλαξε, θεωρώντας ότι τον βοηθούσαν πολύ να προχωρήσει. Συνέχισε να διαβάζει καθημερινά εφημερίδες για να ενημερώνεται για τα πάντα, και, παρότι νεαρός και χωρίς στην ουσία γραμματικές γνώσεις, είχε σταθερή άποψη και επιχειρήματα. Απέφυγε όμως να οργανωθεί σε νεολαίες, όπως έκαναν οι περισσότεροι, θεωρώντας ότι εκεί υφίστανται και καθοδήγηση και καταπίεση της γνώμης τους, κάτι που τον τρέλαινε.

Συνέχισε επίσης να διαβάζει βιβλία Ιστορίας, και μετά την αγαπημένη του Ελληνική Επανάσταση, φρόντισε να μάθει για το Βυζάντιο, τους Ρωμαίους, ακόμα και τους Ίνκα. Όπως οι βασιλιάδες έτσι κι οι αυτοκράτορες του προκαλούσαν αλλεργία, μαζί με κάτι ακόμα που του καθόταν στον λαιμό· οι στολές. Θεωρούσε ότι οι ένστολοι πουλάνε εξουσία και καταπιέζουν τον κόσμο, με τον μπαρμπα-Γιάννη να τον συμβουλεύει: «Τουλάχιστον μην αντιδράς, μην μπερδεύεσαι με δαύτους, δίνε τόπο στην οργή και φεύγε μακριά».

Ήταν αδύνατο να τον πείσει. Όμως ήταν δυνατό να γεφυρώσει ένα χάσμα, ή, καλύτερα, να τον απαλλάξει από ένα αγκάθι που πονούσε. Ο Φώτης, καταλαβαίνοντας ότι αυτός ο άνθρωπος έδωσε και την ψυχή του γι' αυτόν και τον μάζεψε από τους δρόμους, δεν άντεχε να του κρατάει μυστικά, τότε που ένιωθε φοβισμένος και ανασφαλής. Του είπε λοιπόν όλη την ιστορία για τη μάνα του, όπως επίσης του εξέφρασε τις απορίες, τους προβληματισμούς, τα παράπονα, τις σκέψεις που τον βασάνιζαν, δήλωσε την αδυναμία του να χωνέψει ότι η γυναίκα που τον γέννησε –και τον έδωσε σε ορφανοτροφεία σε τέτοια ηλικία– ντρεπόταν ή φοβόταν να μιλήσει στην κυρά της. Ο μπαρμπα-Γιάννης φρόντισε να τον ηρεμήσει, να καταλαγιάσει τον θυμό του, να απομακρύνει την πίκρα του, να τον κάνει να δει με άλλο μάτι όσα τον πλήγωναν.

«Πρώτον, σου έχω πει από παλιά ότι πρέπει να κάνεις υπομονή και μόνο κέρδος θα έχεις. Αυτό ισχύει για όλα. Δεύτερον, την ξέρω αυτή την Όλγα, είναι πραγματικά ένα τέρας και απόρησα που δεν την έκανε... στρατηγό ο Παπαδόπουλος. Εθνοσωτήριος και παπαδαριό είναι η ζωή της! Πού πήγε κι έπεσε, βρε παιδί μου, η μάνα σου; Τόσα σπίτια υπήρχαν. Και σ' το λέω, για να ξέρεις, ότι ναι, είναι ικανή να τη διώξει! Σιχαίνεται τους περισσότερους ανθρώπους. Και τρίτον και πιο σημαντικό, ό,τι κι αν συμβεί, όπως κι αν συμβεί, είναι μάνα σου. Αυτό δε θα αλλάξει ποτέ. Όσο ζει αλλά κι όταν πεθάνει. Μπορεί κανείς να διαγράφει φίλους, ακόμα και αδέλφια, τη μάνα ποτέ. Είναι μία και μοναδική, ενώ οι υπόλοιποι πολλοί. Ναι, ίσως και οι μανάδες κάνουν λάθη, που κάνουν καμιά φορά, όχι σκόπιμα πάντως. Αλλά εμείς τα παιδιά πρέπει να καταλαβαίνουμε, δεν τις τιμωρούμε! Κι από την άλλη, πρέπει να σκεφτείς ότι δεν είναι όλοι οι άνθρωποι δυνατοί, δεν αντέχουν όλοι, δεν έχουν την ίδια αντίληψη. Άκου λοιπόν. Ήταν και θα είναι μάνα σου. Πόνεσε κι αυτή όσο κι εσύ, και, πίστεψέ με, ακόμα περισσότερο. Το καλό σου έψαχνε, όχι την τιμωρία σου. Δεν υπάρχει λόγος τώρα να την τιμωρείς εσύ, έχει που έχει το βάρος της αλλά και τα βάσανά της μ' αυτή την τρελή...»

Με παρότρυνση λοιπόν του «θείου» συνάντησε ξανά τη μάνα του, καταφέρνοντας να θάψει τις πικρίες του, τα παράπονα, τις απαιτήσεις, όσα τον πλήγωναν και του προκαλούσαν θυμό και οργή. Κι έχοντας καταλαγιάσει όλη αυτή η αρνητική διάθεση, δίχως να ξύνει τις πληγές του αλλά και τις δικές της, κατάφερε να τη βλέπει σχεδόν κάθε Κυριακή και να απολαμβάνει την κατά κάποιο τρόπο επανασύνδεσή τους. Πήγαιναν για γλυκό και πορτοκαλάδα, κάποιες φορές για φαγητό σε μικρά ταβερνάκια, έφτασαν ακόμα και στο Νησάκι, όταν η Σοφία ήξερε ότι η Όλγα είχε πάει στο Μέτσοβο άρα δε θα τη συναντούσαν.

Ακολουθώντας τις συμβουλές του μπαρμπα-Γιάννη, έμεινε ήρεμος όταν την άκουσε να του λέει: «Πάντως, τώρα που νοίκιασες σπίτι κι έχεις και καλή δουλειά, είμαι πολύ πιο ήρεμη. Αλλά πάντα ήξερα ότι είσαι δυνατός εσύ...». Δεν της είπε λέξη για τις κακουχίες της αρχής, τότε που διωγμένος απ' όλους έμοιαζε με κυνηγημένο σκυλί. Και δεν είχε καμία αντίρρηση να της δείξει μια Κυριακή το σπίτι που νοίκιαζε, με εκείνη να του λέει πόσο υπερήφανη ένιωθε γι' αυτόν.

«Μόνος σου τα κατάφερες όλα. Είσαι πολύ άξιος...»

Ε, βοήθησε κι ο μπαρμπα-Γιάννης, και μάλιστα πάρα πολύ. Του έδωσε ένα παλιό κρεβάτι που είχε στο πλυσταριό, σκεπάσματα, μερικά κουζινικά, δυο καρέκλες, δε χωρούσε και περισσότερα το σπίτι. Ο Φώτης αγόρασε ένα τραπεζάκι για να μπορεί να τρώει και να διαβάζει κι ένα μικρό πορτατίφ για να κάνει οικονομία στο φως. Και παρέμεινε μοναχικός, όχι μόνο λόγω χαρακτήρα, αλλά και για να μην ξοδεύει βγαίνοντας με παρέες. Κι υπήρχαν μέρες που, για να φτάσουν τα λεφτά του, έτρωγε μόνο μία τυρόπιτα την ημέρα και μερικά παξιμάδια που είχε στο σπίτι, πίνοντας νερό για να είναι γεμάτη η κοιλιά του. Αλλά είχε το σπίτι του κι ένιωθε μέσα του πολύ περήφανος.

«Και να είσαι! Επιβίωσες σε πολύ σκληρές συνθήκες κι αυτό δείχνει πόσο δυνατός είσαι. Αλλά σ' το έχω ξαναπεί. Γενικά η ζωή είναι σκληρή. Κι όχι για να σε παρηγορήσω, αλλά ξέρεις πόσα παιδιά μεγαλώνουν μόνα τους; Τι να προλάβουν οι πατεράδες. Και πιο παλιά ήταν ακόμα χειρότερα. Εμείς ήμασταν δέκα αδέλφια κι έτσι από τα δεκατρία μου βγήκα για δουλειά», του είχε πει ο μπαρμπα-Γιάννης.

Ο Φώτης μάζεψε την εφημερίδα από το πάτωμα και την άφησε στο τραπεζάκι. Μάζεψε και το μπουφάν, αλλά ήταν τόσο βρεγμένο, ώστε ήταν αδύνατο να το ξαναφορέσει. Δεν προλάβαινε να περιμένει να στεγνώσει, βιαζόταν να φύγει, δεν τον χωρούσε το σπίτι. Βγαίνοντας λοιπόν, είδε κόσμο να κουβεντιάζει ανήσυχος και του έκανε εντύπωση που δεν υπήρχε ούτε ένας αστυνομικός, έστω για το θεαθήναι. Έμαθε αμέσως γιατί, ρωτώντας τον φούρναρη με τον οποίο είχε οικειότητα.

«Όλη η αστυνομία της πόλης έχει πάει στο πανεπιστήμιο, ξεκίνησαν κι εκεί φασαρίες...»

Πήρε για τον εαυτό του μια στριφτή τυρόπιτα και για τον μπαρμπα-Γιάννη ένα τυροκούλουρο που του άρεσε και τράβηξε για το σπίτι του. Τον βρήκε ξαπλωμένο να βήχει, κόκκινο στο πρόσωπο, ταλαιπωρημένο. Μόλις του άνοιξε την πόρτα, έσυρε τα πόδια, έπεσε στο κρεβάτι και κουκουλώθηκε.

«Άμα σου λέω ότι είμαι για πέταμα δε μ' ακούς. Ένας άχρηστος γέρος! Και σήκω να φύγεις μην κολλήσεις, έχω πυρετό».

«Για καλό μού το είπες αυτό; Τώρα είναι που δε φεύγω!»

«Βρε, σήκω φύγε. Τουρτουρίζω και θέλω να κοιμηθώ...»

«Μα πρέπει να φας κάτι για να πιεις ένα Αλγκόν, να σε συνεφέρει».

«Έφαγα δυο κουταλιές από τη σούπα που έφερε η γειτόνισσα, δε θέλω άλλο. Άντε που σου λέω, θα πέσω για ύπνο».

«Να σου αφήσω την τυρόπιτα, θείε, μήπως πεινάσεις πιο μετά;»

«Ούτε να τη βλέπω δε θέλω, ανακατεύομαι. Φάε εσύ, μου φαίνεται ότι τελευταία μάζεψες! Το καλό που σου θέλω!»

«Καλά... Θα έρθω αύριο να δω πώς είσαι». Φεύγοντας τον πείραξε: «Και μην κάνεις σαν ετοιμοθάνατος, ένα κρύωμα είναι, θα περάσει. Και κοίτα να γίνεις καλά, αύριο σκοπεύω να σου δώσω ένα μάθημα στο τάβλι!».

«Ρε, άντε από κει, νεούδι, που έβγαλες και γλώσσα!»

Όταν βγήκε στον δρόμο, ταλαντεύτηκε πολύ για το τι ήθελε να κάνει. Από τη μια σκεφτόταν τα λόγια του αφεντικού του, του κυρίου Δημοσθένη, που τον συμβούλευε να μην μπλέξει, αλλά από την άλλη θεωρούσε αδιανόητο να μην είναι παρών στον ξεσηκωμό, τη στιγμή που η χώρα έβραζε και πολλοί έδιναν αγώνα να αποτινάξουν αυτή τη γελοία αλλά και επικίνδυνη δράκα φασιστών.

«Βέβαια σπάει ο γύψος!» είπε μέσα του, και το έκοψε με τα πόδια για το πανεπιστήμιο. Δεν ήξερε τι γινόταν εκεί, ποιος ήταν ο σκοπός κι αν υπήρχε κάποιο σχέδιο. Ήθελε απλώς να είναι εκεί, να φωνάξει, να βρίσει, να είναι δίπλα στους τολμηρούς που τα έβαζαν με την αστυνομία. Περπάτησε κάμποσο και του φάνηκε ατέλειωτη η διαδρομή, αλλά ευτυχώς βρήκε στον δρόμο δυο παιδιά από το εργοστάσιο κι έτσι η ώρα κύλησε ευχάριστα.

Φτάνοντας πια κοντά, άκουσαν τραγούδια από τα μεγάφωνα –κι ήταν τα απαγορευμένα του Μίκη–, φωνές και συνθήματα, μια ένταση που μεγάλωνε όσο πλησίαζαν. Αλλά σαν να πάτησε κάποιος ένα κουμπί, ξεκίνησε η ρίψη δακρυγόνων κι ακούστηκαν μερικοί πυροβολισμοί. Τα κεντρικά συνθήματα «Ψωμί, Παιδεία, Ελευθερία» και «Δεν περνάει ο φασισμός» δυνάμωναν, και τότε, χωρίς να το καταλάβει, είδε ότι βρισκόταν μέσα σε έναν κλοιό αστυνομικών που έβριζαν και βλαστημούσαν τους διαδηλωτές.

Εν ριπή οφθαλμού είδε ότι οι δύο φίλοι του είχαν εξαφανιστεί κι η σκέψη του ήταν να περάσει στην άλλη πλευρά, έξω από τον κλοιό, για να ενωθεί με τις ομάδες των φοιτητών και των εργατών. Στη μοναδική διέξοδο από την οποία θα μπορούσε να περάσει, πέντε αστυφύλακες είχαν πετάξει στο έδαφος έναν νεαρό με μακριά μαλλιά και τον κλοτσούσαν αλύπητα. Δίχως να το σκεφτεί, πήγε προς τα κει και έβαλε τις φωνές: «Τι κάνετε, ρε; Πέντε με έναν; Θα τον σκοτώσετε!».

Ένα δυνατό χτύπημα στο πίσω μέρος του κεφαλιού τον έστειλε να ονειρευτεί την εξέγερση των μονομάχων στη Ρώμη. Όταν πια ξύπνησε –με αίματα στην μπλούζα–, βρισκόταν στο αστυνομικό τμήμα, περικυκλωμένος από αστυνομικούς αλλά και στρατιωτικούς. Τα γεμάτα αποτσίγαρα τασάκια και το γεμάτο από καπνούς γραφείο τον έκαναν να ασφυκτιά ακόμα περισσότερο. Τον πλησίασε ένας κοντός με μπόλικα γαλόνια, τον αγριοκοίταξε και τον έφτυσε στο πρόσωπο. Επιχείρησε να σηκωθεί, παρά τη ζαλάδα του, κι ένα δυνατό χαστούκι τον κράτησε στην καρέκλα.

«Θα πεθάνεις, ρε αλήτη κομμουνιστή! Εδώ θα πεθάνεις, παλιοκομμούνι! Ποιοι είναι οι καθοδηγητές σου, ρε πούστη; Μίλα, ρε μπάσταρδε, γιατί θα φτύσεις το γάλα της μάνας σου!»

Η πρώτη του σκέψη ήταν ότι έμπλεξε. Και η δεύτερη ότι δεν

ήπιε ποτέ γάλα από τη μάνα του, της είχε κοπεί και δεν μπόρεσε να τον θηλάσει. Ξαφνικά όλοι ούρλιαζαν μπροστά στο πρόσωπό του. Αυτός που τον έφτυσε του τράβηξε και τα μαλλιά.

«Ρε αλήτη, πήγες να χτυπήσεις αστυνομικό;»

Ο Φώτης δεν κατάπιε τη γλώσσα του. Δεν το είχε κάνει ούτε μπροστά στην Προκοπία, που ήθελε στην καθισιά της πέντε από δαύτους. «Κανέναν δεν πήγα να χτυπήσω! Εσείς τσακίσατε τον κόσμο! Πέντε να χτυπάνε έναν; Τους είπα να μην...»

Ένα δεύτερο χαστούκι τού πήρε μάτι και μύτη κι έτσι το αίμα στην μπλούζα ανανεώθηκε.

«Και στα παιδιά σας έτσι κάνετε;» ούρλιαξε, με τον θυμό να έχει αλλοιώσει τα χαρακτηριστικά του.

«Θα περάσεις καλά...» του είπε ένας άλλος κοντός, που κρατούσε στα χέρια την ταυτότητά του και έριχνε ματιές.

«Μέσα!» είπε σαν να σφύριζε ένας άλλος. Τον άρπαξαν δύο και τον πήγαν σε μια διπλανή αίθουσα, στην οποία ήταν καμιά δεκαριά δαρμένοι.

Ο Φώτης έσφιξε τα δόντια. Τους άκουσε να μιλούν για κομματικές νεολαίες, για εντολές της κεντρικής επιτροπής, για φράξιες και άλλα ακαταλαβίστικα που δεν του άρεσαν.

«Εσύ, σύντροφε, από ποια ομάδα είσαι;» τον ρώτησε ένας με μουστάκι.

Δεν είχε καμιά όρεξη για καμιά κουβέντα. Του έδειξε το ματωμένο χείλος του και βυθίστηκε στη σιωπή του. «Εγώ είμαι με το δίκαιο και το σωστό και μ' αυτό που μου λέει ο νους μου», είπε μέσα του κι άφησε το σώμα του να γείρει στον τοίχο.

Ήταν ο πιο μικρός απ' όλους, ίσως και ο πιο ματωμένος.

«Μη φοβάσαι, μικρέ, είμαστε δίπλα σου. Θα τα περάσουμε όλοι μαζί», του είπε κάποια στιγμή ένας συμπαθητικός νεαρός, όπως τον είδε να έχει ακουμπήσει το κεφάλι στα πόδια του.

Ο Φώτης μίλησε αργά: «Δε φοβάμαι, έχω δει και χειρότερα», αποκρίθηκε αργά και έκλεισε τα μάτια.

Η νύχτα τρύπωσε και στο δωμάτιο κι έφερνε μαζί με τον αέρα και κάποια ουρλιαχτά.

«Τους βασανίζουν δίπλα», είπε ένας άλλος, που είχε πείρα και γνώση από το αστυνομικό τμήμα.

Έτσι πέρασε όλο το βράδυ. Με ουρλιαχτά από κάποιον διπλανό χώρο, με συζητήσεις για την αρχή του τέλους της χούντας, με ιστορίες από παλαιότερες συλλήψεις των πιο έμπειρων, με ενθουσιώδεις αναφορές στη δράση των αντιστασιακών.

Η κούραση είχε λυγίσει τον Φώτη, ο οποίος, συνηθισμένος από κακουχίες, κατάφερε να κοιμηθεί ακουμπισμένος στον τοίχο. Ξύπνησε όταν άκουσε το επώνυμό του.

«Τσακίσου έξω, σε θέλει ο διοικητής!»

Το φως του ήλιου έτσουξε τα μάτια του και τα ξερά χείλη του πόνεσαν όπως άνοιξε το στόμα. Ο διοικητής τον περίμενε στο γραφείο του.

«Είσαι κομμουνιστής, ρε; Ή μήπως αναρχικός;» του πέταξε στη μούρη.

«Τίποτα δεν είμαι!» απάντησε.

«Αλήθεια είναι αυτό! Ένα τίποτα είσαι!» είπε ο διοικητής, που τον κοίταξε με ένα βλέμμα σιχασιάς.

«Τσεκάραμε ότι δεν έχεις ξαναμπλέξει. Σήκω λοιπόν και φύγε, αλλά να ξέρεις ότι, αν σε πετύχουμε πουθενά ή σε ξαναβρούμε στα πόδια μας, θα σου κόψουμε τον κώλο. Τ' ακούς; Σήκω φύγε, σκουπίδι!»

Ήθελε να του απαντήσει ότι εκείνος ήταν ένα τιποτένιο σκουπίδι με στολή, αλλά προτίμησε να καταπιεί τη σκέψη του και να εξαφανιστεί. *Ένα μάτσο σκατά είναι όλα αυτά τα αν-*

θρωπάκια που κάνουν τους σπουδαίους με τις στολές και τα πιστόλια τους, σκέφτηκε όπως έφευγε από το αστυνομικό τμήμα. Μέσα του ένιωθε θυμό, και, όπως ξάπλωσε στο κρεβάτι του, βρήκε την αιτία. *Οι άνθρωποι σου δημιουργούν τον θυμό, αυτοί τον συντηρούν κι αυτοί είναι σε θέση να τον καταλαγιάσουν...* Δεν πήγε να βρει τη μάνα του, όπως είχαν πει από την προηγούμενη Κυριακή. Έμεινε εκεί, ξαπλωμένος, διαβάζοντας το βιβλίο που είχε αγοράσει τις προηγούμενες μέρες για τους μονομάχους της Ρώμης, μια ιστορία που τον συνάρπαζε.

Την επόμενη μέρα στη δουλειά δεν είπε λέξη για την περιπέτειά του. Οι άλλοι δύο που είχε συναντήσει στο πανεπιστήμιο δεν είχαν εμφανιστεί στο εργοστάσιο.

19

ΜΕ ΤΟΝ ΦΑΚΕΛΟ στην τσέπη να του δημιουργεί ένα ποτάμι από σκέψεις, κατηφόρισε προς τη λίμνη, που ήταν ήρεμη και λαμποκοπούσε και γέμιζε τις ψυχές και χάιδευε τα μάτια, διαμάντι της Ηπείρου και της Ελλάδας, ζωοδότρα και πλανεύτρα.

Σαν να τον έσπρωχνε η μοίρα, το σχοινί της ζωής του, ο χορός των συναισθημάτων, κάθισε σ' εκείνο το παγκάκι μπροστά από τα καραβάκια, αυτό που σημάδεψε κομμάτια της εφηβείας του. Θυμόταν πάντα ότι εκεί είχε βγάλει το πρώτο του δίφραγκο, που ακόμη φυλούσε ευλαβικά, εκεί κατέφυγε όταν αποφάσισε ότι δεν τον χωρούσε πια το οικοτροφείο, εκεί γέμιζε και άδειαζε η ψυχή του. Και τώρα, πάλι εκεί, διάβαζε και ξαναδιάβαζε το χαρτί με το οποίο τον καλούσαν στον στρατό, κάτι που του φαινόταν πολύ μεγάλο μέσα του.

Το παιδάκι με τα κοντά παντελονάκια, το αγόρι των ορφανοτροφείων και των οικοτροφείων, εκείνος ο πονεμένος πιτσιρίκος που πάντα έψαχνε να το σκάσει, καλούνταν να υπηρετήσει την πατρίδα, κι αυτό του φαινόταν ακόμα ένα μαρτύριο. *Οι στολές...* σκέφτηκε, κι έφερε στον νου του όσα αντιπαθούσε θανάσιμα στη ζωή του. Ναι, άλλαξε η εποχή, το έγραψαν και οι εφημερίδες.

ΤΑ ΠΡΩΤΑ ΠΟΛΙΤΙΚΑ ΜΕΤΡΑ ΤΗΣ ΚΥΒΕΡΝΗΣΕΩΣ ΚΑΡΑΜΑΝΛΗ. ΕΛΕΥΘΕΡΟΙ ΟΛΟΙ ΟΙ ΚΡΑΤΟΥΜΕΝΟΙ. ΚΑΤΑΡΓΕΙΤΑΙ Η ΓΥΑΡΟΣ. ΑΜΝΗΣΤΕΥΟΝΤΑΙ ΟΛΑ ΤΑ ΠΟΛΙΤΙΚΑ ΑΔΙΚΗΜΑΤΑ. ΑΠΟΔΙΔΟΝΤΑΙ ΑΙ ΙΘΑΓΕΝΕΙΑΙ.

Και το ξανάγραψαν και μετά.

ΚΑΤΑΡΓΟΥΝΤΑΙ ΤΑ ΣΥΝΤΑΓΜΑΤΑ ΤΗΣ ΕΠΤΑΕΤΙΑΣ. ΙΣΧΥΕΙ ΠΛΕΟΝ ΤΟ ΣΥΝΤΑΓΜΑ ΤΟΥ 1952 ΧΩΡΙΣ ΤΑΣ ΔΙΑΤΑΞΕΙΣ ΠΕΡΙ ΒΑΣΙΛΕΙΑΣ.

Μέσα του όμως πίστευε ότι ο στρατός παραμένει μαρτύριο, ένα μεγάλο αγκάθι που δημιουργεί πληγές και βασανίζει τους νέους στα καλύτερά τους χρόνια. Τόσο βαριά το έβλεπε. Όμως ήταν κι ένας τρόπος να εξασφαλίσει για κάμποσους μήνες στέγη και τροφή. Η δουλειά στο εργοστάσιο δεν πήγαινε καθόλου καλά, ο κύριος Δημοσθένης ήταν πνιγμένος στα χρέη και αδυνατούσε να αντεπεξέλθει στις υποχρεώσεις του. Όλοι καταλάβαιναν ότι ήταν θέμα χρόνου να μπει λουκέτο. Έτσι, θα του ήταν αδύνατο να συντηρήσει σπίτι, ακόμα κι εκείνο το υπόγειο που ήταν πνιγμένο στην υγρασία.

«Δεν έχω πάει ποτέ στην Καλαμάτα», είπε βλέποντας και ξαναβλέποντας το χαρτί της στρατολογίας, ένα βαρίδι στα χέρια του. Εκεί που η ζωή του είχε σταματήσει να τον ταλαιπωρεί τόσο κι ονειρευόταν καλύτερες μέρες, γύριζε πάλι στο μηδέν. Ένιωσε πάλι ξεκρέμαστος, σαν εκείνο το φυλλαράκι μπροστά στα πόδια του που το έπαιρνε ο αέρας. Αυτομάτως το μυαλό του γύρισε στα παιδικά χρόνια, τα ανέμελα, αλλά και τα μετέπειτα, τα τόσο σκληρά, με τα οποία δε θα ήθελε κανένας να τιμωρήσει ούτε τον εχθρό του.

Με τη νοσταλγία να τρυπώνει παντού, του καρφώθηκε μια τρελή ιδέα, η οποία τον έκανε να σηκωθεί αμέσως από το παγκάκι. Χωρίς χρονοτριβή, περπατώντας πολύ γρήγορα, πήγε στον σταθμό των λεωφορείων και ρώτησε πότε είχε δρομολόγιο για το Αηδονοχώρι. Ούτε που θυμόταν πόσα χρόνια είχε να πάει στο χωριό του κι αυτό το έφερνε βαρέως.

«Έστω μια βόλτα», είπε όσο περίμενε για την αναχώρηση. *Δεν περιμένω τίποτα από κανέναν...* συλλογίστηκε αμέσως μετά, με την επιθυμία του να πατήσει ξανά στα πατρογονικά χώματα να τον κατακαίει.

Συγκινήθηκε μόλις κάθισε στη θέση του στο λεωφορείο, καθώς θυμήθηκε εκείνο το δρομολόγιο με τη γιαγιά του, το πρώτο στη ζωή του. *Ερημώσαμε, ρημάξαμε, κανένας δε βλέπει πια κανέναν... Αν ποτέ κάνω οικογένεια, δε θέλω να είναι έτσι...* συλλογίστηκε.

Η διαδρομή ήταν γεμάτη εικόνες στο μυαλό του. Άλλες τον χάιδευαν κι άλλες τον έγδερναν. Θέριευαν οι μνήμες, όλα μέσα του ήταν σε εγρήγορση. Δεν ήξερε κανέναν μέσα στο λεωφορείο, όλοι τού ήταν ξένοι. Κι εκείνος ήταν ξένος, έχοντας ξεριζωθεί με βίαιο τρόπο από τον τόπο του. Δεν ήθελε να επιτρέψει να ξανασυμβεί στο μέλλον. *Όταν ξεμπερδέψω από τον στρατό, θα βρω έναν τρόπο να έρχομαι πιο συχνά...* σκέφτηκε. Ένιωσε σαν να είχαν περάσει αιώνες κι ότι είχε μεγαλώσει πάρα πολύ. *Όλα μένουν ίδια τριγύρω, οι άνθρωποι αλλάζουν, οι σκέψεις τους, οι ζωές τους...*

Όταν είδε εκείνη την απότομη ανηφοριά, κατάλαβε ότι πλησίαζαν. Ένα χαμόγελο σχηματίστηκε στα χείλη του. Θυμήθηκε. Λίγο πριν τον αφήσουν στον Ζηρό, μαζεύονταν όλα τα παιδιά στην κορυφή του δρόμου και περίμεναν τη σειρά τους για να κάνουν ό,τι πιο τρελό τους είχε συμβεί στην ανέμελη παιδική ζωή τους. Έμπαιναν δυο δυο μέσα σε ένα βαρέλι, κάποιοι το έσπρωχναν κι έτσι ξεκινούσε «η κατηφόρα του θανάτου», όπως την είχαν ονομάσει. Το βαρέλι κυλούσε κάνοντας τρομερό θόρυβο και νικήτρια ομάδα ήταν αυτή που θα έφτανε πιο μακριά, με τους «κριτές» να περιμένουν διασκορπισμένοι στον δρόμο. Έβγαιναν γεμάτοι μελανιές, πολλές φορές και με χτυπήματα στο κεφάλι. Κι εκείνος, μικρούλης, ήθελε να δείξει πόσο ατρόμητος ήταν και χωνόταν ξανά και ξανά στο βαρέλι, που στο τέλος έσπασε και τους χάλασε το καλύτερο παιχνίδι.

«Οι μουριές...» ψιθύρισε καθώς το λεωφορείο πήρε την τελευταία του στροφή πριν από την πλατεία. Είδε κι εκείνο το καλύβι, τότε που με σπασμένο πόδι πέρασε όλη τη νύχτα με τη γιαγιά του περιμένοντας το λεωφορείο της επόμενης μέρας για να πάνε στον γιατρό. «Η γιαγιά... Τι να κάνει άραγε; Ούτε εκείνη με αναζήτησε... Ας το κάνω εγώ...»

Όταν το λεωφορείο σταμάτησε, έπαθε ένα μικρό σοκ. Το καφενείο-παντοπωλείο ήταν πια κλειστό, ερειπωμένο, με τα σπασμένα του τζάμια να μαρτυρούν την εγκατάλειψη και τον μαρασμό. Σφίχτηκε η καρδιά του. Εκείνα τα παλιά χρόνια ήταν το σήμα κατατεθέν του χωριού, το μέρος όπου μαθαίνονταν όλα τα νέα. Από τις γέννες, τους θανάτους, τα αρραβωνιάσματα και τους γάμους μέχρι τις πολιτικές ειδήσεις, τις ζυμώσεις και όλες τις εξελίξεις.

Αμέσως του ήρθαν στο μυαλό οι καραμέλες του Παναγή, το κυνηγητό που έτρωγε όταν πλησίαζε, οι βαθυστόχαστες αναλύσεις των θαμώνων, το καλοσυνάτο βλέμμα του παπα-Μανόλη και η αγριάδα του χωροφύλακα. Όλα επέστρεψαν στο μυαλό του σαν να ήταν χθες.

Άρχισε να χαζεύει γύρω γύρω, σαν να ήταν ξένος. Είδε τα δυο δρομάκια, ακόμα χωμάτινα. Το ένα, αριστερά, το ανηφορικό, οδηγούσε στο σπίτι του, το άλλο στο σπίτι της γιαγιάς του. Πήρε μια βαθιά ανάσα, απολύτως αναποφάσιστος για το τι ήθελε να κάνει. Και τότε, από απόσταση περίπου δέκα μέτρων, είδε να τον πλησιάζει ένας νεαρός. Κάτι του θύμιζε αλλά δεν τον αναγνώρισε αμέσως.

«Φώτη, εσύ είσαι; Βρε, βρε! Σαν τα χιόνια!»

Ο Φώτης θυμήθηκε αυτή τη φωνή, το σουλούπι, το σκληρό πρόσωπο που δεν είχε αλλάξει. Τον γνώρισε.

«Τάσο! Τι κάνεις, ρε Τάσο; Είσαι καλά; Μόνο εσένα δεν περίμενα να δω! Πόσο ψήλωσες!» είπε και συμπλήρωσε γελώντας: «Ελπίζω να μη με πλακώσεις πάλι στο ξύλο! Πόσο ξύλο έχω φάει από σένα!».

Γέλασαν κι οι δυο κι αγκαλιάστηκαν σφιχτά.

«Χάθηκες τελείως, σαν να έριξες μαύρη πέτρα πίσω σου! Κι εσύ κι ο αδελφός σου κι η μάνα σου! Ακόμα κι η γιαγιά σου έφυγε...»

Ένιωσε ψυχρολουσία. «Η γιαγιά; Έφυγε;»

«Ε, από τότε που πέθανε η κυρα-Βασιλική κι έτσι ανήμπορη όπως ήταν, την πήρε στο χωριό της η ξαδέλφη της, η Άφρω νομίζω...»

«Ναι, Άφρω... Αλήθεια; Δεν το ήξερα...» Δαγκώθηκε με την άγνοιά του κι ένιωσε πολύ άβολα, βλέποντας για ακόμα μια φορά ότι η μάνα του ήταν σε έναν δικό της κόσμο. Δεν του είχε πει τίποτα.

«Πώς από δω; Ποιος αέρας σε έφερε;» διέκοψε τις πικρές σκέψεις του ο Τάσος.

«Ετοιμάζομαι να πάω φαντάρος κι ήθελα να δω το σπίτι μου».

«Καλά έκανες, αν και δεν έχει να δεις και πολλά. Δυστυχώς ο χρόνος... Δε θέλω να σε στενοχωρήσω, Φώτη, ξέρω πόσο δύσκολα μεγάλωσες...»

«Τι εννοείς;»

«Το πατρικό σου σπίτι, Φώτη, είναι ερείπιο και φοβάμαι ότι πολύ γρήγορα δε θα υπάρχει ούτε αυτό... Τέλος πάντων, εσύ πώς είσαι;»

«Καλά... Είμαι στα Γιάννενα, δουλεύω εκεί...»

«Μπράβο! Γιατί ακουγόταν ότι δεν είσαι καλά, ότι έχεις προβλήματα, τέτοια...»

«Όχι, καλά είμαι. Ταλαιπωρήθηκα αλλά είμαι καλά. Εσύ; Εδώ μένεις;»

«Ναι, έκανα μια μικρή κτηνοτροφική μονάδα και έμεινα. Έχει βέβαια ερημώσει το χωριό κι έχουμε μείνει ελάχιστοι, αλλά η δουλειά πάει καλά. Εκεί πάω τώρα, περιμένω τον κτηνίατρο. Η μονάδα είναι κάτω από το σπίτι μου, το θυμάσαι το σπίτι;»

«Ναι, αμέ».

«Κάνε ό,τι έχεις να κάνεις και έλα για καφέ, να τα πούμε».

«Εντάξει, θα προσπαθήσω».

Με τις μνήμες να τον τυλίγουν, ανηφόρισε εκείνο το δρομάκι, αυτό που μικρός ανεβοκατέβαινε τριάντα φορές την ημέρα για να τρέξει δεξιά κι αριστερά. Είδε τα παλιά σπίτια τριγύρω, άλλα με λουκέτα κι άλλα παραμελημένα, όλα στο έλεος του Θεού και του χρόνου. Κοντοστάθηκε πριν κάνει άλλα δυο βήματα που θα του φανέρωναν το σπίτι του, εκεί όπου γεννήθηκε και μεγάλωσε. Κι όταν το αποφάσισε, ένιωσε ένα έντονο σκίρτημα στην καρδιά.

Ο Τάσος δεν το είχε περιγράψει σωστά. Δεν ήταν απλώς ένα ερείπιο, ένα χάλασμα ήταν που έστεκε –όσο έστεκε– από σύμπτωση. Ήταν καθαρά θέμα χρόνου να γίνει ένα με τη γη. Η στέγη είχε καταρρεύσει κι έχασκαν μερικά δοκάρια, αταίριαστες ξερολιθιές, τα κλαδιά μιας συκιάς, ένα χάος που τον πόνεσε πολύ. Ένας ποντικός πετάχτηκε ξαφνικά για να του υποδείξει ίσως ότι ήταν ένας απρόσκλητος επισκέπτης σε ξένα πια λημέρια.

Εκεί δεξιά ήταν το δωμάτιό μας. Κι από πάνω, στην πρόκα, κρεμούσα τη σφεντόνα μου, σκέφτηκε, με τα δάκρυα να πλημμυρίζουν τα μάτια του. Ήθελε να δει κι άλλο, όσο κι αν πονούσε μέσα του. Η «ζούγκλα» που είχε φυτρώσει εκεί και η εγκατάλειψη τον διέλυαν. Κάτω από τη ρημαγμένη στέγη έστεκε η χαμοκέλα, το παλιό βασίλειο του πατέρα του, εκεί όπου στέγαζε τα πρόβατά του και φυλούσε τα εργαλεία του και κάποια πράγματά του. Από τότε που έμαθε πώς σκοτώθηκε, ο Φώτης δεν ξαναπάτησε ποτέ το πόδι του.

Αυτή τη φορά μια δυνατή επιθυμία τον ώθησε προς τα κει, σαν να ήθελε να γυρίσει τον χρόνο πίσω. Πήρε ένα κλαρί στο χέρι και προχώρησε αργά, αφού το χώμα ήταν μαλακό κι έδινε την εντύπωση ότι ανά πάσα στιγμή θα υποχωρήσει. Τα δυο παράθυρα ήταν καλυμμένα από τσίγκο κι η ξύλινη πόρτα, τσακισμένη από τον χρόνο, φιλοξενούσε αράχνες και ζωύφια, με το σκουριασμένο λουκέτο να κρατάει κλειδωμένες παλιές μνήμες.

Κοντοστάθηκε ξανά. Κι ύστερα από λίγο, με μια κλοτσιά άνοιξε την πόρτα, που δεν έκανε καμιά προσπάθεια αντίστασης. Ένα σύννεφο σκόνης τον τύλιξε, την ώρα που ένα φοβισμένο γατί τινάχτηκε από μια γωνιά και μ' ένα σάλτο βγήκε από την ανοιχτή πια πόρτα. Μύριζε ακόμα κοπριά και προβατίλα, θαρρείς κι η χαμοκέλα κρατούσε όλες τις μνήμες της. Με το κλαδί έσπρωξε τον έναν τσίγκο, που κι αυτός δεν αντιστάθηκε κι έπεσε θεαματικά, σηκώνοντας κι άλλη σκόνη.

Ο χώρος ήταν σχεδόν άδειος. Είχαν απομείνει οι ταΐστρες και οι ποτίστρες, μερικά λουριά στον τοίχο, μια ρημαγμένη ντουλάπα που είχε μέσα κάποια σκουριασμένα εργαλεία με αράχνες, μια καρέκλα με διαλυμένο το ψάθινο κάθισμα, και δίπλα της ένα ξύλινο κιβώτιο, αρκετά μεγάλο σε διάσταση. Το άνοιξε επιφυλακτικά με τον φόβο μην πεταχτεί κανένα φίδι, και τότε είδε έκπληκτος κάτω από μια σακούλα ένα παντελόνι χακί κι ένα γκρίζο πουκάμισο χοντρό, διπλωμένα και τακτοποιημένα. Τα ξεδίπλωσε και τα κράτησε όρθια δίχως να έχει την παραμικρή αμφιβολία ότι ήταν του πατέρα του.

Έτρεμε από συγκίνηση. Ποτέ δεν είχε δει κάτι δικό του, κι αυτό του έφερε νέα δάκρυα. Ενστικτωδώς άρχισε να περιεργάζεται τον χώρο, σαν να προσπαθούσε να δει εκείνον. Το βλέμμα του πήγε στη γωνία αριστερά, εκεί όπου μια πέτρα ήταν παράταιρη σε σχέση με τις άλλες. Πλησίασε κοντά κι ήταν πια σίγουρος ότι εκείνη η πέτρα είχε βγει κι είχε ξαναμπεί. Η ακατανίκητη περιέργειά του τον ώθησε να την αγγίξει. Κουνιόταν αρκετά. Δε χρειάστηκε να βάλει ιδιαίτερη δύναμη για να την τραβήξει. Και τότε, τα γουρλωμένα μάτια του είδαν από πίσω, στο κενό, ένα πιστόλι. Το πήρε με τρεμάμενα χέρια. Είχε κίτρινη λαβή, σε καλή κατάσταση, αλλά η κάννη ήταν σκουριασμένη.

Με το όπλο στο χέρι πια γονάτισε κι ένα γοερό κλάμα έδιωξε τα πουλιά από τη συκιά. Ήταν το πιστόλι του πατέρα του, άγγιζε τα αποτυπώματά του, σαν να άγγιζε εκείνον που δε γνώρισε ποτέ. Άφησε τα δάκρυά του να κυλήσουν κι ήταν λυτρωτικά, καθαρίζοντας την ψυχή του. Εκείνος και οι ρίζες του, το παρελθόν του, εκείνος κι ο πατέρας του, ο Φώτης.

Έμεινε λίγα λεπτά ακόμα κι ύστερα άνοιξε ξανά το κιβώτιο, πήρε τη σακούλα, έβαλε μέσα τα ρούχα και το πιστόλι και βγήκε από τη χαμοκέλα. Τράβηξε ξανά την πόρτα, σαν να ήθελε να διαφυλάξει όσο γινόταν τον ρημαγμένο χώρο. Με μάτια να γυαλίζουν κατευθύνθηκε προς το σπίτι της γιαγιάς του, αλλά με τον νου να έχει μείνει πίσω, στη χαμοκέλα. Ήταν η σύνδεση με τις ρίζες του και κάλυπτε τα πάντα.

Το σπίτι ήταν στη θέση του αλλά κι αυτό παραδομένο στην εγκατάλειψη, επίσης θέμα χρόνου να ρημάξει. Δοκίμασε να ανοίξει την πόρτα, ήταν καλά κλειδωμένη. Έψαξε να βρει το κλειδί κάτω από τη γλάστρα όπου το άφηναν παλιά, αλλά έλειπε. «Α, ρε γιαγιά... Α, ρε μάνα...» είπε αποφασίζοντας να φύγει. Αλλά η σκάλα στη γωνιά της αυλής τού έκλεισε το μάτι. Πήγε ως εκεί και την κατέβηκε. Δοκίμασε να ανοίξει την πόρτα του υπογείου, που... υπάκουσε αμέσως. Ήταν ξεκλείδωτη. Σ' αυτό το υπόγειο υπήρχε ακόμα ζωή. Κανάτια, τζετζερέδια, βελόνες για πλέξιμο, ένα παλιό σαμάρι, δυο λαδοφάναρα, τρεις γκλίτσες, δυο ψεκαστήρες, ένα σακί με ασβέστη κι ένας κουβάς με πράσινα σαπούνια, μια κρεμαστή κλούβα όπου φυλούσαν τα τρόφιμα, δυο μπαούλα που έδειχναν αρχαία, όλα αυτά ήταν ο θησαυρός της γιαγιάς.

Η περιέργειά του τον κατεύθυνε και πάλι. Άνοιξε το ένα μπαούλο, όπου μέσα υπήρχαν κάτι κόκκινες φλοκάτες κι από πάνω ναφθαλίνη. «Κλασική γιαγιά. Παντού ναφθαλίνη...» μονολόγησε. Άνοιξε και το δεύτερο, το οποίο περιέργως δεν είχε ναφθαλίνη. Βρήκε κι εκεί κάποια διπλωμένα πράγματα. Κάτω από ένα παμπάλαιο πουκάμισο, επίσης χοντρό, είδε κάτι που του τράβηξε την προσοχή. Το ξεδίπλωσε προσεκτικά και είδε ότι ήταν μια σημαία των Βαλκανικών Πολέμων. Εκεί είχε πολεμήσει ο παππούς του, κάτι που του έφερε ξανά συγκίνηση.

Έχοντας βγάλει το πουκάμισο και τη σημαία, φάνηκαν από

κάτω μερικά εργαλεία, κι ανάμεσά τους μια παλιά χαντζάρα. Γούρλωσε ξανά τα μάτια. Την πήρε με προσοχή και την έβαλε στη σακούλα με τα ρούχα και το πιστόλι του πατέρα του.

«Θα ψάχνω παντού», είπε στον εαυτό του και ξαναβγήκε στον ήλιο. Σφίγγοντας τη σακούλα με τους θησαυρούς, κίνησε προς την πλατεία. Μια κυρία, άγνωστη σ' αυτόν, τίναζε ένα τραπεζομάντιλο.

«Ξέρετε πότε περνάει το λεωφορείο για τα Γιάννενα;» τη ρώτησε, αγωνιώντας πια για την επιστροφή του.

«Τι ώρα έχεις;»

«Τρεις και μισή».

«Ε, κοντοζυγώνει. Στις τέσσερις περνάει, παλικάρι μου. Τίνος είσαι εσύ;»

Έκανε ότι δεν άκουσε και προχώρησε προς τα κάτω, αφήνοντάς τη με την απορία. Είχε ακόμα λίγη ώρα μπροστά του αλλά αποφάσισε να μην πάει από τον Τάσο που τον περίμενε. Πήρε το δρομάκι κάτω από το παλιό καφενείο και βρέθηκε πίσω από την εκκλησία. Είχε κι από κει μνήμες, αφού ήταν ένα μέρος όπου πήγαιναν τα παιδιά για κυνηγητό στο προαύλιο και κρυφτό απέναντι στο δασάκι.

Θυμόταν τη μάνα του να σταυροκοπιέται και να του δίνει αντίδωρο μετά το εκκλησίασμα, και τον παπά να του προσφέρει ένα ολόκληρο πρόσφορο. Έκανε τον γύρο της εκκλησίας. Δεν μπορούσε να θυμηθεί καθαρά αν εκεί έτρωγε τα λουκούμια ή κάπου αλλού. Από τότε και μετά, η ζωή του είχε πάψει να είναι γλυκιά. Ξανασκέφτηκε τον Ζηρό και τον Διονύση και χαμογέλασε πικρά. Πήρε μερικά κουκουνάρια από το αγριοκυπάρισσο και τα πέταξε με όλη του τη δύναμη προς την πλαγιά. Μέσα του ένιωθε γλυκόπικρα. Είχε στενοχωρηθεί πολύ με την εικόνα του πατρικού του σπιτιού αλλά και τη φυγή της γιαγιάς, που δεν άντεξε πια μόνη, ωστόσο είχε χαρεί που μέσα στις ρίζες του βρήκε εκείνους τους θησαυρούς που γαλήνεψαν την ψυχή του.

Πάντα το έλεγε ο μπαρμπα-Γιάννης ότι η ζωή είναι σκληρή. Έχει πίκρες και βάσανα, έχει όμως και χαρές. Το πιστόλι, το πουκάμισο του πατέρα μου, η σημαία και η χαντζάρα του παππού μού έδωσαν μεγάλη χαρά σήμερα... Μ' αυτές τις σκέψεις ανηφόρισε προς το λεωφορείο. Κι όταν κάθισε, αποφεύγοντας να κοιτάξει προς το σπίτι του, ορκίστηκε στον εαυτό του πως δε θα το άφηνε έτσι ερείπιο, πως θα έκανε τα πάντα για να το ξαναστήσει κάποτε.

Όταν έφτασε στο σπίτι, άπλωσε τα νέα του αποκτήματα στο κρεβάτι, βάζοντας δίπλα και τα γραμματόσημα, αυτά που κουβαλούσε παντού, όπου κι αν πήγαινε. «Θα πρέπει να αγοράσω μια βαλιτσούλα για να τα βάλω ή ένα μπαουλάκι. Μπα, καλύτερα βαλίτσα που μετακινείται πιο εύκολα», μονολόγησε, μάζεψε τα πράγματα και τα τακτοποίησε στο τραπεζάκι. Ύστερα ξάπλωσε, με το μυαλό του να επιστρέφει στα ερείπια. Προτίμησε να σκεφτεί ξανά τη στιγμή που ανακάλυψε το πιστόλι του πατέρα του, αυτό που του έφερε δάκρυα στα μάτια. Μ' αυτή την εικόνα αποκοιμήθηκε κι αυτή μόνο ήθελε να ονειρευτεί...

20

«ΓΥΑΛΙΣΕ, ΡΕ ΚΩΛΟΠΑΙΔΟ, τις αρβύλες σου, τι είναι εδώ, μπουρδέλο;» ούρλιαξε μέσα στη μούρη του ο λοχίας, με τα σάλια του να φεύγουν δεξιά κι αριστερά σαν να βγαίνουν από χαλασμένο λάστιχο.

Ο Φώτης δαγκώθηκε για να μην αντιδράσει, αν και πολύ θα ήθελε να τον χτυπήσει με τον αγκώνα του μέσα στο πρόσωπο και να του τα σπάσει όλα, από δόντια μέχρι μύτη.

Αυτός ο κοντοπίθαρος φερόταν στους νεοσύλλεκτους σαν να ήταν ιδιόκτητο το στρατόπεδο, δικό του το στράτευμα, η χώρα ολόκληρη! Κυρίως όμως αντιμετώπιζε τους φαντάρους σαν να ήταν σκουπίδια που είχαν θέση μόνο στη χωματερή. Τους ξυπνούσε μέσα στη νύχτα πετώντας τους νερό, τους έβγαζε από τους κοιτώνες γυμνούς από τη μέση και πάνω για να τρέξουν μέχρι να εξαντληθούν και μετά τους έβαζε να σπρώξουν το κτίριο, σε μια αποθέωση του παραλόγου. Το έκανε σε όλους, αλλά ειδικά όσους αντιπαθούσε –κι ανάμεσά τους κι ο Φώτης– τους ρήμαζε. Μέχρι που τον έβαλε να μαζεύει πετραδάκια για να μην μπαίνουν στις αρβύλες του!

Σκεφτόταν τις κουβέντες του μπαρμπα-Γιάννη, αυτές για την υπομονή, και δεν αντιδρούσε, παλεύοντας σκληρά με τον εαυτό του, ακόμα και τότε που τον τάραξε με ολονύχτιες σκοπιές, με αποτέλεσμα να τον φωνάζουν όλοι «το γερμανικό νούμερο».

Ο λοχίας τρελαινόταν που ο Φώτης έδειχνε αλύγιστος, τη στιγμή που οι άλλοι φαντάροι προσπαθούσαν να κερδίσουν την εύνοιά του, είτε με παρακάλια είτε με δικαιολογίες. Έδιναν κι έπαιρναν τα «γλειψίματα» αλλά και τα βύσματα, όμως αυτό το αγρίμι δεν καταλάβαινε τίποτα. Σκληραγωγημένος στα ορφανοτροφεία όσο δέκα λοκατζήδες μαζί, δεν έπαιρνε χαμπάρι από δοκιμασίες, αγγαρείες, τιμωρίες, προκλήσεις, αφού όλα τα είχε ξαναζήσει. Και δεν τον ενδιέφερε καν η στέρηση εξόδων, αφού δεν είχε πού να πάει.

«Σε ρωτάω, ρε κωλόπαιδο, τι είναι εδώ; Μπουρδέλο;»

Χωρίς να κοκκινίσει, ατάραχος εντελώς, τον κοίταξε στα μάτια: «Τα μπουρδέλα έχουν τάξη, κύριε λοχία».

Οι είκοσι μέρες φυλακή ήταν μόνο το ξεκίνημα, η αρχή, το πρώτο εισιτήριο για την κόλαση. Γιατί λίγες μέρες μετά κατάλαβε ότι εκεί είχε μπει, στην κόλαση!

Η μετάθεση στο Κέντρο Διαβιβάσεων στο Χαϊδάρι έκρυβε κάτι που αδυνατούσε να σκεφτεί. Γιατί όταν παρουσιάστηκε εκεί, τον κάλεσε αμέσως ο διοικητής στο γραφείο του κι αυτή τη φορά κοκκίνισε πραγματικά.

«Ξέρουμε ποιος είσαι, ρε! Ένας βρομερός κομμουνιστής με φάκελο! Το λέει καθαρά εδώ. Ταραξίας στο Πανεπιστήμιο Ιωαννίνων και με δράση, αντιστασιακέ του κώλου! Εδώ που ήρθες να τα ξεχάσεις αυτά που ξέρεις! Κι αν τολμήσεις να κάνεις κιχ, θα σε διαλύσουμε, το κατάλαβες;»

Αυτό τον εξαγρίωσε και διέλυσε κάθε απόθεμα υπομονής και αυτοπειθαρχίας. Βλέποντας ότι τον απέφευγαν όλοι χωρίς να έχει δώσει το παραμικρό δικαίωμα, ότι τον θεωρούσαν ακόμα και επικίνδυνο, έγινε περισσότερο αντικοινωνικός, βλέποντας παντού εχθρούς. Μερικοί φαντάροι που τόλμησαν να του μιλήσουν βλέποντας ότι πραγματικά δεν πείραζε κανέναν κι ότι στις αγγαρείες σκιζόταν για τους άλλους, ταλαιπωρήθηκαν πάρα πολύ με αναίτιες τιμωρίες. Για να τους προστατεύσει, κλείστηκε στον εαυτό του, δίχως να πλησιάζει κανέναν.

Είχε χάσει πια κάθε επαφή με τον μπαρμπα-Γιάννη –κι αυτό τον πονούσε πολύ– αλλά και με τη μάνα του, με την οποία είχε χάσει την υπομονή του. Πήγε και τη βρήκε πριν ξεκινήσει για την Καλαμάτα και της είπε με κάθε λεπτομέρεια όσα είδε στο χωριό. Ήταν ήπιος αλλά δεν έκρυψε το παράπονό του.

«Καλά, να μαθαίνω από ξένους ότι η γιαγιά πήγε στην Άφρω; Βρέθηκα σε πολύ δύσκολη θέση. Να μου λένε άλλοι ότι έφυγε;»

«Ε, καλά, δεν έφυγε και για πάντα. Πήγε για να έχει μια φροντίδα. Τι να σου έλεγα; Ξέρεις, μένει τώρα στην Άφρω; Δεν είναι κάτι σοβαρό».

Κατάλαβε ότι δεν έβρισκε άκρη και δε συνέχισε την κουβέντα.

Η μάνα του επιβεβαίωσε ότι εκείνο το πιστόλι με την κίτρινη λαβή ήταν του πατέρα του κι ότι το έκρυβε εκεί για να μην το βρουν τα αγόρια και γίνει κανένα κακό.

«Ήταν πολύ σημαντικό που το βρήκα, μάνα. Με έκανε να νιώσω ωραία...»

«Καλά, μια παλιατζούρα είναι... Πέτα το μη βρεις και κανέναν μπελά...»

Η αδυναμία της να αντιληφθεί τα στοιχειώδη τον ενοχλούσε πολύ. Και μπορούσε πια να καταλάβει ξεκάθαρα γιατί ταλαιπωρήθηκε τόσο πολύ στα ορφανοτροφεία. Διότι για εκείνη ήταν φυσιολογικό. Της αρκούσε που τα παιδιά της είχαν στέγη και τροφή, τα υπόλοιπα δεν είχαν σημασία.

Στο Χαϊδάρι δε μακροημέρευσε, αφού άλλοι αποφάσιζαν γι' αυτόν, και χωρίς αυτόν πολλά ήταν προδιαγεγραμμένα. Κι όταν ένα πρωί τον φώναξαν για να του ανακοινώσουν ότι θα έπαιρνε μετάθεση στην Ελευθερούπολη, κατάλαβε ότι θα ξαναζούσε, με άλλη στολή πια, την περιπέτεια των ορφανοτροφείων.

«Είναι ζόρικα εκεί, το ξέρω από έναν φίλο μου που τράβηξε τα πάνδεινα. Κοίτα μόνο να μη δίνεις αφορμές, αν και τις βρίσκουν μόνοι τους», του ψιθύρισε ένας φαντάρος που τον συμπαθούσε, ο μοναδικός που τον αποχαιρέτησε.

Έφυγε ανακουφισμένος για έναν και μόνο λόγο· είχε μπροστά του μια μοναδική ευκαιρία να λοξοδρομήσει λίγο και να περάσει να δει τον μπαρμπα-Γιάννη, αφού, όπως αντιλαμβανόταν, δε θα ήταν καθόλου εύκολο να ξανασυμβεί το επόμενο διάστημα. Δεν υπήρχε περίπτωση να μην το κάνει, ακόμα κι αν τον έκλειναν μέσα για έναν μήνα. Δεν του είπε λέξη για την τρέλα του στρατού, αφού τον είδε ταλαιπωρημένο, αδύναμο, γεμάτο προβλήματα.

«Θέλω να τρως και να περπατάς λίγο, έστω λίγο», του είπε ο Φώτης, που λυπήθηκε πολύ με την εικόνα που αντίκρισε, εικόνα παράδοσης και εγκατάλειψης.

Ο μπαρμπα-Γιάννης ήταν καθησυχαστικός. «Καλά είμαι, μη σκοτίζεσαι για μένα. Εσύ να κοιτάξεις να τη βγάλεις καθαρή, γιατί ο στρατός είναι μια τρέλα. Και γράφε μου και κανένα γράμμα, ξέρεις ότι πάντα χαίρομαι με τα νέα σου. Α, και κάτι ακόμα. Να το ξέρεις για κάθε ενδεχόμενο. Το κλειδί από την αποθηκούλα όπου έβαλες τα πράγματά σου το έχει η κυρία Ασπασία. Είναι έμπιστη γυναίκα, φίλη της μακαρίτισσας».

«Γιατί μου το λες αυτό, θείε;»

«Τι γιατί σου το λέω; Να μην ξέρεις;»

Πριν φύγει, κόντεψαν να τσακωθούν άσχημα. Ο μπαρμπα-Γιάννης τού έβαλε στην τσέπη δυο πεντακοσάρικα κι ο Φώτης έγινε έξω φρενών.

«Πάρ' τα πίσω! Ντροπή! Κράτησέ τα για ώρα ανάγκης, εγώ είμαι μια χαρά...»

Κουβέντα στην κουβέντα κι άρνηση στην άρνηση άρχισαν να σπρώχνονται, κι αν δεν έλεγε εκείνη τη φράση ο Γιάννης, ο Φώτης δε θα τα έπαιρνε ποτέ.

«Άκου, αυτά τα είχε κρατήσει στην άκρη για σένα η Πέρσα μου. Μου έλεγε: "Το παιδί και τα μάτια σου". Δεν πρόλαβα να σ' τα δώσω πριν, έφυγες σαν τρελός, και, θυμάσαι, τότε ήμουν άρρωστος. Ε, ήρθε η ώρα...»

Ο Φώτης πλήρωσε πανάκριβα εκείνη τη λοξοδρόμηση στα Γιάννενα. Γιατί φτάνοντας στην Ελευθερούπολη με καθυστέρηση μόνο τεσσάρων ωρών, έφαγε τριάντα μέρες φυλακή. Κατάλαβε ότι τον περίμεναν στη γωνία. Αντέδρασε πολύ έντονα, γιατί άλλοι δύο φαντάροι που είχαν καθυστερήσει το ίδιο, βγήκαν λάδι. «Κάνετε διακρίσεις και δεν είναι δίκαιο!» τόλμησε να πει, και τότε η ποινή διπλασιάστηκε.

Και να ήταν μόνο αυτό; Τον διέλυσαν –πάλι– στις νυχτερινές σκοπιές, στις χειρότερες αγγαρείες, στις προσβολές και τις ταπεινώσεις, τον εξωθούσαν στα άκρα, μ' εκείνον να μην το βουλώνει όπως τον είχε συμβουλεύσει ο μπαρμπα-Γιάννης. Ήταν η πρώτη φορά που σκέφτηκε ότι η Προκοπία ήταν οσία μπροστά σ' αυτούς.

Αλλά αυτό που τον εξόργισε και τον έβγαλε πραγματικά εκτός εαυτού ήταν το εξής περιστατικό: μετά την πρωινή αναφορά τον κάλεσε για ακόμα μια φορά ο διοικητής ουρλιάζοντας μέσα στο πρόσωπό του: «Έχουμε πληροφορίες ότι είσαι τροτσκιστής, εσύ κι ο Κουτσουμπός, κι ότι μοιράζετε και φυλλάδια σε άλλους φαντάρους. Θα σε διαλύσω, ρε, θα ξεχάσεις το φως του ήλιου, παλιοκαθοίκι!».

«Τρότσκι; Δεν έχω ιδέα! Ιδέα!»

Όσο κι αν φώναζε –κι έλεγε την αλήθεια– δεν τον πίστεψε κανένας. Ήταν στο στόχαστρο και το καταλάβαινε κάθε στιγμή. Όπου κι αν πήγαινε στο στρατόπεδο, από τις «καλλιόπες» για καθάρισμα μέχρι την κουζίνα για να τρίψει τα κατάμαυρα καζάνια, υπήρχαν πίσω του ένας δεκανέας κι ένας λοχίας, που παρακολουθούσαν κάθε του κίνηση.

Έτσι, μια νύχτα με τρομερή βροχή, τότε που δεν τολμούσε να μείνει έξω ούτε άγριο πουλί, αποφάσισε να πάρει την εκδίκησή του και να οδηγήσει σε τρέλα τον διοικητή. Την επομένη το πρωί ήταν προγραμματισμένη επίσκεψη συνταγματάρχη που θα έκανε επιθεώρηση, κι έτσι έκανε μια τρομερά απερίσκεπτη κίνηση. Κλέβοντας κόκκινη μπογιά και μια βούρτσα, βγήκε μέσα στην καταιγίδα και έγραψε στον τοίχο του στρατοπέδου:

Η ΧΟΥΝΤΑ ΣΚΟΤΩΣΕ ΤΟΝ ΠΑΝΑΓΟΥΛΗ!

Ακολούθησε τέτοιος πανικός, με τον διοικητή σε υστερία, ώστε τα ουρλιαχτά ακούγονταν μέχρι την Καβάλα. Το σύνθημα σβήστηκε με ταβανόβουρτσες για να μην το δει ο συνταγματάρχης, αλλά αμέσως μετά την αναχώρησή του, το στρατόπεδο σείστηκε ολόκληρο. Έβαλαν όλους τους φαντάρους να τρέχουν επί τέσσερις ώρες με πλήρη εξοπλισμό, τους ζήτησαν να ανεβούν έναν χωματόδρομο με πέτρες χωρίς τις αρβύλες τους, κι ύστερα, εξουθενωμένοι καθώς ήταν, τους υποχρέωσαν να βάψουν όλο το στρατόπεδο μέχρι που νύχτωσε. Μπόλικοι είχαν πληγωμένα πόδια, αλλά αυτό δεν ένοιαζε τους επιτελείς. Κι όταν έφτασαν στους θαλάμους και άλλαξαν, τους ζήτησαν να ξαναβγούν, με τον ίδιο τον διοικητή να τους ανακοινώνει με στόμφο: «Στέρηση εξόδου σε όλους για δεκαπέντε μέρες και βλέπουμε...».

Από την ίδια μέρα κιόλας ο Φώτης απομονώθηκε απ' όλους, αφού, έστω και χωρίς αποδείξεις, ήταν βέβαιοι ότι εκείνος το έκανε και εξαιτίας του τιμωρήθηκαν όλοι. Τρεις μέρες αργότερα, και παρότι οι έρευνες στο στρατόπεδο δεν είχαν αποδώσει, ένα δάχτυλο, έστω και έμμεσα, τον κατέδειξε ως τον υπεύθυνο του «επαίσχυντου συνθήματος», όπως του ανακοίνωσε ο διοικητής.

Ένα φύλλο πορείας τού έδειχνε ότι δεν είχε δει ακόμα την πραγματική κόλαση. Τον έστειλαν πακέτο στον Έβρο, κι ο διπλανός του στο λεωφορείο ήταν ήδη πληροφορημένος.

«Μας στέλνουν σε τάγμα ανεπιθύμητων. Να εύχεσαι να μείνουμε ζωντανοί, μόνο αυτό...»

Κι όταν παρουσιάστηκαν, κατάλαβαν ότι κινδύνευαν να αφήσουν εκεί τα κόκαλά τους. Στην ουσία δεν υπήρχε στρατόπεδο, μόνο μερικές καλύβες στο δάσος. Κι έπρεπε να φτιάξουν μόνοι τους τις υπόλοιπες, δουλεύοντας ακατάπαυστα μέσα σε πολύ δύσκολες συνθήκες. Μάλιστα τα πρώτα βράδια κοιμήθηκαν σε υπνόσακους στο χώμα, τρέμοντας από το κρύο. Κοιμήθηκαν, τρόπος του λέγειν! Γιατί με τέτοιες θερμοκρασίες ήταν αδύνατο να κλείσουν μάτι, αφού προσπαθούσαν να τρίβουν το σώμα τους για να ζεσταθούν.

Ο Φώτης ένιωσε πολύ περισσότερο οικεία, αφού μπορούσε να συγχρωτιστεί με τους άλλους. Ήταν όλοι ανεπιθύμητοι κι αυτό τους ένωνε. Η αλληλεγγύη ήταν ο μοναδικός τρόπος για να επιβιώσουν στις πιο τραγικές συνθήκες που είχε συναντήσει άνθρωπος. Φίδια, έντομα, σκληρές πέτρες και αγκάθια ήταν οι συνοδοιπόροι τους, με την ίδια την πατρίδα να τους θεωρεί κατακάθια.

«Είστε επικίνδυνοι για τη χώρα!» τους είπε ξεκάθαρα ο διοικητής, όταν κλήθηκε να δικαιολογήσει γιατί κανένας τους δεν είχε όπλο. Στρατιώτες χωρίς όπλο, εκεί στα σύνορα.

Δεν ήταν απλώς ένα τάγμα ανεπιθύμητων, αλλά στην ουσία ένα τάγμα αγριμιών, που εξωθούνταν σε ακραίες πράξεις καθώς αντιμετωπίζονταν σαν κατάδικοι, σαν δολοφόνοι. Κι όταν κάποιοι λύγιζαν ξεσπώντας σε κλάματα και κάνοντας σκέψεις για λιποταξία –γιατί εκεί τους έσπρωχναν, ώστε να διαλύσουν τη ζωή τους μια και καλή–, ο Φώτης ήταν αυτός που τους παρηγορούσε και τους ζητούσε να κάνουν υπομονή. «Δείχνοντας ότι αντέχουμε, να ξέρετε ότι εμείς τους διαλύουμε, τους σπάμε τα νεύρα, τους δείχνουμε ότι είναι ανθρωπάκια!» τους έλεγε, αναλαμβάνοντας μάλιστα να κάνει τις αγγαρείες των πιο αδύναμων.

Υπέφεραν όλοι όχι μόνο από το κρύο αλλά και από την πείνα. Το φαγητό που μοιράζονταν ήταν ελάχιστο και κακής ποιότητας κι αυτό έκαμπτε κι άλλο το ηθικό τους. Αναγκάζονταν να φτιάχνουν σάντουιτς με φασολάδα για να ξεγελούν λίγο την πείνα τους, ένα επιπλέον βασανιστήριο που τους αγρίευε ακόμα περισσότερο.

Έτσι κυλούσε ο καιρός, με απλυσιά και βρόμα, που τους γέμιζε φαγούρες, αλλεργίες και δερματικά προβλήματα. Παρ' όλα αυτά, κανένας δεν τόλμησε να φύγει. Είχαν μάθει από έναν λοχία-επιτηρητή, που κι εκείνος βλαστημούσε την τύχη του για το μέρος όπου βρέθηκε, ότι δύο λιποτάκτες, ο Ζέμπερης και ο Σουρλής, πέρασαν από στρατοδικείο κι έφαγαν τρία χρόνια φυλακή, αφού τους κατηγόρησαν για όλα τα δεινά του πλανήτη.

Όταν ο καιρός πια άνοιξε κι έγινε σύμμαχός τους, ο Φώτης ανέλαβε μια αποστολή που του καλάρεσε, γιατί τον έβγαζε από τη ρουτίνα· να μαζέψει ξύλα για να φτιάξουν μια μικρή αποθήκη. Στη διαδρομή λοιπόν μαζί με τον Σταυρόπουλο, είδαν ένα μποστάνι που τους έκανε να νιώσουν ότι ονειρεύονταν. Είχε μέσα ντομάτες και αγγουράκια, καρότα, ακόμα και πρώιμα καρπούζια· έτρεχαν τα σάλια τους. Ψείρισαν κάμποσα χορταίνοντας την πείνα τους και βρήκαν τρόπο να πηγαίνουν όποτε υπήρχε ευκαιρία για να φέρνουν και στους υπόλοιπους. Κι έτρωγαν κρυφά, στο ξέφωτο, όπως ακριβώς τα ζώα τριγύρω τους.

Είχε περάσει καμιά εβδομάδα από την τελευταία επίσκεψη, όταν ο Φώτης με άλλους τρεις έκαναν έφοδο στο μποστάνι. Είχαν υποφέρει πολύ το τελευταίο διάστημα κι έτσι, όταν βρέθηκαν εκεί, χόρτασαν την πείνα τους τρώγοντας απ' όλα. Ετοιμάζονταν να φύγουν βάζοντας σε έναν σάκο μερικά καρπούζια για τους άλλους που είχαν μείνει πίσω, όταν όρμησε καταπάνω τους με μια μαγκούρα ένας μεσήλικος, βρίζοντας και βλαστημώντας.

Η μαγκούρα προσγειώθηκε στο κεφάλι του Φώτη, που γέμισε αίματα.

«Φύγετε εσείς!» φώναξε στους άλλους τρεις, που εξαφανίστηκαν εν ριπή οφθαλμού μέσα στα δέντρα.

«Σας μαζέψανε εδώ και ρημάζετε το βιος του κοσμάκη, αλήτες!» είπε στον ματωμένο φαντάρο, και τον άφησε εκεί στο χώμα στολίζοντάς τον με νέες βρισιές και κατάρες.

Αλλά δεν έμεινε στη... χειροτονία. Πήγε αμέσως στο στρατόπεδο, ζήτησε τον διοικητή και του εξιστόρησε την κατάσταση, λέγοντάς του ότι είχε πάθει μεγάλη ζημιά με τους φαντάρους που ρήμαξαν το μποστάνι του.

«Λες και πέσανε ακρίδες, κύριε διοικητά! Κάθε λίγο και λιγάκι έκοβαν ό,τι έβγαινε! Εγώ ζω απ' αυτά, τι θα κάνω;»

Για κακή του τύχη –γιατί δεν το περίμενε– ο Φώτης, γυρίζοντας στο στρατόπεδο, είδε μπροστά του τον άνθρωπο με τη μαγκούρα. Δάγκωσε τη γλώσσα του γιατί καταλάβαινε ότι θα την πλήρωνε πολύ ακριβά.

«Αυτός είναι ο ένας!» ούρλιαξε ο ιδιοκτήτης του μποστανιού, με τον διοικητή να του υπόσχεται ότι θα έπραττε τα δέοντα.

Παρά τις πιέσεις και τις απειλές, τη διαβεβαίωση ότι «εδώ θα πεθάνεις, ρε καθοίκι», ο Φώτης δεν κατέδωσε ούτε έναν από τους συνεργούς του. Ο ένας μήνας φυλακή θέριεψε το μίσος και την οργή του, όπως παλιά με την Προκοπία. Η ζωή του έκανε ακόμα έναν κύκλο.

Οι υπόλοιποι φαντάροι θαύμασαν τη στάση του. Να αναλάβει δηλαδή όλη την ευθύνη δίχως να πει λέξη. Έτσι, ένας απ' αυτούς, που είχε παρτίδες με τους ντόπιους, του έδωσε την πληροφορία για τον θύτη του. Με όνομα και διεύθυνση, με κάθε λεπτομέρεια για τα πάντα.

Το μίσος του ήταν πια ανεξέλεγκτο και δυνάμωνε κάθε λεπτό σ' εκείνο το έδαφος που θεωρούσε εχθρικό. Τα σημάδια στο κεφάλι τού θύμιζαν ότι οι αντίπαλοί του είναι πολλοί. Ορκίστηκε ότι δε θα το άφηνε να περάσει έτσι. Με τη βοήθεια του Λάμπρου λοιπόν, που συγκέντρωσε τις πληροφορίες, έμαθε όλες τις συνήθειες του ανθρώπου που τον χτύπησε, ενός νταή που διεκδικούσε το δίκιο του και τ' άδικό του χτυπώντας κόσμο. Και το είχε κάνει πολλές φορές, όπως τον διαβεβαίωσε ο φίλος του. Εκτός από το μποστάνι είχε κάποια κτήματα, αλλά η κύρια ασχολία του ήταν τα γίδια και τα πρόβατα. Ήταν από τους δυνατούς κτηνοτρόφους της περιοχής, που αβγάτιζε τα λεφτά του διαλύοντας με κάθε τρόπο τους μικρούς.

Μία ολόκληρη εβδομάδα ο Φώτης, εκμεταλλευόμενος την απουσία του διοικητή, που έκανε στη Θεσσαλονίκη μια εγχείρηση κοίλης, παρακολουθούσε την καθημερινότητα του στόχου του. Διψούσε για εκδίκηση. Κι αυτή, όπως την είχε στο κεφάλι του, δε θα ήταν ένα ανάλογο χτύπημα. Εκείνος ποτέ δε θα χτυπούσε πισώπλατα και ποτέ κάποιον λιγότερο δυνατό από τον ίδιο. Ήθελε λοιπόν να του κάνει κάτι που θα θυμόταν σε όλη του τη ζωή, αφού, όπως έλεγε στον Λάμπρο, «μόνο με κάτι πολύ δυνατό καταλαβαίνει ένας τραμπούκος».

Παρότι ο φίλος του τον ρωτούσε επίμονα, ο Φώτης αρνήθηκε να του πει το παραμικρό. «Ακόμα το ψάχνω...» υπεξέφευγε, αλλά στο μυαλό του ήταν όλα ξεκάθαρα, ακόμα και η παραμικρή λεπτομέρεια. Είχε επίσης καθορίσει τη μέρα και την ώρα που θα έπαιρνε την εκδίκησή του, και γι' αυτό την παραμονή έκανε ακόμα μία «περιπολία» για να δει για τελευταία φορά τις λεπτομέρειες.

Ήξερε ότι αυτό που σκόπευε να κάνει ήταν πολύ επικίνδυνο αλλά και ακραίο, όμως τίποτα δεν ήταν ικανό να τον σταματήσει. Ο θυμός είχε διαποτίσει κάθε κύτταρό του, αυτός τον διαφέντευε και τον οδηγούσε, καθόριζε τις σκέψεις και τις κινήσεις του.

Περίμενε να νυχτώσει για να έχει σύμμαχο το σκοτάδι, απολύτως εξοικειωμένος σ' αυτό, γλίστρησε από το καλύβι όταν ξεκίνησε το ροχαλητό των υπολοίπων κι έσφιξε στην τσέπη του αυτό που θα διευκόλυνε το σχέδιο που είχε ετοιμάσει. Ένιωθε να καίει μέσα του κι έσφιξε τις γροθιές του. «Τώρα είναι η δική μου ώρα και δε θα την ξεχάσει κανείς...»

Οι κραυγές των τσακαλιών τον ανατρίχιασαν, αλλά δεν επιβράδυναν καθόλου τον γρήγορο βηματισμό του. Είχε βάλει σημάδια για να μη χαθεί, αν και είχε κάνει τη διαδρομή τουλάχιστον δέκα φορές. Το τελευταίο σημάδι, ένα πεσμένο πεύκο σαν κοιμισμένος γίγαντας, του έδειχνε ότι πλησίαζε στον προορισμό του.

Κοίταξε τριγύρω, αν και ήξερε ότι δεν υπήρχε λόγος να ανησυχεί. Ακόμα κι ο ουρανός θα δυσκολευόταν να τον δει, κι οι κουκουβάγιες δεν ήταν μαρτυριάρες. Πλησίασε προσεκτικά στο συρματόπλεγμα και κράτησε την αναπνοή του. Έβγαλε από την τσέπη του το κοφτήρι κι άρχισε με γρήγορες κινήσεις να το ξηλώνει χωρίς να δυσκολευτεί, έτσι όπως ήταν παλιό και σκουριασμένο από τις βροχές. Του πήρε αρκετή ώρα για να κόψει ένα μεγάλο κομμάτι και να απελευθερώσει τον χώρο, τραβώντας στα πλάγια το πεσμένο συρματόπλεγμα. Κι όταν πια σιγουρεύτηκε ότι έκανε σωστή δουλειά, απομακρύνθηκε. Στο μυαλό του ήρθε ένα τραγούδι της γιαγιάς του, αλλά θυμόταν μόνο έναν στίχο:

Που τα 'φαγεν η μαύρη γης και τ' άραχνο το χώμα...

Σύμφωνα με τους υπολογισμούς του, χρειαζόταν είκοσι λεπτά με μισή ώρα για να ολοκληρώσει αυτό που είχε σχεδιάσει. Στάθηκε λίγο για να κόψει ένα μεγάλο κλαρί και μετά, με ακόμα πιο γρήγορο βήμα, έφτασε στη στάνη του «μαγκούρα», εκεί όπου πια ήταν πιο ανήσυχος. Βέβαια είχε διπλοτσεκάρει ότι δεν υπήρχαν σπίτια τριγύρω κι ότι αυτό του «μαγκούρα» ήταν τουλάχιστον δεκαπέντε λεπτά μακριά, αλλά ποτέ δεν ξέρεις.

Κι ήταν μια λεπτομέρεια που έπαιξε τεράστιο ρόλο και τον έκανε να προχωρήσει. Όπως είχε διαπιστώσει σε όλες τις προηγούμενες ανιχνευτικές κινήσεις του, δεν υπήρχε σκύλος στη στάνη. Όπως είχε μάθει κι ο Λάμπρος, ο γερο-Φοξ είχε πεθάνει πριν από δύο μήνες κι ο «μαγκούρας» δεν τον αντικατέστησε, περιμένοντας να του φέρουν ένα καλό τσοπανόσκυλο.

Πλησίασε αργά και σκύβοντας πέταξε μια πέτρα για να δει αν θα υπάρξει κάποια αντίδραση. Νέκρα. Και τότε, πάλι με τον κόφτη, έκοψε το λουκέτο και μπήκε στο εσωτερικό. Τα πρόβατα τινάχτηκαν νευρικά κι εκείνος έμεινε ακίνητος για να μην τα ταράξει. Περίμενε μερικά δευτερόλεπτα κι είχε αγωνία για την κατεύθυνση που θα πάρουν ανοίγοντας την πόρτα. Αλλά αφού υπήρχε γκρεμός δεξιά, ήξερε τι έπρεπε να κάνει. Άνοιξε την πόρτα και στάθηκε αριστερά, κουνώντας το κλαρί. Και τότε, με μια ανείπωτη χαρά, τα είδε να πηγαίνουν ευθεία, όπως ακριβώς ήθελε.

Πέρασε κάμποση ώρα ώσπου να φτάσουν στον προορισμό, περισσότερη από ό,τι υπολόγιζε, αφού κάποια έσκυβαν να βοσκήσουν και παρέσυραν και τα υπόλοιπα. Όμως το κλαρί αποδείχτηκε καθοριστικό και βοήθησε για την ευθεία πορεία. Κι όταν έφτασαν στο «σημείο μηδέν», τα έσπρωξε προς το κομμένο συρματόπλεγμα και βλέποντας τα πρώτα να προχωρούν, τραβήχτηκε στην άκρη, με όλο το υπόλοιπο κοπάδι να ακολουθεί τα πρώτα.

Στράφηκε αργά προς την αντίθετη κατεύθυνση κι ύστερα άρχισε να τρέχει με όλη του τη δύναμη. Κι όταν ένιωσε ότι απομακρύνθηκε αρκετά, επιχείρησε να ανεβεί σε ένα μικρό ύψωμα. Δεν πρόλαβε. Ένας καταιγισμός εκρήξεων, σαν να είχε ξεκινήσει κανονικός πόλεμος με οβίδες, μετέτρεψαν τη νύχτα σε μέρα. Ήταν σαν να είχαν ανοίξει τα καζάνια της κόλασης! Οι εκρήξεις στο ναρκοπέδιο που είχε φτιάξει ο ελληνικός στρατός πολλαπλασιάζονταν κι οι φλόγες σκαρφάλωναν στον ουρανό δημιουργώντας βιβλικές εικόνες. Τις έβλεπε από εκεί όπου βρισκόταν κι ένιωθε μια άγρια χαρά. Καθάρισε τα χέρια του και πήρε τρέχοντας τον δρόμο του γυρισμού.

Λίγα μέτρα παρακάτω, λαχανιασμένος, άκουσε ένα πανδαιμόνιο από σειρήνες που στρίγκλιζαν προκαλώντας ανατριχίλα. Μόλις συνειδητοποιούσε ότι εκεί απέναντι, στα εκατόν πενήντα μέτρα, το τουρκικό στρατόπεδο είχε σημάνει συναγερμό, θεωρώντας ίσως ότι δέχεται επίθεση. Πανικοβλήθηκε γιατί κατάλαβε ότι, χωρίς να το έχει υπολογίσει, αυτή η έκρηξη στο ναρκοπέδιο ήταν ικανή να οδηγήσει ακόμα και σε πόλεμο! Είχε αποφευχθεί με την είσοδο του τουρκικού πλοίου Χόρα στα ελληνικά χωρικά ύδατα εκείνο το καλοκαίρι, φοβόταν όμως ότι θα γινόταν τώρα.

Η αγωνία τού έκοψε την ανάσα. Να εξαφανιζόταν δίχως να γυρίσει στο στρατόπεδο ή ήταν υπερβολικοί οι φόβοι του; Σκέφτηκε ότι πάνω στην αναμπουμπούλα μπορεί και να μην τον έπαιρναν είδηση και να κατάφερνε να χωθεί στην καλύβα του. Έτσι, πήρε μια βαθιά ανάσα κι άρχισε να τρέχει ξανά. Κι όπως έτρεχε πανικόβλητος, μπλέχτηκε σε κάτι κομμένα κλαριά και βρέθηκε φαρδύς πλατύς στο έδαφος, χτυπώντας μόνο τον αγκώνα του. Έβρισε μέσα του τον «μαγκούρα», σηκώθηκε και συνέχισε να τρέχει.

Πλησιάζοντας πια στο στρατόπεδο, κατάλαβε από τους αναμμένους προβολείς ότι είχαν ξυπνήσει οι πάντες. *Όχι, ρε γαμώτο...* Ακούγονταν καθαρά οι φωνές, η ένταση από την αγωνία, το γάβγισμα του υποδιοικητή. Αποφάσισε να πάει από την πίσω πλευρά, όπου το συρματόπλεγμα δίπλα από τη βρύση ήταν χαλαρό και μπορούσε να περάσει από κάτω. Κι όταν τα κατάφερε, ο δρόμος ήταν πιο εύκολος. Η δική του καλύβα ήταν από τις τελευταίες και, βλέποντάς την μπροστά του, χαμογέλασε και ξεφύσησε ανακουφισμένος. Αλλά μπαίνοντας δεν υπήρχε κανένας. Έλειπαν και οι επτά, κι αυτό τον έκανε να καταλάβει αμέσως τι τον περίμενε.

Μπορούσε να ακούσει από μέσα τους ασυρμάτους του ταγματάρχη και του λοχαγού. Αποφάσισε να πάει στο σημείο όπου είχαν συγκεντρωθεί οι υπόλοιποι, έξω από το υποτιθέμενο διοικητήριο, ελπίζοντας ότι δε βρίσκονταν εκεί πάνω από δέκα λεπτά. Έτσι θα μπορούσε να βρει μια δικαιολογία και να καθαρίσει.

Αλλά τα πράγματα δεν πήγαν όπως τα ήθελε. Γιατί μόλις τον είδε ο υποδιοικητής, ο Παύλου, τον έδειξε με το δάχτυλο και του φώναξε από μακριά: «Τσακίσου μέσα!».

Έπρεπε να φανεί δυνατός, βλέποντας να τον κοιτάζουν όλοι με ένα βλέμμα απελπισίας. Μπορούσε να καταλάβει. Το φως από τη λάμπα πετρελαίου τρεμόπαιζε αλλά τα πόδια του Φώτη ήταν σταθερά. Γιατί μόλις μπήκε στο διοικητήριο, είχε αποφασίσει ότι δεν επρόκειτο να δειλιάσει, ό,τι κι αν συμβεί.

Ο υποδιοικητής κοίταξε τα ταλαιπωρημένα ρούχα του, λερωμένα από τις πρασινάδες, τα λασπωμένα παπούτσια του, τα βρόμικα χέρια του. «Πες μου μόνο ένα ναι ή ένα όχι. Και σκέψου ότι είσαι άντρας, μόνο αυτό...»

Στράβωσε πολύ μόλις το άκουσε. *Τι δουλειά έχει ο ανδρισμός μου; Με προκαλεί να του χώσω καμιά στα αποτέτοια του και να τα ψάχνει στο δάσος;* σκέφτηκε. Τον κοίταξε κόκκινος και αγριεμένος, κάτι που τέντωσε κι άλλο τα ήδη τεντωμένα νεύρα του υποδιοικητή, ο οποίος ξύπνησε μέσα στον πανικό, έπρεπε να οργανώσει το στρατόπεδο και να ξυπνήσει με τη σειρά του τον διοικητή για να πάρει εντολές.

Η νυχτερινή βάρδια και η περιπολία πήραν διαταγή να μαζέψουν άμεσα τους στρατιώτες στην αναφορά και τότε διαπιστώθηκε η απουσία του Φώτη. Δεν υπήρχε ούτε ένας που να αμφέβαλλε ότι ήταν δική του δουλειά, με τις εκρήξεις να συνεχίζονται ακόμα κι εκείνη την ώρα.

«Τι με κοιτάς, ρε ταγάρι; Θα μας ρίξεις σε πόλεμο, ρε ηλίθιε, και θα τρέχουμε όλοι επειδή εσύ είσαι μαλάκας και κολλημένος;»

Τα μάτια του Φώτη έβγαζαν φωτιές κι έχασε κάθε μέτρο, δίχως να μπορεί να σκεφτεί πού βρισκόταν και σε ποιον μιλούσε. Ήταν μαζί τρέλα, απελπισία και άγνοια κινδύνου. «Και θα το ξανάκανα, ρε! Εγώ δεν είμαι πιόνι κανενός και δεν ανέχομαι προσβολές, κατάλαβες; Κι ούτε θα αφήσω ποτέ στη ζωή μου τον κάθε πούστη να μου κάνει τον δερβέναγα. Και μη με ξαναπείς μαλάκα, γιατί θα γίνει χαμός! Δε σε φοβάμαι, ρε! Ούτε εσένα ούτε κι όλη την Τουρκία!»

Μόλις είχε υπογράψει την καταδίκη του. Γιατί σε ελάχιστα λεπτά βρέθηκε δεμένος. Όχι όπως τότε με την Προκοπία, σε δέντρο, αλλά μέσα σε μια καλύβα, κάτι που διέταξε από την πρώτη στιγμή ο διοικητής όταν τον κάλεσε ο Παύλου.

«Αυτός είναι επικίνδυνος και θα έχουμε τρεχάματα! Να τον δέσεις και να τον στείλεις πακέτο στη Θεσσαλονίκη. Ας καθαρίσει στο στρατοδικείο...»

Μάλιστα έβαλαν και φρουρούς απ' έξω, με τον Φώτη μάλιστα να φωνάζει από μέσα: «Πηγαίντε, ρε, να κοιμηθείτε. Ο Φώτης δε θα λιποτακτήσει ποτέ. Από πουθενά!».

Η μεταφορά του στη Θεσσαλονίκη έμοιαζε γι' αυτόν με ταξίδι αναψυχής. Έφευγε από το «Βιετνάμ», όπως έλεγαν τις συνθήκες εκεί στον Έβρο όλοι οι ανεπιθύμητοι, κι έβλεπε πολιτισμό, έστω για λίγες ώρες, έστω κι αν τον είχαν με χειροπέδες μέσα στο ΡΕΟ.

Αλλά όταν έφτασε, όλοι τον κοιτούσαν σαν μίασμα, θαρρείς και ήταν ένας λεπρός σε προχωρημένο στάδιο. Ένας άλλος κρατούμενος, που επίσης θα περνούσε στρατοδικείο επειδή έκλεβε συστηματικά πράγματα από την κουζίνα του στρατοπέδου του, τον κοιτούσε με συμπάθεια.

«Καλά ξηγήθηκες, πατριώτη, μάθαμε τι έγινε. Κι όλοι εδώ μιλάνε για σένα! Τους έκανες μεγάλο χουνέρι και πάνε κι έρχονται στρατηγοί μέσα στον πανικό!»

Τέτοιος πανικός επικράτησε και στο στρατοδικείο, που έγινε κεκλεισμένων των θυρών «για λόγους εθνικούς», όπως έλεγαν κάποιοι στρατιωτικοί, αφού υπήρχαν λεπτά θέματα και το γεγονός δεν έπρεπε να γίνει προϊόν εκμετάλλευσης από τους Τούρκους.

Ο στρατοδίκης τον ρώτησε γιατί το έκανε κι αν μετάνιωσε, κι ο Φώτης δεν έψαξε ούτε μισή δικαιολογία, παρότι οι συγκρατούμενοί του τον συμβούλευαν να κάνει τον χαζό για να απαλλαγεί. Αλλά αρνήθηκε κατηγορηματικά κάτι τέτοιο και στην απολογία του ήταν ο εαυτός του, αυτός που όλοι ήξεραν.

«Λυπάμαι, αλλά αν με χτυπήσουν, δε γυρνάω και το άλλο μάγουλο, δε είμαι ο Χριστός! Το έκανα για να τον εκδικηθώ, αυτή είναι η αλήθεια. Κι αυτό δε θα γινόταν αν η πατρίδα μάς τάιζε κανονικά και δε μας φερόταν σαν να είμαστε ζώα! Κι εμένα με κατηγόρησαν για διάφορα πολιτικά και με έστειλαν στην κόλαση. Έχει πάει ποτέ κανένας από σας εκεί να δει πώς είναι; Πώς δικάζετε ανθρώπους χωρίς να ξέρετε τις συνθήκες; Αλλά και πώς τιμωρείτε ανθρώπους επειδή μπορεί να πιστεύουν στον Βούδα ή τον Μωάμεθ ή δεν ξέρω κι εγώ, στο δωδεκάθεο; Εγώ δεν ανακατεύτηκα ούτε με κόμματα κι ούτε με θρησκείες και μου φόρτωσαν όλα τα κακά του κόσμου. Σας λέω λοιπόν ότι το έκανα, δε μετανιώνω και σας εξήγησα γιατί. Δεν έχω να πω κάτι άλλο. Α, μάλλον έχω! Με τον διοικητή αυτόν θα γίνουν κι άλλα πολλά εκεί. Φέρεται σε όλους σαν να είναι σκουλήκια. Τι κρίμα γι' αυτόν που δεν είμαστε...»

Αυτό που ακολούθησε δεν είχε ξαναγίνει ποτέ. Η αρχική ποινή ήταν ένας χρόνος φυλακή, αλλά έπειτα από μια διαβούλευση τη μείωσαν στους έξι μήνες. Όπως ψιθυριζόταν, ήθελαν να περάσει το περιστατικό στην Τουρκία σαν ένα απλό ατύχημα κι όχι μια εσκεμμένη πράξη.

Το ίδιο βράδυ, παρότι γλίτωσε από σύμπτωση τα χειρότερα, ο Φώτης ήταν διαλυμένος, συνειδητοποιώντας πράγματα που τον πόνεσαν πολύ. *Είμαι σε όλη μου τη ζωή κυνηγημένος και γι' αυτό έγινα ένα αγρίμι. Τι φταίει πάνω μου; Κι αν τη γλίτωσα σήμερα, θα την πληρώσω αύριο με κάτι άλλο. Πάλι θα με προκαλέσουν...*

Παρότι εκτίμησαν την ειλικρίνειά του –αν και τον θεωρούσαν τρελό–, δεν του είχαν εμπιστοσύνη και τον γύρισαν συνοδεία πίσω στον Έβρο. Και η μεγαλύτερη έκπληξη, ίσως ακόμα μεγαλύτερη από την έκβαση της δίκης, ήταν το γεγονός ότι βρήκε πια καινούργιο διοικητή και υποδιοικητή, «ένας βραχνάς λιγότερος», όπως σκέφτηκε. Και δεν ήξερε αν αυτό οφειλόταν στην κατάθεσή του στο στρατοδικείο ή αν ήταν τυχαίο, αλλά καθόλου δεν τον ένοιαζε.

Παρατήρησε όμως και άλλη μια αλλαγή που του έριξε τη διάθεση τόσο του ίδιου όσο και του Λάμπρου, τις δυο παλιοσειρές του στρατοπέδου. Μέχρι να ξεμπερδέψει με τη Θεσσαλονίκη και το στρατοδικείο, οκτώ στρατιώτες πήραν απολυτήριο «διότι συνεμορφώθησαν», όπως έλεγε κι ο νέος διοικητής, που, μπορεί με άνωθεν εντολή –Μεταπολίτευση πια και με αρκετές αλλαγές στο στράτευμα– μπορεί και όχι, σίγουρα φερόταν πιο ανθρώπινα στους στρατιώτες. Κι αυτό, όπως και η αύξηση του φαγητού, ηρέμησαν πολύ τον Φώτη, που ήταν υποδειγματικός σε όλες τις δουλειές, παίρνοντας τα εύσημα του νέου διοικητή.

Κι όταν τον φώναξε έπειτα από μια σοβαρή αποψίλωση στο δάσος όπου έδωσε και την ψυχή του, αιφνιδιάστηκε πολύ, κι ακόμα περισσότερο με όσα του είπε.

«Έχω ακούσει ότι είσαι παράξενο παιδί και με πολλές ιδιαιτερότητες αλλά και εκρήξεις. Δε με νοιάζει τι λένε οι άλλοι, εγώ βλέπω έναν πολύ φιλότιμο και ευθύ άνθρωπο και θέλω να σε βοηθήσω. Ειλικρινά το λέω...»

Τα έχασε, νόμιζε ότι τον κορόιδευε ή του έκανε φάρσα, αλλά τα αυτιά του δεν τον γελούσαν, ούτε το σοβαρό και ήρεμο πρόσωπο του διοικητή.

«Κοίτα, Φώτη, οι περισσότεροι από τη σειρά σου έχουν ήδη απολυθεί, έχουν πάει σπίτια τους, έχουν πιάσει δουλειά. Νομίζω ότι, αν πας σε ένα στρατόπεδο κοντά στην πατρίδα σου, θα έχεις άλλο κίνητρο, θα αποκτήσεις δίψα για να απολυθείς. Αυτό δε θα συμβεί ποτέ εδώ...»

Δεν το έλεγε για να το πει. Με επιμονή και μεθοδικότητα, ξεπερνώντας διάφορους σκοπέλους –γιατί ο Φώτης ήταν στην κορυφή της μαύρης λίστας–, κατάφερε να τον στείλει στο στρατόπεδο του Περάματος Ιωαννίνων μόλις βρήκε μια αφορμή. Έψαχναν μαραγκό με προϋπηρεσία για να βγάλει μια δουλειά για την οποία ο στρατός έπρεπε να πληρώσει πολλά λεφτά, κι έτσι ο Φώτης ήταν η ενδεδειγμένη λύση.

Κι αυτή η κουβέντα που του έκανε ο διοικητής, ότι εκεί θα είχε κίνητρο για να ξεμπερδέψει επιτέλους, τον έκανε να δει σοβαρά αυτή την προοπτική. Και παρότι έβγαζε σπυριά με τις στολές, μια μέρα πριν φύγει, με το χαρτί της μετάθεσης πια, ένιωσε την ανάγκη να δει τον διοικητή. Κι όταν βρέθηκε μπροστά του, του άπλωσε το χέρι για να τον χαιρετήσει. «Θέλω να σας πω μια κουβέντα. Ότι είστε άντρας και πολύ άξιος. Με τέτοιους άντρες θα πάει μπροστά η πατρίδα, όχι με κομπλεξικούς. Και να το ξέρετε, πιστεύω πάντα κάθε λέξη που λέω...»

Μακάρι να μπορούσε να πει το ίδιο και για τον καινούργιο του διοικητή, στο Πέραμα, γιατί το είχε ανάγκη μέσα του. Αλλά όταν τον φώναξε στο γραφείο μόλις παρουσιάστηκε στη νέα μονάδα του, ευχήθηκε να είχε μείνει στον Έβρο. Με το καλημέρα κιόλας, δίχως καν να τον δει καλά καλά, δέχτηκε επίθεση.

«Πρώτον, δε λένε "ναι" στον στρατό, "μάλιστα" λένε! Δεύτερον, δε μου αρέσει το ύφος σου! Και τρίτον, να ξέρεις ότι ήρθες εδώ για συγκεκριμένο λόγο, παρότι έχεις έναν φάκελο ίσαμε το μπόι σου! Πάμε τώρα στο παρασύνθημα. Θα φτιάξεις ξύλινα γεφυράκια μέσα στο στρατόπεδο για να είμαστε έτοιμοι στη γιορτή του προστάτη μας, του Αγίου Γεωργίου. Για εμάς εδώ είναι μεγάλη γιορτή και περιμένουμε πολλούς επισήμους φέτος».

Ο Φώτης αιφνιδιάστηκε, αλλά προσπάθησε να κρατήσει την ψυχραιμία του για να μην μπλέξει πάλι. «Για πόσα μέτρα μιλάμε;» θέλησε να μάθει.

«Παζάρια θα κάνουμε; Όσα να 'ναι!»

«Απλώς...»

«Δεν έχει ούτε απλώς ούτε... συνθέτως! Θα κάνεις ό,τι σου ζητήσουν!»

Ζορίστηκε πολύ μέσα του αλλά και πάλι κρατήθηκε. «Μάλιστα» όμως δεν είπε. «Θα μου δώσετε δύο ώρες άδεια να βρω τα κατάλληλα σύνεργα;»

«Θες και άδεια, ρε; Θα τα φτιάξεις με ό,τι υπάρχει εδώ! Φτιάξε τα και με τα δόντια, τι με νοιάζει!»

Η έκρηξη ήταν μισή αλλά αρκετή για να τον οδηγήσει σε

νέες περιπέτειες. «Αν ψάχνετε σκύλο, δεν είμαι! Κι αν ήμουν, θα προτιμούσα τον Έβρο!»

Οι είκοσι μέρες φυλακή ήταν το λιγότερο. Γιατί από τη στιγμή εκείνη και για τις επόμενες δέκα μέρες, ό,τι σκουπίδι υπήρχε μέσα και έξω από το στρατόπεδο, όποιος λερωμένος τοίχος, καζάνι, τουαλέτα, αυτοκίνητο, ο Φώτης τα καθάριζε. Τα ψευτοκαθάριζε δηλαδή, γιατί δε σκόπευε να τα κάνει λαμπίκο.

Το μαρτύριο δε θα τελείωνε ποτέ –όπως τα σκουπίδια άλλωστε– αν δεν πίεζε ασφυκτικά ο χρόνος, αφού πλησίαζε η 23η Απριλίου και γιορτή με εγωισμούς δεν μπορούσε να γίνει. Έτσι, όταν ο διοικητής, θορυβημένος πια κι εκείνος από την καθυστέρηση, άκουσε τα παράπονα του στρατοπεδάρχη, ζήτησε να ανατεθεί το έργο σε ιδιώτη.

«Άλλος μαραγκός δεν υπάρχει κι αυτός ο κομμουνιστής μάς σαμποτάρει επίτηδες! Δεν καταλαβαίνει τίποτα και κυρίως δεν τον νοιάζει καν αν φάει κι άλλες φυλακές, αν απολυθεί, τίποτα! Υποψιάζομαι ότι του αρκεί που έχει φαγητό και ύπνο και γι' αυτό αντιδρά έτσι. Δε νομίζω ότι θα προλάβουμε αν δεν φέρουμε κανονικό μαραγκό απ' έξω. Τόσο δύσκολο είναι να εγκριθεί ένα κονδύλι;»

«Αυτό δε γίνεται!» του ξεκαθάρισε ο στρατοπεδάρχης, εξηγώντας του ότι η νέα ηγεσία απαιτούσε σοβαρή περιστολή εξόδων.

Υπήρχε και μια κόντρα μεταξύ τους, την οποία ο στρατοπεδάρχης θέλησε να εκμεταλλευτεί αφήνοντας εκτεθειμένο τον διοικητή. Κάλεσε λοιπόν τον Φώτη, ο οποίος παρουσιάστηκε θορυβημένος, ειδικά όταν ένας φαντάρος από την Πρέβεζα τον προειδοποίησε: «Πας για ρεκόρ φυλακών, μεγάλε, χαλάρωσε λίγο γιατί πραγματικά θα σε κλείσουνε μέσα!».

Όταν λοιπόν είδε έναν ανώτατο αξιωματικό να του χαμογελάει και να του λέει το αδιανόητο γι' αυτόν «καθίστε, κύριε», δεν ήξερε αν ήταν ξύπνιος ή αν ονειρευόταν.

Ο στρατοπεδάρχης είχε μελετήσει τα πάντα κι έτσι επιστράτευσε την οξυδέρκεια και το χιούμορ του για να χαλαρώσει τον Φώτη. «Ξέρω ότι έχεις περάσει πολλά, αλλά δεν ήξερα ότι είσαι από την Άρτα, κύριε...»

«Άρτα; Όχι! Από το Αηδονοχώρι Ιωαννίνων είμαι!»

«Μπα, αποκλείεται! Μόνο στην Άρτα δεν τελειώνουν τα γεφύρια!»

Ούτε που θυμόταν πόσο καιρό είχε να γελάσει στον στρατό. Η τελευταία ήταν λίγο πριν από το στρατοδικείο, τότε που είχαν φτιάξει μια αυτοσχέδια ντουζιέρα στο ύπαιθρο για να μπορούν να ξεβρομίζονται. Το καζάνι, που είχαν στερεώσει σε ένα ξύλο, έπεσε, κι όχι μόνο δεν έκαναν ποτέ μπάνιο, αλλά γέμισαν και καρούμπαλα. Σοβάρεψε απότομα. «Λοιπόν, δεν είμαι από την Άρτα! Αλλά ξέρετε τι μου ζήτησε ο διοικητής; Να φτιάξω τα γεφύρια με τα δόντια, όταν του ζήτησα δυο ώρες άδεια για να πάω να βρω εργαλεία».

Εκείνος κούνησε το κεφάλι. «Θα ήθελα να σου πω μόνο ένα πράγμα, κι αν θέλεις το κρατάς, αν όχι το πετάς, κύριε. Με εγωισμούς δεν προχωράει ποτέ κανείς, όσο μεγάλος κι αν γίνει. Θα έρθει η στιγμή που θα βρει τοίχο μπροστά του και θα χαλάσουν όλα...»

Ο Φώτης τον άκουγε άναυδος κι ήξερε πια ότι δεν ονειρευόταν. «Αλήθεια είναι τιμή μου που σας γνώρισα. Και θα ήθελα να σας ζητήσω κάτι. Να μου δώσετε δύο ώρες άδεια για να βρω εργαλεία και μετά, με δυο φαντάρους που πιάνουν τα χέρια τους, σας υπόσχομαι ότι θα τα φτιάξουμε όλα. Σας δίνω τον λόγο μου».

«Δυο ώρες; Πάρε δυο μέρες!»

«Μα δεν έχω πού να κοιμηθώ. Φτάνουν δυο ώρες».

Γι' αυτόν τον άνθρωπο, τον Ευάγγελο Σαβράμη, που δε θα ξεχνούσε ποτέ, θα έδινε και την ψυχή του! Μέσα σε τρεις μέρες, μαζί με τέσσερις στρατιώτες που του έδωσε για βοήθεια, γέμισε το στρατόπεδο με ξύλινες γεφυρούλες και φράχτες, φτιάχνοντας, χωρίς να του το ζητήσει κανείς, κι ένα τεράστιο μοναστηριακό τραπέζι για τους επισήμους.

Ο στρατοπεδάρχης πήρε τα εύσημα του στρατηγού αλλά και του Μητροπολίτη, κι ήξερε καλά σε ποιον οφείλονταν. Μετά τη γιορτή λοιπόν κάλεσε τον Φώτη για να του δώσει πέντε μέρες τιμητική άδεια «επειδή πραγματικά το αξίζεις! Μου είπες τις προάλλες ότι δεν έχεις πού να πας. Έχω σκεφτεί κάτι, αν σε ενδιαφέρει...».

Κι αυτό το «κάτι» ήταν τα πάντα. Τον έστειλε σε έναν φίλο του που είχε λίγο έξω από τα Γιάννενα ένα εργοστάσιο που κατασκεύαζε λυόμενα σπίτια. Ήταν το διαβατήριο για τη νέα του ζωή, και ήρθε κι η σφραγίδα. Γιατί ο στρατοπεδάρχης, εκτιμώντας την μπέσα και το φιλότιμό του, κατάφερε να του σβήσει το μεγαλύτερο μέρος των φυλακών και να τον απαλλάξει από το μαρτύριο.

Είχε συμπληρώσει τριάντα έξι μήνες στον στρατό, τρία ολόκληρα χρόνια από τη ζωή του. Κι όταν ήρθε το περίφημο χαρτί, ο Φώτης πήγε να τον βρει. «Άκου, στρατηγέ μου...»

«Δεν είμαι στρατηγός και...»

«Για μένα είσαι! Και θα σε κουβαλάω πάντα μαζί μου!»

«Μπα, δε σε συμφέρει, έχω βάλει κιλά! Καλύτερα να κουβαλάς κάτι άλλο μέσα σου. Ότι πρέπει να δίνεις τόπο στην οργή. Κι ότι πριν μιλήσεις, όταν είσαι θυμωμένος, να μετράς ως το δέκα. Άκουσέ με, το έχω συναντήσει πολλές φορές στη ζωή μου. Θα με θυμηθείς όταν είσαι πιο μεγάλος...»

21

ΜΕ ΤΟΝ ΛΕΥΚΟ ΣΚΟΥΦΟ στραβό στο κεφάλι του και οδηγώντας με μαεστρία το ξύλινο φτυάρι του στο βάθος του ξυλόφουρνου, παρατηρούσε τα ράφια του μαγαζιού και υπολόγιζε πόσα κομμάτια ψωμιού χρειαζόταν ακόμα. Τις προηγούμενες μέρες είχαν ξεπουλήσει, και υπήρχε κι άλλη ζήτηση, την οποία δεν είχαν υπολογίσει – ακόμα μάθαιναν.

«Αργύρη, έφερες τα σακιά με το αλεύρι που σου είπα; Αλίμονό μας αν δεν τρέξουμε! Εσύ, Μεμά, εντάξει με τα ταψιά; Μίλησες με την ταβέρνα; Όλα εντάξει; Α, Μάκη, πήγαινε να βοηθήσεις έξω, έχει κόσμο και η Ντίνα είναι μόνη της. Άντε, τσακ μπαμ!»

Είχαν πάρει φωτιά τα χέρια και τα πόδια του Φώτη, που ήταν εκεί στον φούρνο από τις δύο τα χαράματα, και, μεσημέρι πια, ακόμα δεν είχε φύγει για να ξεκουραστεί λίγο, να ισιώσει το κορμί του. Αλλά όπως έλεγε και στους βοηθούς του: «Τώρα που γυρνάει το πράμα, πρέπει να κάνουμε κουράγιο! Αγάντα, λεβέντες, αύριο έχουμε πληρωμές! Και τότε να δείτε πώς φεύγει η κούραση!».

Η Ντίνα, μόλις ξεμπέρδεψε με το κύμα των πελατών, μπήκε στα ενδότερα μπας και καταφέρει να διώξει τον Φώτη. «Θα πέσεις ξερός, βρε χριστιανέ μου! Είσαι δεκατρείς ώρες στο πόδι, θες να μου πάθεις τίποτα και να τρέχουμε; Άντε να ξεκουραστείς και γυρίζεις πιο μετά. Μια χαρά τα καταφέρνουμε εγώ με τα παιδιά...»

«Σώπαινε, Ντίνα, πρέπει να αυξήσουμε την παραγωγή, έχουμε έξοδα, τρεις υπαλλήλους, πήραμε τόση πελατεία από τον ξινό τον Μαγουλά, πρέπει να ανταποκριθούμε! Μεθαύριο είναι Κυριακή, θα πάρουμε ανάσα...»

«Τι ανάσα, βρε; Αφού έρχεσαι και τις Κυριακές και φτιάχνεις κουλούρια, τυροπιτάκια, λουκουμάδες, ένα σωρό πράγματα! Πώς θα πάρεις ανάσα;»

Τον κοιτούσε με θαυμασμό κι αγάπη και καμάρωνε που από το πουθενά έστησε ένα μαγαζί που μάζευε πια κόσμο κι από άλλες γειτονιές. Το ψωμί που έφτιαχνε, οι πίτες, τα στριφτά, ακόμα και τα απλά κουλούρια, όλα αγνά, ήταν μοναδικής νοστιμιάς, με μεράκι και ψυχή, κι αυτό έκανε τον κόσμο να τον προτιμά, αποκτώντας πιστή πελατεία που δεν τον άλλαζε με τίποτα.

Είχε βέβαια και καλό δάσκαλο, τον κύριο Θρασύβουλο, που του έμαθε όλα τα μυστικά και τον έκανε ξεφτέρι εκεί στον φούρνο. Αν ποτέ στη ζωή του φιλούσε ένα χέρι, αυτό θα ήταν του γερο-Θρασύβουλου, που ήταν γι' αυτόν κάτι παραπάνω από τον Αρσάκη, τους Αβέρωφ, τους Ζωσιμάδες, τους Ριζάρηδες, τους Ζάππες, τους Σίνες κι όλους τους άλλους Ηπειρώτες εθνικούς ευεργέτες.

Αυτός του άλλαξε όλη του τη ζωή κι έθαψε τους εφιάλτες, τους φόβους, την ανασφάλεια, δάμασε το αγρίμι που θέριευε μέσα του. Μετά τον στρατό, την επόμενη μέρα κιόλας, ο Φώτης έπιασε δουλειά σ' εκείνο το εργοστάσιο με τα λυόμενα, εκεί όπου τον είχε στείλει ο στρατοπεδάρχης του για να ξεκινήσει μια καινούργια ζωή. Δούλευε σαν το σκυλί, μέρα και νύχτα, κοιμόταν σε ένα από τα λυόμενα της έκθεσης, ανάσα δεν έπαιρνε, αλλά δε βαρυγκομούσε. Ήξερε ότι αυτός ήταν ο μοναδικός τρόπος για να σταθεί στα πόδια του κι έπρεπε να αρπάξει την ευκαιρία από τα μαλλιά.

Κι η δουλειά ήταν ένα είδος ψυχοθεραπείας γι' αυτόν, αφού η επιστροφή του στην κανονική ζωή τού επεφύλασσε δύο ψυχρολουσίες, λες κι έπρεπε να τιμωρηθεί επειδή λυτρώθηκε από τα βάσανα του στρατού.

Την πρώτη κιόλας μέρα μετά τη θητεία του, κατέβηκε με το λεωφορείο στα Γιάννενα για να επισκεφθεί τον μπαρμπα-Γιάννη. Ήθελε να τον ευχαριστήσει για τα χρήματα που του έστελνε κατά καιρούς, όχι πολλά, αλλά αρκετά για να τον κάνει να νιώθει μια μικρή ασφάλεια με δυο δεκάρες στην τσέπη.

Η σύγκριση γινόταν αυτόματα μέσα του. Ένας άγνωστος άνθρωπος τον στήριζε με όσες δυνάμεις είχε, ενώ η ίδια του η μάνα δεν του έστειλε ούτε ένα πενηνταράκι για να νιώσει κάπως καλά. Έστω ένα πενηνταράκι! Της είχε γράψει κάνα δυο φορές, ελπίζοντας ότι κάποιος γείτονας θα της διάβαζε το γράμμα του. Δεν πήρε ποτέ απάντηση και κατάλαβε ότι ήταν μάταιος κόπος. Θα έπρεπε να την αγαπάει έτσι όπως ήταν, δίχως να έχει την παραμικρή απαίτηση. *Υπάρχει «πρέπει» στην αγάπη; Υπάρχει καταναγκασμός;* σκέφτηκε πολλές φορές, απάντηση δεν είχε να δώσει όμως στον εαυτό του.

Φτάνοντας στο σπίτι του μπαρμπα-Γιάννη, βρήκε κλειστά όλα τα παραθυρόφυλλα. Παραξενεύτηκε γιατί ο «θείος» πάντα άφηνε κάποιο ανοιχτό, συνήθως αυτό που έβλεπε στον δρόμο. Έβαζε μπροστά την καρέκλα και κάπνιζε το τσιγάρο του αγναντεύοντας, ίσως για να θυμηθεί εκείνες τις υπέροχες βόλτες με την Πέρσα του γύρω από τη λίμνη. Ο Φώτης χτύπησε κάμποσες φορές την πόρτα και δυνάμωνε μάλιστα τα χτυπήματα, γιατί ο μπαρμπα-Γιάννης τελευταία ήταν λίγο «περήφανος», βαρήκοος, και μπορεί να μην άκουγε. Άκουσε όμως η γειτόνισσα, που του πρόλαβε τα μαντάτα και τον ισοπέδωσε.

«Ο καημένος έπαθε εγκεφαλικό κι είναι στο νοσοκομείο μία εβδομάδα τώρα. Του πήγαινα φαγητό και τον βρήκα πεσμένο στο πάτωμα, αναίσθητο, νόμιζα ότι πέθανε. Τον πήγαμε γρήγορα στο νοσοκομείο, αλλά κι οι γιατροί δε δίνουν ελπίδες, είναι πολύ ταλαιπωρημένος, λένε, και με τα όργανά του να μην ανταποκρίνονται...»

Έτρεξε πανικόβλητος να τον δει κι η καρδιά του τσαλακώθηκε. Ήταν μια κουλουριασμένη ανθρώπινη σάρκα, με τη μάσκα οξυγόνου και τους ορούς να είναι η μοναδική του παρέα. Ένα μηχάνημα δίπλα κατέγραφε τους παλμούς, κι αυτό το εκνευριστικό «μπιπ μπιπ» από τις πράσινες κουκκίδες ήταν η μοναδική ένδειξη ζωής σ' εκείνο το άχαρο δωμάτιο.

Ο Φώτης σφίχτηκε πολύ να μη βάλει τα κλάματα. *Πώς χάνονται έτσι οι ψυχές; Και πού πάνε; Τι να σκέφτονται πριν φύγουν; Ή μήπως σκέφτονται;* Έσκυψε κοντά του και τον φίλησε στο μέτωπο, χαϊδεύοντας το πνιγμένο από τις ρυτίδες πρόσωπό του. Ύστερα πλησίασε στο αυτί του: «Να ξέρεις ότι σε αγάπησα περισσότερο από τους δικούς μου. Ήσουν σαν πατέρας για μένα, έτσι μου στάθηκες. Σου χρωστάω τη ζωή μου, και μακάρι να σ' το έλεγα όσο ήσουν όρθιος. Αν με ακούς, κάνε κουράγιο να γίνεις καλά και μετά θα σε αναλάβω εγώ. Δεν ξέρω πώς, αλλά θα βρω έναν τρόπο».

Τράβηξε πιο κοντά την καρέκλα και κάθισε δίπλα του, παρατηρώντας τις ρυτίδες του. Καθεμιά κι ένας μεγάλος αγώνας στη ζωή, μια μάχη για την επιβίωση. Ποτέ δεν τον είδε να βαρυγκομάει, να παραπονιέται, να τα βάζει με άλλους, να απελπίζεται, να τα παρατάει. Κι ήταν ένας φάρος για όλους, έτοιμος να προσφέρει και να βοηθήσει όπου υπήρχε ανάγκη.

Του έπιασε το χέρι, κόκαλα με πέτσα είχε γίνει. *Πώς να ζήσει αυτός ο άνθρωπος; Και μου το είχε πει. «Τι νόημα έχει;» Ναι, το εννοούσε, δίχως τη γυναίκα του δεν είχε νόημα η ζωή του...* συλλογίστηκε.

Πνιγμένος στις σκέψεις του και τη μελαγχολία του, ένιωσε ξαφνικά το δάχτυλο του μπαρμπα-Γιάννη να σαλεύει, χαϊδεύοντας απαλά το δικό του. «Θείε μου, θείε μου!» έβαλε τις φωνές.

Ο μπαρμπα-Γιάννης άνοιξε τα μάτια, του χαμογέλασε όπως παλιά, τότε που του τακτοποιούσε τα πράγματα στο μαγαζί, κι ύστερα έγειρε στο μαξιλάρι με μια ηρεμία στο πρόσωπό του. Το μηχάνημα άρχισε να βγάζει έναν παρατεταμένο ανατριχιαστικό ήχο κι ελάχιστα λεπτά μετά μια νοσοκόμα επιβεβαίωσε τον θάνατό του. Κι ήταν σαν να περίμενε να δει τον Φώτη για να τον αποχαιρετήσει και να φύγει. Άλλωστε ζωή χωρίς τη γυναίκα του δεν υπήρχε γι' αυτόν.

Έκλαψε πικρά, περισσότερο από κάθε άλλη φορά, κρατώντας σαν θησαυρό τα λόγια του θείου του. *«Όσο είμαστε όρθιοι πολεμάμε. Κι όποιον μπορούμε να βοηθήσουμε το κάνουμε...»* Στην κηδεία θυμήθηκε τα λόγια που του έλεγε για τη μάνα του. *«Μην την ξεσυνερίζεσαι, ο καθένας έχει τη δική του ματιά. Και μην κόβεις τις γέφυρες, δεν τιμωρούμε τις μανάδες...»*

Πήγε και τη βρήκε λοιπόν, και η μόνη αλλαγή πάνω της ήταν τα γκρίζα μαλλιά της και το πιο κουρασμένο της πρόσωπο. Η Όλγα είχε γεράσει και είχε γίνει ακόμα πιο παράξενη, με αποτέλεσμα η Σοφία να ταλαιπωρείται περισσότερο απ' ό,τι στην αρχή, όταν πρωτοπήγε από το χωριό.

«Και γιατί δε φεύγεις; Τι κάθεσαι; Τώρα δεν έχεις λόγο. Και με τα λεφτά μη σε νοιάζει, τώρα που τελείωσα τον στρατό κι έπιασα σταθερή δουλειά, μπορώ να σε βοηθάω».

Εκείνη αντέδρασε αμέσως. «Και τι να κάνω μονάχη μου στο χωριό; Να βλέπω τις κότες; Έχουν πεθάνει και τόσοι, ερήμωσε ο τόπος. Εδώ, όσο να 'ναι, βλέπεις και δυο ανθρώπους, βγαίνεις και στην πόλη, είναι αλλιώς...»

Πάντα ήταν αλλιώς η μάνα του, αυτό καταλάβαινε, όσους κύκλους κι αν είχε κάνει η ζωή του. Δεν ήξερε αν έπρεπε να τη χαρακτηρίσει σκληρή ή ανεπαρκή –γιατί κι αυτό το σκέφτηκε κάποιες φορές– ή και χαμένη στην αφέλειά της που την ώθησε σε έναν δικό της κόσμο, ήξερε όμως ότι έτσι ήταν. Τουλάχιστον του έδωσε μια μεγάλη χαρά που δεν περίμενε.

«Ξέρεις, ο Σπύρος μας γύρισε κι έπιασε δουλειά στην Πρέβεζα, σε ένα εργοστάσιο. Μια χαρά είναι το πουλάκι μου, ήρθε και με είδε με τον Μήτσο».

Από τη μια ένιωσε υπέροχα μέσα του, αλλά από την άλλη είχε τα κενά του. *Χαθήκαμε... Μας πήραν ο χρόνος και οι ταλαιπωρίες, οι αγωνίες, η αβεβαιότητα. Πώς αποξενωθήκαμε έτσι... Έπρεπε να είχαμε φροντίσει να μη γίνει. Πρέπει να το διορθώσουμε...* σκέφτηκε. Τον ενοχλούσε πολύ που ήταν δυο χαμένα αδέλφια μέσα στον χρόνο και δεν ντρεπόταν να το ομολογήσει στον εαυτό του. Ένιωθε περισσότερο αδελφό του τον Διονύση, και μάλιστα σκόπευε άμεσα, χωρίς τον βραχνά του στρατού πλέον, να τον ψάξει με κάθε τρόπο.

Και το έκανε με την πρώτη ευκαιρία. Πρώτα πήγε στον στρατοπεδάρχη του για να τον αναζητήσει μέσα από τις λίστες του στρατού, αλλά το όνομα Διονύσης Αναστασόπουλος δεν υπήρχε πουθενά. Ο Ευάγγελος Σαβράμης τού υποσχέθηκε ότι θα ξανάψαχνε. Πήγε και στον Ερυθρό Σταυρό. Έπειτα από έναν πρώτο έλεγχο, του είπαν ότι δε βρήκαν αυτό το όνομα στις λίστες τους και ότι θα χρειαζόταν περισσότερος χρόνος για πιο προσεκτική έρευνα. Όποια απογεύματα μπορούσε επισκεπτόταν τα γραφεία του ΟΤΕ και έψαχνε τους τηλεφωνικούς καταλόγους όλων των νομών, σημειώνοντας διάφορα τηλέφωνα. Δεν είχε σταθεί τυχερός, αλλά υποσχέθηκε στον εαυτό του ότι δε θα τα παρατούσε και θα συνέχιζε την έρευνα.

Αφοσιώθηκε στη δουλειά, όπου οι συνθήκες ήταν καλές και οι πληρωμές σταθερές, κι αυτό του έδωσε την ευκαιρία να αρχίσει να μαζεύει λεφτά που δεν είχε ποτέ. Ήταν πια ένας κανονικός εργαζόμενος, που ξεκινούσε τη ζωή του σε άλλη βάση. Κι όταν ένιωσε να πατάει στα πόδια του, αποφάσισε να νοικιάσει ένα μικρό διαμέρισμα στην πόλη, ελπίζοντας ότι θα άφηνε οριστικά πίσω του τις κακουχίες και τους άβολους ύπνους, που λειτουργούσαν αρνητικά στην ψυχολογία του.

Πήρε τα παλιά πράγματά του από την αποθήκη όπου τα είχε φυλάξει και τακτοποιήθηκε μια χαρά στο σπίτι, απολαμβάνοντας πια τη διαμονή του. Σε ένα σπίτι που δεν ήταν ημιυπόγειο, σαν το παλιό, ούτε είχε μούχλα ούτε τον έβλεπαν απ' έξω. Ανέβηκε πια στον πρώτο όροφο και του φαινόταν τρομερό, αφού ποτέ δεν είχε μείνει σε όροφο.

Κι έκανε δυο πράγματα που τα σκεφτόταν μήνες ολόκληρους. Έβαλε σε μια κορνίζα το πρώτο δίφραγκο που είχε κερδίσει με δουλειά, τότε που κουβάλησε τις κούτες του μπαρμπα-Γιάννη. Το μόστραρε μάλιστα στο μικρό σαλονάκι και το καμάρωνε κάθε μέρα. Κοιτάζοντάς το, έβλεπε πάντα τον «θείο», τον άνθρωπο που τον στήριξε όσο κανένας άλλος. Κι έπειτα, αγόρασε ένα κομοδίνο κι έβαλε μέσα το κουτί με τα γραμματόσημα, το πιστόλι του πατέρα του και τη σημαία του παππού του. Ήταν ο θησαυρός του και τον χάζευε κάθε βράδυ πριν πέσει για ύπνο.

Χάζευε όμως κι έναν άλλο θησαυρό, ξανθό με κοτσίδα και δυο μεγάλα αμυγδαλωτά μάτια, την Εύα. Ήταν η κόρη του αφεντικού, του κυρίου Ιατρίδη, ένα κορίτσι σαν τα κρύα νερά, που του προκαλούσε χτυποκάρδια κάθε φορά που την έβλεπε. Και την έβλεπε καθημερινά, γιατί ήταν η υπεύθυνη υλικών και υποχρεωτικά περνούσαν όλοι από κει πριν ξεκινήσουν τη δουλειά.

Παρότι ήταν μεγαλωμένη στα πούπουλα, ζώντας σε ένα σπίτι όπου το χρήμα έτρεχε σαν ποτάμι, παρέμενε απλή, μιλώντας με ευγένεια και ζεστασιά στους εργάτες. Ποτέ δεν είχε τουπέ, ποτέ δε σήκωνε τη φωνή, ακόμα κι όταν διαφωνούσε, ποτέ δεν έκανε τους υπαλλήλους να νιώσουν ότι εκείνη ήταν ανώτερη.

Κι ήταν τόσο όμορφη! Χαμογελούσε κι ο Φώτης ένιωθε ότι αυτή ήταν η άνοιξη και το καλοκαίρι μαζί, ο ουρανός κι η θάλασσα, η λίμνη και τα βουνά, έγινε όλος ο κόσμος του! Ξυπνούσε με κέφι μόνο για να τη δει να του χαμογελάει, τη σκεφτόταν στο λεωφορείο που πήγαινε στη δουλειά, στο λεωφορείο όταν επέστρεφε, στις μικρές βόλτες του, στο σπίτι. Κι ένιωθε να ιδρώνει κάθε φορά που του απεύθυνε τον λόγο, κυρίως στο τέλος της δουλειάς, όταν του ζητούσε το χαρτί με τα υλικά που χρησιμοποιήθηκαν. Τι ωραία που αντηχούσαν στ' αυτιά του λέξεις όπως γυψοσανίδα, χάλυβας οπλισμού, βάμβακας, πέτσωμα στέγης, κεραμίδια, υδρορρόη, ελενίτ, μόνο και μόνο επειδή τις έλεγε εκείνη.

Του άρεσε που δεν τον φώναζε με το όνομά του αλλά τον αποκαλούσε καλλιτέχνη. «Γιατί καλλιτέχνης είσαι, του μιλάς του ξύλου κι εκείνο σ' ακούει! Του δίνεις ζωή!» του έλεγε.

Ακόμα κι όταν ήταν σκαρφαλωμένος στη στέγη για να ενώσει τους αρμούς, έριχνε ματιές στο γραφείο της για να τη δει να μιλάει στο τηλέφωνο, να σημειώνει στα βιβλία της, να δίνει παραγγελίες. Αλλά το καλύτερό του ήταν όταν την έβλεπε να ξεναγεί πελάτες στην έκθεση, να τους εξηγεί τις λεπτομέρειες για κάθε σπίτι, να αναλύει τα υλικά. Ήταν ένα αερικό, που περπατούσε στον χώρο σαν νεράιδα και μάγευε τον κόσμο. Εκείνον, πάντως, σίγουρα.

Κι όσο του χαμογελούσε και τον έλεγε καλλιτέχνη τόσο θέριευε μέσα του ο πόθος. «Την αγαπάω!» ομολόγησε στον εαυτό του, κι ονειρευόταν ότι μια μέρα θα περπατούσαν χέρι χέρι δίπλα στη λίμνη, θα έτρωγαν στο Νησάκι, θα πήγαιναν εκδρομές, ίσως και να έμεναν μαζί τα Σαββατοκύριακα στο σπίτι του, ετοιμάζοντας φαγητό, παρακολουθώντας τηλεόραση, που μόλις είχε αγοράσει, και καμιά φορά πηγαίνοντας κινηματογράφο. Δεν τολμούσε όμως να της πει λέξη, μ' εκείνη να χαμογελάει κάθε φορά που τον έβλεπε να κοκκινίζει σαν παπαρούνα και να μπερδεύει τα λόγια του.

Εκείνο το αγρίμι που κατάφερε να επιβιώσει σε πολύ σκληρές συνθήκες, που δε φοβήθηκε το ξύλο, το σκοτάδι, τις κακουχίες, την πείνα, την εγκατάλειψη, τη σκληράδα των ανθρώπων, κοκκίνιζε μπροστά σε ένα κοριτσούδι! Αυτά κάνει ο έρωτας, που σ' αρπάζει, σου δίνει μια χωρίς να το καταλάβεις κι έπειτα πετάς.

Αλλά ο έρωτας μπορεί καμιά φορά να γίνει σκληρός, όπως η ζωή. Κομμάτι της είναι άλλωστε. Έτσι, ο αρχικός ενθουσιασμός του μετατράπηκε σύντομα σε μελαγχολία, που τον βύθιζε όλο και περισσότερο στη σιωπή. «Από πού κι ως πού μια πριγκίπισσα θα γυρίσει να κοιτάξει εμένα; Τι να με κάνει; Να της βάφω τους τοίχους και να πλανάρω τα ξύλα;» αναρωτιόταν. «Τη βλέπω και κρύβω τα χέρια μου για να μη δει τα μαυρισμένα από τις μπογιές νύχια μου. Πρέπει να σταματήσω να ονειρεύομαι, είναι τελείως ηλίθιο...» Βασανιζόταν πολύ μέσα του, γιατί η καθημερινή επαφή τους δεν τον άφηνε να την ξεχάσει, να την αφήσει έξω από το μυαλό του, να στρέψει αλλού τη σκέψη του.

Ώσπου ένα σοκ για εκείνον τον έκανε να σκεφτεί ότι ματαιοπονούσε κι ότι ήταν πράγματι δυο διαφορετικοί κόσμοι που δε γινόταν να ανταμώσουν. Μια μέρα, όπως ήταν ανεβασμένος στη στέγη για να τοποθετήσει την ξυλεία και να μπουν τα κεραμίδια, είδε έναν κύριο, ίσως λίγο μεγαλύτερο από τον ίδιο, να είναι στο γραφείο της, να μιλάνε και να γελάνε. Του φάνηκε ότι την αγκάλιασε, μπορεί και να έκανε λάθος. Αλλά εκείνη έδειχνε πολύ χαρούμενη, τον κοιτούσε και γελούσε, έλαμπε ολόκληρη, όπως και τα μάτια της, ήταν ενθουσιασμένη, φαινόταν τόσο καθαρά.

Κατέβηκε από τη στέγη –έτσι κι αλλιώς δεν μπορούσε να δουλέψει– και έκανε πως τακτοποιεί κάποιες σανίδες έξω από το γραφείο της. Τον είδε καθαρά. Φορούσε κοστούμι με μια λεπτή μπλε γραβάτα, ήταν καλοχτενισμένος με μπριγιαντίνη στα μαλλιά, τα μαύρα παπούτσια του γυάλιζαν τόσο που θα μπορούσε να καθρεφτιστεί κανείς σε αυτά. Είδε τα δικά του ρούχα και χαμογέλασε πικρά. Βέβαια φορούσε τα ρούχα της δουλειάς, αλλά κι αυτά στο σπίτι δεν ήταν πολύ καλύτερα. Και φυσικά ήταν πολύ λίγα, ίσα ίσα για να αλλάζει και να είναι καθαρός.

Έψαξε το πρόσωπό της, το βλέμμα της, προσπαθούσε να τη διαβάσει. Ήταν σίγουρος ότι ο άνθρωπος με το κοστούμι την ενδιέφερε πολύ, αν δεν ήταν ήδη ζευγάρι. Και βεβαιώθηκε πως κάτι συνέβαινε όταν του έφτιαξε τη γραβάτα και τον χάιδεψε στο πρόσωπο. Κατέβασε τα μάτια κι ανέβηκε πάλι στη στέγη. «Ο καθένας φτάνει εκεί όπου απλώνουν τα πόδια του. Κι εγώ δε φτάνω ως εκεί», είπε πικρά στον εαυτό του, κι άρχισε να καρφώνει με μανία τις πρόκες.

Δεν ξαναπήγε για μεσημεριανή αναφορά, έστελνε τον Βάκη, τον συνάδελφό του, κι έμενε πίσω για να προχωράει τη δουλειά. Και αισθανόταν μεγάλη απογοήτευση, καταλαβαίνοντας βέβαια ότι δεν του έφταιγε σε τίποτα η Εύα, που ήταν άψογη σε όλα και δεν είχε αλλάξει συμπεριφορά. Εκείνος άλλαξε, νιώθοντας ένα πλάκωμα στο στήθος. Κι ήταν τόσο καταλυτικό, ώστε άρχισε να θεωρεί ότι τον τσάκιζαν πλέον τα δρομολόγια, του φαινόταν ανυπόφορη η δουλειά, τη σκεφτόταν με τρόμο, πήγαινε με βαριά καρδιά και έφευγε με ακόμα βαρύτερη. Μπορεί να ήταν καλά τα λεφτά –που του επέτρεψαν να αγοράσει τηλεόραση αλλά και να φτιάξει μαρμάρινο τάφο στον μπαρμπα-Γιάννη, γιατί έτσι το ένιωθε μέσα του–, εξαιρετικό το αφεντικό και οι συνάδελφοί του, αλλά μέσα του ένιωθε ένα δυσβάστακτο βάρος.

Και τα έφερε έτσι η ζωή ώστε του έδειξε τον επόμενο δρόμο χωρίς καν να το καταλάβει. Καθημερινά, πριν μπει στο λεωφορείο για τη δουλειά, περνούσε από τον φούρνο του Θρασύβουλου, που ήταν δίπλα στη στάση, κι έπαιρνε ένα κουλούρι κι ένα γάλα για να στυλωθεί.

Ο κύριος Θρασύβουλος πάντα του έπιανε την κουβέντα και πάντα γκρίνιαζε, δεν ήταν σαν τον μπαρμπα-Γιάννη. «Να 'χα τα νιάτα σου, ρε Φώτη! Θα κατέβαζα κάτω το βουνό! Αλλά κουράστηκα πια. Με πονάνε τα ρημάδια τα χέρια και δε βαστάνε πια τα πόδια! Καμιά φορά σκέφτομαι ότι θα πεθάνω πάνω στο αλεύρι! Έχει δουλειά ο φούρνος, δίνει μεροκάματο, αλλά δεν αντέχω πια. Ούτε το ξύπνημα ούτε την ορθοστασία...»

Του το 'πε και μια και δυο, του έδειχνε τη φλεβίτιδα στα πόδια, παραπονιόταν για τα παιδιά του, που έφυγαν στην Αμερική και δεν ξαναγύρισαν. «Αυτός ο φούρνος που βλέπεις σπούδασε δυο παιδιά! Αλλά δεν μπορώ πια, γέρασα πολύ και το καταλαβαίνω, δεν έχω αντοχές να κάνω πράγματα, κι ο κόσμος αρχίζει και φεύγει άμα δε βρίσκει αυτά που θέλει».

Κι όπως τον γυρόφερνε, του το πέταξε ένα πρωί. «Δεν έρχεσαι να δουλέψεις εδώ; Είσαι πολύ άξιο παιδί, λεβέντης, καθωσπρέπει. Θα σου μάθω τη δουλειά και σιγά σιγά ο φούρνος θα περάσει σ' εσένα».

Μέσα του έγινε έκρηξη. Ήταν σαν να του χάριζαν ένα καραβάκι για να κάνει διαδρομές στη λίμνη. Βρήκε εξαιρετική την ιδέα κι ήξερε τον εαυτό του, δε φοβόταν. Πάντα μάθαινε γρήγορα.

Τρεις μέρες και τρεις νύχτες σκέφτηκε την πρόταση, σκέφτηκε επίσης ότι ήταν μια ευκαιρία να τελειώσει το μαρτύριο. Και με τα δρομολόγια και με την Εύα, που τρύπωνε στο μυαλό του ακόμα κι όταν κουκούλωνε το κεφάλι του. Δεν τον τρόμαζαν ούτε τα πολύ πρωινά ξυπνήματα ούτε η ίδια η δουλειά, είχε ζυμωθεί καλά στο μαγγανοπήγαδο της ζωής κι είχε ατσάλι στα χέρια και στην ψυχή.

Ζήτησε από τον κύριο Θρασύβουλο να ξεκινήσει από βδομάδα και πήγε στο εργοστάσιο για να κλείσει τους λογαριασμούς του. Ζήτησε να δει τον κύριο Ιατρίδη, που τον εκτιμούσε γιατί ήταν καθαρός στη δουλειά και στα λόγια και του είπε ξεκάθαρα: «Θα σ' το χρωστάω σε όλη μου τη ζωή αυτό που έκανες για μένα, το ψωμί που μου έδωσες, την εμπιστοσύνη, τα πάντα. Όμως δεν μπορώ να συνεχίσω, αφεντικό. Είναι δύσκολο να πηγαινοέρχομαι, αυτό με τσακίζει. Αποφάσισα να γίνω φούρναρης, που είναι και το επάγγελμα του τόπου μας. Αλλά μείνε ήσυχος, δε θα σε αφήσω έτσι. Σε τρεις μέρες τελειώνουμε το καινούργιο λυόμενο, παραδίδω και φεύγω. Μη με παρεξηγείς, θέλω να κοιτάξω το μέλλον μου. Και νομίζω ότι ο φούρνος είναι ό,τι πρέπει για μένα».

Ο Ιατρίδης δεν έφερε αντίρρηση και μάλιστα τον ενθάρρυνε. «Άνθρωπος που δουλεύει και βάζει ψυχή δεν πάει ποτέ χαμένος. Αλλά αν κάτι πάει στραβά, αν δεν είναι τα πράγματα όπως τα περίμενες, εδώ είμαι εγώ. Η πόρτα μου είναι ανοιχτή...»

Χαιρέτησε και την Εύα, που τον αγκάλιασε και τον φίλησε –και τον ηλέκτρισε–, δίνοντάς του έναν φάκελο με δυο μισθούς, «δώρο της επιχείρησης για να σε ευχαριστήσουμε για όσα έκανες για εμάς. Και καλή δύναμη, καλλιτέχνη, μείνε καλλιτέχνης σε ό,τι κι αν κάνεις!»

Έφυγε με γλυκόπικρα συναισθήματα, μια αγάπη για τις πριγκίπισσες κι ένα συμπέρασμα: «Δεν είναι όλοι οι δρόμοι για όλους κι ο καθένας έχει το ριζικό του...».

Με τον δεύτερο μισθό, το δώρο, αγόρασε ένα καινούργιο σιδερένιο κρεβάτι με μαλακό στρώμα. Ποτέ του δεν είχε κοιμηθεί σε καινούργιο κρεβάτι κι ούτε σε καινούργια σκεπάσματα. Ένα τόσο απλό πράγμα, αυτονόητο πια στην εποχή του, τον έκανε να νιώσει υπέροχα, με το μικρόβιο της δημιουργίας να κολυμπάει πια μέσα του και να τον κινητοποιεί.

Έτσι ξεκίνησε φουριόζος στον φούρνο, κι ούτε που τον ένοιαζαν τα ωράρια, τα ξυπνήματα άγρια χαράματα, τα ξενύχτια. Άλλο πριονίδια, κόλλες, πρόκες και βίδες κι άλλο το αλεύρι, το ζυμάρι, το σουσάμι, το γλυκάνισο. Αυτά ήταν παιχνιδάκι και μπορούσες και να τα φας. Κι ήθελε να μάθει όλα τα μυστικά δίπλα σε έναν παραδοσιακό φούρναρη πενήντα χρόνια στο κουρμπέτι, έναν άνθρωπο που έφαγε τη ζωή του μπροστά σε έναν ξυλόφουρνο.

Ο Θρασύβουλος του έδειξε πώς να έχει ρυθμό στο ζύμωμα, γιατί έπαιζε τον πιο σημαντικό ρόλο, πώς να κάνει τις σωστές προσμίξεις στα υλικά, πώς να αποφεύγει το σβόλιασμα του ψωμιού, πώς να χειρίζεται το προζύμι, πώς να κάνει σταρένιο, καλαμποκίσιο, πινακωτή, πώς να βγάζει το ψωμί μαλακό ή ξεροψημένο, για όλα τα γούστα, τον έβαλε σε έναν άλλο κόσμο που του φαινόταν συναρπαστικός.

Μάλιστα ήταν τέτοια η πρόοδός του, ώστε πολύ γρήγορα έμαθε να ζυμώνει και να ψήνει μόνος του, να φτιάχνει κουλούρια, κριτσίνια, παξιμάδια, τσουρέκια μικρά για τα παιδιά και μεγάλα για τα σπίτια. Στόχος του ήταν να περάσει και στην παρασκευή γλυκισμάτων, αφού, όπως έλεγε στον παππού Θρασύβουλο, «τα γλυκά τραβάνε το μάτι και φέρνουν πιο πολλά λεφτά».

Και ήταν για όλα. Παρασκευαστής, ψήστης, πωλητής, ταμίας, έτριβε τα χέρια του ο Θρασύβουλος, αφού αυξήθηκαν η παραγωγή και η πελατεία. Μπορούσε πια να ξεκουραστεί ο γερο-αρτοποιός, που δεν ήξερε επί δεκαετίες τι πάει να πει νύχτα στο σπίτι του και στο κρεβάτι του.

Μια μέρα λοιπόν του ομολόγησε: «Κανένας δε ρίζωσε εδώ! Ξέρεις πόσοι πέρασαν κι έφυγαν; Κανένας δεν άντεχε αυτό το μαρτύριο της νύχτας, καθημερινές και σχόλες και γιορτές και χειμώνες και καλοκαίρια! Πλήρωνα κόσμο για να μάθει τη δουλειά και να φτιάξει τη ζωή του, αλλά όλοι λύγιζαν κι έφευγαν. Ο καθένας είναι πλασμένος για κάτι κι εσύ είσαι γεννημένος γι' αυτό! Το είδα από την αρχή, όταν ερχόσουν στο μαγαζί. ΄Εβλεπα ένα πείσμα στα μάτια σου, μια τρέλα για να προχωρήσεις, να προκόψεις, να πάρεις τη ζωή στα χέρια σου! Δεν έπεσα έξω. Αλλά μην το πάρεις πάνω σου! Όποιος κάθισε στις δάφνες του το μετάνιωσε πικρά, γιατί αυτή η δουλειά, όπως κι οι περισσότερες βέβαια, ζητάει να αφιερωθείς. Αν δεν το κάνεις, σε τιμώρησε».

Μέσα σε ένα εξάμηνο του διπλασίασε τον μισθό και τον έκανε να νιώθει μικρός θεός μέσα στο μαγαζί. Έπαιρνε καλά λεφτά, αλλά τα έφερνε κιόλας και με το παραπάνω. «Φώτη μου» και «Φώτη μου» ήταν όλοι οι πελάτες, ακόμα κι αυτοί που θεωρούσαν τον Θρασύβουλο βασιλιά των απανταχού φουρναραίων.

Αλλά πια δεν υπήρχαν βασιλιάδες στην Ελλάδα, που έμπαινε σε μια διαφορετική τροχιά.

«Τώρα που γινόμαστε Ευρωπαίοι, θα βάλουμε στον φούρνο και γερμανικό ψωμί;» έλεγε γελώντας ο Θρασύβουλος, μόλις άκουσε στο ραδιόφωνο την ομιλία του Κωνσταντίνου Καραμανλή μετά την ένταξη της Ελλάδας στην ΕΟΚ.

Δυνάμωσε τη φωνή για να ακούει καλά.

«...Η Ελλάς από σήμερα αποδέχεται οριστικά την ιστορική πρόκληση και την ευρωπαϊκή της μοίρα, διατηρώντας την εθνική της ταυτότητα. Έχομε εμπιστοσύνη και στην Ευρώπη και στην Ελλάδα. Έχομε την απόφαση να είμαστε όλοι Ευρωπαίοι, όπως θα έλεγε ο Τσώρτσιλ, και όλοι Έλληνες, όπως θα έλεγε ο Σέλλεϋ. Γιατί, όπως έγραψε ο Ισοκράτης, Έλληνες δεν είναι εκείνοι που γεννήθηκαν στην Ελλάδα, αλλά εκείνοι που υιοθέτησαν το πνεύμα το κλασικό...»

Ο Φώτης κούνησε το κεφάλι του. «Εγώ ξέρω ότι, αν δεν τσακιστούμε στη δουλειά, ψωμί δεν έχει. Κι έπειτα, τι πάει να πει ΕΟΚ; Οι πλούσιοι πάντα θα είναι πλούσιοι. Και οι χώρες και ο κόσμος. Αυτά είναι για τους πολιτικούς, για μας είναι τα βάσανα...»

Άλλο βέβαια τον βασάνιζε τον τελευταίο καιρό, και το μυαλό του γύριζε αλλού, στον ξύπνο και στον ύπνο του. Και η αλήθεια είναι ότι ούτε που κατάλαβε πώς είχε συμβεί και πώς διαλύθηκε η ηρεμία του.

22

ΕΤΡΕΧΑΝ ΤΑ ΝΕΡΑ στο χώμα και μοσχοβολούσε ο τόπος έλατο και θυμάρι, κι αγαλλίαζαν οι ψυχές απ' αυτή την ομορφιά, που καθάριζε το μυαλό και το άφηνε λεύτερο, διώχνοντας τις σκοτούρες. Κι όλοι ήθελαν να τις διώξουν εκείνο το Σάββατο στο Κεφαλόβρυσο, το παλιό Μιτζιντέι, και το πανηγύρι ήταν μια πρώτης τάξεως ευκαιρία να φάνε, να πιούνε και να γλεντήσουν, να τραγουδήσουν και να χορέψουν, να θυμηθούν τους προγόνους τους, τους Βλάχους, που πότισαν με ιδρώτα και αίμα τον τόπο. Τέτοιο ήταν το Κεφαλόβρυσο, βλαχοχώρι από τα ονομαστά, που γίνηκε κατά το 1840, όταν ο γερο-τσέλιγκας, ο Φώτος Νάστας, χτύπησε με το τσουμίγκι τη γη και είπε στους άλλους τσελιγκάδες: «Εδώ, μωρέ, θα φτιάξουμε το χωριό». Και το έφτιαξαν και το μεγάλωσαν, και του έδωσαν ψυχή και το δόξασαν, και το άφησαν δυνατό να πορεύεται στον χρόνο.

Ο Φώτης ήξερε τη λεβεντιά τους από κάτι συναδέλφους του στο εργοστάσιο, που τον κάλεσαν στο πανηγύρι, και μάλιστα τον πίεσαν πολύ, αφού, όπως του είπαν, ήταν μοναδική εμπειρία. Τον βόλεψε που ήταν Σάββατο, αφού η Κυριακή ήταν η μόνη μέρα που δεν πήγαινε στον φούρνο και μπορούσε να ξεκουραστεί. Ανηφόρισε λοιπόν με τον παλιό του συνάδελφο κι αντάμωσαν με τους φίλους τους, κι όλοι, γνωστοί και άγνωστοι, τον περιποιήθηκαν και τον έκαναν να νιώσει όμορφα.

Δεν ήξερε τι πάει να πει διασκέδαση και γλέντι, ξέδωμα και ξεφάντωμα και πώς είναι να χορεύει η ψυχή και να μαγεύεται. Κλεισμένος σε ορφανοτροφεία, διωγμένος, κυνηγημένος, ένα αγρίμι σε όλη του τη ζωή, δε γνώρισε χαρές μήτε ξεγνοιασιά. Κι ήταν κι άμαθος στο τσίπουρο και στο κρασί, και στη ζάλη και την παραζάλη, κι άφησε την ψυχή του να απολαύσει το κλαρίνο, το βιολί, το λαούτο, τη φλογέρα. Τα τσακίσματα και τα τρέμουλα σε φωνές και όργανα τον συνεπήραν.

Έκλαιγε το κλαρίνο και κεντούσε μυσταγωγίες, κι όλη η Ήπειρος τον αγκάλιαζε και του έφερνε δάκρυα στα μάτια.

Ο τραγουδιστής έκανε τον κόσμο να παραληρεί.

Σειούνται τα δέντρα, σειούνται, Ζαχαρούλα,
σειούνται και τα κλαριά
σειέται κι η Ζαχαρούλα με τα ξανθά μαλλιά.
Μωρ' Ζαχαρούλα τ' όνομά σου
και γλυκό το φίλημά σου.
Ζαχαρούλα, Ζαχαρούλα, μου 'χεις κάψει την καρδούλα.
Άιντε δε σ' έχω να δουλεύεις, Ζαχαρούλα,
άιντε να βασανίζεσαι
σ' έχω να τρως, να πίνεις και να στολίζεσαι...

Ο Φώτης δεν πήρε τα μάτια του από μια ξανθούλα, κοντούλα και λεπτή σαν λυγαριά, μ' ένα πρόσωπο που απέπνεε καθαρότητα και δύναμη και δυο λεπτά χείλη που φώναζαν την αποφασιστικότητά της.

Την έφαγε με τα μάτια του, κι εκείνη δε γύρισε το κεφάλι ούτε λεπτό, «φωνάζοντας» την περηφάνια της.

Δεν ήταν σαν την άλλη, την πριγκίπισσα στο εργοστάσιο, με τα ακριβά ρούχα, τους λεπτούς τρόπους και τον αέρα του παρά, κι αυτό τον τραβούσε ακόμα περισσότερο. Ήταν για τα χνότα του, για τα μέτρα των ποδιών του, να χωρέσει στα παπούτσια του, να τον ακούσει και να τον καταλάβει. Ίδια βουνά τούς τύλιγαν, ίδιες πέτρες, ίδιος αέρας τούς χάιδευε κι ίδιος ήλιος τούς έκαιγε.

Έτρωγε μια μπουκιά και της έριχνε δέκα ματιές, έπινε μια γουλιά και την «κατάπινε» την ξανθούλα, γλύκανε η ψυχή του. Του μιλούσαν στην παρέα κι ήταν αφηρημένος, δίχως να τολμήσει να τους πει μια λέξη γι' αυτήν.

Με τα ποτήρια να κατεβαίνουν και τα στιχοπλάκια* να του μιλάνε στην καρδιά, ένιωσε ότι ήταν αιχμάλωτός της δίχως να τον έχει κοιτάξει καν. Ούτε μια στιγμή. Την είδε να μιλάει με μια γιαγιά δίπλα της και να σηκώνεται από το τραπέζι και κάηκε η καρδιά του. Μήπως έφευγε;

Όταν την πήρε χαμπάρι να πηγαίνει πιο πέρα, προς τα σπίτια, μπήκε σε χίλιες σκέψεις. Τα πιοτά τον είχαν ζαλίσει κι έτσι δε χρειάστηκε να το ζυγίσει. Αποφάσισε να την ακολουθήσει από μακριά, λέγοντας στην παρέα πως πάει προς νερού του. Αλλά την ίδια σκέψη έκανε και κάποιος άλλος, άγνωστος στον Φώτη. Σκέφτηκε μήπως την πατήσει όπως στο εργοστάσιο, με την Εύα, κι ήταν κανένας αγαπητικός.

Εκείνος ο άγνωστος την πλησίασε κοντά στο αυτί και τότε εκείνη η εύθραυστη, λεπτεπίλεπτη κοπέλα τού έδωσε ένα δυνατό χαστούκι κι ύστερα τον έσπρωξε με τα δυο της χέρια.

---

* Έμμετροι στίχοι από την κοινωνική ζωή των Γιαννιωτών.

Ο Φώτης πήγε λίγο πλάγια, πίσω από ένα δέντρο, του φάνηκε ότι έβγαλε σουγιά και την άκουσε καθαρά να του λέει: «Αν ξανασιμώσεις, θα σε κλαίει η μάνα σου! Ποιος σου έδωσε θάρρητα, ρε; Τσακίσου και φύγε!».

Γούρλωσε τα μάτια μ' αυτή την τσαούσα που τα έβαλε στα ίσα μ' ένα ταυρί και δε λογάριασε τίποτα. Κι όταν ο άλλος έφυγε ντροπιασμένος, ο Φώτης βγήκε από το δέντρο χωρίς να δώσει στόχο, πάτησε επίτηδες ένα ξερό κλαρί για να τον ακούσει, κι όταν εκείνη γύρισε, τη ρώτησε: «Είσαι καλά; Χρειάζεσαι κάτι; Μπορώ να βοηθήσω;».

«Όχι!» του είπε απότομα και ξεμάκρυνε.

Γύρισε στο τραπέζι γεμάτος ενθουσιασμό. *Αυτή είναι Μπουμπουλίνα!* σκέφτηκε και χαμογελούσε ολόκληρος. Κι όταν την είδε να γυρίζει με ένα ταψί με γιαννιώτικη πίτα, γέλασε κι η καρδιά του. Στο μυαλό του ήρθε αμέσως το τραγούδι και το ψιθύριζε μέσα του: «*Ζαχαρούλα, Ζαχαρούλα, μου 'χεις κάψει την καρδούλα...*».

Εκείνη δεν τραγουδούσε, δε χόρευε, δεν έκανε χωρατά, στεκόταν δίπλα στη γιαγιά, μετρημένη και σοβαρή. Κι όταν ο χορός δυνάμωσε, οι δυο γυναίκες χαιρέτησαν στο τραπέζι κι έφυγαν, και τότε ο Φώτης μαράθηκε. Την ακολούθησε με τα μάτια μέχρι που χάθηκε στο σκοτάδι.

Κάθισε κάμποσο ακόμα, γιατί αυτός που τον πήγε, ο Βαλάντης, δε σηκωνόταν, κι όταν πια έφυγαν προς το χάραμα, ένιωθε τη φωτιά μέσα του. Είχε λυθεί πια η γλώσσα του, και ναι, η άγνωστη «Ζαχαρούλα» τού είχε κάψει την καρδούλα. Σκέφτηκε ότι δεν είχε άλλο τρόπο να μάθει το παραμικρό παρά μόνο αν μιλούσε στον Βαλάντη. Το χωριό του ήταν, ήξερε τα πάντα. Και του είχε εμπιστοσύνη, αφού ήταν ένα ντόμπρο παιδί που δεν έμπλεκε σε κουβέντες και κουτσομπολιά, το είχε διαπιστώσει στη δουλειά. Του την περιέγραψε και του είπε με κάθε λεπτομέρεια αυτό που συνέβη πίσω από τα δέντρα, με τον φίλο του να βάζει τα γέλια. «Ρε, οδήγα καλά μην πέσουμε σε κανέναν γκρεμό! Αλλά γιατί γελάς; Τόσο αστείο σου φάνηκε;»

«Ρε Φώτη, στην Ντίνα έπεσες; Κορίτσι-σπαθί, σοβαρή, έξυπνη, νοικοκυρά, αλλά... δαγκώνει! Δεν είναι ούτε για αστεία ούτε για πειράγματα. Ουαί κι αλίμονο όποιος ξεφύγει!»

Τα μάτια του φωτίστηκαν αμέσως. «Αυτή θέλω! Κι έτσι τη θέλω! Την ξέρεις;»

«Ε βέβαια!»

«Λοιπόν, να της μηνύσεις ότι τη θέλω. Καθαρά πράγματα! Έχω σοβαρό σκοπό!»

«Ρε, τι έπαθες εσύ;»

«Αυτή μου ταιριάζει, τελείωσε!»

Αλλά μόλις άρχιζε. Γιατί και μια και δυο και τρεις ανέβηκαν με τον Βαλάντη στο χωριό, μπας και περάσει από το καφενείο μόνο για να τη δει. Κι αν τον έπαιρνε, θα της μιλούσε κιόλας. Αλλά της μίλησε ο Βαλάντης, της εξήγησε, της επαίνεσε τον Φώτη που «στύβει την πέτρα», που ανεβαίνει στο Κεφαλόβρυσο μόνο για να τη δει.

Στο κόλπο μπήκε και η θεια της, σιγά μη δεν έμπαινε. Μαζί πέρασαν από το καφενείο, αγκαζέ, μαζί τον χαιρέτησαν με ένα κούνημα της κεφαλής, μαζί εισέπραξαν το χαμόγελό του στο πρόσωπό του, που έλαμπε σαν να το φώτισε λαμπάδα της Λαμπρής. Πέρασε την έγκριση του βλέμματος –το έμαθε αυτό ο Βαλάντης– και σε κάνα μήνα θεία και ανιψιά βρέθηκαν στα Γιάννενα, Κυριακή, για να μπορεί ο Φώτης.

Ευτυχώς η θεια τούς άφησε μόνους, πήγε στην ξαδέλφη της τη Σπυριδούλα και θα έμενε και για φαγητό το μεσημέρι.

Εκείνος δεν ήξερε ούτε από διπλωματίες, ούτε από τακτικές ούτε από στολίδια στα λόγια. Της είπε απλά πόσο του άρεσε και πόσο εκτίμησε τη στάση της εκείνο το βράδυ στο πανηγύρι.

«Και για να σου πω και το άλλο, πόσο σε χάρηκα μ' εκείνο το χαστούκι! Είπα μέσα μου "αυτή δικιά μας είναι", σε καμάρωσα κι άλλο! Και θα πρέπει να έχεις και... βαρύ χέρι!»

Γέλασαν κι οι δυο, με τον Φώτη να μη διστάζει να της αφηγηθεί κομμάτια της πικρής ζωή του, αυτά που τον σημάδεψαν. Δεν τον ένοιαζε που μόλις την αντάμωνε και δε σκεφτόταν να της κρύψει τίποτα. Του έβγαζε εμπιστοσύνη και σοβαρότητα. Έτσι της είπε και λεπτομέρειες, ακόμα και τον πόνο για τη μάνα του.

«Μάνα είναι, νόμισε ότι έκανε το καλύτερο για τα παιδιά της. Μην το κρατάς μέσα σου, να το αφήσεις πίσω σου και να πας παρακάτω. Είσαι όρθιος και δυνατός», του είπε συγκινημένη από την τρομερή ιστορία.

Έμοιαζαν τα λόγια της με τα λόγια του μπαρμπα-Γιάννη, κι ήταν κουβέντες βάλσαμο γι' αυτόν.

Κάθε Σάββατο μετά τον φούρνο ανέβαινε στο χωριό, πάντα με τον Βαλάντη, για να έχει κάλυψη, κάθε Κυριακή κατέβαινε η Ντίνα για να του δώσει δύναμη και κουράγιο. Δε χρειάστηκαν πολλά Σαββατοκύριακα, ήξερε καλά τι ήθελε κι έβλεπε στην Ντίνα το κορίτσι με το οποίο ονειρευόταν να ενώσει τη ζωή του. Και της το είπε ξεκάθαρα, όπως και το άλλο, που την άφησε ξερή.

«Γρήγορα θέλω να μου φέρεις τον γιο, τον πρώτο μας γιο...»

Μπροστά στον Μεντρεσέ του Τζιελαλή Πασά έκλαψαν αγκαλιασμένοι, ευτυχισμένοι, γεμάτοι όνειρα για την κοινή ζωή τους. Της ζήτησε μόνο λίγες μέρες μέχρι να ανεβεί ξανά και να τη ζητήσει από τους δικούς της. Δεν τον ρώτησε τον λόγο, της έφτανε ο λόγος του.

Κι ήταν σπουδαίος για κείνον, για την καρδιά και την ψυχή του. Με την πρώτη ευκαιρία, αφήνοντας στο πόδι του τον Θρασύβουλο, που πια έκανε τον επισκέπτη στον φούρνο, χορταίνοντας ξεκούραση, πήγε να βρει τη μάνα του. Ήδη τον είχαν ζεστάνει τα λόγια του φούρναρη, που τον γέμισε ενθουσιασμό: «Και καλά θα κάνεις με το κορίτσι, αφού είναι καλό. Να το πάρεις και να προχωρήσετε μαζί. Δύο είναι πάντα καλύτερα σε όλα. Αρκεί να είστε ενωμένοι».

Η Σοφία τρελάθηκε όταν τον άκουσε να της μιλάει για γάμο. Σκέφτηκε ότι ήταν ακόμα μικρός, χωρίς εμπειρίες από τη ζωή, αλλά καταλάβαινε ότι ήθελε ένα ταίρι, έναν άνθρωπο που θα του στεκόταν και θα τον στήριζε, θα του έδινε αγάπη και χαρά, θα του κάλυπτε κενά.

«Με την ευχή μου, γιε μου! Και να είσαι πάντα άξιος και δυνατός. Τώρα θα έχεις μια δική σου φαμίλια κι αυτό θα σου δώσει περισσότερη δύναμη». Μπορούσε να καταλάβει πόσο ανάγκη είχε δίπλα του έναν άνθρωπο, να σκεφτεί πόσο του έλειψε η φροντίδα τα προηγούμενα χρόνια. Δεν άφησε όμως καμιά τύψη να μπει στο μυαλό της. «Και να μου τη φέρεις να τη γνωρίσω, να πάρει κι εκείνη ευχές. Κι όπου μπορώ να βοηθήσω, θα βοηθήσω με όλη μου την καρδιά...»

«Μάνα, κάτι σκέφτομαι αλλά δεν είναι ώρα τώρα. Όλα να γίνουν με τη σειρά...»

«Όπως νομίζεις, γιε μου, εσύ ξέρεις καλύτερα...»

Ο δρόμος ήταν ανοιχτός, όπως και το σπίτι της Ντίνας, που τον υποδέχτηκε με συγκίνηση και χαρά. Εκείνη ανησυχούσε λίγο. Ήταν μια φτωχή οικογένεια με πολύ λίγα υπάρχοντα, κτηνοτρόφοι από πάππου προς πάππο, που ζούσαν από τα ζωντανά τους και τον μόχθο τους στα βουνά. Αλλά ο Φώτης την είχε καθησυχάσει: «Να μη σκοτίζεσαι για τίποτα! Μόνο εσένα θέλω, εσύ μου φτάνεις και περισσεύεις. Μαζί θα τα φτιάξουμε όλα. Από την αρχή, βήμα βήμα, μη σε φοβίζει τίποτα».

«Κι εγώ δίπλα σου, από το πρωί μέχρι το άλλο πρωί!»

Προσπαθούσε να τον διαβάζει συνέχεια, να μαθαίνει τι σημαίνει κάθε ματιά του, κάθε βλέμμα, ακόμα και τότε που σκοτείνιαζε. Την ανησυχούσε κάθε φορά που συνέβαινε, αλλά μπορούσε να καταλάβει. Η ψυχή του είχε πληγές απ' όσα πέρασε στα ορφανοτροφεία κι εκείνη θα προσπαθούσε να τις γιάνει, να τις σκεπάσει με αγάπη, καλοσύνη και φροντίδα. Γιατί είχε δει πόσο δοτικός ήταν, πόσο ντόμπρος, ακόμα κι όταν γινόταν αψύς ή κλεινόταν στον εαυτό του.

Δεν την τρόμαζε η φτώχεια, πάντα φτωχή ήταν. Ο πλούτος ήταν στην καθαρή καρδιά της, όπως ο αέρας στα βουνά που αγκάλιαζαν το χωριό της. Αλλά η στενοχώρια της ήταν άλλη. Οι δικοί της έλειπαν τον μισό καιρό στα χειμαδιά κι ήδη σχεδίαζαν το ταξίδι, το μοναδικό που υποστήριζε την επιβίωσή τους. Του το είπε με μεγάλη επιφύλαξη, κι όταν εκείνος έβαλε τις φωνές, η Ντίνα τρόμαξε πολύ.

«Είσαι με τα καλά σου; Δε γίνονται αυτά!» βροντοφώναξε. Και μέχρι να της εξηγήσει ότι «ο γάμος θα γίνει πριν φύγουν οι άνθρωποι», είχε χάσει το χρώμα της.

Με μια αγριάδα στο βλέμμα, όπως τότε, στο τάγμα ανεπιθύμητων στον Έβρο, κοπανιόταν με τη λάσπη και τα τούβλα κι ήθελε να τα νικήσει, να τους δείξει ποιος είναι τ' αφεντικό και ποιος αποφασίζει. Είχε πάρει και το διπλανό μαγαζί, που ναι μεν ήταν μικρό αλλά, ενώνοντάς το με τον φούρνο, θα μεγάλωνε και θα γινόταν της προκοπής, θα μεγάλωνε η τρύπα του Θρασύβουλου.

Ο δόλιος έφυγε τρεις μήνες μετά τον γάμο του Φώτη με την Ντίνα κι όλα τα τακτοποίησε όπως το είχε υποσχεθεί, μπεσαλής άνθρωπος, καθαρός.

Κι όχι μόνο τους άφησε το μαγαζί –με χαρτιά και βουλοκέρια– αλλά κι ένα ποσό σε μετρητά, αφού τα παιδιά του εξακολουθούσαν να είναι άφαντα, κοιτώντας τη δική τους ζωή στην Αμερική. Γίνονται και έτσι οι άνθρωποι προς τους γονείς κι αυτό είχε πληγώσει βαθιά τον Θρασύβουλο.

Μ' αυτά τα χρήματα κι ένα δάνειο που εγγυήθηκε ο παλιός του εργοδότης στο εργοστάσιο, ο κύριος Ιατρίδης, ο Φώτης πήρε το δίπλα μαγαζάκι, κι επειδή λεφτά δεν περίσσευαν, άρχισε να κάνει τον χτίστη, τον υδραυλικό και τον ηλεκτρολόγο, τον πετρά και τον πατωματζή, τον μπογιατζή, ό,τι χρειαζόταν η δουλειά.

Η Ντίνα τον βρήκε να βλαστημάει μια πέτρα.

«Θα σε λιώσω, βρόμα!» την... απειλούσε, αφού εκείνη, πιο μεγάλη από τις άλλες, δεν έμπαινε στον τοίχο και τον βασάνιζε.

«Αμάν, ρε Φώτη, την πέτρα βρίζεις; Άμε λίγο να ξεκουραστείς, πώς θ' αντέξεις ολημερίς στον φούρνο και στο γιαπί; Όλα θα γίνουν σιγά σιγά. Τα πράγματα γίνονται, οι άνθρωποι δε γίνονται άμα χαλάσουν», του είπε, κι αντί να τον μερέψει τον αγρίεψε κι άλλο.

«Δε θέλω αφεντικό στο κεφάλι μου και νογάω τι πρέπει να κάνω! Τα γραμμάτια τρέχουν κι εμείς από πίσω τους. Άσε με λοιπόν και ξέρω το σωστό. Δε μας βγάλανε πλούσια αχαμνά να έχουμε το κεφάλι μας ήσυχο! Και τώρα, όπως έγιναν τα πράγματα, θα τρέχω παραπάνω...»

Με την τρέλα του, με τον μόχθο, το φιλότιμο, τη δίψα για δημιουργία, την αδιανόητη βιοπάλη μέρα και νύχτα, συν βέβαια τη σκυλίσια δουλειά της Ντίνας, που έστεκε δίπλα του σαν βράχος, το μαγαζί άρχισε να γεννάει λεφτά και μαζί μ' αυτά όνειρα.

Και το πιο μεγάλο του, μαζί μ' αυτό που ήταν ήδη δρομολογημένο, ψηνόταν μαζί με τα καρβέλια που έφτιαχνε. Κι όταν έγινε δυνατή κόρα, το ξεφούρνισε στην Ντίνα δίχως αλάτια και πιπέρια. Σταράτα, ξεκάθαρα, όπως είχε μάθει.

Εκείνη τον κοίταξε στα μάτια, τον πήρε αγκαλιά και του είπε με τη ζεστή φωνή της: «Προχώρα κι εγώ είμαι μαζί σου, δίπλα σου, ό,τι κι αν βάλει το ξερό σου το κεφάλι!».

Όχι ότι δε θα το έκανε και μόνος του, αλλά γι' αυτόν ήταν βάλσαμο και τα λόγια της Ντίνας και η αγκαλιά της. Ανέβηκε στο σπίτι για να δει τα ρούχα που θα βάλει, κοίταξε τον εαυτό του στον καθρέφτη και χαμογέλασε. «Ήρθε η ώρα», είπε μέσα του και ξαναγύρισε στον φούρνο.

23

ΒΟΥΡΛΙΖΟΤΑΝ ΟΠΩΣ καθάριζε εκείνα τα παμπάλαια τεντζερέδια που της έτρωγαν τα νύχια και την ψυχή και την έκαναν ν' αγκομαχάει, με τη μαυρίλα τους να θέλει δυο και τρία χέρια για να καθαρίσει. Της κυράς της, της Όλγας, της είχε καπνίσει να τα στείλει σε μια έκθεση που γινόταν στο Φετιχέ Τζαμί, κι έτσι η Σοφία, μέσα σε τόσα που είχε να κάνει, φορτώθηκε κι αυτή την αγγαρεία.

Είχε φτάσει ως τον λαιμό με τις παραξενιές της κυράς της, που εξακολουθούσε να της ψήνει το ψάρι στα χείλη και να την παιδεύει, λύσσαγε να τη βασανίζει και της ζητούσε και τα ρέστα.

«Κοιμάσαι τζάμπα, τρως τζάμπα, παίρνεις ρούχα και λεφτά και ξινίζεις κι από πάνω! Άλλες στη θέση σου θα μου φιλούσαν το χέρι και θα μου άναβαν κερί!» της έλεγε συχνά πυκνά και τη φόρτωνε με παραπάνω δουλειές, κάνοντάς τη να υποφέρει πραγματικά.

Η Σοφία ήθελε να μάθει τι έλεγε η Όλγα στους παπάδες τόσες ώρες που ήταν μαζί τους. Ότι οι χριστιανοί πρέπει να έχουν δούλους; Ή έπρεπε κιόλας να τους μαστιγώνουν; Αυτά σκεφτόταν όπως έτριβε έναν μεγάλο τέντζερη, όταν άκουσε το κουδούνι του σπιτιού. Η κυρά κι ο κύρης της πάντα έμπαιναν με τα δικά τους κλειδιά, σκέφτηκε λοιπόν πως θα ήταν κάποια παραγγελία.

Κι όταν άνοιξε την πόρτα έμεινε στήλη άλατος. Μπροστά της ήταν ο Φώτης, καλοξυρισμένος και σένιος, και η Σοφία κοκάλωσε. Παρότι ήταν μόνη της, ένιωσε μια ταραχή, θαρρείς και θα την ενοχοποιούσε κάποιος επειδή πήγε εκεί ο γιος της.

«Τι... έγινε;» του είπε αναστατωμένη, κι αντί να τον βάλει μέσα, βγήκε εκείνη και τράβηξε και την πόρτα πίσω της.

«Μπες μέσα, έχω κάτι να σου πω», της είπε στεγνά ο Φώτης, και εκείνη έριχνε τριγύρω κλεφτές ματιές μήπως τους δει κανένα μάτι.

«Έχω δουλειές... Και θα έρθει κι η κυρά. Δεν έρχεσαι το βράδυ;»

Την κοίταξε ευθεία μέσα στα μάτια, σχεδόν τη φόβισε με το βλέμμα του. «Εντάξει. Τελείωνε με τις δουλειές και φτιάξε μετά τα πράγματά σου. Μέχρι το βράδυ που θα έρθω να είσαι έτοιμη. Απόψε...»

Νόμισε ότι το παιδί της τα έχασε, ότι τον ζάλισε ο έρωτας και η πολλή κάψα από τον φούρνο. «Έτοιμη; Τι έτοιμη; Και ποια πράγματα;»

Την έπιασε από το μπράτσο. «Άκου, μάνα. Άκου με καλά. Σήμερα φεύγεις από δω, τέλος! Τους χαιρετάς και φεύγεις! Χωρίς σου ξου μου! Τέλος».

Ένιωσε τις στάλες του ιδρώτα στο μέτωπό της και τα είχε χαμένα.

«Δεν το περίμενες, ε; Ούτε εγώ! Η Ντίνα είναι έγκυος και θα μείνεις μαζί μας για να τη βοηθάς λίγο, το μωρό δηλαδή, όταν θα έρθει αύριο μεθαύριο. Δε θα είσαι πια δούλα σε ξένα σπίτια, έχεις τους δικούς σου ανθρώπους. Ο ένας θα φροντίζει τον άλλον. Αρκετά πια».

Είχαν γουρλώσει τα μάτια της κι είχαν χαθεί τα λόγια της, σαν να βούτηξαν στη λίμνη για να καθαριστούν. Με δυσκολία βγήκε αυτό το «τι;» από το στόμα της.

«Όπως τ' ακούς! Δε θα μείνουμε σε όλη μας τη ζωή ξένοι. Το σπίτι είναι μια χαρά, θα είμαστε όλοι μαζί και θα είναι καλό για όλους. Η Ντίνα θα σε έχει στα πούπουλα, είναι τρομερή. Και επιτέλους ήρθε η ώρα να καταλάβεις τι πάει να πει οικογένεια. Αρκετά περάσαμε. Όλοι...»

Δεν προσπάθησε να σταματήσει τα δάκρυά της, τα άφησε να κυλήσουν και να μουσκέψουν το μαντίλι στο πρόσωπο. «Μα πώς...» ξεκίνησε να λέει μουδιασμένα, αλλά ο Φώτης τη σταμάτησε.

«Δεν έχει πώς και γιατί. Σήμερα σμίγουμε ξανά. Και δεν ακούω λέξη!»

Σαν να γύρισε ένα κουμπί μέσα της, σαν να μπήκε ένα χέρι στο μυαλό της και να τράβηξε τη μαύρη κουρτίνα. Άφησε κατά μέρος τις εμμονές της κι έδωσε μια κλοτσιά στις κάθε είδους αγωνίες της. Τον πήρε αγκαλιά και τον φίλησε, αδιαφορώντας αν τους έβλεπε κι ο... Αλή Πασάς και οι σαράντα ακόλουθοί του! «Είσαι σίγουρος γι' αυτά που λες; Τι να με κάνετε μέσα στα πόδια σας; Εσείς έχετε τα δικά σας τώρα...»

Η φωνή του βγήκε αγριεμένη. «Έλα στα συγκαλά σου! Και βέβαια είμαι σίγουρος, αλλιώς γιατί να έρθω να σ' το πω; Και δε θα είσαι μέσα στα πόδια μας, μαζί μας θα είσαι».

«Δε χωράνε, γιε μου, δυο γυναίκες σε ένα σπίτι...»

«Όλοι οι καλοί χωράνε. Και σ' το λέω για να το ξέρεις. Η Ντίνα είναι χρυσάφι, εκείνη πρώτη μου έβαλε την ιδέα να έρθεις μαζί μας. Κι αν δεν ήταν εκείνη, μπορεί και να μην είχα κάνει τίποτα».

Η Σοφία συννέφιασε, ήταν σίγουρη μέσα της ότι τα έλεγε

για εκείνη. «Έχεις δίκιο. Δε σε βοήθησα καθόλου. Και δεν ξέρω αν ήμουν σκληρή ή ανόητη...»

«Σώπαινε, μάνα! Και μην κοιτάς πίσω».

Τον χάιδεψε στο πρόσωπο. «Θα κάνεις μωρό! Μου έρχεται να βάλω τις φωνές!»

«Καλύτερα βάλε τα δυνατά σου να είσαι έτοιμη το βράδυ».

«Όχι, γιε μου».

«Τι όχι;»

«Όχι το βράδυ, είναι πολύ ξαφνικό, απότομο. Δώσε μου λίγες μέρες, μόνο λίγες, να τους εξηγήσω, να τους δώσω λίγο χρόνο να βρουν μια άλλη, δεν είναι σωστό».

«Κι ήταν σωστό που σε είχαν σαν την τελευταία δούλα; Μόνο που δε σε έδερνε αυτή! Έμαθα εγώ...»

«Λίγες μέρες, γιε μου. Αλήθεια το λέω, δε θα αλλάξει κάτι».

Θυμήθηκε τα λόγια του αδελφού του του Σπύρου, όταν ανταμώσανε στον γάμο του με την Ντίνα. Είχαν κλάψει σφιχταγκαλιασμένοι, αμίλητοι, με τα δάκρυά τους να σχηματίζουν ποτάμι και να τους καίνε τις ψυχές. Έτρεχε το ασπρόμαυρο και τσαλακωμένο φιλμ της ζωής τους, αλλά δε χρειάστηκε να πουν πολλά, δεν ήθελαν να βουτήξουν στις πληγές τους και να τις ξυπνήσουν για να τους τυλίξουν πάλι σφιχτά και να τους κόψουν την ανάσα.

Αλλά μια κουβέντα του Φώτη πυροδότησε συναισθήματα και λόγια. «Πόσο θα ήθελα να ήταν απόψε εδώ η γιαγιά... Αλλά είναι τελείως ανήμπορη, δεν τη βαστάνε τα πόδια της ούτε μέχρι το μπάνιο...»

«Το 'χω παράπονο, Φώτη. Δεν άλλαξε κάτι τόσα χρόνια. Εμένα και η γιαγιά και η μάνα με παράτησαν. Ήταν σκληρό και πικρό. Δεν ξέρω εσύ, αλλά εγώ ένιωθα παραπεταμένος. Βέβαια πήγα παρακάτω, αυτό έκανες κι εσύ φαντάζομαι».

«Αυτό... Αλλά τα αγκάθια δε βγαίνουν εύκολα... Και να βγουν, έχουν αφήσει τρύπες...»

«Αλήθεια είναι. Αλλά σήμερα έχουμε τις χαρές σου, μόνο δάκρυα χαράς ταιριάζουν στη μέρα. Τα άλλα θα τα βρει η ψυχή. Ας αλλάξουμε λοιπόν ό,τι αλλάζει».

΄Εδιωξε τις σκέψεις του και έπιασε πάλι από το μπράτσο τη μάνα του. «Κοίτα μη σε τουμπάρει, αυτή είναι διαόλου κάλτσα. Σε δυο μέρες, τρεις το πολύ, θα έρθω να σε πάρω σηκωτή!»

«Εντάξει, εντάξει, τα είπαμε, τα συμφωνήσαμε».

Φεύγοντας από κει, αν και ακόμα είχε τις αμφιβολίες του, αφού ήξερε ότι ήταν μια αδύναμη γυναίκα, σαν φυλλαράκι στον άνεμο, πήγε στο καινούργιο επιπλάδικο, προς την εθνική οδό. Διάλεξε ένα καλό διπλό κρεβάτι κι ένα κομοδίνο, πλήρωσε επιτόπου και είπε στο αφεντικό: «Αύριο το μεσημέρι τα περιμένω σπίτι μου».

24

ΕΙΧΕ ΑΝΑΤΡΙΧΙΑΣΕΙ ολόκληρος περπατώντας μέσα στο Νεκρομαντείο του Αχέροντα, στον Μεσοπόταμο, και κρεμόταν από τα χείλη του αρχαιολόγου φίλου του, του Σωτήρη Δάκαρη, του σεβάσμιου καθηγητή που το είχε ανακαλύψει, του λυτρωτή των αρχαίων της Ηπείρου, όπως του έλεγε ο Φώτης και τον έκανε να γελάει. Τον άκουγε μαγεμένος να του μιλάει για τα είδωλα των ψυχών τα οποία ανέβαζαν οι ιερείς με σιδερένιους μοχλούς, γρανάζια και καστανιέτες από την υπόγεια αίθουσα.

«Ένα βάρεμα το έχεις πάντως με όλα αυτά!» του έλεγε η Ντίνα, βλέποντας τη μανία του με την Ιστορία και την καταβύθισή του σ' αυτή με όποιο τρόπο μπορούσε.

Τη λαχτάρα την έπαθε όταν γνώρισε αυτόν τον συγκλονιστικό άνθρωπο, έναν θρύλο στην Ήπειρο και όχι μόνο εκεί. Πήγαινε για ψωμί στον φούρνο –το ήθελε πάντα ξεροψημένο και με σουσάμι– κι ο Φώτης ένιωθε ιδιαίτερη τιμή που τον είχε πελάτη. Τον έβλεπε κάθε μέρα, και κάθε μέρα γούρλωνε τα μάτια από την έκπληξη κι αναρωτιόταν πώς ένας τόσο σπουδαίος καθηγητής με τρομερές ανακαλύψεις παρέμενε τόσο απλός, σχεδόν ντροπαλός.

Έψαξε κι έμαθε κάθε λεπτομέρεια γι' αυτόν. Είχε αναδείξει το Παλαιολιθικό Σπήλαιο στο Ασπροχάλικο Πρέβεζας, που βρισκόταν εκεί διακόσιες χιλιάδες χρόνια προ Χριστού, όπως και αυτό στην Καστρίτσα Ιωαννίνων, τότε που τεκμηριώθηκε ότι η ζωή στην Ευρώπη αρχίζει από την Ελλάδα.

Το αρχαίο νεκρομαντείο, η ανάδειξη της Αρχαίας Κασσώπης, η ταυτοποίηση των τεσσάρων Ηλειακών Ακροπόλεων της Πρέβεζας, της Πανδοσίας, της Ελάτρειας, του Βουχετίου και του Ορράου, ήταν μερικά από τα επιτεύγματα του ανθρώπου που έκανε σκοπό της ζωής του την ανάδειξη της Δωδώνης. Οι ανασκαφές του εκεί έγραψαν ιστορία.

Ξεκίνησαν να μιλάνε δειλά δειλά, με τον Φώτη να εντυπωσιάζει πραγματικά τον καθηγητή. Κάθε φορά τού έκανε ερωτήσεις σχετικά με τις ανακαλύψεις του, πιο καίριες ακόμα κι απ' αυτές των φοιτητών του.

«Βρε, σίγουρα είσαι φούρναρης εσύ;» του έλεγε, και γελούσαν κι οι δυο.

Απέκτησαν οικειότητα και μετά, με την πίεση του Φώτη, άρχισαν να επισκέπτονται μαζί αρχαιολογικούς χώρους και μουσεία. Κι ήταν τέτοια η τρέλα που του κόλλησε, ώστε άρχισε να πηγαίνει σε παλιατζίδικα διάφορων πόλεων –όταν εξάντλησε αυτά των Ιωαννίνων– κι αγόραζε ξιφολόγχες, παλιά όπλα, σπαθιά, όσα άντεχε η τσέπη του. Επιπλέον, οι έπαινοι του καθηγητή για έναν γεννημένο συλλέκτη, όπως του είπε, τον φούντωνε κι άλλο. Τα όπλα έγιναν κεραμικά, τα κεραμικά έγιναν κοσμήματα, τα κοσμήματα ηπειρώτικες φορεσιές και ό,τι άλλο ανήκε στην ιστορία της περιοχής του.

Η Ντίνα δεν προλάβαινε να γκρινιάξει. Η συνεχής ασχολία της με τον γιο της, τον Δημήτρη, η μεγάλη της κούραση με τη δουλειά στον φούρνο και η φροντίδα της πεθεράς της δεν της άφηναν χρόνο να του παραπονεθεί για όσα μάζευε στο σπίτι. Μισό σπίτι δηλαδή, γιατί το άλλο μισό είχε γίνει αποθήκη. Ευτυχώς που η Σοφία τού τακτοποιούσε τα πράγματα και συμμάζευε κάπως το χάος, γιατί αλλιώς θα πατούσαν πάνω σε όπλα και σπαθιά.

Η Σοφία... Ήταν πια χαρούμενη και πραγματικά ευτυχισμένη, βρίσκοντας νόημα στη ζωή της. Όσα στέρησε από τον Φώτη τα έδινε πολλαπλά στον Δημήτρη, δυο φορές παιδί της. Υπήρχαν βράδια που δεν έκλεινε μάτι από τις έντονες τύψεις που τη βασάνιζαν. Έβλεπε τον εγγονό της στην κούνια και σκεφτόταν ότι, αν επιχειρούσε να της τον πάρει κανείς, θα τον σκότωνε. Κι αν τον έχανε, θα αυτοκτονούσε.

Τότε πεταγόταν από τον ύπνο της μέσα στον ιδρώτα κι έβγαζε την υπόλοιπη νύχτα στην κουζίνα, μέχρι να ξημερώσει και να ασχοληθεί με τον μικρό. Κι όλες αυτές τις σκοτεινές ώρες σκεφτόταν πώς μπόρεσε να δώσει τα παιδιά της στα ορφανοτροφεία, να μαχαιρώσει τα ίδια της τα σπλάχνα.

Άλλοτε πάλι, βλέποντας πόσο δουλευταράδες έγιναν τα παιδιά της, σκεφτόταν ότι, αν δεν ήταν αυτά τα ορφανοτροφεία, μπορεί... Δεν τολμούσε να σκεφτεί τη συνέχεια. Γιατί έστω και έγκλειστη στην ουσία στην ιδιότυπη φυλακή της Όλγας, άκουγε ιστορίες παιδιών που είχαν πεθάνει από την πείνα και τις κακουχίες. Τα έβαζε συχνά με τον εαυτό της για το πόσο άβουλη ήταν. Ακόμα και τη λευτεριά της, αυτό το τελευταίο διάστημα ευτυχίας, στον γιο της τον Φώτη το όφειλε, όχι στην ίδια. Τουλάχιστον ευχαριστήθηκε το τέλος σ' αυτή τη μέγαιρα, την Όλγα, την προσωποποίηση του μίσους και του φθόνου.

Μια μέρα μετά την επίσκεψη του γιου της στο σπίτι, δούλεψε στο μυαλό της όλα όσα ήθελε να πει κι απλώς περίμενε την ευκαιρία. Και τη βρήκε με τον καλύτερο τρόπο, ανέλπιστα, γιατί ίσως να δυσκολευόταν να της πει ότι φεύγει. Σκούπιζε με ένα πανί τα πλυμένα ποτήρια, όταν γλίστρησε ένα, της έπεσε στον νεροχύτη κι έσπασε. Κι επειδή πάντα ο διάολος έχει πολλά ποδάρια, εκείνη την ώρα έτυχε να μπαίνει στην κουζίνα η κυρά της, που έγινε έξαλλη.

«Μα πόσο ζώο είσαι! Χειρότερο απ' όλα τα ζώα! Δεν είσαι ικανή ούτε το πεζοδρόμιο να περάσεις, άχρηστη!»

Η Σοφία την κοίταξε με απάθεια κι αυτό τρέλανε την Όλγα. «Έχεις δίκιο, δεν είμαι ικανή. Γι' αυτό θα φύγω σήμερα κιόλας. Θα βρεις μια καλύτερη από μένα και όλα θα μπουν στη θέση τους».

«Τι είπες;»

«Αυτό που άκουσες. Και κράτα τα λεφτά σου, μη με πληρώσεις, θα σου χρειαστούν...»

Η Όλγα πίστευε ότι ονειρευόταν. Γιατί μόνο σε όνειρο θα άκουγε τέτοιες κουβέντες από τη Σοφία, ποτέ στον ξύπνο της. Την κοίταξε αποχαυνωμένη. Ο εγωισμός της όμως δεν την άφησε να την παρακαλέσει να μείνει. «Να φύγεις! Και να πας στα άλλα ζώα, στο χωριό σου! Εκεί είναι η θέση σου! Κι όταν καταλάβεις τι έκανες και τι έχασες, δέσε μια πέτρα στον λαιμό σου και πέσε στο ποτάμι. Αυτό σου αξίζει!»

Η Σοφία χαμογέλασε, τρελαίνοντας κι άλλο την κυρά της. «Μπα, αγκαλιά με τον γιο και τον εγγονό μου θα διώξω όλους τους εφιάλτες μου. Αλλά άσε με εμένα, εσύ δες τι θα κάνεις. Δε σου φτάνει η νηστεία κι η προσευχή για όλη την υπόλοιπη ζωή σου! Α, και ρώτα τους παπάδες σου. Πώς γίνεται να αγαπάς τον Θεό όταν δεν αγαπάς τους ανθρώπους; Όταν τους σιχαίνεσαι;»

«Ναι, σε σιχαίνομαι, αλήθεια είναι! Είσαι μια βρομιάρα που σε μάζεψα από τα σκουπίδια και σε έκανα άνθρωπο, βρόμαγαν τα χνότα σου, βρομούσες ολόκληρη!»

«Εύχομαι πραγματικά να μη βρομίσεις κι εσύ πια...»

Χαμογέλασε στη σκέψη εκείνης της τελευταίας μέρας στο κάτεργό της και πήρε στην αγκαλιά της τον μπέμπη, που της χαμογέλασε διάπλατα και την έκανε να τρελαθεί από χαρά. Ήταν ένα υπέροχο αγόρι, σπάνιο δώρο στους γονείς του, οι οποίοι, μετά τον ερχομό του, συνέχισαν να δουλεύουν ακόμα περισσότερο.

«Δε θέλω να του λείψει ποτέ τίποτα, ούτε μια σταγόνα νερό κι ούτε ένα ψίχουλο από ψωμί!» έλεγε συχνά πυκνά ο Φώτης στην Ντίνα, που τον σταύρωνε για να είναι καλά. Εκείνος έφτυνε κρυφά τον κόρφο του, γιατί με τους σταυρούς θυμόταν εκείνα τα παλιά χρόνια με τις εννιά προσευχές την ημέρα και τα χαστούκια της Προκοπίας.

Πάντως την είχε συγχωρήσει, παρότι ήταν ο εφιάλτης των πιο τρυφερών χρόνων του. Μάλιστα πήγε και στην κηδεία της, πείθοντας τον εαυτό του ότι έπρεπε να το κάνει. Κοιτάζοντας το φρεσκοσκαμμένο μνήμα, σκέφτηκε ότι χώμα είναι ο άνθρωπος και στο χώμα καταλήγει και τον θυμάται κανείς με όσα αφήνει πίσω του. Καθώς άκουγε το «αιωνία αυτής η μνήμη», θυμήθηκε τα χαστούκια στον Ζηρό, τα μαρτύρια στα οποία τον υπέβαλλε, τότε που τον έδεσε στο δέντρο και έδωσε εντολή στα άλλα παιδιά να περνάνε μπροστά του και να τον φτύνουν. Ανατρίχιασε ολόκληρος, κι εκείνη τη στιγμή τού ήρθε στον νου ότι ο καθένας πρέπει να αφήνει κάτι καλό για να τον θυμούνται με αγάπη. Πέταξε λίγο χώμα στο μνήμα της κι έφυγε με τη σκέψη ότι ο άνθρωπος πρέπει να συγχωρεί και να νικάει τον φθόνο και το μίσος.

Οι μνήμες των παιδικών του χρόνων που δεν έσβησαν ποτέ, οι αδιανόητες στερήσεις, ο πόνος στην ψυχή τον έκαναν να αφοσιωθεί απόλυτα στη δουλειά και την οικογένειά του, αλλά το μικρόβιο που τον έτρωγε δε μεγάλωνε απλώς, γιγαντωνόταν.

Μεγάλωνε ο μικρός, μεγάλωνε κι η συλλογή με τα αποκτήματά του, κυρίως ηπειρώτικα, μικρά διαμάντια που έκαναν τον καθηγητή Σωτήρη Δάκαρη να μένει με το στόμα ανοιχτό. Κι είχε πια πείσει και την Ντίνα ότι αυτό που κάνει, να φέρνει στο σπίτι την ίδια την Ιστορία του τόπου τους, ήταν κάτι σπουδαίο. Την έντυνε με τις φορεσιές που έβρισκε, της έβαζε τα παλιά κοσμήματα περασμένων αιώνων, την αρμάτωνε με τα παλιά όπλα και την έβγαζε φωτογραφίες.

Κι ήταν έτσι μια διασφάλιση «άδειας εξόδου» για ν' αρχίσει να τρέχει σε δημοπρασίες, να μπαινοβγαίνει στα παλιατζίδικα στο Μοναστηράκι, να συναντά συλλέκτες, να πηγαίνει σε εκθέσεις, να μαζεύει πληροφορίες από ανθρώπους που γνώριζαν. Κι έφτασε στην Αλβανία, τη Ρουμανία, την Αυστρία και σ' ένα σωρό μέρη για να βρει αντικείμενα που τον ενδιέφεραν, ξέροντας πια να επιλέγει προσεκτικά και να αποφεύγει τις παγίδες.

25

ΜΕΡΙΚΑ ΧΡΟΝΙΑ ΜΕΤΑ...

ΟΤΑΝ ΕΚΛΕΙΣΕ ΤΟ ΤΗΛΕΦΩΝΟ, ένιωθε ότι είχε βγει από κάποια κρύα θάλασσα που τον μούσκεψε μέχρι το μεδούλι. Το κεφάλι του κόντευε να σπάσει από την ένταση και τα χέρια του έτρεμαν.

Τρόμαξε με την εικόνα του η Ντίνα και του ζήτησε να καθίσει. «Να φωνάξω τον γιατρό. Δεν είσαι καλά...»

Δεν την κοίταξε καν παρά μόνο άρχισε να παραμιλάει. «Δεν είμαι καλά και θα τρελαθώ! Κι αν τρελαθώ, να λες στον κόσμο ότι ήμουν καλός άνθρωπος! Γυναίκα, τρελαίνομαι! Τώρα τρελαίνομαι, τώρα!»

Εκείνη σταυροκοπήθηκε, σαστισμένη από την αντίδρασή του. «Φώτη μου, τι έπαθες; Αλήθεια κάνεις σαν τρελός και φοβάμαι! Δε σε έχω ξαναδεί έτσι! Πες μου τι έγινε...»

«Θα τρελαθώ! Θα τρελαθώ!»

«Αυτό το είπαμε. Αλλά γιατί θα τρελαθείς;»

Ήταν η σειρά του να της πει να καθίσει. Έκλεισε την μπαλκονόπορτα κι άρχισε να της μιλάει ψιθυριστά: «Φεύγω! Πάω Αθήνα. Τώρα!».

«Φώτη, σύνελθε! Κάνεις σαν να έπαθες εγκεφαλικό!»

«Και χειρότερα. Ξέρεις ποιος ήταν στο τηλέφωνο;»

«Λέγε, βρε χριστιανέ μου, και θα με σκάσεις! Πού να ξέρω;»

«Ήταν ο... Αλή Πασάς!»

«Φώτη, αλήθεια θα πάρω τον γιατρό!»

«Άκου, κυρά μου, να τρελαθείς κι εσύ! Ήταν μία ηλικιωμένη κυρία από την Αθήνα και μου είπε ότι η οικογένειά της έχει το καριοφίλι του Αλή Πασά και θέλει να μας το δώσει για το μουσείο! Ήταν, λέει, η τελευταία επιθυμία του άντρα της να γυρίσει το όπλο στον τόπο του. Κι επειδή έχουμε το μουσείο, έψαξε και με βρήκε. Μου είπε να βρεθούμε από κοντά για να συζητήσουμε και να συμφωνήσουμε. Θα έρθει κι ο γιος της από το Λονδίνο ειδικά γι' αυτό...»

Ένας μακρόσυρτος ήχος βγήκε από τη στοματική κοιλότητα της Ντίνας, που τον κοιτούσε αποχαυνωμένη. Κι όταν κατάφερε να βρει την αυτοκυριαρχία της, τον ρώτησε αυθόρμητα: «Κι αν είναι φάρσα; Όλοι πια ξέρουν την τρέλα σου με το μουσείο, και μπορεί κάποιος να...».

«Πάψε, Ντίνα! Ούτε γι' αστείο μη λες τέτοια πράγματα! Ήταν σοβαρή η γυναίκα, μου είπε λεπτομέρειες, στοιχεία. Κι αυτά τα ξέρει μόνο όποιος πραγματικά έχει το καριοφίλι».

«Και πού ξέρεις ότι κάποιος δεν έμαθε ότι...»

«Βρε, πάψε και μην παίζεις με την αγωνία μου!»

Δεν τον χωρούσε ο τόπος. Φυσούσε και ξεφυσούσε, λυσσομανούσε μέσα του σαν τη λίμνη όταν τη βαράει αλύπητα ο βοριάς. Βημάτιζε νευρικά στο σαλόνι, γυάλιζε το μάτι του.

«Ηρέμησε, βρε χριστιανέ μου, θα πάθεις τίποτα!»

Αγρίεψε, αφήνιασε. «Ρε συ, καταλαβαίνεις τι σου είπα ή κοιμάσαι όρθια με τα τσαρούχια; Μιλάμε για το καριοφίλι του Αλή Πασά, θα χαλάσει ο κόσμος!»

Πριν χαλάσει το στομάχι του –γιατί ήταν αργά και δεν

προλάβαινε να πάει στην Αθήνα, θα σκοτωνόταν–, άρπαξε τα κλειδιά, έβαλε ένα πανωφόρι κι είπε στην Ντίνα να κοιμηθεί.

«Πού πας; Πες μου πού πας, θεότρελε, μέσα στη νύχτα!»

«Πάω στο μουσείο, μόνο εκεί θα ηρεμήσω, αλλιώς θα τρελαθώ πραγματικά...»

Τηλεφώνησε από το κινητό του στον φίλο του τον Άρη να τον πετάξει με το ταχύπλοο μέχρι το Νησάκι, κι όταν έφτασε, ρούφηξε όλο τον αέρα της γης, αφήνοντας τα πνευμόνια του να παγώσουν. Τη χρειαζόταν αυτή την παγωμένη εισπνοή. Μόνο εκεί μπορούσε να ηρεμήσει, στο μοναστήρι του Αγίου Παντελεήμονα, τελευταίο καταφύγιο του Αλή Πασά πριν τον σκοτώσουν οι Τούρκοι στις 24 Ιανουαρίου 1822 του ιουλιανού ημερολογίου.

Δεν μπήκε αμέσως στο μουσείο. Περπάτησε γύρω από τον ιστορικό πλάτανο, έκλεισε τα μάτια κι ονειρεύτηκε το καριοφίλι μέσα στο μουσείο, στην κεντρική αίθουσα. Έτσι, με τα μάτια κλειστά τον βρήκαν οι πρώτες σταγόνες της βροχής, που ήταν βάλσαμο στην ψυχή του. Άφησε το μυαλό του να γυρίσει πίσω στον χρόνο, δεκαπέντε χρόνια πριν, τότε που με την τρέλα του έκανε την πρώτη του έκθεση στο δημαρχείο, με την προτροπή ενός εκπληκτικού δημάρχου και λόγιου, του Αναστάσιου Παπασταύρου, ο οποίος εκτίμησε το έργο του και τον κάλεσε στον εορτασμό των Ελευθερίων.

Έπειτα από τόσα χρόνια δάκρυσε ξανά, καθώς θυμήθηκε την υπόκλιση τότε του Προέδρου της Δημοκρατίας, του Κωστή Στεφανόπουλου, που είχε μείνει έκθαμβος από τα εκθέματα.

Στο ισόγειο πια του μουσείου, δίπλα στον οντά του Αλή Πασά, έβαλε τα γέλια καθώς σκέφτηκε τι είχε συμβεί.

«Τι τρέλα είχα! Μα να αντιμιλήσω στον Πρόεδρο που ήταν και τόσο γλυκός άνθρωπος;»

Θυμήθηκε τι του είχε πει όταν τον ρώτησε τι σκόπευε να κάνει με όλα αυτά τα υπέροχα εκθέματα.

«Επειδή εσείς οι πολιτικοί μάς έχετε αφήσει δωρεάν μόνο τα όνειρα, ονειρεύομαι κι εγώ να φτιάξω κάποτε ένα μουσείο για να τα στεγάσω».

Παρότι ήταν αψύς, ο Πρόεδρος της Δημοκρατίας τον ακούμπησε στον ώμο και του είπε: «Αν τα καταφέρεις, θα έρθω να εγκαινιάσω το μουσείο, είμαι δεν είμαι πρόεδρος».

Και κράτησε τον λόγο του, αφού έναν χρόνο αργότερα, στον Μεντρεσέ μέσα στο Κάστρο, την παλιά ιερατική σχολή των μουσουλμάνων, ο Κωστής Στεφανόπουλος, ακόμα Πρόεδρος της Δημοκρατίας, εγκαινίασε το μουσείο και την έκθεση «Τα όπλα του αγώνα».

Όλα γύρισαν στο μυαλό του σαν να ήταν χθες. Είχε πλημμυρίσει από συναισθήματα κι αναγκάστηκε να βγει για λίγο για να κρύψει τα δάκρυά του. Σκεφτόταν ότι εκείνο το παλιό χαμίνι, το αγρίμι της Ηπείρου, ένα παιδί των ορφανοτροφείων, των ξυλουργείων, του κρύου, του αέρα, του φόβου, έβλεπε τον Πρόεδρο της Δημοκρατίας να τον χαιρετάει και να του μιλάει με το μικρό του όνομα. Ήθελε να μοιράζεται με τον κόσμο τη χαρά του συλλεκτισμού, κι αυτό έκανε τρομερή εντύπωση στον Πρόεδρο, που δε σταμάτησε να του σφίγγει το χέρι. Τέτοια περίπτωση δεν είχε ξανασυναντήσει.

Ο αέρας κι η βροχή δυνάμωσαν και τον ανάγκασαν να κουμπώσει το πανωφόρι του και να ανηφορίσει στον πάνω όροφο του μουσείου. Άναψε όλα τα φώτα κι άφησε τη φαντασία του να καλπάσει. *Εδώ στη μέση θα μπει το καριοφίλι, να το βλέπουν όλοι όπως μπαίνουν. Μακάρι να γίνει...* Άρχισε να χαζεύει όλα τα αντικείμενα, διαλεγμένα ένα προς ένα· το μεγάλο τσιμπούκι του Αλή Πασά, τις κουρτίνες με τη μονογραφή του Σουλτάνου Μαχμούτ Β΄, το ασημένιο ξιφίδιο του Απόστολου Αρσάκη που είχε ανακαλύψει στη Ρουμανία, παλάσκες, τρομερές πιστόλες, πίνακες, μεδουλάρια*, απίστευτα γιαταγάνια, ηπειρώτικες παραδοσιακές φορεσιές, κοσμήματα, την αναπαράσταση του οντά εκείνης της εποχής, μια από τις αυθεντικές φορεσιές της κυρα-Βασιλικής, πίνακες, χαλκογραφίες, χίλια τόσα εκθέματα για τα οποία αφιέρωσε κομμάτια της ζωής του. *Και της περιουσίας μου, σαράντα χρόνια σκληρής δουλειάς νύχτα και μέρα, με αγωνίες για τους τριάντα τόσους υπαλλήλους μου*, σκέφτηκε και χαμογέλασε.

Αυτό το μουσείο μετρούσε τέσσερα χρόνια ζωής, από τότε που τον κάλεσε ο δήμος και του ζήτησε να το αναλάβει, να το αναστήσει στην πραγματικότητα, αφού ήταν υπό κατάρρευση. Και ήξερε εκείνη τη στιγμή –με το στομάχι σφιγμένο– ότι με το καριοφίλι του Αλή όλα θα απογειώνονταν. Του ήρθε σύγκρυο στη σκέψη ότι μπορεί να το έχανε. «Πρέπει, πρέπει, γαμώτο!» άρχισε να φωνάζει μόνος του και να χτυπάει το πόδι του στο έδαφος, δίπλα στις τρύπες από τις σφαίρες που είχαν σκοτώσει τον Αλή.

Κοίταξε το κινητό του για να βεβαιωθεί ότι είχε αποθηκεύσει την κλήση εκείνης της κυρίας που τον κάλεσε κι αποφάσισε να μείνει εκεί, στο μουσείο, μέχρι να ξημερώσει. Του «μιλούσαν» η κυρα-Φροσύνη κι η κυρα-Βασιλική, χόρευαν στα μάτια του τα εκθέματα, φάνταζαν ακόμα πιο αγριωπές οι

---

* Τμήμα του εξοπλισμού των Ελλήνων αγωνιστών του 1821. Ήταν μια μικρή μεταλλική θήκη όπου φυλούσαν το μεδούλι, το λίπος που χρησίμευε στη λίπανση των όπλων. Ήταν ασημένιο, σε σχήμα δοχείου.

τουρκικές χαντζάρες, του φάνηκε –όπως κοίταζε τον μεγάλο πίνακα– θυμωμένος ο Αλή Πασάς. Το ασημένιο καλαμάρι, η παλάσκα με τις θήκες μπαρουτιού, το Σαββατιανό φυλαχτό, οι ηπειρώτικοι σουγιάδες, η Κιουτάχεια, τα χαρχάλια, όλα τού φαίνονταν ασήμαντα μπροστά σ' αυτό που ήθελε να φέρει στο μουσείο.

Πήρε στα χέρια του μια πιστόλα του 18ου αιώνα και διάβασε την επιγραφή: «Κανείς δεν είναι πιο ήρωας από τον Αλή και κανένα ξίφος πιο κοφτερό από το ζουλρίκαρ».

Παρότι είχε χαλάσει πολύ ο καιρός, ένιωθε ιδρωμένος. «Μπα σε καλό μου σήμερα! Καλά μού είπε η Ντίνα ότι θέλω γιατρό...» Δε σκεφτόταν τίποτε άλλο. Ούτε τους φούρνους του, που είχαν γιγαντωθεί στο πέρασμα των χρόνων και του έδωσαν τη δυνατότητα να αγοράζει τέτοιους θησαυρούς, ούτε το ανακαινισμένο πια σπίτι στο χωριό, αυτό που βρήκε να έχει καταρρεύσει, ούτε τις δεκάδες προσκλήσεις από όλη την Ελλάδα για να δείξει αφιλοκερδώς τα εκθέματά του. Μονάχα το καριοφίλι υπήρχε στο μυαλό του, αυτό που του είχε βάλει φωτιά στο κεφάλι.

Άνοιξε μια βιτρίνα κι έβγαλε ένα σπάνιο γιαταγάνι. Κι όπως το κρατούσε στα χέρια του, έβαλε τα γέλια. Το είχε βρει στο Βελιγράδι και οι διαπραγματεύσεις με τον κάτοχό του κράτησαν οκτώ ώρες. Κι όταν συμφώνησαν στο ποσόν, πήγε να κοιμηθεί γιατί ήταν εξαντλημένος. Όμως από την υπερένταση δεν μπόρεσε να κλείσει μάτι, κι έτσι είδε κάποιον που μπήκε στο δωμάτιό του και πήγε να του το κλέψει. Ήταν ο πωλητής, που είχε ντυθεί σερβιτόρος για να καταφέρει να μπει στο δωμάτιο και να το πάρει πίσω. Ο Φώτης έβαλε τις φωνές κι έτσι σώθηκε και το γιαταγάνι και ο ίδιος.

Είχε κινδυνεύσει αρκετές φορές, αφού κάποιοι από τους

κατόχους σπάνιων κειμηλίων ήταν επικίνδυνοι άνθρωποι. Ορισμένοι άλλοι ήταν απλώς απατεώνες, προσπαθώντας να του πουλήσουν αντικείμενα μηδενικής αξίας.

Κάποτε, ένας του εμφάνισε έναν αμφορέα «τρομερής αξίας», λέγοντάς του ότι ήταν δώρο του Μουχτάρ στον πατέρα του Αλή Πασά. Αποδείχτηκε ότι ήταν αγορασμένο πριν από δύο χρόνια κι ο κάτοχός του το είχε βάλει σε κοτέτσι για να αλλοιωθεί από τις κουτσουλιές και τα ούρα και να μοιάζει με παλιό. «Τώρα είμαι καθηγητής και δεν μπορεί να με ξεγελάσει κανείς!» του είχε πει, και τον έστειλε για τσάι.

Άυπνος έμεινε όλη τη νύχτα περιμένοντας να χαράξει η μέρα. Σκόπευε να πάει στο αεροδρόμιο και να ταξιδέψει αεροπορικώς, νιώθοντας έτοιμος να εκραγεί από τη νευρικότητά του.

Και εξερράγη έπειτα από ένα τηλεφώνημα στις οκτώ το πρωί, αυτό που τον έκανε να τιναχτεί στον αέρα. Η κάτοχος του πιο σπάνιου κειμηλίου που είχε φανταστεί ποτέ τον ενημέρωσε ότι ο γιος της δεν μπορούσε τελικά να έρθει από το Λονδίνο γιατί έχει ανειλημμένες υποχρεώσεις, κι έτσι θα έπρεπε να προγραμματίσουν τη συνάντησή τους για αργότερα.

Έτσι οι επόμενες μέρες κύλησαν σαν να είχε περάσει ένας ολόκληρος αιώνας, με τον ίδιο είτε να πατάει σε αναμμένα κάρβουνα είτε πάνω σε καρφίτσες. «Δε θα πεις πουθενά τίποτα!» αγρίεψε στην Ντίνα, με το μυαλό του να κάνει χίλια δυο σενάρια. Γιατί σκέφτηκε ότι μπορεί εκείνη η κυρία ή ο γιος της να το μετάνιωσαν για το καριοφίλι, ή, ακόμα χειρότερα, να βρήκαν ένα μεγάλο μουσείο του εξωτερικού για να το πουλήσουν. Γύριζε σαν αγρίμι από τη μια μεριά της πόλης ως την άλλη, μπέρδευε τα λόγια του, ξεχνούσε τα ραντεβού του, κοιμόταν μόνο λίγο πριν καταρρεύσει, είχε χάσει το μυαλό του.

Κι όταν έγινε το πολυπόθητο τηλεφώνημα από τον γιο της κυρίας και κανονίστηκε το ραντεβού, άρχισε να φιλάει όποιον έβρισκε μπροστά του. Πιο ήρεμος πια, σκέφτηκε ότι έπρεπε να μοιραστεί το μεγάλο του μυστικό, αφού δεν ήταν μόνο προσωπική του υπόθεση. Αφορούσε μια ολόκληρη πόλη, έναν νομό, ήταν κομμάτι της μεγάλης Ιστορίας της. Έτσι θα ηρεμούσε ακόμα πιο πολύ και θα είχε και στήριγμα. Και ήξερε καλά πού να απευθυνθεί, μπορούσε να βάλει το χέρι του στη φωτιά γι' αυτούς, δύο εξέχουσες προσωπικότητες των Ιωαννίνων, τον παλιό βουλευτή και εξαιρετικό καθηγητή φιλόλογο Μιχάλη Παντούλα και τον παλιό δήμαρχο Αναστάσιο Παπασταύρο, με τεράστιο έργο κι οι δυο. Τον ηρέμησαν, τον συμβούλευσαν να είναι ψύχραιμος και να μην τρελαθεί στη θέα του σπάνιου όπλου. Έπρεπε όμως να εμφανιστεί μόνος του στο ραντεβού, του το είχαν ξεκαθαρίσει.

Η καρδιά του χτυπούσε δυνατά όταν μπήκε στο σπίτι στο Νέο Ψυχικό. Είχε ζαλιστεί με τις συζητήσεις, και μάλιστα χλώμιασε ακούγοντας την ηλικιωμένη κυρία να του λέει: «Ξέρετε, είναι πολύ σπάνιο κειμήλιο, από τα πιο χαρακτηριστικά της Ιστορίας του τόπου. Μας το ζητούν από το εξωτερικό, έχουν πάει δυο φορές να μιλήσουν με τον γιο μου...».

Μια λέξη να του έλεγε ακόμα και θα του προκαλούσε έμφραγμα. Τον έσωσε όμως ο γιος.

«Έχει δίκιο η μητέρα μου... Αλλά δεν μπορούμε να παραβλέψουμε την επιθυμία του πατέρα, που μας ζήτησε να επιστραφεί το καριοφίλι εκεί απ' όπου το φέραμε. Στον τόπο του...»

Στο «ένα λεπτό» που του ζήτησε ο συνομιλητής του, ο Φώτης ένιωσε ότι βρισκόταν στα καζάνια της κόλασης κι ότι ήταν θέμα δευτερολέπτων να λιώσει, να εξαϋλωθεί. Κι όταν είδε μπροστά του το καριοφίλι, κατακόκκινος, φλογισμένος, με τις φλέβες του να πετάγονται και τους σφυγμούς του να του προκαλούν σκοτοδίνη, έχασε τα λόγια του. Κατάφερε να ψελλίσει ίσα ίσα δυο λέξεις. «Μπορώ να...» Κι όταν πια το πήρε στα χέρια του, το μέτωπο κι ο αυχένας του ήταν μούσκεμα. Προσπάθησε να διατηρήσει την ψυχραιμία του και να μη λιποθυμήσει, να μη βάλει τις φωνές, να μην ουρλιάξει, να μη φιλήσει τους ιδιοκτήτες, να μη γονατίσει στο πάτωμα, να μην ανοίξει το παράθυρο για να φωνάξει τον Μιχάλη Παντούλα και τον Αναστάσιο Παπασταύρο και να τους πει ότι αυτό μπροστά του ήταν δώρο ζωής.

Το έμπειρο μάτι του έπεσε αμέσως σε μια λεπτομέρεια του περίτεχνα φιλοτεχνημένου από χρυσό και ασήμι όπλου, στην ταυτότητά του. Δίπλα στον μηχανισμό πυροδότησης είδε σκαλισμένα, σε λόγια γραφή: ΑΛΗ ΠΑΣΙΑ 1804.

Τα ρούχα του κολλούσαν πάνω του. Προσπάθησε να ελέγξει το τρέμουλο στα χέρια του. Ήθελε να το μυρίσει, να το χαϊδέψει, να το φιλήσει, να το πετάξει στον αέρα και να φωνάξει «ζήτω». Κρατήθηκε όμως. Ωστόσο το φίλησε όταν ολοκληρώθηκε η συμφωνία, αδειάζοντας την τσέπη του. Είχε μαζί του ένα σεβαστό ποσόν. Καταλάβαινε ότι θα μπορούσαν να του ζητήσουν πολύ περισσότερα, αλλά σεβάστηκαν την Ιστορία, τον μακαρίτη ιδιοκτήτη και την επιθυμία του, τον τόπο του.

Μια σφιχτή αγκαλιά ήταν το λιγότερο που θα μπορούσε να κάνει. Κι όταν χαιρέτησε κι έφυγε, άφησε τα δάκρυά του να κυλήσουν. «Το ήθελε η μοίρα...» είπε μέσα του, και σκέφτηκε τον Φώτη των ορφανοτροφείων, των σκασιαρχείων, των ημερών που δεν είχε ούτε τρόπο να φάει ούτε μέρος να κοιμηθεί...

Το κρατούσε σφιχτά, τυλιγμένο σε μια κουβέρτα, σαν να είχε στο χέρι του ένα νεογέννητο μωρό που ήρθε στον κόσμο έπειτα από πολλές ωδίνες. Οι δυο φίλοι του, βλέποντάς τον να βγαίνει με το σπάνιο και τόσο πολύτιμο για τον τόπο τους κειμήλιο, αγκαλιάστηκαν από τη χαρά τους.

Του ζήτησαν να τους το δείξει, κι εκείνος αντέδρασε σαν να τον κυνηγούσε ένας λόχος των Ες Ες!

«Πάμε να φύγουμε αμέσως! Μιχάλη, βάλε μπρος!»

Μόνο στο δωμάτιο του ξενοδοχείου τους στο Μαρούσι έκανε τα αποκαλυπτήρια, τότε που αγκαλιάστηκαν και οι τρεις κι άρχισαν να χορεύουν.

Ξάπλωσε έχοντας αγκαλιά το καριοφίλι και δεν έκλεισε μάτι μέχρι να γυρίσουν στα Γιάννενα και να δρομολογήσει άμεσα την τοποθέτησή του στο μουσείο.

26

Η ΦΩΝΗ ΑΠΟ ΤΗΝ ΑΛΛΗ άκρη της γραμμής, κάθε φράση της δηλαδή, του προξένησε μεγάλη ταραχή, σαν να είχε πιει είκοσι τσιγάρα. Με κάθε λέξη που άκουγε πια από τον συνομιλητή του χτυπούσαν τα μηλίγγια του.

«Ναι... Ναι... Στο ορφανοτροφείο του Βόλου...»

Η θολούρα έγινε πιο έντονη.

«Στο ορφανοτροφείο του Βόλου είπατε; Και πριν απ' αυτό; Μήπως κάπου αλλού;»

«Α, ναι. Στον Ζηρό». Τότε ένιωσε να λυγίζει και να κυριεύεται από μια έντονη σκοτοδίνη, και πριν προλάβει να στηριχτεί κάπου, σωριάστηκε μαζί με την καρέκλα. Ο Φώτης έμεινε κάμποσα λεπτά στο πάτωμα, με τη ζαλάδα να μην του επιτρέπει να σηκωθεί. Έκλεισε λίγο τα μάτια για να συνέλθει, πήρε μερικές βαθιές ανάσες και θυμωμένος με τον εαυτό του χτύπησε το χέρι. «Σήκω πάνω, ρε διάολε!» πρόσταξε τον εαυτό του. «Τώρα θα λυγίσεις; Τώρα;»

Βούτηξε τα σκεπάσματα για να σηκωθεί, κι όταν τα κατάφερε, κατέβασε ακόμα ένα τσίπουρο και ξανάπιασε το τηλέφωνο. «Είσαι ο Νιόνιος;» είπε ξερά, χωρίς συγγνώμες, πληθυντικούς και άλλα περιττά.

«Είμαι... Εσύ ποιος είσαι;»

Το κεφάλι του γύριζε. «Θα σου πω, αλλά πες μου πρώτα εσύ αν θυμάσαι κάποιον από τον Ζηρό που κάνατε παρέα και περάσατε χρόνια μαζί...»

Ο συνομιλητής του ο Νιόνιος τού έδωσε μια απάντηση και τον έκανε να νιώσει σαν του άδειασαν στο κεφάλι έναν κουβά με παγάκια.

«Άκου, δε θέλω να θυμάμαι τίποτε από εκείνη την περίοδο... Πέρασα πολύ άσχημα και θέλω να ξεχάσω...»

«Σε παρακαλώ, θυμήσου... Πες κάτι, σε παρακαλώ!»

Ακολούθησαν μερικά δευτερόλεπτα σιωπής, με τον Φώτη να φοβάται ότι του έκλεισε το τηλέφωνο.

«Διονύση, είσαι εδώ; Με ακούς;»

«Σε ακούω... Κοίτα, μόνο έναν θυμάμαι με τον οποίο δέθηκα πολύ, αλλά δυσκολεύομαι να σ' το πω, γιατί αν δεν είσαι εσύ και σου πω ένα άλλο όνομα, τότε θα στενοχωρηθείς...»

Η καρδιά του χτυπούσε όπως τη στιγμή που πήρε στα χέρια του το καριοφίλι του Αλή Πασά. «Σε παρακαλώ! Πες μου, θα το αντέξω! Έχω περάσει πολλά στη ζωή μου... Και σε ψάχνω πάρα πολλά χρόνια...»

Η φωνή από το υπερπέραν ακούστηκε σαν ηλεκτρική.

«Κάποιον Φώτη θέλω μόνο να θυμάμαι, τα περάσαμε όλα μαζί. Ενώσαμε και το αίμα μας, γίναμε αδέλφια...»

Ήταν σαν να τον χτύπησε ρεύμα. Ξάπλωσε στο κρεβάτι, με δυο ποτάμια να φεύγουν από τα μάτια του. Έπρεπε να κρατήσει το χέρι του με το άλλο χέρι για να μην τρέμει και του πέσει το τηλέφωνο.

Αυτή δεν ήταν φωνή, λυγμός ήταν.

«Νιόνιο, εγώ είμαι, ο Φώτης! Νιόνιο μου, αδελφέ μου!»

Οι λέξεις και των δύο χάθηκαν. Άλλες στον ουρανό, άλλες

στα ποτάμια, στα βουνά, στις χαράδρες, χτυπούσαν στα δέντρα, στα βράχια, βυθίζονταν στα παγωμένα νερά, σκαρφάλωναν στις κορυφογραμμές και τρύπωναν στις σχισμάδες. Όποιος επιχειρούσε να μιλήσει έβγαζε ήχους σαν των πουλιών, λες και είχε χαθεί η ανθρώπινη υπόστασή τους.

Δεν είχαν περάσει χρόνια αλλά αιώνες, χιλιετίες, είχαν μπει στα καρφιά του Χριστού κι είχαν ξαναβγεί ματωμένα για να περιπλανηθούν. Σαν πληγές άνοιξαν οι μνήμες τους, άρπαξαν τις ψυχές τους και τις εξακόντισαν, τις ανέβασαν εκεί, στους βασιλιάδες τ' ουρανού, τις γέμισαν με οσμές εκείνων των χρόνων, με γκρι και μαύρα χρώματα που άλλαζαν σε κάθε δευτερόλεπτο που περνούσε.

«Νιόνιο...»

«Φώτη...»

«Νιόνιο μου, Νιόνιο μου!»

«Φώτακα!»

Κατάφεραν με τα πολλά να μιλήσουν και να συνεννοηθούν, να αρπάξουν τον χρόνο και να τον ξετυλίξουν από το σώμα τους και τις πληγιασμένες ψυχές τους.

Όταν έκλεισαν το τηλέφωνο, Φώτης χάιδεψε τη συσκευή σαν να άγγιζε άνθρωπο, φόρεσε μια παλιά νιτσεράδα και βγήκε, αδιαφορώντας για τους καταρράκτες που ξεκίνησαν τον χορό τους κι έπεφταν στο κεφάλι του. Τα παπούτσια του έγιναν μικρές βάρκες και γέμισαν λάσπες, αλλά δεν τον ένοιαζε καθόλου. Περπατούσε; Πετούσε; Κολυμπούσε; Καθόλου δεν μπορούσε να το ξεχωρίσει, ήταν χαμένος στον χρόνο, όπως το μουσείο.

Κι ήταν σπάθα, πιστόλα, γιαταγάνι, ήταν ο χρόνος ο παλιός και ο καινούργιος, ήταν ουρανός και γη και λίμνη και ποτάμι. Έσταζε το πρόσωπο από νερό και δάκρυα, έτρεμε το χέρι και το έσφιγγε για να καταλαγιάσει την ταραχή. Τα σκυλιά αλυχτούσαν, θαρρώντας ότι έτσι θα έκαναν τη φύση να ηρεμήσει, αλλά εκείνος, απτόητος από τα πάντα, πήρε το λασπωμένο δρομάκι προς το σπίτι της γιαγιάς Φωτεινής, εκεί απ' όπου έφυγε παιδάκι για το ορφανοτροφείο. Αν ήταν εκεί ο Νιόνιος, θα έπεφταν επίτηδες στις λακκούβες με τις λάσπες για να δουν ποιος θα πετάξει πιο ψηλά το νερό.

Στην παλιά συκιά, έξω από το σπίτι, ένιωθε τα πόδια του να τρέμουν. Και δεν έφταιγε ο καιρός, η καταιγίδα, η οργή του κατάμαυρου ουρανού, η ψυχή του έτρεμε από συγκίνηση προκαλώντας του τρέμουλο. Άγγιξε το δέντρο, τα γκρεμίσματα του τοίχου, ένα μικρό βουνό από παλιά σπασμένα κεραμίδια, κολυμπούσε στον χρόνο. Σήκωσε το κεφάλι προς τον ουρανό, τον άφησε να τον μουσκέψει κι άλλο, να ανοίξει χαραμάδα για να φτάσει το νερό ως τα τσουρουφλισμένα εσώψυχά του. Η ζωή τον είχε τιμωρήσει σκληρά, τον είχε γονατίσει σε πάμπολλες περιπτώσεις, αλλά τώρα του έκανε ένα δώρο, και μάλιστα με τον πιο απρόσμενο τρόπο.

Λίγες μέρες πριν, ο αδελφός του ο Σπύρος τού πήγε μια κούτα με παλιά πράγματα από τα ορφανοτροφεία, ενθύμια άλλων εποχών, που για τον Φώτη είχαν ιδιαίτερη σημασία, κι ας του έξυναν πληγές. Κι όταν άρχισε να τη σκαλίζει, ένιωσε να τον χτυπά κεραυνός στο κεφάλι. Μια φωτογραφία μαζί με τον Διονύση στο ορφανοτροφείο του Ζηρού, τον Νιόνιο του, τον έκανε να πεταχτεί από την καρέκλα. Κι όταν άρχισε να την περιεργάζεται, γονάτισε. Στο πίσω μέρος έγραφε: Ζηρός, Φώτης Ραπακούσης – Διονύσης Αναστόπουλος. Στέγνωσαν το στόμα του κι ο λαιμός του, του ήρθε σκοτοδίνη μέσα σε δευτερόλεπτα.

«Αναστόπουλος! Διονύσης Αναστόπουλος!» Έβαλε τις

φωνές, με την Ντίνα πάλι να σταυροκοπιέται με την καινούργια του έκρηξη.

«Ξέρω, ξέρω, θα τρελαθείς, αλλά τώρα τι έγινε;»

Έσφιξε τους ώμους της με όλη του τη δύναμη.

«Χριστιανέ μου, τι έπαθες πάλι; Κάνεις όπως εκείνο το βράδυ με το καριοφίλι!»

«Ποιο καριοφίλι, Ντίνα! Το καριοφίλι δεν είναι τίποτα!»

«Πάλι θα πάρεις τους δρόμους;»

«Και τα βουνά! Ντίνα, έψαχνα λάθος όνομα, λάθος άνθρωπο! Δεν υπάρχει Αναστασόπουλος που έψαχνα εγώ, Αναστόπουλος είναι ο Νιόνιος! Πες με ηλίθιο, πες άλλους ηλίθιους, δεν έχει σημασία, αλλά έψαχνα λάθος άνθρωπο! Θα τρελαθώ!»

Έπιανε το ξεμαλλιασμένο κεφάλι του, χτυπούσε το χέρι του στο μέτωπο.

Η Ντίνα πήρε τη φωτογραφία στα χέρια της, τη γύρισε ανάποδα κι είδε το όνομα, τη γύρισε κι απ' την κανονική και του είπε: «Σκληρός από τότε! Αγρίμι!».

«Άι στο καλό σου, Ντίνα! Αυτό έχεις να πεις;»

«Με το καλό να τον βρεις και να ανταμώσετε, τι να πω; Εσύ πάντως θα τρελαθείς κανονικά, να μου το θυμηθείς!»

Έτσι, από έναν μοναδικό χορό των συμπτώσεων, βρήκε το χαμένο νήμα της ζωής του, αυτό που τυλιγμένο τον τσουρούφλιζε επί πέντε δεκαετίες. Τα πέντε τηλέφωνα.

Με το κεφάλι του να βουίζει, μουσκεμένος ως το κόκαλο, πήρε τον δρόμο του γυρισμού. Αν γλίτωνε την πνευμονία, θα ήταν τυχερός.

Μ' ένα καφέ μπλουζάκι, κουρεμένος αλλά αξύριστος, άκουγε την γκρίνια της Ντίνας, που τον είχε κάνει θεό να φορέσει ένα πουκάμισο και μια γραβάτα για να είναι περιποιημένος στη συνάντηση.

«Είσαι αγύριστο κεφάλι!»

«Ναι, είμαι! Τι θες τώρα; Ντύθηκα γαμπρός, δεν ξαναντύνομαι! Μια χαρά είμαι έτσι! Τόσους επισήμους συνάντησα, γραβάτα δεν έβαλα! Γιατί να βάλω τώρα; Για να κάνω καλή εντύπωση; Ξέρεις ότι δε μ' αρέσουν οι γραβάτες! Πάει και τελείωσε και δε θα αλλάξω τώρα! Κι ο Νιόνιος δε θα με περάσει από... ιερά εξέταση!»

Περπατούσαν στην Πλατεία Καραϊσκάκη για να βρουν το ξενοδοχείο, μ' εκείνον να νιώθει ότι φλεγόταν μέσα κι έξω.

«Όλο κάποιος ήρωας με καταδιώκει στη ζωή μου, σημαδιακό! Άκου κει να είναι το ξενοδοχείο στην Πλατεία Καραϊσκάκη! Γίγαντας ο γιος της καλογριάς! Ποπό, θυμάμαι αυτά που έλεγε. Ότι άμα ζήσω θα τους...»

«Σταμάτα, βρε! Σταμάτα!»

«Μα αυτό είπε! Και το άλλο, ότι αν πεθάνω θα μου κλ...»

«Φώτη, να το ξενοδοχείο! Μάζεψε το παντελόνι σου, σφίξε τη ζώνη, σαν χωριάτης είσαι!»

«Ντίνα, θα γίνω Καραϊσκάκης!»

«Καλά, καλά! Πάμε τώρα, έχουμε αργήσει δύο λεπτά!»

Το βλέμμα του στριφογύριζε σαν ραντάρ. Απέναντι είδε έναν καλοστεκούμενο κύριο με λευκά μαλλιά να πηγαίνει προς την είσοδο του ξενοδοχείου και τον έπιασε ταραχή.

«Ντίνα, αυτός είναι, ο Νιόνιος!»

«Βρε χριστιανέ μου, αφού μια πλάτη βλέπεις, πώς τον γνώρισες;»

«Πες με και μουσουλμάνο, αλλά αυτός είναι! Βλέπω το περπάτημά του! Ίδιο με τότε!»

Άφησε την Ντίνα στο φανάρι και, δίχως να λογαριάσει τα

αυτοκίνητα που περνούσαν και σφύριζαν γύρω του, πετάχτηκε απέναντι, κι όταν πάτησε πεζοδρόμιο, φώναξε: «Νιόνιο!».

Το καρό πουκάμισο γύρισε και γύρισε κι ο χρόνος, οι μνήμες απ' τις πληγές, οι πληγές απ' τις μνήμες. Άχρηστες οι λέξεις, ανίκανες, γεμάτες ανημποριά κι αδυναμία.

Κοιτάχτηκαν για πέντε δευτερόλεπτα κι έπεσαν ο ένας στην αγκαλιά του άλλου, δυο ψυχές σε μία, δυο καρδιές ενωμένες, τέσσερα μάτια κλαμένα, τέσσερα τρεμάμενα πόδια, χέρια μουδιασμένα, με το σημάδι από το σταυραδέλφωμα να έχει σβήσει αλλά τις θύμησες να το εμφανίζουν ξανά με την ίδια ιερότητα, όπως τότε, μισό αιώνα πριν.

Κι όταν γύρισαν οι λέξεις, πάλι δεν είχαν δύναμη. Ο Φώτης έβγαλε από την τσέπη εκείνη την παλιά φωτογραφία και την έδειξε στον Νιόνιο, με τους δυο λυγμούς να ενώνονται και να πλημμυρίζουν την πλατεία. Θυμήθηκαν κι οι δυο τη γεύση των δακρύων, ίδια, από τον καιρό της Προκοπίας.

ΕΠΙΛΟΓΟΣ

ΒΡΟΝΤΟΥΣΕ Ο ΣΜΟΛΙΚΑΣ στα 2.637 μέτρα του κι υποσχόταν φρέσκο νερό στην Παμβώτιδα, τη λίμνη των Ιωαννίνων και του Φώτη, της Φροσύνης, του Αλή, του Μουχτάρ, της Ιστορίας.

Περίμενε να πάρει το καραβάκι για να περάσει απέναντι στο Νησάκι, να ανοίξει το μουσείο, την ψυχή, την καρδιά του. Στην αποβάθρα, κάτω από τον γκριζόμαυρο ουρανό που τους είχε ταράξει στις βροχές το τελευταίο διάστημα, ο Φώτης θυμήθηκε ότι εκεί μπροστά είχε κερδίσει το πρώτο του δίφραγκο. Χαμογέλασε και κούνησε με νόημα το μονίμως αχτένιστο κεφάλι του. Μια μέρα πριν, το ίδιο κεφάλι ξεναγούσε στην Κόνιτσα τον Πρόεδρο της Δημοκρατίας, τον Προκόπη Παυλόπουλο, στην έκθεση «Η Ήπειρος του ασημιού». Κι ασημώθηκε η καρδιά του από τα καλά λόγια. Δεύτερο Πρόεδρο του φυλούσε η ζωή, «μεγαλεία, Φώτη μου!», όπως του έλεγε η Ντίνα.

Για εκείνον όμως το μεγαλείο ήταν απέναντι, στο μουσείο, και βιαζόταν να πάει να το φωτίσει, περιμένοντας ακόμα ένα σχολείο για ξενάγηση. Καλημέρισε τον πλάτανο του Αλή Πασά, κούνησε το κεφάλι στην κυρα-Βασιλική, έσφιξε τη γροθιά του στον Αρσάκη, κούνησε το χέρι στις καραγκούνες πίσω από τη βιτρίνα.

Έπρεπε να βιαστεί, δεν είχε χρόνο για καφέ, θα έπινε μετά με την Ντίνα και τον Δημήτρη, τον καλλιτέχνη γιο του, που του είχε υποσχεθεί μια σειρά από φωτογραφίες με τον νεοφώτιστο εγγονό του, αυτόν που, όταν ήρθε στον κόσμο, έκανε τον Φώτη να γονατίσει και να φιλήσει τη γη.

Σε λίγη ώρα το προαύλιο του μουσείου πλημμύρισε κι οι ζωηρές φωνές των λυκειόπαιδων έδωσαν ζωή στον χώρο. Ξεκίνησε να μιλάει στους μαθητές, κι ακόμα κι αυτοί που βαριόνταν αφόρητα αυτό το εκπαιδευτικό κομμάτι της εκδρομής κρέμονταν από τα χείλη του. «Ο Αλή Πασάς, που λέτε...»

Το μάτι του έπεσε στην άκρη της μάντρας, όπου δυο μαντράχαλοι σκαρφάλωναν για να την κοπανήσουν. Στην αρχή ανησύχησε, αλλά δεν είπε λέξη, περιμένοντας από την κορυφή της πέτρινης σκάλας να δει τι γίνεται. Τους είδε να κάθονται σε ένα δέντρο και ν' ανάβουν τσιγάρο. Χαμογέλασε. Δυο κοπανατζήδες, όπως αυτός κάποτε, τότε, τώρα, πάντα...

Συνέχισε να μιλάει, και βλέποντας δυο καθηγητές να πλησιάζουν στη μάντρα, τους φώναξε στην αντίθετη κατεύθυνση. «Ελάτε να σας δείξω την αίθουσα του πνιγμού, την αναπαράσταση. Κάπως έτσι έγινε τότε, στις 11 Ιανουαρίου 1801. Ευφροσύνη Βασιλείου το πλήρες όνομά της...»

Πριν κατεβεί, είδε τους κοπανατζήδες να σβήνουν το τσιγάρο στο χώμα και χαμογέλασε ξανά...

ΣΗΜΕΙΩΜΑ ΤΟΥ ΣΥΓΓΡΑΦΕΑ

Κατά τον Κικέρωνα, «εκείνον που θέλει, οι Μοίρες τον οδηγούν, εκείνον που δε θέλει, τον σύρουν». Κατά τον Ηράκλειτο, «τα πάντα γίνονται καθ' ειμαρμένην», την κυρίαρχη των Μοιρών. Κατά τον απλό λαό, «όλοι έχουμε γραμμένο που το λένε πεπρωμένο και κανένας δεν μπορεί να τ' αποφύγει». Μοίρα καλή λοιπόν, πιθανότατα η Λάχεσις, με έσπρωξε πριν από λίγους μήνες στα Γιάννενα, προσκεκλημένο σε ένα σημαντικό Ψυχιατρικό Συνέδριο.

Αγνόησα το εντυπωσιακό δείπνο που μας παρέθεσαν οι διοργανωτές εξαιτίας μιας ακατανίκητης επιθυμίας να επισκεφθώ το Μουσείο του Αλή Πασά στο Νησάκι. Είχα να πάω από έφηβος. Έχασα τις υπέροχες καραβίδες και την αστακομακαρονάδα, αλλά βρήκα ένα συγκλονιστικό μουσείο που με άφησε άφωνο. Κι εκεί, μπροστά στο αδιανόητης ομορφιάς καριοφίλι του Αλή Πασά, μοναδικό κειμήλιο ανεκτίμητης αξίας, σκέφτηκα ότι οι ιδιώτες –γιατί ιδιωτικό είναι το μουσείο– κάνουν θαύματα, βάζοντας όλη την ψυχή τους. Δυο ολόκληρες ώρες έμεινα εκεί τυλιγμένος με το πέπλο της Ιστορίας, που δε μιλούσε, αλλά απήγγελλε, τραγουδούσε, υμνούσε.

Επιστρέφοντας στην Αθήνα, θεώρησα χρέος τιμής να γράψω ένα κείμενο για το μουσείο. Την πάσα αλήθεια είπα (έγραψα):

«Πόσο ακριβή είναι η Ιστορία, πόσο δυνατή φωνή έχει, πόσα δίνει (και δείχνει) απλόχερα. Καμιά φορά πονάει και η ίδια όταν εκτοπίζεται, όταν θάβεται σε υπόγεια, όταν κλείνεται σε μπαούλα, όταν κυκλώνεται από τη μούχλα, όταν αντιμετωπίζεται με ασέβεια.

»Γι' αυτό και ένιωσα τεράστια έκπληξη όταν είδα το Μουσείο του Αλή Πασά και της επαναστατικής περιόδου στο Νησάκι στα Γιάννενα, έργο τέχνης από μόνο του, ένα ποίημα της Ιστορίας για την Ιστορία. Για την ακρίβεια, έτριβα τα μάτια μου εκεί στα κελιά της Μονής Παντελεήμονα, που ναι, μυρίζει Ιστορία, δόξα και αίμα· εκεί σκότωσαν οι Τούρκοι τον Αλή Πασά, εκεί πόνεσε κι έκλαψε η όμορφη τελευταία γυναίκα του, η Βασιλική Κονταξή, εκεί σπάραξε η κυρα-Φροσύνη μέχρι να την πνίξουν στη λίμνη (11 Ιανουαρίου 1801) γιατί ήταν "ζωηρό" κορίτσι και απάτησε τον άντρα της.

»Οι επισκέπτες έμειναν όλοι με το στόμα ανοιχτό όταν πληροφορήθηκαν ότι ένας ιδιώτης, πρώην φούρναρης για σαράντα χρόνια, ήταν υπεύθυνος γι' αυτό το θαύμα. Εκείνος –ο Φώτης Ραπακούσης– το έστησε από το μηδέν, ξόδεψε την περιουσία του για να αγοράσει σε δημοπρασίες τα πολύτιμα αντικείμενα εκείνης της περιόδου, εκείνος οραματίστηκε αυτό το μουσείο για τους Γιαννιώτες, τους υπόλοιπους Ηπειρώτες και όλους τους Έλληνες, εκείνος πληρώνει ενοίκιο στη μητρόπολη και στον δήμο, εκείνος ανέλαβε να φωτίσει την Ιστορία. Τα κειμήλια; Δε μιλάνε απλώς, ουρλιάζουν...»

Αυτός ήταν ο πρόλογος του κειμένου. Ελάχιστη ώρα μετά τη δημοσίευση, ο κύριος στην άλλη άκρη της γραμμής σχεδόν έκλαιγε σε κάθε «ευχαριστώ» του.